本书得到陕西师范大学研究生教育教学改革研究项目、国家社科基金重大项目"延安文艺与二十世纪中国文学"（11&ZD113）资助

心事浩茫连广宇

——作家『文心』窥探

李继凯 / 著

中国社会科学出版社

图书在版编目（CIP）数据

心事浩茫连广宇：作家"文心"窥探/李继凯著 . —北京：
中国社会科学出版社，2018.4
ISBN 978 - 7 - 5203 - 2163 - 1

Ⅰ.①心⋯　Ⅱ.①李⋯　Ⅲ.①文学评论—中国—文集
Ⅳ.①I206 - 53

中国版本图书馆 CIP 数据核字（2018）第 043130 号

出 版 人	赵剑英	
责任编辑	郭晓鸿	
特约编辑	席建海	
责任校对	杨　林	
责任印制	戴　宽	

出　　　版	中国社会科学出版社	
社　　　址	北京鼓楼西大街甲 158 号	
邮　　　编	100720	
网　　　址	http://www.csspw.cn	
发 行 部	010 - 84083685	
门 市 部	010 - 84029450	
经　　　销	新华书店及其他书店	

印　　　刷	北京明恒达印务有限公司	
装　　　订	廊坊市广阳区广增装订厂	
版　　　次	2018 年 4 月第 1 版	
印　　　次	2018 年 4 月第 1 次印刷	

开　　　本	710 × 1000　1/16	
印　　　张	34.75	
插　　　页	2	
字　　　数	447 千字	
定　　　价	148.00 元	

目　录

下篇　理论探微

引　言

　　就"人文"而言，亦可分而论之："人"之自身始终都会存在"身心"问题，具体表现在现实生活中则有生理和心理方面的一系列问题；关于"文"，自古就有"文心雕龙"宏论，包括了文心化文、细论文心以及文心雕人、文心外化诸说。时至现当代，这种文论思想依然有着广泛的影响，早在 1934 年民国时期就出版了《文心》一书（叶圣陶等著，开明书店），即使在海外华文文学界，也通过建立卓有影响的"文心社"和"文心"网站（www. wenxinshe. org）向伟大的"文心说"致敬。总之，人与文休戚相关，尤其是人心总与文心相关相通。

　　在人类的思想史或心灵史上，大致经历了"神本""人本"和"命本"三个阶段：人类历史上经过漫长的"神本"时代，进入了"人本"时代并创造了辉煌的人类文明。然而，如今地球村却出现了一种前所未有的生命危机，人们通常将其视为生态危机，从自然生态危机包括天人关系失衡，到精神生态危机包括信仰严重缺失，都给人类敲响了警钟。"丧钟为谁而鸣？"生命往往落入险境才会逼出更为强烈的求生意识，文化经过反复磨合才会从"神本""人本"逐渐演进至珍重所有生命的"命本"境界。

　　中国现代文人创造的"新文学"便涵容"人的觉醒"和"新生命的

憧憬",从中也折射出他们的人生之梦。揭露"吃人"的历史与现实,这是鲁迅的文学主题;歌唱"凤凰涅槃"的悲壮与欢欣,这是郭沫若的文学主题;崇尚"自然人生",展示"美在生命",这是沈从文的文学主题……而他们共同的主题则是关注人的现代命运,促进现代文化的发展!

于是,中国有了真正的"新文学"!有了"古今中外"化成的现代文学!

方东美曾说:"天地之美寄于生命,在于盎然生意与灿然活力,而生命之美在于创造,在于浩然生气与酣然创意。"① 只有应运而生的新的生命才能孕育出新的文学,而新的文学反过来也培育了新的生命。只有坚韧不拔地追求"现代化"的民族和个人,才能拥有属于自己的新的生命,也才会创造出与旧文学迥然有别的新的文学。"人"的现代化与"文"的现代化在生命更新的前提下,才能获得真正的统一。这实际是几代作家共同的信念与追求,自"五四"以降的中国新文学,是我们民族与作家个人生命之树上绽开的花朵、结出的果实。我们瞻仰着新的生命所创造的文学胜景,也为新文学的屡遭劫难却仍生生不息而感喟不已。但我们尤其怀念那些直面人生、勇辟"崭新的文场"的闯将们,是他们"取下假面,真诚地,深入地,大胆地看取人生并且写出他的血和肉来的"(鲁迅《论睁了眼看》)生命文学,为后继者做出了榜样。今天的我们,应该以生命的名义,向他们致敬!

世间有了生命,有了人对新的生命的向往与追求,才会有浩然生气与酣然创意,才有了"热爱生命"的赤诚,也才有了"创造生命"的美好。而这赤诚,这美好,正是文学不可或缺的"生命机制"。然而真实的生命,远比人们通常想象的要复杂得多。人的生命之谜对于人类自身来说,具有最大的魅力,也具有最大的魔力和迷惑。倾向于"神学"或"兽学"(动

---

① 方东美:《生命理想与文化类型》,中国广播电视出版社 1992 年版,第 366 页。

物学）方面的探讨，就表明这魅力与迷惑是同样的巨大。将人仅仅单方面理解为理性人或感性人、社会人或个体人、"神人"或"兽人"显然都是偏颇的。真正完整的"生命哲学"或生命美学理应是对"人"的系统而辩证的把握，而不是仅仅关注人的本能、潜意识与非理性，或仅仅关注人的智能、显意识与理性，也不是先验地、机械地将某个方面始终视为根本的、主要的方面。相对于许多实际上是肢解了人的生命的理论，作为全息观照性质的"人学"的文学世界则更贴近人的生命真实。

注重从"生命的真实"以及相应的"心理的真实"这一基点上来看待文学，这使我们意识到了心理分析方法的重要性。因为无论是人生的什么景观或体验，只有进入具有审美创造功能的"心理场"，才可能转化或结晶为文学作品。正是这"心理场"将"对象""作家""读者"紧密地联系到了一起。我们要探讨中国现代新文学，就不能不密切注意"新文场"与"心理场"的内在联系。新生命的心灵化是创造新文学的关键，相应地，我们也只有从心理场的角度才能寻觅出新文场的矿藏。

值得特别说明的是，这里说的心理分析是带有广义性的，与弗洛伊德创设的狭义的心理分析相关却并不相同。广义的心理分析也包括对生命现象中的性、梦，生、死或潜意识的探析，但同时又关注着文学中的文化心理、时代心理、民族心理、阶级心理与个性心理等，积极借鉴各种现代人文科学的方法来达到对文学现象进行心理分析的目的，通过带有综论性、比较性或透视性的心理分析，从而对新文场中的创作心理、对象心理与接受心理有所揭示。而在具体的但并非系统的分析中，我们仍然强烈地感受到，新文学的作家们对新的生命、新的生活，总是那样倾心地向往，热烈地追求，无论是经受了多少痛苦与困惑，都没有失掉这种心气，都没有窒息这种心声。深情而热烈地呼唤着新的生命，这是新文学最为激动人心的主旋律。而"新文学"也与"旧文学"有着千丝万缕的联系，尤其是在

"文心"方面依然有古今相通的地方。尽管笔者主要关注的是"新文学"或现代作家的"文心",却也要在古今中外连通的视域中加以"窥探"。由此,便有了本书的构想。

《心事浩茫连广宇——作家"文心"窥探》,借用鲁迅先生诗句为本书的主题,将作家们的浩茫"心事"与存在于人之内外的"广宇"联系起来,也参照文论界关于作家创作心理的"内宇宙"等观点,从宏观到微观,从理论到创作,从作家到读者,以广义与狭义的心理分析为主要视角,对中外作家尤其是中国现代作家的"内宇",结合其文学文本进行了多方面的探索,力求得出能够贴近真实且能激活思维、耐人寻味的论断。既从世界学术视野关注"五四"以来文学现象所蕴含的生命意识、文化心理,也密切关注具体作家创作心理以及文本潜蕴的意识、无意识内容,还努力从文学实践层面向理论层面拓展,致力于相关理论问题的思考及"文艺性学"的建构;既关注作家们"心事浩茫连广宇"生成的人文现象,更追求"于无声处听惊雷"式的心理窥探或心理分析。笔者秉承"古今中外化成现代"的学术理念,坚持"大现代"的人文立场和实事求是的学术态度,长期追索并严肃认真地探讨不同层面人性,包括本能与文学的内在的复杂关联。同时注重结合当代实际人生体验和当代学术思潮来审视历史上的作家作品及读者所涵容的心理世界,由此体现出强烈的"当下关怀"或学术当代性。其鲜明的当代性特征集中表现在三个方面:一是联系文学发展的当代性要求有选择性地确立自己的研究方向与研究对象,并不苛求面面俱到;二是在具体的文学历史现象研究中,从理论的高度总结出具有现实指导性意义的学理根据和经验教训,给当代文学的发展以有益启示;三是运用现代价值观念与审美眼光,透视作家"文心"及其嬗变,在现象分析、个案透视和理论探微等方面进行了专题性强且各有侧重、互有呼应的深入研究,并给出了一些新的学术判断。

上篇

现象分析

第一章

古代情爱文学的心理意识和文学呈现

在文学世界中有广义和狭义的"谈情说爱"，无情无爱的文学从根本上说就不是真正的文学。以冷峻或"冷文学"著称的鲁迅先生也曾言："创作总根于爱。"① 由此"寻根"，就会发现自古以来，"文学是人学"在很大程度上也可以诠释为"文学是爱学"。如果说生命的发生与性际生活具有永恒性的关系，那么也可以说，孕育生命、创造生命过程中的"性爱"或"爱情"也具有永恒的价值，并由此形成描绘性爱或歌颂爱情的文艺主题。通常人们称此主题为"永恒的爱情主题"确实由来有自，且由爱引发的爱恨情仇构成了文学的主要意蕴。当我们探究作家的"文心"时，便不能忽视古今中外作家的"爱心"。从哲学意义上讲，爱或情爱，是人际关系中最重要的一种情感联系，失去它就意味着灾难或缺陷，因而著名学者弗洛姆称之为"生命之爱"②，倍加推崇与强调。而情爱尤其是爱情，恰是人类生命长河中的永不枯竭的流水，致使表现情爱的艺术追求自古以来绵延不息，从未中止。

---

① 《鲁迅全集》第 3 卷，人民文学出版社 1981 年版，第 511 页。
② 参见［德］E. 弗洛姆《生命之爱》，罗原译，中国工人出版社 1988 年版。

第一节　古代情爱文学的生命意识

失意补偿，是古代文人在情爱文学中表现最为强烈和充分的一种生命意识。

人的生命是一个不断建构与消解的生命系统。这一生命系统不断地输入输出，关键取决于人的生命本体所形成的调节机制。本来，作为一个生命系统的内在需求理应是多方面的，但经由环境与人的不断相互作用，人之内在需求的某些方面往往受到了抑制。但仅仅是抑制，而不是消灭。被抑制的方面则要求通过调节机制加以补偿，否则就会造成生命危机。这在人的情恋性爱生活方面表现得尤其明显。失恋乏爱而求功业、宗教、艺术以补偿者有之，而追求功名、信仰不成而转求情恋性爱及文学以补偿者亦有之，失此求彼，失彼求此，常常是生命使然甚至令人无可奈何的事情。

中国古代文人在人生追求的道路上，得意时少，失意时多，常常会不由自主地要在性际生活中寻求补偿。这种性际生活有时是现实的，有时却仅仅是精神的；有时是婚姻的，有时却是非婚姻的。更多的情形则是这两方面的结合。由此获得的生命体验常常成为文人创作的动机和内容，并进而发展到使整个文学活动都内化为一种生命调节机制。失意文人寄情于性际生活，这是一重调节；再将其真切的体验（当然还有间接体验、见闻想象之类）诉诸文墨，这又是一重调节；继之再自赏己作或与他者交流，又获得一重调节。经由实际的与精神的种种调节，失意文人的心怀差可慰藉，生命之树或得沾溉。假如我们设想，古代文人在功名或生存道路上竭力奔竞坎坷蹉跎时，绝无任何实际的或精神的情恋性爱可以寄情排遣的话，那会是怎样的情形？

　　杜牧的"十年一觉扬州梦，赢得青楼薄幸名"，柳永"忍把浮名，换了浅斟低唱"之类的告白，传达出了千古失意文人的真实心声，亦是对上述假说的应答。窃以为，在中国文化史上，第一位最伟大的失意文人当推孔老夫子，他的竭力入世的"孔氏情结"就泄露了他心头的秘密，使人想到他的著述、编辑、教育等文化活动亦与情恋性爱方面的原生生命体验有着千丝万缕的联系；而在中国文学史上，第一位最伟大的失意文人或当推屈原大夫。在他的最伟大的诗篇《离骚》中，"唯欲婚简狄，留二姚，或为北方人民所不敢道"①；在《湘君》《湘夫人》《少司命》《山鬼》《思美人》等作品中，也都明显流露了他对不朽爱情的由衷礼赞，呈现了他对美好女性的思慕向往。尽管这种寄情中有深厚的政治隐喻，但毕竟是部分地建立在性际关系的交流之上的。至少在他的"香草美人"的"诗歌意象丛"中，隐含着他心理层面的政治与情爱的双重需要与满足。其心理活动必然是"双关"，而非"单关"。倘从单纯的性心理学的角度来解读屈原诗作，也许会觉得有点陷入自恋、幻恋的心理误区，然而屈原实际上又是很清醒的。因为他个人虽有诗人对恋情的渴望与敏感，却更有政治家的智慧与抱负，所以他不会将情爱真的置于功名（爱国卫国）之上，哪怕是暂时的，也难以被他的理智所允许，所以他终于别了人间，赴向水府。这种生命的悲剧无疑含有崇高的意味，但却同时证明对人间情恋性爱的捐弃亦会留下生命的遗憾。

　　多少代了，文人总是经常在生活中扮演这样那样的悲剧角色，但似乎唯有在言情说爱及其相应的文艺创作上可独占鳌头，补偿失意的生命养料

---

　　① 鲁迅：《汉文学史纲要》，《鲁迅全集》第 9 卷，人民文学出版社 2005 年版，第 352 页。

亦多取之于此。因而情恋性爱的实际（生活）与精神（文学）上的追求便构成了古代失意文人最为有效的一种生命调节机制。下面，我们将从"梦游神恋""选择女化""寄情自然"等心理补偿角度对此加以简要的论述。

其一，梦游神恋。

中国古代文学中写梦涉梦的作品很多，其中尤多与情恋性爱有关。梦游得见心爱之人，神游得抒苦恋之情，故在此谓之"梦游神恋"。

自《诗经》首篇《关雎》中写出"寤寐求之"的话来，后代作家们便仿佛得到艺术的启示，皆将美梦当成了求得"淑女"的一种神奇灵验的渠道，现实理性压制下的不自由在美梦中总会多少得到一些疏解，所以在古代作家那里，每当处于爱而不得的失意情境时，借梦言情表爱便成了生命补偿性质的稀松平常之事。

莫达尔在《爱与文学》中指出："古人尤其对梦的现象感到兴趣，很多古代历史及神仙故事都充满梦的描写和诠释。"① 而这梦的诠释在正宗心理分析家那里，不免总要往"利比多"压抑或潜意识欲望达成的"原理"上牵扯。我们自然不会也不必在此鹦鹉学舌、生硬搬用，而只拟就我国古代文学中那些明显将梦与情恋性爱联系在一起的众多作品，有选择性地做一些考察。

以诗写梦涉梦的意在言情说爱者，处处可见，古今中外皆然，在我国，《关雎》既然开其首，步武者自然不会缺乏。如那位对宫体诗与诗律有影响、有贡献的沈约，就直接以《梦见美人》为题写道：

> 夜闻长叹息，知君心有忆。
>
> 果自闺闱开，魂交睹颜色。
>
> 既荐巫山枕，又奉齐眉食。

---

① ［美］莫达尔：《爱与文学》，郑秋水译，湖南文艺出版社 1987 年版，第 28 页。

立望复横陈，忽觉非在侧。

那知神伤者，漇浸泪沾臆。

　　此诗写入梦（苦思）、魂交或酬情（梦合）、出梦（苦梦）的全过程，以诗写"情梦"者大抵不脱这种格局。陆游诗曰："梦断香消四十年，沈园柳老不吹绵。"其情梦常断，悲思几十秋，可见男性诗人的深沉多情。情梦穿越时空限制使人得与爱人相见，那梦中的难得欢乐是极珍贵的，所以金昌绪的《春怨》小诗写道：

打起黄莺儿，莫教枝上啼。

啼时惊妾梦，不得到辽西。

　　闺中少妇思征人，常常致梦，是情理中的事，可惜梦思缥缈，跨越千山万水，好不容易到辽西边陲得见郎君了，那黄莺儿的啼叫却伴随着黎明的脚步惊醒了少妇的相思梦，于是有那"打"黄莺儿的举动。娇憨之态，恨怨之情，宛然在目。"黄莺"可知思妇心？女诗人鱼玄机曾说："云情自郁争同梦。"对于异地而居的"牛郎织女"们来说，"梦"恐怕是较"信"更快捷，它扮演着那个小天使爱神的角色。

　　自古以来，"春宵一刻值千金"确实是文人梦、思妇梦的一种实况。比较而言，诗之写情梦不若词来得更自由、更逼真。以"梦"入词，诚属词家常用之法。且以《花间集》为例。花间词派所追求的东西，其本身就仿佛在经历一次悠长的春梦。花间词人的确善于入梦、察梦、记梦。作为花间词派的两位代表作家温庭筠与冯延巳，都多以'情梦'入词，如"水精帘里颇黎枕，暖香惹梦鸳鸯锦"（温庭筠《菩萨蛮》），写的是闺中人正睡在香而暖的被窝里做一个温柔的梦，"惹梦"的锦被上绣着"鸳鸯"图案仿佛在泄露她梦中的情景，这情景在温词的另一阕《菩萨蛮》中说得更分明："春梦正关情，镜中蝉鬓轻。""春梦正关情"可谓一语道破了所有男女春梦的天机。相比较而言，冯延巳似更热衷于写梦。

> 心若垂柳千万缕，水阔花飞，梦断巫山路。（《鹊踏枝·烦恼韶光能几许?》）
>
> 撩乱春愁如柳絮，悠悠梦里无寻处。（《鹊踏枝·几日行云何处去?》）
>
> 梦觉巫山春色，醉眼花飞狼藉。（《谒金门·杨柳陌》）
>
> 魂梦任悠扬，睡起杨花满绣床。（《南乡子·细雨湿流光》）
>
> 梦见虽多相见稀，相逢知几时?（《长相思·红满枝》）

冯词多写梦，这梦通向巫山，通向春水，追逐着杨花、飞花，其本意正如苏东坡所云："梦随风万里，寻郎去处。"为何寻郎? 此即不言而喻了。冯词笔下的梦者多系女性，她们有时梦得顺畅，一梦即"梦觉巫山春色"，自是欢愉无比；有时却是"梦断巫山路""梦里无寻处"，难与情人于梦中相会。作者并非女性，竟然能体会到女性在"梦"中失恋的痛苦、失望，亦属难能可贵。

"梦游"正关情，"神恋"亦关情。古代作家常借神奇的想象（神思）来揭示恋情的深广程度。一些赋文与戏曲在这方面有着突出的表现。

赋体散文，铺陈情事，亦有相宜，故旧有"情赋"专称。按正统史学家观点，这类"情赋"大抵当属被摒弃之列。首开"情赋"体式的宋玉，即被目为"无行文人"。他所写的《高唐赋》《神女赋》《登徒子好色赋》等作品，均以在性际生活方面富于神奇的想象而著称，但因此也就成了他是"无行文人"的铁证，连不少现代中国人仍不肯饶过他。其实他在自己的赋作中，既继承了先民及前辈写情恋性爱的文学遗产，又发挥了自己寓于浪漫情调的想象才能，为中国文学史初创了属于中国人的爱神与美神，那巫山神女的魅力不仅征服过两代楚王，而且在无形之间也征服过历代许许多多的文人骚客，这只要从他们口头与笔端流出的"巫山云""巫山枕""阳台""神女"之类的语词中，便可了然。经由众多渠道的传播，尤其是小说家的经常提及与渲染，宋玉笔下有关爱神、美神的吉光片羽已如天女散花一般化入了中国文学的湖海河山之中，"巫山"之类的词语也化作了大众的语汇。之所以如此，老实说来是由于宋玉道出了"人"的潜抑的心声。中国文明产生得早，对情恋性爱的"文明压力"或抑制也早，在这个性与爱恋的领域，中国人较早地进入了普遍"失意"的状态。所谓"人心不足"的人性弱点（优点？）在这一领域也就更为凸显，故而他巧妙地假借楚王、登徒子等男性视角，并把自己也置入其中，道出了几乎人人皆有的"白日梦"境。可是事既关涉自己，宋玉就清楚地记得圣人的教训，所以他会在楚王面前竭力为自己辩解，除"清醒"地说自己不被女色诱惑外，还反咬一口说登徒子才是好色鬼。这种理性化的宋玉与神思妙想的情感化的宋玉呈现某种分裂的状态，这种状态上承"孔氏情结"，下通"现代性爱的困惑"。

赋体散文在两汉魏晋得到了大发展，"情赋"也是如此。如司马相如的《美人赋》、张衡的《定情歌》、蔡邕的《静情赋》、曹植的《洛神赋》《静思赋》、张华的《永怀赋》、陶渊明的《闲情赋》等，莫不心索神系于女性美，在极尽赞美之时，或显或隐地表露出那份人皆有之却未敢明言的企盼之情。且看大文豪蔡邕《静情赋》（又名《检逸赋》）中所云：

> 夫何姝妖之媛女，颜炜烨而含荣。普天壤其无俪，旷千载而特生。余心悦于淑丽，爱独结而未并。情罔象而无主，意徙倚而左倾。昼骋情以舒爱，夜托梦以交灵。

文人对女性的描写各极其致，但似乎不外各有所好而又有"共同美"。关键在于铺陈女性美是为了道出"昼骋情以舒爱，夜托梦以交灵"，这可谓一语道破了"梦游神恋"文学的深层动机。所以据此一斑亦可看出蔡邕的确不愧为大文豪，比弗洛伊德的"洞见"或释梦早了近两千年。

再看那位"悠然见南山"的五柳先生的《闲情赋》。

> 愿在衣而为领，承华首之余芳；悲罗襟之宵离，怨秋夜之未央。愿在裳而为带，束窈窕之纤身；嗟温凉之异气，或脱故而服新。愿在发而为泽，刷玄鬓于颓肩；悲佳人之屡沐，从白水而枯煎。愿在眉而为黛，随瞻视以闲扬；悲脂粉之尚鲜，或取毁于华妆。愿在莞而为席，安弱体于三秋；悲文茵之代御，方经年而见求。愿在丝而为履，附素足以周旋；悲行止之有节，空委弃于床前。

从未有过的缠绵！这位既很"悠然"又有"猛志"的陶先生竟还有如此的缠绵！立体的活生生的陶先生似乎就站在我们面前朗诵着这篇难得的《闲情赋》，可惜太长，我们不能具引完篇。对这篇情赋，鲁迅先生曾注意到，并给予了幽默而深刻的阐释，他说："被论客赞赏着'采菊东篱下，悠然见南山'的陶潜先生，在后人的心目中，实在飘逸得太久了，但在全集里，他却有时很摩登，'愿在丝而为履，附素足以周旋，悲行止之有节，空委弃于床前'，竟想摇身一变，化为'阿呀呀，我的爱人呀'的鞋子，虽然后来自说因为'止乎礼义'未能进攻到底，但那胡思乱想的自由，究竟是大胆的。"[1] 对意中人这么坦陈自己的"十愿"，倾诉相思的悲苦，这的确很"摩登"，特别是那种因情而生的甘愿化为"她"的衣领、鞋子、饰物之类的想象，在现代诗人如徐志摩等名家笔下仍被"摩登"地承续着。

在古代戏曲中也多有这类梦游神恋的剧情。如《西厢记》中的"草桥

---

① 《鲁迅全集》第6卷，人民文学出版社2005年版，第436页。

惊梦"一折便极典型。此折写尽男女主人公相思情深，幽情生梦，"梦"
成了刻骨相思的载体和见证。可以说，名剧《西厢记》之妙，恰恰在于善
于写梦，入梦惊梦，似假疑真，乍离乍合，情未尽而意无穷，意绪绵绵，
魅力无限。可是在热衷于写梦境艺术的汤显祖看来，情本身就是"梦"，
而不只是那些标明写"梦"的片断："因情生梦，因梦成戏。"他在《牡
丹亭记题词》中还说："梦中之情，何必非真？天下岂少梦中之人耶？必
因荐枕而成亲，待挂冠而为密者，皆形骸之论也。"由此看来，将"梦"
泛化并与情恋性爱密切联系起来，并不是西方心理分析派的专利。在我国
古代作家这里是既有一定认识，又有相当成熟的艺术实践的。就连那些以
帝王之恋为题材的剧作中亦常常以"幽梦"场景来表现其相思深情，如
《汉宫秋》《梧桐雨》等剧作便是。我们坚信这些成功地写出梦游神恋剧情
的剧作家，首先自己就是入梦之人。这"梦"的广义理解便是思接千载、
神与物游的想象。在这自由而又合乎人情人性的想象世界中，作家们自己
是在其中的。所以清代剧作家、理论家李渔曾说：在那"上天入地，作佛
成仙，无一不随意到"的想象世界中，"我欲做官，则顷刻之间便臻荣贵；
我欲致仕，则转盼之际又入山林；我欲作人间才子，即为杜甫、李白之后
身；我欲娶绝代佳人，即作王嫱、西施之元配；我欲成仙作佛，则西天蓬
岛即在砚池笔架之前……"① 由此看来，梦游神恋式的作品首先是对作家
自己有一种精神的"补偿"。

关于情恋性爱的"梦游神恋"式表达，在古代文学中可以举出无数的
例子，女性作家笔下的梦，男性作家笔下的梦，依稀朦胧道真情。汤显
祖、洪昇之类的戏曲家，冯梦龙、曹雪芹之类的小说家，个个都命定似的
专擅"梦游神恋"，拥有世人称羡的言情说爱的才能与杰作；他们每个人

---

① 鸿雁主编：《彩色图解闲情偶寄》，中国华侨出版社 2016 年版，第 61 页。

本身的恋情录如果能够逼近真实，大概也会与他们的佳作媲美。面对古代作家以整个生命投入的情恋性爱世界，我们是否也需要从中寻求一些补偿呢？

其二，选择"女化"。

女权主义有一个重要的观点，即"女性"是塑造成的。诚然如此，人们确实有理由怀疑公认的"女性"角色与特征是不是"文明"强加给她们的。然而既被如此"塑造"，也就有其必然性或起码的生命依据。这里并不想就这样的理论问题旁征博引地加以探讨，而只想指出这样一点，即"塑造"女性的"文明"力量并不仅仅针对女性，对男性也会发生"塑造"的作用。特别是对那些"失意"文人来说，更易于向早已在"世界性败北"中"女性化"起来的女性表示认同，也格外尚柔崇爱地"女性化"起来。

非常热衷于文学并有较高成就的那些古代作家，很少是一生得意、安度余生的。命运的不幸将他们从男性前沿阵地撤下来（有些仅是暂时的），从而与被抛弃在"后方"的女性获得了"命运"上的共通。这就常常促使他们别无选择地开始了另一种生活方式，一种缺乏阳刚之气的女性化的生活方式，并由这种生活体验培育出相应的文学之花，反过来再给自己带来几分陶醉，几许自慰。

都云作者痴，谁解其中味？对这部中国古代文学的集大成之作《红楼梦》，试解者何止千万？然而在我们看来，这部中国文学之巨著的主要滋味，恐怕当是"女人味"——女性的哲学、女性的精神、女性的理解、女性的悲欢……概言之，即彻底的女性化的味道。由此构成了一种理想的、文学的"红楼极境"。表现在作家曹雪芹的心态上，则是对"女儿"的崇拜所呈示的对男权文化的怀疑与批判，以及自觉不自觉地认同了真善美集于一身的女性所表现出来的"女性化"。由《红楼梦》这样的杰作，我们可以体味到伟大作家以整个生命追求作品中所凝聚的人类理想与文学理想。然而依照男权文化传统的观点却会轻而易举地指斥其为"荒唐言"，嘲笑痴情作者那女里女气的"辛酸泪"，甚至对《红楼梦》"曹雪芹""贾宝玉"这一系列"女性化"的名称都表现出无声或有声的轻蔑。这些指斥、嘲笑、轻蔑和种种曲解，都无损于曹雪芹对"女性化"的选择。

曹雪芹堪为中国古代失意文人的典型代表，他是女性的同情者，是女性难得的异性知音，同时他也从现实与想象中的女性世界获得了无限的慰藉和生存的力量。是《红楼梦》使他不朽，也是未曾异化的女性之美使他不朽。

在中国文化史上，像曹雪芹这样善于从女性世界汲取生命启悟与艺术灵感的作家确乎不多。但能够在某些情境中或层面上，有限地选择女性化的作家，却比比皆是。前面提及的屈原大夫颇喜使用"香草美人"之类的诗歌意象，有时以之比喻他物他人，有时则直接比喻自己，富有创造性地将政治、人伦与自我生命"香草美人"化，在自我佩戴香草、幻变为女性的诗境中，屈原在生命通感之中与女性（"美人"或"蛾眉"）取得了共识。这是一种可以归结为"拟女性化"的方法，运用这种方法使他的作品常常具有几个层面或多重功能，既可以通过"君臣男女"之喻表达政治心愿，同时又可以在这喻象中渗入感性或本能的希冀；既可以拟用少女、闺妇、宫女、歌妓的身份、口吻来倾诉她们复杂而又单纯的心声，又能够在想象的天地中外观女容、内贴其心，获得亦甜亦苦、亦纯亦杂的审美感受。"同是天涯沦落人，相逢何必曾相识。"在古代作家中，女性能代男性立言的作品少见，而男性却常常能够穿透女性心灵，代其或怨或叹，或泣或诉。司马相如可以写出惟妙惟肖的《长门赋》；白居易的诗人法眼与心灵所发出的光束，照彻了琵琶女的生命历程，琵琶声声，长诗当哭，"沦落人"受到了生命洗礼；王勃《铜雀妓》云："妾本深宫妓，层城闭九重。

君王欢爱尽，歌舞为谁容……"诗人深察宫妓伤心处，如睹宫女流涕面，也许诗人或有隐衷，夹杂寄之以抒情；杜牧写宫女的作品颇多，更有《张好好诗》《杜秋娘诗》，径直将女性的不幸遭遇与自己的怀才不遇联系起来。杜牧与张好好，旧友重逢，各诉悲苦，情意相通而不忍分离；杜牧与杜秋娘，素昧平生，但身世共感使诗人浮想联翩，从夏姬、西子、萧后等女性的遭遇，联系到孔、孟、李斯、苏武、邓通等人生时的坎坷沉浮，加之自己亲身感受，不禁使他发出"女子固不定，士林亦难期"的慨叹。像这样"拟女性化"的笔墨，在李煜这等帝王或苏轼这样豪放的作家身上，也时或可见。

古代男性作家在创作中表现的崇拜女性、认同女性、同情女性、比拟女性等情感倾向，显示了他们对女性化的程度不同的选择。这种选择也许还较多地局限于艺术想象的范畴，但毕竟对失意文人与女性来说，仍是极为珍贵的。由于有这种精神化而又活生生的性际情感交流，失意、不幸的痛感转化为艺术的美感。如杜牧在《杜秋娘诗》中的最后所云："因倾一樽酒，题作杜秋诗，愁来独长咏，聊可以自怡。"亦如平生多与妓女接触的落魄剧作家关汉卿所表现的那样，通过深心盼望（"赵盼儿"即为其化身）的理想方式，写出了《救风尘》这样的喜剧，为相知的青楼女性，也为他自己，带来了难得的笑声。

对于女性作家来说，其实也有个选择女性化的问题。中国历史上出现过严重的女性异化现象：一方面异化为非人，一方面异化为"雄强姿态"。这些都不是真正的女性化。真正的女性化既不是小脚、病态美，也不是母老虎、性欲狂。从中国古代那些有素养的，能够通过文学或其他形式抒情言志的女性身上，可以看出她们在艰难而窒息的环境中的挣扎，她们在借文学来努力提升并拯救自己。

在中国史述著作中，女性几乎无任何地位，至多不过是"陪衬人"而已。"男尊女卑"与"女子无才便是德"的教条，与整个男权制度一起拧成了残忍的钢管，从形体到心灵，不知扼杀了多少鲜活美丽的女性生命。尤其在女性学者看来，漫长的人类"第二世纪"便是"男人时代"，相应的也就是"女奴时代"。男性从各个方面对女性存在施行严重的压抑，而有许多女性居然还"内化"了这种种压抑，反转成为女性自我奴化的急先锋，成为自鸣得意的"女教圣人"一样的人物。由于有这样的外部和内部的合力，遂使女性世界满眼凄凉萧瑟，无声无臭，真实感情与愿望被长期封存，导致了种种心理上的变态，于是也使女性无法自由地从事审美的创造，无法使自己的情感向更高的境界升华，也无法使自己的人生走向真正的审美化。然而这只是问题的一个方面，同时我们也应注意到中国女性中的那些"闺中的才女""沦落的才女"的存在，是生命的企望，是爱恋的精诚，使她们不断细诉衷情，盼夫、求爱、寄托、哭诉，一份真情一寸心，柔美而哀艳。正是这种"爱的文学"构成了一部中国女性文学史的主干。同时我们还要注意到佚名女性创作或参与创作的民间女性的文学（如女书中的文学）。总之在男性中心社会的普遍压抑中，女性的失意、沦落也常常得到缪斯女神的深切同情，得以从事文艺创作与鉴赏的活动，获得一些珍贵的精神补偿。

这些精神补偿较多地来自她们对情恋性爱的歌咏与描绘。有人说，在男性中心社会中，男性面对的是世界，女性面对的是男人，而女性唯一的生命赌注便是爱情。这话确实有些实事求是的味道。从我们能够看到的古代女性作家的作品中，绝大多数都是以情恋性爱为其主题的：《诗经》中一些无名女性的恋情诗自不必说，像卓文君的《白头吟》、班婕妤的《怨歌行》这类女性之作，无一不是以对情爱的执着为骨为魂的；像苏伯玉妻的《盘中诗》、苏蕙的《回文诗》等以巧慧见胜的作品，从创作动机到作品内容，也不离情爱；即使像蔡琰的五言《悲愤诗》，实际也是以自己几次婚姻的情感体验为基础，转而倾诉对世事的悲愤；即使像武则天这样"男性化的女性"，在她失意为尼时也写出了《如意娘》这样的言情说爱之作，道是"看朱成碧思纷纷，憔悴支离为忆君"。至于像薛涛、鱼玄机、朱淑真、李清照、唐婉、严蕊、郑允端、张玉良、呼文如、杨宛、贺双卿等才女，也无不奉爱神为自己的诗神。

鉴于李清照作为女性作家的卓越性与代表性，这里拟对她多说几句。

李清照一生最大的特点，是无论在生活中还是在诗文中都对爱情向往不已、执着追求。无论在她憧憬爱情的少女时代，还是在那喜结良缘又屡尝别离之苦的岁月里，以及中年丧夫后的悲苦生活中，那充溢于她胸中的情和爱，都是她生命的最宝贵的财富，赖此她获得了生存的力量、生活的乐趣和创作的源泉。《点绛唇·罢秋千》留下了她"和羞走，倚门回首，却把青梅嗅"的朦胧恋情；《采桑子·绛绡薄》留下了她初婚时节的欢声笑语，道是"笑语檀郎，今夜纱帱枕簟凉"；《一剪梅·红藕香残玉簟秋》是李清照写于锦阳、遥寄远方夫君的情词，道是"一种相思，两处闲愁。此情无计可消除，才下眉头，却上心头"；《孤雁儿·藤床纸帐朝眠起》《声声慢·寻寻觅觅》《摊破浣溪沙·病起萧萧两鬓华》等词作，则忧郁悲哀地倾诉着失去爱人、怀念爱人的种种愁丝恨缕。从李清照少女时代对爱情的憧憬与追求，到婚后的幸福与别离，再到晚年的回顾与悲吟，构成了她的生命三部曲，她的文学三部曲。尽管这三部曲有着不同的色调与音韵，但都围绕着她的"生命之爱"——对"他"的生死不渝的恋情——而歌吟。

有人认为李清照的文学太执着于"爱"了，并且带着"愁"或"泪"地言说不休，境界狭窄，缠绵悱恻。好心者竭力夸饰那种"生当作人杰"的少数"仿男雄声"，称其显示了李清照的"杰出个性"与"刚健豪迈的品格"云云。其实这种好心的阐释很容易与男权封建意识掺和在一起。正如当代女权主义评论家指出的那样，那些指责妇女作品平凡琐碎和耽于日常生活的观点，实际上就是反对女作家在作品中表现她们的个人感受，时而贬低、歧视女性文学，阻止女性艺术家占居文坛的崇高地位。女权主义批评的一个基本观点便是卫护女性"写自我"的权利："这种亲身经历不仅仅是作为个人形象出现的，相反，'我的遭遇'是作为对其他妇女已有的或可能会有的遭遇的一种寓言提出来的。"① 据此也就完全可以理直气壮地说：对"爱"的寻寻觅觅，无论在人生还是在文艺，都是永恒的主题；对"女性化"的选择，无论在人生还是在文艺，都有重要的意义。

虽然我们积极地肯定古代女性作家的创作，但这并不意味着说中国古代女性作家及其创作没有什么局限。"五四"一代先驱对此已多有思考，指出过古代女性缺乏现代性爱意识、男女平等观念，为文从艺大多只是供男性的赏玩等，有时措辞相当辛辣刻薄。但那用意是在引导女性从古典堡垒中走出，求得自由发展。时至今日仍存在很多有识者继承"五四"先驱的文化批判与文化重建的责任，呼唤女性确立自我意识，创造崭新的丰富多样的女性文学。现代女性作家的确面临着新的世界，也面临着更多的自由选择，但在选择与创造之间，切莫盲目地认同男性世界，同时也要从前辈女性的文化积累中汲取经验教训，以忠实自我生命体验的态度来从事文学创作。

其三，寄情自然。

将情恋性爱的意绪、感情遥寄给自然及相应的想象中的神仙世界，这与美学中大讲的"移情""外化"的话题别无二致。与性心理学所讲的性爱象征或物恋之类的话题也似有相通之处。然而笔者以为中国古代作家对这些"原理"也时有深刻而明晰的感悟，并成功或自然而然地表现于他们的创作及即兴的议论中，在此且举一例证之。

---

① ［美］丹尼尔·霍夫曼：《美国当代文学》，《世界文学》编辑部译，中国文联出版公司1984年版，第481页。

清初著名而落魄的言情小说作家秋水散人（徐震）曾在《女才子书叙》中说："当夫绘写幽芳，如游姑射而观神女；敷扬姝丽，似登金屋而藏阿娇。或假绮情而结想，或因怨态以传神。燕子楼头，不失惊鸿之致；苎萝村畔，仍存倾国之容。而使凄其蓬巷之间，烂成金谷；萧然楮墨之上，掩映蛾眉。予乃得为风月主人、烟花总管，检点金钗，品题罗袖，虽无异乎游仙之虚梦、跻显之浮思而已，泼墨成涛，挥毫落锦，飘飘然若置身于凌云台榭。亦可以变啼为笑，破恨成欢矣。"① 该作家以"烟花总管""风月主人"为自己的代称，是承袭古老的情爱文化传统的风雅之意，也表明古人对情恋性爱之于自然风物或现象之间的关系，有一种天人感应般的神秘观念。该作家还将情恋性爱的奇思妙想比为"游仙之虚梦"，虽有其虚，仍自向往。因为在想象的神仙世界中，可以满足超越现实的情爱理想。

除了这种对情恋性爱之于自然与神仙关系的理解，古代作家在从事"移情"之时，还有审美上的考虑。古代诗学既重表现，又重含情。由此潜心发明并运用"借景抒情""咏物言志"之类的表现方法，加之性禁忌方面的原因，所以我们在古典作品中见到的描写性爱或爱情的篇章，绝大多数都是经过"物化"或"诗化"了的，否则便会被认为"粗鄙""拙劣"甚至是"淫秽"。《红楼梦》中的宝黛言情多借物化或诗化的形式，而薛蟠的"大马猴"之类的表达则显得太露，只配当笑料。正由于古人强调与提倡情恋性爱"诗化"的方法，以致文人或女性作家的笔下常将情爱裹在景物描写之中，难以分辨，连"忆内""寄内""寄情""悼亡""闺怨"之类的诗作，也常常如此，更难见比较显在的性爱内容。而在那些隐逸或山水诗人那里，情恋性爱的生命能量巧妙地稀释在山川万物之中，如盐入水，不留痕迹。白居易《读谢灵运诗》："谢公才廓落，与世不相遇。

---

① 朱一玄编：《明清小说资料选编》下册，南开大学出版社 2006 年版，第 1101 页。

壮士郁不用，须有所泄处。泄为山水诗，逸韵谐奇趣。大必笼天海，细不遗草树。岂唯玩景物，亦欲摅心素。……"失意文人既然还要活着，那就"须有所泄处"，在谢氏一路的文人是"泄为山水诗"，在柳永一路的文人则泄为情爱词，都源自生命之本而又异彩纷呈。可是人们常常忽略了那些山水田园诗歌中所可能隐含的情恋性爱方面的内容。既然"大必笼天海，细不遗草树"，想来也不会遗漏自我生命中的"性已"的情愫吧。李商隐曾写道："一自高唐赋成后，楚天云雨尽堪疑。"今人也许会续出这样的话：但知弗洛伊德说，环宇万物藏性谜。可是如果真的需要这么劳神费力地破译"物化"符号中的"利比多"之类，真的要跋涉于莫尔顿·亨特所描述的"爱情丛林"去捕捉种种形态，哪怕只是对一个民族（如中国）的文学进行这样的破译与考察，都是令人望而生畏的。我们在这里也只是拟对古代文学中比较明显的"自然化"与"神仙化"的情爱作品，进行一些简略的考察。

在诗词曲赋中，一切景语皆情语。"物化"了的"我"之情愿，同时也就"人化"了自然之物。"物化""人化"，构成了活生生的生命之爱的双向交流。古代诗家词家深通此理，连老百姓常常也是如此。从《诗经》中就可看出，那"关关雎鸠""桑中""行露""溱洧"等等自然之物，皆带有"我"之情恋性爱的色彩，皆为"人"之情恋性爱的客观对应物。《诗经》以降，无论是古诗十九首中的爱情诗，还是汉赋、唐诗、宋词、元曲、明清小说中的爱情篇章，都常常悄然将爱恋之意移诸自然风物。这正如瓦西列夫所言："爱情不仅把被爱者的形象美化，而且把周围的一切：房屋、树木、山岭、牧场、空气、天空、月亮、星辰、空间——把整个宇宙都美化了。就像金色的光芒以神奇的魅力使人们和万物生辉一样。"① 中

---

① ［保］基·瓦西列夫：《情爱论》，赵永穆译，生活·读书·新知三联书店1997年版，第267页。

国古代作家在长期的生活体验与艺术实践中，一往情深地喜爱"美化"自己爱恋的异性，同时也将其相关的身外之物"美化"一番。当然作为艺术的"美化"，是与作家心中的喜怒哀乐之怀相对应的，并不意味着只有赏心乐事、欢乐陶醉的一种情调或色彩。正由于长期的生活与艺术感性积淀，中国古代作家的文学表现世界中出现一些恒常的恋情与自然的对应物，提及它们，人们常常会马上在头脑中映现某些爱情的意象。下面即举出若干例子来加以证明。

意象之一：柳。在中国古代文学中，"柳"的意象被赋予了极丰富的文学意蕴，出现在作品中的频率很高。"柳"与"留"谐音，故而在爱侣之间，有"留情""留念""留别"之类的含义；而"柳"本身又可引申为"柳腰""柳絮""柳叶""柳根""杨柳"等，在不同的情景中，可比喻有情人的难舍难分、男性对女性的赞美、女性的柔情、爱情的浓情与坚韧、爱意的纷乱与伤感等。在古代文学中，提起"柳"，人们还会马上想起《诗经》中的"杨柳依依"与"灞桥折柳"的典故，这是以柳喻亲友（包括爱侣）别离之情的著名文学意象或典故。古今文学中咏柳佳作名句极多，于此不赘。

意象之二：云雨。以云雨象征男女缱绻之情，这一意象在古代文学尤其是诗词中可谓司空见惯。在此仅引白居易词《长相思》一首以证之。词曰："深画眉，浅画眉，蝉鬓鬅鬙云满衣，阳台行雨回。巫山高，巫山低，暮雨潇潇郎不归，空房独守时。"

意象之三：斑竹。"斑竹"是中国古代文学中经常使用的艺术意象。这一意象的艺术原型出自帝舜与娥皇、女英的情恋传说。传说，帝舜巡游南方，死于苍梧，二妃赶到湘江边，哭泣致哀，以泪洒竹，点点斑斑，遂有斑竹。后投水死，成为湘水女神。于是"斑竹"被认为是情恋性爱甚至生死不渝的象征。这一意象也常与"潇湘""湘娥""湘水魂""湘妃"

"湘灵""湘君"等词并用或替换。如刘禹锡《潇湘神·斑竹枝》云："斑竹枝，斑竹枝，泪痕点点寄相思。楚客欲听瑶瑟怨，潇湘深夜月明时。"又如李绅《重台莲》、刘沧《江楼月夜闻笛》、崔道融《马嵬》等作品都化用了这一意象。

意象之四：红豆。唐代王维《相思》一诗曰："红豆生南国，春来发几枝，劝君多采撷，此物最相思。"此诗广为流传，加之红豆有"红心"（红与火通，火可释为火热的恋情；豆与心通，因其形似）的民俗文化隐意，故形成了以"红豆"象征男女相思之情的意象。如温庭筠词曰："罗带惹香，犹系别时红豆。"（《酒泉子·罗带惹香》）和凝词云："纤手轻拈红豆弄，翠娥双敛正含情。"（《天仙子·柳色披衫金缕凤》）等等。

意象之五：凤求凰。典出《史记》卷一一七《司马相如传》。《玉台新咏》卷九录有司马相如《琴歌二首》并《序》，所咏："凤兮凤兮归故乡，遨游四海求其凰……凰兮凰兮从我栖，得托孳尾永为妃"，便表达了求偶本意。凤与凰原系神话传说中的神鸟，雌雄二鸟相伴着取火自焚，又从中浴火重生，在明喻生命不朽的同时，也隐指性爱的永恒。凤凰对中国人来说是如意、吉祥、幸福、长寿等美好意愿寄托的对象，特别是文人较多地用它来表现男性对女性的追求。作为这一意象的变体还有"凤凰诗""凤凰音""求凰""凤媒"等。

诸如此类的表现情恋性爱的意象可以举出很多。因为古代作家与民众一起不断地从生活中体验着情爱与自然的"物化—人化"的双向交流，不断地积累、承袭着情爱文化的民族文化遗产，故而像这类公认而留传下来的情爱文学意象必然是越来越多。比较著名的还可再举出一些，仅"鸟"类就有"鸳鸯""鹧鸪""子规""娇燕""青鸟""孔雀""喜鹊"等，皆经常被人赋予情恋性爱的生命意蕴，"人化"为生动的文学意象，有作品为证："暖香惹梦鸳鸯锦"（温庭筠）；"蓬山此去无多路，青鸟殷勤为探看"（李商隐）；等等。鸟类如此，植物类当然也有很多，如灼灼桃花、青青芳草、菟丝藤萝、连理树枝、露滴蔷薇、雨打芭蕉等。至于像日月、天地、阴阳之气、春夏秋冬、山环水抱、鱼水之欢类，无不经常被古代作家"对象化"为情恋性爱的文学意象。当然这些意象常常是被古代作家有选择地"综合"起来了，不妨称其为情恋性爱的综合意象丛，其表现效果往往因之而得到增强。如五代词人牛希济的一首小词便包含了许多情爱意象："新月曲如眉，未有团圆意。红豆不堪看，满眼相思泪。终日劈桃穰，人在心儿里。两朵隔墙花，早晚成连理。"月亮、红豆、桃、花、连理枝等多重情爱意象的巧妙综合，有效地表现了浓得化不开的恋情。像这种综合意象，自然在描写情恋性爱的长篇小说、戏曲作品中最容易看到。如《金瓶梅》《红楼梦》《墙头马上》《镜花缘》等作品，就包含丰富的情恋性爱意象，能够给人带来丰富的精神享受。然而对于那些缺乏真情实感、一味堆砌情爱典故的作品来说，情恋性爱文学意象的魅力也会因之而失去。

顺着古人对"自然"的寄情指向，我们进而还会看到他们对冥冥之中的生命机杼似乎有一种泛神的遐想。宋玉幻想出巫山云雨中有神女出现以酬尘俗之人的愿望；皮日休亦可以从桃花的艳丽中看到呼之欲出的嫦娥、西子的姿容（《桃花赋》）。古人们的奇幻想象力促使他们进一步向无垠浩大的自然界寻求自己在现实中得不到的精神补偿，于是就打起了"神仙"的主意。中国人心目中的神仙是既令人敬畏，又让人喜欢的。

让人喜欢的根底则在于神仙们可能会满足人的一切愿望，其中最重要的大抵有二：一为永生（不死），一为有爱（享乐），既可以得道成仙，又可以讲求"饮食男女"。要想将二者兼得，中国古人煞费苦心地创造了一种教派：道教。正是这样的学说，促使人性本能的自然放逸；正是这样的教派，给中国人带来了成仙的"瑶台梦"，又带来了酬情的"桃花洞"。

文人作家很是热衷于这样两美兼得的幻想，在他们的作品中不乏其例。李商隐诗云："闻道神仙有才子，赤箫吹罢好相携。"（《玉山》）化用了萧史、弄玉夫妇吹箫、升仙的故事。《裴航》传诗写裴航偶得白玉杆捣药，于是也就得到了登仙界的机缘。清代《女聊斋志异》中有《洛神》一篇，与曹植《洛神赋》神髓相通，且又有发挥。描写大和处士萧旷遇见洛神，二人操琴共话，多谈及遇合仙凡之异事。"情况昵洽，兰艳动人，若左琼枝而右玉树，缱绻永夕，感畅冥怀。"正由于有这等神仙女的魅力所吸引，加之神仙女的"帮助"，萧郎也就"遁世不复见"，必是追随洛神去了。《幽明录》记载的刘晨、阮肇遇仙的故事对后来文人创作影响很大。故事说东汉刘、阮二人入山迷路，经十余日，饥馁殆死，忽遥望山上有一桃树，登山摘桃，饥止体充。下山，在一条溪边遇二仙女，资质妙绝。随至其家，留半年，求还乡。邑改政异，无复相识，子孙已历七世。就是这样一个简单的故事，不少文人却拿出许多精神进行再创造，或使其再入仙界重逢仙女；或推想刘、阮去后仙女们对他们相思不已或梦想自己就是刘、阮，得以再宿桃源，醉卧仙境。遇仙的艳遇美梦也是一种文人梦。

　　其实，文人们也时或感到神女仙女的朦胧迷离，捉摸不定，于是还是比较实在地从眼前出发，去获得既现实而又带有"仙"味的人生享受，采取的主要方法有二。一是加强与进入道观而又风流的女冠交往，一是将自己尘世女伴与想象中的仙女"同化"。前者如温庭筠的《女冠子》词："含娇含笑，宿翠残红窈窕，鬓如蝉。寒玉簪秋水，轻纱卷碧烟。雪胸鸾镜里，琪树凤楼前。寄语青娥伴，早求仙。"又云："霞帔云发，钿镜仙容似雪，画愁眉。遮语回轻扇，含羞下绣帏。玉楼相望久，花洞恨来迟。早晚乘鸾去，莫相遗。"在"女冠"（如唐代鱼玄机这样的女性）这种特殊的女性身上，文人寄托着双重的欲念：求仙和艳福。然而这种情形势必不能十分普遍和恒久。文人们更现实的办法是在感情与意念上，直接地将自己心目中的理想女性,视为仙女式的人物。在这后一种情形中,"仙女"就成了一种赞美型的比喻。如唐宋诗词中大量运用遇仙典故的作品,多是如此。又如明代《会仙女志》这样的小说,将仙女与男主人公已聘之妻"同化"在一起(方法:仙女"化清风一袭,入于陈氏之躯"),而《游仙篇》也正是青楼艳遇的诗化表达。如此这般,文人们或热心的读者就会从这样以"仙女"为体为魂的现实女性身上,获得了既现实而又理想化的精神享受,补偿了自己在生活中的种种失意与不足。钱锺书先生曾谓古人笔下的美人形象通有其"观感价值"与"情感价值"。正是由于有这样的生命价值,才促成文人们神思飞扬,幻构出在天界,在山水间,在洞天福地,在桃花源,甚至在荒坟野冢,都有天仙、地仙或尸解仙等神仙的倩姿丽影出现,并且莫不情意绵绵。她们还常常主动施情送爱,这种爱超脱了生死、时空,指向了永恒。冯梦龙《情史》中所写的桂花仙子、书仙、白螺天女、洞箫美人,甚至狸精、狐精无不是这样的角色。蒲松龄《聊斋志异》更将神仙女的美好意象置换变形为花妖狐魅。而这些鬼狐大多具有情色,平和可亲,令人忽略其为异类。王韬《淞隐漫录》等小说,亦多述遇仙异事,路子更宽,各种神仙女或带有仙家气息的女性,荟萃排比,熠熠生辉。如"仙人岛"上的女仙、女史,"仙谷"中的仙女,甚至于被崇拜的烟花女子,等等。这类作品对作者或其他落魄的文人都如仙家炼的赤丹,食之或可助益于生命,或可损伤于生命,不可妄下断语。

穷极必生异想。安徒生笔下卖火柴的小女孩在冻馁濒死之际梦见的是天堂。中国古代文学中的遇仙故事在本质上与此无异。尤其是来自民间的"牛郎织女""董永七仙女""田螺姑娘""白蛇娘娘"之类的故事,都与社会底层的光棍村汉、"孔乙己"式的文人大有关系。冯梦龙《情史》中所写的关于张果老得美妻的故事,可视为穷极生异想的绝妙寓言。作家写张果老原为一种菜老人,闻一官家欲招女婿,计以得之,迁居之后,便登仙界，跨鸾乘鹤，豪奢无比，使一班原瞧不起张果老的人艳羡不已了。显然作者是在借"八仙"中的张老头在说法谈道，在虚灵的世界中嵌入一些美人图来抚慰世人，特别是那些缺乏情恋性爱机遇的不幸的人们。

最后，我们郑重指出，失意补偿，既是人之生命的内在调节机制，也是一种外向追求的动力机制。它是一种情感的范型，也是一种文学的范式。特别是在人生与艺术的情恋性爱领域，它有着极其重要的生命价值与美学价值。

第二节　古代情爱文学中的礼教意识

随着封建社会制度的逐步"完善"，封建礼教也便得以确立和最为广泛地传播，形成了系统完善而又无孔不入的礼教意识，这种礼教意识深入人心的结果，是赋予中国人一种超乎寻常的"理性"：凡事皆须以礼教的标准加以衡量，"非礼勿视，非礼勿听，非礼勿言"。自然，人们的性际生活更要严格遵守礼教的规定，"男女授受不亲""父母之命，媒妁之言"等就成了铁令。同时还对女性有许多附加的限定，如"三从四德""七出"之条以及"饿死事小，失节事大"等便是。于是，'封建'文学是不写自由情爱只写家族婚姻的。

所有这些礼教言论都据说是为了使"人"更"文明"，或更"贞洁"。词语是动听的，结果却是严酷的。表现在文学方面，古代作家都不得不背负因袭礼教的重担，铭记"经夫妇，成孝敬，厚人伦，美教化，移风俗"（《毛诗序》）之类的使命，恪守"思无邪""温柔敦厚""乐而不淫""发乎情，止乎礼"等人生与美学的原则。或借人物（形象）说法，弘扬礼教精神；或小心翼翼地想摆脱一些束缚，获得稍许的自由；或故作狂放，撂下挑子走自己的路，然而骨子里却又有几分难以割舍，流连犹豫。不管怎样，古代作家都或多或少地承受着封建礼教所赋予的理性，无论是浪漫主义还是现实主义的作家，都要或多或少地借礼教的纱幕来装饰一下自己的作品。文不载道，行之不远。特别是言情说爱的叙事性作品，似乎更要摆出一副"超越"了情恋情爱本身而大有"警世""惩戒"作用的架势来，即使那些其实是口味很重的黄色"作品"，也常要勉强纳入文以载道的模子中去。而那些描写爱情悲剧的作品，不管作家有意还是无意，都总在表现礼教与爱情的对立，不过在礼教意识严重的人看来，相爱而未有善果，恰好证明了这爱情必有越礼不轨之处。

从文化哲学的意义上说，所谓理性超越便是对感性生命的超越，而总以社会功利、道德为旨归。这种理性应该说是人之为人的一种极为重要的特征，它的存在有其必然性，但走向极端便会演化出种种机械、绝对的文化与艺术律令，于是也就走向了实质上是反文明、反艺术的末路。这种唯理性主义的文化观、文艺观在孔子那里已经成形。难怪他自信地训示曰："小子，何莫学夫诗？诗，可以兴，可以观，可以群，可以怨。迩之事父，远之事君。多识于草木鸟兽之名。"（《论语·阳货》）这段老气十足的训话有两大特点：一是唯理性功利，一是唯男性中心。这两大特点体现了鲜明的礼教意识，此后也一直存在于以封建礼教理性为基点的文化、文艺传统之中。在程朱理学影响之下，这两大特点表现得更为突出，乃至有些骇人听闻了。

人生本应是感性生命与理性生命的有机统一，从而以"生命系统"的不断建构（充实与更新）为生动的过程来实现人生的全部价值。单方面地强调理性生命，譬如大讲"存天理灭人欲"之类，就势必会导致文化艺术上的"偏至"，并与封建统治紧密结合起来，成了一种精神镣铐，从而锁住了众多渴望自由生活与文化创造的心灵。

表现在情恋性爱的文学创作上，古代人们更为敏感地关注是否合乎礼教理性，是否能够"文以载道"。尽管众多作家不可避免地要进入这一人生及其表现领域，领略其喜怒哀乐的境界和变幻多姿的风光，但却总不能掩抑封建礼教意识的呈现，并多少都要受其支配，对笔下男女人物做出合乎礼教理性的描写与评判。这既明显地表现在一些诗歌、赋文之中，也表现在小说戏曲等其他文学作品中。正可谓"发乎情，止乎礼"的作品比比皆是，不胜枚举。汉儒之后的情恋性爱方面的作品，绝大多数都合乎这种"礼义"对"情"终能超越的模式，少数作品也要经常穿靴戴帽地加上一些装饰，抑或再署上个假名（中国古代文化中涉写情恋性爱作品的作者都以假名匿去真名，有的干脆不署名，这种现象在西方文艺史上是极少见到的），否则便难以问世。即或侥幸刊行，也难逃被禁的命运。像《金瓶梅》《红楼梦》这样的旷世杰作，也都会屡遭查禁。

不仅如此，古代文学中那些以真诚见长的言情表爱的作家作品，都经常处在舆论的围攻之中，而这围攻中相当卖力的当然也多是文人，有的往往也是颇有学识、文才突出的文人，如宋代的朱熹、明代的邱凌、清代的纪昀等人就是。这里且举一个以作品攻作品的佳例，以见礼教意识对文学世界的巨大渗透与制约之一斑。这就是宋代词人曹冠的《念奴娇·蜀川三峡》。词前有小序云："宋玉《高唐赋》述楚怀王遇神女事，后世信之。愚独以为不然。因赋《念奴娇》，洗千载之污蔑，以祛流俗之惑。"由此可见批宋玉之旨，并自我标榜为"独"开批风者（其实不然）。且看他词中如何说：

蜀川三峡，有高唐奇观，神仙幽处。巨石巉岩临积水，波流轰天声怒。十二灵峰，云阶月地，中有巫山女。须臾变化，阳台朝暮云雨。堪笑楚国怀襄，分当严父子，胡然无度？幻梦俱迷，应感逢魑魅，虚言冥遇。女耻求媒，况神清直，岂可轻诬污？逢君之恶，鄙哉宋玉词赋！

读这样严肃的多少带点假正经的词句，也许令人颇觉可笑。尤其是词作者板起面孔，以礼教之规跟楚王、宋玉较起真来，企图为神女洗刷所谓污名。其实，作者认为《高唐》《神女》二赋是卑劣之作就恰恰验证了他自己的卑劣。遗憾的是，像这类活跃在古代文坛上的道学式批评或创作，至今仍未真正终结，以封建礼教意识为"纲"的无形网络仍在不同程度地困扰着作家与批评家。

当然，古代文人的理性书写，经常也渗透了男性化的强烈的事功忧患意识。这在客观上也体现了社会及家庭的需要。

通过对事功（建功立业、修齐治平、仕途经济等）的追求以及对此"事业"的礼赞，达到对情恋性爱的超越；或将二者对立起来，并明确贬抑后者；或将后者仅仅作为一种点缀，一种无足轻重的辅助性人生内容。这在中国文化（文学）中可以说是非常突出的现象。

扮演社会主角的男性，从小接受的传统教育便是"修身齐家治国平天下"，而整个人文环境都促使建功立业的"男性意识"不断地膨胀。所谓"悔教夫婿觅封侯"却不过是相思情热、情苦中的女性偶发的心声而已。因为真正合于封建伦理规范的女性必须以"相夫教子"为使命，从而以间接的方式去为社会效力。由此，在封建社会，男女遇合相爱的一种理智思虑便是爱情（更准确地说是"婚姻"）要有助于对事功的追求，有助于提高自身的社会地位（男性尤多有这种理智的思虑）。正因为如此，从婚姻的主要形态看，封建时代的男女婚姻大都带有浓厚的"政治婚姻"色彩。恩格斯早在《家庭、私有制和国家的起源》中便详论过这种封建婚姻与真正爱情的矛盾、对立，认为爱情往往要到婚姻之外去寻找。从中国古代文学中，我们不难看到诸如此类的性际生活畸形的现象。仅以小说表现的门第观念及其造成的悲剧，就可以证明恩格斯的卓见。在封建时代，爱情经常与功名地位的追求存在矛盾与冲突，但其结果却通常只能是爱情之花的凋零；爱情无力否定功名，功名却可以否定爱情；或者是爱情无可奈何地向功名让步，保持着"两情若是久长时，又岂在朝朝暮暮"式的清醒，或如杜甫《新婚别》中表现的女主人公识大体地送郎出征，等等。

所以爱情至上主义在中国古代是难以存在和发展的，强大的现实功利思想牢牢地攫住世人，也攫住了作家，使他们笔下的情恋性爱常常被扭曲、挤压着塞入理性的框架中；有时说教劝世，有时惩戒警世，有时言情讽世，有时稍稍涉写情恋性爱而无事功忧患方面的寄托，则必遭讥讽，甚至会遭查禁。这也就是中国传统的功名利禄意识对情恋性爱超越的突出表现。

这种以事功忧患来超越情恋性爱的情形表现在许多方面。如果结合具体作品进行论述，需要万语千言。这里仅就文学描写或表现而言，着重探讨下面的两种情形或现象。

其一是"恋情省略"。有人说中国是早熟的民族（主要指汉族），意谓理性成熟得早。表现在流传下来的神话传说中，则是严重地"省略"了神的"人欲"成分。那一个个男神女神大都与古希腊神话中的宙斯、阿芙洛狄忒（维纳斯）们迥然不同，几乎从不涉及"性浪漫"。女娲是创生之神，这位大母神的造人，一传为她"抟黄土"而为之，一传为她与乃兄伏羲交合生人。即使这后一种涉及"性"，但恋情仍被省略了。老子曾大言其"道"，这个"道"便通向创生母神，通向母神"玄牝之门"。但在这"道"中蕴涵的是强烈的生殖意识，爱情意识则不见踪影。又如儒家的经典《礼记·婚义》所云："婚姻者合二姓之好，上以事宗庙，下以继后世。"有"上"有"下"，独无"爱情"在其"中"！所以中国"生殖意识"远远大于"爱情意识"。由家族观念出发的"传宗接代"方面的追求几乎可以完全代替青年男女的爱情。而努力生育居然便是尽了"大孝"（谓"不孝有三，无后为大"）。在古代文学中，大量的作品触及了婚姻，尤其是政治婚姻，但却要省略恋情，只道"亲家"互助、夫唱妇随、封妻荫子、光宗耀祖，而对男女主人公怎样相亲相爱、互通心渠、生死相和的情形（心理的与行为的）却大多略去不叙。抑或简单一提，语焉不详。众多的讲史小说、咏史诗歌、祭悼之文、烈女传之类，都常常触及婚嫁、生殖、功业、贤惠、贞洁等内容，却无形中冷落了恋情，尤其缺乏对当事男女的性际生活隐含的重要情感体验及其对人生多方面影响的表现。

　　"恋情省略"既意指作家对男女之情的回避，当然也包括作家对性爱中"欲"的回避。如果说在宫体诗词、香歌艳赋中多缺乏真正的爱情，那么在其中却多少隐含"欲"的成分；而在夫妇寄赠、悼亡之作中，则反其道而行之，常常是有"情"（能否算是平等爱情仍是疑问）而无"欲"，至少是尽可能地将"欲"回避了。这种将"情"与"欲"的分离，归根结底也是对男女恋情的回避，尽管有时只是部分的回避。先秦散文《齐人有一妻一妾》所描写的多妻现象，也只是意在讽刺这个"齐人"有打肿脸充胖子的可笑情态，而对"齐人"骄其妻妾的"性显位"心理（竭力维持"性"地位的优越以维持其社会地位）及其妻妾的失落、矛盾心理，则缺乏必要的剖示。由此我们还发现，在先秦及此后的那些庄重典雅、"文以载道"的散文（如颂赞、铭文、寓言、论说等）大都自觉地回避男女恋情之事，即使偶有涉及，也往往一语带过，语焉不详，甚至明确持否定的态度。虽然有些文人在失意而仍欲死谏的时候假借女人的声态即"男女君臣之喻"来曲折表达自己的心愿，表现了潜隐的意欲、企盼与理智的追求之间的交织，然而这类意在"讽喻""讽谏"的作品毕竟有着太明显的"借用"特征。许多作家在强大的功利社会制约下，仅将熟稔的情恋性爱方面的材料移作劝世言志之用，将恋情之类仅作为"外衣"，裹着一颗热烈而执着的功名富贵、教化人伦之心，其实这也就是一种明"有"而实"无"的"恋情省略"现象。

类似的情形也表现在对作品阐释的评论之中，许多深受传统理性或封建礼教制约的人，就仿佛盲人一样看不到一些爱情诗文的真实存在及其价值，甚至挖空心思将本是情恋性爱之作别作他解。如汉唐儒生毛亨、郑玄、孔颖达等人，都一味强调《诗经》中诗皆为"言志"之作，对爱情诗亦附会种种历史材料以证之。难怪现代诗人朱湘愤而指出："就中私情诗尤为一班的注家所误解，他们不仅是《诗经》的罪人，他们并且是孔子的罪人。"① 然而，有意曲解而无视爱情存在的诗评在汉唐之后仍旧大量存在。如朱熹，虽看到了《诗经》文本，然而却比前代儒生更进一步，不仅要"省略"其恋情，而且要从根本上"存天理，灭人欲"，试图以理性的力量尽力抵消"淫诗"的影响。

在叙事性的作品中，古代作家也有不少人热衷于让"恋情省略"。《木兰诗》作为叙事诗肯定在由民间到文人之手时被删改了。其中不仅存在已有人指出的"军情省略"，而且还存在"恋情省略'。现存诗中仅有女扮男装、复归女装的简单情节以及难识雌雄之兔的比喻。也许有人会说，这是古人根据表现主题的需要所做的选择与艺术处理。不错，这应该是允许的，但当这种将恋情隐去的做法成为习惯之后，则成了塑造那些能够建功立业的"正面人物"的创作法则，唯恐情恋性爱方面的情节、场面会损害"好人"的形象。如不少史传、演义、传奇、戏剧文学作品，尽力将主人公（多为男性）理想化，然而却又使人读后不免想起恩格斯对此类带有伪饰特征作品的挖苦：人物仿佛是未长有生殖器官似的。连我国古代极著名的《三国演义》《西游记》《水浒传》等作品也在一定程度上难逃此讥。

---

① 《朱湘精品选》，中国书籍出版社 2014 年版，第 173 页。

由此看来，人们熟悉的样板戏中的"恋情省略"的"三突出"之法，倒并非那个"红都女皇"的发明创造了。

其二是"爱情受抑"。在中国古代，爱情受到普遍的压抑，这是人所共知的事，并可以从古代实际生活中举出无数的例证。古代作家对生活中的爱情悲剧常常缺乏正视的勇气，反映在文学上反而热衷于给个人为的"大团圆"，要么因情而死，又因情而生，浪漫得着实可以。然而其中往往存在一些极不浪漫的东西！男子须博取个功名，皇家有凌驾于一切之上的威力，女性总要回归于贤妻良母之途，等等。从这些现象中实际透露出了古代作家对"哀而不伤""发乎情，止乎礼"等文化原则的服膺和遵循。《牡丹亭》是古典爱情戏剧的代表作，它写"情"是不遗余力的：春景与春情都被渲染到了令人陶醉的地步；因情而梦而死而活也令人感动不已。然而它写"理"或礼教也是相当卖力的，并显示出这种合乎礼义之"理"对"情"的最终超越。杜丽娘"新生"之时，却"老死"在重礼教（父母之命、媒妁之言等）、重功名（才子及第、奉旨完婚等）的老而又老的传统之中。

在猎取功名的人生旅途中，男性写下了一些寄内之作，女性写下了一些寄外之作，其中都往往有股悲凄的味道。尤其是后者形成了"闺怨"诗词流派。在绵延数千年的"闺怨"诗词的背后，总拖着长长的悲剧的影子；闷煞的情怀向谁开放啊，尤其是已婚女性的"主儿"们为了功名利禄而角逐外地，生别往往也几同死别。古代由于各方面条件包括交通限制，使离别之苦较现代人为甚，尤其是情侣相别更感悲哀，总仿佛永诀一般，要发一番"生当复来归，死当长相思"的情誓。自然，参与事功利禄的角逐，最终的成功者总是极少数，不幸自然发生。即使侥幸成功，功名富贵对人的腐蚀也往往会无情地埋葬掉从前的爱情。"痴心女子负心汉"的古老文学母题下出现的"陈世美"这类人物，就都不约而同地走上了这条

"富贵即腐败即负心"的道路。

对爱情的压抑与捐弃，在古代则直接意味着对女性的损害与抛弃，故而可以说，古代文学所表现的"爱情受抑"在很大程度上可以置换为"女性受抑"，反之亦然。几千年的中国文明史，同时也是对女性全面压抑、损害的历史。男性的圣人之言"唯女子与小人难养也"即是男性中心社会的一种"时代最强音"。在普遍的压抑之中，女性将唯一的希望寄托在爱情婚姻之上，企图从个别的如意郎君身上找回一点生命的抚慰，然而就是这游丝般的一缕希望也往往被男性残酷地掐断。所谓"红颜薄命"的确是对古代女性命运的一种准确的概括。如唐代步非烟，被迫为人妾，但却心恋邻生赵象，潜通诗文互表衷情，后被发现笞死。古代男性拥有着支配女性生命与爱情的权力，而愈有权势的男性自然也就愈可以支配、掠取女性。这方面最有代表性的人物就是皇帝。美丽的民女、宫女统统在他的股掌之中，不管女子恋着何人，只要皇帝看中那就必得"入宫"服侍皇上。从宫女文学中可以看出，她们的"入宫"实在有如进入地狱，往往终生不知"龙体"是何物，更不知爱情是啥滋味。如此"皇帝"，如此"入宫"，都可以看作是男权文化的一种象征。因为由皇帝而下的层层效法，就使女性从根本上没有"自我"可言了。她们可被买卖，可被赠人，可用陪葬，可被迁怒，可被玩弄，可被物化为生殖器官，可被殖意地弃置或杀掉……在封建文人（男人）那里所盛行的"红颜祸水说"，还意味着女性乃不祥之物，常常是祸起之根源，必有能"克女戎"者方能立于不败之地。在晚明那相对自由一些的时代里有了对"克女戎"的怀疑，但亦难彻底。如李本宁（维贞）《书萧元戎女乐图》一文开篇引晋代史苏所言："夫有男戎，亦有女戎，克男戎易，克女戎难。"这种英雄难过美人关的说法似不合于"萧元戎季馨"，他既有威名，兼而善适美人。尽管吴娃越女具有兰心蕙质、横波目嫣的魅力，季馨也能胜之。所谓伐性之斧曾不伤其毫末。但这样的个案并不能真正撼动传统的"克女戎"的观念。文武之士信奉这种"女祸"观念。而在古代商人及其他阶层的男性那里，其实也存在这种观念。受这种观念支配，就必然将现实利益的得失看得比女性重要。譬如古代"商人妇"的命运就常常很不幸。丈夫们为了谋利出门，常是久而不归或干脆不归，"商人重利轻别离"（白居易），"莫作商人妇"（刘采春）就道出了古代众多商人妇的遭遇与心情。这与中国当前的"争作商人妇"的情形颇为不同。

女性受压抑、受损害的苦难命运表现在人生的各个方面，从政治经济，到语言文化，到身外的一切。久而久之，女性便被彻底奴化并成功地自我奴化起来，最可笑而又最可悲的是一些确有才华的女性自觉地献身于女性奴化运动。古代女教经典《女诫》《女论语》《女孝经》《内训》等的作者皆为女性；有些才女曾写出因情而致的诗文，可忽然从诗境中醒来，马上想到"女子无才便是德"，于是举火焚稿，如唐代孟昌期之妻，元代孙蒉兰等人；有些颇有志的女性一生奋斗的目标是进贞节牌坊之林，以为后世效仿。有的割耳朵自誓（如明代邓铃），有的故意拼命地劳乏其身（如清代沈起凤《谐铎》中所记的"荆溪某氏"），有的恪守礼教教条，长伴不义之男，犹如慢性自杀（如《林兰香》中的梦卿），有的则干脆投缳跳井，以刀自刎。如此"节烈"的女性，数不胜数。古代诗文中不乏对这类女性的赞美，而有许多文本的作者正是女性。

对爱情的超越表现在许多方面，自然不可一概而论是好是坏，因为功利本身存在善恶之分；从功利出发，有时是"历史的必然选择"，其对爱情的超越或弃置也往往是必不可免的；还有功利理性衍生的忧患意识有时也并不凌驾于爱情之上，反而与爱情意愿相交织、相融合的。譬如作为"诗余"的词，在古代文学中负载的爱情文化心理信息量极大，然而许许多多的爱情词中也渗入了强烈的忧患意识。这种忧患意识的流露往往是通过相思苦、离别泪、生死恋间接地表现出来的，亦即在爱情的种种失意表达中，潜隐着词人对"非幸福型"社会的种种弊端、缺陷的忧愤与不满，也潜隐着词人对生命或人之谜的富有哲人意味的思考与忧虑。读李煜、晏几道、苏轼、李清照、纳兰容若等杰出词人的许多言情之作，往往就有这方面的强烈感受。只不过在他们阔大的词境中，往往是将忧国、忧己、叹春、怀人等连通、融合了起来，尽管此时作家的理性化入词中，已不明显，但却闪烁着异乎寻常的艺术光辉。

第三节　古代情爱文学的表达模式

人类的性际生活丰富多样，性际关系错综复杂，性际情意缭绕回环，因此表现它们的文学作品理所当然应该是多姿多彩、不拘一格的。但由于感性和理性的矛盾统一性及历史传承等原因，在文学世界中，作家常常会自觉或不自觉地运用某些文学模式来从事创作。中国古代作家自然也不例外。中国人在文学艺术方面的一些恒常特性，长期以来影响并模塑了中国文学的内在生命或情感范型。体现在情恋性爱文学的主题表达上，便形成了一些明显的文学模式。其中，受强大的"团圆情结"制约的"超级团圆式"，就是相当突出的主干模式。

"团圆情结"是情恋性爱文学核心的潜隐心理模式（情意综），它既存在于作家心中，也深植于读者心中，并不断地相互作用，巩固着相应的"戏剧"性审美趣味与创作定式，从而自然而然地使情恋性爱的表现趋于"团圆"的如意结局或理想境界。

这种心理模式及相应的创作模式，带着跨越时间、地理限制的世界性，特别是喜剧及带喜剧性的作品，无论是东方的还是西方的，几乎莫不有其令人陶然爱见的"光明尾巴"。即使在荷马史诗之一的《奥德赛》中，男女主人公也于历经种种劫难之后，如所期待地重新"团圆"起来；即使在莎士比亚的名剧《威尼斯商人》中，讽刺批判的锋芒不可谓不突出，然而也导向了"有情人终成眷属"的美满结局，并且是三对情人的"超大团圆"。显然，并非仅仅中国人才讲求"团圆"。

自古以来，中国人向以"和谐""圆满"为审美的圭臬。在性际生活中尤其期待并赞许"十五的月亮""天生的一对""金玉良缘""破镜重圆""白头偕老"之类的婚恋（以婚姻为目的的恋爱），在文学中则不厌其烦地描写它们，赞美它们。生活中的情侣爱人被喻为鸳鸯蝴蝶，始终相伴着游于爱河中，飞于花丛中，"并蒂花开连理枝，振翅紫燕比翼飞"，这类艺术意象不断地在文学文本中出现，并且远不限于此。其他艺术乃至实用的各种工艺品，也都热衷于将美好如意的爱情婚姻作为讴歌、表现的主题。但最具有代表性的品类仍应推中国传统的小说与戏剧。特别是宋代以后的小说戏剧中，更是大量地出产这类以团圆为旨归的作品，其中尤多情恋性爱方面的作品。不过，这方面的作品逐渐滑向了千篇一律，使人渐渐感到厌烦腻味，贬斥之声便多了起来。但也有人口中贬抑而心"实向往之"。理智上厌弃这类被夸饰为"凤尾型结局"的"大团圆"，但内心又受"团圆情结"的无意识支配，期待着自己深爱的男女主人公能够有一个美好的结局，而这种创作或接受心理实在具有一定的人性根据，在本来不完善甚至相当残酷的现实生活中，人们往往要借这类"团圆"式的作品给自己带来些微的慰藉。

尽管我们说团圆情结是一种潜隐的心理模式，从而使团圆文学模式具有了跨文化的意义，然而鉴于中西文化的整体差异，特别是中国人特有的"天人合一"、人伦和谐的宇宙意识和社会观念，以至于中国文学中的"团圆"模式较之于西方文学获得了更为重要、更为普遍的文化哲学、艺术哲学方面的意义，以求得与超稳定的社会生活形态相适应，求得心安、知足，只管闭起眼睛构想出种种团圆的情景来。这种超验性的人为"团圆"效应远远超乎西方文化与艺术之上，所以我们称这种中国的团圆文学模式为"超级团圆式"。它特别能够概括情恋性爱方面的作品。从中既显示了它的民族特色，也显示了它的历史局限。

　　这种超级团圆式的特征既表现在古代喜剧作品上，也较为突出地表现在中国式的悲剧艺术上。中国向来缺乏像西方那样惨烈悲壮的悲剧艺术，即总体是"哀而不伤"，特别是在叙事结尾处讲求或虚或实的"团圆"。中国人是体验到生活中的许多苦难和悲哀的，但在寻求超越苦难的途径上较少正视困难，战而胜之，而是攻心为上，在意志的范畴尽可能将残破的现实"圆满"起来。这就是始于悲而终于欢的超级团圆式的由来。作为民族集体意识中的团圆情结，早在先秦哲学中便体现了出来，如儒家倡"中和"，道家讲人与自然之"和谐"，墨家求"博爱"等，皆深潜着这种团圆情结。此后的人们自觉或不自觉地重复着先秦哲学，同时也就以各种方式来达成其团圆情结。譬如朱熹为求"和"而竭力推崇中庸之道，而文学家通常则悄然爬入了"精神胜利"的团圆堡垒。像《窦娥冤》在写恶男对寡妇侵害而酿成悲剧的同时，却又借"感天动地"的幻想来消解这悲剧性。尽管如此，还有人觉得这结局远不够圆满，遂改编为《金锁记》（昆剧剧目，明代叶宪祖初稿，袁于令改定，系据元代关汉卿《感天动地窦娥冤》杂剧改编，不是现代张爱玲的著名小说《金锁记》），其结局便成了"翁做高官婿状元，父子夫妻大团圆"这种化悲为喜的团圆情节。即使像他人后续的《红楼梦》也受其支配和影响。结尾处出现的"兰桂齐芳"景象就仿佛是为秦可卿这位"女先知"般的人物所说的"否极泰来，荣辱自古周而复始"（《红楼梦》第 13 回）做了注脚，表明续书的高鹗的确悟到了曹雪芹心中的某种期待，尽管他具体的艺术处理未必高明。应该说，在沸沸扬扬的团圆式小说戏曲大盛之际，曹雪芹着力写出"欲天下人共来哭此情字"的悲剧，着实可贵。但相对来说已是"有意为之"，是理智层面的追求，在其灵魂深处的无意识层面却萦绕着一个美丽的梦，一个"红楼梦"——向往纯情善美之女儿国——的梦。从原型批评与心理分析的角度看，这种"梦"存在于人类的心魂深处，幽微巧妙地表现在生活与艺术之中。

受团圆情结的制约，从事情爱文学创作的古代作家，相当顺利地找到了性际生活与文学创作的几种绝佳的"配偶"方式，即"英雄美人"式、"才子佳人"式及二者的结合而成的"完型男女"式。这几种方式都可以视为超级团圆式的具体体现或描写范式（子模式）。

一 英雄美人式

提起英雄，人们就仿佛看到了历史上那些叱咤风云、力屈万夫、侠义热肠、武艺高强、把酒豪饮论英雄、眼观乾坤话沉浮的豪杰壮士，同时可以称羡的是这些英雄几乎总有美人相伴。奋斗时，有美人佐助；快乐时，有美人分享；悲哀时，有红袖揾泪……但中国人心目中的英雄，通常也是伦理道德上的模范。一介武夫，寡情少义者即使勇猛非常，也要受到种种非议，如果他近女色，这非议就要加重。像盗跖这样的"横行天下""取人妇女"的人物只会使"万民苦之"；像项羽这样的恃武力纵横天下而德行有缺的好汉，即使有贞烈的虞姬相伴，也不配有更好的命运，只有仰天长叹、自伤不已，"虞兮虞兮奈若何"；像周瑜，虽有智有勇，且有小乔相伴，叵耐心胸狭窄，便过早地结束了其"英雄美人"的生涯；至于那些奸雄、色狼、昏君之流，尽管常有绝世美人陪侍，后人也不会称誉他们。总之，中国人极看重英雄的德行。在中国古代文化与艺术的视域中，堪称英雄的人物既可以是"平凡的英雄"，也可以是"不平凡的英雄"，但唯独不能品行不端。自然美人亦须合乎传统规范：贤妻良母。貌与德俱佳自然居上，貌不扬而德有彰亦以心灵美而受到重视。

典型的英雄美人匹配，常常出现在英雄传奇、侠义小说、历史演义与民间文学中，它们很能反映出民众的"期待视野"或审美倾向。在古代以张扬英雄爱国济世事迹为主的英雄传奇中，经常穿插有英雄人物情恋性爱方面的描写，如《万花楼杨包狄演义》，描写狄青既为国家建立了功勋，又得配范仲淹之女为良妻；其中的杨文广亦与百花女结成圆满的一对，于是乎皆大欢喜。在《杨家府演义》中，则几乎全然是以虚构的方式将杨宗保与穆桂英捏合在一起，就像先民曾将后羿与嫦娥捏合起来那样。而《义侠记》的作者也深以前人作品中的武松无妻为憾，苦心编出一个"贾氏"来与这位打虎英雄相配，以实现其英雄美人之梦。

这种英雄美人之梦在每个民族的先民那里就存在了。这从我国少数民族的一些史诗性作品中皆可得到证明。纳西族的《创世纪》、彝族的《阿细的先基》、蒙古族的《江格尔》、柯尔克孜族的《玛纳斯》等，都不约而同地推现出了英雄美人的表现格局。因而可以说，世无英雄，民族不立；族无美人，委顿不兴，这正是一种源远流长的民族文化心理。

"英雄美人"的描写范式生成于民族创世、繁衍、战争或苦难的生活中，只要人间还存在各种各样的艰难困苦，那么就会涌现出或为人所构想出种种英雄人物来，美人与缪斯一起也会向他送去动情的秋波（当然也有巾帼英雄或少侠出世，但仍是英雄美人的变体形式，如《儿女英雄传》）。不过，古代文学的"英雄"形象，常常带有"扁平"的人物特点，性格比较单调，呈现出明显的神化倾向。有时为强化英雄之为英雄的"神性"，不惜泯灭其所具有的"人性"，于是出现了英雄美人相克以及英雄绝无儿女情长甚至手刃美人等现象，读过《三国》《水浒》之类小说的人，大概对此都有相当深刻的印象。然而从总的方面看，作家只是对美而恶的女性才欲使英雄来惩处她，并未从根本上动摇对英雄美人范式所持有的信念。

二　才子佳人式

就从文学现象发生的前后顺序看，"才子佳人"的构成晚于"英雄美人"。因为才子总是在文字发达之后才会有，而英雄则早在原始口头文学阶段便载上了人们的口碑。但"才子佳人"后来居上，其势头与数量都逾于英雄美人，特别是在中国封建时代的中后期，才子佳人式的作品可谓雨后春笋，致使我们在众多的诗歌、散文、小说、戏剧中，都可以轻易地看到"才子佳人"们的秀姿丽影，嗅到"才子佳人"们的书香粉气。

如果说古代文人还或多或少与"英雄美人"的描写范式有点"隔"的话，那么"才子佳人"却是正中下怀，毫不隔膜的。所谓"书中自有颜如玉"，就是文人的一种读书动机，又是文人的一种人生目的。但实际上他的学而优则仕、仕而妻美人的追求也许是失败的，落魄潦倒，怀才不遇，可是他仍可以从"书"（他人的作品或自己的创作）中获得"颜如玉"——间接地实现其才子佳人的梦幻。就创作而言，可以说"才子佳人"式的作品常常就是作家本人情爱心绪的外化。李渔就曾说，在自由想象的世界里，他可以成为像杜甫、李白那样的才子，也可以娶王嫱、西施那样的绝代佳人。与这位落魄的剧作家一样，作为小说家的徐震，曾以烟水散人为名，在《女才子书叙》中给出了类似的表述，都在想象中达成"愿望的实现"。也许是愈失意则愈渴望显达，愈易做"才子佳人"的梦吧，因此在历史上热衷于写才子佳人式作品的作家大抵都是失意文人，如《洛神赋》的作者曹植、《遣怀》的作者杜牧、《雨霖铃·寒蝉凄切》的作者柳永、《西厢记》的作者王实甫等，无不受团圆情结的牵引和支配，在文学的想象的世界中为一对又一对的才子佳人举行婚礼的庆典，或直抒自己对佳人的思念与别情。

在中国古代文学中，最合乎才子佳人描写范式的，是"才子佳人小说"。正确地认识这派小说的创作，对理解现当代文学中的新鸳鸯蝴蝶派及"琼瑶"现象，也会有所帮助。

才子佳人小说大盛于明清之际，但就其渊源来看，是从学步《金瓶梅》《玉娇梨》而来的，不过发生了一些变异，如《玉娇梨》《平山冷燕》等，专叙才子佳人事，"以文雅风流缀其间，功名遇合为之主，始或乖违，终多如意，故当时或亦称为'佳话'"①。但才子佳人小说的诸要素，不仅在唐传奇的一些作品中可以找到（如《李娃传》等），而且在大史学家司马迁的笔下也可以找到，如《史记·司马相如列传》所载文君私奔的故事。这一故事已构成了才子佳人的叙述基础。这一基础包含郎才女貌、一见钟情、遭受挫折，终得幸福圆满等要素。起初，人们对才子佳人的出身似乎有一种默契，即能称得上"才子佳人"的，不外乎士大夫一类体面家庭的儿女，而到后来的作品中，穷家子弟也有为"才子"的，青楼女子也有为"佳人"的，从情节上也愈趋繁复多样化了，但基本都未摆脱上述的叙述框架。

且看被才子佳人小说派推为典范的《玉娇梨》）（又名《双美奇缘》）系明末清初作品，署名黄荻散人。书中描写的青年才子苏友白的爱情观即扣住了"才子佳人"的主题："有才无色，算不得佳人；有色无才，算不得佳人；即有才有色，而与我苏友白无一段脉脉相关之情，亦算不得我苏友白的佳人。"于是他就展开了对佳人的不屈不挠的追求，结果竟得遇白红玉、卢梦梨这样两位真正的佳人。白红玉通过丫鬟得与苏私订终身，卢梦梨则女扮男装而与苏私订终身。但这种私订之举必然会受到种种阻难，

---

① 《鲁迅全集》第9卷，人民文学出版社2005年版，第196页。

结果是苏发挥奇才，博取了显赫功名，又经正常渠道议及婚嫁，遂得与二佳人朝夕共处，实现了"三美团圆"。以这和谐的"△"的周边画圆，可画出十分标准的圆来，难怪才子佳人派小说家会推它为楷模了，但这对现代国人来说，几乎是难以想象的，即使是善写三角或多角恋的张资平，也难以画出如此和谐的三角形和圆形来。

至于寒儒与妓女所组成的"才子佳人"对子，也自有一定的历史上的真实生活作为依据。邹韬评《青楼梦》云："当时滔滔，斯人谁与？竟使一介寒儒，怀才不遇，公卿大夫竟无一识我之人，反不若青楼女子，竟有慧眼识英雄于未遇时也。"由于才子与佳人有"天造地设"的缘分，故而不论才子怎样蹉跎，佳人如何沦落，而只要他们得到了遇合相知的机会，就会各自发现对方的不可抵御的魅力，点燃起爱情的火把，并靠它去在黑暗的人生道路上寻觅通往光明的出口。尽管现实中这样的可能性很小，但才子佳人总是以理想与爱情鼓舞自己。而且因为"生花妙笔"就掌握在才子佳人们的手里，所以主观感情促使他们常常无视事实而编造出臆想中团圆的结局来。如果这出于真诚，倒也不必深责；问题是，许多末流的才子佳人小说总在蓄意玩弄"瞒和骗"的把戏，加之情节雷同，词语陈腐，拿捏造作，结果势必是既亵渎了才子佳人，也欺骗了热心读者。

三　完型男女式

如前所述，受团圆情结的制约，中国古代文学对超级团圆怀有特别浓烈的兴趣。它表现在对英雄美人、才子佳人的各自组合上，进而更趋向于综合，恨不得将天下所有的优点都赋予笔下的男女主人公。就男性来说，主要是英雄加才子；就女性来说，主要是才貌加贤淑。总之，这类男女已臻十全十美的地步，因而在审美的品类上，有些近似于先民的神话传说，但因他们明明是"成熟"的文人所为，所以这类"成人的神话"或"童话"没有先民神话传说的那份可贵的自然与幼稚或单纯,但也并非一派胡言而令人作呕。对心中理想男女加以美化或神话,这既与人类深植的团圆情结相关,也与审美心理学中的"完型"心态相关。故而我们不妨借用格式塔心理学派的"完型"观念,将作家笔下的完美无瑕的男女称为"完型男女"。完型男女的"团圆"或"完型"主要表现为传统型人格的完美,而不一定是命运的美满结局。不过古人在绝大多数情况下还是想方设法要使它圆满起来。

《好逑传》是一部享有国际声誉的作品。歌德曾认为它所表现的正是中国民族之美好的典范。这位多情而伟大的作家所看到的,正是书中男女主人公表现的那种完美的东方形象。《好逑传》将"君子好逑"的原型意象大加发挥,尽情写出理想化的"君子"与"淑女"的恋爱过程。这过程是典型的才子佳人式的,又是英雄美人式的。"君子"在这里既是侠义英雄,又是非凡才子;"淑女"既是美女佳人,同时也有胆有识。"君子"铁中玉有"铁美人"之称,"既美且才,美而又侠"。他疾恶如仇,见义勇为,途救韦佩,倒提大夬侯,勇救水冰心,力荐贤者为国家,功成归读不慕利,如此完美男子,自然为女主人公水冰心所倾心。书中还特别写出了铁中玉在性际关系上的严谨庄重,对水冰心初时只是路逢其难,奋力相助,并不存掠美猎艳之心,后来深交过程中才发现冰心才智过人,非一般女子,方有爱慕之意。但绝不存偷欢苟且之意,努力坚贞自持,举止庄肃,以避嫌疑。最典型的有两个情节:中玉得病被水冰心潜邀至家看护,历五日的朝夕共处一室而能光明磊落,两不相犯,此其一;另一个情节是中玉与冰心成婚后,却不交合,终由皇后亲验冰心乃贞女,真相既白,诬蔑肖小之人皆被责罚,并赞水铁二人为"真好逑中出类拔萃者"。于是得蒙皇上降旨,重结花烛。女主人公水冰心的事迹已足证她的完美:既有"秋水为神玉为骨"的佳容,又有"不动声色而有鬼神不测之机"的才智,还有体贴情人、竭诚帮助情人的妇德，似乎人间灵秀皆钟于她之一身。不难看出，铁中玉、水冰心这样的男女形象确实是古人心目中的"完型男女"。从这部小说所拥有过的几个名称中，也透露了这样的消息：《义侠好逑传》《第二才子好逑传》《侠义风月传》等，皆表明它确是"英雄美人"与"才子佳人"的复合。一位法国译者对此也有所悟，遂译其名为《完美的姑娘》。

像这样的"完型男女"的身影，从众多的古代小说中都可见到。如《兰花梦奇传》《双凤奇缘》《儿女英雄传》乃至《野叟曝言》《九尾龟》等小说中，都可以看到作者对心目中理想的男女的"完型化"表达。然而从古代小说（也有戏剧）中的完型男女形象的实际情况看，是既有魅力而又可疑的。热衷于完型男女的作者把"超级团圆"模式完善化，同时也把它推向了极端，甚而导致"瞒和骗"的封建文学的自我解构。

第四节　古代情爱文学书写中的性爱歧变现象

性科学尤其是性心理学向来比较重视对性爱歧变现象的研究，而文学批评或研究对此却常加以回避，即或涉及，也多将涉及性爱歧变的描写或作品视为出格的性描写或色情文学简单地批评一通，甚或诅咒一番了事。古代文学批评或读者反应批评大抵不脱此批评套路，时至现代才有较大的改观，然而依然难以像性心理学家那样坦然地将各种性心理现象及行为方式视为科学研究的对象，细密周详地从事研究或批评。也正因为这样，从文学的角度来谈性爱歧变有相当大的难度。唯其如此，似乎也更需要努力地去尝试。

霭理士认为，不以生殖为目的，并且在方式上根本使生殖成为不可能的性行为即为性爱歧变。无论有意还是无意，这种性行为在过去均被视为"邪孽"。他认为从科学研究或治疗角度，不宜采用"邪孽"这种道德气味太强烈的词语。因为性爱歧变的范围很大，相当多的这类行为属于轻度而不失为正常的变异。常态和变态常常兼具一身，为每个人所具有。然而当变态的方面趋向于严重，既伤害自己亦伤害别人的时候，医学或法律就要干涉了。①　如此之类的观点，包含性科学家的真知灼见，对文学批评来说无疑也很有帮助。借助性科学的研究，至少可以帮助我们认识到文学中所描写的种种性际生活的心理与行为究竟是怎么回事，认识到一些生命的真相。譬如潘光旦先生据霭理士提供的各种性爱歧变的特征，从中国古代典籍特别是文学作品中找出了不少带有物恋、尸恋、足恋、窃恋、裸恋、虐恋、同性恋特征的例证。通过这样一些例证，自然可以增进我们对人的了解，增进我们对文学表现功能的了解等。譬如潘先生就足恋方面便看到古代中国人性爱歧变的一种重要表现，即缠足之风，使足恋的性心理更趋极端。《赵飞燕外传》写汉成帝与赵昭仪的性关系便与"足恋"有关，其能使帝之欲"辄暴起"的足，以其娇小玲珑而产生了奇异的唤欲能力，彼时虽未缠足，但似乎给后代中国人以一种暗示。在《西厢记》《肉蒲团》等作品中即有了对所缠之足的崇拜的描写。郭沫若因之曾称其为"拜足狂"。潘先生还撷取了较多文学作品中带有几分"足恋"或"履恋"（爱足及履）倾向的例证。如张衡《西京赋》云："振朱履于盘樽。"曹植《洛神赋》云："凌波微步，罗袜生尘。"陶潜《闲情赋》云："愿在丝而为履，附素足以周旋。"谢灵运云："可怜谁家妇，临流洗素足。"《古乐府·双行缠曲》云："新罗绣行缠，足趺如春妍，他人不言好，我独知可怜。"（明人杨慎以此为六朝即知缠足的证明）李白云："屐上足如霜，不著鸦头

---

①　参见［英］霭理士《性心理学》，潘光旦译，生活·读书·新知三联书店1987年版。

袜。"杜甫云:"罗袜红蕖艳,金鞿白雪毛。"韩偓云:"六寸肤圆光致致……纤腰婉约步金莲。"杜牧云:"钿尺裁量减四分,碧琉璃滑裹春云。"李商隐云:"浣花溪纸桃花色,好好题诗咏玉钩。"等等。潘先生所举的这些例证或有牵强的个例,但古代人尤其是许多男人有足恋之癖则是无疑的。女性玉足带有性感和私密性,这是世界性现象,但在中国,足恋与缠足却有互为因果的关系,并反映了古代男女情恋性爱所发生的歧变,已达到了何等荒唐的地步。女性的弱化、男性的恣纵都可由此略见一斑。然而同是恋足,诸多诗人文士往往不过是意淫而已,而汉成帝、西门庆、未央生们则是实际的狂淫者,故不可等量齐观。

潘先生搜求的各方面的作品例证还有很多,而且遍及史传、杂记、小说、戏曲、诗文等各种作品。的确,如果冷静地分析,中国古代文学中所表现的情恋性爱生活多带有或大或小、或显或隐的变态因素。难怪会有人说,从汉代到清末,中国性爱文学的基本特征是变态性文学;也有人说,古典诗词中很少真正的情诗,那种男人献给女人纯粹作为异性爱恋的情感流露的诗,在其爱情咏叹中总掺杂了更多的"自恋"心理。宗白华先生早在1920年就曾指出:"中国千百年来没有几多健全的恋爱诗了(我所说的恋爱诗,自然是指健全的、纯洁的、真诚的)。所有一点恋爱诗,不是悼亡、偷情,便是赠妓女。诗中晶洁神圣的恋爱诗,堕成这种烂污品格,还不亟起革新,恢复我们纯洁的深泉么?"[1] 也许不难指出这些看法的过苛或不严密之处,但倘若跳出古人情感的圈子,摆脱古文化的束缚,站在新时代的理想主义高度,的确要给古代情爱文学的模式化、变态性提出严厉批评。然而事实究竟复杂,历史究竟繁复,从不同的角度或层面上,我们自然所见会有不同,结论也会有异。在我们看来,为了更好地探讨情恋性爱

---

[1] 宗白华:《美学与意境》,人民出版社1987年版,第52页。

文学中带有歧变特征的部分，有必要强调如下几点。

首先，应该肯定古代中国基本上是一个封闭型、压抑型的社会，其文化倾向势必导向禁欲主义、性压抑，反对婚恋自由、男女平等，因而性际生活及文学作品中表现的与封建理性相背反的各种性爱歧变行为都与当时的社会畸恋和压迫相关。对此从文学上加以反映或揭露实为势在必行。古代文学中不少涉写性变态的作品都具有一定的揭露、控诉作用。也就是说，为了揭露世事黑暗以及性禁锢，作家们有意无意地描写了性变态行为，即使比较详细地描写了种种扭曲、歧恋的具体情形，也都应视为是有一定合理性的。因而我们不能对《金瓶梅》《九尾鱼》《赵飞燕外传》，甚至是《肉蒲团》《如意君传》等作品中的性描写或色情成分持笼统的彻底否定态度。因为这些描写本身往往有对"启人淫放"之时世的暴露作用，同时也往往是对根源于禁欲主义的"恋情省略"或"矫情诗化"的反动。有时，在将"性"禁锢于无底洞的文化面前，性欲猛地掀起狂风巨澜，也至少会促使人们醒悟到自然生命的存在及其价值，至少并不仅仅将这价值视为人生的"负数"。

其次，必须持努力理解而非盲目排斥的态度来对待古代文学中的性爱歧变的描写。实事求是的历史主义方法在这里是绝对必需的。不难想象，由于封建礼教有很强大的"吃人"本领，许多人都在礼教压迫的不断增强的过程中，自身发生了性变态，或婚外有恋，或以同性遣情，或失常裸露，或恋物成癖，或自淫意淫，或流连青楼，或浪荡湖野，等等。这些情形发生在底层民众与失意文人身上，与发生在皇帝重臣、满口理学而又满肚子男盗女娼的人身上，往往是有根本差异的。因为前者多少可以引起人们的理解同情，后者却只能引起人们更大的厌憎。贫困无妻的农人以牛羊为伴，有时亲昵无度，胜若情侣；像林逋这样的失意文人，将一腔热血投诸自然风物，梅妻鹤子，都不免带有一些变态的成分，然而其中总含有极沉痛的东西，激起人们的同情。而像帝王或皇后的置宫女百千人，或置面首若干人，以及炙手可热的权贵占人妻女、玩耍娈童幼女等，则无不让人痛恨厌憎。更其可恨的是统治者常以"诲淫""诲盗"之名禁毁许多作品，其实竟是"只许州官放火，不许百姓点灯"。他们一面禁毁，一面却在搜罗，并贪婪地要看、要听、要实行的。[①] 这也就是统治者要占有的"性特权"。如清代一首打油诗云："宋史高标道学名，风流天子却多情。安安唐与师师李，尽得承恩入禁城。"诗中讽刺了浪荡成性的皇帝宋徽宗、宋理宗（其实也讽刺了程朱等道学家），读后使人感到这种皇帝的贪淫无度、嗜色如狂是多么可厌，而对沦落风尘的名妓李师师与唐安安，却觉得她们虽参与了同皇帝一起的性放荡，却毕竟有种身不由己的悲剧意味。

再次，所谓性爱歧变或放浪淫逸的具体衡量标准，实际是相对的。既有时代、民族或地域的差异，又有阶段地位、个人心境等因素影响下的不同。道学先生们惊呼"万恶淫为首"，在他们看来，除了明媒正娶、相敬如宾的"生殖传后"类型的婚姻之外，其他一切性际关系皆属淫的范畴，即使是夫妻之间的调笑、嬉戏也要被指责为轻浮、放荡，更何况背叛封建婚姻的婚外恋（这种情形在古代文人笔下屡见不鲜）了，故而他们一看《红楼梦》等人情小说，便能看出"淫"来。对得道高僧来说，哪怕只是意中出现了女性也是"淫"，如某和尚诗云："春叫猫儿猫叫春，听它越叫越精神。老僧亦有猫儿意，不敢人前叫一声。"而对破戒僧侣来说，天天梦见异性，偶尔一得绸缪也不会满足，这当然更是"淫"了。但在现代诗人汪静之写"和尚们压死的爱情，于今压不住而沸着了"时，却显然不是视其为"淫"，而是对这非常之恋的赞美了。如此等等，都说明"淫"的标准实在具有时代性和相对性，所以我们也有理由站在我们所处的时代高度，从我们所构想的文艺性学的观点出发，

---

① 参见王利器辑录《元明清三代禁毁小说戏曲史料·前言》，上海古籍出版社1979年版。

来对古代文学中的性爱歧变的文学现象或色情文学进行一些考察。其中有两点需要特别审视。

一是"意淫"与创作的关联。

清代陈其元在《唐闲斋笔记》卷八中说："淫书以《红楼梦》为最，盖描摹痴男情性，其字面绝不露一淫字，令人目想神游，而意为之移，所谓大盗不操戈矛也。"这位头巾气颇足的"读者"对《红楼梦》的看法，相当典型地代表了许多道学先生们的观点，以此之故才会有禁毁《红楼梦》并诅咒曹雪芹断子绝孙的事发生。但在我们看来，陈其元的判断显然是荒谬的。因为《红楼梦》是中国古代文学中描写情恋性爱最优秀的作品之一，而非"淫书之最"；说它字面上"绝不露一淫字"也属常识错误，仅在回目上就已有"淫"字出现，如第十一回有"见熙凤贾瑞起淫心"，第九十一回有"纵淫心宝蟾工设计"，在第一回内文中即有多处出现了"淫"字，而在第五回内文中出现的就更多了，仅警幻仙姑就道出了许多"淫"字来，如她对宝玉说："好色即淫，知情更淫。是以巫山之会，云雨之欢，皆由既悦其色、复恋其情所致。……吾所爱汝者，乃天下第一淫人也。"又云："淫虽一理，意则有别。如世之好淫者，不过悦容貌，喜歌舞，调笑无厌，云雨无时，恨不能天下之美女供我片时之趣兴：此皆皮肤滥淫之蠢物耳。如尔则天分中生成一段痴情，吾辈推之为'意淫'。唯'意淫'二字，可心会而不可口传，可神通而不能语达……"由此可见陈氏判断在大处、细处皆妄。唯其感受"目想神游""意为之移"倒属实情，亦合于"意淫"之道。而作为情恋性爱的作品大抵都具有这种"意淫"的功能，并不限于《红楼梦》。这"意淫"从警幻仙姑所示，乃是避免肌肤滥淫的"痴情"，从宝玉此后所言所行的主要方面看，这"意淫"实际就是对美好的异性所怀有的纯情的爱恋，并带有泛爱的特征。然而这"意淫"也确有只可意会的某种介乎意识与无意识之间的复杂内涵。

意淫，乃是成年人公开的一个人生秘密，也是文艺创作的一大公开的秘密。李渔所说的通过自由联想，自己便可成为西施、王嫱之原配，周作人曾引述的诗人在不得亲吻的时候才歌唱等说法，皆含有意淫乃情恋性爱文学的深层创作动机这种意思。而梁简文帝的"立身须先谨重，文章且须放荡"，其实也包含这种意思。前面论述的情恋性爱文学表现中的"超级团圆""失意补偿"所涉及的诸多创作现象，也都多少与这"意淫"有些瓜葛。

然而"意淫"又实在是带有"变态"性的，无论其是神圣的精神之恋，还是躁动的色欲幻念；无论其为纯情的相思缕缕，还是俗话说的"心有歹意"；无论是含有异性崇拜的泛爱，还是独钟斯人、心萦神系的单恋；无论是爱屋及乌的恋情转移，还是固着一点、不及其余的恋情偏执；等等，都因其耽于心理的、精神的、想象的恋情活动，并且将这些恰恰视为最真实的、酬情的、自足的一切，从而带上了变态的特征。变态心理学认为，所谓变态心理也就是不顾真正的现实而代之以内心的现实，即心理意识、想象中的现实，这种梦幻般的现实世界亦充满了喜怒哀乐，但通常可以实现其最大的愿望。据此也就可以说，常人实际也与这变态密切相关，他（她）有时因情因事，因生理心理挫伤或刺激等，都会从清醒步入迷幻，从现实进入虚灵，也就是由常态化入了变态。吕俊华在《艺术创作与变态心理》一书的前言中指出："世界上没有绝对常态的人，也没有绝对变态的人。任何常态的人都有几分变态，而任何变态的人也都有几分常态。就心理内容来说，变态心理与常态心理是没有区别的，变态并没有特殊的不同于常态的心理内容。两者只是表现形式的不同。……变态行为和心理过程是常态功能的扩大或缩小。在常态中，更多的受现实的逻辑法则支配，在变态中则主要受生物—社会本能支配。"[1] 由此说来，古代作家也

---

① 吕俊华：《艺术创作与变态心理·前言》，生活·读书·新知三联书店 1987 年版，第 1 页。

难免经常地出入这紧密毗连、界限模糊的常态与变态的世界，尤其是当他们要表达强烈的情恋性爱的愿望与情感的时候，鉴于社会现实法则的压制，他们更是情不自禁地向往着由生物—社会本能法则支配的幻情世界，这一世界相对来说充满了自由和爱；在这里情恋性爱皆可冲破各种阻力得到高扬，"癞蛤蟆"或"丑小鸭"都会摇身一变而成为英俊的王子和美丽的公主，同时也可以发生"癞蛤蟆吃到了天鹅肉"之类的奇异的景观。从创作心理的角度看，这也就是精神想象超越了皮囊饭袋，既可以人我不分，物我同化，又可将错就错，幻中求真，生命的张力在这里似乎可以发挥到极致，恋情的爱力在这里同样可以延伸到无限。一瞬的灵感、幻想，却将心中的爱情化成了永恒。这也就是"意淫"之于文学家最深切的生命联系。

如此"意淫"才显示其特有的美丽和魅力，它从不伤害人，但却可以给人带来无限的精神抚慰。苦难中的人需要它，相对幸福的人也需要它。在人的无限需求的生命长链上，它为人们缀满了五彩缤纷的爱之花。如此"意淫"，是我们尊崇的"红楼"式的"意淫"。从人物的角度看，这是"贾宝玉"式的"意淫"；从作者的角度看，这是"曹雪芹"式的"意淫"。这种趋向艺术化的"意淫"可以说是中国古代作家最热衷的一种恋情艺术。是的，这种"曹雪芹式的"的"意淫"本身就是艺术，即使他未写出来，即使写出来之后被禁毁掉，它本身仍是艺术。霭理士视恋家就是艺术，但那主要是行动的艺术；我们视"意淫"为艺术，则主要是心理的艺术，可以转型为作品的艺术。这种"意淫"型艺术虽然带有变态性，但却与"色情狂"或"房中术"式的性描写迥然有别——恰如圣洁的艺术与卑污的非艺术之间的分野。简言之，这也就是"意淫"与"宣淫"之间的区别。这里让我们先来看一些有关"意淫"艺术方面的例子。

受"意淫"这一深层心理模式的支配，作家们可以创作出千变万化的各种类型的情爱作品来，下面仅就诗词为例，举出两种类型：隐形升华类

与直露贪恋类。

贺铸词《青玉案》云："凌波不过横塘路。但目送，芳尘去。锦瑟华年谁与度？月桥花院，琐窗朱户，只有春知处。飞云冉冉蘅皋暮，彩笔新题断肠句。试问闲情都几许？一川烟草，满城风絮，梅子黄时雨。"词人多情，转托思妇闺秀口吻。这是创作主体在炽情致幻的作用下得与对象主体同化为一（此类心理变幻在古代众多男性词人那里都曾频频发生）。对象主体情浓，又与自然景物同化为一。经由这两重变幻同化，渴求爱侣的"谁与度"这种急切心绪或"闲情"得到隐形升华，使人感到风情旖旎、优美哀艳。这种使求爱的急切化作艺术的优柔也正是古代文学中的婉约派所共有的抒情特点。如温庭筠、皇甫松、牛希济、晏殊等词家莫不善通此道。但这种婉曲优柔的形成，既出于人之天性，也与文化压力有关。在僧侣文学中，亦有类似的笔墨，而且有时更隐蔽，似乎只是咏物感时之作了。如潘光旦先生曾举出的净慈寺僧皎如晦词《卜算子》："有意送春归，无计留春住，毕竟年年用着来，何似休归去？目断楚天遥，不见春归路，风急桃花也似愁，点点飞红雨。"潘先生接着评说道："这首很脍炙人口的词，显然是绝欲已久而性欲稍经升华后的作品；古来名僧中，有这种风情旖旎的笔墨的很不乏人，姑举此一例。"① 僧侣压抑有术，然而移情亦有术——意淫化作泛爱；山山水水，一草一木，一虫一鸟，都被投射着一种泛神之爱，都因这爱而融化在一起。"这种爱，不但在心理上而且在生理上引起效应——即对被描写的对象产生肉体感。"② 佛教的领袖们的塑像，如释迦、如来、菩萨等，要么是合男女之形美神美于一身，要么干脆以女性形神出现，这本身便透露出佛家深谙泛爱之理。敦煌 259 窟北魏彩塑佛像被人们誉为"东方的蒙娜丽莎"；《方广大庄严经》以优美的语言描写佛

---

① ［英］霭理士：《性心理学》，潘光旦译，生活·读书·新知三联书店 1987 年版，第 401 页。
② 同上。

祖之母的"绝色"，从黑蜂似的美发一直描写到整个身躯，乃至"深藏的脐"。佛教力求避免现实对人的伤害，其中包括避免性的伤害，从而只崇尚精神上无限的情爱、无限的温柔。然而，不言而喻，佛教或其他宗教都走上了极端，全盘地否定了现世的此岸的一切，而仅仅肯定精神上的或彼岸的世界。与宗教信徒不同，现实社会中的作家既可以有近乎僧侣的泛爱或自我神往的意淫境界，又可以在实际生活中将爱来寻觅。既有精神上的无限自由，又拥有现实中有限的选择，参互交并，当构成更圆满一些的人生和艺术。譬如，在尘世中的作家除可以写隐形升华类型的作品，还经常可以写出直露贪恋类型的情恋性爱作品，这就是僧侣文学所绝少有的了。

尘世作家可以倾诉自己恋情生活中各种真切的感受，甚至可以将自己性爱的细节与体验以记忆的方式写入作品，从而化作意淫的材料或精神上之性爱的纪念碑。仍以词为例，李煜曾写道："画堂南畔见，一向偎人颤。奴为出来难，教君恣意怜。"（《菩萨蛮·花明月暗笼轻雾》）情人幽会的激动人心之处被表现得极为真切细致，这不仅是李煜个人私情的艺术实录、回忆、品味的意淫之作，而且也抒写了热恋者所共有的幻情想象。比李煜稍早的牛峤写情人幽会更注重细节，如香汗渗出之类皆未放过，并结句曰："须作一生拼，尽君今日欢。"（《菩萨蛮·玉炉冰草鸳鸯锦》）王国维曾评曰："词家多以景寓情，其专作情语而绝妙者，如牛峤'甘作一生拼，尽君今日欢'。"[1] 刘永济也充分肯定："末两句虽止十字，可抵千言万语。"[2] 像这类评语乃是真正的知人知词之语。显然司人这类直露贪恋型的作品，皆含有强烈的感情冲动的成分，即如"想君思我锦衣寒"（韦庄《浣溪沙》）之类的间接表达，也不免有伤温柔敦厚或乐而不淫的诗教，但却不失其作家意淫的坦诚与真率。记得王瑶先生在评"宫体诗"时，曾分

---

① 王国维：《人间词话》，中国华侨出版社 2015 年版，第 179 页。

② 刘永济：《唐五代两宋词简析；微睇室说词》，中华书局 2007 年版，第 18 页。

析说："使纵欲的要求升华一下，使由生理的满足提高为心理的满足，以文'立身之道，与文章异；立身先须谨重，文章且须放荡'。这正是想把放荡的要求来寄托在文章上，用属文来代替行文的说明。"① 这话也可以移作对"花间词"甚至是所有"意淫"型的作品的分析，但自然还要结合文学的艺术标准来对这些作品进行评价，不能见"宫体""花间"或"意淫""放荡"这样的语词就盲目地加以否定，当然也不能盲目地加以吹捧。

二是"宣淫"与创作的关联。

与上述的"意淫"式不同，"宣淫"式的描写或作品对己对人都有或大或小的危害。宽容的霭理士对性歧变中严重而至损害自己、侵害他人的行为，尚提出以医学与法律对之，故而我们也绝无理由为中国古人在性爱的歧变淫放方面，扯起一块锦绣般的遮羞布。在文学这一边界本来模糊的领域，渗入过量的色情因素，乃至达到色情狂的地步，以及低能地套用或编造"房中术"以充填作品，这些严格说来，不外乎"色情符号"，绝难称其为"色情文学"。因为既称"文学"就总需有益人心，有艺术之美。但遗憾的是这二者常常厮混在一起，形成一种使人厌之而又往往会取之的描写范式。这里，也许要紧的不是这些名称之争，而是确确实实地去辨识哪些是古代文学作品中的"宣淫"的成分。

茅盾先生早在 20 世纪 20 年代就注意到这一命题，写出了专论《中国文学内的性欲描写》。在这篇长文中，茅盾指出："中国有许多写平常的才子佳人恋爱的故事里往往要嵌进一段性交的实写，其以变态性欲为描写主题的小说，更是无往而非实写性交。所以若问中国性欲作品的大概面目是什么？有两句话可以包括净尽：一是色情狂，二是性交方法——所谓房术。所有中国小说内实写的性交，几乎无非性交方法。"② 接下来，茅盾还

---

① 王瑶：《中古文学史论集》，上海古籍出版社 1982 年版，第 141—142 页。
② 《茅盾文艺杂论集》，上海文艺出版社 1981 年版，第 246 页。

指出这类实写性交的描写，本身不是文学，堪称文学的性欲描写的，当仅推《飞燕外传》与《西厢记》中的《酬简》。从现在的视界看去，茅盾所见仍多有精当之处，然亦有过苛乃至不准确的判断。我们以为探讨中国性欲文学自然取材不应仅限于小说、戏曲，在诗文方面也应涉及，如"郑风"中的一些诗，宋玉的赋，"宫体诗""花间词"，乃至赠妓诗、闺怨诗等，都可以从性欲文学角度研究，由此也就不会仅取《飞燕外传》与《西厢记》而无视其他了。但可以将这两篇作品作为性欲文学的代表。由于有对性欲文学作品实例的狭窄估定，参照文中对"性描写"的评价"根本算不得文学"，就势必会给人造成这样的印象：连《金瓶梅》、"三言二拍"、《红楼梦》等作品中的性描写都统统被视为"色情狂"或"房中术"的非文学了，其实《金瓶梅》中的性欲描写并非完全没有文学价值，众多小说中的情恋性爱情节也大都有一定文学意义，而《红楼梦》中的性欲描写就更不用说了。

尽管如此，该文的具体考证与分析仍对我们多有帮助，特别是对于中国文学中混入的"色情狂"与"伪房术"的描写成分的认识，有重要的启迪作用。譬如在中国古代，尽管有春宫图、淫戏、色情诗文等，但毕竟是在小说类的作品中最易混入或最易表现性歧变的种种情恋、性交术的细致过程。这点使博学的茅盾都惊其为"世界各民族性欲文学的翘楚"（这话含讽刺之意），他举出莫泊桑、左拉等西方作家的性欲描写来与中国说部中的实写性交做比较，倒是西方作家与中国作家相比正是小巫见大巫，西方多虚写，中国多实写，并据此判为中国的性欲描写走进了魔道。的确如此，从小说史角度看，或可称为其"始祖"的《飞燕外传》（旧题汉伶玄撰）即略露端倪。小说着力描写女性挖空心思以性欲迎合皇帝的做法，与皇帝的嗜色贪欲之态相映，着实为后世描写色情场面的作品创下了模式。《飞燕外传》还描写飞燕的孪生妹妹昭仪亦得幸于皇帝，这就又能演出姐妹之间亦不可避免的争宠的故事来，也为后世的争风吃醋式描写做了示范。特别是写皇帝奇特的足恋、窥浴癖和病中借丸药行房诸事，都发散着浓重的色情至狂的气息。如此描写对后世产生了消极影响。连《金瓶梅》的作者也采用了这种路数，写潘金莲淫兴大发，为西门庆进春药过量，致使西门庆脱阳而死。《肉蒲团》写未央生贪坐肉蒲团，淫乱放浪更胜西门庆，但后果亦惨。

关于《肉蒲团》，鲁迅先生在《中国小说史略》中曾提及："唯《肉蒲团》意象颇似李渔，较为出类而已。"这是与那些师法《金瓶梅》的末流作品相比较而言的，那些末流之作，"着意所写，专在性交，又越常情，如有狂疾……其尤下者则意欲媟语。而未能文，乃作小书，刊布于世，中经禁断，今多不传"①。这些"不传"的淫欲之作大抵如未央生为启妻子的淫兴而买的风月之书（他买了《床榻野史》等一二十种装订成册诱妻子观之），亦如《二十年目睹之怪现状》第二十一回提到的"街上卖的那三五文一小本的淫词俚曲"（虽时代有异，而类似的低级色情之作却屡屡有之）。从鲁迅先生的意思看，《肉蒲团》是超出这类低级色情之作的，然其中所写，大抵不外畅写主人公的各种艳遇、性交过程以及所遭受的所谓报应——他人对其妻的淫弄，色情狂的气味确实太浓了一些。如第十五回"同盟义议通宵乐，姊妹平分一夜欢"，写一对姐妹经香云引线同时与未央生做爱，谓为"睡珠弄玉"，其过程被淫词铺叙得甚是详细。如在十七回更写出几位美妇轮番来"战"未央生，甚至还美其名曰"胜会"。

这种以"一"御"多"的交合"胜会"，往往是许多写性欲的作品共同追求的"高潮"部分。如日本人编著的《东方奇书55》，其中在最后一

---

① 鲁迅：《中国小说史略》，《鲁迅全集》第9卷，人民文学出版社2005年版，第1页。王德威对晚清文学多所称赏，包括狎邪小说。他在谈论新近编就的哈佛版《新编现代中国文学史》时，再次认定晚清小说包括狎邪小说"有意思"。他还多有发挥，认为晚清的"狎邪小说——青楼妓女等，那是个大传统，它探讨了什么是欲望、身体的解放和管理"。他还提及"贾平凹的《废都》，这不是一个讲狎邪、讲欲望散乱的故事吗？"参见《王德威："原来中国文学是这样有意思！"》，《南方周末》2017年8月23日。

部分"风流、艳情的世界"中介绍了中国的几部小说，除有讽刺性爱不专、淫心难止的《阳羡鹅笼》《河间传》和《金瓶梅》之外，还集中介绍了"中国风流四大奇书"即《如意君传》《痴婆子传》《肉蒲团》《杏花天》。这几部被称为"奇书"的作品所共同拥有的一"奇"即是主人公都有神奇的性功能，都有极深的欲壑，都有以一当十的本领：《如意君传》中的武则天招多名有雄伟下体的男子来陪宿，特别是薛敖曹的功夫足可使这位平日仪态万方的女皇发出莺声燕语来；《痴婆子传》中的老太婆追叙自己青春美貌时的性浪漫，与许多男人在同一时期保持交合关系，而且乱伦无度；《杏花天》中的封悦生更是神通广大，练就一身"久战之术"，引得众多女性竞折腰，最后共得十二位夫人，入夜左边六个，右边六人，做爱从正夫人始，从排头儿下去，井井有条，云云。远在日本的读者或学者甚至颇有称赏这类"奇书"之意，如称《杏花开》采用了"好色的劝诱"这种形式，的确是一部令人愉快的小说，并说像日本的《花之幸》《好色一代女》等著名的色情作品都曾以中国的此类作品为蓝本。[①] 尽管如此，说上述作品有着浓重的变态、色情之味总不至离谱的。像这些作品总算在内容、笔墨上还有些许较好的地方，故而能流传下来，更多的末流之作几类于薛蟠的"大马猴"之诗，粗鄙淫浪，不值一提了。

在古代作品中，描写过各种性畸态，如贪色成癖、足恋物恋、性虐待狂等，其中自然也包括同性恋。对同性恋，一般都视其为性变态的行为。尽管在有些国家、民族因文化模式不同而为同性恋开绿灯，但据现代性科学研究，或以人之常情度之，总难承认同性恋是正常的、美好的性际关系。如《杏花天》写傅贞卿的同性恋，阻碍了他与珍娘之间的异性结合，竟然抛家与同性恋者私奔了。潘光旦先生还从中国文献中发掘了许多同性

---

① 参见［日］岩村忍等《东方奇书 55》，李涌泉、王宝荣等译，三秦出版社 1989 年版，第349—350 页。

恋的例证，其中也引用了歌咏同性恋、赞娈童的诗，也提到《品花宝鉴》这样的涉写"男风"的作品。这部长篇小说写的是古代梨园生活，自有它独特而重要的价值，鲁迅的《中国小说史略》、谭正璧的《中国小说发达史》等史述著作都给它以较为重要的位置。正是这部作品写出了"狎伶"这种变态性爱。熟悉中国戏曲史的人都知道，中国戏曲的发生与繁荣也与人们的潜意识及世间的淫风有关，有些演员实际在以色相及色情表演招徕观众。其中也就确有些公子哥儿、王侯贵族喜交优伶，但不是出于平等或崇拜艺术，实际是出于一种变态的淫浪之心；男演员演着名旦的角色，女演员演着书生的角色，性角色的这种颠倒给那些有同性恋或性倒错症候的观众带来了极大的刺激与满足，于是戏台之下也开始了种种追逐与戏弄。《品花宝鉴》对此的描写时有秽亵不堪之处，用笔不慎的结果，必然是有损于这部作品的文学价值。

关于此类带有较多或太多色情因素的作品，可以举出很多，如《蟫史》《青楼梦》《豹房秘史》《绿野仙踪》《云雨缘》《浪史》《贪欢报》《风流野志》《两交欢》等。其中一些作品今人已看不到了，但其中总如茅盾指出的那样，以实写性交喜言房中术为其特征。许多材料及研究著作都可说明这点。关于房中术，不能妄加否定，据《医心方》《养生方》及有关考古材料证明，房中术是中国古代的"性科学"，在医学、文化学方面都有重要的意义。但当一些作家热衷于描写房中术时，却增加了伪饰的成为，或者想当然地伪造一通，据说这大大地败坏了真正房中术的名声。事实也的确如此，房中术的名声一直不好，给人一种既荒唐又色情的感觉，这确实与历史上众多的"伪房中术"描写有密切的关系（当然也有写得好的，如张衡的《同声歌》）。之所以称其为"伪"，就在于描写者不懂或仅知皮毛，便伪造胡吹一通。而这又适应了社会上普遍存在的性压抑所造成的窥淫之心——身不能至、心向往之的添油加醋，于是"调"出了千变万化的性交姿态、名目繁多的春药淫器，在小说中的这些描写耽于花样翻新或不厌其烦、老调重弹，但独独对人物的心理世界、人生方式缺乏深切的观照，再加之性行为本身的各种特技镜头暴露出来的性歧变特征，便着实使人感到这路的性描写走入了魔道。如《肉蒲团》中写未央生花钱求异人传授房术，行割术配狗肾以壮阳物，且讲究所谓"三件九字"，即"看春意、读淫书、听骚声"，将这些神通用来一味地寻欢作乐、群居戏弄，总带着极浓的"宣淫"情调，害人害己，这就走了反生命的歧途。本来"性"之于人，是幸福快乐源泉之一，而"宣淫"型作品却将它写得太滥，反而生害，虽打着"以淫止淫"的幌子，实际却流露出一种贪婪式的陶醉或昏眩。既然《金瓶梅》《肉蒲团》也带着这种较多的"宣淫"气味，其他等而下之的作品更不用说是多么秽浊了。

第五节　古代情爱文学中的淳朴自然格调

古罗马著名诗人奥维德曾在他的《爱经》（一译《爱的艺术》）中说过："人类的情焰是不会和自然之理相悖的。"[1] 诚哉斯言。然而情爱发乎自然、系乎自然，却会受到各种力量的左右而扭曲变形。上述的性爱歧变及其影响下的畸态文学现象即是明证。连奥维德先生自己以及他所处的罗马时代，都散发着太浓的色情病态的气味。可是这并不是说，人类会完全失去那种发乎自然、系乎自然的爱的能力。至少可以说，人类一方面不断地推动这种爱的能力，一方面又在自然地暴发和追寻这种爱的能力。这后

---

① ［古罗马］奥维德：《爱的艺术》，戴望舒译，中国盲文出版社 2014 年版，第 18 页。

者是如此牢固地根植于生命的土壤深处，以至总要突破层层压抑的硬壳，吐露出一种淳朴自然的爱的芬芳，并在文学的园囿中，结出甘美爽口的爱情果实。

人类的生命发端于大自然，又紧密地与大自然相伴。作为人类生命之花的爱情亦然。古老的中华民族向来存有亲和自然的传统，如果说那些士大夫文人们往往是矫情扭捏地走向大自然，并多少有些不甘于永久地陷入自然，那么，在"以农立国"的广袤原野上，正有无数的民众自然地生息在大自然当中，天然形成的日出而作、日入而息，也自然有所爱。大自然的风情塑造了他们的生命与爱情，也使他们由衷地唱出了热烈奔放、质朴自然的情歌。

在中国文学史上，一直存在一种与大自然最为亲近的带有浓郁的原始风情或自然气息的民间文学（这里指农村文学），并经常将其郁勃健朗的自然生机传输给文人把持的文坛，尤其当文坛出现委顿、倒退的形势的时候，有些文人便会自觉地向民间文学学习，从而更新自我，并使文坛获得新的生机。在情恋性爱文学方面，民间文学更是拥有得天独厚的表现的自由，显示出一派天然去雕饰的风情面貌，对文人创作产生了相当重要的影响。

自远古以来，民间文学始终与初民的原始文学保持着血脉的承续性，这不仅仅是质朴清新的吐纳口吻上的相通，更是对原始生命强力的共同体认与艺术把握上的相通。在这点上，文人文学则越来越层积着政治功利、道德才华方面的重负或污垢，民间文学虽然也经常受到种种文化的压力，但生机勃勃的大自然给它带来的阳光雨露与自由的召唤，常常使它猛然抖擞精神，不顾一切地甩掉种种禁忌和虚伪，高歌着投向生命之爱的怀抱。民间文学中的爱情歌谣、爱情故事、爱情叙事诗与爱情戏曲，多得如恒河沙数，而其基调总是反抗种种人间虚伪、权钱、礼教对爱情的残害，率真地放声讴歌自然萌发的不计利害的爱情乃至火焰一样的情欲。这一基调也可以说是历史上民间文学情恋性爱作品所共有的主旋律。《诗经》时代也好，汉唐时代也好，理学时代也好，民间文学的这一咏唱情恋性爱的主旋律都未被圣人删掉、被文人挤掉、被礼教压倒。正如一首民歌咏唱的那样：

> 生爱郎来死爱郎，
> 哪怕家中八大王；
> 砍了头颅还有颈，
> 挖了心肝还有肠。

在中国多民族的漫长岁月的摇篮中，诞生了许多非常优秀而健康的民间爱情佳作，牛郎织女的传说、孟姜女寻夫的故事、董永与七仙女的故事、梁山伯与祝英台的生死恋故事、白蛇娘娘的故事以及流传中各有变异的灰姑娘型故事、天鹅处女型故事、螺女型故事等；数不清的各地情歌与婚俗歌中也有种多优美质朴的优秀作品。除汉民族的陕北民歌、江南民歌等地域爱情民歌之外，又如白族的一首歌：

> 你和我是月和星，
> 你和我是星和月，
> 永远不离分。
> 妹是天边蛾眉月，
> 哥是旁边伴月星，
> 伴月星和蛾眉月，
> 月星同行云里跟。

又如壮族的《壮女相思曲》：

妹相思，不作风流待几时；

只见风吹花落地，不见风吹花上枝。

妹相思，蜘蛛结网恨无丝；

花不年年长在树，娘不年年伴女儿。

在叙事长诗中，各民族几乎都拥有自己的民间情恋方面的佳作。如傣族的《娥并与桑洛》、壮族的《嘹歌》、维吾尔族的《艾里甫与赛乃姆》、哈萨克族的《萨里哈与萨曼》、傈僳族的《逃婚调·重逢调·生产调》等。这些优秀的作品都是长期流传在各民族中间的以爱情为表现主题的作品，其间也许经过文人的加工甚至到晚近才得以记录整理，但大体仍保持着它们由古以来原生的淳朴自然的特色。1989年出版的《江南十大民间叙事诗》也是这类作品。在我们进行文学史方面研究的时候，理所当然地应顾及这类作品。

民间文学的审美功能是巨大的，其魅力曾陶冶过无数的民众。许许多多的与民众有着血肉联系的文人或进步的学者从中汲取过丰富的营养。民间文学的朴素自然给人的生命启悟与美感常常胜过高文巨典，使那些素喜咬文嚼字的酸腐文士难以望其项背。作为文学永恒母题之一的情恋性爱，在民间文学中所闪耀出来的光辉，常常炫惑着一些文人的眼睛，使他们艳羡之余，也试图将这光辉摄入自己的笔端。对于民间的自发创作与文人的模仿之作这两种文学现象，笔者拟在下面的两个部分分别加以论述。

在展开论述之前，仍有必要对我们这里所说的"民间文学"这一概念做点说明。因为提及民间文学，不少人会将它与市民文学、通俗文学等概念等同起来。其实在我们看来，这三种概念虽有密切的关系，但彼此实应有所不同，民间文学是以农民文学为主体的文学，它的主要诞生地是广大的农村，其中也包括农村化的乡镇、县市。民间文化与文学的主要传播区域也在这里。市民文学则是以市民为主体的文学，或可叫城市文学，其发生的时间应晚于民间文学，它是伴随城市的兴起特别是商业、工业的兴起而诞生的，主要传播区域是大中城市。而通俗文学（或称俗文学）是与所谓雅文学对称的，主要着眼于文学作品的通俗性及流传的广泛性。郑振铎先生认为："凡不登大雅之堂，凡为学士大夫所鄙夷，所不屑注意的文体都是'俗文学'。"① 显然，俗文学是文体学上的概念，从一般的情形看，它基本上可以包括民间文学与城市文学。鉴于中国长期以农立国的基本生活方式与文化习俗，使民间文学与城市文学在历史上一直界限模糊，甚至无人关心过，这本不足为奇。近世随着城市化的迅速发展，城市文学或以市民为主体的文学愈益引人注目，昔日的雅俗之分，民间、市井之异都有了新的变化。

从雅俗共赏的角度看，"国风"范式尤其值得关注。

古希腊神话被马克思主义创始人誉为后世难以企及的范本。这种观点本身即表明面向未来的伟人对人类童年的精神创造是多么珍视。后世的人们也许健忘，然而正如原型批评理论所指出的那样，原始初民脑海中的梦幻或意象幽灵一样附着在后世人们的身上，尤其在文学领域，经常无意识地表现着古老的初民心象，以各种置换变形的方式复述着原始的生命主题。自不待言，情恋性爱就是这样的生命主题之一。

在中国上古时代，采桑种田、捕鱼狩猎的民众一方面辛勤地劳动着，一方面热烈地恋爱着，"食色，性也"的本能自然地促发他们对生命的热爱。也就是在这种粗朴而豪放、坦率而自然的生活过程中，既诞生了"杭育杭育派"（鲁迅语）的劳动诗歌，也诞生了"关关雎鸠派"的爱情诗歌。有理由认为，在孔圣人出世之前民间已有大量的爱情诗歌②，只是在

---

① 郑振铎：《中国俗文学史》（影印本），上海书店1984年版，第2页。
② 曹聚仁曾推测说："《诗》三百之中，保留着山顶洞人唱的抒情诗歌，也是可能的。"见曹聚仁《中国学术思想史随笔》，生活·读书·新知三联书店1986年版，第60页。

他到处碰壁的失意心境下，才采撷了这大量爱情诗歌中的"一小撮"来充填《诗经》的编制，幸而他这么做了。伟人总是伟人。他为后世文学树立了伟大的路标——尽管这路标本身并非他亲手所做——仅此一点就可以不朽。

然而这路标或范式主要是为文人建立的，古文字符号及其排列对山野湖泽的民众来说，总未免不那么亲切。然而，即使民众不知世有《诗经》，也并不曾阅读过"国风"中的那些情诗，但他们师法自然、率真抒情的爱恋歌咏，仍自会契合这种原本由民众创设的"国风"范式。因为作为创作主体的民众总是一以贯之地把真纯自然的情爱付诸天籁般的表达。在"国风"中是这样，在现代民歌中仍是这样的。茅盾在1925年曾就江南流行的民间恋歌《打弹弓》做过评论，他说："这种恋歌之所以可贵，即因它们是民众的真挚恋情的表现，是健全的民众的恋爱思想，既不带有偷香窃玉以恋爱为游戏的怪相，亦不夹着色情狂的邪气。"[①] 他的这种评断显然也适应于"国风"范式笼罩下的古今作品，并将这类作品与主要倾向于假道学的禁欲文学或嗜欲的病态文学区别了开来。

鉴于"国风"情恋性爱方面的诗作，在体现"淳朴自然"这一文学模式上的典范性，在这里拟对其做较详细的论述，兼而涉及其他民间爱情作品。

"国风"中的情诗大约产生于公元前11世纪到6世纪，但从发生学角度看，当有着更早一些的酝酿形成的历史。因为去古不远，故而在这些情诗中还明显保留着不少原始形态的性恋风习。瓦西列夫说："在远古时代，人们对一个人的性要求看得比较坦率、单纯而自然。"[②] 龙的传人的祖先也

---

① 《茅盾文艺杂论集》，上海文艺出版社1981年版，第177页。
② ［保］基·瓦西列夫：《情爱论》，赵永穆译，生活·读书·新知三联书店1997年版，第17页。

自然不会例外。"国风"情诗中所保留的群体择偶和性恋生活的风习就是明证。"郑风"中的《萚兮》写一群男女在一起尽情地唱歌跳舞,热恋的情人们共聚一处,"倡予和女""倡予要女",那情味自与个别的幽会不同。特别是《溱洧》,写上巳野游盛况,春光明媚,春情如水,在这溱和洧的河畔,士与女云集而来,手持香草,他们在这里可以自由交往、交谈、相邀、定情,一切都进行得十分自然。他们定情的情景是这样的:"维士与女,伊其相谑,赠之以勺药。"欢情既洽,自然可以自由地你撩我逗地欢闹了;而行将别离,向情人赠以勺药,则表示再定后约。也许在这种情形下,相爱的男女青年会如后代道学家攻击的那样"淫奔"吧,然而在当时的人看来,这并非"淫"。连《周礼》也这样记载:"中春之月,令会男女,于是时也,奔者不禁。"像这样的集会尽管名义上常与巫祝活动相关,但云集而来的男女青年却自有心驰神往的追求。这样的集会风俗在其他地域也存在,不过方式有些变化罢了。正是由于远古之人较少后世的种种禁忌,才会出现上述男女公开交往的恋情活动。

公开的场合对恋情活动既然如此依循自然之道,私下的幽会就更显得自由自在了。《秦风·蒹葭》表述了歌唱者对"在水一方""宛在水中央"的恋人的追求与深深的思恋。《召南·野有死麕》则写动情的男女青年在大自然的怀抱中融合为一体的情形:"有女怀春,吉士诱之"的结果是"舒而脱脱兮,无感我帨兮,无使龙也吠",如玉的女子羞怯地提醒心爱的人儿轻一些,以免破坏了幽会的欢情;《鄘风·桑中》写可爱的孟家姑娘主动邀约"我"到桑中幽会,诗中采取复沓咏唱的方式,尽情地叙说这幽会给"我"带来的欢乐,这欢乐更加深了"我"的思恋,致使欢会前后的情形都历历在目,永难忘怀,并反复地重现在心头:"爰采唐矣,沫之乡矣。云谁之思?美孟姜矣。期我乎桑中,要我乎上宫,送我乎淇之上矣。"

相思、幽会的逻辑发展则是对婚姻的热烈期待。《诗经》首篇《周南·关雎》在一开始，便以自然风物为比兴，由"关关雎鸠，在河之洲"引起对求偶愿望的歌咏："窈窕淑女，君子好逑。"正由于有了这种求偶的热烈而执着的愿望，才"寤寐求之""寤寐思服"不已，并渴盼着能尽快地"琴瑟友之""钟鼓乐之"。作为女子也存有这种求偶成婚的强烈愿望，甚至在劳动过程中也在惦记着这件大事。如《召南·摽有梅》一诗中的姑娘，由成熟的梅子想到了自己的青春，由采摘梅子想到了自己的婚姻，急迫求嫁的愿望油然而生："求我庶士，迨其吉兮！""求我庶士，迨其今兮！"在《周南·桃夭》中，则向"之子于归，宜其室家"的姑娘祝贺，到了《唐风·绸缪》，就进一步写出了成婚时闹新房的情形：入夜时分，众人兴致更浓，想见那必然发生的两情绸缪的情形，众人不免要和新人调侃一番，"今夕何夕？见此良人。子兮子兮！如此良人何？"良宵美人，自有一番情意绵绵的绸缪。众人如此嬉闹，也似在分享他们的快乐。既已成婚，恩爱无限，这情形在《郑风·女曰鸡鸣》中就有生动的表现。

在"国风"中，有多首情恋性爱方面的诗作都与"东门"有密切的关系。诗题中出现"东门"字样的就有《东门之杨》《东门之墠》《出其东门》《东门之池》《东方之日》等。"东门"，在上古人们的心目中是与"太阳崇拜"有内联系的。"东门"迎日出，观日出，"日"是生命得以温暖、生存的象征，故而"东门"亦可解为"生命之门"，表明上古人们对太阳的崇拜也被引申到情恋性爱的领域，于是"东门"也喻示着如日东升的情恋性爱可以给人带来幸福与新生。请看在"东门之墠"上，芳草青青，茅舍俨然，在这里有"我"的心上人，"岂不尔思""子不我即"，但"我"等待下去，就总会看到爱的光明；"出其东门"放眼望，"有女如云"，但那是浮华的大家小姐，我所喜爱的则是那位穿着素衣，头戴青巾的贫家姑娘，只有她才是我真正喜爱的人儿；"东门之枌"是苗壮挺拔的白榆树，树下是青年男女交乐跳舞的地方，共舞传情，可定终身，"视尔如荍，贻我握椒"；"东门之池"既可以浸植物，也可以"溶"浓情，因情而动，遂欲与心爱的人"晤歌""晤言"，倾诉自己深深的眷恋之情；"东门之杨"，悄然伫立，耐心地等待心上人的渴望心情，也许只有"东门之杨"才会知晓；而"东方之日"刚刚升起，心爱的美丽姑娘便来到了我的房中，并且"履我即兮"，情深意长！它本身可以说是一种"原始意象"：开启"东门"，总意味着迎来人生的光明，尤其是可以通向爱的天地。

值得注意的还有，在"国风"所展示的爱情天地中，女性常常扮演了主动的角色，并时或以性爱支配者的骄傲来戏谑男性，这点颇与人们习惯的且与对女性抱有的传统成见相左。如《郑风·子衿》《郑风·丰》《郑风·山有扶苏》《王风·大车》《卫风·木瓜》《卫风·淇奥》《鄘风·桑中》《鄘风·墙有茨》等，另外还有一些女性视点与叙述角度的思妇诗与弃妇诗。这些作品可以视为中国文学史上最早的一批女性文学。由此显示女性在上古时代确实能够相对自由地在生活与艺术中追寻发自心底的爱与诗。她们的"主动"精神使情恋性爱更增添了几分情味。本来爱心的先后发生是自然而然的事情，谁先表达爱心也是当事人的自由，可是很久以来，总多以为女性先表达恋情或如朱熹说的"女惑男"便是出格越轨之事。朱熹曾比较过郑、卫之声的不同，说："卫犹为男悦女之词，而郑皆为女惑男之语。卫人犹多刺讥惩创之意，而郑人几于荡然无复羞愧悔悟之萌，是则郑声之淫。有甚于卫矣。"① 这种出诸男权中心及礼教偏见的观点，恰好表明了朱老夫子的执迷。

由于"国风"情诗创作的时间跨度长，至孔子整理之时，男权中心社会早已定型了，对情恋性爱的种种压抑以及对女性的种种偏见已出笼，这

---

① 朱熹注：《诗集传》，上海古籍出版社1980年版，第56页。

些在国风情诗中也有反映。《鄘风·柏舟》中的那位少女为爱情的受抑而痛彻心扉:"髧彼两髦,实维我仪。之死矢靡慝。母也天只!不谅人只!"《卫风·氓》中的女子则对"氓"的求偶行为心存怯惧与顾虑:"匪我愆期,子无良媒。"《郑风·将种子》中的女子也在承受着心理重压:"岂敢爱之?畏我父母。"不仅父母可畏,兄弟亲友、村邻路人的指责议论也是女子所畏惧的,所以这女子对心爱之人来"逾里""逾墙""逾园"求欢,一再表示了拒绝。除这些之外,"国风"中还有一些思妇诗、弃妇诗,则更痛切地表达了女性在情恋性爱生活中的失意和苦恼,如《召南·殷其雷》《卫风·伯兮》《秦风·晨风》《王风·中谷有蓷》《邶风·日月》《郑风·遵大路》等。

因而,在我们充分注意"国风"情诗的基色也是"淳朴自然"的同时,还要注意它们的丰富多彩。除少量系出贵族的情诗之外,大多指的是民间青年男女(或情人或夫妇)所为,就中亦有种种性际生活的情景:有自发相恋,互约私奔的;有因爱幽会野合的;有良媒为介坦然结合的;有男求女的,亦有女惑男的;有顺利追求到心上人的,亦有失恋苦思而涕泗交流的;有多年盼望终成眷属的,有一见钟情邂逅成婚的;有怨责情人不来,苦等难熬的;有撒娇设计,捉弄情人的;有恋情淡化终于背离的,也有誓死相守、终生不渝的;有群集欢会、适择其偶的,也有单恋相思、自家多情的;有新婚之夜绸缪欢合的,也有深宵凄迷,独守空房的……

由这些多样的情诗也表明了情恋性爱世界的难以整齐划一,清一色或喜或悲的爱情是不存在的。但由"国风"情诗表现的是对真正淳朴自然的爱情与诗风的追求,极少沾染"政治婚姻""金钱关系"的浊气,除了情恋性爱本身带来的喜怒哀乐,"国风"情诗很少引入更多的"附加物",即使引入也往往站在情恋性爱的立场上,通过诗意的表达来反抗、清除这些"附加物"——如对一体化的爱情的阻挠与背叛(尤其是出于家长制而来的对爱情的破坏、排斥）皆成了情诗控诉、否定的东西。由此可见，"国风"范式是表现在爱情观上的淳朴自然，表现在文学观上的纯正自然，同时还在不违背质直情真、不假虚饰的原则的情况下，尽量表现出情恋性爱生活的多样性与丰富性。这也就是"国风"范式的基本内涵。

这种"国风"范式对中国文学的发展一直有着重要的影响。民间文学这一流脉也直接、间接地受其影响。这在民间故事、戏曲等文学样式中都有体现，尤其在情歌中体现得更为突出。在源远流长的陕北民歌、江南民歌、西北"花儿"、瑶族山歌以及广为流传的"四季调""子夜歌"等民歌的海洋中，那无数的情歌如火如荼，唱热了无数颗心，唱熟了无数颗红豆，唱开了无数朵玫瑰。这里仅援引几则短小的民歌为例，由此可见一斑。

> 听见哥哥唱一声，
> 支棱棱耳朵吊起心。
> 听见哥哥唱一声，
> 疙颤颤断了一根二号针。
> 听见哥哥唱上来，
> 热身子扑在冷锅台。
> 听见哥哥唱上来，
> 开开柜子换红毯！

这一首自古流传的"信天游"将一位农家姑娘听歌后的反应描写得何等真切、自然！已经熟稔而钟情的情人就凭那代代相传的"信天游"，就会发出不可抵御的爱的信息，本色、自然而又热烈。再请看：

> 荷叶圆圆像米筛，
> 郎生得伶俐姐生得乖；
> 自己相好自己爱，

嚼嘴的媒婆都滚开！

多么刚健清新，痛快淋漓！多么热烈真挚，朴素亲切！原本就是这么明明白白的事儿，何妨明明白白、自自然然地道来？尽管灿若星河的民间情歌似乎没有"曾经沧海难为水"式的曲喻典雅，也没有"寻寻觅觅冷冷清清凄凄惨惨戚戚"的缠绵悱恻，但自有其独特的人生价值与文学价值。尽管多少世代以来，总有人耸起其削肩，挺出其肥肚对民间的这些诗歌表示轻蔑，然而却并不能磨灭它们的价值。对于公正而冷静的人们来说，自会明辨民间情恋性爱文学的积极健康的主流，并不因为它们的简朴直率或有时也带有封建因素或猥亵成分，而笼统地贬低或否定它们。

有人说，民间文学是一切文学之母，这话着实有发生学的眼光、实事求是的气魄。郭沫若甚至进一步说，民间文学是源又是流。因此，古今中外的文学大家没有谁不曾汲取过民间文学的乳汁。

这方面的例子当然是举不胜举。有兴趣的话可以从西方的荷马、东方的屈原一个劲地列述下去。然而我们所关心的主要问题则是我国民间情恋性爱文学对文人创作的影响，特别是文人创作中那种从形式到内容都颇为"民间化"的情恋性爱方面的作品，以及由这类作品所表现出来的文人主动效法民间文学的实践精神。

古代文人在向民间文学学习的过程中，会发生这样两种不同的情形：一是将自己喜爱的民间文学作品，汲入自己的作品中，作为"新的养料"；一是"夺取"式的占用和写作。从实际情形看，前一种情形应该说是最普遍的，由此也极大地丰富了古代文学；后一种情形则主要是那些咬文嚼字而耽于形式的末流文人之所为。这些末流文人往往只知道玩弄一下民间形式，于是至多只得皮毛而无法得到神髓，反易将原本生机勃勃的文学样式弄到面目可憎可厌的地步。在古代那些失意文人，尤其是下层文人那里，由于比较接近下层劳动人民和民间文学，于是就能在比较深刻的层次上与民众"同化"，创作出真正带有民间文学品格的作品来，自然，这种"同化"有深浅、程度上的种种不同。

民间文化与文学所形成的人文环境或气氛，常常给作家以极为深刻的影响。在这方面于屈原身上表现得相当突出。他与荆楚的感性文化之间有着非常密切的关系。当时的楚国民间仍保持浓厚的巫祝风习。然而在肃穆的仪式（包括歌舞）背后潜蕴含着楚人对性爱的执着。屈原陶染在这样的文化氛围中，才会在他的"楚辞"中写下那么多明里暗里涉及情恋性爱的辞句："横流涕兮潺湲，隐思君兮悱恻"（《湘君》）；"日将暮兮怅忘归，唯极浦兮寤怀"（《河伯》）；"子交手兮东行，送美人兮南浦"（《河伯》）；"怨公子兮怅忘归，君思我兮不得闲"（《山鬼》）……仅从形式上看，屈原的"楚辞"也直接取自民间。王逸《楚辞章句》云：屈原"出见俗人祭祀之礼，歌舞之乐，其词鄙陋，因为作《九歌》之曲"。连朱熹也认为《九歌》是在民间祭歌基础上的改制品。据典籍记载，像幸存的公元前5世纪的《越人歌》，就是后来的楚辞的雏形范式，屈原的《湘夫人》中有"沅有芷兮澧有兰，思公子兮未敢言"这样的词句，与《越人歌》中的"山有木兮木有枝，心悦君兮君不知"这样的词句在结构、口吻、内容上都浑然一致。而他的"悲莫悲兮生别离，乐莫乐兮新相知"（《少司命》）等辞句也可以视为《越人歌》词句的化用或再创作。这种类似的情形在《离骚》中也存在。其中的"香草美人"意象与《诗经》中的民歌及楚地的民间文学都有不可忽视的关系。

在古代经文人整理的民间情歌，主要保存在《诗经》《玉台新咏》《乐府诗集》《山歌》等集子中。现代学者辑校的《敦煌曲子词集》也是民间的"离情恋语"之作。但这里的"民间"已包含了市井里巷，故收集作品有其广泛性。《诗经》中的民间情恋性爱之作对后世的影响已在上面论述过。这里不妨再补充文人创作的例子。即我们认为陶渊明的《闲情歌》虽与张衡的《同声歌》《定情歌》等作品有比较直接的关系，但实际上也与汉魏乐府乃至"国风"中的情诗有承继的关系。仅从《闲情赋》中的"十愿"这种痴情的表达方式看，"国风"中的《关雎》《野有蔓草》，实际已经提供了这种以男性为单恋或苦恋主角的"愿"式的情感基型与表达方式。

《玉台新咏》为南朝徐陵所编，旨在"选录艳歌"，即着意收录梁代以前的情恋性爱方面的诗作。编者很重视民间这方面的作品，其中的《孔雀东南飞》《上山采蘼芜》《陌上桑》《迢迢牵牛星》等作品素来多被视为杰出的民间文学作品。然而奇特的是，被题为文人的一些诗作与此类民间作品竟非常一致。如辛延年的《羽林郎》、李陵的《携手上河梁》等，都很像民间真情流露的"顺口溜"。表明汉魏及其以前的文人在书写情恋性爱方面也喜欢民间的淳朴自然的表现形式。这种情形在《乐府诗集》中也有明显的体现。明代的冯梦龙也深谙民间文学之美，倾心编辑了民歌专集《山歌》，这对他本人注重情真的创作也产生了深刻的影响。

古人观念中的词，常常被归于"艳科"，所谓"簸弄风月，陶写性情，词婉于诗"是也。对这种善于表达情恋性爱的文体，不少人都以为是文人创始的，其实它亦来自民间。自敦煌千余首曲子词的发现，这一真相就大白于天下了。从《敦煌曲子词集》中即可看到，早在唐代，民间就有了《菩萨蛮》《长相思》《鹊踏枝》《渔歌子》等许多词牌了，其作品内容也大多带有民歌风范。鲁迅先生曾说："歌、诗、词、曲，我以为原是民间物，文人取为己有……"① 这判断是符合实际的。总有一些文人未能忘情于民间文学对他们的感染和灵感的激发，尤其在表现情恋性爱主题时，文人也乐于采用民众享有的轻松自在、淳朴自然的表达方式。即使是"花间

---

① 《鲁迅书信集》（上），人民文学出版社1976年版，第492页。

词派"的词人也会如此心动神移。如韦庄《思帝乡》云:"春日游,杏花吹满头。陌上谁家年少,足风流?妾拟将身嫁与,一生休。纵被无情弃,不能羞。"此词虽不似敦煌曲子词"要休且待青山烂……"那样率直,但也明显带上了朴素自然的民歌风味。又如张泌的《江城子》三首就带有明显的民歌之风。其二云:"浣花溪上见卿卿。脸波秋水明,黛眉轻,绿云高绾,金簇小蜻蜓。好是问他来得么?和笑道:'莫多情!'"词中的语调多亲切自然,不似于千载以下,兴起于晚清的"鸳鸯蝴蝶派"那样雕凿和做作。

在宋词中也颇多具有民歌风情的作品,即使像欧阳修这样的作家,也从民间文学中汲取了丰富的营养,写出过不少具有民歌曲词特征的作品,如"愿妾身为红菡萏,年年生在秋江上;重愿郎为花底浪,无隔障,随风逐雨长来往"(《渔家傲》);"红笺着意写,不尽相思意。为个甚,相思只在心儿里"(《千秋岁》);"荷叶又浓波又浅,无方便,教人只得抬娇面"(《渔家傲》)等。如果说这些词的民歌风味还欠浓厚,有些宋词则达到了与民间歌曲几难区分的地步。如李之仪的《卜算子》云:"我住长江头,君住长江尾。日日思君不见君,共饮长江水。此水几时休,此恨何时已。只愿君心似我心,定不负相思意。"这首词直抒胸臆,情切意挚,言词素朴,复叠回环,浓郁的民歌词曲的情调,宛如清冽的山泉,冲入人们的心田。再如那位归趋自然的以"梅妻鹤子"闻名于世的林逋所作的《长相思》:"吴山青,越山青。两岸青山相送迎,谁知离别情?君泪盈,妾泪盈。罗带同心结未成,江头潮已平。"这首词仿佛在透露着这位"和靖先生"内心的伤情及其何以"梅妻"的隐秘,同时也表明他在天性上与自然和民风的亲近。其他又如姚宽《生查子·郎如陌上尘》、石孝友《浪淘沙·好恨这风儿》等等,也都是这方面的有代表性的例证。

在其他古代文人作品中,也不难觅见具有民间文学风味的作品。如唐诗中李白的《长干行》《杨叛儿》，刘禹锡的《望夫山》《竹枝词》《踏歌词》，白居易的《上阳白发人》，雍裕之的《自君之出矣》，等等。在具有综合艺术特征的文人创作的戏曲、小说等文学样式中，也不难觅见民间文学尤其是神话、传说和故事的种种成分。在我们看来，如果将文人创作与民间文学比拟为一对可以遇合的恋人，那么确实有不少作家在心甘情愿地盼望着二者的结合，其心情就如一首《越歌》中所写的那样：

> 恋郎思郎非一朝，好似并州花剪刀。
> 一股在南一股北，几时裁得合欢袍？

"合欢袍"实际早就裁好、缝好、上身了。君不见古代的四大传说"牛郎织女""孟姜女""梁山伯与祝英台""白蛇传"都以各种方式化入了文人的笔端了吗？同时文人也在通过各种渠道，影响民间文学的再创作。倘有人对"牛郎织女"传说故事的源流以及在文人创作（诗词歌赋、戏曲小说等各种文体）中的体现，做一综合考察，并注意到文人的发挥创造又反过来怎样影响了民间故事的递嬗变化，那他肯定会相信上述判断的。

第二章

现代文学的心理意识和文学呈现

古代文学与情爱有着密切的关系，到了现当代更是如此，且已经发生了"革命性"的诸多变化。无论是现实主义文学，还是浪漫主义文学，抑或是现代主义文学，都与现代中国人的逐渐觉醒和情爱追求相关。"从情爱视域看中国现当代文学"已经成为一个值得高度重视的重要课题。自"五四"以来，崇尚情爱及自由恋爱的社会思潮，与启蒙思潮、革命思潮、改革思潮等社会思潮一起，促使国人不断探索新的人生与社会发展之路，努力从农耕文明进至现代的工业文明。即使仍然讲求"文以载道"，这个"道"也已经被具有现代意识的"人道"和"文心"置换了，由此也开启了中国社会由古代传统向现代转型的进程。而这种逐渐建构起来的现代意识中，就有值得特别关注的现当代文学所呈现的生命意识和读者意识。

第一节 "五四"文学：现代生命意识的觉醒

以往我们回顾、思考"五四"文学的时候，总以强调"五四"文学的时代性亦即其特殊性为主，对其超时代的深刻意蕴却多少有所忽视，甚至囿于特定时代现实的政治需要这一通行的观点，而对"五四"文学所展示的"永恒主题"加以贬斥与否定。其中对"五四"人张扬"自爱"与"人类爱"及相应的女性精神便多所否定或忽视，对"五四"人渴望自由，把个人的自由及其自主的选择与创造看得极为珍贵的生命意识，也有所非议或未予以充分理解。真正的艺术具有超时代性；仅仅属于特定时代的东西，在"时代局限"之中便失去了真正艺术的自由本性。"五四"文学对"爱与自由"的追寻，既体现着"五四"时代精神，又超越时空限制具有持久的意义。其所以如此，是因为"五四"人（在本节中尤指"五四"知识者中具有现代意识的作家）把爱与自由还原为生命本体需要，并上升到生命美学的高度来加以追寻与表现的缘故。本文拟对这种"五四现象"做一探索，尤着重阐述"五四"文学具有持久的意义的生命意识，并引申到对我国新时期文学内在精神的理解与把握。

一

爱，就其基本分类来看，不外乎基于个体与社会需求而产生的"自爱"与"他爱"这两大方面。而"五四"这一呼唤个性与爱国精神的时代，给当时的先驱者以最深刻的启悟，急需真诚而坦率的自爱与他爱。

众所周知，"五四"时期的中国土壤在欧风美雨的浸润下，滋长起两种灿烂的精神之花，这就是积极的个性主义与人道主义。"五四"人接受的其他思想大体都可以纳入由这两种花朵所编织的花环之中。显然，个性主义张扬的主要是"自爱"的精神，而人道主义张扬的则主要是"他爱"精神。这二者的对立统一便构成了"五四"人的生命运动系统：他们既要自我珍摄、自我奋斗、高张个性解放的旗帜，又要忧国忧民、团结战斗、高擎人道主义的旗帜，并在以此为两极对应的"目标"之间螺旋运动，从而追求"自我"生命的充分实现。

"五四"人的自爱与他爱，从其主导倾向上看，是马克思所说的"积极的"爱的行为，即能够基于生命的启悟，推己及人，"用爱来交换爱"。简言之，自爱与他爱具有辩证的关系，互为目的与手段，在矛盾运动中互相促进，从而使自爱与他爱所构成的生命体系不断地得到充实或完善。倘若仅仅强调其中一个方面，就会造成二者损失、生命萎缩的结果。"五四"人的可贵之处，就在于他们"拿来"西方个人本位的文化学说来冲击中国传统的"无我"型的集体（封建性的家族与国家等）本位的文化时，虽然有时带有激烈的情绪，却在潜意识积淀的文化心理层面上，并没有弃绝他爱意识，而只是努力嵌入个性意识，摒弃奴性意识，在确立"人"的主体性的前提下，"利己而又利他，利他即是利己"，把个性解放与人道主义做了统一的理解与把握，从而促成了"五四"时代的真正的"人的觉醒"。

从"五四"文学来看"人的觉醒"，格外引人注目的有两类作品：一类是揭露、批判封建主义"吃人"的写实性强的作品，一类是爱国反帝、张扬个性的理想性强的作品。前者以鲁迅及文研会的创作为代表，后者以郭沫若及创造社的创作为代表。尽管彼此之间有着种种差异，但这两大诞生于"五四"文坛上的主要文学流派，都没有偏于"自爱"与"他爱"的任何一个方面。

鲁迅和文研会的创作，其总的倾向可以说都是意在揭示病苦、引起疗救的注意。这"病苦"主要指中国人及社会所存在的种种弊端，其中也包括精神文化中危及个体生命与民族机体健康的许多毒瘤。忧愤之情不仅从鲁迅的笔下流露了出来，从叶圣陶、王统照、王鲁彦、许地山等作家的笔下也流露了出来。这就表现出了他们创作上的鲜明的人道主义倾向。反对、揭露封建社会的"吃人"的兽道，同时必然高张起他爱的旗帜，忧国忧民，遍察人间疾苦，大量的"小人物"的悲剧描写既表明这些作家对生活的忠实，同时也表现出他们对自我情感的忠实：他人出于对这些人间悲剧的关注来表现其爱心并返慰自己心怀。我们固然不能说鲁迅与文研会的这些描写是浅薄的人道主义，也不能轻易地对胡适、沈尹默、刘半农、刘大白、康白情等人的诗作冠以这种名号来菲薄，他们真诚地对人力车夫、卖布哥嫂、乞丐听差等"劳工"的同情，毕竟表现着"五四"人在"劳工神圣"思想启迪下的人性复苏。同时我们也不难意会，在"五四"作家着意展示这些普通人或"下等人"的悲剧命运时，即使不是全部，但也基本上是意识到这些人的不觉悟：缺乏真正的个性与自爱精神。"五四"作家通过对这种无个性意识的人们不幸命运的展示，便自然而又比较隐蔽地表达了呼唤积极的自爱精神这一时代的主题，同时也隐在地表现了作家主体对个性或自爱精神的向往，以及出于生命体验启悟的推己及人和反求诸己的人生思考。

如果说"人生派"在自爱与他爱的文学表现上比较隐蔽含蓄，那么"浪漫派"（主要指创造社）则往往以明显夸张的方式来表现它们。歌颂自我，宣揄个性，在郭沫若的《女神》中化作了"天狗"气吞宇宙的意象与"凤凰"欢唱新生的意象；《我是个偶像崇拜者》则置换了本义上的偶像，明确地宣布"崇拜我"——"我"在这里就是上帝、至神；他在《自己之歌》中也尽情地抒发："我赞美我自己，我歌唱我自己。"从郭沫若这种理想化地扩张自我的诗情冲动中，我们可以窥见来自惠特曼、歌德、斯宾诺莎的影响，但只有具有接受与消纳能力的生命体才能承受这影响。郭沫若诗情的贮积与自我意识的滋长，理应是自他儿童少年时期便开始的。他是一位早熟得有些惊人的"求爱者"。自爱的生命意识在"五四"前便得到了培植，然而也只有到了"五四"时代，他才找到了诗情的喷发口；他爱的生命需求与自爱一样，有着难以割断的过去，但也只有到了"五四"，才如此强烈地抒发他那爱国爱民乃至爱人类的生命热情。在创造社的同人中，田汉也在《暴风雨后的春朝》与《秋之朝》等诗作中，以理想的抒情或歌吟晨鸟轻啼欣"颂和平"的心愿，或抒发"秋之朝"呼唤爱人共赏"白头山"的情意，把他爱与自爱之情都融入了完整的自我生命体系来加以表现。

二

"五四"人在追寻这种自爱与他爱精神的完整表现时，不可避免地要涉及性爱、母爱、人类爱这类情感体验。这类情感的方向都明显地导向他爱，都以热爱他人（情人、母亲、同胞等）为主要特征，但同时也具有自爱的倾向。郁达夫在《沉沦》中表现出了异乎寻常的性爱焦渴，把爱情看成唯一的生命灵泉："我只要一个安慰我的体察我的'心'，一副白热的心肠！"当主人公得不到这种爱情时便宁可蹈海而亡。这种性爱的强烈乃至扭曲的形态，恰恰表明了性爱作为"自我"爱欲的重要性，从而以生命的名义冲击了礼教观念。在"五四"时期，把个人基于生命需求而产生的爱情当成了最受青睐的文学母题。从胡适的《终身大事》、侯曜的《复活的玫瑰》到冯沅君的《隔绝之后》、杨振声的《玉君》，从宣告性爱是个人的"终身大事"而只能由自己选择的现代原则，到追求性爱权利而受到挫折时的痛苦的倾诉，都表明"五四"作家对性爱有了真正现代意义上的理解。

在"五四"性爱作品中同时体现了自爱与他爱这两个方面，更准确地说，"五四式"的爱情是在自爱（个性）前提下的他爱（爱情），亦即

"通过对一种理想的寻求来扩展他们的自我——这种理想是他们称之为爱的一种感情与观念的综合体"①。正因为性爱自由含有个体沿着新的方向扩展自我的意向，在"五四"这一新旧文化交替的时期里，也就难免会引起性爱与母爱（长辈之爱）的冲突：母爱，本是人间最博大、最无私的一种圣洁的爱，既衣被其所生养的一切，又毫不索求报偿，并且真正的母爱"必须要使孩子渐渐脱离母亲而完全独立"②。然而在中国传统文化塑造下的母爱却包含很多杂质，如占有与支配意识，"养儿防老"的孝道观念等，使中国人的母爱有时也变得相当沉重。

正因为母爱中杂有这些封建性的东西，所以"五四"人对来自它的惯性还是起而抗争了。尽管这抗争有时很软弱，但也毕竟把现代性爱的航船驶离了"父母包办"的古老码头。罗家伦在《是爱情还是苦痛?》中，通过叔平对自己迫于家庭阻力、爱而不得的痛苦倾诉，揭示了父母包办婚姻所造成的严重后果："死人造爱""强不爱以为爱"，几个人同时的不幸，生活意趣和才干的丧失，等等。而这恶果本身就是对封建家长的控诉。郁达夫在《茑萝行》中则借主人公的口直接指斥了包办婚姻的父母："作孽者是你的父母和我的母亲。"在冯沅君《卷葹》集的多篇小说中，女主人公在恋爱过程中都处于爱情与母爱的必择其一的两难境地，但她们决不再像传统淑女那样恪守家规了。

由此，我们还会注意到"五四"人对人类之爱及相应的女性精神的礼赞。在"五四"人那里，对性爱、母爱这类情感的肯定性描写，都是置于人类共性这一层面上来加以称扬的。譬如与上述的"障碍型"母爱不同，在冰心女士的小说、诗歌、散文等创作中，以及叶圣陶的小说《伊与她》

---

① ［美］S. 阿瑞提：《创造的秘密》，钱岗南译，辽宁人民出版社1987年版，第41页。
② ［美］艾里希·弗洛姆：《健全的社会》，孙恺祥译，中国文联出版公司1988年版，第32页。

《母》等作品中，母爱既作为其创作的一种内驱力，又作为尽情讴歌的对象。他们都把母爱视为理想的象征，亦即博大的人类之爱的象征。在冰心的心目中，母爱具有原创性和世界性，基于此可以使世上的人"互相牵连"而不"互相遗弃"。

人类史的初期曾有过"母权社会"，其所维系社会存在的信仰便是母爱及相应的女性崇拜。这种社会虽然以"母亲"为中心，但却没有实际上的不平等或阶级压迫的现象，至高的人生原则便是由母爱升华而来的人间的爱。尽管母权社会是那样蒙昧、落后，但由伟大母亲对生命的孕育与维护所最初奠定的"人类之爱"的女性精神，毕竟还是合乎人类本性的。后来，父权社会取代母权社会，性别歧视、阶级压迫、部落或国家之间的战争便连绵不断地延续下来。尽管历史在激烈的竞争或"恶"这一杠杆的作用下向前推移了，但人类爱却成了人类最缺乏也最渴望的理想，成为生活在困苦、冷酷中的人们，尤其是艺术家们心中的"光明"与维系生命的力量源泉。

沿着对"母爱"创作方向的关注，"五四"人看到了女性执着于"生命之爱"的这一精神特性的美好，同时也看清了她们在现实生活中的卑贱地位，于是把对爱的追寻具象为对"女神"的热烈赞颂。"五四"新诗的真正坛主郭沫若便以《女神》这部纪念碑式的诗集，确立了女性解放与重建人类文明的伟大主题。他的《棠棣之花》《地球，我的母亲》《湘累》《炉中煤》《司春的女神》等以及《女神》中的爱情诗作，皆以特异的诗歌意象突出了女性的爱与美，并以此来与反叛礼教、歌唱大自然，与祖国的感情浑融在一起，从而谱就了"五四"时代的强音，同时也写下了震撼未来读者心弦的乐章。尤其是列为《女神》诗集之首的《女神之再生》，借古代共工与颛顼混战的神话，来控诉男权中心社会的种种罪恶，同时对补天修地育人、创造新太阳的女神们给予了最高的赞美。诗人接过歌德的诗幡，在中国这块蹂躏女性最为惨烈的荒原上，大书了"永恒的女性，领导我们向前走"这样的诗行。郭后来还写过《女性歌》等诗,坚持了他对女性精神的歌颂。在"五四"文学中,诸如此类的对"人类爱"的揄扬比比皆是。如在小说与剧作中,"五四"人不约而同地多以女性为主人公,并对她们表现出来的爱与美给予了热烈的称颂。波伏娃指出:"女人和男人一样是一个自由自主的个体",她期待"男女能共同去建立一个自由的世界"。① 这种意识在西方文学中也许早已不是重要话题,但在我国"五四"文学中,则是第一次得到如此广泛的重视和表现。

三

冰心在张扬其"爱的哲学"时说过:如火如荼的爱力,能够促使人们走向光明,而这光明便是"人类在母爱的爱抚之下,个个自由,个个平等"②;叶圣陶也同时把"爱与自由的理想"当作了自己创作的重要基石;鲁迅在"创作总根于爱"的观念支配下,其"自由意识"也化入了创作过程,并构成了"《呐喊》《彷徨》的基本精神特征"③;创造社的成仿吾在评述郁达夫的《沉沦》时,也指出了此类小说的旨意在于倡导恋爱自由,而这种表现"爱的要求或求爱的心"必然导向个性自由的方向④。完全可以说,"五四"文学是中国进入现代之后开放的第一批璀璨的自由之花!

自由,作为人类共同向往的境界,与人类的生命之爱和艺术美的创造有着至为密切的联系。黑格尔、马克思和西方近现代的众多思想家都对此做过精到的论述。我国美学家高尔泰提出的"美是自由的象征"这一著名

---

① [法]西蒙·波伏娃:《第二性》,南珊等译,湖南文艺出版社1986年版,第524页。
② 冰心:《寄小读者·通讯·十二》,最初发表于《晨报·儿童世界》1924年2月。后收入《寄小读者》,有众多版本。其原文参见《寄小读者》彩绘本,中国青年出版社2011年版。
③ 汪晖:《自由意识的发展与鲁迅小说的精神特征》,《中国现代文学研究丛刊》1986年第3期。
④ 参见成仿吾《〈沉沦〉的评论》,《创造季刊》1923年第4期。

的观点，使我们清晰地意识到："五四"文学作为新文学发生期的"幼稚"的创作，之所以对后人仍具有吸引力，就在于它内蕴着真正的自由精神！这主要表现在这样几个方面：其一，"五四"人的苦闷是对自由的一种自觉；其二，"五四"人的昂奋是对自由的勇敢追求；其三，"五四"人的选择、创造是对自由的捍卫与实现。由于篇幅所限，下面仅就"五四"人的自由选择与创造略加阐述。

四

从"五四"时期知识者的人生方式上看，进入文坛的"五四"作家摆脱了传统文人"官本位"的人生模式，从而获得了更大的自由，确立了自由民主的意识。在中西文化碰撞、交融的大背景下，"五四"人的社会活动与文学活动促成了他们相应的生命意识，使他们具有了唯自由为上（"不自由，毋宁死！"）的人生态度和创造精神，即使是鲁迅所说的"遵命文学"从根本上说也是作家"自由选择"的结果，因为"金元"或"屠刀"的命令是不能为作家所忍受的，他所遵照的，正是与自己意愿契合的为自由而战的前驱者的命令。

"五四"时期出现过这样一种现象，当时不少闯入文坛的人其初衷并无意于当作家，只是受当时那种自由、热烈的氛围的影响，面对"自由女神"的微笑不忍隐瞒自己的心曲、自己的遭遇、自己的欢乐，才信笔直书，无意中被"五四"风雷"震"上文坛的。创造社、文学研究会、新月社等社团中的主要成员，几乎都是从原先选择的人生道路或专业方向上转入文学领域的。为何会在"五四"时期出现这种"半路出家"（弃医、弃政、弃理工、弃军事……而从文）的现象？其主要原因则是伴随着"人的觉醒"而来的"文的觉醒"，"五四"人意识到了文学艺术作为人之自由本性对象化的产物，能够以艺术的形式使"个人生命与人类生命"得以

"结合、交流、融会、扩大",从而成为"一种文化或文明的利器",① 这从创造社所崇尚的自由创造,文学研究会所热衷的"为人生",周作人提倡的"人的文学",李大钊呼唤的"青春文学"等主张中,都可以看出,他们的文学选择既可以引导他人走向自由之路,又能够给自己带来充实与满足。他们舍不得这千载难逢的创作自由的机会,纵令自己文学天赋不足,也不愿意放弃"五四"所提供的创作自由的权利与宝贵的时机。

夏衍回忆"五四"时曾说:"那时候思想界十分活跃,也没有什么书报检查制度。许多报刊,例如上海《时事新报》的副刊《学灯》,从一九一八年起就介绍当代世界上的各种思潮。"② 处于这样自由的氛围,"五四"时期涌现了众多的社团、流派,促使"五四"作家在立意创新的前提下,纷纷向异域文苑中去寻求借鉴。于是,在选择与创造的文学活动中,造成了这样奇特的景观:"十九世纪到二十世纪这百多年来在西欧活动过了的文学倾向也纷至沓来地流入中国。浪漫主义、现实主义、象征主义、新古典主义,甚至表现派、未来派等尚未成熟的倾向都在这五年间在中国文学史上露过一下面目。"③ 因此,"五四"文坛充满了各种文学流派或新生力量的声音,他们或唱和、响应,或交锋、争论,没有也不会被承认有什么"权威"来禁绝异己的声音。在传统文学向现代文学过渡的这一时期,"五四"文坛呈现着丰富多彩、自由多样的状貌。

正是"五四"给作家提供了展示自我生命形式的各个侧面的自由。写实的、浪漫的、象征的、激进的、稳健的、颓废的、泛爱的、爱国的、自爱的等等选择、爱好、趣味与变调,都任其自由地转换或坚持。自由选择与创造的结果,是使"五四"文学趋向于繁复多样,从而给中国新文学提

---

① 柯庆明:《文学美学综论》,春风文艺出版社1988年版,第64页。
② 夏衍:《"五四"杂忆》,《文艺论丛》第8辑,上海文艺出版社1979年版,第4页。
③ 王延、王利编:《郑伯奇研究资料》,山东大学出版社1996年版,第183页。

供了那么多创作的基本母题与形式，那么多成果与范型，其所造就的文学大家如鲁迅、郭沫若，其一生所攀至的艺术峰巅也毋庸置疑地矗立在"五四"文坛之上。即使如当时多少带有一些弱点的唯美主义与象征主义的追随者，如闻一多与李金发，也从王尔德与魏尔伦等人那里，"拿来"了有益于自己创作和丰富"五四"文学的有价值的东西。简言之，"五四"人牢牢地捍卫并相当充分地运用了他们自由选择与创造的权利，从而在中国文学史上开辟了一个真正名副其实的文学的新纪元。

五

"五四"先驱者之一的李大钊曾写过一则极短的随感录，名为《解放后的人们》，全文是："放过足的女子，再不愿缠足了。剪过辫的男子再不愿留辫了。享过自由幸福的人民，再也不愿作专制皇帝的奴隶了。作惯活文学的，再不愿作死文章了。"这里表述的自然是'五四"人共有的心声，也预示了新文化、新文学发展的正确方向，亦即沿着"五四"人开辟的新文化、新文学的道路前进。

然而中国的事也真复杂。鲁迅的孤独、苦闷感，便来自他对中国文化转换的艰难所具有的清醒认识。他认为中国历史发展中会出现"反复"与"羼杂"的现象。事实证明了这点，当中国历史进入了"新时期"的时候，人们普遍认识到了这点，许多作家重又举起鲁迅的反思、启蒙、战斗的文学旗帜，把清醒、冷峻的现实主义重又引入文学创作的过程中。从本质上说，探索国民性、意在重铸民族灵魂的新时期文学，与"总根于爱"的鲁迅文学所内蕴的彻底反封建的"自由精神"，有着明显的承续关系。

今天的我们，不仅从思想解放、走向现代化的时代大趋势上，看到了新时期在新的历史基础上"重演"着"五四"时代的大剧，而且在文学表现领域，也看到了诸如伤痕文学、反思文学、改革文学、寻根文学、生命文学，以及"现代派"的探索文学等等创作现象，与"五四"文学依然有着惊人的相似之处。几乎每一类创作现象都能从"五四"文学中找出类似的作品；而今创作与评论的自由，流派纷呈、唯新是求的现象，也仿佛就是"五四"文坛影像的幻变与放大。"五四"文学被称为"新文学"，"新时期文学"也扣住了"新"字做文章。前者之"新"，是相对于"旧文学"而言的；后者之"新"，则是相对于"样板文学""无性文学"（阉割人性、性征的文学）等堕落文学或模式文学而言的。竞相创新，崇尚自由，呼唤真正的情与爱，追求人的主体性的确立与实现，高张人道与男女平等的旗帜，执着于现实的改造与新生事物的建设，进行多方面的积极探索以求得艺术表达方式的充分多样化，等等，显然是"五四"文学与新时期文学所共有的素质，而其最根本的品质则在于觉醒了的"五四"人与新时期作家，都在其生命意识的核心，安置了"总根于爱"的"自由之魂"！

而今，"河殇式"的危机感仍未逝去，随着当代人"招魂"而至的"五四"幽灵也在到处游荡。我们不仅不畏惧、回避它们，相反，我们除对这"过去"怀有某种深切的认同，更重要的是在这"过去"的启示下开始我们新的征程，同时在我们朝向"未来"的文学旗帜上，仍然写下"爱与自由"这几个闪烁着理想光彩的金字。

第二节　前期创造社："创生"意识的萌发

前期创造社是洋溢着青春生命的极有作为的一个社团流派，在它的诞生与发展的过程中，作为主要发起者与参与者的郭沫若自是出力非凡。郭沫若曾说："文化的建设在个人不外是自我的觉醒，在团体不外是有总体的统一中心之自觉，而唤醒这种自觉的人，构成这种统一中心的人，编辑杂志者要占一大部分。"① 创办社团，联络社友，编辑社刊，郭沫若与创造社一样共同经历一个全新生命体被"创造"而出的过程。而"创造过程是一种途径，以满足某种渴望和需求"②。在我们看来，正是这种促成"创造社现象"发生的"渴望和需求"，凝成了前期创造社至关重要的"创生"（或"创化"）意识。也正是因了这种"创生"意识的支配性作用，我们才会看到，作为"异军突起"的创造社与略先它成立的文学研究会并驾齐驱的激动人心的情景，看到创造社致力于"创生"的火一样的热情、梦一般的追求，从大胆直率地肯定自我理想的文学表述中，流露出了空前强烈的"创生"意识——从自我、民族、人类和自然新生的意义上，凸显出创造新生命的人生理想与相应的艺术追求。

一　生命力量的创造

渴望创造新生命的创造社，在艰难之中构建了自己年轻的生命。当它一旦构成了自身生命，就发挥出了绝非个体生命所能具有的"集体"生命的力量，从而为了实现"创生"的理想，演出了一场声势浩大的时代壮剧。

对于前期创造社的生命构成，创造社中人亦有"自知之明"。作为前期创造社成员之一的陶晶孙，曾在《记创造社》一文中介绍："我们学医者尝研究过创造社之解剖学说：沫若为创造社之骨，仿吾为韧带，资平为肉，达夫为皮。"③ 这种解剖观抑或有不确之处，但却是以活体生命的观点视创造社的鲜明的一例。在我们看来，前期创造社作为一个有机的生命活

① 《郭沫若书信集》（上），中国社会科学出版社 1992 年版，第 277 页。
② ［美］阿瑞提：《创造的秘密》，钱岗南译，辽宁人民出版社 1987 年版，第 6 页。
③ 陶晶孙：《记创造社》，杨之华编《文坛史料》，中国图书印刷公司 1944 年版，第 410 页。

体，郭沫若是当然的主脑，这从他以丰厚作品展示出的自己在文学方面的独特才情可见一斑。不管是以诗歌创造开一代诗风，还是以小说文本加速现代文学的进步步伐，抑或以作家、作品批评实践勾勒现代文学批评理论框架，郭沫若以一种标新立异的文化态度促进了新文学内容与形式的巨大转变，同时，也为文学青年趋向新文艺、获得新知识提供了充足的理论支持与榜样示范效应。据笔者统计，在两卷共六期的《创造季刊》上共刊有43名作者的作品144篇，其中郭沫若各类作品22篇，总量居43位作者之首，约占全部篇目的18%；《创造周报》共52期刊载31名作者的作品共200篇，郭沫若以73篇居首位，占全部篇目的37%；《创造日》共41名作者的100篇作品，郭沫若计10篇又居首位，占全部篇目的10%。① 由此可见，在创造社诸多社员中，郭沫若无论是刊发作品数量还是参与刊物编辑时长上都首屈一指。但同时，成仿吾、张资平、郁达夫等主要成员也构成创造社的骨架与血肉，而田汉、郑伯奇、何畏、王独清、陶晶孙等人，以及"创造社小伙计"们也都曾化入这一生命活体之中，使其生命力更见旺盛（尽管也时有矛盾和分化）。从文学发生的意义上说，正是由于创造社这一生命活体的自身构成及其有机的运作，才形成了文学史上引人瞩目的"创造社现象"，才造就了蔚为大观的以《女神》《沉沦》《上帝的儿女们》《辛夷集》等为代表的"生命文学"。

生命与文学（诗）之间确乎存在相生相依的至密关系。从美学理论上看，这种生命与诗之间的美学联系，具有恒久而重要的意义。朱光潜曾指出，"如果生命有末日，诗才会有末日。到了生命的末日，我们自无容顾虑到诗是否存在，但是有生命而无诗的人虽来到诗的末日，实在是早已到生命的末日了，那真是一件最可悲哀的事。……"② 这种注重生命与诗的

---

① 以上数据均来自对三类期刊目录的统计，其中《创造周报》中出现的4幅素描画不在其列。
② 《朱光潜美学文学论文选集》，湖南人民出版社1980年版，第30页。

必然联系的观念，也为前期创造社的同人所具有。郭沫若的《生命底文学》一文便透露了此中的消息，前期创造社的一系列创作、编辑、批评方面的文学活动，更有力地证明了这点。

我们或许可以这样发问：是什么引发了创造社主要发起者们心弦的强烈共鸣？是什么力量将他们从各自非文学的专业中吸引到文学的旗帜下？回答也许是多种多样的，不过其中最突出、最重要的原因当是他们共有的"创生"意识。即是说对创造新的生命以求生存的价值与不朽，他们怀有共同的渴望，持有相契的共识。相当典型的例证是，在创造社成立之前，郭沫若与张资平、成仿吾、郁达夫等友人已多次谈及文学和结社的话题，相互之间的书信也多是交流这方面的想法，并将一些作品订成小册子相互传阅，相互砥砺，相互写下的读后感往往就是新的创作。这样的小册子被命名为"Green"（《格林》），意指绿色，象征着对"生命"复苏、发荣的热烈期待。郭沫若在读到成仿吾的小说《一个流浪人的新年》时，则以诗的方式写下了自己被启动的灵思。

> 我们把这满腔底氤氲，
>
> 酝酿成弥天的晴雪。
>
> 把生命底潮流美化、净化、韵化！①

"生命底潮流"在这群渴望创生的人们心中鼓涌着、激荡着，并且情不可遏地流于腕底，在创造社正式成立和《创造季刊》正式创刊之前，就有了相当可观的"创生"文学的积累。因此，在高张"创造"大旗之际，他们才会成功地推出自己的刊物以及"创造社丛书"。我们还注意到，在创造社发生期，围绕着社团名称与刊物名称，作为三脑的郭沫若与同人确

---

① 郭沫若：《〈一个流浪人的新年〉跋语》，《创造季刊》1922 年第 1 卷第 1 期。

乎费了不少心思。郭曾想过用"辛夷"的名称，因为其有"谦逊"的优点，但他的生命热情的强度却更促使他倾向于采用"创造"这样的名称。尽管"辛夷"之称也与"创生"意识相通，但毕竟不如"创造"能更充分地体现其"创生"的恢宏的抱负和喷发的热情，所以当郭沫若在同人面前正式提出采用"创造"的名称时，赢得了大家的热烈赞同。从此，"创造"新生命的潜在欲求获得了集体的高度自觉，"创生"意识获得了自身的升华，并多方面地展现在创造社的一系列文学活动之中。

二 "创生"意识的精神体系

综观前期创造社的文学活动，我们认为"创生"意识是其重要的基点或支点，并以此为核心，构建了前期创造社颇具特色的"创生"意识的精神体系，从而确证了"异军突起"的存在价值与特色。当然这一精神体系是相当复杂的，这里只拟分析其中一些主要的方面。

其一，对新型生命样态的热烈期待与追求。在《创造》季刊创刊号的封面上，印有怀胎待生的夏娃，以深邃慈祥的目光望着一艘远航的船儿。显然，这类人类之母的形象体现着创造社同人共同的希冀，那就是通过创造（孕育）新的生命，拓展（远航）新的生命，从而获得一种崭新的人生。选择这幅夏娃（或女性）的画面（符号），可谓意味深长。从前期创造社的主要作家队伍中，人们看不到像文学研究会那样的女性作家阵容，即使著有《卷葹》等作品的冯沅君（淦女士）被视为前期创造社的正式成员，也是凤毛麟角。然而谁都会看到，前期创造社与女性的精神联系却至为紧密，郭沫若的《女神》就可以被视为典型的代表。郁达夫的《沉沦》、田汉的《咖啡店之一夜》、张资平的《冲积期化石》等莫不或显或隐地关注、表现着对理想女性的渴望。这种渴望的精神导向是对新型生命的热烈期待与追求，求之不得，则宁愿"沉沦"（捐弃旧我）也在所不惜。无论是通过对理想女性（再生的"女神"、忠贞的女性等）的正面肯定或揄扬，还是通过对自我孤寂清冷、爱无所寄乃至绝望情怀的否定性描绘，在实质上，都是渴望新生的衷曲的流露。渴望新生、赞美新生，亘古以来，人们（尤其是男性）最容易联想到的，便是女性，其深层的生命根由，或可归之于人类源远流长的两性之爱，因为"它是其他爱的创生典型（generative type）"①。因此也就不奇怪，创造社同人的创作爱以女性来充当"创生"的象征形象，虽然在社团中少见女性作家的身影，但这批崇尚新罗曼主义的"才子"们，在崇拜生命、呼唤新生的同时，自然表现出了显豁的女性崇拜的心理倾向，换言之，即理想女性正是前期创造社浪漫生命的"隐形伴侣"。当然，对新型生命形态的热烈期待与追求，除了可以借助女性诗化形象表达外，还可以借助创世神话的重构，以及直接对"创造者"的歌颂抒发个性，憧憬未来。郭沫若的《创造者》《女神之再生》《凤凰涅槃》《创世工程之第七日》等诗作，以及创造社同人的《创造日宣言》等，就是突出的例证。而郁达夫、郭沫若、成仿吾等在小说中对穷愁困顿、性爱苦闷的如泣如诉，也从对生存现状的巨大不满中导向了对新型生命样态的渴望与追求。成仿吾曾在一首诗中写道："生命的琴弦疲板了。我想要痛哭一场，哭到生命的琴弦复活。"② 这与郭沫若在《〈辛夷集〉小引》中表现的生命在泪水中复苏的诗思是一致的。这种"以哭求活"的创作，有其生理心理的根据，也有着内在的审美规律上的逻辑，或者也可以视其为前期创造社的一个特色。

其二，对自我生命体验的深切关注与表现。基于自我生命的体验，初期创造社同人锐感"旧我"的不足，急切地希冀"新我"的诞生。

---

① ［西班牙］乌纳穆诺：《生命的悲剧意识》，段继承译，北方文艺出版社1987年版，第85页。

② 成仿吾：《长沙寄郭沫若》，《创造季刊》1922年第2期。

上帝，我们是不甘于这样缺陷充满的人生，

我们是要重新创造我们的自我。

我们自我创造的工程，

便从你贪懒好闲的第七天上做起。①

这种自我意识的强化，是创造社"创生"意识中非常突出的一个方面。郭沫若在《生命底文学》一文中就明确地指出："生命底文学是个性的文学，因为生命是完全自主自律底。"② 只要不把"生命"（人的生命）的哲学限定在"生物"或"生理"范畴之内，不把"生命"视为本能或理智的单一方面，那么说"生命"在自主自律中凸显出个性或各有特色的自我人格，就是有充分道理的。无论从哪一方面看，创造社的主要成员各有其明显的个性，"自成一家"，但在信仰个性主义与浪漫主义的方向上，则有其一致性。这种信仰导致了他们对自我内心生命体验的倍加关注，并推己及人，演化出了众多的"内转"而又"外烁"的浪漫作品。在意识到"自我"即是神或上帝的时候，他们从传统中国人崇尚的那种"无我"的浑浑噩噩的生命存在中觉醒过来，决然地举起个性解放的旗帜，而在这旗帜上便大书着"创造"二字。因为只有通过"创造"，才真正能够体现个性，达至自我实现的生命盛境。然而在走向个性、确立个性的途中，创造社同人无不感到黑暗现实的巨大制约，感到本应外向扩张的个性反被压回内心的痛苦。郁达夫既信奉"自我就是一切，一切就是自我"③，又在一系列"沉沦型"的作品中倾吐着那悲悲切切的孤独、苦闷、压抑乃至绝望的生命感受，将满腹的以愁怨、变态为其表征的"忧郁情结"诉诸笔端。④

---

① 郭沫若：《创造工程之第七日》，《创造周报》1923 年 5 月 13 日第 1 号。

② 郭沫若：《生命底文学》，上海《时事新报》副刊《学灯》1920 年 2 月 23 日。

③ 郁达夫：《自我狂者须的儿纳》，《郁达夫全集》卷 10《文论》，浙江大学出版社 2007 年版，第 48 页。

④ 参见李继凯《愁怨与变态》，《中国文学研究》1990 年第 2 期。

这种感受在郭沫若、张资平、成仿吾、郑伯奇等人的作品中都有程度不同的体现。他们浪漫抒情，但他们也悲怨痛苦。他们笔下的注重自我表现的所谓"身边小说"多具有一种自伤自恋、自譬自解的凄迷情调。也正是由于有了个性的觉醒和相伴而生的孤独，创造社的同人才格外地渴望在爱情与艺术中寻求精神的补偿与慰藉，同时又借了爱情与艺术的张力，鼓起新生命的风帆，去努力创造一个新的世界。

其三，对生命存在的外向感应与创化。前期创造社的精神指向，并没有因为压力而一味地"回归内心"，尽管专注内心体验同样能够产生婉曲动人的生命文学，但他们总是更热衷于从"小我"中映现出时代的面影，透现出历史的要求。在迟出的《创造社社章》中所祢述的"本社领有文化的使命"，同样能够确证前期创造社是"有所为"的文化（文学）团体。"本着我们内心的要求，从事于文艺的活动"① 的创造社，其"要求"必然有外向拓展的一面。这种拓展指向民族、人类和自然。由此这些"创造者"既是"最初的婴儿"，又是"开辟鸿荒的大我"②，并因此也拥有"创造者"的自信和欢乐。

> 创造！
>
> 我们的花园，
>
> 伟大的园丁又催送着阳春归来。
>
> 地上的百木抽芽，
>
> 群鸟高唱着生命的凯旋之歌。③

但"创生"的欢乐确实常常是短暂的。这些"创造者"们每每要承担

---

① 郭沫若：《编辑余谈》，《创造季刊》1922 年 8 月第 1 卷第 2 期。
② 郭沫若：《创造者》，《创造季刊》1922 年 3 月第 1 卷第 1 期。
③ 郭沫若：《我们的花园》，《创造季刊》1923 年 2 月第 2 卷第 1 期。

各种悲苦现实的压迫，其中也包括对自我现状与文坛现状的强烈不满，从而激发出强烈的反帝反封建、反一切污秽与虚伪的批判意向。而这种批判与否定，也必然导向对理想社会与人生的创化。在成仿吾看来，作家"要是真与善的勇士，犹如我们是美的传道者"，在这真善美皆具的"全"而"美"的文学中，方可深味到"生的欢喜"与"生的跳跃"。① 我们知道，仿吾因了这种强烈的"创生"欲求，每每手执板斧，依了自己主观的判断，多方出击，被人称为"黑旋风"。尽管时有失误、过激之处，但其爱憎皆烈，渴望新生的"破坏"动机，毕竟有其可爱可赞之处。从"破坏"入手以求"新生"，实是创造社同人共同信奉的"创生"路线，"我们要定下我们的要求，我们的要求是一切丑恶的破坏，没有调和，永不妥协的破坏！我们要凭着良心的指挥，永远为正义与真理而战！待把秽浊的尘寰依旧变成纯洁的白地，再来创造出美善伟大的世界"②。较此更为激烈奔放的表述，则是郭沫若的《女神》所吹响的战斗号角，在《我们的文学新运动》一文中，他的这种"创生"意欲更与"革命"直接沟通了起来，预示出了前期创造社后期的转变："我们喘求着生命之泉。""要打破从来的因袭的样式而求新的生命之新的表现。""新的酒不能盛容于破旧的革囊。凤凰要再生，要先把尸骸火葬。""我们反抗资本主义的毒龙。……我们的运动要在文学之中爆发出：无产阶级的精神，精赤裸裸的人性。我们的目的要以生命的炸弹来打破这毒龙的魔宫。"③ 读着上述这些"火爆"的语句，我们深深感到，创造社的理想乃至幻想，创造社的强大乃至幼稚，创造社的战斗乃至误击，等等，可以说都与它的"创生"意识的强烈及其变化有关。在前期浪漫主义"创生"意识的域限中，由自我生命的更新推向民族生

---

① 成仿吾：《新文学之使命》，《创造周报》1923 年第 2 期。
② 全平：《撒但的工程》，《洪水》1924 年第 1 期。
③ 郭沫若：《我们的文学新运动》，《创造周报》1923 年第 3 期。

命、人类生命和自然生命（生态意识）的更新，但浪漫的想象与热情毕竟代替不了现实中"创生"的艰难，从现实可行性或策略性出发，创造社愈来愈自觉地接受阶级斗争的革命学说。而这"革命"与创造社的"创生"初衷，既有相通之处，又有矛盾之处："我们要做自己的艺术的殉教者，同时也正是人类社会的改造者。"①　"相通"在于关注社会改造，"矛盾"在于以"自我"与"艺术"充当了殉教者。

其四，"创生"意识制约下的生命文学观。作为创造社主脑的郭沫若早在 1920 年年初就撰写了《生命底文学》一文，刊登在《学灯》上，认定"生命与文学不是判然两物。生命是文学底本质。文学是生命底反映。离了生命，没有文学"。"创造生命底文学，第一当创造人：当先储集多量的 Energy 以增长个体底精神作用"。②　也许很容易看出，郭氏的这种表述是感悟、直觉的判断，缺乏更深刻的、完整的逻辑论证。而这恰恰是以郭沫若为代表的前期创造社在文学创作、文学运动与文学批评中表现出来的一个主要特征。郭沫若前期的文学批评也同样充溢着直觉感悟的生命气息，他评《西厢记》，称其是"有生命的人性战胜了无生命的礼教的凯旋歌，纪念塔"③。他评郁达夫，道是"他那大胆的自我暴露，对于深藏在千年万年的背甲里面的士大夫的虚伪，完全是一种暴风雨式的闪击……因为有这样露骨的真率，使他们感受着作假的困难"④。成仿吾的崇尚生命情感的文学观，使他前期的评论也常常带有浓厚的生命意味，使他在评论上成为前期创造社中最引人注目的人物。也正是在以"创生"意识为基点的生命文学观的共识中，像对人之生命本能格外关注的张资平，也完全可以成

① 郭沫若：《艺术家与革命家》，《创造周报》1926 年第 18 期。
② 郭沫若：《生命底文学》，上海《时事新报》副刊《学灯》1920 年 2 月 23 日。
③ 郭沫若：《〈西厢记〉艺术上的批判与其作者的性格》，《郭沫若全集》卷 15《文学编》，人民文学出版社 1990 年版，第 322 页。
④ 郭沫若：《论郁达夫》，《沫若文集》卷 12，人民文学出版社 1959 年版，第 547 页。

为创造社的主要成员之一，以至于他的那些带有自然主义倾向的小说创作，也每每受到同人的认可和读者的欢迎。他曾借用罗素对"创造的本能"与"所有的本能"加以区分的观点，格外肯定了"创造的本能"（倾向于结婚、教育、文学、艺术等）对于文学的重要性，同时也肯定"所有的本能"（倾向于国家、战争即占有等）并非完全与文艺相悖。[①] 他的这种"本能观"，对理解文学的生命意蕴，还是有一定启发性的。只可惜他过于热衷自己的文学表达模式，并逐渐用"所有的本能"替代了"创造的本能"，从而最终走上了背离创造社"创生"宗旨的文学末路。

三　中西文化的多重影响

前期创造社的"创生"意识，有其宏阔的文化背景或文化渊源，从本土文化的影响来说，这种"创造"意识与中国文化尤其是老庄思想或道家文化有一定的关系。创造社同人从幼年起即濡染中国文化，许多文化意识都沉积在他们的心灵深处。中国人的"重生""重国"观念之突出，是举世公认的，但"个性""创造"意识却相当萎缩。儒家的"逝者如斯夫"的感喟、"自强不息"的勉励、"诗言志"的传统，特别是"文以载道"的教训，虽有入世的积极性，但过于粘着理性与功利，常常成为枷锁，损害文艺的创造。道家的文化意识，着意强调人与物的同一、人向道的归化，讲求"无我""无为"、齐生死，等等，有鼓励超俗、解放的积极作用，但亦有明显的无聊、虚幻的消极作用。不过从思维特征上看，毕竟还是庄子的逍遥游与泛神论所体现出来的生命自由意志、浪漫不羁的精神，对郭沫若、郁达夫这样的创造社的"才子们"，更有吸引力。

在中国"新文学"的范畴中，尤其是浪漫主义文学流派，受到外来文

---

① 参见张资平《文艺上的冲动说》，《艺林学刊》1925 年第 17 期。

化的影响往往更显得突出和直接。正如梁实秋指出的那样："新文学即是受外国文学影响后的文学。我先要说明，凡是极端的承受外国影响，即是浪漫主义的一个特征。"① 创造社的酝酿和成立是在日本，他们的首批作品大都写于日本，受到了日本文化氛围的影响。在文化改革方面，日本向西方文化学习的种种作为、科学求实的精神对创造社同人是有影响的。在日常生活中，日本女性所体现出来的典型东方女性的文化气质，对创造社同人也有相当深切的生命魅力。但对于有志于文学的他们来说，更明显的是对日本文学理论与创作的借鉴和吸收。在文艺理论上，厨川白村的《苦闷的象征》对创造社的"创生"意识制约下的文学观，有着重要的影响。郭沫若曾公开宣告："我郭沫若所信奉的文学的定义是：'文学是苦闷的象征。'"② 并在一系列论述中，出现了类似于《苦闷的象征》中的话语。不过，郭沫若在化用之中见出了自己的真切体验与独特思考。他认为，"生命的文学是必真，必善，必美的文学"，并由此相信生命文学有超越苦闷、导向乐观的功能："创造生命文学的人只有乐观；一切逆己的境遇乃是储集 Energy 的好机会。Energy 愈充足，精神愈健全，文学愈有生命，愈真，愈善，愈美。"③ 而厨川则认为生命文学应"超绝了利害的念头，离开了善恶邪正的估价，脱却道德的批评和因袭的束缚而带着一意只要飞跃和突进的倾向"，"生命力受了压抑而生的苦闷懊恼乃是文艺的根柢"。④ 由此可以看出郭沫若是努力以人之生命的全部意蕴来建构生命文学的"全"，而厨川君则过于执着于生命苦闷这一点，并由此走上了绝对超绝功利的极端。

从文学创作上看，创造社同人也曾受到日本文学的影响。日本学者伊

① 梁实秋：《现代中国文学之浪漫的趋势》，《浪漫的与古典的文学的纪律》，人民文学出版社 1988 年版，第 5 页。
② 郭沫若：《暗无天日之世界》，《创造周报》1923 年 6 月第 7 号。
③ 郭沫若：《生命底文学》，上海《时事新报》副刊《学灯》1920 年 2 月 23 日。
④ 《鲁迅全集》第十三卷，人民文学出版社 1973 年版，第 18 页。

藤虎丸指出，创造社以"艺术派"而崛起于文坛，"其背后是有日本大正时期所形成的所谓'艺术家意识'的"，接着他便分析了郁达夫与佐藤春夫的关系，认为"在《沉沦》中确实可以看到与春夫的作品相同的结构、私小说的手法或是那种'世纪末的颓废'的影响"①。但二者在具体的人生内容的表达上还是有不同之处的。郁达夫的创作与日本作家有联系的当然不限佐藤春夫一人，谷崎润一郎、葛西善藏等作家对他也有明显的影响。郭沫若、张资平等人的创作与日本文学也有着这样类似的关系，这从他们常常阅读日本的文学杂志如《早稻田文学》《文章世界》等便可看出。人们也还注意到，创造社后来的"转向"，也与日本国内的无产阶级文艺运动有着明显的联系。这都说明，作为生命活体的创造社与日本的文化生态环境，尤其是文学，确乎存在顺应、学习、借鉴的密切关系，但这种关系并不总是"良性"的。

日本文化生态环境的开放特性，为创造社同人打开了通向西方文化的大门。由此，创造社的"创生"意识获得了更丰富的精神滋养。日本大正时期兴起的"文化主义"思潮，其本身就格外崇尚西方盛行的生命哲学。于是以柏格森的《创化论》为代表的西方生命哲学及其影响下的文学思潮，也恰似"生命的动流"，冲击着、撼动着创造社同人的心扉。尤其是作为创造社主脑的郭沫若，对柏格森的"生命创化"思想心仪手追。正由于对"生命"的高度重视，郭沫若更细心地谛听生命运动的节奏，从人的心灵到大自然的生机，从情感流动到泛神机运，从康德之诗到庄子之文乃至孔子之魂，等等，他都有了更加充分而新鲜的感悟和领会。由此，他更欣赏也更追求那种跳荡着生命节律的抒情诗："我想我们的诗只要是我们心中的诗意诗境之纯真的表现，生命源泉中流出来的 Strain（诗歌），心琴

---

① ［日］伊藤虎丸：《创造社与日本文学》，潘世圣译，《中国现代文学研究丛刊》1986 年第 3 期。

上弹出来的 Melody（曲调），生之颤动，灵的喊叫，那便是真诗，好诗，便是我们人类欢乐的源泉，陶醉的美酿，慰安的天国。"① 这是郭沫若吸收、化解了生命哲学、泛神论以及心理分析等西方文化学说之后才形成的浪漫主义诗歌观，以"创生"意识为基点，感应着、领受着西方浪漫主义思潮，是前期创造社站在中西文化交汇点上做出的重要选择。大量地接触、翻译外国文学及论著，就是这种"选择"的一种具体的努力，并由此不可避免地承受了外来文化的影响。郑伯奇曾指出，创造社总体倾向于浪漫主义，并与外国作家、哲学家有着密切关系："歌德而外，海涅、拜伦、雪莱、基慈、恢铁曼、许国、斯宾挪莎、太戈尔、尼采、博格逊，这些浪漫派的诗人和主观的哲学家也是他们最崇拜的。其次，因为各人的倾向，有人喜欢淮尔特，也有人喜欢罗曼·罗兰。这虽似乎偏向到两个极端，然而，在尊重主观，否定现实上，却有一脉相通之点。象征派，表现派，未来派，也都经创造社的同人介绍过，这些流派，实在和浪漫主义在思想上，有着血缘的关系。"② 譬如郁达夫的崇尚"内部的真情的流露"的浪漫倾向就与叔本华、华兹华斯、布朗宁、屠格涅夫、王尔德等人有内在的联系。即使是创造社同人共同认定的"创造"观念，也与西方文化的崇尚个性、创造、艺术的思潮有着密切的关系。郭沫若宣告："我效法造化的精神，我自由创造，自由地表现我自己……"③ 将作为诗人的"我"与造物主或上帝等量齐观。这种自我表现、自我崇拜的根底亦在于崇拜生命的"创生"意识。而郭沫若的这种思想与他所引述的雪莱的"诗人是世界的立法者"，歌德的"人生之力全由我们诗人启示"等观念，显然有其一致之处。

　　如果我们更细致地去追究前期创造社的"创生"意识的世界性联系，

---

① 郭沫若：《论诗三札》，《沫若文集》卷 10，人民出版社 1959 年版，第 211 页。

② 郑伯奇：《〈中国新文学大系·小说三集〉导言》，良友出版公司 1935 年版。

③ 郭沫若：《湘累》，《郭沫若全集·文学编》卷 1，人民文学出版社 1990 年版，第 22 页。

就会发现它与西方的人道主义、进化论、心理分析、神话哲学、女权主义等思潮都有着或显或隐、或多或少的关系。然而一切外来的影响都必然是以承受者的心理结构与能力为前提的。诸多的影响也只有在承受者的现实生命体验的基础上才能得以接纳与融汇。郑伯奇曾从"个人环境"与"社会原因"两方面分析创造社浪漫主义倾向的成因①，对创造社"创生"意识的生成也可以作如是观。用郭沫若的话说是"个人的郁积""民族的郁积"导致了生命的"喷火"、"女神"的降生；用郁达夫的话说则是"生的苦闷"与"性的苦闷"导致了生命体验的升华和幽怨、绝叫并生的创作。因此可以说，创造社的同人，正是在深切的现实生命体验的过程中，由生命的饥渴进到对新文化、新文学的寻觅、消纳与创造，亦即由"内心的要求"导致了生命的创造性的升华，从而在"创生"的基点上，塑造了"创造社"自身的形象。

综上所述，我们认为，前期创造社的中心意识体现为"创生"意识的生成与发散，体现为对"新生"的渴望与创造，并由此形成了前期创造社最为重要的"创生"特色。前期创造社的"创生"意识有着丰富的内涵和多方面的表现，其中对新型生命样态的热烈期待与追求，对自我体验的深切关注与表现，对生命存在的外向感应与创化，以及"创生"意识制约下的生命文学观等方面是值得重视的内容。而这类"创生"意识的形成，则有其宏阔的文化背景与来源，以及现实生命体验的根据。尽管前期创造社"创生"意识后来发生了变异，但在今天看来，仍然具有丰厚的历史与美学的意义。

---

① 参见郑伯奇《〈中国新文学大系·小说三集〉导言》，良友出版公司 1935 年版。

第三节　新文学作家：求沟通的读者意识

文学为了读者而存在，作为作家倘没有自己的读者意识，那简直是不可思议的。创造新文学或现当代文学的作家们，从语言符号到叙事手法，都渗透了相当强烈的读者意识。在此，笔者拟从"读者"角度来观照中国现代文学，通过对现代作家群体读者意识的分析，来看他们的创作动机以及创作的发展方向，从而宏观地把握其在中国现代文学史上的"主导"地位，故特别选取在理论与创作上极有代表性的作家茅盾，作为重点剖析的对象和案例，借以说明一些重要的创作心理方面的问题。

一

我们认为，从纵向的视角考察，就会发现中国现代文学30年嬗递变化的一个非常有力的支点，即特定时空条件制约下的"读者需求"，这种读者需求作为对文学生产的一种无声的指令，给中国现代文学的发展以及作家的创作心理以巨大的影响，这种影响几乎怎样估计都不会嫌其大。也就是说，读者特定的现实与精神的需求，成了中国现代文学发展的轴心和作家创作心理中的"硬核"，使现代作家萌生了与此相应的"读者意识"并受制于这种"读者意识"。但大略地说来，中国现代作家的读者意识也有三次比较明显的变化。

第一次。"五四"时期的读者需要集中体现为"启蒙"的需要，故而作家的读者意识相应地指向那些在当时能够接受并产生这种"启蒙"需要的读者，即当时的知识者尤其是青年学生。这些人当时最急迫的需求即是

"启蒙"，即借助西方文化为参照系来反对中国传统的封建文化，而其最有力的理由便是这种陈旧的文明导致了中国近现代的沉沦，于是爱国成了这些渴望"启蒙"的新人的光辉旗帜。但他们能够进行的也最为迫切的是希图经过努力尽快使"自我"获得自由——求学的自由、恋爱的自由、言论的自由等，因此他们冲破禁锢"个性"的封建文化堡垒的意愿与冲动汇成了特定的时代思潮，形成了特定的读者需要。这种读者需要为那些本身也有此种需要的作家（或文学青年）所深知，由此就在实际上造成了"五四"时期文学创作与读者需要的一种平衡关系：个性解放、人道主义成为最突出的主题，新的艺术形式也往往只适于"读书人"中热衷"启蒙"运动的青年学生以及他们的导师。

第二次。第一次国内革命战争失败后，亦即新文学史上的第二个十年，这一时期"启蒙"的主题（或读者需要）由于严酷的阶级斗争的冲击而趋向隐蔽，"革命文学"的倡导与发展实际正是适应人们对现实革命的迫切需要而产生的；在这时自觉或被裹胁参加革命、拥护革命的，除了相当多的青年学生之外，工农的比例大大增加了，他们中的部分人也产生了对文学的需要，其他社会阶层面对日趋兴盛的、莫能回避的革命浪潮，也产生了对革命及其文学的巨大关切。因而，当这些社会性的亦即读者性的需要对创作发生影响时，革命文学或呼唤革命、抨击现实之类的作品便应运而生。即使作为文学，它已无法超然、修饰，它还那么幼稚、单调，也只好来满足当时的人们那特具"革命"味的精神胃口了。显然，到这个时期，读者群体的构成已较"五四"时扩大了。"启蒙"讲求文化层次性，讲求对新学说、新文化以及新词语的可接受性，而"革命"则讲求实际生活体验，讲求是否有阶级的苦难和革命的要求，对文化水准的要求不似"五四"时那么严格了，因而在第二个新文学的十年，文学的"大众化"已被提出来，并在理论上、实践上做了初步努力。

第三次。战争的巨大阴影降临在整个中华民族头上的时候，被逼压、被激动的人们就再也不是部分的人了，于是全民族的绝大多数人几乎在同一天感悟到文学必须为抗战服务："动员全国的老百姓"这句政治的或军事的律令，也成了文学创作的无声命令。当时人人渴仰的，几乎只有"战争"的甘露——一次胜利的消息、几位英雄的事迹、对不抗日者的揭露、多少人又参了军、日本鬼子也有动摇分子等诸如此类的信息，就是赛过阳光雨露的精神慰藉！就仿佛是饥渴甚为厉害的人把树皮和污水也能当美味琼浆吞饮一样，在抗战时期的广大读者实际是不太留心艺术本身是否完美的。文学创作在当时就最崇尚"大众化"——即是否能够为大多数的人所接受；因为他们——抗战正依靠他们哩——自然而然地产生了这种对文学的要求。如果你的创作不能为大众所喜闻乐见，不能容易地被接受，那么你的作品就会被冷落，甚至被批判。这些情况的发生，都基于人民群众的"战争"心向导致了"抗战第一""普及第一"这样的"读者要求"。很明显，"大众化"程度随"战争"而升级，也影响了文学的发展与变化。

简言之，从"启蒙"到"革命"再到"战争"，读者需求的嬗递变化恰恰左右了中国现代文学发展格局的重新建构，以及作家的"读者意识"的形成与变化。当然读者面的逐渐扩大在特定历史进程中无疑是有积极意义的。但是，在人们有了充分的自由去要求文学的时代，再去回顾这段历史，就会看到中国现代史上的中国人由于受特定时代的限制，产生了怎样单一化的或趋向单一化的读者需求，致使中国现代文学在赢得了最大量的读者的时候却未能产生最大量的优秀作品。故而，有人甚至把现代文学称为"浅易文学""趋时文学"。当然，这种说法毕竟存在以偏概全的毛病。

二

如果从横向考察，在中国现代文学史上也曾出现过作家具有多元"读者意识"的状况。这大致是由"人以群分"而形成的。

现实主义的作家群——以鲁迅、茅盾、赵树理为最突出的代表（三人分别主要代表前述的"启蒙""革命""战争"三种读者需求及相应的读者意识，但三人又有共同的趋向）。

浪漫主义的作家群——他们基本也贯穿了中国现代文学史，但其间的读者意识有过较大的变化。代表者可推郭沫若、郁达夫、蒋光慈与孙犁等。他们的创作虽有现实主义成分，但主要情调都是浪漫主义的，带有幻美的、理想化的特征。他们的读者经历过由"知音型"向"大众型"的转型。

现代主义的作家群——他们未能贯穿整个现代文学史，往往昙花一现即告消沉，原因就是他们的读者意识不适合"中国国情"。他们学习西方现代派，从思想情绪到表现技巧，但这些对因苦难而落后了大半个世纪（甚至更多）的中国人来说，是不可解的，难以接受的。因而从事现代主义文学创作的作家大都带有"尝试"性的"读者意识"：如果还有人喜欢，自然还要写的，如无人问津或受到批评即告作罢，像许杰、戴望舒等人，或对心理分析方法试验一下，或对象征主义试验一下，但都未坚持下去。也有具有现代主义倾向的作家坚持的时间长些，如李金发、施蛰存，他们的读者意识则基本是"知音型"的，是"小圈子型"的，本人在创作时就并未希冀得到"大众"的赏鉴或"革命者"的赞佩。他们在这种追求中往往是孤独的，难以为继的，事实上他们在中国现代文学史上始终都未"红火"过，寂寞乃至寂灭正是现代主义文艺在中国现代文学上的特殊命运。

"鸳鸯蝴蝶派"作家群——这是一派"读者意识"相当强烈的作家群，

他们创作的动机就在于迎合小市民（广大的）的口味，然后从他们尚殷实的口袋里请出"孔方兄"来。故而他们施展了一切媚取读者的花头与技巧，把文学彻底庸俗化、趣味化与金钱化，这也是这一流派的读者意识中最具消极性的东西。然而该派也并非铁板一块或"清一色"的堕落，其中也有可供披沙拣金的有价值的东西：适应读者而又能顾及社会效益，二者兼顾，方能两全其美。（如张恨水）既满足了读者，也使自己的劳动有对等的收获，说白了，也就是能够较好地维持生计，以便继续从事创作。通俗文学的流行其中包含复杂的东西，从"读者意识"角度看，必须提倡和要求作家不要向"鸳鸯"派的消极的东西学习，而要向其有价值的东西学习。

现代文学史上主要有上述四大作家群体，他们的读者意识彼此各有不同，促成了他们在创作上的相应的特征以及在文学史上的特殊地位。从中明显可以看到，在中国现代文学史上现实主义作家群的"读者意识"最贴合读者需要，故越来越受欢迎，从而成为现代文学乃至整个新文学的主潮；而浪漫主义就略为逊色；现代主义在中国现代文学史上虽属别致新颖，但显得不合时宜，故不长寿，也无所成；"鸳鸯蝴蝶"遭到"革命"与"战争"的冲击而显出苍白的本色，当然也未能一领风骚，相反却时常成为过街的老鼠。

历史已成过去，而现代作家心目中的读者曾经扮演的角色似乎至今仍然值得审视。以下特以茅盾为例，对他的读者意识做一些细致的分析。

三

读者意识是生成的，而非天赋的。它主要以人的社会性或社会之爱为基础，通过广泛而多样的阅读活动建构而成。因而个人阅读的体验是积淀读者意识的重要来源，并且，不同的阅读习惯和体验往往会形成不同的读

者意识。

我们知道，在未成作家之前，茅盾的阅读就是多方面的。中国古典、外国原著、当代创作、旧派新派，茅盾都有广泛的涉猎。在阅读中国古典作品方面，他除少年所接触的之外，在北京求学期间以及进"商务"钻"涵芬楼"时，对经史子集、诗文辞赋，皆时常寓目，孜孜不倦，但比较而言，与其后来的创作取向、风格更为接近的，或更直接些的，却是他对外国文学的阅读。这种阅读，绝不是望名而趋或漫无目的的，而主要是根据自己对中国现实的感受和"为人生"的志向，有选择地进行阅读，所以从一开始，茅盾便偏于喜爱外国文学中写实主义的作品。左拉、托尔斯泰、巴尔扎克、莫泊桑等，为他所酷爱；弱小民族的作品也经常是他关注的重心。他的译作多是弱小民族作家的作品，正说明他的阅读是有选择性的阅读，是有现实针对性的阅读。

这点更充分地体现在他对当时新文学作家作品的巨大关注上。鲁迅，是他第一个高度重视和悉心研读的中国新文学作家。在《评四五六月的创作》《读〈呐喊〉》等评论中，就生动地表现了新文坛初期的一幕"伯牙子期"的知音神会的情形。在趋向现实主义的道路上，"鲁茅"联袂起始于他们天南地北、身离而神合的"五四"时期。后来茅盾曾这样说："比他（指鲁迅——引者注）年轻 16 岁的我，不消说是从他那里吸取了精神食粮。我常常想，每读一次鲁迅的作品，便欣然有得，再读，三读乃至数读以后，依然感到一次比一次有更多更大的收获。"① 应该说，这"收获"中也就有"读者意识"的增强，使他深深感到优秀的中国新文学作品对读者的"价值"，以及作家所承担的对读者的"责任"。

在关注新文坛各种创作现象的同时，茅盾对旧派的作品也是多有寓目

---

① 茅盾：《精神的食粮》，《六十年来鲁迅研究论文选》（上），中国社会科学出版社 1982 年版，第 200 页。

的，正是在比较性的阅读中，他敏锐感觉到旧派文学的严重弊病。譬如他对当时已盛行文坛几十年的鸳鸯蝴蝶派，就由对照性的阅读领悟到该派创作在较大程度上存在的庸俗、无聊和严重的公式化。也只有这样的认识才给了他改革鸳派作家长期把持的《小说月报》的信心和勇气。作为编者的茅盾，在当时文坛上文艺期刊很少而《小说月报》又是大刊的情况下，实际已成为沟通当时作者、读者的极为重要的人物，这就势必促使他更热衷于阅读，更善于鉴赏，成为 S. 斐慈所说的"精通的读者"（informed - reader），从而具有更显明的读者意识。当时的《小说月报》之所以要改革，在"商务"老板方面当然主要是出于"商务"（经济）之需要，而在茅盾及其同人，则不是出于这种招徕生意的读者意旨，而是出于严肃的为人生的读者意识。"为人生"在这里实际可以置换为"为读者"，"为人生而艺术"的编辑与创作的宗旨，实际昭示的正是新文学最为重要的一种新型意识，即由鲁迅、茅盾等先驱所奠定的现实主义的读者意识。

茅盾不仅是一位热忱的读者和编者，而且是一位引人瞩目、活跃新文坛的"超越型读者"，亦即 M. 里弗丹尔所说的"超读者"（super - reader）——批评家。这种"角色"是茅盾之为茅盾的重要部分，是他生命、事业过程中的并不亚于其为作家的一个重要侧面。也许，从《茅盾论中国现代作家作品》（乐黛云编选，北京大学出版社）中可以看出茅盾充任这一"角色"的剪影。有人说，茅盾作为文艺批评家、理论家是由自己的创作升华而来的，是"由经验上升到理论"的，其实，在他自己尚无创作体验（或极少这种体验）的"五四"时期，就已经成为无愧于这一称谓的文艺批评家、理论家了。从他早期的美学思想和批评实践中，我们不难发现他始终直接或间接地注意到读者的存在及其对文艺创作的制约作用，并以其鲜明的读者意识构成了他美学思想与批评活动的一个关节点，以及由此构成的一种理论体系的"扇面"，这主要包括以下几点。

其一，艺术评论的目的性。茅盾在他早期的"为人生"的艺术观念中，特别注重艺术评论的目的性，反对"为批评而批评""为理论而理论"的倾向。他最早的一些评论文章，如《现在文学家的责任是什么?》《新旧文学平议之平议》《〈小说月报〉改革宣言》《新文学研究者的责任与努力》《评四五六月的创作》等，对"创作"的引导性意向是不言自明的。应该说，茅盾从来没有把文艺批评或理论看成纯粹形而上的思辨产物，而始终把它们置于与创作互有馈赠的关系之中。所以他曾在一封信中认为："批评和艺术的进步，相激励相攻错而成；苟其完全脱离感情作用而用文学批评的眼光来批评的，虽其评为失当，我们亦应认其有价值，极愿闻之。"① 他自己的评论总是针对当时文坛现象有感而发，具体的作家作品评析更是鞭辟入里，一针见血，所以对新文学初期创作的反馈作用就颇为显著。譬如，茅盾当时的评论就曾对鲁迅的创作活动产生过积极的反馈作用。

其二，艺术创作的超越性。出于"为人生"的文学主张，茅盾的美学思想势必带有鲜明的功利性，但又具有超越一般功利性以及注重形式美的特点。茅盾的艺术观念经常能够超越狭隘的功利观，从而在艺术上有较高的建树。茅盾认为，新文学作品应从单纯的"装饰品""消遣品"的屈辱地位中振拔出来，大者说，文艺应成为"沟通人类感情代全人类呼吁的唯一工具，从此，世界上不同色的人种可以融化可以调和"②；小些说，文艺应为本民族生活的反映，在"五四"时期，"文学家的大责任便是创造并确立中国的国民文学"③。显然在茅盾的意识域限之中，文学被赋予了超越一般所谓"斗争""任务"的神圣而博大的使命，同时为了完成这一使命

---

① 茅盾：《讨论创作致郑振铎先生信》，《小说月报》12 卷 2 号。
② 《茅盾文艺杂论集》（上），上海文艺出版社 1981 年版，第 22 页。
③ 同上。

和满足读者审美的需要，竭力主张通过有力的"艺术手腕"来抓住读者、感染读者、征服读者。尽管茅盾没有专门写过"读者论"之类的文章，但却在他众多的文章中渗透了一种非常执着的读者意识亦即以"读者"为中介把使命与艺术真正统一起来的美学意识。这在他的《回顾》《论无产阶级艺术》《从牯岭到东京》《读〈地泉〉》等文章中就有许多具体的表述。另外，从他对鲁迅的"新形式"创造的推崇、对"海外文坛"艺术新消息的源源引进，也都可以看出茅盾对艺术真谛的领悟和莫大的热忱。

其三，与读者联系的密切性。在艺术活动中，茅盾与读者建立了广泛而密切的联系，并从这种联系中巩固了自己的读者意识。譬如，在他作为一个编者的时候，他就屡屡与读者利用通信的方式来讨论文学问题，评价各类作品。有一些信就公开发表在当年的《小说月报》上。有时茅盾本人也应读者的要求来写文章，如"当《民国日报》《觉悟》栏发表晓风先生对于《小说月报》的批评，提出希望我们能报告国内文坛的消息时，我们就打算来做这件事"。于是茅盾又在《小说月报》上开辟了"国内文坛消息"的新栏目，并且由对国内文坛的关注，更与读者和作者建立了平等交流的关系。在《评四五六月的创作》一文中，茅盾就有这样的表述："过去的三个月中的创作我最佩服的是鲁迅的《故乡》（《新青年》九卷一号），现在我冒昧来说几句读了《故乡》后的感想. 说的不见得就对，请著者和读者都要严格的审查一下。""时间不便我详详细细做一点，只得拿这一点薄弱的意见与读者讨论，我很抱歉。"这些绝不是无谓的自谦和多余的交代，而是茅盾逐渐增强了读者意识的具体体现。

其四，读者心理的透视性。逐渐增强了的读者意识促使茅盾形成了自己评论的一种重要特色，即在具体的评论中，经常从读者角度，尤其是从对读者心理的透视出发来评析作家作品。譬如茅盾的《读〈呐喊〉》一文，可说满篇皆是"读者心理"的描述或揣测，从而构成了一种独具风貌的

"深层文学评论"。他一开始就抓住《狂人日记》给人的"极新奇可怪"的印象作为话题，十分精到、细致地分析了初读、回味、再读的鉴赏心理，尤其是对国粹派初对《狂人日记》的"沉默"做了精彩的分析，他说："当时未闻国粹家惶骇相告，大概总是因为《狂人日记》只是一篇不通的小说，未曾注意，始终没有看见罢了"；"我想当日如果竟有若干国粹派读者把这《狂人日记》反复读至五六遍之多，那我就敢断定他们（国粹派）一定不会默默地看它（《狂人日记》）的生辰了。因为这篇文章，除了古怪而不足为训的体式外，还颇有些'离经叛道'的思想"。尽管这里有臆测（"我想"）的成分和武断（"不足为训的体式"）之处，但茅盾的善察人心的读者意识还是鲜明地表现了出来。这在他对其他作家作品进行分析时，也表现得相当充分，如对"五四"时期爱情小说之多，而且存在模式化倾向的分析，对庐隐、许地山、王鲁彦、徐志摩等作家作品的分析，就经常从读者反应、读者需要的心理角度做出论断，因而显得相当深切、中肯，易为人们所接受。

四

茅盾通过"叩文学之门"前后的阅读与理论等活动，逐渐在心理观念上建构起了深厚的读者意识，而这种读者意识自然沟通了他的阅读与创作活动，并在他的创作活动中起到了支配性的作用。

在艺术领域内，人们越来越认识到，文艺是一种独特的精神系统，各种阐释或揭示文艺系统的"文艺坐标系"都要显豁地标出"读者"的位置以及相应的作用。[①] 这种重视"读者"的文艺思想随着接受美学的产生，而被推到了极端。正如有的研究者指出的那样，这种文艺理论有"偏爱读

---

① 参见杨正润《西方文艺坐标系初探》，《文艺研究》1987 年第 4 期。

者主体而忽视作家主体的倾向"，然而唯其如此，读者与作家、作品以及客观生活的多向多维的联系在这里才得到了充分而清晰的阐述。茅盾虽无系统的接受美学思想，但其读者意识却与此有多方面的相通之处。值得注意的是，正是因由读者的存在及作用而内化形成的读者意识，导致了作家动机的产生和相应的艺术构思。在创作行为未完成之前，作家一般总是或显或隐地要预测读者方面的情况，预测"暗隐的读者"对自己创作着的文本可能做出的反应。这种主要在作家主体心理内部的"预演"性的反馈信息对创作活动是有很大的控制作用的。鉴于这种创作反馈的内在"预演"特性，故略称为创作中的"预馈"，以区别于一般所说的"从客观外界馈回"，即由"现实的读者"所馈回的信息以调控作家再创作的"反馈"。这里所说的"预馈"体现了创作主体的能动性，而"反馈"则主要体现了创作主体的受动性，但二者都是通过"读者意识"才发生作用的。

让我们在此先来考察一下茅盾在其"读者意识"的控制下的"预馈"现象，这种现象主要从创作的酝酿阶段和进行阶段体现出来。

（一）创作酝酿阶段

茅盾创作初期首先引起世人瞩目的作品是《蚀》三部曲。在酝酿它们时作者就已在意识上与读者建立了密切的关系："想找个人谈谈"的欲求转化为创作的冲动（《回顾》），同时又以读者的评价作为自己创作成败的检验标尺。"《幻灭》《动摇》《追求》这三篇中的女子虽然很多，我所着力描写的，却只有二型：静女士，方太太，属于同型；慧女士，孙舞阳，章秋柳，属于又一的同型。……如果读者并不觉得她们可爱可同情，那便是作者描写的失败。"[①] 在创作《蚀》前后，茅盾预测到读者对象及其反馈效应，可以用他的这段话来概括："我相信我们的新文艺需要一个广大的

---

① 茅盾:《从牯岭到东京》,《小说月报》1928 年 10 月。

读者对象，我们不得不从青年学生扩广到小资产阶级的市民。我们要声诉他们的痛苦，我们要激动他们的情热。"① 这种鲜明而执着的读者意识在较长一段时期内构成了对自己创作对象世界的基本预测，创作也就受到了这些"期待中的读者"的支配与影响。当然，也有时基于"预馈"的作用中止了某种艺术构思，如茅盾曾准备"写一篇历史小说，写中国历史上第一次农民起义"，但因考虑到有可能脱离读者群众，产生消极的阅读效应而"中断了我的研探故纸堆的工作，决定不写历史小说了"②。

茅盾在创作上形成的某些特色，也与他对读者心理需要的预测密切相关。当他预馈感应中的读者主要是知识分子、小市民时，他的创作就多是《蚀》《虹》式的；他的《第一阶段的故事》则是其"期待中的读者"的面扩大到一般民众时所导致的产物。茅盾创作上为人们所普遍注意的一些特点，如追求强烈的时代性，宏阔的艺术结构和场面描写，绵密的心理分析，等等，皆与虑及读者的各种心理需求有着十分密切的关系。如茅盾在抗战期间写的《对于文坛的一种风气的看法》一文中，详细阐发了长篇之为读者喜爱的原因。他不是以出版商眼光来看读者需求的，而是从时代需求的角度看读者喜读长篇的"健康心理"的。茅盾喜作长篇，可说始终是与来自读者的"社会的要求"关联着的。显然，生活体验给茅盾提供了创作的源泉，读者需求则给茅盾提供了创作的动力。

（二）创作进行阶段（包括修改）

茅盾在创作过程中，也时或利用预馈的信息来处理故事情节、变换表现手法。在《子夜》的写作过程中，原有构思随着写作过程中发生的种种情况而不得不有很大的删落。然而茅盾还是努力用一些"暗示和侧面的衬

---

① 茅盾：《从牯岭到东京》，《小说月报》1928 年 10 月。
② 《茅盾文集》第 7 卷《后记》，人民文学出版社 1959 年版。

托"的手法，把一些删落的内容多多少少显示出一些来，并且相信"读者在字里行间也可以看出革命者的活动来。比如同黄色工会斗争等事实，黄色工会几个字是不能提的"。在他写吴老太爷从农村走到都市受到强烈刺激而死时，也相信"诸位如果读过某一经济杰作（暗指《资本论》——引者注）的，便知道这是指什么"①。从"古老僵尸"风化的隐喻性构思中预馈到读者的可接受性，没有这一点作支撑，茅盾恐怕不会这样写。

有时，在具体创作过程中预馈的信息源可能只是某种特定的读者，如冰心心目中的"小读者"，巴金心目中的"大哥"，鲁迅心目中的"猛士"，由此导致他们在写作过程中分别披露"童心"、倾诉衷情，添上"花环"，等等。茅盾在某些作品创作的过程中，其预馈的读者的特定性也影响到他的具体操作。如他在创作《第一阶段的故事》过程中，尽管开始酝酿此作时曾从香港读者方面做过较详细的预测并拟定了写作的"方针"，但作者曾说："写到一半时，我已完全明白，我是写失败了。失败在内容，也在形式"，唯其如此的原因是"这一本书不大能为那时的香港读者所接受了"。② 那么怎么处理呢？茅盾限于各种条件，只能找了个借口"草草结束了这本书"，虽曾欲修改，苦无暇顾及。因而在茅盾这里，既有据预馈信息而调节创作的成功描写（如吴老太爷之死），又有不无遗憾的草率操作（如上例的"草草结束"）。

在创作过程中，"读者意识"的渗透也表现在对作品本文的"空白"的制造上。接受美学家伊瑟尔曾说："没有未定的成分，没有本文中的空白，我们就不可能发挥想象。"③ 茅盾在创作过程中经常忖度读者的"期待

---

① 茅盾：《〈子夜〉是怎样写成的》，《子夜》，中国青年出版社 2013 年版，第 482 页。

② 茅盾：《〈第一阶段的故事〉新版的后记》，《茅盾全集》，人民文学出版社 1984 年版，第474 页。

③ 转引自［德］H. R. 姚斯、［美］R. C. 霍拉勃《接受美学与接受理论·出版者前言》，周宁、金元浦译，辽宁人民出版社 1987 年版。

视野"，尤其是注重当时读者群体的审美趣味和接受水平，为他们（实际的读者）而创作。但又不局限于此，而力图以含蓄蕴藉的笔致，重视现实而又超越现实的艺术表现（如《野蔷薇》中的一些短篇，《虹》的整体构思与表达，甚至《子夜》中的"虚构"与"空白"之处也不少，结尾就很耐人寻味），来激发读者的想象力，诱导他们投入能动的艺术欣赏再创造的过程中去。

以"读者意识"为联系中介，茅盾创作活动中产生了许多信息反馈的现象，这方面的情形往往比信息预馈更重要。因为"预馈"带有作家主观猜想的成分，而"反馈"则是艺术实践回馈的真实信息，对创作活动有着更直接、更有效的调控作用。

我们知道，任何作品在它问世之际，都要面临着读者接受与否的严峻考验。信息论、艺术社会学和接受美学都揭示出：作品的真正完成有待读者参与，而不只是孤立的作家对文本结构的完成，在这里，读者接受的信息与作家传达的信息实际已构成了一个双向性的环流系统。因而"艺术与社会的关系可以互为主体和客体"，二者具有"互动"的辩证关系[1]。我们下面着重探讨的，则主要是读者的信息反馈给茅盾创作活动所带来的影响。

由于读者有类型、个体上的差别，所回馈的信息作用于作家心理的形式及过程也自然会多种多样。于是在信息反馈上，就有了直接、间接、快捷、迟缓、多量、微量等诸多的区别与不同。通常情况下，作为与作家贴近的亲友往往是作家比较直接、便当、充分的创作反馈的信息源。茅盾就曾屡次提到朋友对他志趣和创作的重大影响。如一些朋友曾把他引到热衷于社会运动的道路上去，但也有些朋友把他引至文学上来，把作为友人读者的心中话和盘托出，劝他"专心做小说"。可以说，茅盾从事创作的前

---

[1] ［匈］阿诺德·豪泽尔：《艺术社会学》，居延安译编，学林出版社 1987 年版，第 35 页。

五年有着"一百万字的小说"这样的丰硕成果，就与这些"近距离读者"的信息反馈有着密切的关系。① 他曾说："我的小说《幻灭》，这是个中篇，写于 1927 年秋天。其后，一半由于友人的鼓励，一半也由于我没有在社会上找到公开职业之可能，只得卖文维持生活，于是又写了第二和第三个中篇——《动摇》和《追求》。"② 有时朋友也会劝他在艺术体裁样式上再做些新的尝试，如他的"小说式的戏剧"《清明前后》，即是听从朋友"劝告"，"决定要学着使一回刀"的产物。有时朋友还会直接地"临场"以对茅盾的创作施加影响。据可靠的史料，瞿秋白就曾与茅盾共商《子夜》写作大纲，提出了一些修改意见，并在读《子夜》手稿时，继续直接地发表自己的看法和建议，这种"临场"的信息反馈对茅盾创作是有明显影响的。譬如在一些艺术处理上听从了瞿秋白的建议，把吴荪甫乘坐的卧车改名以更切合主人的身份；为更有效地表现吴荪甫行将失败前烦躁不安的心理，设置了合乎吴氏性格和规定情景中人物心理变态（强奸女仆）的情节，等等。值得重视的是，有时作为某刊物或出版部门的编辑朋友，更容易给茅盾的创作带来影响。约稿、催稿往往就是一种充满热情的督促，而及时把作品反应带给作者则更是一条有效的反馈通道。如在 20 世纪 40 年代初，茅盾在桂林时曾应《当代文学》主编熊佛西之约，"想到借用《圣经》中的故事来一点指桑骂槐的小把戏，《耶稣之死》是这样产生的。至于那时的读者看了这篇以后，是否也有个会心的微笑，那我就不知道了。《当代文学》的主编熊佛西是看了出来的，他还怕逃不过检察官的眼睛，因结果居然逃过了；于是在熊佛西的鼓励之下，我又写了《参孙的复仇》"③。如果说"指桑骂槐"是茅盾创作心理中的"预馈"性信息，那么

---

① 茅盾：《我的回顾》，《茅盾自选集》，上海天马书店 1933 年版。
② 叶子铭编：《茅盾论创作》，上海文艺出版社 1980 年版，第 19 页。
③ 《茅盾文集》第八卷《后记》，人民文学出版社 1959 年版。

"逃过"了检查和熊氏的"鼓励"就是"反馈"性信息，对茅盾的再创作显然起到了重要的影响。

这种类似的情形也发生在茅盾的另外一些作品创作过程中，尤其是长篇小说分章分节在报刊上发表，使茅盾能够根据读者方面不断反馈的信息来继续或改变自己的艺术思维。如《腐蚀》的创作过程，就始终与读者有着密切的关系。从创作方式上的选择——边写边发表的连续性，到小说结构和结局的设置，都是出于读者需求方面的考虑。前者的"不能中断"，是因为"中断了会引起读者的责难"，后者的"拖"长和给女主人公以出路，原因在两个方面：读者的强烈请求和期刊发行部为了读者阅读的方便而提出的要求。结果是，这些反馈信息调控了茅盾继续创作的行为。"我不能不接受这两方面提出的对于我的要求。结果是在原定结构上再生枝节，而且给了赵惠明一条自新之路。"

自然，在创作的信息反馈之中，也有对茅盾的批评。这里且以钱杏邨的批评为例，说明文艺批评这一"反馈器"对茅盾创作的影响（尽管有明显的消极性）。

如众所知，茅盾初期创作，曾受到过"太阳社"一些同人的严厉批评，尤其是钱杏邨。他曾在《茅盾与现实》中对茅盾前期创作做了综合性的考察，这里有对《蚀》三部曲和《野蔷薇》的详细批评，又有对茅盾当时的文学主张的剖析；既指出作者的作品充满了"灰暗沉重的现实"，容易对读者产生消极作用，又指出这与作家个人思想感情的密切关系。他在评论《幻灭》《动摇》时颇有耐心，对作品的思想和艺术做了较委婉的批评，并诚恳地向作者进言："作者的形式与内容，都有改正的必要。因为作者的意识还不是无产阶级的。"这种劝告中自然也渗入了严肃的提醒，表达了部分读者的愿望。进而，钱杏邨在文中还说："《动摇》以后怎么办呢？我们希望作者在第三部创作里把他们（指《幻灭》《动摇》中的一些主要人物——引者注）重新稳定起来。或者把这样的不彻底的改良主义人物送到坟墓里去，他们本已是陈死人了。"当然，茅盾在"第三部创作"即《追求》里并未接受和满足这种"希望"——这本身就表明了他对类似批评的不欢迎。于是，钱氏对《追求》的批评较以前更为严厉了。在他看来，茅盾未能改变创作的悲观倾向，因而"这种作品我们是不需要的，是不革命的"，"我的态度较之批评《幻灭》与《动摇》时变了一点，这是对的，因为在我最近的经验之中，觉得批评的态度要严整，不能太宽容"。但茅盾接着发表的《野蔷薇》中的几篇小说，以及在《从牯岭到东京》等文中为自己所做的辩护，却使钱氏愈加失望，以致迸发出了这样激愤的结语："你幻灭动摇的没落的人们呀，若果你们再这样的没落下去时，我们就把这一句话送给你们作为墓志罢"，"我们再不能对你们有什么希望"。

这一种在当时文坛很有代表性的反馈批评，对茅盾后来的创作倒确实起过一定的调控作用。茅盾在《虹》中初步体现出来的创作倾向上的转变，固然原因很多，但与上述批评的强刺激或"激将法"式的批评仍有着潜在的联系；甚至后来茅盾在《三人行》《路》《大泽乡》等作品中特别强化"革命"性，以致在格调上与"太阳社"的代表性作家蒋光慈发生了叠合现象。这种转变中的趋同现象并不完全是自发的，在相当大的程度上说，则是由上述这种批评诱发的。

五

我们还必须看到，茅盾的读者意识在与变动不居的外在世界相互作用的过程中，无论在其创作实践上，还是在其理论思维上，都表现出了一种发展变化的态势。换言之，茅盾读者意识的变化引起了他创作上的相应变化。

倘从动态考察的角度，结合茅盾创作与评论的实际，就可看出其读者意识在现代 30 年间已有数次较为明显的变化。这从茅盾创作历程来看，大致有这样三个阶段。

（一）创作初期。这一时期茅盾的读者意识鲜明地表现在《从牯岭到东京》和在此前后的一系列创作中。在这个时期他个人心中的郁积亟待向他人倾吐，对人生经验的体悟促使他寻觅知音。他是在极为孤寂的心境中投入创作的，这似乎就加强了他用笔墨寻觅知音的急切性。而寻觅知音的前提是自身的坦诚，是对读者的信赖。因而在《蚀》三部曲等作品中，流露出了较多的主观情绪。然而由于作者本已在思想情感倾向上与其心中孕育的人物交融到了一起，并成为艺术"召唤结构"的主导部分，所以茅盾期待着读者对他笔下人物的"同情"，其潜隐的心曲也正是"嘤其鸣兮，求其友声"；至于对读者界的意见纷纭，茅盾表示"请读者自己下断语"，不愿越俎代庖。但他还是不自觉地做了一些自我剖白，希冀着更多的人了解他，了解他的作品。在这种心情支配下，他表述了自己对创作的忠诚，对自我感觉、体验的忠诚，宁可"说老实话"；"我有点幻灭，我悲观，我消沉，我都很老实的表现在三篇小说里"，而不愿"嘴上说得勇敢些，像一个慷慨激昂之士"。在这时期，茅盾专注于顽强地表现自己的真切感受，但他所一再强调的、表现的，可以说正是一种以寻觅知音为前提的"自我意识"。他曾说过："《追求》刚在发表中，还没听得什么意见。但据看到第一二章的朋友说，是太沉闷。他们都是爱我的，他们都希望我有震慑一时的杰作出来，他们不大愿意我有这缠绵幽怨的调子。我感谢他们的厚爱。然而同时我仍旧要固执地说，我自己很爱这一篇，并非爱它做得好，乃是爱它表现了我的生活中的一个苦闷的时期。"因而，《追求》等作品成为茅盾这一时期之"我"的"纪念"，相应地，它所赢得的读者也就多是具有类似思想情绪的人。

进而，茅盾还从当时文坛创作实际出发，批评了创作中概念化的倾向，主张以真诚的作品、艺术性强的作品来争取读者，而不要简单地以小资产阶级、无产阶级等政治术语来定性，来规范创作。茅盾当时这样说过："我敢严正的说，许多对于目下的'新作品'摇头的人们，实在是诚意地赞成革命文艺的，他们并没有你们所想象的小资产阶级的惰性或执拗，他们最初对于那些'新作品'是抱有热烈的期望的，然而他们终于摇头，就因为'新作品'终于自己暴露了不能摆脱'标语口号文学'的拘囿。"显然，茅盾在这里是从读者接受的角度来"检验"创作的，这无疑是抓住了问题的要害，从而必然导出强化作品艺术性和顾及当时读者实际状况及其需求的结论。

关于"革命文艺的读者的对象"，茅盾做了较为深入的思考，他认为，"一种新形式新精神的文艺而如果没有相对的读者界，则此文艺非萎枯便只能成为历史上的奇迹，不能成为推动时代的精神产物"。于是他考察了当时读者的现状：广大被压迫的劳苦群众由于文化水平低而难以接受当时的号称"为你们而作"的新文艺作品。这种现象，鲁迅也曾在许多地方谈到，即由于"文字"符号关卡的阻隔，使真正的"大众化"作家作品很难产生。从实际出发，为当时"实际的读者"而创作，这正是现实主义创作精神的一种体现。因而茅盾明确说："我总觉得我们也该有些作品是为了我们现在事实上的读者对象而作的"，即为占"全国十分之六"的小资产阶级声诉苦痛，以赢得更多的读者。"五四"文学和当时的"革命文艺"均未真正走进群众中去，只是一部分青年学生的读物，"所以然的缘故，即在新文艺忘记了描写它的天然的读者对象"，相立的对策是："现在为'新文艺'——或是勇敢点说'革命文艺'的前途计，第一要条在使它从青年学生中间出来走入小资产阶级群众，在这小资产阶级群众中植立了腿跟。"为此就要努力使作品在选材、结构、语言等方面具有更大的艺术张力。

尽管茅盾的《从牯岭到东京》所表露的读者意识，还只是依自己前期创作经验为基础的，但从中表现出的一些基本精神，如崇尚从实际出发、从读者出发来思考文艺问题，来选择文学题材、创作方法和艺术技巧，等等，却是始终为茅盾所坚持的。这从此后茅盾的创作总是随着读者世界和现实环境的变化而变化的线索中，便可看出来。我们看到，此后茅盾的创作主要是沿着这样两条线索伸延的：一条是继续把描写小资产阶级纳入艺术视界之中，这主要由他的创作盛期体现出来；一条是沿着文艺大众化的方向前进，在这一方向上努力实际并不顺利，但在抗日战争时期亦即茅盾创作的持续期，却表现得相当突出。而这两条线索一个明显的纽结点，就是茅盾心萦神系在读者对象身上的读者意识。

（二）创作盛期。茅盾初期的创作倾向及读者观念受到了钱杏邨、克生等人的批评。克生在《茅盾与〈动摇〉》中说："至于为著想要找多数的读者，便说当把文艺写去适合读者的某种病态心理。我想这种论调，是再滑稽没有的吧。"这里显然有对茅盾的误解之处：在茅盾那里，表现自我与赢得更多读者这两方面已经融合在一起了，并非像克生理解的那样是对立的；茅盾也不是一般意义上的去迎合读者的作家。他早在1922年就说过："想叫文学去迁就民众——换句话说，专以民众的赏鉴力为标准而降低文学的品格以就之——却万万不可！"① 因而指称茅盾迎合读者的批评并不合乎茅盾的创作意识或态度。

但是，茅盾的创作及其读者意识还是多少受到了这些批评的影响，在趋向"积极""明朗""坚定"的努力中，不断吸取失败的教训，迎来了他的创作盛期，并在理论上也表现出了一些新的读者意识。在《中国苏维埃革命与普罗文学之建设》一文中，茅盾首先介绍了苏联革命文艺的突出

---

① 《茅盾书信集》（初编），孙中田等编，文化艺术出版社1988年版，第70页。

成就，引为我们的"榻本"，继之从题材多样化，既可以把笔触伸进苏区的土壤，也可以把笔触伸到统治者各派的内幕和小资产阶级动摇的心态中去。在总的倾向上，从众多的方面聚合凝结的艺术作品"要成为工农大众的教科书"！由此，他从读者（工农大众）能否接受或是否乐于接受的角度，看到了1930年前后新文坛存在的严重的概念化倾向，并给予坚决的摒弃。在他看来，社会现象是复杂多样的，而艺术中的"脸谱主义"却把"人"简单化；读者的心理需要是多方面的，而"教训主义"却无形中把艺术当作了"高头讲章"。这种"拗曲现实"和缺乏真情实感的创作无疑会"很严重地使得作品对于读者的感动力大大地减削"。

正是基于这些对生活复杂性（主要是人自身的复杂性）和读者需求的理解，茅盾在自己这一时期的创作心理中突出地体现了这样两个特点：

一是具有呈现为凸圆形的艺术兼容意识。从他对题材的选择上看，茅盾拓宽了自己的视野，艺术笔触既伸向大都市的上层社会，又伸向乡镇僻壤，从而建造起以《子夜》为主体，以《林家铺子》、"农村三部曲"等为侧翼的群体建筑；从人物描写上看，既有塑造极为成功的民族资产阶级的代表人物吴荪甫，又有小商人林老板和破产中的小农老通宝和王阿大，既有腐败透顶的赵伯韬和荒诞滑稽的冯云卿，又有新儒林中的种种人物，以及"强悍"的工贼和成长着的反抗者，等等。在艺术方法上，既突出革命现实主义，又兼采了象征主义、意识流、浪漫主义的某些表现手法；从各种角度看，总有最突出的部分，又兼容了其他众多的方面，构成了茅盾创作盛期的丰富的艺术世界。

二是在对艺术辩证法的把握上更重视了"度"的斟酌。在茅盾初期创作中，基于对生活的苦闷、"动摇"的感受，在创作上也就出现了一种摇摆失度的现象。譬如在《蚀》中流露的较多悲观失望情绪，尽管在表现作家自我意识与个性上很有意义，但毕竟对生活的理解与把握不够全面，不能很好地顺应时代进步的需要。而当他理智地对此加以纠偏的时候，《三人行》《路》《大泽乡》等作品的理念化又标明了他的另一种失度。与此不同，在创作盛期，他对艺术的尺度更加重视，在对"度"的斟酌上费神更大，把握得更趋稳妥了。《子夜》的构思提纲之详细和根据生活体验以及客观条件而做的变动和调整便是显著的例证。还有"农村三部曲"等一系列作品的构思，在处理人物之间的关系、具体的心理刻画、作品的艺术结构以及语言的锤炼等方面都很谨慎，完全没有了前期创作中曾出现的"信笔所之"和"刻意为之"的放纵或勉强的创作现象，从而真正实现了争取"广大的读者对象"的愿望。当然，即使在这一时期，茅盾的创作也仍有失误的地方，譬如《子夜》中对工人和革命党人的一些描写就不充分，而且有故意揭示隐情以吸引读者的过分造作的笔触，情节的设置也有些不尽合理。

（三）创作持续期。主要指茅盾抗战时期的创作。在这一时期茅盾仍然保持了他在创作盛期凸显出来的"兼容意识"和"度的斟酌"的心理定式，仍然注意尽量使创作内容丰富、形式多样。既写《腐蚀》《清明前后》这样的心理小说和小说化的戏剧，又写纪实或抒情的《见闻杂记》《风景谈》和《白杨礼赞》；既有紧贴现实的《走上岗位》，又有回溯往昔的《霜叶红似二月花》；既有对罪恶的实写，又有对理想的展望；既有典雅悠然的笔墨，又有通俗平直的记叙；既有歌颂的小号，又有抨击的鼓音……然而，最值得注意的是，从理论上看，茅盾从创作盛期乃至20世纪20年代中叶就曾提倡无产阶级文学，主张文艺大众化，在抗战期间更是顺应历史的要求而积极地予以提倡；从创作上看，情形与此似乎并不那么吻合，尽管他在一些作品中尽量使文字通俗化，章节也接近章回体，但这类作品在艺术上却不够理想。而标示着茅盾在抗战期间最高艺术成就的一些作品如《腐蚀》《霜叶红似二月花》《白杨礼赞》等，在当时皆难以"大众化"

名之。这是否是茅盾趋向"大众化"的读者意识干扰了他的创作？还是另有什么原因？

六

大致说来，一部中国现代文学史，新文学作品的主要读者群体结构，有这样三次主要的变化：一次是"五四"时期，把文学从狭窄的士大夫文人圈子解放出来，成为一代觉醒的青年和广大的学生的读物，白话文的大力提倡，无疑使文学符号较古典文言更易于读解、阐释了；但这仍然不够，在20世纪30年代上半叶，许多新文学作品已经"不胫而走"地来到市民和工人中间，鲁迅的杂文、茅盾的小说、田汉的戏剧、臧克家的诗歌，都已达到了这样广大的读者层；但这还是不够，在抗战期间的文艺大众化运动，已力图使新文学的读者扩大到广大农村读者层，解放区文艺在这方面遥遥地走前面。显然，由于现实生活的发展变化，影响了新文学读者对象的构成，从而反过来也影响到作家的创作。也就是读者接受状况的变化影响到了现代文学格局的变化。然而是否能据此来贬低抗战期间国统区的包括茅盾当时的一些"非大众化"的创作呢？我们以为不能。这主要是因为，文艺大众化有个变化的问题。用接受美学的文学史观点来看，现时的"大众化"（"现时的读者"众多）可能是未来的"小众化"（"未来的读者"很少）；与此相反，现时的"小众化"，也可能变成未来的"大众化"。这两种情形在茅盾的创作中显然都有。

如果姚斯所说的"读者已成为一部新的文学史的仲裁人"① 还有相当的道理的话，那么，就要承认今天和未来的读者对茅盾作品的"接受"情

① ［德］H. R. 姚斯、［美］R. C. 霍拉勃：《接受美学与接受理论》，周宁、金元浦译，辽宁人民出版社1987年版，第443页。

况肯定较以前会有所变化。因而"茅盾形象"并不是一成不变的。当然，在目前看来，茅盾的一些作品，如《蚀》《虹》《野蔷薇》《子夜》《林家铺子》《霜叶红似二月花》《腐蚀》等，仍拥有众多的读者（其中有的作品曾被"批臭"，被"冷落"过）。但也有一些作品如《路》《三人行》《第一阶段的故事》《清明前后》，甚至是"农村三部曲"等，却普遍地受到读者界程度不同的忽视。之所以如此，主要原因之一也就在于茅盾在创作这些作品时，往往没有超出特定的时空条件限制来建构自己的读者意识，过多地为当时的读者（包括批评者）所左右，而对"隐在读者"（主要是未来的读者）的期待视野缺乏潜心的预测，对文艺的超越性与永恒性有所忽略。而这，也往往是现代革命作家或现实主义作家所面临的一个真正的难题。

另外还须看到，大凡创作总要多少体现作家的创作个性，而创作个性本身就意味着作家的主客观方面的限制性。因而，茅盾在长期生活与艺术实践中培养成的创作个性，使他难以在当时的文艺大众化运动中沿着"赵树理方向"大踏步前进，这完全是可以理解的。即使对此他曾勉力为之，略有小成，在今天看来，也似不应像一些论者那样大加肯定。因为茅盾就是茅盾，赵树理就是赵树理，新文学的魅力正得之于新文学创造者们创作个性的魅力，是他们创作个性本身的艺术光辉，诱使一批又一批也许并不相同的读者在他们精神个性的魂灵上亲吻！

第四节　接受与创化：现代作家与心理分析

从实际来看，文艺批评与文艺创作上的心理分析有广义、狭义之分。广义是指对"人"（人物或作者）的心态或所谓内宇宙着力加以发掘与表现；而狭义则仅指弗洛伊德创建的精神分析学说。本节二义兼取，即在探讨现代批评家、作家与心理分析（狭义）的关系时，看他们怎样自觉或不自觉地把心理分析扩张为广义（但仍包括狭义）。在兼谈"文艺性学"的问题时，则主要取狭义。自然，"性学"一说，人们已较熟悉了，它不仅在西方大盛，而且我国也有许多学者或明或暗地加以关注和研讨了；在文艺领域，众所周知，从有所谓"文艺"之日起，就有性文艺（或涉性文艺）的存在了。既如此，渐渐地它也就成了人们批评研究的对象，而这种批评和研究又渐渐地具有了相当的规模和质量。对此，无以名之，姑且称之为文艺性学①。

在一些人看来，中国人与"心理分析"似乎只是从现代开始才有了缘分。其实，无论从广义还是狭义来讲，中国人从很早就自发探究过西方"心理分析"学说所涉及的一些基本内容，并在文学创作上有所体现，有时则是相当充分的体现。稍作考察便可看出中国人对弗洛伊德所最关注的"性"与"梦"、"生"与"死"等基本的人生心理问题，也早就有一些相当深刻的会心和理解。这里仅以"性"的问题为例略做说明：先秦哲人所谓"饮食男女，人之大欲存焉"（《礼记·礼运》），"目之于色也，有同美焉"（《孟子》），"食色，性也"[《孟子·告子（上）》]，无形间构成了中国人生哲学和美学的基本命题。据典籍记载，孔子删诗时不删《溱洧》之音，与子夏讨论《卫风·硕人》时也承认女性形体美。所以郭沫若曾充满热情地说："孔子对于南子是要见的，'淫奔之诗'他是不删的，我恐怕他还是爱读的！我看他是主张自由恋爱（'人情之所不能已者，圣人不禁'），实行自由离婚（'孔子三世出其妻'）的人！我看孔子同歌德他们真可算是'人中的至人'了。他们的灵肉两方都发展到了完满的地位。"这里即或有

---

① 李继凯：《"文艺性学"刍议》，《太原日报》1988 年 8 月 22 日。文本扩充为《文艺性学初论》，发表于《社会科学战线》1994 年第 2 期。

点夸张，但却也基本合于实情。先圣如此，后贤继之，有所谓"天地，夫妇"（王充《论衡》），"君子治身，不敢违天，是故新牡十日而一游于房……"（董仲舒《循天之道》）等。即使在宋代这理学大盛之时，也有窥探性心理的作为："杂之以处而观其色。"（宋人编《孔子集语》）迤逦而至近代，中国人对"非有英雄之性，不能争存；非有男女之性，不能传种"的朴素真理也更明白了。

当然，从总的情况看，中国人关于"性"或"性爱"的理论思维是不发达的，性爱或性文艺在整个文化系统中受到严酷的抑制。但感性生命的强力毕竟最易于在文艺苑囿中发芽滋长，所以在我国文学史上有关性或性爱的描写仍是源远流长、蔚为大观的。尽管有的清晰如皓月，有的朦胧若晨雾；有的直截爽快，有的潜隐曲折，但从《关雎》中的君子与淑女到《离骚》中的诗人与美人；从《垓下歌》中的"英雄"倾诉于虞姬之前，到《陌上桑》中的罗敷傲拒那狂妄的太守；从霍小玉、李娃、崔莺莺的艺术造型，到构造出摔不碎、推不倒的"金瓶"与"红楼"；从汉族的梁山伯与祝英台，到傣族传说中的娥并与桑洛；从田园诗人陶渊明《闲情赋》中"愿在丝而为履，附素足以周旋"所流露出的潜意识，到江南民谣《打弹弓》中"郎来山上打弹弓，姐来山下做裁缝"的至死不悔的遇合……都以异性的种种关系、万般风情为艺术对象与表现内容，并树立了极富民族特色的审美原则，即所谓"乐而不淫，哀而不伤"（孔子语），"美丽，却非淫艳，愉快，却非狂欢"（鲁迅语）。

尽管相对于创作而言，中国人对性与性爱在理论（文艺性学）上的具体探讨显得颇为冷落，但在古代，也曾出现过一次引人注目的躁动。这就是打破了相对过去沉寂的状态，围绕着《金瓶梅》及《牡丹亭》等作品而产生的理性思考和毁誉交并的争辩。当然，在当时以至较长的时期内，由于感性与理性的某种分离与矛盾，即使产生了真实感受并做了艺术表现。

但在理性上，中国人仍很难摆脱封建正统文化的羁绊，所以只能在有限的意义上对《金瓶梅》《牡丹亭》等做了"宽容"性的评论。而作为作者的兰陵笑笑生与汤显祖，虽在感性体验和情欲升华中都很有惊人之处，但在理性上却都"犹抱琵琶半遮面"，既承认"情色二字，乃一体一用"（兰陵笑笑生），"半世唯有情难诉"（汤显祖），又嗫嚅着劝诫人们要收其放心，"静而思之""持盈慎满"。尽管这次躁动的幅度不怎么大，但其延续的时间却较长，可说从《金瓶梅》出世的明万历年间直到清朝乾隆年间张竹坡的评点。在《金瓶梅》成书的当时，为之作序的弄珠客和作跋的谢肇制，都就该书做了简明的评论。其中颇有些中肯之见。尤其是谢氏，他称赞是书能够逼近世相，透入人心，即所谓"穷极镜像""不徒肖其貌，且并其神传之"，故读来能够"骋意快心"，同时也指出书中"猥琐淫媟"之处，但主张犹似"《溱洧》之音，圣人不删"，觉得不伤大体，或别有警世意义。张竹坡更是精研此书，他的评点，不仅有读法、回语、眉批、夹批，而且还有专论，分论五个方面：泄愤说、真假论、寓意说、苦孝说、非淫书论。其中有为《金瓶梅》辩护的精彩论述，斥那些持"淫书"论者是"淫者自见其为淫耳"，坚认此书是一部泄愤的世情书，是一部史公文字；即使笔涉淫话秽语，"作者之深意"也是"罪西门"，罪当时之社会；而作者的"处处体贴人情天理""为众脚色摹神"的艺术造诣也足为楷模。

尽管这次关于文艺性学的探究，还只是初建性的，但也堪称中国人关于性文艺的一次理性的自觉。

第二次文艺性学的躁动即在现代。经由第一次躁动的积淀和近代的过渡，这一次的理论觉醒和探讨，与此前相比，在许多方面都有了飞跃性的发展变化，这集中表现在"现代性爱意识"的确立上，即从根本上向封建性爱意识宣告了决裂，从而促进了现代性文艺或涉性文艺的发生、发展与繁荣。关于现代批评家作家的有关论述，以下再行详析，于此不赘。

　　第三次文艺性学的躁动，即是伴随着鼓涌于 20 世纪 70 年代末，趋盛于 80 年代中叶的新时期文艺而来的"性"冲击波。倾向于肯定的批评家说："在中国的当代文学特别是近几年的创作中，涉及'性'的小说异军突起，引起了国内外人士的广泛注意。"倾向于否定的也说："一股颇有气势的'性'冲击波正在我国当代文坛上形成……它已经是有力家力作，又有理论家为之寻找理论上的生存根据，还有相当一批读者表示乐于接受。"诚然，这是一次把年少的中学生都"惊醒"了的相当可观的春潮，因此，无论褒贬，它毕竟唤起了批评家、作家的浓厚兴趣与深沉的思考。我们认为，对这次文艺性学的躁动应主要从以下两个方面来理解。一是由这次躁动，人们对文艺性学有了更宽广的了解。随着新时期的门户开放，欧风美雨的新鲜气流不仅激发了人们的广泛兴趣，而且产生了强烈的求知欲——总想多了解一些、多明白一些异域几十年甚至百多年来积累的文化成果，以补救我们屡经重创而留下的某种"贫血症"。这样，大量的译著应运而出了。仅就弗洛伊德以及与之有密切关系的著作的移译来看就相当可观。不仅如此，几乎各种报刊都以不同的方式直接、间接地传播过有关弗洛伊德学说的信息。而极受欢迎的心理学、生命哲学、文化人类学（如《两性社会学》《青春期心理学》《情爱论》《第二性》《存在与虚无》《人本主义研究》《婚床》《人论》等），也从不同的方面推波助澜，使得批评家、作家身处文坛而难免这"雨雪霏霏"、四面来风的侵袭或冲击，或迟或速地开始了对弗洛伊德主义的关注。

　　与此紧密相关的另一个方面是，批评家、作家经过一些震动与涉猎之后，则在反思的前提下，以更广阔的西方文化作为参照系，以民族优秀传统和自我的现实体验为基础，开始建构富于独立意识、民族特色和开放功能的性文艺观念。既抛弃了"谢惠敏式"的封闭与蒙昧，又与力倡"肉与钱"的"黑马"保持着距离。虽然批评家、理论家在这方面有分量的专著

（仅有关鸿《诱惑与冲突——关于艺术与女性的随想》这样较单薄的东西）还未出现，但大量有分量的专题论文却层出不穷；尤其是作家们以"实绩"显示出了他们在文艺性学观念上的某种"革命"。他们在噩梦醒来之后，再也不愿被乖乖地压抑或异化，同时再也不愿陷入人欲横流的泥潭或深渊。熟悉新文学史的人一定会感到，从整体言之，新时期描写性爱的作品已与施蛰存、许杰、叶灵凤、穆时英的心理分析作品有了明显不同，这就是弗氏影响已消融到多元的影响之中，而力求回避照搬弗洛伊德主义的创作模式。因而只能说新时期作家的文艺性学观念受过弗洛伊德主义的浸淫、滋养，不能说受到弗洛伊德主义的支配或左右。这从伴随创作活动而出现的一系列"讨论"中便可看出："关于小说《爱，是不能忘记的》的讨论""关于小说《挣不断的红丝线》的讨论""关于人体艺术的讨论""关于抒情歌曲的讨论""关于《男人的一半是女人》的讨论"，等等，其间争论有之，但单纯以弗洛伊德主义为其理论支柱的批评家或作家却几乎一个也没有。这里有以理论的自觉为前提而对当代创作中性爱描写的透辟分析（如宋永毅《当代小说中的性心理学》），也有对历史上文学现象的独特反思（如赵园《"五四"时期小说中的婚姻爱情问题》、蔡国梁《〈金瓶梅〉是一部自然主义的小说吗?》），还有对文艺性学的富于哲学意味的思考（如刘再复《作家对待狭义情欲的态度》、丁振海《也谈当前创作中的性描写》）。自然，也有少数人的个别言论迹近弗氏学说的翻版，如张贤亮说的"全部作品都始终如一地从两性关系中汲取灵感"（张贤亮《请买〈张贤亮自选集〉》），就似乎与弗洛伊德"Id"升华说并无二致。但考察他众多的创作和言论，显然张贤亮从来没有，也不情愿让表现爱或本能这种单一的追求来缚住自己的手脚。我们认为，有类似于张贤亮的作家，尽管言论偶有不妥，创作偶或失误，但这只是"梦醒"后于自觉探寻中产生的少数现象，对其责之过苛或视而不见都是不科学的态度。

综观中国文艺性学的这三次躁动，由发生学的观点来看，可以说第一次基本是"内部裂变式"的，一方面是源远流长的民族人文精神的积淀，另一方面更是由于长期的封建礼教压抑所造成的"增熵"引发了逆向的运动和变态的反抗，遂有《金瓶梅》等作品的出现，并开始在粗浅的层次上对文艺性学的基本命题，如情与理、性与欲、情欲与社会、性文艺与接受等，开始了理性的探讨；第二次基本是"外部激发式"的，即前所未有的猛烈的欧风美雨冲击着在苦难中呻吟甚至麻木了的灵魂，唤起了一大批先觉者的生命意志，而且几乎是现成地"拿来"西方文化的武器来向封建文化（尤其是灭人欲的吃人礼教）开战，并随着鏖战的深入，"消化"与"扬弃"便起到了一种"金筛"的作用；第三次基本是"合力引发式"的，尽管中国新文化建设中出现了极"左"浊流，尽管古老的黄土地上还四处游荡着封建的幽灵，但真正马克思主义的积极而巨大的影响仍然存在，中国人的生命意志也依然郁勃而跳荡，加之优良的民族文化、鲁迅代表的新文化以及现代涉性文艺的创作等，就都凝合为新时期批评家、作家寻求振兴、奋进之路的内在动力，而上述大量介绍的文化成果以及电讯传播网络送来的异域信息，则形成了一股强大的外在动力，这两股力很快在较高层次上遇合、扭结在一起，遂开拓出了新时期文学这一崭新的文场，文艺性学也在一定程度上呈现了自己的面貌。

在现代，专司文艺批评的理论家很少，而作家从事文艺批评、研讨的却极多。由于有切身的创作体验，"夫子自道"与理性思考结合在一起，便增加了这些"创作论"所特有的魅力。这也表现在对心理分析的吸取、思考和转换、创化上。为了体现中国现代批评家、作家注重实际创作、以创作本身的事实说话等特点，下面拟就创作动机、创作内涵、艺术形式等三个方面略加考察和分析。

首先，从创作动机这一角度来看。

我国现代较早致力于传播西方心理分析学说的人，可推潘光旦、周作人等为代表，由日本间接引进心理分析文学观点的当推鲁迅、郭沫若、刘呐鸥等为代表。潘光旦早在大学时代对心理分析即有偏爱，于是以为性欲的压抑、发泄和转移制约着人的活动，尤其是感情的变化，认定这种观点"颇能自圆其说"；而"批评家得一新角度以作比较深刻之观察与分析"，也可以使"文艺之意义益见醇厚"（《小青之分析·序言》）。周作人似更信奉弗洛伊德的泛性论，相信"世间万有都被一个爱力所融浸"（《欧洲古代文学上的妇女观》），而这种"爱力"的"升华"，也就成了文艺创作的驱动力。所以周作人曾十分喜欢记诵《性心理学》作者蔼里斯引过的两句诗："唱歌是很甜美，但你要知道/嘴唱着歌，只在他不能亲吻的时候。"并据此写下了《猥亵的歌谣》《女子的文学》《半春》《古书可读否》《爱的创作》等文章。固然，性爱可以升华为诗，如郭沫若曾说："在民国五年的夏秋之交有和她（指安娜——引者注）的恋爱发生，我的作诗的欲望才认真地发生了出来。"（《我的作诗的经过》）但如冰心，作为呼唤母爱、尽情歌赞母爱的女作家，也会有很好的诗；沈从文怀念家乡的山山水水，也使他写出了山清水秀的佳作。因而，周作人试图把"爱力"捆死在性欲或性爱根子上的努力，就嫌过于偏执了。相比之下，倒是鲁迅等人接受并作发挥的"苦闷的象征"说更为贴近当时生活与创作的实际。

　　我国美学家高尔泰曾说："限制、需要、痛苦，或者说生命、力量、热情等等不是恶魔，而是构成人的自我的东西，是历史进步的终极动力。它通过劳动实践创造了生产力和生产关系，以及一切丰富生动的文明和文化。"① 这种观念，在我们看来，与厨川白村的看重"生命力"及其"跃动"，看重"苦闷"的象征等有明显的相近之处。如众所知，我国现代是

---

　　① 高尔泰：《美是自由的象征》，人民文学出版社1986年版，第100页。

一个充满了苦难的时代，唯其如此，也是一个引发抗争与创造的时代。譬如"五四"时代，一方面是苦难深重的压抑，另一方面就是个性的觉醒、社会的改造和文艺的"复兴"。当时的青年乃至所有的先觉者，都感到有许多压抑，并从自我生命的体验中概括出了所谓"性的苦闷"与"生的苦闷"之说。鲁迅借对厨川白村《苦闷的象征》的译事和讲授，对弗洛伊德的学说也有了独到的体会。他不仅在"随感录"中隐现着他在这方面的苦闷和祈望予以消解的渴求（如对某少年申诉"无爱"之诗的感言），而且在日常生活中有近于自虐的行为（如耽于喝酒、忍受清苦）和《不周山》初始的创作动机（抒发创造生命的冲动），这些都富有代表性地反映了一代先觉自我意识的真正觉醒，并由此迸发出冲决吃人的封建囚笼的巨大热情。郭沫若曾因双耳重听难以学医的苦闷萌发过自杀的念头，但爱情的获得和国内"五四"热潮的感召，使他在理想世界的遨游中，把一腔的爱投射到一切可爱的事物上：宛若葱俊女郎的祖国，自焚而求新生的凤凰，仿佛有灵而善适人意的大自然，等等。但他一旦置身国内现实之中，像《星空》《瓶》这样的"苦闷的象征"之作就自然地降生了。郁达夫感受着"性的苦闷"与"生的苦闷"，唤醒了少年时节的"自卑"与"水样的春愁"，才在自感生命的阵痛中生产了《沉沦》。庐隐在性爱生活上的一波三折，在人生旅途上的困顿烦闷，也就催生了她的《海滨故人》。当然，性的苦闷只是生的苦闷中的一种极其深切的苦闷（在这里，中国作家过滤了弗氏学说），而生的苦闷（包括性的苦闷）则是人的本性——自由——不能得以充分发挥而必然产生的感受，想摆脱它是困难的。中国现代作家、批评家对此采取了不同的态度。有的正视现实苦难，主张进行切实的战斗，把"苦闷"引向改造现实的"升华"（如鲁迅、茅盾、叶圣陶、丁玲等）；有的在对象化的理想世界中或带着伤感特色的遐思默想中求得一种心理上的满足（如郭沫若、郁达夫、冰心等）；还有的直接宣泄、剖露生命躁动的情感，把性的苦闷、生的苦闷在比较严格的"弗洛伊德"模式中去表现（如许杰、施蛰存、穆时英等）。

其次，从创作内涵来看。

现代作家、批评家在许多情况下并不掩饰人的（包括自己的）深层心理世界，而是极力设法开掘并予以深刻地揭示或成功地表现。据阿里斯托芬转述的神话，初民原系圆状物，有四足四手，等等，威力之大竟使奥林匹斯山上的众神惊恐，宙斯于是把"圆人"剖为两半，借以削弱人的力量。于是各为"一半"的人"都急切地扑向另一半"，并"纠结在一起，拥抱在一起，强烈地希望融为一体"（参见《情爱论》第 4 页）。这看似荒诞，其实却蕴含"一阴一阳之谓道"的至理。对人类的"一半"的互补心理和行为，真诚的艺术家几乎从来不回避。这也是中国现代作家、批评家能与心理分析学说发生某种共鸣的心理基础。《现代》杂志的编者施蛰存，曾对被弗洛伊德引为知音的奥地利作家显尼志劳表示佩服，并认为，显尼志劳对于"性爱"描写的"成功"，主要就在于他"并不是描写一事实或行为，他大概都是注重在性心理的分析"（施蛰存：《薄命的戴丽莎·译者序》）。因而他曾在创作上致力开掘"古人"的性心理，写出了《将军的头》《鸠摩罗什》《石秀》等小说，把民族与情欲、宗教与情欲、友谊与情欲等放在灵魂的天平上，做了艺术的表现与"衡量"，细腻生动，丝丝入扣。但却可以看出，在他的操作下，似乎情欲的一端总是下沉，灵肉总是分裂，这就落入了一种固定的模式。但也不能据此而否认它们仍具有一定的艺术价值。同时，就施蛰存运用精神分析理论对鲁迅的小说《明天》的评论来看，也不见得就是"有毒的批评"（李何林吾），因为这至少是一种分析作品内涵的角度和方法，并往往能够开掘出某些难为其他方法或角度所发现的真实内涵。施蛰存在《明天》中看到的"性爱与母爱"主题，以及判定《明天》是"心理小说"等，并未游离作品的实际，但对其间蕴含的更为深广的反封建意义却开掘不够。这点后来为深谙心理分析的许杰有所纠正和补充（参见许杰《鲁迅小说讲话》）。酷爱波德莱尔《恶之花》的李金发，有诗集《微雨》《为幸福而歌》《食客与凶年》等。他长期旅居国外，1976 年逝于美国。他写了一些被人讥为"卿卿我我""充满人生的悲哀，爱情的絮语，及梦幻一般的色彩"（黄参岛《〈微雨〉及其作者》）的象征诗。而这在他自己看来则是黑暗社会所使然，只有敏感于黑暗重压下的"变了原形"的事物，才能造成"柔弱的美"，"完成其神怪之梦"（李金发《艺术之本原与其生命》）。应该说，这是一种对特定历史环境中人物心理真实的参悟、顿悟和柔弱的抗议与申诉。然而他没有波德莱尔的才情，他的"诗的世界"所蕴含的潜意识、显意识内容也常常是破碎的、贫乏的。

浪漫主义作家崇尚人类的自然感情，常由"返归自然"的阡陌而升达理想的世界，或者通过对个人情感（如性爱）的诗化，而发起对世俗偏见的猛烈冲击。师法过惠特曼的郭沫若在他的诗歌中就有着对自然情欲的"泛神"和恋情的定向投射化礼赞，在他早期的小说和历史剧中也充分地表现了"性爱"方面的内容。在他看来，"男女相悦"乃"人性之大本"，王实甫的《西厢记》也正是"'离比多'（libido）的生产"（《〈西厢记〉艺术上的批判与其作者的性格》）；而他对卓文君、王昭君尤其是蔡文姬的心理分析更是达到了令人拍案称奇的地步（参见《写在〈三个叛逆的女性〉后面》）。而这些观念的生成与凝结，既来自弗氏学说的启迪，更来自他自我的经历和创作体验，正如但丁、歌德、贝多芬、肖邦、舒曼等艺术大师的创作与他们的罗曼史交织在一起一样，人们通过郭沫若的散文、回忆录和小说等，已经熟悉了他那颗"早熟"的心灵，了解了他之所以有《叶罗提之墓》《残春》《卡尔美萝姑娘》一类的作品，也正是对感情遗留下来的以及现实中情欲的受抑、亏损所给出的一种能动的补偿，同时隐约地对男女"于性的感觉尚未十分发达以前即严加分别"的传统文化给予了谴责。郭沫若曾不无快意地说："我那篇《残春》的着力点并不是注重在事实的进行，我是注重在心理描写。我描写的心理是潜在意识的一种流动。……若是对于精神分析学或者梦的心理稍有研究的人看来，他必定可以看出一种作意，可以说出另外的一番意见。"（《批评与梦》）完全可以说，没有心中的青春，便没有"笔下生春"的创造；没有"个人的郁结"，也就不会有寻求"喷火口"的创作冲动，并伴随这种创造性的情绪宣泄活动，而享受到一种"烟囱扫除"之后的畅快。这里透现出来的文艺性学观念既是浪漫主义的，也带着明显的弗氏学说的色彩。但随着生活与时代的变化，郭沫若意识到"精神分析派学者以性欲生活之缺陷为一切文艺之起源，或许有过当之处"（《创造十年》），从而采取了更为慎重的借鉴性的态度。

作为创造性社会重要的批评家，成仿吾曾以深受弗洛伊德主义影响的文艺观来评价过鲁迅的《呐喊》，仅仅肯定、赞扬了其中"取了弗罗特说来解释创造"的《不周山》，也曾诚实地说创造社的同人们在创作的取材上，"多关于两性问题"（《创造社与文学研究会》）。但首先以"两性"的描写引起社会强烈反响的，则是创造社另一主要成员郁达夫。他几乎是新文学队伍中被人目为第一个"色情"的作家。"左家娇女字莲仙，费我闲情赋百篇。"（郁达夫《自述诗》）的确，他从很早就在观念上、实践上与心理分析有了某种默契。在《小说论》一文中，他曾称赞拉法依爱脱的《克莱弗公主》对"女人心理解剖的精细"，认为"心理解剖为直接描写法中最有用之一法"（《郁达夫文集》第五卷）。又说："性欲和死，是人生的两大根本问题，所以以这两者为材料的作品，其偏爱价值比一般其他的作品更大"（《郁达夫文集》第五卷）。而他执着于文艺是作家"自叙传"的观点，以及相应的大量创作，更充分表明了他对自己性爱情感的倾心与坦诚。从他的自省与叙述中，我们可以看出少年时节见到异性会脸红的"他"与《沉沦》中的"他"之间的精神联系，并看到他在专注于自我倾诉时，实际上已把"性的苦闷"或变态与"生的苦闷"或社会黑暗联系在一起了，无形中已与泛性主义有了根本的不同。无怪他后来说：作家要"表现人生，务须拿住人生最重要的处所，描写苦闷，专在描写比性欲的苦闷还要重大的生的苦闷，因性欲不就是人生的全部"（《关于小说的话》）。这样，郁达夫文艺性学的观念就达到了更为明朗的境界。相比之下，具有浪漫主义气质的徐志摩和湖畔派，其吟诵性爱的诗作就过于单纯些了，《翡冷翠的一夜》《沙扬娜拉》的节而有度、淡淡哀伤均带着精神贵族的烙痕，而《过伊家门外》中的"一步一回头地瞟我意中人"的高"回头率"又似乎有点俗腻腻的了。自然，对这些也不失为人类"爱之歌"的某些品类，不能随意痛加"批判"或采取自谓"含泪的批评家"的态度。

现代文学史上的现实主义作家，常常是"变"来的，有时还是"杂色"的。如鲁迅最初就是浪漫主义的倡导者与实践者，在《摩罗诗力说》和《狂人日记》中都充溢着"青春"的力量和战斗的激情。为何他借"狂人"之口的最初"呐喊"就是控诉封建礼教"吃人"？这无疑在表明他自己最深切的体验：他早已深深感到了仿佛"拉奥孔"被巨蛇缠住那样的苦痛。可以说，这里既有"性的苦闷"的隐形，更有"生的意志"的伸张。在现实主义的杰作《阿Q正传》中，作家对阿Q"革命梦"和"大团圆"前的幻觉，都做了惊人的艺术记录，透示出阿Q终难泯灭的"生本能"，又揭示了精神胜利法作为"死本能"的防护罩以及它的破产所深含的悲剧意蕴。尤其可注意的，阿Q一生真正与异性肌肤接触的那一点：手指头拧在小尼姑的脸上。正是这一点点"反常"的接触，却构成了阿Q生平的最重要的一个大大的转折点；由此才想入非非，向吴妈求偶，陡起风波砸了饭碗。于是出走——中兴——末路——"革命"——"大团圆"。

鲁迅的伟大，就在于他能够直觉地把握住生命的哪怕最微小的萌动，并从它的毁灭中寻出深刻的悲剧原因。至于《野草》，则又表现出鲁迅博大艺术志趣中的另一方面：在象征主义的朦胧中，隐示着他那颗饱受"苦闷"折磨的灵魂，然而他有"梦"（或幻觉）带给他以慰藉和力量（如《好的故事》《腊叶》《一觉》）；也有"梦"带给他以心灵剧痛的宣泄和升华（如《影子》《墓碣文》和《死后》）。在有关性文艺的评论上，鲁迅是很严谨的，他曾在一篇文章中指出，对出版色情书籍、赠送裸体画应予以反对，但必须将"画"与"春画"、"接吻"和"性交"区别开来，即讲求"美丽"，而反对"淫艳"。唯其如此，他才对"海派"中的"鸳鸯蝴蝶"们的淫艳很反感。但我们也得承认，鲁迅持矩甚严、失之过苛的地方也是有的，如他对《玉君》这样的心理分析小说，断然宣判它的诞生就是它的死亡。其实情形未必就是这样。这也反映了恪守现实主义批评模式的局限性。

应该说茅盾作为现实主义的批评家和作家，是非常杰出的，对文艺性学的一些基本方面很有见地。如他对民谣中独多恋歌的看法：这些民间"赤裸裸的恋情的表白"的"恋歌之所以可贵，即因他们是民众的真挚恋情的表现，是健全的民众的恋爱思想，既不带有偷香窃玉以恋爱为游戏的怪相，亦不夹色情狂的邪气"，并据此对江南通行的一首歌谣《打弹弓》做了具体分析；[①] 他还撰写过一篇长文《中国文学内的性欲描写》，称中国禁欲主义盛行，作为它的"反拨"，性描写亦堪为世界文学之"翘楚"——进了"魔道"，因为总是实写性交。在他看来，"中国性欲作品的大概面目是什么？有两句话可以包括净尽：一是色情狂，二是性交方法——所谓房术"，而这"在文学上是没有一点价值的，他们本身就不是文学"。[②] 评《金瓶梅》时，他既严正指出该书"集性交描写之大成"的

---

① 《茅盾文艺杂论集》，上海文艺出版社 1981 年版，第 177 页。
② 同上书，第 247 页。

糟粕所在，但又认为："其中色情狂的性欲描写只是受了时代风气的影响，不足为怪，且不可专注重此点以评《金瓶梅》。"① 在这篇写于 1927 年的论文之后不久，茅盾自己也拿起笔来从事小说创作了，《蚀》三部曲中曾被人目为"自然主义"描写的部分，实际大都属于"文学的性描写"范畴，而且着重开掘性意识、性变态的心理原因和社会原因；在《虹》这篇小说中既遵循了他一贯坚持的文艺性学的原则，同时又真挚而不露痕迹地融入了自己的"私情"②，使人可以感到作家青春生命的强劲搏动，既对人生观有影响作用，又能给具体创作产生巨大的促进作用。但是，当茅盾论及同时代的创造社某些作家和徐志摩这样的作家时，尽管从社会学或现实主义美学的角度做了至今仍带有一定权威性的评论，然而毕竟有些过于拘泥于此。在时代性（时间的片段）加上社会性（空间的片段）所构成的批评视界中，显然易于忽略审美的批评和对作品人性内涵的进一步开掘。

周扬的文艺评论也是社会学或现实主义的。如他在《论〈雷雨〉和〈日出〉》和《赵树理的创作》等文中，就娴熟地运用了这一评论模式，对曹禺从"家庭"题材进到"社会"题材，从神秘的命运感进到热烈憧憬"日出"，做了很有说服力的判断与论述。但是他对《雷雨》中的人性深度、艺术氛围以及《日出》的宛若"后期印象派图画"的艺术特色，则都做了不太适当的否定。又如当他以苏联弗里契这位庸俗社会学始作俑者的长篇论文《弗伊特主义与艺术》来作为指针以正现代文坛的"邪风"时，不能说没有一些积极意义，但我们从他推崇此文的"按语"中，也可以看出他自身的某些偏颇之处。他说：此文是"用严正的马克思主义的方法把 Pseudoscienfitic（疑系 Pseudoscientific 之误，意为'伪科学的'——引者

---

① 《茅盾文艺杂论集》，上海文艺出版社 1981 年版，第 255 页。
② 参见秦德君《我与茅盾的一段情谊》，《茅盾研究》，人大复印资料 1985 年第 2 期。

注）的弗洛伊特学说关于艺术的教义下的尖锐的解剖"①。这里明显存在如下问题：一是弗里契所理解的马克思主义是否"严正"；二是弗洛伊德学说是否可以简单判为"伪科学"。如果承认这样的学说能给"弗洛伊德主义致命的打击"（余凤高《心理学派与中国现代小说》），那么中国现代心理分析创作流派的消失就不仅是因了生活"土壤"的不适宜，而且也在于有这样的学说的"打击"。然而"土壤"随着世易时移是会变化的，是可以"改良"的；真正的伪科学（往往只是某种学说中的某些部分）也终会被证伪而为人们所抛弃的。事实证明，现实主义美学以及创作与批评，如不采取开放宽容、广纳博取的"求生"之术，不踏上"无限的现实主义"之途，其自身也会陷于偏枯乃至僵化的。

再次，从艺术表现形式上看。

众所周知，心理分析学说对西方文学的影响是极为巨大的，而当中国文学建立了广泛的世界性联系之时，也就不可避免地要受其熏染、渗透。茅盾在"五四"时期曾预言"能帮助新思潮的文学，该是新浪漫的文学……今后的新文学运动该是新浪漫主义的文学"（《为新文学研究者进一解》）。在当时通行把现代派看作新浪漫主义，持此看法的也不限于茅盾一人，但这种思想在萌发不久便渐渐在茅盾心中潜抑下去或消失了。不过，人们现在至少已公认了这样一点，即现代派，尤其是心理分析给中国现代文学在艺术形式、表现手法上带来了相当明显的影响。我们下面即就视角调整或多样化、艺术表现手法的丰富化与语言符号的多彩化等三个方面，概略地分析一下。

中国文学的"现代化"是从"五四"开始的，这突出的表现之一，就是观察生活、表现生活的"视角"发生了变化。这又表现在两个方面：一

---

① 《文学月报》1932 年创刊号。

是视角的"内向性"，二是视角的"机动性"。而这都只有沐浴了"欧风美雨"的现代作家才能做到。所谓视角的内向性，是指一代作家直接或间接地受到心理分析学说的影响，自觉或不自觉地把艺术的触角深入人的心理深层中去从而加以真切表现的倾向。现代小说的真正开山之作《狂人日记》，似乎在不言中就树立了这种"内向"性的视角，此后鲁迅及许多现实主义作家也都或多或少地采用这种视角。浪漫主义的作家与心理分析派的作家更不待说，自然更是觉得向内窥视"人"、发现"人"乃是艺术至关紧要也极具魅力的事情。郁达夫的《茫茫夜》、心理分析派的《朱古律的回忆》《梅雨之夕》等莫不如是。所谓视角的"机动性"，是指作家在叙述或表现人物、情境时，机动灵活地变换视角，这既可以从新文学作家群富有艺术个性的叙事风格上看出；也可以从一个作家一系列视角各异的作品中看出（前者如 20 世纪 30 年代多姿多彩的小说创作，后者如施蛰存的历史与现代小说）；还可以从某一作家的一部（篇）作品中看出，在这样的作品中作家往往是"从人物的角度去叙事"，准确地说是借助一个人物或几个人物的感觉、意识来表现，在人称上也往往是你、我、他（她）交互使用。如穆时英的《夜总会里的五个人》，着意写大上海"五个从生活里跌下来的人"在周末的自我麻醉与苟且偷欢，快速的都市节奏，躁动的不安情绪，五个人，五种具体心态，交错迭现而又统贯于空虚、幻灭的心理线上：大学生郑萍想到自己失恋的女友正在与他人接吻，"心脏在慢慢儿的缩小"；交际花黄黛茜心理萦绕的是"一秒比一秒钟老了"的惆怅；金子大王胡钧益怀着的不再是"黄金"，而是明天就要变成穷光蛋的恐惧；职员缪宗旦心中则充满着"明天起没有领薪水的日子了"的失业悲哀。在这里以每个人的自省与作家的灵活透视相结合，揭露了旧时上海"地狱上的天堂"的真面目。

与此相关，为了更有效地表现"人"的复杂性，除了视角调整、多样化之外，还必然要求相应的表现手法的多样化。既然"艺术家是灵魂的冒险者"（郁达夫《文学概论》），那也就会产生相应的冒险术。以施蛰存为代表的心理分析派，由于曾师法日本新感觉派的缘故，也被称为新感觉派。的确，他们在将自己的艺术感觉外化时，特别留意这个"新"的特征，为此他们采取了捕捉感觉、梦幻和意识流等描写手法。刘呐鸥的《两个时间的不感症者》，从视角、听觉、嗅觉和触觉乃至通感诸方面，既写出了一种混合着狂热、紧张、欢喜、失望的气氛，又写出了某女性与男青年 T 等人的"饮、抽、谈、舞"及其微妙的性的失控和生的无聊。徐霞村的 *Modern Girl* 一开始就把某种新鲜而真切的感觉传达了出来："一架伤了风的留声机在卖良乡栗子的摊子上作着猪叫。一个红脸的英国水手把一个中国淫妇篮子似的提在臂上。一个失了两腿的乞丐在铺道上滚着……"这种富于感觉性的描写，给人的便不再是平面的图画，而是富有立体感、流动感的情景了。

　　梦，是心理分析的主要对象与内容之一。其实，"梦本身并没有什么重要性，重要的是梦后面的潜伏思想"[1]。正是在追寻这种梦后面的"潜伏思想"方面，弗洛伊德以其理论赢得了盛名，但也遭到了非议。就"梦是愿望的达成"这一基本观念而言，如果不把这"愿望"总是植根于性，简单地归结于性，倒也不失为一种真知灼见。奥兹本说："在醒生活中，我们把一切东西看作彼此是分离各别的，因而就大体来说是非辩证法的。奇怪，梦生活却仿佛能把思想过程的辩证法性质更亲切地反映出来。"[2] 梦确实有其特殊的价值。也许是由于尊重事实或民族文化心理的制约，中国现代批评家、作家在运用心理分析关于梦的理论时，常常剔除了性内容，而

① ［奥］阿弗雷德·阿德勒：《自卑与超越》，黄光国译，作家出版社 1986 年版，第 86 页。

② ［英］奥兹本：《弗洛伊德和马克思》，董秋斯译，生活·读书·新知三联书店 1986 年版，第 164 页。

着重于一般的人生苦闷。但也有相当可观的作家作品表现了"性"的呻吟和悲哀，"性"的扭曲和变态。鲁迅《野草》中有相当一部分可说是"梦境艺术"，其中《颓败线的颤动》写到"我"梦见一位妇人被生活所迫而沦为暗娼，多年过去，却遭到由自己出卖肉体喂养大的女儿以及女婿、外孙的冷落与责难，遂由绝望而产生心灵的震颤，赤裸身体于天地之间以声诉人性的沦丧。郭沫若早期有篇小说《残春》，其中的梦境描写把爱牟的潜意识显现了出来：有妻小而犹恋 S 姑娘，潜抑生梦，约会于笔立山上，将遂其愿，倏然妻狂子死，家庭顿生风波，因惊惧而醒。第二天见 S 姑娘，遽去不敢勾留，于是"真实"的爱牟重陷自我的"误区"。这篇小说写出了醒着的主人公与梦中的主人公相对立，使梦描写构成了塑造人物、结构小说的重要手段。这种梦的表现手法在李金发的《弃妇》，戴望舒的《寻梦者》，施蛰存的《将军的头》《鸠摩罗什》等作家作品那里，也都有各具特色的运用，这无疑为现代文学的表现手法丰富化做出了贡献。而所谓意识流或意象叠加的表现技巧，在现代作家这里也有比较娴熟的运用，尽管往往只是片断的运用。穆时英的《白金的女体塑像》、施蛰存的《鸥》以及郭沫若的《未央》、鲁迅的《伤逝》、林如稷的《将过去》等小说都或多或少地运用了这种手法，在这里常可以看到时空的倒错、幻觉的跳跃、意象的明暗……连一向极少创作的景宋（许广平），在鲁迅逝世不久所写的独幕剧《魔祟》① 中，也虚实相杂，"人""魔"同场，夫妻情爱，人生困扰，都在作者"回忆"的思绪中缕缕抽出，神秘而亲切。显然，以情绪流动为结构的艺术表现手法，很有助于传达作家情怀，完成某种比较独特的艺术创造。

语言符号历来是为大多数批评家、作家高度重视的，新的文艺思潮总

---

① 参见《鲁迅研究动态》1985 年第 1 期。

要在文艺的这一显在而又根本的载体中，找到安魂立足的地方。汉代扬雄曾对答过这么一个有趣的问题："或曰：'女有色，书亦有色乎？'曰：'有。女恶华丹之乱窈窕也，书恶淫辞之淈法度也。'"（《吾子》）把文辞之美与女色相比拟，既讲求美又讲节度。我们知道，作品中的词汇、句子本身具有节奏、韵律、色彩、结构等形式因素，审美感知必须经由语言符号这一中介才能进行，并且语言符号本身亦可构成独立的形式美，如闻一多先生所说的色彩美、音乐美、雕塑美等。读现代文学中那些受到过心理分析影响的作品，多数的情况下，能使人感到作家格外重视语言的锻炼。通过奇特而传神、怪异却逼真的语言，不仅能传达出某种特殊的印象、感受、意味，而且本身就具有一定的艺术魅力。如刘呐鸥写一女子给某男子的第一眼印象："透亮的法国绸下，有弹力的肌肉好像跟着轻微运动一块儿颤动着。视线容易地接触了。小的樱桃儿一绽裂，微笑便从碧湖里射出来。"穆时英笔下的都市"街景"："星期六的晚上，是没有理性的日子。红的街，绿的街，蓝的街，紫的街……强烈的色调化装着都市啊！霓虹灯跳跃着——五色的光潮，变化着的光潮，没有色的光潮——泛滥着光潮的天空，天空中有了酒，有了烟，有了高跟鞋也有了钟……"光怪陆离，使人如临其境。我们还看到，为了寄寓、表现某种现代意识，鲁迅在写爱姑这辛亥革命前后的农村妇女的遭际时，选用了当时是极为新鲜的"离婚"一词作为题目，旧式的迹近"休妻"或闹剧的情景缀以新式的充满解放意味的文题，就具有了微妙的反讽意味；即使像穆时英小说以"Pierrot"（丑角）、徐霞村以"Modern Girl"（摩登女郎）为题，也并非是为了自炫或生吞活剥"老外"以趋时髦，而是试图传达出西洋文明的"泛滥"和某种新鲜感。也许现代批评家对诸如此类的"技巧"问题并不怎样重视，宁可苛评作品内容，也不愿花费精力来责难其形式。然而，事实上对"欧化"技巧或形式也曾有某些人给予过非常严厉的批判，那就是在大力倡导"民族形式"的时候。

综上所述，我们看到，中国现代作家、批评家与心理分析学说及文艺思想确有着密切关系。在我国文学史上的三次文艺性学躁动这一背景与发展线索上，第二次躁动即现代文艺性学与创作的崛起，是由古代进至当代的重要津梁。通过对创作动机、创作内涵、艺术形式诸方面的考察，可以看出，我国现代文学史上主要存在三种文艺性学的基本范型（在一定程度上有"范导"作用），一是现实主义的，一是浪漫主义的，一是现代主义的。前一种似无可怀疑，因为是"主流"，从鲁迅到赵树理，从"狂人"意识流到三仙姑变态爱二黑，都显示作者自觉或不自觉地具有某种包容气度。第二种是伴随新文学发展而发展的重要一翼，尽管有时显得单弱，但并未消解。同时因为弗洛伊德思想与浪漫主义传统中的反理性成分很有几分亲缘关系，就给浪漫主义不断地吸收心理分析的营养提供了方便。值得区别的是，尽管现实主义与浪漫主义都可以"包容"心理分析的某些成分，同属"包容型"，但前者突出表现心灵的压抑与痛苦中蕴含的现实，而后者则着重表现心灵的波动与渴望中迸射出的理想。与此不同，现代主义范型是"放大型"，即对心理分析的局部性放大，在淡化的社会背景上突出人的感性乃至本能，强烈表现着人的生命意志、对无限自由的渴望和不可避免的失落感，从而在"局部"中追求一种"超现实"的艺术效果。在中国现代，这种创作范型是由施蛰存、许杰、穆时英、李金发、戴望舒等人初建起来的。鉴于生活与历史的复杂以及"隔代继承"的先例，这种创作范型不仅在世界文学中可以存在，在中国文学中也可能以较适合的方式存在。

第五节　抗战文学：战时缪斯及雾中激情

　　浓重的硝烟弥漫祖国大地的时日是那样久，以致许多年后的我们仍不时感到有一种铭心刻骨的痛楚，尤其是在八年抗战中，中国人民的血花，既绽开得那样凄惨，像地狱边沿的曼陀罗，又开放得那么壮美，像漫山遍野的红牡丹，使我们今日和未来都要悲喜参半地忆念着那不平凡的岁月。而通向这"忆念"彼岸的桥梁，在我们看来，最理想者莫过于当年伴着血花诞生的抗战文艺了。

一

　　这里要做的，正是对这一"忆念之桥"的观照与思考。自然，这种"忆念"也是一种情感的回流，溯其流向而显现的则是抗战文艺的多维世界。可以想见，在当时广泛的文艺统一战线的基础上，由于文艺家创作主体的参差有异，个人经历和所处环境的不同，尤其是他们的审美趣味有别，所以由他们构筑的抗战文艺的艺术世界必然是多维或多层的。如从地域上说，就有解放区文艺、国统区文艺、沦陷区文艺以及上海"孤岛"文艺之分；从内容上说，就有与抗战直接相关、间接相关和疏离无关之分；从文艺品类上说，则有长短不一的小说、春笋一般的报告文学、活跃城乡的各种戏剧、鼓舞人心的战斗诗歌之分；从审美的意义上说，则有纯粹美、亚纯美、功利美之分；等等。所有这些方面的相互作用、渗透和联系，便构成了具有整体性、多维性的中国抗战文艺。

　　显然，对于抗战文艺这一多维世界，从政治的、经济的、伦理的、历史的、军事的、宣传的、文化的等特殊视角，都可以看到并引出不同的材料，给出相应的不同的评价。本节所选择的则主要是美学的或审美的视角，意在把抗战文艺置于美学的多棱镜前或天平上，来进行一番测度、一番思考。

事物繁复多层的构成，也许正是人类不断追求进步、适应和改造世界的结果。文艺也在"人化"的进程中愈趋宏富多样。钱学森强调："文学艺术不能单调、划一，要有层次。"他给文艺划了这样三个层次：下里巴人—阳春白雪—表达哲理性的世界观。[①] 如果我们理解得不错，这也就是指文艺的大众化—"沙龙"化—象征化三个层次。值得指出的是，"大众化"在一定条件下也能上升到"象征化"的境界。如许多民间故事、神话传说都具有原型意蕴和象征色彩，抗战期间源于"白毛仙姑"传说的《白毛女》，也在人而鬼、鬼而人的形象变换后面，潜蕴着人生悲喜嬗递的深沉意象：人定要经过炼狱方能更真切地懂得人的解放和自由的价值；源于陕北信天游的《王贵与李香香》所传达的底层青年男女生死不渝、忠贞不屈的爱情故事，也与大众的情感世界包括历史积淀下的与礼教、恶势力相对抗的深层意识联系了起来，从而升华到超越故事表层的富于哲理意味的层次。倒是"沙龙"化（文人化）的文艺要常常伸出手到广袤的原野上采集一些花朵来装饰自己的厅堂。然而，这或许正是"沙龙"文艺有其更多的选择与创造自由的一种表现。由于作家的独立意识或同人的锐意进取，使"沙龙"文艺的探索精神无疑较大众文艺更为充盈和强烈。因为"大众"易受固有文化或乡土文化的局限，审美趣味或习惯难以更新，而"沙龙"虽小却可以凭借智能之舟通达天涯海角，请来莎士比亚、托尔斯泰、罗曼·罗兰、波特莱尔、海明威、巴比塞来做向导。不过，抗日期间的烽

---

① 钱学森：《美学、文艺、社会主义文化建设》，《文汇报》1986 年 6 月 12 日。

火屏障遮断了不少沙龙作家投向异域文苑的视野，民族存亡的冲力把他们推送到前线去，推送到乡间去，残酷的枪炮损毁着缪斯的神翼和维纳斯的腰肢。于是他们出于义愤而向在血与火中挣扎和奋斗着的大众走去，发一声呐喊，助一臂之力。所以，在抗战期间，"沙龙"文艺的声息比较微弱。闻一多抛弃了黑帷的画室和沉静的书斋，随着学生"旅行团"的步伐走向了人民群众，田间的"鼓"声擂响在根据地的村头、街巷；戴望舒从迷离的"雨巷"走进战斗者的行列，写出《灾难的岁月》；何其芳的"画梦"意绪在自觉的抑制过程中也渐渐消退，由《预言》中的唯美伤感变为《夜歌》中的战斗呼唤。许多深具沙龙文艺素养的作家在与大众的生活及文艺相遇合的时候，焕发出新的创作冲动，产生出了一批优秀的作品。如老舍的《四世同堂》、曹禺的《原野》、艾青的《向太阳》、丁玲的《在医院中》、冼星海的《中国狂想曲》、古元的《离婚诉》、陈白尘的《升官图》、沙汀的《淘金记》、艾芜的《南行记》等。郭沫若的《屈原》、茅盾的《腐蚀》、巴金的《憩园》、夏衍的《上海屋檐下》等作品也在鲜明突出创作者"自我"色彩的前提下，向着大众的审美要求，向着抗战的现实需要迈出了一大步。

上述与"大众化"程度不同结合的作家作品，不妨称之为"结合型"。这类作家作品在抗战文艺中占据最重要的地位，体现出了把美学价值与现实需要相结合的最佳选择。与此不同的是，即使在特殊的战争环境之中，仍有很少的"沙龙"作家坚守自己的文艺观念，在与时代气氛不尽和谐的情况下执着于自己艺术的追求和初衷。真诚与艺术毕竟有缘，所以他们的努力也并非一无所获。如沈从文的《长河》、张爱玲的《金锁记》、钱锺书的《围城》、路翎的《财主的儿女们》、梁实秋的《雅舍小品》中的一些篇章等。对这类作家作品姑且仍叫作"沙龙型"。这类作家的作品在抗战文艺史上的地位并不怎样显要，甚至曾受到很不公平的贬抑。然而它们

却经受住了历史的检验。在相对和平的时日里仍能给人带来较丰富的审美享受。

如众所知，"大众型"的作家作品在抗战期间格外突出，不过这主要表现在"文艺大军"的量上，是整体的突出，而非个体的突出。中国文艺史上从来没有过这么多的人民大众自觉地参与到文学艺术的活动中来，大概迄今只有"文革"期间盛行的各类文艺宣传队庶几似之，但性质上又迥然不同。对这种现象的分析评价自然可以有不同的角度和结论，而从美学的角度观之，情形就确实不乐观。许多作品在离开了特定的时代氛围和情境之后，美感就似土壁上的釉彩，剥落得太快。就连赵树理的不少作品也是这样，如他的《李家庄变迁》《传家宝》《福贵》等，在对民众命运的热情关注和对农民文化的自赏中，使自己的创作具有了朴素的民族形式和乡土色彩。但也毋庸讳言，由于对农民文化审美趣味的较多肯定，却使他在审美的前途上失去了引导国人的更为明亮的"火光"。如果以李泽厚对审美经验的界分——艺术作品的感知层、观念情欲层和意味层①——为依据，则很容易看到，在抗战期间产生的大量"大众型"作品在这三个层面上都常常有着明显的缺陷。如在审美感知层就会遇到艺术语言（符号系统）的粗糙、简单问题；在观念情欲层就会遇到仅外观地描写战乱、抗击，而对罪恶与复仇的人性深层意欲开掘不够的现象；在意味层就会由上述原因而遇到少有隽永、深邃之境的情形。当然这种现象并非仅仅为《兄妹开荒》《夫妻识字》《保卫卢沟桥》以及众多的街头诗、活报剧、地方戏曲等"大众型"的作品所具有，在一定程度上也为"结合型"和"沙龙型"的作品所具有。如茅盾的《第一阶段的故事》，在审美感知层就因其表达（初习"章回"体形式）上的别扭而缺乏美的魅力；老舍的《剑

---

① 参见李泽厚《艺术杂谈》，《文艺理论研究》1986 年第 3 期。

北篇》以大鼓调的诗行显示对通俗化的刻意追求，却在观念情欲层上失之于单调乏味；巴金的《抗战三部曲》、曹禺的《蜕变》、萧蔓若的《解冻》等在意味层上的少有咀嚼余地也是很明显的。这里不妨引一位诗人的一节诗作为小小的"缩影"："一更里，月正明/我们要进敌兵营/腰里暗藏杀猪刀/大家跑起来一溜风！"① 而那不多的"沙龙型"作家（包括某一时期里有此倾向的作家）虽然潜心于艺术的营造，常能在审美感知层做到富丽堂皇或精微细巧，但却每每在艺术要求的高层，表现为沉湎于一己小小悲欢的苍白。梁实秋除自己曾努力于此之外，还在他主编的《中央日报·平明》上苦心选登了《说酒》《吃醋》《睡与梦》之类的作品，就带上了较为明显的无聊气息。

二

以系统论美学的观点来看，只有作家对现实生活的审美才会有"美"的作品诞生。而作家的审美取向如何，则与其最初的创作动机密切相关。从抗战文艺的主导方面着眼，"文艺必须抗战，抗战需要文艺"这一流行于当时的口号就是公认的创作律令，民族解放斗争的正当需要上升到至高无上的地位。这不仅从战争中的我方利益看必须如此，而且从敌方的所作所为的反射镜面中，也会引出与其"针锋相对"的印象。

在中华全国文艺界抗敌协会的"发起旨趣"口就说："反视敌国，则正动员大批无耻文氓，巨量滥制其所谓战争文学，尽其粉饰丑态、麻醉民众的任务"，与此相对立（也是一种对应），"我们应该把分散的各个战友的力量团结起来，像前线将士用他们的枪一样，用我们的笔，来发动民众，捍卫祖国，粉碎寇敌，争取胜利"。自然，我们作家的创作动机或意

---

① 史轮：《老百姓摸枪》，《新诗选》第 2 册，上海教育出版社 1979 年，第 686 页。

旨与敌国"文氓"的动机有原则（即正义与非正义）的区别。但却明显有着一种"同构异质"的关系，即都把文艺化作了实用的工具，互相敌对和攻击。于是像我方的《文艺阵地》《笔部队》《文艺突击》《高射炮》之类的刊物，也就应运而生了。值得注意的是，在创作中，不少作家把对现实生活的审美简化为仅仅从需要出发，从先于生活观察和艺术创作政治观念出发，以致在创作上出现了赶时事、追政治的"热潮"。抗战初期，中国剧作者协会在集体创作的《保卫卢沟桥》一剧的"代序"中便直截了当地称该剧为"时事煽动剧"，确实十分贴切。这似乎就为以后的抗战文艺创作定下了一个基调。固然中国"文以载道"的美学传统和"九一八"后的抗战文艺实践（如《生死场》）对此都有影响，但自"卢沟桥事变"之后，这种强化"时事性"的创作倾向才格外明显。

感人的是，就在急切的战马嘶鸣声中，不少作家仍欲把缪斯快速地扶上马背，可惜缪斯过于紧张，莺转的歌喉变声了。请听，这是诗人艾青在周作人投敌时写下的诗行："忏悔吧/周作人/不然/你站稳/我要向你射击……/中国的青年/要向你射击。"[1] 而"鲁艺"的一些艺术家对"逼上梁山"这一传统故事的改编，也自觉地恪守着"文艺服从于政治"的律令，把高俅的卖国、林冲的卫国、群众的阶级友爱及觉悟等等鲜明地突出出来，同时却淡化了原著的悲剧意味和个人的情感色彩，出现了更明显的人工斧凿的痕迹。其"推陈出新"的终结，竟意外消减了审美的魅力，这不能不令人深长思之。也许马克斯·李卜曼所说的"画得好的白菜头比画得坏的圣母更有价值"这句名言，对抗战文艺中忽视艺术规律的倾向具有一定针砭的意义。

系统论美学还把视点投向读者，并从读者与创作的互动关系中，揭示

---

[1] 艾青：《忏悔吧！周作人》，《抗战文艺》第1期（第9卷）。

了与接受美学基本一致的原理。我们知道，有作品（文本）存在，就有可能诱导读者对它进行审美观照或审美再造。而所谓"审美"乃是一种独特的心理或精神现象，是一种高级的心理体验过程。一般说来，审美的心理体验过程大都经由审美心理定式（心理准备：期待视野），到高潮体验（视野融合：接受和理解、感动与净化），再到审美感情的更新或丰富（审美效应：重建期待视野）这样三个阶段。设若是抗战时期的读者，或可沿着这种审美心理进程顺利走过。但如果把许多抗战文艺作品置于现在的读者面前，可就会出现审美体验过程中断的情形了。因为随着时代的发展，人们的直觉能力和接受水平在不断提高，艺术弹性不强的作品就会失去读者。用接受美学家伊瑟尔的观点来说，就是那些欠缺"召唤结构"或"空白"而难以激发想象力的本文，是必然会遭受读者冷落的。[①] 显然，对文学作品的审美期待在今天读者的心头是格外地增强了，对抗战文艺自然也不例外。这样，对其审美过程中出现如下情形也就不奇怪了：这是丘东平的《茅山下》，你把它当作优秀的报告文学或小说来读，而得到的不过是把敌人"三八式"枪夺了过来之类故事的客观介绍，于是索然；你期望与《第一阶段的故事》中的人物进行心灵的会话，可惜作品的人物形象尚且模糊不清，更何况真正打开内心深层的世界了，于是你自然地闭塞了自己的心灵之窗；田间的《戎冠秀》，是一首长长的诗，诗当应该重视情感表现、讲求诗意韵味吧，然而它却多是平淡乏味的叙述，于是你失望甚至厌烦而难以卒读了……

当然，审美心理及美学评价会随着时代的变化而变迁。战火罅隙中的人们非常喜欢《打鬼子去》《八百壮士》《放下你的鞭子》《民族公敌》这样的戏剧，《如果你不去打仗》《炸弹与传单》《给战斗者》《向太阳》这

---

① 参见［德］H. R. 姚斯、［美］R. C. 霍拉勃《接受美学与接受理论》，周宁、金元浦译，辽宁人民出版社1987年版，第377页。

样的诗歌，也就不足为奇了。当时的人们完全可能陶醉在彼时彼地的那些在今天看来颇为粗糙的作品中，报以深深的激动和热烈的掌声。

然而，如果说作为创作主体的作家受着战争条件下的政治制约，读者又何尝不是如此？当年的作家，从某种意义上说，也是自己或他人作品的读者。彼时是那么自信并热衷于鼓励和赞扬，几十年后就有所变异了。如丁玲在重读自己的《到前线去》一书时便有了这样的感觉："这本集子从艺术上看，我觉得是不成熟的，体例也不一致。"① 艾芜也在手抚昔日之作时感到缺了点什么，不时大删一通甚至有的篇章近乎重写。② 张天翼在重提《华威先生》时，竟也有这样的遗憾："还是写得太草率，没有很好地挖掘……"③ 从这些作家（又是读者）的自鉴、删改、遗憾之中会透露出什么样的信息？显然，这是不难意会的。

作为当年的作家兼读者是如此，那么大众读者的审美趣味或"期待视野"及其对创作的反馈效应又如何呢？

众所周知，抗战期间的"大众"文化水平相当低，理解力、感受力的欠缺使他们轻而易举地把来自都市的作家及其作品冠以"洋"字，表示拒斥。由此引起的反馈效应是：为了更好地服从抗战的政治上的需要而向大众化迈进。因为，如果那些带有浓厚"沙龙"气息的作家耽于文艺创新，"走自己的路"，那么大众在接受时由于文化心理和期待视野的限制，而难以与这些作家的作品发生深度的"视野融合"，这就势必直接影响到当时抗战文艺的使命的完成。结果便是大势所趋，文人向大众寻求认同，遂使"文艺大众化"的果实累累，抗战文艺为"抗战"大业做出了重要的贡献。

但是，倘若稍事反思，也就可以看到当年"文艺大众化"带来的负作

---

① 丁玲：《到前线去·写在前面》，四川人民出版社1980年版。
② 参见艾芜《党领导下的大后方抗战文艺运动》，《抗战文艺研究》1983年第2期。
③ 肖溪编：《军事题材小说创作谈》，解放军文艺出版社1982年版，第63页。

用，看到一种"主文化"与"亚艺术"相叠合的奇特现象，亦即民族传统文化（尤其是爱国文化传统等）复兴而文艺水平反倒有所低落的现象。具体可以从以下几个方面得到说明。

其一，是促使抗战文艺在观念情欲方面向古老文化认同。其中对抗敌英雄的崇拜、对民族的根深蒂固的恋情等内容，还有一定的积极意义，而那种认同农民文化，以农民爱恶观为标准的内向选择，却不能不说是某种守旧或倒退。因为农民文化毕竟是封建文化系统中的一部分，是一种落后的文化形态。表现在创作上，即如艾芜的《纺车复活的时候》这篇小说所表现的，就仅仅是农民们在土纺车复活时的"喜洋洋"心情，没有看到并挖掘出这种"喜洋洋"背后潜蕴的可悲因素：落后或短视的知足常乐有什么值得歌咏宣揄的呢！赵树理也在认同农民文化上走得过远，从而限制了他面向未来永葆艺术青春的能力，正如日本学者釜屋修在《赵树理评传》第十章中所说的那样："为了使农民读者一读到底，就必须完全以农民的视角来考察世界，而不能掺杂作者自身的文学趣向。"赵树理的这种以泯灭创作主体意趣为代价的文学选择，显然难以获得艺术的自由灵魂和对时空界限的超越。

其二，是促使中国现代文艺在感知和表现生活的方式上粘着于旧形式。当时很流行"旧瓶装新酒"的口号，实际上"新酒"未必真新（如上述），而"旧瓶"倒确是"旧瓶"。抗战期间几乎所有"民族形式"（包括"地方形式"）都被"利用"了。不谙此道者也只好从头学起。因而，抗战期间的审美形式散发着浓重的陈腐气息，因袭的惰性假以"喜闻乐见"的辞令而得到保护，从而缺乏艺术形式的真正创新。

其三，是作家、作品与读者这一系统的循环限制了艺术杰作的诞生。作家竭力"大众化"，力不能逮就时常采取"集体创作"或"采集改写"（调查记录民间文艺予以改写）的形式来补救。作家的努力得到的回报是大众的热情鼓励，于是作家更加粘着"大众化"，以此回旋往复，反馈回路成了牵制艺术创新的"怪圈"。当时除了赵树理、李季等少许作家在"大众化"方面有所创新（也有限）、初具了个人风格之外，众多的作家（包括习作者）都湮没在"大众化"之路上的"文艺大军"中了，作品虽多，却罕有杰作，尤其是缺乏具有世界意义的战争文学杰作。

三

针对中外学术界对中国抗战文艺评价分趋两极的偏颇，我们以为，申述和强调如下一些看法或观点很有必要。

首先，应确认抗战文艺的"多值性"以及最为突出的"时事性"或"宣传性"。抗战文艺是一个多维的世界，它的历史存在价值及现实意义都不是单元（单值）的，而是多元（多值）的。从不同的角度透视这一多维世界，看法就可能各有不同，对其的笼统肯定或否定都是不妥的。即使仅从审美的角度观之，也不能简单地说抗战文艺是什么"开倒车"或现代文学（1919—1949）的最高阶段。譬如，抗战文艺在中国文艺史上第一次高度地体现出作家、民族、大众的一致性，发起了声势浩大的大众化文艺运动，十分有效地把艺术与政治、时事、宣传密切地结合起来，为实现民族自保做出了不可磨灭的贡献。倘若编写《中国文艺宣传史》或《中国宣传史》，抗战文艺可望占有最辉煌的地位；但是，就在文艺的实用性扩张的同时，势必导致个人自由创作的受限和艺术美的程度不同的丧失，如前所述，就出现了不少令人为之惋叹的现象。抗战文艺在审美镜面前的那种单色或苍白给人们留下的印象毕竟是深刻的，并足以成为今日及未来作家的镜鉴。可是，随着社会现代化的进展，各种精神现象（如分类学科）都呈现出互相掺和、混融一体的趋势，恰如豪泽尔所说："艺术作品不是在同质的精神世界的真空里诞生的。艺术创作要依靠非艺术或准艺术活动，并以各自方式与这些活动交织在一起。"① 也不难想象,在纯艺术与非艺术之间定然存在宽阔的过渡界——亚艺术或准艺术。在这里作家同样可以大力耕耘、一展雄才。抗战文艺的时事性和宣传性也主要是得之于这一"中介"地带的特性。今天及未来的作家虽然会有更多的选择自由,但其中如果没有相当比例的讲求功用的作家作品,也不能不说是个缺欠。这种文艺尽管可以"速朽"(如鲁迅曾说自己的杂文那样),也自有其历史及现实存在的合理性。但这里有一点要注意,就是在做艺术评价时,不要把这种实用性强的艺术视为至高无上的艺术(它们往往是"亚艺术"),而排斥、贬毁其他层次的艺术尤其是纯艺术。当年周扬所撰写的《从民族解放运动中看新文学的发展》一文,仅仅体现了观察抗战文艺的一种角度,并不能以此给整个抗战文艺定性,推抗战文艺为新文学史的新高峰。因为社会政治的发展与文艺的繁荣与否并不一定成正比例。事实上,成为新文学史上几大家的最有代表性的作品都在"五四"到抗战前这一阶段,如鲁迅的《呐喊》《彷徨》,郭沫若的《女神》,茅盾的《子夜》等。

其次,正由于上述从政治出发从事创作和评论的"大势"所致,遗留下了一些抗战文艺史上有待争论和解决的问题。现在有必要站在当代的美学思想高度,对这些问题重新做出反思或评价。比如,可以说当年对"与抗战无关论"和"战国派"的奋力讨伐,就有相当大的合理性,又有不可避免的片面性。"合理"意谓合于抗战之理,"片面"意谓较少从艺术本身考虑。最初人们把梁实秋的这段话当作了"与抗战无关论"的典型表述:"现在抗战高于一切,所以有人一下笔就忘不了抗战。我的意见是稍微不同。与抗战有关的材料,我们最为欢迎,但是与抗战无关的材料,只要真实流畅,也是好的,不必勉强把抗战截搭上去。"② 他是这样说的,也是这

---

① [匈] 阿诺德·豪泽尔:《艺术社会学》,居延安译编,学林出版社 1987 年版,第 204 页。
② 梁实秋:《编者的话》,《中央日报》副刊《平明》1938 年 12 月 1 日。

样做的，根本不像有些人指斥的那样偏激，这只要浏览一下他编辑的《中央日报·平明》的"总目"，便可明白。以下权摘一期目录，或可以由此"管中窥豹"："12月4日 血腥文学（陈瘦竹）；乡居日记（二）（徐芳）；苏联纪行（六十二）（徐祖东）；关于犹太人的种种（沈明）；去吧！国家需要你（抗战木刻选之二）（黄守堡）。"事实上，生活的海洋无限广阔，人性的宇宙也无穷无尽，梁实秋的主张文艺表现人性的观点也并非全然荒谬，写于抗战中而长期遭受严重非议的《原野》，便有力地证明了这点；被一直批判的陈铨剧作《野玫瑰》《蓝蝴蝶》《玉指环》等，也并非不值得一晒之物。如果你认真地读过了《野玫瑰》的剧本，并查阅了有关此剧的史料，就会发现此剧尽管不乏生硬、荒诞之处，但仍具有较高的艺术价值。渗透该剧的西方哲人包括尼采的思想，也时或闪射出睿智照人的光亮。剧情设置和台词处理也都不乏精彩之处，具有较浓郁的诗情和韵味，显示出作者有很好的文化素养。此剧在当时的屡屡再版和盛演不衰，固然与一定的政治背景有关，难道与它本身的艺术价值就丝毫无关吗？在桂林首次上演时，观众云集，台上台下，声息相通。有的观众释然而曰："说野玫瑰有毒，我看一点毒也没有！"①这里虽有对政治缺乏洞察却又粘着于政治评价的毛病，但也有确属来自审美感受的真情。不知为什么，在读《野玫瑰》时，我们竟联想起了《赛金花》（夏衍）、《我在霞村的时候》（丁玲）等作品及其它们的遭遇，甚至还想到了莫泊桑的《羊脂球》和《菲菲小姐》。

再次，在具体研究抗战文艺时，除了应在进行艺术判断时避免仅从政治激情或理念出发，至少还有两点不宜提倡或要予以避免：一是纯粹历史还原式的研究，二是囤积癖式的研究。我们以为，历史唯物主义的研究并

---

① 余士根：《指环的贬值》，《野草》第5卷第3期。

非仅仅要求"还历史的本来面目"，激发"历史的同情"，更要从历史中看到有益于现实和未来发展的东西。从这种意义上说，克罗齐的"一切历史都是现代史"的观点是很富启发意义的。因此那种仅仅满足于求真的还原历史（这本身也很难完全实现）式的研究，明显缺乏现代人应具有的价值观念和射向未来的目光。研究工作缺乏当代性，则必然导致自我满足的封闭心态的发生，也会导致不断地进行"囤积癖"式的烦冗乏味的研究。这种研究甚至还缺乏历史还原式的宏观气魄，仅仅满足于捡回被历史遗忘的角落里的微屑，积攒在自己的老式"仓库"里。这种被弗罗姆称为只问囤积、不问用处的"囤积癖"人格，在我们学术界的其些株守传统治学方法的人身上也有体现。如那种视已被大浪淘沙淘落的"旧货"为宝物，并争抢不休，一旦获至就乔装打扮、待价而沽的人，就常以得到"乾嘉学派"的真传自炫，贻害他人和自身而不知。这不仅从一些烦琐考证和回忆性的史料文字中可以看出，也可以从"新发现"的某些滥竽充数的"现代作家作品"中看出。能入文艺史者，应该首先站到美学价值尺度前来衡量：不合身高者不能"应征入伍"。那种故意降低艺术水准来抬高抗战文艺在文艺史上的地位的做法，是理应予以避免的。

　　最后，应注意研究作家创作心理和读者心理，以期从中找出规律性的东西，对当前和未来的文艺创作与接受有所裨益。比如从当年作家创作动机的审视上可以清晰地看出其价值取向本不在"为艺术而艺术"上面，这本身具有积极与消极的双重意义。从对他们审美情感的体察中就会觉得虽然多属真诚、强烈，但却流于单调和表面化，即使像孙犁的《荷花淀》这样以纯情、抒情笔调见长的作品，从水生嫂情感世界的表现中，也可以看出作者有意无意地突出"爱"而对更多的情绪心理作了简化处理；从他们创作的普遍心态的考察中，也可以看出战火硝烟之中的作家心境确实难以孕育出伟大而不朽的作品。不唯中国如此，世界文坛也不乏这方面的例证。大凡那些成为世界名著的关涉、描写战争的作品，都是战后之作。如海明威的《永别了，武器》，是他亲身经历了第一次世界大战后的作品；《丧钟为谁而鸣》是他作为战地记者在西班牙内战战场上奔波后的产物。它们都从纯正审美的高度来透视战争，都写出了战争的极为复杂的面貌和各色人物的隐情，艺术表现均相当真切、有力、考究和含蓄。而托尔斯泰的《战争与和平》和托马斯·曼的《魔山》，罗曼·罗兰的《爱与死的较量》（剧本）和瓦西里耶夫的《这里的黎明静悄悄》，雷马克的《在纳粹铁丝网后面》和雅·哈谢克的《好兵帅克历险记》等，都是战后深沉反思和精心营构的佳作。难怪海明威说，在战争中的作家只有三条路："作家要么搞宣传，要么闭起嘴来，再不就去打仗。"然而，"战争结束后优秀的真实的作品"就会"开始出现了"，因为作家"已经学会说真话而不喊叫"。① 这在我国文坛上也有生动体现，如发表于新时期的《东方》（长篇小说)、《红高粱》（小说与电影）等优秀作品即如此；《西线轶事》《高山下的花环》也是作者在和平的内地完成的。

　　与作家创作心理相仿佛，战争中的读者的审美心理也呈现出一种紧张状态；而今的读者则由于没有这种紧张感而增强了对审美的期待，于是伴随着较多的失望而来的，就是对抗战文艺表现出了一种疏离的态度，这应该是可以理解的。因为我们已经进入了这样一个新的时代，即努力创造出高度发达的物质文明和精神文明的时代。它必然要求人们充分发挥自身的创造性，在直面现实的同时，面向世界和未来。故可以说对既往和即将成为既往的事物持以"神圣的不满"（威尔·杜兰特语）的精神，是一种可贵的现代意识，因为"不满是向上的车轮"（鲁迅语）。那种对抗战文艺不满意乃至对迄今为止的所有新文艺作品都感到不满足的心理情绪，对促进

---

① 董衡巽编：《海明威谈创作》，生活·读书·新知三联书店1985年版，第151页。

作家做出更新的选择和创造显然有很大的积极意义。为此，我们深深祝愿：中国会尽快地有这样优秀的作家出来，把艺术的大光辉笼罩在已经飘逝的抗战烽烟之上，笼罩在可能升腾而起的和已在弥散的战火之上，润化出异常绚丽多彩的艺术图景，让全世界的读者为之兴叹和振奋！

从战时文学审美的角度，我们还可以特别领略一下当年重庆那"雾中的激情"。

遥想当年重庆作为中华民国陪都时的"雾都"风光，不禁令人感慨万千而又有恍若隔世之感。彼时的民族之争、阶级之争、党派之争、文化之争、文学之争乃至常人的利益之争、情爱之争等，使浓雾笼罩下的山城仿佛变成了聚光灯照射下的光怪陆离的舞台，上演了纷纭复杂、跌宕起伏的时代悲喜剧和人生悲喜剧，着实壮观，几可叹为观止，遂悬想"雾都"必为神奇之地。前些时笔者有幸到升格为直辖市不久的重庆开会，不仅看到了繁闹的、不夜的山城，而且看到了不少地方正在大兴土木，整个城市弥漫着浓厚的"创业"气氛。接着还参观了著名的"红岩"渣滓洞和"红卫兵"群墓，还听说了重庆比较繁荣昌盛的"红灯区"。即有友人戏言他看到了重庆的"三红一创"。而笔者却似乎感受到了在雾中易于会聚、冲发的激情，并觉得仿佛是这雾中的激情使20世纪的重庆于不同时段、不同向度、不同层面，显现出了不同的光色。不过依稀之中，还是觉得当年"雾都"山城中的那个"文坛"最具诱人的光色。

抗战时期的重庆，集聚了一个堪称庞大的作家群体，作为战时文坛支柱的入渝作家来自四面八方，或久或暂，竭尽绵薄之力，在抗日统一战线的旗帜下担承着时代之重和生命之重，他们成了"雾都"文坛的主力军，也使山城骤然热闹的文坛成了全国文学的一个中心，一个名副其实的文学重镇。一时间，文坛的各路英豪整合为战时的"渝军"，不仅东征，而且南征北战，通过文学创作和文艺宣传，为民族救亡和民主运动贡献了力量。对于他们众多的"与抗战有关"的作品无论如何解读，都不能视为文艺的耻辱。即使对那些深深烙有党派政治印记的讽刺影射之作，也要具体分析。特别是旨在暴露黑暗、控诉专制、张扬民主的文学，无论在何时何地都不可妄加指责和否定。同时，我们也应该看到"雾都"文学的丰富性和复杂性，这里有郭沫若、茅盾、田汉、老舍、曹禺等为代表的抗战文学、民主文学，也有梁实秋、冰心、丰子恺为代表的意趣盎然、文化味和生命味皆浓的散文佳作；既有胡风、路翎等为代表的七月派诗歌的传诵，也有陈铨等为代表的战国策派话剧的搬演；既有臧克家、姚雪垠等锐意进取的作家，也有王平陵、张道藩等名副其实的官方文人；既有许多书刊的印行，也有花样很多的文艺活动；既有潜心的文艺创作，也有激烈的文艺论争，由此构成的山城文坛的繁闹不难想见。本来战争严酷状态下的文学是很难生长发育的，但在山城氤氲的雾中却出现了罕见的奇迹。尽管从所谓纯文学的角度看也许会多有挑剔，然而在宏阔的文化视野或多样的文学观念中，则会看出"雾都"文学多方面的价值和意义，抑或反过来对局限于纯文学的眼光也要产生怀疑。正是出于对历史的尊重和主流文化的认同，我们也才会格外看重彼时"雾都"文学中的抗战文学和民主文学。仅就这种深受政治文化影响而显得格外亢奋的文学而言，其在文学史上的价值意义和经验教训就有诸多方面。笔者感触较深的却是这样与人之激情密切相关的两点。

其一是反抗侵略和压迫的文学曾使人感到特别神往。就人的生存体验而言，被他者侵略和压迫是一种悲哀，尤其被愚蠢丑恶、原本落后的他者侵略和压迫，则是更大的悲哀。由此会生成极大的不满，激发出强烈的反抗意志。当年"雾都"文坛的作家几乎莫不如此，对侵略、压迫、黑暗、专制给予了不懈的反抗和抨击。他们用语言和艺术作为抗争的武器，于话语生产和艺术创造中不可避免地渗入了常被人称为"政治"的东西。然而平心而论，与其说是为了"政治"，毋宁说也是为了摆脱困境换个活法；与其说是为了高悬的"主义"，毋宁说也是为了现实的生存。何况人们可以不厌扫地做饭，为何独厌政治及其影响下的文学？何况政治亦有明暗、善恶之别！想当年山城文坛为文艺创作自由而疾声呐喊的勇气，至今犹令人感佩，且让人难以企及。

其二是在雾中的批判激情的深层，却充盈着对未来的强烈期待。诚然，重庆20世纪三四十年代的文学确以暴露、批判为主导，无论是悲剧还是喜剧，控诉与讽刺成了基本的表达方式。然而在对雾都现实的强烈不满中，却隐含着也许还朦胧的理想激情。作家们都在顽强地抵抗着悲观主义，无论是向外国作家学习，还是向古代文学、民间文学寻求借鉴，除了文学自身的考虑之外，更重要的是寻求实现理想社会人生的正确方向和激励机制。也许过早地判定有关选择的正误并不明智，也许在一些作品中添加光明尾巴的做法相当幼稚，但有谁会忽略深蕴于"雾都"文学中的期待未来的理想激情呢？

有人总希望忘掉历史，忘掉抗战，忘掉民主革命，也忘掉当年那个"雾都"。可笔者由于感受到了那雾中的激情，便对"雾都"中的那个文坛也再难忘记。

第三章

西部文学的"西部梦"和文化心态

　　众所周知，人类的做梦和说梦由来甚久，仅就近代康、梁的大同之梦
而言，就曾激动过许多国人；"五四"时期的"二周"（周树人和周作人）
也曾和当时启蒙者一样，有其立人立国之梦；那位和刘少奇于 1921 年同至
苏联学习马列的蒋光慈，回国后便献出一部红色诗集《新梦》；被称为 20
世纪最重要的美学家、思想家的李泽厚，到了晚年还用心撰写了《世纪新
梦》；进入 21 世纪的中国，国人也在与时俱进，说梦言语更加流行。如今
关于国家民族和个人之梦的讨论业已很多，但西部人包括作家也有梦、有
大梦，对此关注的人不多，其中能认真言说"西部梦"的人似乎也还少
见，甚至有人认为关于"西部"及"西部文学"的提法早已经过时了。其
实，笔者也很希望尽快进入真正的全球化和大同世界，人不分族别，地无
分东西，文化更不分优劣高下而只求多元多样、丰富多彩，但在现实社会
和未来较长的历史进程中，言说和彰显西部以及西部梦，探讨相关的文学
现象及其文化心态，却仍是很有积极意义的。

第一节　"半壁江山"的重建：西部文学批评

伴随着中国改革开放的进程，进入"新时期"发展空间的中国西部也迎来了新的机遇与挑战。显然，西方人预言并担忧的"东方睡狮"的真正觉醒，中国人期待和奋斗一个多世纪的中华民族的伟大复兴或和平崛起，没有西部的大力开发和真正兴起是不可能的。开放已卅年，西部文学兴。人道是"三十而立"，中国西部文学研究也伴随社会转型、文学新变而呈现出了竭力振作、旨在重建的发展面貌。也许今日的回顾并不是某种"怀旧"或仅仅为了纪念，也许在比较的意义上会有学者认为它尚未"而立"，但其勃发的青春气息已经扑面而来。西部在复苏，老树绽新花，旷远辽阔的苍茫大地也发出了"谁主沉浮"的叩询，本应作为中国文学及其研究"半壁江山"的西部文学世界包括文学研究也在积极重建之中。受题旨所限，本节并非是对西部文学研究（包括西部古代文学、外国文学、中国现代文学研究等）的整体观照，而是仅限于就新时期以来"西部文学研究"这一话题或"作为一种文学思潮"的西部文学的若干主要方面，进行简略考察并谈一些个人的相关思考。

一

作为新时期文学批评话语的"西部文学"是一个相当新颖的学术话语。也可以说是在经济社会改革与文化发展的矛盾冲突中孕育诞生的一个文学批评、文学范畴的"新概念"。作为"新概念"自然会有较多的争议，但其话语魅力也已得到了初步的彰显，并实际成为新时期以来中国文学批评和研究中使用频率较高的一个"关键词"。笔者通过 CNKI（中国知网）的"中国期刊全文数据库"查询，输入关键词"西部文学"，得到 740 条相关信息，其中相关论文有 500 篇左右（但也有重要遗漏，如 20 世纪 80 年代甘肃《当代文艺思潮》发表了不少相关文章，这里没有收录一篇）；输入"西部文学研究"，得到 70 条相关信息（实际真正属于"西部文学研究"之研究的论文仅 10 篇左右，且多是简略的书评）。在报纸和各家网站上相关的有效信息则成千上万。① 数据表明，作为"新概念"的使用业已较为广泛，但就"西部文学研究"之研究而言，这种学术史意义上的探索却可以说还刚刚起步。

　　虽然对西部作家和文学现象的评论是与新时期文学同步的，但批评界对"西部文学"的关注和倡导则发生在 1985 年前后。作为公共话语的"中国西部文学"，其诞生和发展始终伴随着国家发展"战略"或地缘政治特别是文化战略方面的思考。从发生学意义上讲，"西部文学"概念有一个孕育和明晰化的过程，并逐渐成为理论批评界的重要话语之一，初起于西北，响应于西南，认同于全国。西北《阳关》杂志于 1982 年提出创建"敦煌文艺流派"的主张和次年在西北乃至全国进行的"新边塞诗"讨论，都从地域文学角度展开了相关思考。1984 年，围绕"西部电影"展开的思考引发了关于"西部文艺"创作道路的热烈讨论，也对催生"西部文学"这一话语产生了积极作用。1985 年，主要是西北地区的一些学者开始群体发声，借助于报刊和其他媒体积极倡导和讨论"西部文学"。《人文杂志》开设了"西部文学探讨"栏目，发表了《呼唤"西部文学"》（1985 年 2 月）、《关于当代"西部文学"的断想》（1985 年 3 月）等文，简要阐述了正式提出"西部文学"作为"创作口号"的必要性和重要意义。《当代文

---

① 通过 CNKI（中国知网）"中国期刊全文数据库"查询的时间为 2008 年 4 月 12 日。在百度网站上查询的结果则分别是 3.7 万和 1.9 万余篇，在 GOOGLE 上查询的结果则更多。

艺思潮》在 1985 年也开辟"西部文学探讨"一栏，并于 1985 年第 3 期集中发表了多篇文章展开专题讨论，将"西部文学"话题引向深入，并开始在批评界产生重要影响。此后潮音迭起，"西部文学"命题及其讨论开始见诸国内主要文艺报刊，系列论文和专著乃至丛书、史著络绎不绝，迄今业已成果累累，蔚为大观。西部较多的学术期刊、文学杂志、报刊、影视和网站等先后开始关注西部文学，或开辟专栏评论，或直接将刊物更名为有"西部"字样的杂志，或经常报道西部文学的动态及研究成果，或提倡改编西部文学佳作为影视及其他艺术样式，或设置有关西部文学及研究的机构，或召开有关西部文艺（文学）的学术会议并在高校中开设有关选修课程，等等。而全国性的一些文学名刊在推出"西部文学专号"之类栏目的同时，也有一些重要的学术期刊及媒体积极涉足"西部文学"的话语讨论，发表不少有分量的相关文章，包括西部众多作家作品的具体研究，也颇受青睐和关注。西部作家作品在全国性文学评奖中也屡有斩获，伴随地域文学研究思潮而出现的诸多丛书中也有西部文学研究专著，西部文学研究课题也受到尊重而被给予"国家级"立项和资助……

　　《世界知识》早在 1937 年第 6 期上发表的渺加的《美国文学的新动向》，就涉及美国的西部作家和文学。其中着意强调：直至 19 世纪 20 年代美国文学才脱去了"英国文学的殖民地性质"而主张创造自己的独立性。事实上，中国西部文学直到 20 世纪 80 年代也才有了某种较为清晰的"西部文学意识"。也就是说，中国西部文学的兴起和研究与"开放效应"如西方文化文论思潮的涌入关系密切：从 20 世纪的欧风美雨到如今的美雨西风仍在吹拂和滋润着中国西部广袤的大地，与美国西部文学及其研究的关联似乎更为密切。但我们当关注自身发展的"内因"。从历史角度看，中国西部文学自然是自古有之的，相应的评论或评点也很有影响。比如很多诗人都曾在古长安生活与创作，写下了"唐诗"中众多辉煌的篇章；有些诗人还西出阳关，写下了特色鲜明的边塞诗歌；源远流长的"西域文学"包括民间文学、民族文学，也多姿多彩，引人入胜。在现代文学三十年间也出现了"新文学的思想和艺术控制中心就在西部"的重要现象，"随着延安的崛起和抗战时期中国政治—文化中心向西南的迁移，新文学的控制中心基本上全部集中在了西部地区，出现了以延安为中心的解放区文学中心、以重庆为中心的国统区文学中心、以西南联大为中心的知识分子文学中心"①。但具有现代性和自觉性的西部文学则出现于改革开放的新时期。经历了 30 来年的发展，也造成了一种足以吸引眼球的"文学现象"。当人们赋予西部文学以更多的人性情意和文化意蕴时，似乎又重新回到了初期提出"西部文学"概念时的模糊，但已经趋于"多元复合"状态，地域的地理范畴（大西北、大西南）和文化范畴（文化西部或西部人文）被同时纳入西部文学及其批评视野之中，动态发展、借鉴创新或"文化习语"的理念②也被引入中国西部文学的研究活动中。那种仅仅从游牧文化或西北文学等狭义范畴来界定西部文学的学术观念，逐步为开放整合、动态发展的多元和谐的西部文学观所置换，由此也才为西部文学研究提供了更加广阔的空间。"西部文学"这一话语"新概念"诞生的因缘，以及它从生活到文学，从作品到批评，从作协到学院，从实践到理论的发展和演化，都值得深入探讨。而我们在关注其诞生因缘时，自然会强调改革开放、文艺变迁、西部精神以及东部乃至全国、世界文学思潮的影响，对此已有不少学者论及，③ 在此不再赘述。

经过话语的孕育、诞生和发展演化，"中国西部文学"这个概念在中

---

① 李震：《新文学地理中的西部高地》，《陕西师范大学学报》2004 年第 6 期。
② 参见李继凯《文化习语与西部文学》，《新华文摘》2003 年第 5 期。
③ 参见李星《西部精神与西部文学》，《唐都学刊》2004 年第 6 期；萧云儒《对视文化西部》，陕西人民出版社 2000 年版；白浩《西部文学想象中的理论后殖民与主体重铸》，《长江学术》2007 年第 3 期等。

国语境中可以简化为"西部文学"，其内涵的指涉已从单一的美学风格追求进至"大西部"的文化创造追求，体现了时代性和包容性，并在当代文学思潮的诸多分支中，发出了自己较为强劲的声音。这也就是说，在改革开放以来的30年中，"西部文学思潮"已经形成，尽管有起伏变化，但曾经"发生"并必将继续存在和发展下去，为推动西部文学及研究事业的发展，为中国"西部大开发"在经济、社会、文化、教育乃至政治等领域的深化改革，发挥其激发、引导及独特的影响世道人心的重要作用。而本节强调的所谓"重建"，不仅有重现历史情境和回归西部文化本位之意，亦有重构西部文学传统、建构西部文学世界之意，更有努力开阔视野、开拓进取、开新创建之意，俾使西部文学及其研究通过必要的"文化习语"进入"文化创语"的境界，为中华民族的伟大复兴和文化创新做出重大贡献，也为"新国学"的建构奉献资源与心智。尽管从经济层面看西部还只能现实地选择"追赶现代化道路"，但在精神文化创造方面，却可以坚定地走向世界，走向"综合现代化道路"。①

二

西部文学研究涉及面还是很广泛的，除了西部文学宏观思考和话语讨论之外，作家作品的美学风貌、西部特色、文化影响等也是研究重点。在"西部文学"概念尚未明确之前，伴随改革开放而诞生的西部作家作品，也有许多批评和研究，比如围绕路遥《人生》和"达塞诗歌"进行的广泛讨论，就相当热烈、细致且影响深远。当西部文学演化为自觉的文学思潮之后，创作和批评也都逐渐进入了规模化发展阶段。很多西部新老作家和陕军、川军、陇军、桂军、滇军等等作家群的文学创作和批评，依照"可

---

①　何传启：《东方复兴：现代化的三条道路》，商务印书馆2003年版，第371页。

持续发展"的规律，前赴后继地奋斗不息。仅就 30 年来西部文学研究的成就而言，由于有西部学者的艰苦努力和东部同人的慷慨相助或积极参与，也取得了一系列可观的成就。虽然从大历史观看因其尚处于西部文学研究的"初级阶段"而难称辉煌，但也确属重要而不可小觑。大致说来，其初步取得的成就主要体现在以下几个方面。

其一，宏观与微观研究相结合。在西部文学研究中，较多论者都能摆脱旧有的思想方法和思维习惯，即使在论述具体作家作品时，也能自觉地将宏观把握和微观分析紧密结合起来，并且与时代发展、人文变迁、地理环境乃至宗教文化和全球化、现代性等宏大话语连通，既具有较为深厚的历史意识，也具有强烈的现实意识，同时还有一些研究成果体现了通达的比较意识。这生动地体现着思想解放给西部文学研究者带来的新视野、新方法所具有的学术威力。比如从著作系列看，萧云儒的《中国西部文学论》、余斌的《中国西部文学纵论》、管卫中的《西部的象征》、雷茂奎的《西部文学散论》、周政保的《高地上的寓言》、燎原的《西部大荒中的盛典》、李震的《中国当代西部诗潮论》、李建平等的《文学桂军论》、畅广元主编的《神秘黑箱的窥视》、丁帆主编的《中国西部现代文学史》以及马为华的博士学位论文《中国西部文学论》等，都具有与时俱进的学术眼光，吸纳和运用了多种思想方法，自觉地将宏观与微观研究相结合，在西部文学研究的"初期阶段"，都做出了开拓性的贡献。有些学者还自觉进入"西部文学"审视和反思层面，体现了较为强烈的忧患意识，如韩子勇的《西部：偏远省份的文学写作》、杨光祖的《西部文学论稿》等。西部各省区还相继出版了多种地方文学史，也多具有宏观的学术视野和具体文本分析相结合的特点。在某些研究中亦能注意传统的渊源及生发作用，包括注意到现代新文化、新文学传统，以及游牧文化、宗教文化等对西部文化、文学的多方面的影响。同时也注意加以适度把握，尽量避免情绪化或走向极端。毕竟进入现代西部时空，也要"与时俱进"，强调文化磨合、整合及现代性建构的学术理念。

其二，西部与东部论者齐努力。有人认为，谈西部文学是西部人的自恋式呓语，其实关切西部文学命运的东部学者也不乏其人。从北京到海南岛，从东北到东南沿海，都有学者将目光投向西部文学，并进行了相关的探索。因此，西部文学研究取得的丰硕成果实际是西部与东部论者齐努力的结果。比如在颇有影响的严家炎主编的《20世纪中国文学与区域文化丛书》中，除了东部多部区域文学研究著作之外，还收入了李怡《现代四川文学的巴蜀文化阐释》、李继凯《秦地小说与"三秦文化"》和马丽华《雪域文化与西藏文学》等三部研究专著，在一个较高的学术平台上展示了西部文学及其研究的价值，也有力说明了"地域对文学的影响是一种综合性的影响，绝不仅止于地形、气候等自然条件，更包括历史形成的人文环境的种种因素，例如，该地区特定的历史沿革、民族关系、人口迁徙、教育状况、风俗民情、语言乡音等；而越到后来，人文因素所起的作用也越大。确切点说，地域对文学的影响，实际上通过区域文化这个中间环节而起作用"①。再如北京也有不少关切西部文学并诉诸笔墨的学者，特别是在中国社会科学院文学所和少数民族文学研究所，热情的关切和研究的深切是很值得注意的。在文学所，还在人员、人缘及成果方面与西部存在相当密切的关系。先后有多位所长和研究员来自西部，有10多位研究人员撰写了关于西部文学的论文。鉴于该文学所的地位和影响，这些人力资源配置和成果产出也就超出了一般唱和的意义。对西部本土作家或"移民"作家如路遥、陈忠实、张贤亮、张承志、贾平凹、陆天明、张弛、肖亦农、杨志军等人的小说，北京和东部各省市的一些评论家们也都给予了关注、

---

① 严家炎主编：《二十世纪中国文学与区域文化丛书》，1995年开始由湖南教育出版社陆续出版。

关爱和"提携",除了推荐评论,还通过评奖和编辑论文专辑等加以鼓励。不少很有分量的研究成果的作者,往往不是西部学者,这说明东部学者在弘扬西部文学方面,也确实做出了可贵的努力。

其三,多种文本和见解相映衬。面对西部文学世界,学者需要学理思考的冷静,但也需要关切的激情。在众多研究成果中,不难发现存在异样丰富的文本。近似思想随笔的短论在初期较多,如萧云儒《美哉,西部》、杨森翔《呼唤"西部文学"》等;晚近的多见于网络 BBS 上的言说或博客中的感言、短论等;比较严整的学术论文多见于各家学报、评论杂志和社会科学院院刊,如《论西部作家的文学精神》(赵学勇等)、《现代西部文学的美学价值》(丁帆等)、《现代西部文学的发展与意识形态的关系》(贺昌盛)等;有长篇大论,如前述的一些研究专著,特别是近年来开始陆续出现西部现代文学史方面的著作,标志着西部文学研究发展到了一个新的阶段。但更值得关注的是,也存在丰富的个性化的理解。如有人视新的西部诗歌是一种"新型的地域性文学"的代表;有人则择其特色鲜明者命名为"新边塞诗";有人将西部文学仅仅理解为大西北文学或游牧文学,有些人还各自提出了"4(省区)加1说""5加1说"等,仅仅是何为西部,何为西部文学,迄今仍是众说纷纭。即使是某些西部文艺研究带有"权威性"的观点,如萧云儒提出的一系列关于西部文学的见解,就有学者提出了一些不同的观点。此外,在我国军旅文学、知青文学、民族文学等作品研究中,实际也多涉及西部文学研究。如在大量的当代少数民族文学研究中,实际上也多涉及西部少数民族文学研究,诸如王保林等《中国少数民族现代文学史》、特·赛音巴雅尔主编《中国少数民族当代文学史》、马学良等《中国少数民族文学史》、耿金声《西北民族文学简史》、邓敏文《中国多民族文学论》、魏兰《回族文学概观》等,也客观上为西部文学研究做出了一定的贡献,提出了不少具有少数民族特色的多样化的学术观点。

三

西部文学研究尽管取得了可观的成就，但其发展现状却也存在一些值得注意的问题。为了进一步推进西部文学及其研究的健康发展，在此很有必要提出若干主要问题加以讨论。

（一）西部文学研究的话语建构问题

在西部文学研究中，应避免将核心话语狭隘化和泛化，也应避免将"西部文学研究"的学术或理论定位模糊化。西部，首先是个地理概念，人们对此的界定无疑是相对的，这只能从国家地理角度来界定。在"西部大开发"的宏大时代话语中，"西部"概念其实是很明确的。作为地域文学现象而引人注目的西部文学，自然就是发生在"西部"的文学。如果仅仅从"西部文化"纯粹特色角度去把握西部文学，试图将"西部精神""西部文化因素"作为西部文学的认定依据，尽管可以明确西部文学某些作家作品的"身份"，但却硬性切割了大量发生在西部的文学。其实，"西部文学"作为整体性概念和文学现象，它是生成的、动态的、建构的，呈现为凸圆形状态。既有突出的且在不断建构中的"西部特色"，也有不断丰富甚至和东部文学、世界文学交叉的部分。文学就是文学，大量的文学因素无疑是相通的、共有的。机械切割或剖析所谓百部文学基因的做法虽然也是"科学"的，但却是静态的、单纯的。笔者在《秦地小说与"三秦文化"》中认为，"地域文化"本身也是建构的、发展的，是需要综合创新的，赖此才能更好地理解地域文学，也才能与改革开放的社会发展和人类文化的交融创生相适应。我们在"西部文学"话语理解中一定要注意把握东西部文化及文学的关系。从比较文化研究视野中，也可以引发对"东部与西部"文学研究观念的相关思考。比如，经济、社会等"发达"地域与"不发达""欠发达"地域（可以是洲或洲的部分区域，国与国、省市之间等各种层次的地理区域）都很容易进入这样的"论域"：东西方存在关系"恰似"、逻辑同构或粘连或演生，"东西部"的二元对立关系的确立也在某些人的观念中得以形成，似乎也存在类似于"东方学"的"西部学"，竭力彰显西部文化的伟大绝妙、源远流长等，言必称"西部"，就颇有点类似于"东方主义"的"西部主义"之风（傲称"陕军""川军""桂军"等也似有"文学军阀"割据及封闭自守之嫌）。但同时，也更有企望超越的学术追求，试图有更多的沟通交流，注意更好更多的"文化磨合"而非"文化碰撞"，却又要避免滑入以东代西、泯灭西部文化特色的思维陷阱之中。这后者，似更应该成为学术努力的一个重要方向。

（二）西部文学研究的文化资源问题

事实上，我们不能仅仅依靠发掘西部固有的文化资源来阐释西部文学。在那些拥有标志性成果的西部文学研究者（包括东部学者和外国学者）的学术实践中，我们很容易发现他们的知识谱系的超越性特征，既关注本土传统文化，也关注民族整体文化，似乎还更加关注世界文化。在这种既有西部情结、国家意识，更有世界胸怀且能贯通古今的作家、批评家心中，才能孕育真正意义的"大作"。那些带着本土经验而又实际超出了地域局限的西部文学代表作家、诗人，如陈忠实、路遥、贾平凹、阿来、昌耀、林白、红柯、东西、鬼子、李冯、石舒清、周涛、刘亮程等，就很难说他们仅仅是西部作家，在西部文化语境中可以解读他们，但也可以在改革开放的中国语境或想象中来解读他们。从学理层面讲，文学有东部西部之分是相对的，文学没有东部西部之分则是绝对的。从事文学及其研究的人似乎对"人"的一切都非常关切，对难有边界的"人学"格外认同。人文关怀的大视野大胸襟是西部文学走出西部、超越时空的关键。中国古人云"西出阳关无故人"，其实，"西出阳关皆同人"。唯其如此，才能够避免将文学包括西部文学及其研究窄化、矮化。但同时我们也要避免将西部文学及研究边缘化。如果说萨义德的"东方学"揭示了"西方"对"东方"的窄化、矮化乃至丑化，在中国东部和西部之间存在的情形似乎恰好相反。并非"殖民文化"而是"移民文化"的文化迁徙及影响，作为文化事象的东部对西部构成的"遮蔽"现象等也确实值得我们认真加以探讨和反思。固然我们要乐观，要看到西部和全国一样发生的巨大变化，但从新文化地理学的视野来看，与东西部差距依然很大、经济社会发展变化不尽理想的现状相适应，东西部文化和文学的现状也有许多值得反思的地方。从文学地位或享有的文学现实资源来看，西部文学和研究也很难短期求得与东部的"平衡"，特别是西部文学研究中的"学院派"基本还是处于学术界的"边缘"。同时，我们也要注意一种倾向，即出于各种实际顾虑而不能涉及西部文化的问题层面，其具体分析常常陷入一味诗化的赞美、赞叹之中，特别是触及敏感的民族文化问题，往往更是如此，使稍具常识的人都会感到此类书写和评论的片面和单调。这种现象中确实存在比较严重的问题，甚至可能导致西部文学和研究陷入新的封闭或困境。这也就是说，对西部文化中的负面遗产也需要保持某种必要的警惕。正像诺贝尔奖得主大江健三郎在《走向"新人"》演讲中指出的那样："为了对抗负面遗产的复活，守护住哪怕仅有的一点点正面遗产，就只有对新一代寄予期待。这种想法是发自心底的，它不单单是出于我自己的情感，也来自更普遍的危机意识。"① 对那些崇尚西部"负面遗产"或兜售假恶丑及野蛮凶残、愚昧落后的书写和评论，学术界理应保持清醒的头脑。

（三）西部文学学科建设及教育问题

近些年来在高校中开始形成一种办学理念：学科建设是"龙头工程"，

---

① ［日］大江健三郎：《大江健三郎自选随笔集》，王新新等译，光明日报出版社 2000 年版，第 50 页。

在教学、科研、社会服务和文化创造等方面都具有带动和支撑作用。事实上，如果一所高校的文学学科强，就会在上述诸方面做出骄人的成绩。目前的情形正是，文学研究的绝大部分人力集中在高校，对西部文学进行研究的力量也在向高校转移。高校在相关研究成果产出和学术交流会议主办等方面，开始起到越来越大的作用。但一个明显不如人意的现状是，西部的文学学科建设整体还明显落后于东部地区，西部现当代文学学科建设状况即可视为一个缩影。从人才培养与学科发展的角度来看，研究生教育与学术发展、学科建设的命运是息息相关的，彼此之间可以互动互为、互利互惠，因此二者必然也是相得益彰、同在共进的。现当代文学研究生教育业已成为现当代文学（包括西部文学）研究的一个动力源、人才库和保障部，作为一个学科、专业的繁荣及其可持续发展亦有赖于此。但同时我们也要看到，西部现当代文学学科队伍应该说还是比较弱的一支队伍，特别是来自西部的"西部文学研究"队伍建设还有待加强。较长时期以来，西部高校自身培养能力不强，文学研究生教育层面的授权点少（如迄今为止也只有三个现当代文学博士学位授权点），导师力量也较弱，培养出的少量优秀研究生往往还通过考博、进博士后流动站甚至是直接走人等方式进入东部高校。西部师资原本不足，再加上流失严重，所以要搞好学科建设与研究生教育，难度极大。此外，不少西部学者常常满足于"跟班"式研究或比较空洞的宏观研究，尤其容易满足于注目东部人制造的"热点"和"亮点"，关注所谓"文化中心"的风云变幻，对历史上的"文化边缘"或"弱势文化"则多有忽视。比如通用文学史教材中很少涉及西部文学，更难有专章专节的介绍，即使涉及也往往只是片言只语。西部一些影响实际很大的作家作品和众多相关研究以及实际业已形成的"西部文学思潮"，都难以进入某些掌握"话语权"的文学史和批评史书写者的视野。这从一个侧面说明基于文学地理平衡需要而重构中国文学版图的使命仍旧艰巨。

（四）西部文学及其研究的发展问题

首先，谈一下学术生态问题在中国西部文学研究中的体现。西部是国家努力"大开发"的地区，原来的生态问题非但没有得到解决，而且有更趋严重的态势。这在西部文学研究方面也有体现。学术自由度仿佛加大了，但科技理性导致的量化管理等"物化思维"，却导致了文化（文学）"泡沫"化，学术文化平庸化、功利化。如果说"管理出效益"的现代理念也适用于文化建设并对文艺发展有益的话，那么国家和西部的政府部门及其影响下的文艺组织，也理应采取各种有力措施，努力繁荣西部文艺。东西部作家相互尊重和竞争，相互推动和"补台"，将有可能共创现代中国充满创新元气的文学生态系统。而受到生态主义思潮的冲击和洗礼，相应的西部文学研究也特别关注经济"后发"区域的"后方优势"和生态问题，对天人关系、生命意识、自然规律等有回归元典文化精神的理解和表达，甚至以彰显"反现代性"及本土文化、多民族文化精神为旨归。

其次，谈一下西部文学及研究摆脱边缘状态问题。就"中国现当代文学"或"大现代文学"而言，从全国理论批评视野和格局中看西部文学研究，虽也时有开拓者和领先者，但总体看，还是跟进或配合的情况居多。西部作为经济与社会相对欠发达地区，在很多方面都仍处在以"文化习语"为主的发展阶段，向国内外先进文化学习确实仍是西部人的当务之急。因此为了更加深入地研究西部文学，理应顾及更多方面。既需要从地域文化（包括地域传统文化、现代文化以及民俗文化等）角度进行研究，也需要从中华文化整体视野来观照，同时还应与时俱进，从全球化层面进行跨文化考察。既要重视西部文学的浪漫主义特征以及诗性现实主义品质，也要重视西部文学的理性主义和非理性主义（包括神秘主义）并行及错综的丰富乃至复杂的状况，从而给予恰如其分的分析和评价，由此也才可能实现"外省学术文化"的真正崛起。

最后，谈一下学术理念更新问题。学术理念可以涉及许多方面，有些颇适用于西部文学研究。如启蒙理念下的西部文学研究，继承了"五四"以降特别是新时期以来的启蒙传统包括新启蒙追求，意在发掘和增强西部文学的启蒙意识，这种学术理念影响下的西部文学研究或评论及批评也存在利弊得失，不能笼统地加以肯定或否定；民族理念下的西部文学研究，整体文学观与民族或地方文学观是对立的统一，应该注意到少数民族的文化传统和文学魅力，努力重构中华文学版图，在理论思维上应"以立体、多维的辩证分析超越'二元对立'的思维模式"①；和谐理念下的西部文学研究，则势必强调和谐共生、东西互动、互补交融等，从兼容并包的杂语丛生走向综合创新的文化创语，努力提升西部文学研究的学术境界。还比如，在具体研究中，对西部文学中"走西口"题材作品的关注是必要的，但忽视了"入口内"的逆向心理事实和生活场景，特别是忽视了西部"移民文学"中特别复杂的因素。在中国现当代文学史上，理应产生一些伟大的"移民"文学，也需要伟大的艺术观照和学术研究。在大开发语境中日益显现的"大西部"文化和文学，也需要走向东部，走向世界（是"走向"而不是东征或远征），这也需要"走向"艺术文化的"新的综合"。

而在目前看来，也确有必要将西部文学置于全球化和学术史背景中来进行观照和阐释，由此也较容易发现西部文学研究中存在的诸多问题或薄弱环节，如在西部文学理论批评与实践的宏观研究、国外汉学关于中国西部文学的研究、西部文学与其他区域文学互动影响、流派和学派视野中的西部文学及其研究、西部作家创作心理及文化心态研究、生态文艺学视域中的西部文学、"爱欲与文明"论域中的西部文学、女性主义与西部文学、西部方言与文学创作及西部文学资料学研究等众多方面都研究得不够充

---

① 陈传才主编：《文艺学百年》，北京出版社1999年版，第272页。

分,有的方面甚至基本还是空白。显然,西部文学研究整体还相当薄弱,某些初步形成的论点论据都还显得很脆弱。由此也可以说,西部文学研究的空间还很大,很多命题也没有细化和深入,因此西部文学研究也就拥有着"可持续发展"的未来。这就需要批评主体性、学术创新意识等的进一步加强,学者要深入生活和作品文本进行真正的体验和"钻研",从而避免学术浮躁。此外,从发展的眼光看,西部文学包括具体作家作品研究,都可以尝试运用各种文学理论方法来进行"实验性解读",观念方法的更新或重组,也往往可以带来源源不断的学术灵感和课题。如果说"历史化与地方化"可以体现出"文艺学知识的重建思路",可以建构"自由、多元、民主的文艺学",①那么"西部文学"及其研究对文艺学探讨和现代学术史也不无积极的意义。

第二节　阿来现象:西部作家的"西部梦"

梦文化常与理想文化相关,西部梦定与中国梦相通。作家多有梦且善写梦,西部作家阿来的西部梦即尤其值得关注,且已构成耐人寻味的"阿来现象"。

正是在近些年来国人流行说梦的背景下,笔者注意到了西部作家的西部梦,尤其是注意到了著名作家阿来的"博文"(博客与微博之文)及其折射的阿来之梦或西部之梦。进入网络时代,从作家的博文即可以便捷地接触到作家的心理世界,窥见其若隐若现的心梦或新梦。在笔者看来,阿来是一位

---

① 陶东风等:《当代中国的文化批评》,北京大学出版社 2006 年版,第 19—20 页。

"触网"水平很高、流露心迹较多的西部作家，其博文也是一个具有强烈时代气息的文库，对人们了解文学文化以及蕴含的西部梦都多有助益。

作为过来人，从20世纪中叶走来的藏族作家阿来，曾经历了梦幻般的历史变迁和艰辛的人生道路，他一路走来，常常不由自主地进入了一个个况味不同的梦境。想当年悲郁而倔强的鲁迅在《野草》中也曾写出一个又一个属于自己的"梦境"。据鲁迅本人所言，他在年轻时候"也曾做过许多梦"①，这些梦关乎个人、家庭、文学、医学、历史、生命科学、文化哲学、民族及国家等，可谓林林总总，很难细说，但与"幸福梦"和"中国梦"相关的东西颇多则是无疑的，且体现着年轻鲁迅的激情和想象。如今，难言的或说不尽的阿来在自己的"文心"中也充盈着或经历过一个又一个"梦境"，其中，笔者以为特别值得关注的，即是他的关涉中国西部命运、西部人生、西部文化的梦境。自然，作为"阿坝阿来"对西藏、藏人和藏文化的关切，更是他魂牵梦萦、日思夜想之所在。

阿来勤于著述，初始耽于诗梦，继之以小说叙写旧梦大梦，或编科幻，或写散文（包括博文），或以纪实文体表达心中最为深切的情结，辄有所作，即为世所重，关注和研究者渐多，尤其是他的鸿篇巨制，如《尘埃落定》《格萨尔王》《空山》《瞻对》等，都有记忆回想、缅怀遥想的频惹梦思、激活梦想的叙事特征。由此，笔者深感阿来是西部一位有梦、有大梦也有美梦的大作家。多年前，笔者曾认真读过阿来的《尘埃落定》，后来也看过据此改编的电视剧，那时便迷迷糊糊地觉得阿来就是一位与梦结缘很深的作家。近些年来，这种印象随着虚拟空间的扩大更加深了。事实上，近些年来，中国人包括作家更快地进入了网络时代，人们通过网络也可以更为便捷地了解作家的一些情况。有人就编著了《网络鲁迅》《网

---

① 鲁迅：《〈呐喊〉自序》，《鲁迅全集》，人民文学出版社1981年版，第215页。

络张爱玲》①等，但迄今笔者还没有看到《网络阿来》。然而阿来在现实中，就在"此在"的时空中，却也在文学世界中，在新媒体网络传播中——网络中的阿来业已传遍世界。虽然网上纷乱的信息并非都很可靠，但从网上的阿来博文却可以了解到比较切实可靠的丰富信息。因为这些信息应该是阿来本人直接发布或授权他人发布的，由比也可以直接看到阿来的人生经历、文学实践，以及他的心灵告白和情志抒怀，有不少文字简直就是他即兴的自言自语，可以视之为一种自我说梦、解梦的真实文本；有的文字则是他和热心读者或粉丝的直接对话，所言针对性强且言简意赅，从中也可以见出阿来的传道授业解惑的师者品格。从某种意义上讲，博文亦通心灵，博文也是文献，作为阿来精神外化或文本世界"共同体"的一个有机组成部分，阿来的博文为人们认知阿来文学、阿来心魂提供了实实在在的"第一手资料"。

截至 2014 年 5 月 20 日的搜索，阿来的博文②主要见诸"阿来—新浪博客"③、网易上的"阿来—网易博客"④、"腾讯认证"上的"阿来—空间"⑤、"腾讯微博"上的"阿来的微博"⑥，以及"精英博客"中收有与阿来相关的 6 篇博文⑦。值得注意的是，网上总是"鱼龙混杂"的，同名

---

① 编著者皆为葛涛，由人民文学出版社于 2001 至 2002 年出版。

② 本节未另行注明的引文皆出自阿来的博客或微博，见本节提示的相关网站。自本节完成后，阿来又有一些新的博文发表，但基本内容和表述风格没有明显变化。参见"腾讯微博"上的"阿来的微博"。

③ 网址：http：//blog. sina. com. cn/imalai，并与四川作家网链接，博文共 80 篇，2009 年至 2013 年。新浪网上也有"阿来的微博"72 篇，但内容基本与"阿来—新浪博客"重复，其网址为 http：//weibo. com/alai。

④ 共收博文 108 篇，起止时间也是 2009 年至 2013 年，网址是 http：//imalai. blog. 163. com/。

⑤ 共收阿来日志仅 26 篇，并且皆为 2010 年所作，其具体网址为 http：//user. qzone. qq. com/622004856/main。

⑥ 自 2010 年 5 月 21 日何婷教阿来使用腾讯微博，截至 2014 年 5 月 19 日，总计发送微博达 1489 条（含部分长微博），内容极为丰富，且基本能够与时俱进，通过手机随机入网书写，其"听众"人数高达 540 多万，其间与网友互动亦甚多，网址为 http：//t. qq. com/laishu。

⑦ 有的是本人所作，有的则是对话、报道等，这个博客或是其粉丝所为。网址：http：//blog. voc. com. cn/alai。

或借名者的一些博客和微博需要查询者细心甄别。比如，其中来自新浪的"阿来的博客"就并非作家阿来的博客①；名为"阿来博客，追求卓越"的网站，其实是一个广告网②；网易的"阿来博客"也不是作家阿来的博客③。这些以阿来名义开设的网站另有所图，是否侵权不得而知。总的来看，作家的阿来博客和阿来微博发表了很多或长或短的博文，内容涉及很多方面，形式也时有转换，虽然较之于他巨量的创作几乎不值得一提，但从这里，读者却可以窥见他的面影，他的心灵，他的梦想，以及他的智慧、情趣、爱好等，并由此可以接近一个更加真切、真实、真诚的阿来。

阿来的梦可谓丰富多彩、思接千载、精骛八极，其间也有深幽、朦胧之处，也有谈言微中或诚为中肯之言，即使是解梦大师也未必可以尽知甘苦、尽言其意也。阿来的"博文"尤其是微博表面看是零零星星的（博文中来自博客的主要是 2009 年的，来自微博的则是 2010 年以来的），所进行的阅读和感言也便有了零星或片断的特征。不过，笔者还是努力梳理、归纳了一下，尽管很不全面，也不那么严谨缜密，但从中确实可以见微知著，窥见阿来之梦的吉光片羽，由此也可以情不自禁地遐思万千，且会有挥之不去的惹梦思，卷珠帘般的感觉、感念一次又一次袭上心头：西部有梦（The Western dream），阿来有梦，春夏秋冬，花开花落，惹来多少男女皆有梦。但这不是"爱博而心劳"的红楼梦，而是"顾盼多忧思"的西部梦、兴藏梦、和谐梦、幸福梦、公平梦……阿来近期也曾谨慎地"微博"其中国梦："我看梦想，奋斗的基础是有机会。机会依赖于社会公平，更依赖于政府依法行政，廉洁行政。这，也是一个中国梦。"④笔者遍览阿来博文，领略其微言大义，兴之所至，遂书条幅《读阿来有感》，曰："苍茫

---

① 网址：http：//blog. sina. com. cn/s/article_ archive_ 1135749931_ 200811_ 1. html。

② 网址：http：//www. alaiblog. com/。

③ 网址：http：//blog. 163. com/szpcusb@ 126/。

④ 网址：http：//t. qq. com/p/t/244145002128284。

西部多风霜，逶迤藏地谱华章；阿来文心铸民魂，情萦梦境祈兴旺！"

　　从言为心声、文以载道的角度来看，阿来堪称是当今中国西部的一位有意味、有分量的"代言人"。在这种意义上说，阿来之梦与西部梦也基本是相通的，体现了他的许多"活思想"以及兴趣爱好。这里也需要特别说明：以下仅是笔者细读阿来"博文"后的若干札记或初探，其间也试图结合阿来的本事、阿来的创作略做议论或附论。综观阿来之梦，似可择要撮为"六梦"，这里略做分说如次。

　　其一，阿来的兴藏梦。这是他的人生大梦。从某种意义上说，梦文化常与理想文化相关，西部梦定与中国梦相通。作为西部最优秀的代表作家之一，阿来的梦想也就是西部人的梦想。这从他编剧、近期上演的电影《西藏天空》① 中即可看出。《西藏天空》讲述在半个多世纪中，旧西藏的世袭贵族少爷丹增与农奴制最下层的郎生（家奴）普布之间的恩怨情仇。电影主线围绕"寻找自我"展开，丹增和普布身份互换，经历了从迷失到寻找的心路历程。在阿来看来，努力找到"自我"，读懂藏人灵魂，是一个过程，也是一个意味深长的梦想，由此展开了湛蓝无垠而又神秘旷远的西藏天空。阿来是藏族作家，和所有藏人一样，萦绕脑际的都有一个朴素而又绵长的梦，这就是"兴藏梦"或"西藏梦"。他的网易博客中贴有《〈格拉长大〉韩文版序》②，说到西藏还不免有些纠结："我在小说里写了一些人，这些人的一些事，这些人生存于一个在如今这个世界上说起来都显得非常遥远的地方。这个地方叫作西藏。……我因此面临了一个巨大的困窘，因为我无法明白地告诉大家，西藏是什么，或者什么是西藏。我只能说，西藏是这个世界上的一个地方。就像韩国在一个地方。美国也在一个地方。法国、英国、日本又是另一些地方。西藏也只是这世界上一个地

---

　　① 　原名《普布与丹增》，已获上海电影节六项大奖，阿来本人获最佳编剧奖。
　　② 　网址：http：//imalai. blog. 163. com/blog/static/1322078652009109326599
83/。

方。……那些人大多数都在为基本的生存而努力，而并不如外界所想象，那里的人都是一些靠玄妙的冥想而超然物外的精神上师。须知，精神上师们也有基本的生物需求。对于首先需要满足生物需求然后才能丰富情感，发展文化，进而认知世界的人来说，西藏的自然是相当艰苦的，因而人的生存也就更为艰难。但是，偏偏有很多人愿意把这个高远之地想象成一个世外桃源。并给这个世界一个命名——香格里拉。当全世界都在进步时，更有人利用这种想象，要为西藏的不进步，保守与蒙昧寻找同情，寻找合法性。"这里的阿来，把西藏说成一个"地方"，无意中还将它和韩国、美国等兴盛发达的"地方"相提并论。由此可见西藏在他心目中的分量，以及他对西藏发展和进步或"现代西藏"的渴望。他在此博客中还强调指出："当西藏被严重误读，而且有着相当一些人希望这种误读继续下去的时候，我的写作似乎就具有了另外的意义。"正是由于阿来是祈望西藏发展变化、幸福美满的作家，他的诚意和恳切深得读者的理解和认同，所以，他可以坦承自己是西藏现代历史变化的亲历者、观察者与记录者，也可以坦承自己如此书写也会"遇到了一些读了我的书后不高兴的人，因为我说出了一个与他们想象，或者说别一些人给他们描绘的西藏不一样的西藏。我因此冒犯了他们。他们希望知道的那个西藏没有世俗的忧虑与艰难，有的只是虔敬而不掺杂任何现实考虑的宗教追求。他们不想知道还有另一个西藏"。但阿来坚信大多数读者不是这样认为的，特别是来自阿坝且常年走动在西藏地域中的作家，阿来了解藏民意愿，并乐于承担起一位小说家的历史责任："在我的理解中，小说家是这样一种人，他要在不同的国度与不同的种族间传递讯息，这些讯息林林总总，但归根结底，都是关于沟通与了解，而真实，是沟通与了解最必须的基石。"[1] 而这样的努力

---

① 网址：http://imalai.blog.163.com/blog/static/132207865200910932659983/。

都是为了筑梦圆梦——兴藏。

其二，阿来的和谐梦。这是他大梦的持续延伸。作为著名作家的阿来，见闻既广，对民族之间"沟通与了解"的重要忤自然心知肚明，他对中国西部各民族共生的"和谐之梦"更是心驰神往。他深知西部需要和谐，西部和谐可以促进更大的边疆和谐、国家和谐。比如，他近期在腾讯微博中的感言就极有深意，胜过人云亦云的许多浮言谎话："我想说，越来越多的中国人涌入边疆：旅游、打工、占有资源，却不肯真正认识边疆。因此，中国有了离心的边疆。"① 这样的反思可谓一语中的，不仅需要国家及地方管理者的关注，也需要众多普通"外来者"的关注。阿来在博文《离开乌鲁木齐时黯然神伤》中写道："在新疆这一路是多么兴致勃勃，离开时却黯然神伤！……同去的既有藏族朋友，也有汉族朋友。使人在撕裂的痛楚中又感到友情的温暖。我想，在中国，大多数人——不管属于哪个民族，还是希望和平友好地相处的吧？"他在上述那本韩文版小说集的序中也这样呼吁民族之间的沟通与了解，就是在谋求民族的和谐与发展。当有人以为藏民生活水平虽然相当低但由于有宗教信仰仍然感到幸福，并询问阿来有何看法时，他的回答是很明确的："有信仰自然是好的，如果缺少基本的信仰，只有物质的追求，一个社会的和谐，以及这个社会中人的幸福感，可能是很难实现的。但宗教信仰也得有个限度，到了任何事情都盲从的程度，就不好了。"② 这样的回答可谓中规中矩，也相当中肯或恳切。事实上，在中国西部乃至全球，叩询"和谐与适度"，也许是个极具哲思的大命题，措置不当即会引发动荡乃至灾难！当然，和谐之梦并不限于民族和谐或社会和谐。阿来在认同"与大地和谐相处是首要的和平"的

① 网址：http://t.qq.com/p/t/370376116926731。
② 网址：http://t.qq.com/p/t/357648042524816。

说法时，还明确指出："我们已长期处在与大自然的战争状态。"① 由此看来，阿来的大和谐之梦业已进入了天人合一、天人和谐的论域。

其三，阿来的读书梦。这是他做梦的基础和来源。阿坝深山中的阿来，从小以难以想象的毅力，克服了许多困难才走上了读书为文之路。由此可见阿来有个唯读书为上的童年梦。后来热爱读书、善于读书、乐于用书就成了他日日夜夜乐此不疲的事情，有人说他是病中也读书，只知"心忧天下"的读书人，果不其然也。他在博文特别是微博中，经常会透露读新书的心得，乐于和朋友们分享他读书的快乐。读书成才、创作成名后的阿来曾为读者这样题词："读书，可以充分扩展与丰富我们的生命。"换言之，文学可以充分表现、扩展与丰富我们的生命。如果说这是阿来对读书、对文学的一种理解，那么这种近乎质朴无华的理解，也寄托了他本人从事书写、从事文学的梦想——这是他阅读的体验，更是他创作的动力。他对文学以及文学创作的理解，在他的《〈尘埃落定〉十五周年纪念版后记》② 中即有所表述："我认为一个作家一生会写好多本书，就像过去时代的父母，会生养好几个孩子。像我这样的写作者所能保证的，只是在这一本书的写作过程中，将尽我所能倾尽所有的力量，无论是对作品外在形式优雅美感的追求，还是内在的对于人生与社会的探询，都会本着向善的渴望，往着求美与求真的方向作自己最大的努力。""不是不明白商业操作，而是文学本身有超越商业利益的更高远的召唤。……无论如何，我还是一个幸运者，有一本书十几年来一直在重版，并被迻译为人类多种最重要的语言，在这个世界上传布，这已经是我与读者间一次足够美丽的遭遇了。在这并不总能如意的人生中，这已是命运之神对我最大的眷顾了。那么，就感谢众多给了这本书厚爱的读者朋友吧，并祝福我将来的书，祝福大

---

① 网址：http：//t. qq. com/p/t/351499036620311。

② 网址：http：//blog. sina. com. cn/s/blog_ 60ad606e0101anqb. html。

家。"阿来酷爱读书且崇尚独立思考，尤其喜欢阅读民族志、人类学和诺贝尔文学奖获奖作家的作品。对他喜欢的书，他会写序言、写评论，比如他读台湾学者王明珂《羌在汉藏之间》《英雄祖先与弟兄民族》等，颇有心得，就写出博文《熟悉的与陌生的》，贴在博客上。还是在做乡村教师时，他就读过历史书《光荣与梦想》，扩展开去，他梦寐以求的读书梦想越来越悠远深长，影响了他自己的同时，也影响到了很多热爱他及其作品的读者。

其四，阿来的小说梦。这是他灵感生发并扬名立万的场域。作为小说家，阿来自然也有关于小说的梦想。阿来说过他少年时代并没有文学梦，但机缘巧合，才情使然，使他终生与文学结缘。他初期原本是诗人，后来改写小说，其小说骨子里也便带有了诗性，总难免"梦系诗意栖居，幻想美好人生"。他在谈论小说的多篇博文中表达了不少独特且多有启发性的看法。① 比如，他说："那些将要诞生的好作品，都是从富于想象，勇于探索，敢于失败的人的笔下产生的。形式如何与新纳入视野的内容相契合，相激发，这种可能性很难从已有的小说陈规中获得保证。" 由此，阿来认为，"小说的新，取决于写作者的寻找。寻找到一个好形式。这个形式不是种种现代派文学涌现后的那种意义上的新，但对写作者本人来说，这种形式是他从未尝试过的，但是一旦成功，就使他有了一个方便法门来处理与呈现内容。""小说是未来。即便取材过去，其意图也是面朝未来。在这个意义上来说，所有未完成的态度严肃的作品，也都属于未来。如果所有未来，都能在事先洞悉，那未来的魅力也就荡然无存了。我所以喜欢从事写作，正是这种可以感知，但不能准确预见的魅力使我深深着迷。"他还特别介绍自己的小说叙事艺术多得益于藏族民间文学、文化的启迪："那

些在乡野中流传于百姓口头的故事反而包含了更多的藏民族原本的思维习惯与审美特征，包含了更多对世界朴素而又深刻的看法。这些看法的表达更多地依赖于感性的丰沛而非理性的清晰，这种方式正是文学所需要的方式。"① 总之，阿来的小说观很值得专门探讨，不仅有创作经验渗透其间，而且其思辨的别致出奇，常常可以给人以深刻的启示。而他在小说创新包括小说与历史书写结合的现代新形式探索方面，成就显著，尤其是《尘埃落定》《格萨尔王》《瞻对》等长篇的建构，确证了他鲜明的"先锋"作家特征，确立了他牢固的文学史地位。

诚然，阿来的小说基本都与藏人历史与现实生活的叙事息息相关，他是当代名副其实的"藏族作家"。他强调的若干要点非常值得我们关注：一是，他本人就是生活在故事里的普通西藏人中的一员，尽管通过接受现代教育使他能够从事写作并改变了命运，但他"不可能远离他们"；二是，他要把西藏人的故事讲给这个世界上更多的人，通过关注一个一个人的命运，看看他们的经历与遭遇、生活与命运、努力或挣扎；三是，对一个小说家来说，人是出发点，人也是目的地，他的小说就是要写出西藏人的真实："不是从表面的事实，而是从人的立身之本来把握真实。"正是从"人的文学"这一意义上，可以说阿来是藏族作家、中国作家，阿来更是"人类"作家、世界作家，他的文学、文化追求业已超越了血缘的或民族的限制。近期他曾如此申说自己的文化立场："在我所在的文化语境中，属于哪个民族，以及用什么语言写作，竟然越来越成为一个写作者巨大的困扰，不能不说是一个病态而奇怪的文化景观。也正因为此，且不说我写作的作品达到什么样的水准，就是这种写作本身，也具有了一种特别的意义，这就是对于保守的种族主义与狭隘文化观的一种有力的对抗。"② 这里

---

① 阿来：《穿行于多样化的文化之间》，《中国民族》2001 年第 6 期。

② 网址：http://p.t.qq.com/longweibo/index.php? id=272866130146258。

揭示的文学、文化现象，显然特别值得关注和深究。数年前笔者也曾特别强调：那些带着本土经验而又实际超出了地域局限的西部文学代表作家、诗人，如陈忠实、阿来、昌耀、红柯、东西、周涛、刘亮程等，很难说他们仅仅是西部作家，在西部文化语境中可以解读他们，但也可以在改革开放的中国语境或想象中来解读他们。从事文学及其研究的人似乎对"人"的一切都非常关切，对难有边界的"人学"格外认同。人文关怀的大视野大胸襟是西部文学走出西部、超越时空的关键。中国古人云"西出阳关无故人"，其实，"西出阳关皆同人"。唯其如此，才能够避免将西部人包括藏族人、文学包括西部文学及其研究窄化、矮化。①

　　其五，阿来的文化梦。这是他文化视野及理想的显现。阿来对多样的"民族文化"有着自己的理解，其中蕴含着他对民族文化多样化发展与共同繁荣的希冀。2014 年年初，他曾言及自己热爱故乡康巴文化和潜心撰述康巴传奇的一个主要原因，就是藏族文化内在"差异的美丽与丰富吸引了我"②。他曾认真为《雪山土司王朝》一书作序，序的题名就是《民族文化，多样性中的多样性》。这个题名简直就可以看作是他的文化梦想，他关于文化的一个宣言。他对民族文化多样性的向往已经到了溢于言表的地步。他对自己家乡马尔康县的嘉绒藏族文化一往情深，既赞成人类学家所说的，可以将之视为一个大的民族内部所具文化多样性的样本，尤其对研究嘉绒族群文化和嘉绒地方史有着非常重要的意义，也特别渴望多民族文化，包括同一民族内部的多样性文化，都能够在保有多样化的前提下和谐相处，交流互鉴，各美其美，共同发展。为了这样的和谐梦，便很关切相关的历史文化和现实命运，特别是对治与乱的历史与现实有着浓厚兴趣。他曾在《金川历史文化览略序》中表白："近些年来，因为藏区呈现的特

---

① 　参见李继凯《中国西部文学研究三十年》，《文学评论》2008 年第 4 期。
② 　网址：http：//t. qq. com/p/t/368547059993836。

殊局面，常使人心有戚戚之感。宋代司马光编中国历史，用意不是讲过去的传奇故事，发思古之幽情，而是要用历史映照现实，所以《资治通鉴》意思是，今天的世事，说不定是过去出现过的事情再次重演……所以，研究历史，其实是借一面镜子来照见今天的现实。""自己虽是一介文士，不是施政谋局者，却不认为这些情形就与自己毫无关联。听到令人忧虑的消息，看到令人痛心的情形，所用办法，还是文人的自解：读史。特别对清代以来，四川藏区的治乱有很大的兴趣。……少数民族地区，对于国家政权的认同或疏离，除了当下日趋复杂的国内国外的种种因素，也与历史来路上发生过的种种事实不无关联。总之，所有治理措施，计之长远，则最终效果彰显；孜孜于眼下短暂的安定，尽取权宜之计，则宽严皆误，最终贻留祸患。"从这里不难看出，阿来确实是一位心忧天下且善于思考，对民族和解、文化和谐向往不已的作家文人。为此，他对权贵者以及掠夺者充满了厌恶，这在他阅读莱辛的笔记中表露得相当显明。他和莱辛一样，对"新政权并没有致力于民族和解"很不理解，对"所有游击战出身的统治者都以全民族的翻身解放为号召，当他们登台执政，这个民族的大多数人却又一次沉入深渊"的情形或世界性现象也很焦虑。他在国际某书展上发表的演讲《没有一种固定不变的民族文化》，以更为宏观和豁达的文化姿态谈论过民族文化，其真知灼见令人叹服。笔者曾说，现代新文人建构的"新三立"，即立人、立家、立像，是一种新的人生境界[①]，阿来显然已经达到了这样的境界，并取得了堪称辉煌的成就。他关于民族文化的微博似乎也可以成为哲理名言："今天的世界，任何文化都会受到别种文化的'入侵'，在此种前提下，不发展，不交融的文化都会面临严酷的命运。而一旦要发展，就会与其他文化碰撞，杂交，就不会纯粹。"[②] 而阿来本人也

[①] 参见李继凯《论鲁迅"新三立"的人生境界》，《鲁迅研究月刊》2013 年第 9 期。

[②] 网址：http：//t. qq. com/p/t/363548004277681。

可以说恰是这种文化运演、民族发展、文明交融的一个具有象征意味的明证："我身上除了藏人血统，还有汉与回的因子。够复杂了吧。"①复杂的生命体验与文化建构在此达成了能够昭示未来的共识。

其六，阿来的消灾之梦。这是他真诚而又急切的一个心愿。西部的多灾多难对阿来精神上的刺激无疑是很深很重很大的。阿来曾介绍说：小说"《天火》写的是自然灾害，但很多人把它变成表演的舞台，并在'文革'中登峰造极，最后天灾变成人祸，就是因为我们没有检讨人与自然的关系"。他还在博客上贴出的《不但地震，好像天降多少雨水也不能预测了》，确实是一篇忧愤深广的文章。据他说，他的博客就是因为地震引起的余波甚至误解而开起来的（解释为地震捐款的来龙去脉以消除某些误解，参见博文《关于所谓杨红樱等作家 200 万地震捐款的说明》），地震预防，特别是如何消除次生灾害成为老大难问题。为此，他特别称扬了峨眉电影频道总监何世平克服困难拍了一个电视片《解密：5·12 地震》，认为难能可贵，还为之写了这样的推荐语："灾难来临，人们问得最多的是两个问题：为什么？我们能干什么？干什么，很多人做出了很好的回答。为什么？我们尚未听到如此直观详尽的解释。想不到是峨眉电影频道的朋友们完成了这项工作，一项多少有些迟来的工作。谨向完成这项工作的媒体人和科学家表示敬意！"阿来对科学认知地震、预防次生灾害的高度关注，体现了一位作家的良知和责任感。他愤怒于那些渎职的官员和所谓的专家，致使灾民重受灾难，认为如此下去，"那个计划要建成地震博物馆的地方，可能就只能建成地震次生灾害博物馆了"，而"所以如此的重要原因，想必与我们不愿意反思，不提倡反思，不认真总结经验教训有太大关系"。显然，阿来的消灾之梦，也体现了西部人的一个强烈愿望。西部条

---

①　网址：http://t.qq.com/p/t/366447092889980。

件差，每当大灾大难来临就向全世界"暴露"了西部惨不忍睹的贫穷落后，如何改变西部且又能更好地维护西部，简直就成了一个似乎难以企及的"梦想"！尽管是这样的梦想，现实的努力也仍在继续。阿来曾积极筹备并主持四川作家的抗震文学研讨会，便是作家文人能够付出的一种切实努力。而他为什邡穿心店地震遗址公园诗歌墙写的序，题为《那一刻，那一天，那一年》，今天读来也仍令人心颤不已。

总体看，阿来的博文要言不烦，明慧机智，虽时有一些过于简单的表达乃至较长时段的空白，也几乎从不谈个人恋情及家人近况，这对于不少读者而言可能是个遗憾，但其间真情实感流露较多，大梦幽梦有迹可循。让人特别珍视的是，这些来自网络的博文也可以被视为"第一手资料"或"重要史料"。阿来在近期微博中发出的一种感慨就颇有意味："多年来看民国时期川军的情形，都靠二手书，史实梳理少，议论却太多。这是今天做文章，写书时常有的情形。史实是干货，议论就是注水，凑字数，并非真有多高多深的见地，要教给我等。今天小街散步，遇到有关川边史料辑三册。都是那段历史亲历者的文字，光看几十篇标题，就知道，这段历史终是可以贯通了。"[1] 其中所见令人警觉惊醒。笔者想对阿来乃至更多作家的博文进行关注并珍视其中的"干货"，对推动多角度或广角度的"作家博文研究"（包括多维度的或"符号学""传播学"的阿来研究）当会有不少有益的启示。

---

[1]　网址：http://t.qq.com/p/t/355275033635403。

第三节 秦地小说：原住地作家的废土废都心态

据历史地理学家考证，黄土高原在历史上曾有广袤的原始森林，植被相当理想，山清水秀并非神话，[①] 然而在漫长的历史发展过程中，由于天灾人祸，尤其是人为开垦砍伐的不当，这些植被没有得到应有的保护，再生的机遇不断失去，生态环境逐渐受到破坏，遂造成了大西北最多见的荒山秃岭、沟壑纵横和沙漠旱土。缺水少雨，生态恶劣，而一旦雨水降临，又顿时泥沙俱下，水土俱失，沿黄河滔滔东去。[②] 于是，一代代黄土地的子民不可避免地承受着贫瘠与干旱等灾难的折磨。面对经常寸草不生的苦焦无水的黄土地，那种靠天吃饭、忍苦无奈的精神麻木，亦显出人之生命绿色的匮乏。至少，这种荒芜的黄土地"视象"不是完全欺蒙人的感觉，那里在生态层面和心态层面都存在再明显不过的"废土"现象。面对废土，喟叹常常冲撞得人心窝窝疼痛难忍，作为黄土地的作家，必不可免在这种焦虑忧思中生出趋向反思忧患的心态。这种心态也同样易于被"废

---

① 史念海先生在《论历史时期黄土高原生态平衡的失调及其影响》一文中指出："在历史时期的早期，这里应该是一片绿色，黄色的土壤并不是那么显著的。当时原始森林遍布于山密丘阜和低地平川，其间还夹杂着若干草原……""这样山清水秀的黄土高原，青山终于全成了童山，绿水也变成了浊水和黄水，这是生态平衡失调的必然结果。而生态平衡的失调，则是由于草原和森林的过分破坏，再加以相沿已久的农耕制度和耕作技术，情形就更为严重。"见《河山集》（三），人民出版社 1988 年版，第 144—147 页。亦可参考《西北绿洲大面积急剧萎缩》一文，《西安日报》1996 年 1 月 21 日。

② 黄土高原（陕西部分）是世界上水土流失最严重的地区，在黄河中游 138 个水土流失县中占 48 个，占三门峡以上黄河总输沙量的一半。参见《陕西之最》，陕西科学技术出版社 1986 年版，第 48 页。

都"现象所诱发。① 伴随着人类对大自然的不断攻伐与掠夺，到 20 世纪末遍及全球的生态危机（据联合国发表的报告，全球都市化严重加剧了生态危机，人类必须寻找新的发展途径）已经再难让人视而不见、充耳不闻了。这种破坏生态的惩罚在大西北已经得到了验证（如大面积森林植被的失去），在秦地也得到了有力的验证：不仅在陕北黄土高原，而且在关中、陕南也不同程度地验证着生态恶化②的可悲后果——当年繁华的大唐首都哪里去了？八水绕长安的绿波轻浪哪里去了？司马迁曾说的"天府上国"的秦川大地也陷入经常性的相对贫困之中。如此说来，生态环境的恶化必是中国政治、经济、文化中心向其他地域转移的非常重要的原因之一，于是，当年历史上赫赫有名的古都西安，自唐以后便由繁盛的皇都地位跌入了实际已趋荒废荒凉的"废都"之境。这是一种相当尴尬的处境。就像富家大户转成穷家小院，那滋味极为难受（较那种穷苦人转成阔佬的滋味尤有悬殊！），巨大的失落必然造成迹近"阿 Q 式的自大自卑相交织的复杂心态"。以致"长期以来，伟大的'长安'竟成了'保守'的代名词"。③"关中辉煌的历史，使这块土地得以炫耀，关中先祖的勤劳，勇敢，威武，争胜，使这块土地富饶丰盛，富饶丰盛的土地却使它的子孙们滋长了一种惰性，惰性的滋长反过来又冲击着古老的习俗。"④这是贾平凹1983 年对关中的看法，这种敏锐中也透露了他的忧思。他在 1983 年还说："我太爱这个世界了，太爱这个民族了；因为爱得太深，我神经质似的敏感，容不得

---

① 贾平凹对"废都"的反思忧患，也与他前期的创作有一定联系，如赵园所说："日见强烈的农民的政治义愤，也会使贾平凹难以顾到情致。对乡村基层政权的腐败，乡民承受的政治压抑的描绘，到《浮躁》更大幅度地拓展，那条洲河岂止'浮躁'，而且'凶险'。"（《地之子》第172 页）总的来看，秦地作家大多善写悲剧，此皆与作家对废土废都的深切体验有关。

② 秦地"三个板块"都存在"土壤侵蚀"现象，包括水蚀、风蚀、重力侵蚀等。就其严重程度而言，陕北最为（还有沙化问题），关中次之，陕南较轻。全省水土流失面积 13.7 万平方公里，约占全省总面积的 67%，见《陕情要览》，陕西人民出版社 1986 年版，第 138 页。

③ 参见《贾平凹散文精选》，陕西人民出版社 1992 年版，第 201—202 页。

④ 同上。

眼里有一粒沙子，见不得生活里有一点污秽，而变态成炽热的冷静，惊喜的惶恐，迫切的嫉恨，眼睛里充满了泪水和忧郁。"① 也正是这种敏感而忧郁的气质的进一步发展使贾平凹敏锐地揭示出秦地的"废都"现象。

显豁的废土废都现象，是三秦历史文化景观中极为引人注目的文化现象，由此滋生的废土废都心态，在作家，其实质是反思忧患心态，即使带上了某种颓废的情绪，那也迹近 20 世纪初期的鲁迅的"颓唐""彷徨"和郁达夫的"沉沦""消极"，其内潜的探索精神、省思力度当是更值得注意的方面。由此常可引出真正的清醒，达到深刻的境界。在侧重写"废土"现象及心态方面，当推年轻作家杨争光为代表；在侧重写"废都"现象及心态方面，当推中年作家贾平凹为代表。除他们之外，在某种程度上涉入相应的描写领域的秦地作家还有一些，如冯积岐、黄建国、麦甲、峭石、沙石、韩起、李康美等。倘更宽泛一些来看，在作品中或多或少地注意到"废土废都"现象及心态而表现出相应的反思忧患心态的作家，近些年来在秦地则是相当普遍的。如果在整个 20 世纪秦地文学的范畴中来考察，当年那些对旧世界旧中国旧生活旧势力持有怀疑、批判、否定、暴露态度的作家，大抵也应视为拥有彼时时代特征的反思精神和忧患意识。比如在抗战期间，中国在国际上有强寇入侵，国内有新军阀掠夺和各类血吸虫的榨取，广大民众陷入绝非夸张的"水深火热"的情境之中，民族的危机也到了生死存亡的关键时刻。处于这样的赤地千里、赤县危机的时代氛围中的大小知识分子以及民间的李自成式人物，便不可能无动于衷。延安作为当时最重要的抗日根据地，危机忧患意识与反思批判精神也实际成了延安作家们文化心态中重要的组成部分。其间无疑渗入了中国传统文化的忧患精

---

① 《平凹文论集》，青海人民出版社 1985 年版，第 73 页。贾氏后来仍说："在中国历史转型时期，我们越是了解世界，我们越是容易产生一种浮躁，越是浸淫于传统文化，越是感到一种苦闷，艾青的'为什么我的眼里充满泪水，因为我对这块土地爱得深沉'诗句，我特别欣赏……"（见《答陈泽顺先生问》，《小说评论》1996 年第 1 期。）

神，亦即那种"先天下之忧而忧"的忧世精神；也无疑拥有了来自民间、来自黄土地深处的反叛精神，从而对敌寇和统治者给予了最激烈的批判和攻击。自然，在战争中建构的人格很难以"健全"名之，文学也很难得到全面的发展，但忧患意识和抗争精神却毕竟是宝贵的文化遗产。在新时期，这种文化遗产又得到了积极的继承。从伤痕文学、反思文学、改革文学到国民灵魂重建文学，显映出作家们负重前行的姿态。可是，也有一些作家受世俗诱惑和不良思潮影响，逃向商海，逃向"游戏厅"（广义的游乐场）。但秦地那些严肃的作家并不如此，他们宁愿负重前行，甚至带着一种反抗绝望的执拗与悲壮的心境艰难地匍匐而进。即使是那位较多"现代"或"后现代"意味的比较潇洒比较贪玩的杨争光，也有着对"小说家"角色的深切认识，他说：

> 如果一个人指着一堵水泥墙说：我要把它碰倒，你可能不以为然；如果他说：我要用头碰倒它，你可能会怀疑他什么地方出了毛病；如果他真的去碰几下，你会以为他是个疯子，你会发笑。可是如果他一下一下地去碰，无休止地碰，碰得认真而顽强，碰得头破血流，直到碰死在墙根底下，你可能就笑不出来了。也许你会认为，尽管他做的是一件不可能的事情，但并不一定可笑。
>
> 真诚的小说家大概就属于这一类人。他进行的是一场无休止的、绝望的战斗。他知道是不可能的，但是，他还要做。
>
> 列夫·托尔斯泰临死还在怀疑他能不能写好小说。
>
> 也许，能不能写好小说并不是最重要的；也许，重要的就在于那么一股认真的、冥顽不化的精神。也许，对一个真正的小说家来说，这种精神是首先的，也是最终的。其间，既有他的愚蠢，也有他的尊严。
>
> 对物质和享乐的追逐使人们显得热闹而匆忙，但人并没有幸福起来。看来，幸福和享乐并不是一回事情。所以，小说家大可不必羡慕

百万富翁。各人有各人的活法、谁能说得清，那位真诚的用头碰墙的人在碰墙的时候，心中没有一种巨大的幸福感?①

就是这么个其实内心很执拗很沉重又很"幸福"的西北汉子杨争光，总爱写一些"废土"地上的干巴巴却又意深深的故事。他给一位女士留下了这样一种"劳作者"的印象："黄土沟洼，毒日头火着，年轻的后生一夯一夯地砸着土坯，醉心在这块毒日头下，醉心在弥漫着干热的尘土味中，没有咏叹，没有人烟，只有燥热的荒芜，和汗水化成的咸涩咀嚼。于是无诗无歌的风景漫过后生的眼帘，漫出一个久远的村社群落，漫在欲生欲死的生存困惑和挣扎之中。"② 就是这样一位"年轻的后生"，瞳孔里失去了具体的历史年代的印记，只放大了黄土地上生命的挣扎、生命的平庸、生命的萎弱的灰色视象。除了对原始意味颇浓的"原生态"给予精练的刻画之外，偶或也会写到带有英雄气的传奇。如他的《流放》，便将回民起义的雄壮与失败的悲壮写了出来，但经过流放的岁月，英雄气渐被磨蚀，英雄后人变得极为庸俗平凡，于是关于英雄的神话和传奇本身也变得黯淡无光，历史上的崇高被消解了，从而走出了出于某种政治观念而精心建构的历史神话（《最后一个匈奴》和《白鹿原》的结尾部分也都有这种意向的流露）。既然对英雄传奇之类的东西失去兴趣，似乎应该转向优美的人情风俗了吧？没有。杨争光对"废土"的记忆太深切、太固执了。这里随手举两个例子。

《从沙坪镇到顶天峁》中写的"景"：

看不见人影，看不见树形，也没有庄稼，满眼都是山梁、山坡。

---

① 杨争光：《小说家及其他》，《美文》1996 年第 9 期。陈忠实也说："文学是个魔鬼。然而能使人历经九死不悔、不改初衷而痴情矢志终生，她确实又是一个美丽而又神圣的魔鬼。"见陈忠实《兴趣与体验》，《小说评论》1995 年第 3 期。

② 毛毛：《女人的梦》，西北大学出版社 1993 年版，第 190—191 页。

坡上有一些梯田，秋收后留下的玉米根直乎乎对着天空。山顶上是种小麦的土地，光秃秃的，像一顶顶贫瘠帽子。太阳还有一阵才能跌进不知哪一架山梁的背后。在太阳光的照射下，那些帽子金灿灿的，赤裸裸地袒露着，让人寒心。背阴处长着些草一样的东西，已经干枯了，像一片又一片垢甲。

《黄尘》中写的"人"和"地"：

> 他先脚踏在犁沟里。地有些热，好长时间不下雨了，地里就有些热。富士一直等雨，可等不来。富士挽着裤腿，他的脚底下也冒烟尘。地太干了，富士知道，富士不往下看，他抬着头，他额颅上有几道纹理，让土填满了。尘土在空气里飞来飞去，看不见，可它飞来飞去，填在那些纹理里边，汗水水一浸，就那么粘在富士的额颅里。

在这样的"废土"上活人自然活得艰难沉重干枯乏味，连最易滋生激情柔情的两性之爱也变得格外简单枯燥、无滋无味，只有那些粗野的骂语和摸么弄么的动作能给人留下些迹近动物的印象。诗意的玫瑰从爱情的原野上消失了，连在崖畔悄悄开放的山丹丹也难见到一朵，于是杨争光便瞪着贼亮的眼睛，瞅着生命的绿色在怎样消失，瞅着黄土地上各种形态的死亡景观，他似乎很爱写"死"。比如《鬼地上的月光》写窦瓜在鬼地用石头敲死了她的丈夫莽莽，原因很简单：她16岁时有一次上茅房，被莽莽偷看见了身子，她父亲便将她嫁给了莽莽，"白生生的卷心菜，莽莽一晚上拱三次"。毫无爱恋的性虐待使读过书的窦瓜无法忍受，意欲摆脱，却又被父亲窦宝的羊鞭抽回。她绝望中走向鬼地，当莽莽来找她时，她想："莽莽，是你把我糟蹋了。"于是就抓起手边的石头敲向了莽莽的脑门，莽莽便死了。"窦瓜就干了这个。"一个农村少女成了杀人者。可是她为何会走向鬼地，为何会拿起石头呢？作品已经有了喻示。又比如《高坎的儿子》写棒棒因父亲当众骂了他便上吊而死；《盖佬》写盖佬（戴绿帽的人）把嫖客（揽工汉、偷情者）打死了；《干沟》写在一个炕上滚大的哥因嫉妒和性欲的折磨杀死了妹妹拉能，他自己也躲进干沟"干"死了；《死刑犯》写"他"一时冲动一时气愤便用砖头拍死了一个人而成了死刑犯；《棺材铺》写劫匪杨明远策划并导演了一场血流成河的大屠杀；《赌徒》写骆驼为成全甘草和赌徒八墩毅然代替甘草死去了，但他的死并没起到预期的作用，甘草还是失去了自己的"想头"（八墩）而拼命弄死了那匹原属于八墩的马，她疯了……记得圣人曾言："未知生焉知死？"到了杨争光笔下似乎便变成了"未知死焉知生？"从枯焦的土地上那些"死"得远非"重于泰山"的庸凡的死、灰色的死、荒唐的死，便可看出"生"得多么贫乏多么窝憋多么无味。然而就杨争光笔下的那些走向死亡、走向生命枯萎的人物来说，却无法"知死"——无论如何冥思苦想到底也想不明白为什么会死，为什么要死，为什么被杀或杀人。于是这也必然由"未知死"而"未知生"，生存也只是愚昧、盲目的生存，生存的精神支柱常常就是一种约定俗成的信念、习俗或本能。生存者受此支配而浑然不觉直至最后"在一棵树上吊死"。《老旦是一棵树》就写老旦在莫名其妙的胡思乱想中要把本村人贩子赵镇当作仇人，于是便集中精力千方百计地要整倒赵镇，甚至将好不容易给儿子娶的媳妇也借给赵镇，想用"女人计"（谈不上"美人计"）来整倒自己心目中的仇人。但浊世滔滔，老旦终于没有整倒赵镇，连谋杀也难成功，无可奈何中的老旦便站在赵镇家的粪堆上企望自己变成一棵树。这种奇怪乃至荒诞的意念和行为，如果让精神病医生来诊断，大抵都属"偏执狂"之流。当然，杨争光的这些与乡土有关但却并非一般意义上的乡土小说，其荒诞意味与象征意味一样浓厚，使人往往能够感到他那反思忧患的心态更充满了一种异样的沉重和紧张——不仅含有他对乡土乡亲生存样态（尤其是精神上的丑陋与贫乏）的独特观照，而且蕴涵他对畸形政治、畸形人生、畸形传统、畸形风俗等近乎绝望和无奈的思考。

在秦地年轻作家中，侧重于描写废土景观的较有成就的作家还有冯积岐、黄建国等人。比如冯积岐的《日子》《丈夫》《断指》《断章》等小说，皆着意写秦地人生活中那种荒唐、可耻而难自知的人生，或为了现实的物质利益而失掉起码的"人"的尊严（如《日子》中的屠夫和他的女人、《丈夫》中的丈夫等），或显示非常岁月里政治的荒诞荒谬，人为地制造仇恨制造迫害而陷入难以止息的混乱和压抑之中（如《断指》对残酷的阶级斗争的极端化给予了反思，《断章》也形象地展示了那种畸形政治给人留下的心灵创伤）。黄建国也着意在反思中触摸那些卑微而麻木的灵魂，对那种低级原始层面的粗陋人生，那种麻木蒙昧的生命样态给予了相当充分的描写。如他的《蔫头耷脑的太阳》《梆子他妈和梆子婆娘》《乡村故事》《一个没出太阳的晌午》等，都将冷峻的笔锋切入昏昧的乡村厚土，将那种蚁虫般卑琐的生不如死的生存真相剖示了出来，"乡村苟且的生命外现，急切地传达出作者对这个民族生存危机的焦虑思考，这其中也包含了作家与心中那份美好的乡土传统情感的残忍撕碎。它的深度，更在于以近似荒唐的形式揭示出普通乡土人物生命过程的乏味、被动、无聊和麻木不觉，从而对传统文化的惰性力量进行了深刻的历史文化反思"①。从秦地年轻一代作家的乡土或农村题材小说中，似乎可以看出他们对黄土地上废弛的人生景象最为敏感最为焦虑最为悲愤也最为冷峻，②由此呈示的反思忧患的心态，也更明彻地显露出一种近于反抗的绝叫和不惮于激进的批判。拯救失去绿色的土地，拯救生命枯萎的花朵，让废弛太久的土地焕发出葱茏而又美丽的青春光彩。这是青年一代秦地作家的不愿口中说明而愿

---

① 赵学勇、汪跃华：《守望乡土：经验与悲愤》，《小说评论》1996 年第 3 期。
② 如从社会学角度来分析陕西农村人口，也可以得出"人口素质相对低下"的断语，仅痴呆、盲目、聋哑等"五种残人"即约占农业人口的 2.53%。参见《陕西省志·人口志》。

藏诸小说背后的梦想。作为跨世纪的一代作家，秦地这些年轻而不乏锐气的作家似乎也契合着世纪之交普遍的社会心理状态。笔者曾在《走向批判和民间的文学》①中说："当20世纪夜幕上的群星渐隐渐稀、新世纪的太阳还未升起的时候，那种期待中的美丽景观和激动心情却已经斯缠在人们的心头。然而环视现实中种种黑暗与荒唐的实存，人们的心头又被笼罩了难以摆脱的阴影，不免觉得有些惶然茫然。这种'期待'却难'坚信'的前路未卜的心态，对于进入这样似乎有点神秘的世纪之交的人们来说，确实相当普遍。也许正是为了验证和摆脱这种困惑和犹疑的心态，人们不约而同地进入了这样的'新状态'，亦即情不自禁地回顾和前瞻，殚精竭虑地反思和重建。""尽管在这样的大势中，作家群体亦会随时运升沉起伏、聚合分化，但总有不少作家秉承着传统人文精神的精华，吸纳着现代人文学说的营养，以顽韧的意志和深沉的理性，在旷野中呐喊，在彷徨中探求，在忧患中拯救，绝不愿放逐自己的良心和抛弃自己的责任。……能够创造出这样一些优秀的'批判文学'的作家，显而易见，都是一些特具人文精神、忧患意识而不失其真善美的理想和强烈的社会责任心的作家。正是由于有这样的创作主体的存在和闪光，也才在很大程度上卫护了作家的尊严、文学的尊严，以及人道而非兽道、物道的尊严。"从秦地20世纪文学来看，其总的走向与整个中国20世纪文学的走向是相当一致的，作家的文化心态也有相通的地方。延安文学时期爆发出来的那种批判旧世界、建设新世界的巨大激情，在"白杨树派"文学时期仍然保持其强劲的喷发力量，使作品不是描写暴风骤雨，就是描写阳光高照，必要的冷峻深沉的反思批判、忧患警示型的文学失去了存身之地。这就是缺乏精神上的参照系，失去精神生态的多样化和平衡态，片面强调和倾斜发展的结果，就是

---

① 《小说评论》1995年第5期。

陈忠实所说的:"最暗淡的日子当属'文革',从那些享有世界声誉的作家到编辑和工作人员,全给一锨铲起抛到炼狱中去了。当然,这不单是陕西省作协的个别性灾难,所谓'倾巢之下岂有完卵'。"① 历史地看,"文革"之前的秦地文学"巢"虽未倾,但也有"斜"的迹象,亦可谓"斜巢之下岂有全卵",于是当年的作品明显地存在历史的局限性。或许也可以这样提问:上述的新时期后期的"废土文学"是否也存在历史的局限性?从宏阔的文学视野来看,似乎也应该承认这一点。但在整体上,秦地文学的多样化倾向可以造成生动的互补,无论今后社会和文学怎样发展,都易于从这多样化的世界中得到有益的启示或有选择的继承。而那些以个人体验为支点、以秦地客观存在的生活及文化为依据的秦地小说,无论乍看上去怎样灰色、怎样颓废,只要出之于反思忧患的文化心态,也都会以其"片面的深刻"的新锐特征而获得相当长久的艺术生命。

当贾平凹投入以西京为描写对象的文学创作时,他已从习惯性地讲求全面、典型、本质和细节真实等现实主义文学原则的笼罩下基本脱出,由此更加放大了自己的个人体验和对西京历史文化传统及现状的观察和想象。其创作心态在反思忧患的意向牵引下,开始以相当奇异的方式触摸这一太古老太复杂的古都文化和变形的现代形态。他似乎不再顾虑是否正确,是否典型,是否全面,他要表达的就是自己真切的体验和观察,他宁可游离某种中心话语也不愿隐匿自己痛苦的真切体验,他也许只能是"片面的深刻",无法顾及齐全,但他是诚实的,他的忧思、焦虑、呻吟以及神秘的梦呓,都从他的"西京三部曲"或"古都三部曲"(《废都》《白夜》《土门》)② 中流露了出来。

古老的西京以它独有的文化魔手,搬出老底,采来百草,掺和着黄

---

① 陈忠实:《陕西名家作品精选·序》,太白文艺出版社2014年版。
② 这是笔者根据贾氏的三部作品的内在联系给予的称谓。

土，给我们塑造出了一个新的贾平凹。

这个贾平凹曾说："有人说上帝用两手统治世界，一是耶稣，一是魔鬼，而扮演耶稣的人很多，如道德家，科学家，宗教家，那么扮演魔鬼的角色呢？恐怕只有文学艺术吧。文学艺术可以来扮演耶稣，但满街是圣人的时候，能扮演魔鬼的却只有文学艺术。"① 由这里透露的信息表明这个贾平凹确实有点钟情于"魔鬼"了，或者说有点偏爱"魔鬼"式的文学了。这也容易使人想到 20 世纪鲁迅先生在《摩罗诗力说》中张扬的那种"摩罗"文学，那种充满激情的浪漫文学亦是战斗的文学，对世间假恶丑进行殊死抗争的文学，从本质上讲则是站在人道主义和个性主义立场上的"狂人"式的文学。在某种表现形态上看，贾平凹的"魔鬼"式文学与鲁迅的"狂人"式文学是有点相似之处的，比如鲜明的反思批判的特征和焦虑痛苦的心态等。但区别也很明显，鲁迅是积极入世的敢于直面惨淡人生的立志要肩起黑暗闸门的启蒙者，持匕首握投枪的出入战阵的斗士，贾平凹则仍深受秦地（尤其是陕南秦头楚尾的商州）的民间文化和古都传统文化（如重伦理和人文等）的影响，对道、佛文化濡染颇深，睁着有点迷离的眼睛，怀疑而忧虑地打量着当今略有怪胎之嫌的西京，其反思批判的深度大抵还仅限于"质疑"而非"战斗"的层面。他最近在《土门·后记》中解题"土门"，便归之于老子《道德经》的"玄之又玄，众妙之门"。并坦然介绍说："知道我德性的人说我是：在生活里胆怯，卑微，伏低伏小，在作品里却放肆，自在，爬高涉险，是个矛盾人。……既然是文人，写文章的规律是要张扬升腾，当然是老虎在山上就发凶发威，而不写文章了，人就是凤凰落架，必定不如鸡的。路遥在世的时候，批点过我的名字，说平字形如阳具，凹字形如阴器，是阴阳交合体。他是爱戏谑我的一

① 贾平凹：《〈美文〉四年编辑部午餐桌上的谈话》，《美文》1996 年第 9 期。

位朋友，可名字里边有阴阳该能相济，为何常年忙着生病，是国内著名的病人？"① 贾氏的这段自述将一个"矛盾人"或"阴阳交合体"或"病人"的真实情况透露给读者，表明他没有鲁迅那种峻急坚强的斗士精神，但他看世事看人生却有了自己的独特视角，并在一定程度或范围内，也能"放肆，自在，爬高涉险"，也正是由于这种"德性"，他有了自己的"魔鬼"式文学，如从描写对象来看，亦可名之为"废都文学"。

废都，狭义上讲，即为历史上曾为首都而后废弃了的古都。这样的古都在秦地较多，有一些在地面上早已湮灭，唯地下尚有文物可资考证。仅关中地区，就有多处（除西安现址之外），如周时的周原"京"城、镐京，秦时的雍城、栎阳等。如果更宽泛些讲，就全国而言，作为古都而现今仍为首都的只有北京，其他或久或暂为首都的，皆成了"废都"；而古时曾兴盛的都市后世却衰败下去的广义上的"废都"，则更多。于是就有了废都文化现象及相应的研究，全国性和地方性的古都学会也就是研究这种文化现象的学术团体。但从文学角度，透入古都文化心理的深层，在古今中外文化汇通的大背景上来写活古都人生的成功作品，在中国历史上并不多见。那种写古都的大抵属于歌颂昔时首都（或陪都）如何繁华的作品倒有一些，如班固的《西都赋》、司马相如的《上林赋》等便是。至于叙事文学中有较大规模、艺术上较为成功的废都文学却向来少见。古典小说名著《三国》《水浒》《西游记》《金瓶梅》和《红楼梦》等都不是废都文学。《红楼梦》敏感地透露出清朝的衰败的信息，但那"都"毕竟还没"废"。直到20世纪民国成立，首都设在南京，北京作为清廷的都城才被"废"掉，然而仍在较长时间里是北洋军阀盘踞的城市，混乱中似乎总处于半废半立的状态。当其时，老舍写了一些有代表性的京味小说，也许可以看作

---

① 贾平凹：《土门》，春风文艺出版社1996年版，第335—336页。

带有较多废都文学气息的小说。那批判的锋芒和京城文化的开掘都独步一时。但当时西京（西安）却并无与之相仿相当的小说。当年，虽有如今之贾平凹的乡党周述均（陕西丹凤人）写过长篇小说《小雯的哀怨》① 等，却并未在文坛上产生多大影响，至今早已鲜为人知。其他在西京露脸的小说，比如 20 世纪 40 年代谢冰莹主编的文艺刊物《黄河》上发表的一些小说，情形大抵也是如此。西安作为赫赫有名的古都和废都，在整个 20 世纪少有写它而又与它相称的"大作"出来，这应该被视为一件很遗憾的事情。② 直到贾平凹的"西京三部曲"问世，这种状况才被改变。仅从这一点看，也不能忽视贾平凹的贡献，尤其是对秦地文学的贡献。

长篇小说《废都》是 1993 年由北京出版社出版的。在此之前两年，贾平凹写过一部同名的中篇小说《废都》，同年（1991）还获得了《人民文学》优秀作品奖。但这部中篇却并不为一般读者所知，写的也不是西京，而是"黄河岸边的土城"。这个"土城"是何朝代的古都，作者并未点明，只说它现在是个县改市，秦地一个不大的小域，但它确曾是个古都。小说中写道：

> 雄心勃勃的市长一来到土城，就立志要做出一番政绩出来，提出了前人从未提出的口号：振兴古都。一个几乎成了遗弃的废都，多少年里人们只叹着它的败落和破旧，现在，当市长令文化馆的干部在街上树立了"为古都的振兴你贡献什么？"的巨型标语牌，人们似乎一下子才发现这个破烂的土城原来曾是一个辉煌的皇都所在！有的人自大起来了，脑子里已想象出不久的将来壮丽景象，有的人却又自卑起来，以古都的

---

① 连载于 1948 年至 1949 年的《西京日报》。

② 20 世纪 30 年代后期，斯诺及夫人（爱伦·斯诺）在西安、延安等地采访，对西安的印象均感到很凄凉。这和鲁迅 1924 年到西安时的感受一样。爱伦·斯诺数十年之后追忆时，仍将这种印象写出："西安异常凄凉，你根本无法辨认出这就是西安。"《七十年代西行漫记》，陕西人民出版社 1981 年版。

现在比古都的往昔，比别的并不是古都的新兴城市，觉得皮影毕竟比不得电影，老鼠的尾巴既然生成，还能生出多大的疥子出多少的脓呢？市长仍然是激情满怀，他不断地在广播上、集会上，以手势配合着语言，大讲一个现代化都市的美丽的前景。①

在这里作家已开始自觉地触摸"废都"心态了。除了比较笼统的描写，作品主要写了土城里送水的老汉邱老康和他的孙女匡子，写出了邱老康的淳朴、勤谨、慈祥而又守旧的文化心态，在历史变革、土城改建的过程中扮演了一个堂·吉诃德式的人物，让人感到可悲，也感到可笑；匡子则纯真、热情而又孝顺，深受爷爷的疼爱和影响，但她的"贞操"却被代表新兴城市消费文化的玩狗家"小狗王"九强夺去，而她的"爱情"却属于那位迷恋人头古化石的程顺，这使她依违两难，陷入困境，怀了九强的孩子的匡子终不知何去何从，并疑虑孩子即使生下来，"也一定是个很丑很恶的怪胎了吧"。显然，当时的作者已经进入了自觉反思废都文化的历史和现状的文学领域，但其困惑质疑的声音还较微弱，以致未能引起人们怎样的注意。但到了长篇小说《废都》于两年后推出，便将这种声音放大了许多，甚至有点声嘶力竭，绝叫一般，歇斯底里一般。于是就有些惊世骇俗，纷纷扬扬的议论、讨论已经很多很多。但人们大多忽略了作为"先声"而存在的中篇《废都》。而这中篇《废都》不只是长篇《废都》的"先声"，也是整个"西京三部曲"的"先声"。在这一系列城市（独特的废都化城市）题材作品中，作家最关心的是"人"，是人的命运、人的感觉和人的差异等，但这"人"是文化的活体的复杂的人，是历史与现实、个体和社会、男性与女性等诸多相对相关因素矛盾冲突而又融合统一的"人"。这样的"人"在实际生活中总承担着人生残缺的沉重，尤其是处在

---

① 贾平凹：《废都》，《人民文学》1991 年第 10 期。此为中篇的小说《废都》。

"废都"这种本不健全的文化氛围和社会环境中的人。中篇《废都》写天空出了"四个太阳"的异象，长篇《废都》也写了这种异象，那对作品的主人公来说都并非吉祥的征兆；中篇《废都》写社会转型期像邱老康、匡子这样纯良之人的精神苦痛，长篇《白夜》所着意写的也是主要人物（夜郎、虞白）在人生途中寻寻觅觅却终难有安栖之处的精神苦痛；中篇《废都》的主干情节是因土城的改建而要拆修一条街，这引起了邱老康的不满而竭力予以阻止却终未成功，长篇《土门》的主干情节是西京郊区一个叫仁厚村的村子，为守住村子不被拆迁而进行的一系列挣扎，主要人物成义（村长）和梅梅等进行的艰苦努力也终未成功。总之，在我看来，中篇《废都》是"西京三部曲"的"先声"和"前导"，"西京三部曲"是对中篇《废都》的深化与展开。作为一个奇突怪异而又平常直白的概念，"废都"有着多层面的含义。远逝的古都令人怀想，进逼的废都令人惶然，变化的废都令人感叹……日本学者藤冈谦二郎曾在《人文地理学》中指出："以太平洋战争为契机，许多国家发生了变化。"并感叹道："国家和领土就是这样容易变化的东西。"① 对国家来说是如此，如文明古国古希腊、古罗马的消失；对地区来说也是如此，许多曾经富庶发达的地方甚至成了沙漠。曾经繁荣的地区并不意味它总能保持自身的优势。尤其是在"战争"这一人类怪兽的袭击下，愈是繁华的地区，就愈像肥肉那样易于遭到无情的吞噬。自古以来，秦地就多兵荒马乱，战争毁灭了最豪华的宫殿，也经常将民众推到死亡线上，② 使那些侥幸活着的人为了艰难地生存而向每一片绿叶伸出枯瘦颤抖的双手。久而久之，绿色从三秦大地上消减了，古都的繁华也在战火中饱受摧残。面对劫难频仍的土地和都市，秦地小说家似

---

① ［日］藤冈谦二郎：《人文地理学》，王凌云等译，南开大学出版社1989年版，第185页。
② 元代骆天骧《类编长安志》（中华书局1990年版）自序云：长安地区久经"兵火相焚荡，宫阙古迹，十亡其九，备有存者，荒台废苑，坏址颓垣，禾黍离离，难以诘问……"

乎最易感到那种历史与现实交叠的沉重。加之20世纪两次世界大战导致的世界性的某种幻灭情绪的影响，秦地作家心头滋生那种复杂的"废"的意绪，应该说是很自然的事情。贾平凹，只不过是较典型地表达出了这种"废"的意绪罢了。

关于长篇《废都》，议论纷纭丛集，已有被说滥了的感觉。但党圣元近期著文又说之，题目即为《说不尽的〈废都〉》，①其中确有新颖独到的见解，令人首肯。比如说，"《废都》中的作家主体却应该是刘嫂牵到西京城里来的那头奶牛"。"一部《废都》所要表现的正是这个'城市魔魂'，并借以抒泄作者自己在这一'魔魂'纠缠下的孤独、寂寞和无名的浮躁。""《废都》之'愤'，体现了作者对现代城市文化的抵抗心态，而且作为一种文化心态，其具有时代的典型性。……从美学的角度来看，《废都》更具有小说的魅力。""从《废都》到《白夜》，贾平凹采用的完全是本土化的写作策略，这两部小说体现出了与传统小说的接轨，可视为是小说艺术的一种回归。""艺术趣味亦反映出一个作家的文化心态，而《废都》《白夜》所体现出的小说艺术本土回归，正反映了贾平凹一种文化价值选择。""事实上，《废都》《白夜》才真正具有'寻根'的意味，而且是为西京城里的文化寻根。"读之颇能受益。笔者深为赞同，兼之已有的评《废都》的、议《废都》的文字甚多，这里也就不想再说什么。而《土门》，笔者以为是对《废都》（中篇）的改写与扩写，在文化价值观念上更接近了新道家（与新儒家相对而称）的文化观念。故而有人称"他是蛰居西京貌似憨厚假装糊涂的秋江蓑笠翁"，他"带着巨大的同情与怜悯叹息，目送着旧式文化和生活的耗散远去，也止不住对城市化过程中的种种负面现象提出了疑问"。②显然，从"土门"这一"玄之又玄，众妙之门"中透露的文

---

① 《小说评论》1996年第1期。
② 安子：《走进〈土门〉》，《文汇报》1996年11月2日。

化信息，仍是在文化反思批判基础上的带有悲凉意味的文化回归。小说结尾部分写道：

> 一时间，我又灵魂出窍了，我相信云林爷，云林爷的话永远是正确的，他说从哪儿来就往哪儿去，我是从哪儿来的呢？从仁厚村。不走，仁厚村再也没有了。我是从母亲的身体里来的，是的，是从母亲的子宫里来的。于是，我见到了母亲，母亲丰乳肥臀的，我开始走入一条隧道，隧道黑暗，又湿滑柔软，融融地有一种舒服感，我望见了母亲的子宫，我在喃喃地说："这就是家园！"

这是依据小说主要人物梅梅的"文化恋母情结"① 来试图"发出一千种声音"② 的描写。这样的结尾对一般读者而言大约还难以理解，其寓言性毕竟比较隐晦。相比较，笔者在"西京三部曲"中还是认为《白夜》更易于为人理解和接受，地域文化的色彩也更浓厚。故而在这里就《白夜》多谈一些。

在接触《废都》的时候曾听到有人讲"假烟假酒贾平凹，废人废都废作家"，意思是讲贾平凹堕落了。但如果将这两句话的前二者（即假烟假酒与废人废都）作为第三者（贾平凹与废作家）产生的前提条件，不是恰好可以悟到为什么会有贾平凹的反思批判或剖析暴露（包括了他自己）么？贾氏实际是痛感种种异化现象才如此下笔的。故当时笔者读《废都》后曾写了这样几句："香风习习满人间，废都里面无耕田。赵公元帅成大神，'二虎'已难守长安。"③ 后来读《白夜》，则想起了古人刘溥的《题

---

① 文化恋母情结也是一种原始意象，源自初民的母性崇拜。详见叶舒宪、李继凯的《太阳女神的沉浮》第一章，陕西人民教育出版社 1992 年版。

② 贾平凹曾引用荣格的话"谁说出了原始意象，谁就发出一千种声音"来表达自己艺术上的一种追求。参见《答陈泽顺先生问》，《小说评论》1996 年第 1 期。

③ "二虎"指李虎臣、杨虎城。此处借用了"二虎"于 1926 年合力抗击军阀刘镇华围攻长安的故事。贾氏的"西京三部曲"，可以说是他"大隐隐于市"的反思-冷思的结果。

"钟馗杀鬼图"》一诗："如今城市鬼出游，青天白日声啾啾。安得此公起复作，杀鬼千万吾亦乐！"由此似乎便可获得进入"白夜"的钥匙。该书开篇便写"再生人"这个有情有义之"鬼"的死亡，"死过了的人又再一回自尽死了"。躯体之死是一种死，精神之死是一种死。这后一种死是人的二度死灭，是更可怕的死，其死因就在于再生人的那把钥匙再也打不开爱情之门、幸福之门——永远失去了家园，失去了归宿。正是这样一把再生人留下来的钥匙，仿佛附上了鬼魂，跟定了小说中的男女主人公夜郎和虞白，使他们情不自禁地落入人不人、鬼不鬼的边缘境地，难以把握自我的命运。其飘忽迷离、魂无所寄的生存样态，透现出了一种刻骨铭心而又万般无奈的悲凉意绪。这尤其鲜明地体现在夜郎的生命历程中。随着故事情节的展开，夜郎亦人亦鬼的形象愈益清晰。他疾恶如仇，但有时也捣鬼有术，如他与贪官宫长兴的斗法就是如此；他放诞追求，却又近乎漫无目的，如他由农村闯入城市后的种种盲流式的冲动或冒险就是如此；他本能地渴望得到爱情，却又终不知爱情为何物，如他在假面美人颜铭和灵异才女虞白之间的徘徊失措就是如此；他既洞察社会的暗昧，却又耽于在阴阳交界处的暗昧中逍遥，如他混迹于鬼戏班，在艺术和骗术之间流连忘返就是如此。《白夜》不惜以浓墨重彩去摹写"鬼戏"及其相关的"人事"，尤其是描写夜郎与鬼戏的契合关系，其间确有许多东西值得回味。夜郎不仅在白夜里扮演着鬼戏里的角色，与鬼官鬼卒们同台亮相，同时也在实际生活中扮演着"活鬼""人鬼"的角色，其人鬼的特征如此鲜明，堪称是一个成功的艺术典型。那位与夜郎投契的鬼戏班主南山丁，就曾不止一次地说夜郎是鬼变的，是"人鬼"。连夜郎自己对自我的"马面"相貌和鬼气外溢的心灵也不无自知之明。即使在他面对女性时，他的那颗不无真诚之意的心灵也注入了痞气，似乎对世俗中流行的"男孩不坏，女孩不爱"的诱惑术心领神会。小说最后写夜郎在鬼戏中扮鸟鬼（精卫），成了剧中目连所说的非鸟非人的"奇怪的异种",其借古琴以表悲愤无奈之情的怪异形象,俨然是"再生人"的重现。而夜郎周围的那些"人",也大抵沦入了亦人亦鬼、身心异变的情境之中,尽管有的"人气"重于"鬼气",有的"鬼气"重于"人气",但总的来说,却是"鬼气"升扬形成汹涌弥漫之势,鬼影幢幢,阴气森森,鬼城鬼都中展示的正是人的受难、人的挣扎、人的无奈以及人的鬼化之类的景观。那位让人感动也让人叹息的宽哥,"好人一生不安",仿佛是"警察"中的异类,在各种力量的挤兑下走上了"变形"之路,"牛皮癣"的病魔化使他愈益"甲虫"化,活生生将他从"人"的行列中挤出,最后只落得一个不屈而又无奈的精灵在荒野中游走;作为知识分子的精英而出场的祝一鹤和吴清朴,无论是踏入仕途还是跳入商海,也都无法摆脱被异化、被愚弄的悲剧命运,祝氏从政治险恶的阴窟中爬出,却已"蚕"化为一个植物人,吴氏对爱情对事业的追求及其彻底的幻灭,则很容易使人想起叶圣陶笔下的倪焕之,所有的奋斗和挣扎仿佛都只是为了尽快地迎接死亡的到来;即使在现实的浊流中优哉游哉、颇为得意的宫长兴、宁洪祥和邹云们,也在如登天堂的幻觉中或迟或速地走向了末路,宫氏贪婪奸佞的鬼官面目业已暴露,宁氏在张狂中犯下罪恶而不得好死,邹氏沉迷于金钱而"姘"给当代"黄世仁"的结局也只能是跳入火坑,落入地狱。

读《白夜》,既能导泄人们对生存状况的某种积郁,但同时也能感受到一种无计驱除的压抑。因为从小说中分明可以看到现实社会弥漫的阴风黑云对人在不同向度上的异化作用,分明可以体察到那种黑白难分、人鬼莫辨的生存困境对人的围剿侵害。只有不怕鬼的人才敢于直面百鬼狰狞的世相吧,而且对"鬼"的这种逼视以及复杂的感受,也肯定不限于贾平凹一人。于是笔者便稍稍留心近年来的文坛,果然看到不少作家在向魔鬼宣战的或壮健或瘦弱的身姿。他们时刻提醒自己和世人"睁开眼睛看社会",

其间也常常将剖刀指对了自己，让读者不仅看到社会，而且也看到了自己身上的鬼气和毒气。直接或间接言鬼的作品在不知不觉间便形成了一种无法回避的"文学现象"。不少作家还径直以"鬼"来命名其大作，如孙健忠的《猖鬼》、李栋的《魔鬼世界》、阿真的《鬼屋》、雪米莉的《女靓鬼》、赵继仁的《人鬼间》、陈青云的《鬼脸劫》等，举不胜举。如果将与"鬼"相近的"魔""魂"之类的字眼和通俗作品也检视一番，那就会更多。为什么会出现这种言鬼成风的文学现象呢？那便捷的回答，一是客观存在的真实反映，一是主观心态的真实投射。即如《白夜》，就既是"如今城市鬼出游，青天白日声啾啾"的现实反映，又是作家"境由心造"的敏感和想象的主观体验的结果。这种主客观双方的相互作用和磨合，最终孕育出了《白夜》这部中国式的带有魔幻现实主义色彩的长篇小说。除了现实存在和主观感受之外，我们还应从文学自身的历史传统中，看到当今言鬼文学的传承性。

上溯中国文学的历史，可知中国向来言鬼文学相当发达。在先秦的神话传说和散文作品中，便有不少关于鬼的描写或本事，及至魏晋，鬼道愈炽，说鬼愈多，形成了中国言鬼文学的第一个高潮，《列异传》《搜神记》《灵鬼志》《幽明录》等，涉写了许多鬼怪，铸就了许多相应的文学基型，对后来的言鬼文学产生了极其深远的影响。在唐代传奇、宋元话本、明清小说以及古代戏曲、诗文中，均可以看到各种鬼的形象。但大致说来，文学中的鬼也和人一样被古典道德律令判为明确的善类或恶类，相应的同情、颂赞或厌恶、诅咒的倾向也非常分明。特别是那些脍炙人口的名篇中的鬼，多为善鬼、美鬼或冤鬼、鬼雄，如屈原《九歌》中的《国殇》，热情颂赞"魂魄毅兮为鬼雄"的不朽将士；蒋防的《霍小玉传》，写了因情而死的霍小玉成了"厉鬼"，但其复仇符合古典道德原则，具有正义性，大抵和窦娥一路，属于"冤鬼"的反抗；蒲松龄的《聊斋志异》，创造了一个色彩缤纷的人鬼狐妖的艺术世界，其中善鬼、美鬼占有相当重要而又动人的地位，往往美丽可人的情味赛过鬼戏《牡丹亭》中的杜丽娘。然而，这种较多地倾向于肯定美善之鬼而演绎道德话语的文学创作倾向，在进入 20 世纪之后，逐渐进行了一些置换改造，尤其是到了世纪末，更有了较大的变化。

我们知道，现代的"人的文学"自"五四"以降，始终在艰难地成长着，但在"人的文学"于 20 世纪的时空隧道中艰难前行的路途中，却始终有"鬼"如影随形地相伴而行，人"潇洒"，鬼也"潇洒"，人"放歌"，鬼也"放歌"，人和鬼厮缠在一起，盘绕在人们的生命之脉和生活之根上，并经由作家创作之镜的映照与折射，明暗不同地显影于文学世界。大致说来，其显影的方式主要有以下三种。

第一种是显影于斗鬼除鬼的文学之中，"鬼"被视为"人"的对立面而遭到剥露、曝光和批判。这类言鬼文学实质上是旗帜鲜明的"人的文学"、趋光的文学，但倘若弄得不好，如大讲古今"打鬼的故事"而使之沦为政治斗争的工具，就非常容易从"人的文学"变为"鬼的文学"。

第二种是显影于鬼魅横行、鬼气弥漫的文学之中，这类文学实质上是鬼的文学、黑暗的文学、非人的文学。那些守旧僵化的陈腐文学，与黑暗强权共生的御用文学，出卖国魂民心的汉奸文学，"左"得出奇的阴谋文学，以及浑身铜臭的商鬼文学等，皆属于此类鬼魅缠人、代鬼立言的文学。

第三种则是显影于人鬼复合、鬼人难分的文学之中。这类亦人亦鬼、亦鬼亦人的复合文学（如鲁迅的《女吊》）呈现出非常驳杂的面貌。在这类文学中，人与鬼难分难解地纠缠在一起，光明与黑暗、进步与落后、积极与消极、启蒙与愚昧、温暖与冷酷、正直与狡诈、美善与丑恶等等混合而成乱麻一样的世事人生和相应的文学现象，将人性的多样性和鬼性的多样性掺杂互渗，从而构成了人鬼之间关系的复杂万状，透露出了让人困惑难解的神秘和朦胧，使那种意欲运用或惯于采取非此即彼的二元对立的尺度（如好人与坏人、善鬼与恶鬼等）来衡量文学的批评，常常陷于极为尴尬的境地，有时恰好为魔鬼的入侵洞开了方便之门，文化保守主义和文化激进主义支配下的文学批评，就常常蹈入此境，给后人留下了非常庄严、沉重却又荒唐、滑稽的话题。

上述的文学世界中鬼之显影的三种主要方式，在20世纪文学史上都有相当充分的体现。尤其是那种借助西方人文学说的"他山之石"来打鬼除鬼的文学，从世纪之初就上升为文学的主流，并在积极继承传统文学中打鬼除鬼的民间故事原型的同时，表现领域和表现手段也都有了新的拓展。比如鲁迅，便从创作中充分显示了他对人间地狱的深刻感受和言鬼画鬼的高超艺术。在他的生命体验和艺术表达中，他的这段话显然具有普遍的象喻意义。

> 华夏大概并非地狱，然而"境由心造"，我眼前总充塞着重迭的黑云。其中有故鬼，新鬼，游魂，牛首阿旁，畜生，化生，大叫唤，无叫唤，使我不堪闻见。[1]

这种强烈的如临地狱的感受，与马克思对封建社会的非人性质亦即"精神的动物世界"的披露，实有内在的相似相通之处。由此鲁迅无情地揭示出了中国封建社会及其传统文化的"吃人"本质，并且通过对各类吃人者、被吃者的形象刻画，拨开重重叠叠的黑云，将各种鬼影披露在世人渐次睁开的眼前。鲁迅的小说、诗文，尤其是杂文，从主导方面看，显然是20世纪初叶崛起于文坛的斗鬼除鬼文学的艺术丰碑，并相应地形成了鲁

---

① 鲁迅：《"碰壁"之后》，《语丝》周刊第二十九期（1925年6月1日）。《鲁迅全集》第三卷，人民文学出版社1981年版，第68页。

迅式的尖锐冷峻的批判文学，从《狂人日记》到他逝世前不久写的《死》，都充分显示着他对鬼域般现实真相的深刻揭露和憎恶，其间也包括对自己灵魂中"鬼气"的憎恶。鲁迅的批判文学作为具有世纪意义的文学创作的重要范式，对 20 世纪中国文学产生的影响是极为深远的。20 世纪 20 年代的呐喊文学、启蒙文学，30 年代的左翼文学、战斗文学，40 年代的战争文学、解放文学，五六十年代颇为珍稀的暴露问题、弘扬人道的文学，以及 70 年代末以来的异彩纷呈的新时期文学，其间总有不少作家自觉不自觉和或多或少地继承了鲁迅式批判文学的精神，与各种故鬼、新鬼、洋鬼、游魂、妖魔进行了艰难而持久的搏斗。此可谓"与鬼斗其苦无穷，其乐亦无穷也"。纵观 20 世纪中国文学的这种人与鬼的对立冲突的持久战，格外鲜明地将"立意在打鬼，指归在立人"的世纪性文学主题凸显了出来，从而与古代出于文人或教徒之手的"张皇鬼神、称道灵异"的鬼神志怪之书，抑或偏于颂鬼敬鬼畏鬼的文学倾向，明显有了很大的不同。

但是，"鬼域"作为"人世"的折射，情形确乎十分复杂。在人间地狱中顽强地举起匕首和投枪的"精神界之战士"，又经常会发现自己陷入了人鬼难分的困难境地。特别是当他发现某些鬼类身上也带有人味和自身也附上了鬼魂的时候，就会深切地感到一种难以摆脱的困窘和矛盾。也许这种对人鬼难分的人亦鬼、鬼亦人的痛苦体验，更接近生活本身的真实？鲁迅面对愚昧的民众和自己灵魂中的鬼气时的痛苦，与巴金面对畸形政治导致人的迷失以及自我性格扭曲时的痛苦，以及与贾平凹无法逃避的世纪末期浮躁引发的痛苦和迷茫，在精神实质上都确有相通之处。在 20 世纪的中国舞台上，"人道"的成长艰难曲折，"鬼道"的延伸却几乎是无孔不入。我们曾经多么欣幸自己生在新中国，长在红旗下，坚信着"旧社会使人变成鬼，新社会使鬼变成人"的乐观主义，热烈地投入了揪斗"牛鬼蛇神"的"文化大革命"……谁曾想到，新的迷信却将故鬼招回，又将新鬼引入我们的灵魂世界。尤其是到了世纪末期，人文景观的主要特征便径直体现为"彷徨"和"迷离"。一时间人鬼更加混淆莫辨，也令作家更加感到无所依归，似乎只能如实而又平静地收摄映入眼帘的存在景观，其瞳仁中映现的是花花世界，也是苍凉荒原；是人世繁华，也是鬼域暗昧；是大道横陈，也是歧途交错；是真理之光，也是谎言之饰；是文明昌兴，也是大伪流行。

就是这么个"真实"，这样的"景观"，促成了贾平凹的转变，也促成了《白夜》的诞生。何况还有鲁迅式言鬼文学的传统，不可能不对贾平凹产生影响。不过比较而言，鲁迅言鬼，大抵依循的是讽喻艺术的路径，既深刻状写现实黑暗中"人的鬼化"亦即人向地狱堕落的情景（如在散文诗《失掉的好地狱》中，写"人"取代了"鬼"而统治地狱，遂使地狱更整饬更严酷更可怖），又注意刻画鬼影幢幢中"鬼的人化"亦即从鬼身上透现出的人性微光，从而复合出人鬼同在的现实景观（如鲁迅小说中那些吃人者和被吃者，并非都是厉鬼和冤鬼模样，也都多少具有人的常态，至于散文中的活无常和女吊等鬼物，也显示着鬼而人、理而情、可怖又可爱的特征）。然而从主导方面看，鲁迅笔下的人和鬼的界限比较分明，逼视中的剖露相当果断，对"人的鬼性"析之深，批之猛，对"鬼的人性"爱之切，护之殷。贾平凹笔下人与鬼的界限则模糊混沌，写的既是平平常常的人事或日子，但同时让人疑窦频生：这就是"人"做的事，"人"过的日子？《白夜》中写南山丁在演鬼戏以驱平仄堡的邪气之后，有这么一段心理活动。

秦腔里有演《目连救母》戏文的传统，那是集阴间和阳间、现实和历史、演员和观众、台上和台下混合一体的演出，已经几十年不演了。如今不该说的都敢说了，不该穿的都敢穿了，不该干的都敢干了，且人一发财，是不怕狼不怕虎的，人却只怕了人。人怕人，人也怕鬼，若演起目连戏系列必是有市场的。

于是，南山丁拉起了鬼戏班，夜郎有了用武之地。鬼物们也更是堂而皇之地出现于生活和舞台上了，直至小说的结束。《白夜》中少有鲁迅那样峻切的憎恶和深厚的关爱，更多的流露出来的却是世纪末的悲凉之意和无奈情绪，携裹着一股来自当今尘俗社会的阴冷之气，如幽灵一般扑向了市场。然而它与当代著名鬼戏《李慧娘》的命意相去太远，《李慧娘》的作者孟超说："画鬼云何，而使此渺渺茫茫者形于笔下，登诸舞台，也不过借此姿质美丽之幽魂，以励生人而已。"这样的激动机制在《白夜》的多维多层世界中都很难找到，相反，《白夜》也许恰是对如此激励机制的消解。小说最后借鸟鬼精卫填海不得的本事，喻示亦人亦鬼的"异种"之于怪胎型生存环境的矛盾关系，即一方面意欲抗争，另一方面又必须妥协。如此困境真是令人无可奈何：鸟鬼无从逃逸，似乎只好效法再生人，选择二度死亡；而夜郎于夜幕中的行将被捕被囚，大抵也可以视为一种含蓄的寓言，由此完成了对整部鬼喻体小说的建构，将创作主体的反思忧患心态也做了相当充分的表露。

　　在涉写古都西安的作品中，麦甲的长篇小说《黄色》也是值得注意的作品。这部小说通过主人公于庆甫的悲剧人生，对古都文化环境给予了相当细腻的展示，其间也带上了一定的反思忧患的色彩。作品中的知识分子于庆甫背负着沉重的文化传统苦苦挣扎，在意欲摆脱旧我的束缚而迎纳现代文明的洗礼的过程中，却不期而然地堕入了深重的罪感（如乱伦）的苦境，亦即人际关系尤其是性际关系趋于混乱和凶险而导致的困境。这正如阎建滨指出的那样："作者正是通过于庆甫这个形象对现代社会发出了嘲讽、对传统人格进行了批判。乱伦已成为作家对现代文明社会的一种影射、一种轮回。"①《黄色》对古都文化的深厚积淀表现出较为复杂的态度，

---

　　① 　阎建滨：《在探索中拓展自己的领地》，《小说评论》1994 年第 2 期。

既在精神文化层面有所反思和批判，又对古都的平民文化以及"东方罗马"的名胜古迹等等给予欣赏和称扬。如果将秦地作家的反思忧患的心态从古都扩及一般城市题材的作品，那么还可以举出一些较好的作品来，比如沙石的长篇小说《倾斜的黄土地》，写的是关中高阳县城中的故事，对官本位的弊害给予了较有力度的省察和批判；李天芳、晓雷的《月亮的环形山》，是一部具有较强的批判意识和悲剧意识的长篇小说，以大学毕业生黎月和梁相谦的人生遭际而显映出一系列流行的社会病；其他又如韩起的《冻日》、安黎的《痉挛》、京夫的《五点钟》、晓雷的《困窘的小号》、王润华的《白天鹅》、文兰的《幸存者》等，或长或短，或深或浅，或多或少，都显示出了作家对大小城市中的生活、对人生中的苦难的沉重的思考，种种丑恶与庸俗总是袭向人们，常常使他们自身也变色变味。困窘中挣扎的人已伤痕累累，不期而至的悲剧却屡屡发生。在秦地小说中本来城市小说为数就不多，加之又笼罩着如此厚重的冰霜雪雾，也就难免让有些人嫌而贬之，或让人看不出有多少丰富和特别精彩的地方来。相对而言，这也许是秦地作家的一个"弱项"，倘是，自然需要加倍的努力和探索。

第四节　路遥文心：秦地作家文化心理的复杂构成

在中国西部乃至全国，"路遥现象"相当引人注目，也引发了一系列人文事件和专题研究。有人以为路遥仅是比较单纯的乡土作家，奉行着较为单一的现实主义创作方法。其实，路遥在很多方面都很不简单，在其文化心理构成上可谓相当复杂，在很大程度上也能代表秦地作家文化心理的复杂性。

路遥是位"土著"作家，"土著"的人文（地域文化）滋育着他，使他朴实诚笃、深沉浑厚；同时，他又是"文明"作家，"文明"的开放（当代文化）启迪着他，使他立意高标、广纳博取。正所谓：既时时回顾来路，看黄土高坡逶迤；又时时瞻望前方，羡世界文学之林。这是路遥创作心理中相当突出的"双向运动"现象。尽管其间有矛盾交叉或"灰心和失望"存在，但他咬紧牙关、矢志不移地努力于化解种种矛盾，逐渐形成了一种能够在较大程度上统一、控御、表现诸我矛盾的宏大艺术气魄。从《惊心动魄的一幕》，跃至《人生》，再进向《平凡的世界》，路遥以坚实的步伐，从"反思文学"的重镇，迈向"青年文学"的巅峰，继则"九天揽月"，摘取了"茅盾文学奖"的桂冠。

路遥的追求与成功，路遥的矛盾与忧思，都与他的文化心理结构有着密切的关系。要深入地认识、了解这位创造了《平凡的世界》等作品的不平凡的作家，就不能回避对其文化心理的透视。

一

在地域文化的影响方面，路遥主要接受的是农民文化的影响，这是路遥的文化之根所在。作为农民之子、黄土之子的他，不能不受深固的亲情与乡土文化的牵制和影响。这样的承袭与接受在相当长的时期里是无条件的、非自觉的，化作了他的血肉与骨髓。因而作为深受农村文化恩惠的作家，他最乐于也最善于写农村题材，写本土或来自乡间的人们的心灵与遭遇。农民文化的一些最基本的人生原则，如实用、诚朴、忍苦、善良、亲族等，以及相应的生存方式、风土人情、言语习惯等，便都非常自然地化入他这位来自农村的作家的创作之中。因为"农民社会和农民文化是紧密地一体化了的系统"①，这个文化系统的价值在中国这个以农立国的民族中

---

① 〔墨〕阿图罗·沃曼：《农村农民研究》，达超译，《国际社会科学杂志》（中文版）1990 年第 1 期。

是一直处在相当重要的地位的，即使历史发展到了中国的近现代，"农村包围城市"的人文地理和文化格局也还是存在的。所以从本质上说倾心于写农民的路遥，可以相当自然地过渡到写城市，因为农村人进了城，他们只有先后进城的时间差，而他们的文化之根往往仍留在农村。在路遥的笔下，人们可以发现"孙少平"一帮同学、熟人多与农村有着非常密切的关系，他们来自乡间，每有"乡党"之情，这对省委书记、地区专员都不例外。因此，路遥将笔触过渡到城市以及二者的交叉地带，从文化轨迹上看，是由农而市，不是由市而农。但就是这样层次并不高的城市文明，对路遥的吸引力也是足够大的，故而在他大多数以农民为主要描写对象的作品中，总要或多或少地投映着城市文明的光影，有时是通过农民之子进城求学、做工的途径（《在困难的日子里》《人生》《平凡的世界》）等来体现；有时通过知识青年的上山下乡来体现（《青松与小红花》《夏》《黄叶在秋风中飘落》等）；有时则直接写已成为城市人的人们热心地与农民交往（如润叶之于少安，田晓霞之于孙少平，等等）。这样的描写在一定程度上跳出了农民文化的内视角。之所以说有"程度"的限制，原因正如上面指出的，他是由农而市，即使是市也带有"乡城"或"边城"的意味。路遥笔下的城乡交叉过渡自然，甚至"一体化"，这就如他极为喜爱的信天游一样，既在沟峁拐岔、黄土高坡上流行，也在大街小巷、"黄原"城中流行。从这种视境上看，在文化心理的归属上几乎可以断言，路遥永远属于黄土高原，属于故乡人民，在这里有他天赋一般的文学天地或"创作家园"。这里有来自农村的各层领导，有进城揽工、开车的农村青年，双水村、高家村、舍科村以及乡镇和大小城市里更有马延雄为之献身的广大农民，有田五、王明清这些"链子嘴"们的歌唱，秧歌、信天游吼得嘹亮而迷人，自然这里也有穷困中的呻吟与死亡、正直与邪恶、温善与狂暴、文明与愚昧的种种矛盾与冲突。正是这一切，使路遥的情绪记忆鲜明活跃，润化出一片"信天游"般的"平凡的世界"。一位当代文学研究者对有赖"故乡的记忆"的作家们，说过这样的话："他们需要这块土地，只有在这块土地上，那种故乡的记忆才能转化成一种艺术的形态，这种诚挚同样表现在他们对艺术的态度上，不知怎么，我总感到他们对艺术过于沉谨刻意求工，而少那种随意洒脱的气质和轻松自如的表现。"① 对路遥的创作，我们的读后感也类乎于此。

但又不仅于此，我们感到路遥由农而市带来的心理矛盾是相当深的，就像高加林提篮进城卖白馍、进城运屎尿时所体验的那种情绪一样，嫉羡城市人而又仇恨城市人，仇恨城市人而又热恋城市人，既执着珍视着自己的出身，又竭力从土地上挣扎出去，即使"虎落城中受犬欺"，也要熬个出头之日，骄傲地凌驾于那些不知痛苦为何物的轻浮的市民之上，到那时，好花我来采，好事我能干，超越了旧我，于是像"天狗吞日""凤凰涅槃"，"我便成了我了"。在路遥笔下的"加林""少平"们身上，我们非常强烈地感受到这样的复杂情绪，同时也深切地感受到了作家摇摆于故土与城市之间的感情上的矛盾："进军城市"的征服意志在客观上损伤了原有的亲人与土地，就像选择"黄亚萍"就必然会损伤"刘巧珍"那样，但从心底又的确不能忘却故土的温馨，于是就产生了诗意的赞美与行动上乖离的奇异现象。既赞美黄土地上的人们有"另一种哲学的深奥，另一种行为的伟大"，又竭力冲破这种"地域观"，热衷于城市的哪怕是极苦极低的生活方式，最终达到"农村味"与"城市味"的某种程度的调和。这也就是身在农村而不甘于农村、身在城市而又怀恋农村的人们的共同心态和可能达到的人生境界。"少平"崇拜劳动，但又逃离绣地球的务农劳动；"少平"向往爱情，但理想之爱终被看似偶然而实则必然的现实所击破。

---

① 蔡翔：《躁动与喧哗》，上海文艺出版社 1989 年版，第 50—51 页。

一切都是如此矛盾，恰恰是"这样写"，也才印证了作家的真诚：在生活与心灵间本就存在诸多矛盾。

概括地说，路遥在创作上的"城乡交叉地带"的呈现，恰是以其"城乡交叉"（准确地说是"乡—城交叉"）的文化心理结构为其主体条件的。由静态的观点来看，路遥文化心理的结构图式是"乡—城交叉"，对应着现实中的城乡差别；从动态的观点来看，路遥文化心理的图式是由乡→城的位移与互渗构成的，但其间存在一些难以平复的心理矛盾。

二

在对中国传统文化的接受过程中，路遥心仪并努力汲取的是儒家文化，而非道、佛文化，他将传统的儒家文化与中国的现代文化进行了新的整合或互补，因而学术界常常提及的"新儒家"当恰好与路遥的文化心理结构相契合、相仿佛。

路遥文化心理中所承袭的儒家文化，对塑造他的理性认知能力和积极入世的人生态度有着很重要的作用。在他的笔下，凡是积极奋进、功利观强而不屈不挠的人物及其行为总是得到赞美。他塑造了"落榜或辍学后的生活强者"的一系列人物形象。其中给人印象突出的有：高加林、杨启迪（《夏》）、卢若琴（《黄叶在秋风中飘落》）、高大年（《痛苦》）、冯玉琴（《风雪腊梅》）、孙少平、孙少安等。这些不向挫折低头的奋斗型人物身上，明显地寄托了作家"儒化"的审美理想。有时他也写出这些人物在非常形态下顺应社会、"不择手段"地加入社会的竞争之中，如高加林的弃旧别恋，少平为当矿工而走后门而求医生，但由于其主导方面是积极入世，故仍受到他的深切同情和偏爱。有时他格外突出他们可爱的执拗与可杀不可辱的硬汉品格，马建强、马延雄、孙少平，以及特写《病危中的柳青》中的"柳青"，作家自己的带有象征性的名字"路遥"，等等，都显豁地表现出儒家风范。即使如《黄叶在秋风中飘落》中的高广厚，在其看似懦弱的心灵中，也被植入了忍中见强、理中见义、克己成礼的儒生的型。钱穆曾指出，"人生本来平等，人人都可是圣人，治国、平天下之最高理想，在使人人能成圣人，换言之，在使人人到达一种理想的文化人生之最高境界。"① 这种将平等主义思想与修身致圣理想相结合的人生理想，可说正与路遥的平民知识分子的人生观相一致，于是也产生了一系列与此相一致的人物形象。

在路遥笔下，我们很容易看到礼仪之邦的中国人身心上烙有的"礼教"印记，儒家的崇尚道德完善的倾向支配着或约束着路遥作品中众多人物的言行，即使有所触犯、悖逆这种道德，心灵一定是负罪的。像他笔下的众多女性形象，尤其具有这种道德化倾向，即使是杜丽丽（《平凡的世界》）这样的敢尝禁果的现代女性，也被痛苦折磨得一塌糊涂；即使是田晓霞、吴月琴、吴亚玲这样的女学生、女知青，颇有现代女性的况味，但仍然莫不是"止乎礼义"的。这表明作家在努力将传统的与现代的做某种程度的结合。也许我们从作家展示的一些性际关系的描写中，更可以清楚地看出作家的这种"交叉"型的心态。在复杂多样的人际关系中，性际关系往往更复杂，更为牵动人心。路遥虽然反感于儒教的"男女之大防""授受不亲"等许多清规戒律，但对广泛而复杂的性际关系还是慎重地加以区别对待的。如《生活咏叹调》中，便将男女之间那种广义的"朋友"关系（尽管有时有辈分之差、有朦胧恋情）视为相当珍贵的性际关系，这里显示了作家的敏感以及些微的"柏拉图"色彩。对卢若琴之于高广厚，吴亚玲之于马建强，少平之于惠英嫂的关系处理，也是这样。但对那些较多地游离了传统女性规范的人物，如黄亚萍、贺敏（《你怎么也想不到》），

---

① 钱穆：《中国知识分子》，《港台及海外学者论中国文化》（下），上海人民出版社 1988 年版，第 445—446 页。

皆被置于"第三者"的地位上，连同她们的穿戴、爱好与谈吐，也往往被给予了否定性的描写，有时甚至是明显的讽刺和嘲笑。很多描写表明，路遥对现代文化的选择性吸收或认同，在经济生活的改革方面比较大胆，在道德观念的更新方面显得比较畏缩。他大胆地写出了经济政治改革的突飞猛进，对一些传统的神圣东西给予了揭露，如反思小说《不会作诗的人》《卖猪》《我和五叔的六次相遇》《惊心动魄的一幕》等作品所揭示的那样。在《平凡的世界》中这种意向就更鲜明，为许多原本认为是"资本主义"的东西正了名，出了气。然而在伦理道德领域呢？作家就多有顾虑，还是咱们的"德顺爷"说得好，做得妙，于是自觉不自觉地顺应了"德顺爷"们代表的传统文化的道德标准。有人说路遥的妇女观基本是传统的，带有明显的保守性，这并非虚言。妇女的解放程度被视为人类解放程度的重要标志，而路遥笔下流露出来的传统文化中的男性中心倾向，恰好证明了他至少在道德领域，还有许多方面处在儒家文化的阴影下。

但他之所以如此，是与他对现实的"中国国情"的深察相联系的，不是他没有"理想"乃至"幻想"，而是中国的现实如此这般地要求他选择这种"现实主义"。事实上，他对传统文化中最具影响力的儒家文化的承袭，把自己化为这一文化形态的优良体裁，便较为容易地被大多数的"平凡的世界"中的人们所理解，所接受，所钦佩。这是他沉入"平凡的世界"之中所获得成功的一种"秘诀"。

三

大众文化也就是通俗文化，在中国新时期再度成为社会与文学的热点之一。先驱文化也可以说是精英文化，是旨在创新、不畏艰险、探索前路的先驱者创造的文化成果（主要是精神的）。在新旧交替的历史时期，大众文化对先驱文化的跟进，是总的历史发展趋势，但先驱文化也不能排斥大众文化，相反却要向大众文化寻求不少启示和互相沟通的渠道。鲁迅先生早在20世纪之初曾提出过"掊物质而张灵明，任个人而排众数"的启蒙主张，将先驱文化的旗帜高高地举了起来，但经过许多曲折之后，时至20世纪80年代，人们则趋向了新的历史性的选择与综合，即"扬物质亦张灵明，任个人也赖众数"，将物质文明与精神文明、大众文化与先驱文化配置成相对平衡的双轮，有力地推动了社会的进步。

　　路遥在创作中也顺应了这种历史的要求。在这里，我们不妨从路遥的"读者意识"谈起。所谓作家的"读者意识"，是作家将读者群众的意识，特别是他们的审美要求内化为自己的创作意识，同时将自我表现的意识、提高读者的意识有效地传达给读者。这就包括对读者对象的了解、适应和对读者的引领、提高两个主要方面。在这双向的要求中，作家最佳的创作格调的选择，便只能是雅俗共赏，是"中档文化（艺）"，既具有大众文化的品格，又不失先驱文化的精锐。路遥深受大众文化的滋养，对民间文化现象诸如民众口语、格言、地方传说、歌谣等都十分关注，尤其是曾收集了大量"信天游"，自己信口可唱，默然神会。他在创作中已将大众文化的营养化作了自己的血肉。语言上注意将方言土语加以提炼，化入叙述语言、人物对话之中，比较自然，"土""洋"并现。他还喜欢援引民间格言、谚语（有时置于小说的前面）、信天游、秧歌、快板（"链子嘴"），有时是创造性地自己编出类似的文字来，使作品增加了亲切感人的乡土色彩。有时也非常自然地把青海民歌或流行歌曲或儿歌之类也收到作品中去，以此增加作品的通俗而优美的情致。在小说的叙述角度、情节安排、形明塑造等方面，路遥也都继承了传统小说的许多有魅力的东西，以适应中国广大读者的审美心理。这从他自觉选择的"交叉地带"的生活以及现实主义的方法中也可以看出其强烈的"读者意识"，因为迄今为止这二者都最具"大众性"，与大众也最为密切。

但路遥绝无意于要当一位通俗文学作家。在他心目中，即使讲求通俗，也力所能及地使其渗透一些先驱文化的内蕴，具有一定的创新意义。也正是在努力追求创新的意义上，他贴近了先驱文化，使自己的作品具有了一定的批判现实的力度，具有了追求理解、追求博大的艺术胸怀。譬如他对农民的苦难、蒙昧虽有"同情式的理解"，但同时感到"拯救"的迫切，针对农民复活的迷信，他议论道："如果不能从根本上提高农民的文化素质，即使进行几十年口号式的'革命教育'也薄脆如纸。封建迷信的复辟就是如此地轻而易举。"他对走向城市、认同现代文明的青年也有深切的"理解式的同情"，从高加林到孙少平，我们看到他们是怎样地受到作家的钟爱，就像作家在骨子里极为钟爱自己一样。在这两个人物身上，都闪现出了个性觉醒的光辉，都是驾着自我的生命之舟驶向现代文明的勇敢的弄潮儿，尽管他们还有一些明显的心理障碍，但他们在奋斗，在适时的机会中，他们会像黄土高坡那样耸起。

追求大众文化与先驱文化的交叉、融合，自然要求作家在生活与读者两方面都要下大的功夫。路遥在谈"创作准备"这一问题时，首先谈到了读书："大量地阅读古今中外的文学著作和其他方面的典籍。……读这些经典著作，不仅仅是治狂妄病，最主要的是它给我们带来无穷无尽的营养。"其次谈到了生活："应积极地投身于火热的社会生活中去，寻找困难，主动体验生活中一切酸甜苦辣的感情。"所以在他看来，"读书、生活，对于要从事文学事业的人来说，这是两种最基本的准备"①。在这里可以看出路遥对读书是多么的重视！也许在他看来，大众文化从实际的生活中随时都可以汲取，但先驱文化却必须通过吞咽精英们的心血结晶——书本——才能获得。我们从他读书、读报刊的选择性颇强的目录中，同样可

①　路遥：《答〈延河〉编辑部问》，《延河》1985 年第 3 期，第 69—72 页。

以领略到他对世界文学巨擘的追踪，感受他对真正的艺术大师表现出来的那种雅俗共赏而又超越时空的博大境界的向往，体会到他对身边现实与异域文明的巨大关注。请看他在 1985 年介绍的一些他喜欢阅读的书籍、报刊的目录及有关的情况。

著作：范围广，文学以外，各种书都读一些。喜读：《红楼梦》，鲁迅的全部著作，柳青的《创业史》，列夫·托尔斯泰、巴尔扎克、肖洛霍夫、司汤达、莎士比亚、恰科夫斯基和艾特玛托夫的全部作品，泰戈尔的《戈拉》，夏洛蒂的《简·爱》，马尔克斯的《百年孤独》等。（理由："这些人大都是生活的百科全书式的作家。他们每一个人就是一个巨大的海洋。"特点：欣赏博大宏阔、百科全书式的气度。）

报纸：每天详读《人民日报》《光明日报》《陕西日报》和《参考消息》，长期坚持。（理由："读报纸是一种最好的休息和调节""读报纸往往给当天的写作带来许多新的启发，并且对作品构思的某些方面给予匡正"。特点：兼顾政治经济、知识学术、本国以及本省的"小气候"与国际"大气候"等。）

杂志：喜读文学杂志，又有《世界知识》《环球》《世界博览》《飞碟探索》《新华文摘》和《青年文摘》等。（理由：开阔视野，关注最新创作及科学研究的成果。特点：兴趣广泛、知识更新意识强。）①

勤奋而大量的阅读（也包括他对理论或评论文章，特别是评他自己创作的文章的阅读），参之以生活本身这本大书，使路遥的知识结构、智能结构越来越充实起来，有效地促进了他的创作。细心的读者不难发现，路遥经常将阅读的所得巧妙地化入自己的作品之中，如司汤达的《红与黑》的营养不仅进入了《人生》，而且也进入了《平凡的世界》，书中写孙少平

---

① 路遥：《答〈延河〉编辑部问》，《延河》1985 年第 3 期，第 69—72 页。

给井下矿友读《红与黑》，安锁子听到于连的偷情故事，不禁变态发作了一通。在《平凡的世界》里，路遥从《钢铁是怎样炼成的》到《苏联文艺》新刊的《热尼亚·鲁勉采娃》，从党刊《红旗》到《参考消息》，多借书刊内容大加发挥，或写历史波澜，或描人物心态，大都点化自然而不是生拼硬凑。书中既出现了少平、晓霞共读共谈俄苏文学、《参考消息》的情节，也出现了农民富起来后建庙以及类似西安"铁市长"和安康大水之类的情节。这些都能表明将阅读与生活结合起来，对路遥的创作来说，既是自我文化心理的建构，又是自我文化心理的输出，吐纳之间，表现出了对先驱文化（亦不妨名为先进文化）的自觉追求。有人曾提出作家"学者化"的问题，认为："大作家都称得上是学者"，"能够完成伟大史诗的作家，能够不同时是思想家、史学家、美学家、社会学家和诗家吗？一个企图攀登文学创作的高峰的人，一个企望通过自己的作品对本民族的文化以及人类文化做出哪怕是些微贡献的人，能够不去努力学习、吸收、掌握民族的与全世界的文化精华吗？一个企望在语言艺术上有所创造，有所发明，有所发现，有所前进的人，能够对古文、外文一无所知吗？"① 对照这样的高要求，路遥在《平凡的世界》中已做出了初步的应答。相信他今后在沉入"平凡的世界"的同时，从大众文化需求的角度，增强对先驱文化的期待，并成为先驱文化创造者中出色的一人。从目前情况看，路遥在创作的内容与形式上，主要还是从大众文化的层面上考虑得多些，然而事物发展是辩证的，今日的"大众化"，将来也可能是"小众化"；今日的"小众化"，将来也可能是"大众化"。作品能赢得当前读者固然是好事，但也要为未来而"凝眸"。

---

① 林建法、管宁选编：《文学艺术家智能结构》，漓江出版社 1987 年版，第 2—7 页。

四

以上从农村文化与城市文化的交叉、传统文化与现代文化的交叉、大众文化与先驱文化的交叉等不同角度，对路遥的文化心理结构做了简要论述。尽管这主要是横截面的剖视，但由此也可以推断出路遥文化心理建构的纵向流程：他主要是以陕西（尤其是陕北）城乡交叉文化为基础，逐渐同化和顺应了古代文化（主要是文人文化）、现代文化（主要是西方文化）的许多方面，从而建构起了自己相对稳定、充实的文化心理结构。换言之，路遥在"作家化"过程中，地域或陕北文化、中国或民族文化、世界或人类文化这三个层次的文化构成，先后顺序层递地对他的文化心理产生了重要的影响，并内化为他的文化心理的重要因素，从而由内而外地制约了他对生活与文学的理解和选择，写出了一系列属于路遥的作品，并且随着文化心理的愈益充盈和丰富，他的作家意识也愈益趋于自觉和强化。

由此，我们还可以认识到，所谓文化心理，也就是作家不可或缺的"文心"，无此"文心"，也就无从孕育富有生命的作品。这也就是说，作家与作品之间的必然中介，恰是具有"人学"意义的文化心理——"文心"。而这种"文心"内结构的千差万别，直接影响到作家创作个性的不同。路遥之所以不同于王蒙、谌容、高晓声，也不同于同为"老陕"的贾平凹、陈忠实，等等，其潜在的主要原因，就是在"文心"的内结构上，路遥与这些作家总有诸多或显或隐或大或小的差异。对此，这里不遑细述，然明眼人皆可意会、首肯的。

从路遥的文化心理构成中，我们揭示的是矛盾交叉的一组组"对子"。这并非出于主观虚构，而是对路遥文化心理内结构的写照。路遥这位作家的难能可贵之处，正表现在他能正视、逼视、俯视生活与心灵中普遍存在的种种矛盾，尽可能以忠实、细致的笔触来展示这些矛盾及其含有的酸甜苦辣的人生滋味。路遥文化心理的矛盾交叉现象，对应于其所深有感触的"立体交叉桥"般的当代生活。路遥早在 1982 年就深有感触地说："由于城乡交叉逐渐频繁，相互渗透日趋广泛，加之农村有文化的人越来越多，这中间所发生的生活现象和矛盾冲突，越来越具有重要的社会意义。……在这座生活的'立体交叉桥'上，充满了无数戏剧性的矛盾。"对待这些矛盾，路遥强调指出必须给予忠实的反映，这样"艺术作品的生命才会有不死的根"①。事实正是这样，"城乡交叉地带"的生活场与心理场，恰是当代中国各种日常生活矛盾最为集中、冲突最为激烈的疆场，作家一方面感受、投身于这种生活的疆场，承受、悟解着各种与之俱来的矛盾和痛苦，但另一方面却毫无疑问是占据了文学的"风水宝地"。这样的"交叉地带"，正是像路遥这类追求崇高、博大，信守现实主义的作家最好的用武之地。我们相信，当路遥以同样的严肃态度正视自我文化心理中的矛盾与不足时，他一定会不断探求优化"文心"的新途径。

---

① 路遥：《面对着新的生活》，《中篇小说选刊》1982 年第 5 期。

中篇

个案透视

第四章

"鲁郭茅"的情理交融、交织和交错

在中国现当代文学史上，"鲁郭茅"是经常被人们言说的对象，名头响亮却也争议甚多。事实上，那些重要的作家往往也是具有争议性的作家。"鲁郭茅"的思想情感以及内心世界的丰富复杂，都与他们的文学创作息息相关。这里且从若干比较和个案分析中，窥视一下现代文坛三大家的文心，体味一下他们曾经主动进入或难以摆脱的心理世界。

第一节　论鲁迅、茅盾农村题材创作的情理交融

鲁迅在散文《无常》中曾说道：乡间"下等人"所喜爱的"无常"（"无常戏"的主角）有这么一个重要的性格特点，即"理而情"。值得注意的是，这来自民间露天戏剧舞台上的"无常"戏似乎给我们带来了这样的信息，"无常"的这一性格倒与艺术的禀性暗合。我们认为，鲁迅、茅盾的农村题材创作就充分体现了这样一个道是"无常"却"有常"的

"理而情"的总体特征，并从中鲜明地体现着他们各自创作个性的一些主要方面，呈现了作为"理智型艺术家"所具有的理智与情感个性以及二者有机交融的美学境界。

一

如按个性心理类型划分，鲁迅、茅盾当为"理智型艺术家"。过去我们着重从社会历史、政治经济等角度去探讨他们的创作活动及其作品的内容，实际已经为这一观点做了相当充分的诠释。对他们的农村题材创作的一系列研究也证明了这点。

本节首先注意的是，尽管鲁迅、茅盾同属于"理智型艺术家"，在创作上有许多相通、相近之处，然而细察之，却不难看出他们各自都有自己的理智个性。

体现在农村题材创作上，鲁迅侧重于对农民的精神世界进行艺术的探索，着力描绘出农民的愚昧、麻木，甘为奴隶及与之相应的凝固性生活的艺术画面，并主要把艺术思维的目的方向导向倡导反封建（间接体现反帝意向）的思想革命；茅盾则侧重于对农民的经济政治生活做真实的反映，着力表现出农民贫困而内蕴热能、破产而趋反抗的动态性生活的艺术画面，并主要把艺术思维的目的方向引往倡导反帝反封建的社会革命。换言之，鲁迅和茅盾是分别以揭示"灵魂深处未变"与"社会萌生初变"作为自己艺术光华的辐射中心，并从这里向四面八方展开自己的艺术画幅的，从而分别表现出了他们强烈的"变革"精神和由独特思考所创获的幽邃精深和准确切实的理智个性，使他们的作品潜沉下了异常坚实的内核。

从"创作论"的角度来看，无论是鲁迅的"倡导思想革命"，还是茅盾的"倡导社会革命"，都不是他们农村题材创作的全部内涵，他们各自的突出题旨还是另一方创作的重要补充，由此各自有所侧重而又"全面"

地反映了社会面貌。虽然如此，我们还是应该循着他们最为独出的思考方向去探求，方能更贴切一些看到他们富于审美个性的独特思想意识。

鲁迅 1933 年曾明确地说过："说到'为什么'做小说罢，我仍抱着十多年的'启蒙主义'，以为必须是'为人生'，而且要改良这人生。""所以我的取材，多采自病态社会的不幸的人们中，意思是在揭出病苦，引起疗救的注意。"① 这里突出地表明了他创作上题材与主题的特异之处，而这在他的农村题材创作上表现得更为鲜明。茅盾则竭力主张"从周围的人生中抉取伟大的时代意义的题材"②，"企图展示了农村破产的实际，以及促成这破产的种种原因，在这破产过程中农民意识的变动，等等"③。茅盾既如此主张，也是身体力行的。

在艺术创作中充满"选择"，而这"选择"自然是作家主体本质与潜能的一种外化方式。鲁迅、茅盾与农民在艺术上的联系也正说明了这点。

首先，从题材的时间性这一角度看。鲁迅主要是摄取辛亥革命前后到"五四"前后这段历史期间的农村生活，茅盾则主要是写 20 世纪 30 年代初期的农村生活。从这里约略可以看到鲁迅"回忆"性强与茅盾"即时"性强的特点。而从作品实际延展的时域中，则更能清晰地看到，鲁迅从早期经验中提取的素材就较茅盾为多。鲁迅农村题材创作基本上选择的是"旧题材"，带上了一些"朝花夕拾"的味道。他从辛亥革命前后的"明日黄花"的衰色颓颜之中，惊人地开掘出了我们民族"前天"的历史直至"今日"的悲剧，使作品具有了深广的历史意义和现实意义。这正是鲁迅从现实出发"返回古代去"，执着地"刨祖坟"所创获的艺术结晶。从阿Q 到庄木三，从单四嫂子到爱姑，鲁迅对中国千百年来封建"铁屋子"中

① 《鲁迅杂文经典全集》，哈尔滨出版社 2013 年版，第 249—251 页。
② 茅盾：《创作不振之原因及其出路》，《北斗》1932 年第 2 卷第 1 期。
③ 《茅盾论创作》，上海文艺出版社 1980 年版，第 297—307 页。

生殖着的"国民劣根性"以及封建等级观念和封建礼教所酿造的弊害给予了最广泛也是最深刻的揭露和批判。茅盾所选取的农村题材则主要是"今日"之朝花,带露折花似为茅盾所擅长;他过去"记忆"库藏中的素材则做重要的补充材料。他集中关注当时发生的中国大地上的经济破产、政治腐败、农民们由破产而带来的巨大灾难和走向觉醒反抗的一幕幕情景,致力于初步"建立我们描写农村革命作品的题材"①。如果说鲁迅的农村题材创作主要以历史性"反思"与现实性"沉思"见长,那么茅盾则主要以现实性的"疾思"和鲜明的"未来"意识而显得突出。

其次,从题材的空间性这一角度来看。鲁迅、茅盾的农村题材创作虽都是遵循以小见大的典型概括规则的,但两相比较,鲁迅更倾向于"小",而茅盾更倾向于"大"。普通的、平凡的而且是"乡间暗陬"中的旧中国儿女的生活,成了鲁迅笔下常见的题材,写出的也就多是"几乎无事的悲剧"。鲁迅很善于从鼻尖一样狭小的"人生"中,牵出联系中国民族整个有机体的根根神经,从而揭橥"国民性",展示了广阔的艺术空间。而茅盾则多摄取那种具有经济、政治性质的题材,可说是人间"有事的悲剧",这一类题材往往令人触目惊心。当时茅盾正欲完成他"农村与都市的'交响曲'"的宏伟蓝图。他的农村题材创作与他的"都市文学"具有同一的衔接性与交融性,从而烘托出"大陆式"的宏大主题。

再次,从题材的特定性质来看,农民与土地的关系以及由这种天然的至密关系派生出的生活图景,必然都要为鲁迅、茅盾所涉写,但是,在他们的笔下却出现了不同的情况:对此鲁迅显然未置诸艺术处理的主要地位,而茅盾几乎在每一篇农村题材的作品中,都把这种"关系"当作艺术的一个聚焦点。鲁迅在《故乡》中表现出了闰土在土地上挣扎的悲苦命

---

① 茅盾:《中国苏维埃革命与普罗文学之建设》,《文学导报》第 1 卷第 8 期。

运,"闰土"之名就因为他是"闰月生的,五行缺土,所以他的父亲叫他闰土",似在透露着农民渴盼得到土地的心音。然而鲁迅用了远过于此的笔墨更精心地勾描今昔闰土对照的画图,尤其是那幅"辛苦麻木"的"石像"与"香炉烛台"特异的组合图——刻在"我"心灵上的深湛而痛苦的印痕。这种情形在鲁迅的其他农村题材作品中都以不同的方式存在着。茅盾则显然与此有所不同。如果说闰土更以精神上的"破产"——健康神情的丧失和信神、等级观念的滋长给人以最强有力的冲击的话,那么茅盾笔下的老通宝则更以物质上的"破产",及由此牵出的社会根源震慑人心,同时也可以看到伴随着老通宝对土地幻梦的"破产",他那痛苦的灵魂在挣扎中而渐萌觉醒。从《泥泞》(1929)到《秋潦》(1942)①,茅盾展示给读者的,绝大多数正是以"土地"为纽结点的社会生活画面。在这里展示了农民与地主、军阀、资本家,此村农民与彼村农民等多重矛盾和斗争。茅盾对农民与土地关系的关注说明他对经济、政治关系的社会问题较鲁迅更自觉地加以重视了。

这种思想意识上的区别在选择写怎样的人上也表现了出来。我们看到,鲁迅笔下的农民,在规定的艺术情境中,都保持了与土地"疏远"一些的关系,而茅盾的则是"接近"了的密切关系,由此导致鲁迅笔下的"农民"带上了一定的模糊性,即多为不地道的农民,如阿Q、七斤、祥林嫂等;茅盾笔下的农民则具有十分清晰的地地道道农民的特征。如老通宝、多多头、王阿大、财喜等,甚至他笔下出现的豹子头林冲、间左成民,都鲜明地体现着作者这样的创作意向:中国农民是这样的或应该是这样的!而鲁迅清晰呈现的创作意向则是指向"国民",写出"国民性"或"国民的魂灵",这看似游离了"农民",实际不仅包括了"农民",还给

———————————

① 《茅盾全集》第6卷,人民文学出版社1984年版,第245页。

"农民"增添了艺术的砝码，使其增强了艺术表现的力量。

由"农民"而及他们的生活，如前所说，鲁迅主要摄写的是"灵魂深处未变"的凝固性的生活图景，而茅盾着力表现的则是乡村中带有"始动"或"初变"形态的社会生活，其主要表现即在于他写出了农民革命的初步或萌芽。当然鲁迅也写到农民"动"的一面，甚至有阿Q式的革命。但那可以说只是生活表层上的有变，骨子里却未曾变动。其主要标志是社会文化心理结构未变：农民的"辫子"意识与"小脚"崇拜等，都还一仍其旧。与这种农民生活中"动"的变幻性（如《阿Q正传》）或收敛性（如《风波》）不同，茅盾笔下的农民生活的动势和初变形态是明显的。请看那"吃大户""抢米囤""夜袭三甲联合队"，齐砸"嘟嘟"嘶鸣的小火轮，怒逐欺凌农人的顽劣乡长的阿多、财喜等农民与鲁迅笔下最富反抗性的爱姑也有了明显的距离。爱姑毕竟还是那种动而复敛的生活中的一员。茅盾不仅写出了这种"始动"或"初变"的真实生活，而且使这种生活带上了明显的延展性或放射性，即昭示了生活的进一步向动和变的方面转化。他在《残冬》发表后不久写下的散文《冬天》中就表达了这样的信念："冬天的寒冷愈甚，就是冬的命运快要告终，'春'已在叩门。"可以说，这既是他内心的表白，也是对《残冬》等农村题材创作的一个极好的注脚。从这里我们看到，鲁迅愿望中的"重新开始"，在茅盾这里则"'春'已在叩门"；如果说鲁迅还只是朦胧地意识到有"路"（《故乡》），那么茅盾却已鲜明地昭示了迎春的道路（《残冬》）；如果说鲁迅在农村题材创作上主要体现了"医道"精神，力主诊断、疗救，那么茅盾则主要体现了"师道"精神，力主正面启发与引导。这样，鲁迅便主要在"魂灵"的摸索上，察其未变之实，于剖露其"劣根性"的努力中，显示了他的思想独特和精深；茅盾则主要在对"社会"的探测上，察其初变之态，于再现其"变动性"的努力中，显示了他认识上的独特与切实。从这里，我们不难看到鲁迅、茅盾在农村题材创作上，体现了各自的理智个性。

二

我们认为，"理而情"恰是一个艺术真谛。它表征着情理二者的合金乃是真正的艺术精魂。因为一般说来，在艺术诸要素之间，"情"处在中介的特殊地位，外向地与形象和艺术方式紧密相连；向内则与"理"直接相通，并融合成为艺术的内在要素或艺术要表现的真正内容，所以也是真正的艺术之魂。

鲁迅、茅盾的农村题材创作就具有这样的艺术之魂。

尽管我们可以坦然地承认鲁迅、茅盾是"理智型艺术家"，其创作上的理性精神非常突出，但同时必须充分注意，在他们作品中还汇入了能够融化这些"理性"的情感，显示出了他们各自丰富而复杂的情感形态，从而体现出了他们各自独特的情感个性。

应当说，鲁迅、茅盾都对中国农民抱有极大的同情和炽热的爱，同时掺和着许多复杂的情感因素，在作品中又都是内蕴、含蓄而非外显、倾倒的。但鲁迅以"哀"与"怒"的交织显示出了他独特的情感个性，如"冰谷的火"，冷得炙人；而茅盾则以"哀"与"喜"的交织显示了与鲁迅有别的情感特征，如"哀丝豪竹"，泪中有激情。并且不难看到，一方面他们的"理性"沉淀于情感之中，使各自的情感获得相应的深度和倾向性，另一方面这种沉淀了理性的情感既给他们颁发了进入艺术创作领域的通行证，又促成了"理而情"的深度融合，达到了艺术的升华，从而使他们的理性获得了缪斯的性灵，具有了相应的艺术价值和感人至深的艺术力量。

鲁迅说过："像热烈地拥抱着所爱一样，更热烈地拥抱着所憎——恰如赫尔库来斯（hercules）紧抱巨人安太乌斯（Antaeus）一样，因为要折断他的肋骨。"① 可以说，当年鲁迅就非同寻常地热烈拥抱着他的所憎——"国民劣根性"，并以此为中心，汇来了他复杂而充盈的感情：憎而怒，哀而怜，这一切又无不"总根于爱"。我们从这里正可以看出他对"国民性"问题进行艺术探索的那种"执着如怨鬼""没有已时"的个性，看到他那颗挂满冰凌却又燃烧不止的心灵！

这颗心灵通常都是避居在以灰暗为其表征的农民形象身后的。乡间"出场"的人物七斤，就是只知道"雷公""蜈蚣精""夜叉"、皇帝要"辫子"、"十八个铜钉"的破碗……这样的一个人，他居然凭这些还赢得了村人及泼悍妻子的"尊敬"！阿Q这位口喊"手执钢鞭"，看他自发地亲近"革命"了，但又与"革命"甚为隔膜。这样的农民和他们所处的环境，都深深地陷在愚昧、麻木、冷漠的大泽中，这里是一片真正的荒原，这里的人们以安于奴隶地位的"常态"而扮演着"哀莫大于心死"的悲剧；这里似乎从未增殖一点绿色的生命，哪怕只有一点苗头，旋即复归它那荒凉空旷、黑云低垂的原貌！这怎能不引起伟大的爱国主义者、激进的革命民主主义者鲁迅沉痛的"哀"与强烈的"怒"呢！如果说"哀其不幸，怒其不争"这种深广的"忧愤"是鲁迅常秉的对待农民的情感态度，那这也主要是哀其不争之不幸，怒其不幸而不争。其实，这里的"不争"是指两种情况而言的，一种是"闰土型"的无意于抗争的"不争"，一种是"爱姑型"的不能抗争到底的"不争"。这两种情形都足以使鲁迅怒极，所以他一方面顺应生活本身去写实，一方面又执着地从"石像"般静定的面孔上和貌似"强者"的魂灵中看出并挖出那为害无穷的奴隶根性。为此他的心一次又一次地剧烈绞痛起来，从闰土拜神时和爱姑温婉情态的复归

---

① 《鲁迅自编文集·且介亭杂文二集》，译林出版社2013年版，第103页。

中，我们分明可以听到鲁迅那沉雷一般的哀音与怒呼。

茅盾怀着崇高的责任感，敏锐地感发蕴含于生活变动之中的信息，以满腔热情和强烈的新鲜感投入创作，庄重而敏捷地把尚还发烫的生活和他内心的温热一起奉献给当时的广大读者。我们不难感受到，茅盾在农村题材创作上，既深切地为农民悲苦的破产命运而哀痛，又于忧患之中萌发了欣喜的春芽。因为就在这"村中忧患"绵绵之中，他又看到了农民们已不只是束手待毙而是奋起反抗，至少他已清清楚楚地看到了这种由自发向自觉反抗移动的喜人趋势。他在散文《乡村杂景》里说道："我爱的，是乡村的浓郁的'泥土气息'，不像都市那样歇斯底里、神经衰弱，乡村是沉着的、执拗的，起步虽慢可是坚定的。"① 显然这里暗示着茅盾对农民性格的独特理解与把握。由此也表明了，茅盾的"哀"固无涯，但"喜"（喜其所争）却有其内在的规定性，由"喜"而生出的"赞"也于热烈之中没有失去一定的分寸感。即均有"度"上的限制与把握，与那种盲目的乐观、"革命的罗曼蒂克"判然有别。他笔下的农民从老通宝、阿四到阿多，从王阿大（《当铺前》）、财喜（《水藻行》）到祝大（《秋潦》），在趋向抗争方面，都显示着层次或程度上的不同，也透示着茅盾"爱"的缘由：农民们必将次第而进，愈来愈快地走上自觉反抗的道路！

就实际情况考察，鲁迅、茅盾对农民的情感态度似可分出这样四个层次：哀痛、愤怒、温和、热爱。总的看来，这四个层次上的情感态度固然都为他们所具有，但却各有不同。"哀其不幸"在鲁迅已达到了痛心疾首的程度，并由此跃进到"愤怒"这一层次了。而他的"怒其不争"不仅较那位"摩罗"拜伦有质的区别，与茅盾在描写那些落后的农民时流露出来的哀婉、痛惜和愤怒的情感也有明显程度上和具体内容上的差别。因为在

---

① 《茅盾散文速写集》，人民文学出版社 1980 年版，第 126 页。

这里茅盾更接近"温和"这一层次了。显然，在"五四"时期，鲁迅的先觉性与当时以及他记忆中农民的蒙昧性，在心理上形成了一种鲜明的反差，使他产生了一种"距离感"。不过应该说，鲁迅的情感态度在那种极为畸形而庞杂的社会挤压下竟被"扭曲"一些了：他不得不以憎以怒，以巨大的哀悯来表露他对民众的爱！然而，在当时，事实上有距离地审视更能看清楚对象的本身，涌发的情感也更带有稳定性。于是我们看到，鲁迅保持着一位真正"医生"般的冷静或严酷，果决而凝重地执起解剖刀，看准了疮痈，毫不容情地切入、剜除……情之所至，以至时或流露出了讽刺的笔调。这正是"怒其不争"之情外化的一种结果。比较看，由于 20 世纪 30 年代初农民阶级有向上浮动的变化，也由于茅盾自觉地向农民移行接近，相对而言，距离感减弱了，而"摆平"的心理体验给他的创作带来了更多的温和与庄重，尤其是在这种情感态度的基础上，便易于对农民们踏上追求解放的道路而流露出欣喜之情。在这一层次上，鲁迅的"温和"往往是和从"记忆"中抄出的早年意象相关联的，并且主要是用来反衬现实黑暗、昏昧、无聊的，更增添了哀怒交织的情感。《故乡》中今昔情景的强烈对照就潜流着作者的这种情感，在《社戏》中甚至也不例外。至于"爱"，这不仅是他们创作的总根，他们的情感的最高层次，还是他们"实现自我"的突出表现，显示了他们与人民融为一体的伟大人格和宽厚的人道主义精神。不过，在这一层次上他们之间也有不同：一是与现实生活的内在联系有所不同，鲁迅的爱不仅是与恨（类似恨铁不成钢之恨）交汇成哀怒的情感波涛，而且鲁迅当时对中国农民之爱的现实依据还十分微弱或渺茫，即农民的可爱之处大多还处在掩抑状态之中。而茅盾的爱已较多地正面表达了出来，借对一些农民身上"美点"的展示，抒发了自己肯定性的热爱之情，尤其是茅盾已有了一些所爱的具体现实依据：农民们的"美点"不是萎缩、收敛的，而是伸张、增殖的了。二是呈现的色彩与表达方式有异，如前所述，读着鲁迅的《药》《风波》《祝福》《明天》等等作品，即会感到一种"火的冰"一般的冷炙，要穿透冰衣，读者才能感到鲁迅那颗燃烧着爱的心灵。读茅盾的"农村三部曲"《骚动》《秋潦》《水藻行》等作品，则不难感受到一种哀痛峻严与激昂奋发的调子并在的爱的律动，使人耳畔仿佛鸣响起了"哀丝豪竹"，感到一股泪中充满激情的冲击力。此外还可以体察到，鲁迅在农村题材创作上流露出了他的冷凝、抑郁、幽邃的精神气质；茅盾却较多地流露了他特有的沉静、精细而又"热惹惹的"① 刚健明朗而又含蓄凝重的精神气质。

换言之，鲁迅、茅盾在农村题材创作中体现出来的情感个性的主要特征及其多层次的复杂性，组成了他们各自独特情感个性的基本结构，依其表现的强弱、倚重及独特性来表示则是，鲁迅为：哀痛（强）——愤怒（强，倚重）——温和（弱）——热爱（强，变形）——总体具有独特性；茅盾为：哀痛（强）——愤怒（弱）——温和（强，倚重）——热爱（强，常态）——总体具有独特性。

显而易见，以上所说实际已是情理一体化的表述了。成功的艺术家的情理共生、交融、升华的心理过程，本来就是难以分拆得开的。不过，鲁迅的意蕴更深藏些，而情感流露反倒外显，这些从他作品中富于更多的哲理、心理内涵和较多的"自传"色彩与抒情笔调上可以得到印证。而茅盾的作品所展示的艺术图景似更宏大些，国际、国内的阴霾和农民们的挣扎、破产、反抗往往以相应较大的篇幅表现出来，在对涉及的经济、政治诸关系的形象再现之中，渗透了他的喜怒哀乐，但在表面上几乎从来不露痕迹。因此可以说，与鲁迅在作品中还表露了较多的"自我"情感体验不同，茅盾则更多地把这种"自我"情感体验与时代的命运、民众的命运

---

① 《茅盾论创作·西柳集》，上海文艺出版社 1980 年版，第 297 页。

"同化"了，把"自我"情感从作品的表层推向深层，从而与"理"更接近了。再者我们当然会注意到，情感的倾向性往往是由理智来制约的，鲁迅的"怒"、茅盾的"喜"既主要表示出他们情感个性的差别，从中亦可见出他们理智个性的差异。鲁迅的"怒"所外化的情感就带有明显的否定意向（带有激情的理性批判），而"喜"在茅盾这里的外化情感则带有明显的肯定意向（但很讲求分寸）。

此外我们还注意到，正由于鲁迅、茅盾在创作上一方面努力"求助于常醒的理解力"，另一方面又"求助于深厚的心胸和灌注生气的情感"①，达到了"理而情"浑然一体的境界，情感因素的活跃运动和原动力作用，时或导致他们创作上灵感的激起和非自觉性现象的产生，这也正说明理性是沉淀在情感的深处或极深层的，而情感却以它的难以抑制的力量推动着他们创作活动的发生与进行。

我们知道，鲁迅、茅盾都对"灵感"说不以为然，常常声明自己是与之无缘的。其实他们的创作并非与"灵感"无涉。拿鲁迅《阿Q正传》和茅盾《春蚕》的创作来说，就存在"灵感"发生的痕迹：阿Q在鲁迅心中藏有多年了，但一向并没有写出来的意思，不意经由"催产士"孙伏园的"一提"，还真"提"起了鲁迅巨大的创作热情，当成鲁迅的笔，而且笔调颇合"开心话"的情调，这便说明一时的外部触媒诱发了鲁迅的创作灵感。同样，茅盾即使意志坚强地追求着农村题材的创作，但也只有在找到"春蚕"时，才蓦然获得重大的突破，而且，那灵感之潮的涌发就与他看到的一则报纸新闻有关。② 更何况在《春蚕》发表后，由于反馈信息的积极推动，使他意兴盎然地写下了原来并不曾想到的《秋收》《残冬》

① ［德］黑格尔：《美学》第一卷，朱光潜译，商务印书馆1979年版，第357—359页。
② 参见茅盾《关于文艺创作中一些问题的解答》，《茅盾文艺评论集》（上），文化艺术出版社1981年版，第168页。

等作品。

在前面我们已经谈到过鲁迅、茅盾的活动与他们故乡的密切关系。的确，故乡成了他们农村题材的"创作家园"。在 20 世纪 30 年代初期，茅盾曾屡次返回过故乡，这不仅使他爆发了巨大的热情，迎来了丰收的季节，而且几乎每一篇作品（包括散文），都是他过去记忆中的印象与目前强烈感受相交合、碰撞所产生的灵感之果；鲁迅更会由现实的刺激而猛然引发"辛亥革命"前后甚至更早以前对故乡生活的印象，在"我"贯通昨日与今日的"故乡"之际，生出无尽的悲哀与愤怒的情感，终至援笔抒写，竟"不暇顾及""我的呐喊是勇猛或悲哀，是可憎或是可笑"了。①

再者，我们对鲁迅、茅盾创作上的"非自觉性"现象也要给予足够的注意。

一种情形是，在创作上有时出现了预先未曾料到或无意识参与创造的现象。比如鲁迅写阿 Q 走向"大团圆"，当有人问难时，他才去仔细追想当时构思和写作的情形，明言"没有想到"，但由于生活逻辑如此，自己不自觉地循之而动，所以"这也无法"②。至于对阿 Q 形象所深蕴的内涵，鲁迅也未必全部深思熟虑、十分明晰了；对祥林嫂身受"四权"捆缚与迫害的事理他也未必要加以全部有意识的表现。何况他对"写农民"这一行为本身的自我意识也有非自觉的成分。因为当时他是专注于摸索国民的魂灵，并非特指"农民"或局限于"农民"的。也就是说，由于他主要是自觉地从倡导反封建的思想革命出发去探索"国民性"，所以尽管他对农民之于中国革命的重要性也有深刻入微的感受，但还未能上升到清晰而全面，如后来以毛泽东同志为代表的中国共产党人那样的认识程度。然而由于作家创作主体的自觉与非自觉、意识与无意识部分都投入了创作活动，

① 《鲁迅全集》第四卷，人民文学出版社 1981 年版，第 456 页。

② 鲁迅：《〈阿 Q 正传〉的成因》，《北新周刊》1926 年第 18 期，第 1—32 页。

从忠诚于实际生活的现实主义原则出发，这就使鲁迅在相当的程度上能够真实地描写出反映那些牵动着农民问题各个方面的完整的艺术画面，产生了"形象大于思想"的现象：着力剖露国民劣根性，却也写出了一些农民的美点；未曾以阶级分析观点来认识自己笔下的人物，但人物的阶级属性却由形象本身得到了一定的说明，等等。总之，鲁迅绝没有任意削生活之"足"，来适自己理性认识之"履"，这才真正是现实主义的胜利。

另一种情形是，有时于"自然而然地从心中流露"① 的状态中，就包孕了一些"非自觉性"因素。从鲁迅、茅盾农村题材创作的总体过程来看，他们是自觉的，但他们"自觉"到非常"自然"的地步时，就像血管中流血、喷泉口喷水一般，无须明显的理性支配、意志努力，便情不自禁地写出了作品。比如茅盾极善于观察，并养成了给社会"画像"的习惯，久而久之，习惯成自然，以致使他每到一地，都绝不会空手而归。他的农村题材创作大都是这样"自然而然"、自觉而又有些不自觉地产生的。

这里有必要强调的是，其一，情感因素在鲁迅、茅盾的农村题材创作中起着举足轻重的作用，这个事实是绝不能有丝毫忽视的，它一方面融化着理性，另一方面又呼唤着灵感；一方面使创作的自觉性奏响强劲的主旋律，另一方面又使非自觉性弹起动听的和弦或伴音。其二，当然在鲁迅、茅盾的农村题材创作上，有时也存在着情与理未能很好融合、未能达到高度的艺术升华的现象。如鲁迅对"国民性"的认识还带有模糊性，对其劣根性的极大关注无形中强化了"怒"的情感定式，由此在很次要的程度上，使"爱"与"怒"之间产生了矛盾，流露了稍多一点的"阴冷"情调；而茅盾在《泥泞》中流露出来的"冷"以及《大泽乡》等作品流露

---

① 鲁迅：《革命时代的文学》，《鲁迅全集》第三卷，人民文学出版社 1981 年版，第 417—423 页。

出来的"热"都有失调之嫌：过分任其情感的自流（如《泥泞》的悲观、伤感）或过分强调理性的自觉控制（如《大泽乡》的概念化痕迹），都会给创作带来某种损害。

三

鲁迅、茅盾从农村题材创作中体现出来的"理而情"个性特征是鲜明的，限于篇幅，本节不拟对其多元而复杂的成因做出相应的说明，仅就以上所述，引出如下一些初步的结论和有益的启示。

鲁迅、茅盾都是"理智型艺术家"。在他们农村题材创作上也流露出了强烈的理性精神。从中我们可以清晰地看到他们各自的理智个性：鲁迅主要集中写出了农民（国民）"灵魂深处未变"，把艺术思维的目的方向引往倡导反封建（间接体现反帝意向）的思想革命；茅盾主要集中写出了"社会萌生初变"，把艺术思维的目的方向导向倡导反帝反封建的社会革命。对"沉默的国民魂灵"的集中关注与对始动性社会生活的追摄透视，分别构成了鲁迅、茅盾的稳定性心理结构。

如果从纵向即文学史的角度看，鲁迅、茅盾充满个性的艺术创造本身就体现了两人的一种传承关系。这表明，不仅艺术的繁荣有赖创作个性的发展，而且艺术的发展更有赖于创作个性的更新与"繁荣"，无论时空距离的远近，作为一位优秀的作家都不能对于先己而出的杰出作家亦步亦趋地模仿、因袭，而必须执着地建构自己的艺术个性，甚至不惜冲破"旧我"的框架。面对鲁迅这位描写农民的圣手，茅盾有的不仅仅是继承、仿效，更重要的则是能够克尽所能、竭力求新、寻找自我，只有这样，才能真正对鲁迅开辟的描写中国农民这一现实主义"新传统"加以继承和发展，为新文学史做出自己宝贵的贡献。如果从横向上即创作论的角度来看，除了也有继承与创新的客观要求之外，则鲁迅、茅盾在农村题材创作上还存在着一些互补关系。即一方的突出题旨还是另一方创作的重要补充，他们恰好把中国农民阶级的二重性各有侧重地分别表现了出来（他们没有割裂生活而是各据个性"改造"了生活），从而昭示着两种描写农民的创作指向，或树立了两种描写农民的范式。即无论是侧重描写农民身上的缺陷，倡导思想意识更新，着力刻画心灵，深刻揭示"灵魂深处沉滞未变"，还是侧重（微弱侧重也包括在内）描写农民身上的美点，推动社会迅速变革，着力反映社会变化，及时捕捉"社会发生初变或巨变"，这样两种创作倾向都有其合理性与可能性，同时也昭示着把"写心灵"与"写变革"完美统一、平衡起来的创作方向。显然鲁迅、茅盾的创作个性，都是"含有普遍性的独特性"，在新文学（包括新时期文学）创作中均具有一定的历史意义和现实意义。

"理而情"是鲁迅、茅盾创作的艺术精魂，也是他们农村题材创作体现出来的总体特征。情感因素在他们的创作中有举足轻重的地位，在农村题材创作上也生动地体现了他们的情感个性。鲁迅以"哀"与"怒"的交织，茅盾以"哀"与"喜"的交织，分别显示了他们的独特的情感个性，并在哀痛、愤怒、温和、热爱等四个层次上建立了自己情感个性的基本结构。笔者尤其注意的是他们创作上"理而情"的沉淀与升华、融合与结凝的总体特征及其艺术表现。同时也注意到，正由于情感的巨大作用，在鲁迅、茅盾农村题材创作上也都存在着灵感发生与非自觉情态等创作心理现象。

鲁迅、茅盾的艺术实践表明，人民之所以需要艺术，主要就在于它有一种力量，能把人类的理性化作一片情海，扬起瑰丽而圣洁的波浪，去涤荡这生生不息的寰宇。但当某些提出向"理智和法则"挑战的人们，一股劲地扑向"情感"的怀抱时，却应该悟到"理而情"这一"有常"而朴素的道理：在优秀的艺术作品中，情感与理性本应结为情投意合的一对伉俩，任何留此舍彼、试图割裂它们的做法都是徒劳的。至于情之所至而产生的灵感与非自觉性现象，对之采取不承认主义固然是不妥当的（也包括鲁迅、茅盾自己的某些说法），当然更不能把它们推向极端，把鲁迅、茅盾的创作活动归结为灵感或非自觉性的产物，或相反，把鲁迅、茅盾的创作用灵感、非自觉性的标尺来一一衡量，一旦不合则予以否定。当然我们也不能讳言，他们在农村题材创作上有时情理并未达到高度完美的融合，二者之间存在着明显的矛盾，致使产生了一些缺欠，不过这也同样可以引为鉴镜。显然，作为新文坛上两面光辉旗帜，鲁迅、茅盾创作上的主导精神并未像某些人蓄意贬抑的那样，消退了光彩夺目的颜色。因为仅仅从他们与中国农民在心理上、文学上的联系上，我们就可以不断获得一些有益的引导和启示。

第二节 人际与性际之间：鲁迅与茅盾的交友与婚恋

既为人也为己的人生，必然拥有"人生中最伟大的东西——爱与友谊"[①]。而"爱与友谊"则在人际与性际之间展开，作为文化名人的鲁迅与茅盾自然也不例外；一切内在与外在的追求都是为了充实人生，鲁迅与茅盾也由此成为真正的"人生派"。从"为人生"包括也"为自己"的"人生"角度来看鲁迅与茅盾，可以更真切地走近他们的人生世界和走进他们的心灵深处，这对理解他们的个性和文学，辨析他们的异同和遗训也会有所帮助。本节拟主要从交友和婚恋这两个人生基本主题，来考察和理解人

---

① ［美］约瑟夫·F. 纽顿：《人生的导师》，刘双译，中国发展出版社 2001 年版，第 250 页。

生场上的鲁迅与茅盾——说到底我们关注鲁迅与茅盾，也是为了建构我们今生今世的人生世界。

一

在人际关系中，交友显然是人生非常重要的内容。对于个体是如此，对于集体、国家其实也是如此。要有现代的发展，就必须有现代的"交友"。在广泛的内交与外交联系中开辟自强互利的发展之路，这就是现代性选择。趋于封闭即意味着腐朽死灭，拓展人生则意味着更新解放。许多现代哲人关于人、社会、国家给出了种种"设计"，而其设计思想都难免要有一个基本点，就是要有一种打破自我封闭的现代开放意识，亦即广义的现代"交友"意识。这也意味着，拥有现代"交友"意识才能拥有现代"人生"及相关的一切。

在鲁迅的一生中，曾接触过各种各样的人物，他们与鲁迅或亲或疏，或友或敌，情形尽管不同且多有变化，但他们也作为同时代或略有先后的人，对鲁迅产生了这样那样的影响。其中那些有缘与鲁迅相识而又能够相知的人，便成了他真正的朋友。据学者统计，仅在《鲁迅日记》中记载的与鲁迅交往的人，就共有 1950 人（日记不全，如全则要多于这个数字）。这些人有的是鲁迅的亲属、师长，有的是同事、同学、同乡或学生，有的是佣工和访问者、求助者。在这样广泛的人际关系中，我们几乎看见了整整一个时代及其发展状貌。从"五四"时期开始，中国文化界的许多文化名人也都与鲁迅有过相当密切的关系。既有李大钊、陈独秀、胡适、钱玄同、刘半农这些新文化运动的先驱者，又有茅盾、郁达夫、巴金这些重量级的作家；还有瞿秋白、柔石、冯雪峰这些真正的文艺战士。同时，也还有"新青年"、文学研究会、创造社、语丝社等社团以及文化艺术教育界的学者、教授、画家、诗人、演员等，他们与鲁迅的程度不同的交往，也都程度不同地影响到了鲁迅的思想与创作。鲁迅是在交往中"存在"和"发展"的。① 茅盾寿长，结交的人似乎更多更广，堪称面宽量大。但与鲁迅非常相似的是，能够生死与共、肝胆相照的朋友也不多见，而作为同路人或偶有往来的一般性朋友则有很多。当然，作为文化名人的鲁迅与茅盾较一般人结交面要宽得多，他们在一生中不断地结交朋友，这在很大程度上丰富了他们的人生内容。同辈好友或忘年之交，国外朋友或同学近邻，异性朋友或同性朋友，等等，都曾成为鲁迅与茅盾"生命"的构成和见证。他们用于交往的时间、精力无疑是非常惊人的。不过人们比较多地强调了鲁迅的"树敌"而非"交友"，因此有些人看鲁迅，便觉得他是一个很难交往的怪人。其实，鲁迅交友的人多于他点名批评的人，何况"鲁迅没有反对过任何人，他反对的是一种思想传统。歪曲鲁迅的主要方式是把他反对一种思想传统的斗争偷换成反对某些人的斗争"②。其实鲁迅也能交到一些知心朋友，甚至还有那种稀世"知音"般的朋友。如鲁迅与许寿裳的友谊，就是世间少见的真挚而恒久的"友谊"。鲁、许友谊是终生的，从他们在东京弘文学院相识到鲁迅逝世，始终友好如初，交往甚密，堪称莫逆。鲁迅对这份深挚的友谊，也很为感动和珍惜。再如鲁迅与瞿秋白早就有"神交"之谊，及至 1932 年夏天两人终于相见恨晚地走到了一起。他们在上海的共同战斗，使他们结成了亲兄弟般的友谊。为了这份相知，鲁迅会与瞿秋白作彻夜长谈；为了这份相知，他们在生活上也格外互相关心；为了这份相知，他们在事业上也携手并肩而不知畏惧；为了这份相知，鲁迅亲书对联"人生得一知己足矣，斯世当以同怀视之"以赠秋白。③此外鲁迅交友有时也可以达到很亲切或亲昵的地步，比如鲁迅与章川岛的

---

①　参见彭定安、马蹄疾《鲁迅和他的同时代人》（下），春风文艺出版社 1985 年版，第 83 页。

②　王富仁：《呓语集》，中国文联出版社 2000 年版，第 114 页。

③　参见杨之华《回忆秋白》，人民出版社 1984 年版，第 137 页。

友谊就是如此，并噱称这位忘年交的同乡为"一撮毛哥哥"。像这种轻松甚而亲昵的友谊表达，在鲁迅与茅盾之间则很少见到，从他们来往书信保留下来的文字看，多属就事论事，少有亲昵戏谑之语；鲁迅也很少给茅盾赠书，且没有与茅盾的合影或送照片的记录，他们的相处更多的是彬彬有礼。显然，鲁迅与茅盾的友谊主要是"事业型"的合作关系，是那种严肃有余而活泼不足的"理智化"的友谊，偶有不快，也因"公"而起，但"大战斗"却需握紧双手。鲁迅曾说"我和茅盾、郭沫若两位，或相识，或未尝一面，或未冲突，或曾用笔墨相讥，但大战斗却都为着同一目标，决不日夜记着个人的恩怨。然而小报却偏喜欢记些鲁比茅如何，郭对鲁怎样，好像我们只在争座位，斗法宝。"① 至于鲁迅与外国朋友相处特别好的，其关系"铁"如鲁迅与内山完造那样的，世间也不多见。事实确如内山在《思念鲁迅先生》一文中所说的那样："鲁迅先生晚年在上海居住的10年间，同我非常亲近。"②

在笔者的感觉中，茅盾的交友方式与鲁迅似有明显的差别：鲁迅有时待友无疑是很真诚的，并能够唤起朋友强烈的感情以回应，在真正的知己朋友面前，他会有赤子之心的自然流露，从而形成"知己"般的刻骨铭心的友谊，但有时却也易于"翻脸"，或话语相当尖刻，易于产生误会，从热烈到冷峻，振幅较大。茅盾待友则一直比较平和（如他与瞿秋白亦为老友，相交时间更长，但却明显不及鲁、瞿之交那样深挚、热烈），和睦相处而很少剑拔弩张。他以一名文艺活动家和批评家的姿态走上文坛，同时又对政治参与较多，作为文人参政的角色认同还形成了比较明显的"秘书意识"或"行政意识"，深察"小不忍则乱大谋"的道理，他的想法做法

---

① 鲁迅：《答徐懋庸并关于抗日统一战线问题》，《鲁迅全集》第六卷，人民文学出版社1981年版，第285页。

② 武德运编：《外国友人忆鲁迅》，北京图书馆出版社1998年版，第12页。

未必都正确妥当，但事后证明，他显得更能顾全大局。与鲁迅相比，茅盾的"求和"意识在交友与工作中体现得更充分一些。茅盾是那种相当注意搞"平衡"的人，尤其在被认为是同一阵营中的人之间，茅盾会以大家都比较能够接受的"朋友"的身份去游说已经产生矛盾的各方。这表面看来，茅盾的朋友是很多的，人缘挺广，友谊亦长，但对茅盾来说，似乎真正能够彻底交心、互诉苦衷的"知音"朋友却并不多。俗话说"人无癖不可交"，他的理智和内向，处处谨言慎行的自律，往往会给人比较坚持"原则"或比较矜持的印象。少了那种直率坦诚的言说气氛，自然交起心来也就不那么顺畅了。因此总的来看，交友，作为人生的一个重要的方面，鲁迅与茅盾都有成功也都有失败。而这些也都影响到他们的情感倾向和创作道路。自然，鲁迅与茅盾交友的类型有多种，其中也有一些朋友交往渐少，互相也就淡忘、疏远了。但也有一些则是出于各种原因反目成仇，在这方面鲁迅无疑表现得更为典型，他的感情常常处于燃烧状态，常因"敌友"产生的复杂变化给自己的身心"施加"过于沉重的影响。在这方面，茅盾仍然显得比较平和，其交友的故事也少些波折和色彩。他对原则的坚持和对友谊的兼顾使他享有较多的美誉。然而如果说在中国20世纪真有那种始终"爱憎分明"的文化名人的话，那么以笔者看来最突出者却只能是鲁迅。在交友中能充分坚持自己的人生原则（如对林语堂这样的老友），真正做到爱憎分明，可谓是人生一大难事。鲁迅的这种交友之道对今人来说，显然也仍有启示的意义。但茅盾的交友之道比较理智、实用，也自有其特色和价值。

真挚的友情可以给人生带来很多帮助。事业追求、工作引荐、信息沟通和思想交流等诸多方面，正所谓"多个朋友多条路"，在鲁迅与茅盾的人生经历中也是可以得到充分印证的。鲁迅书信中不乏请求朋友提供种种帮助或为朋友提供帮助的记载，就是有力的证明。即就鲁迅与茅盾之间而言，也有一些"私事"方面的托请，有时还是主动性的"上门服务"。比如鲁迅曾为茅盾抄录过文稿买过药，茅盾曾为鲁迅请过医生跑过腿，等等。① 同时，友情也可以给人带来很大的乐趣和安慰。譬如通常被人视为20世纪中国"最孤独痛苦的灵魂"的鲁迅，也时常从友情中能够得到精神上的满足。他从厦门到广州，就仿佛是从"孤独"走向"联欢"，在这里有老友许寿裳、挚友孙伏园、腻友许广平等相伴。有好些天他们相约聚会、旅行，玩得真是痛快。即使茅、鲁交往是那样"理性"化，但鲁迅从这些友谊中得到的快乐也毕竟是主要的方面。许广平曾在《欣慰的纪念》中回忆说："茅盾先生从东洋回来了，添一支生力军，多么可喜呵！……有时遇到国外友人，询及中国知识界的前驱，先生必举茅盾先生以告。总不肯自专自是，且时常挂念及茅盾先生身体太弱，还不及自己。"② 这里也确实道出了鲁迅因与茅盾结交而生成的那份欣慰和牵挂。然而友谊带来的快乐与痛苦殊难分开，愈是亲密的朋友遭受不幸，那悲伤也就愈加沉重，并且要担当起做朋友的义务。比如鲁迅在挚友瞿秋白不幸牺牲后，就千方百计为瞿出版《海上述林》加以纪念；"忍看朋辈成新鬼，怒向刀丛觅小诗"的痛苦和写作，也对鲁迅的"心态"与"文心"产生了深刻的影响，那结果，除了身心的伤损，便是"愤怒之诗"成了鲁迅创作最基本的一种审美形态。

二

在文人之间素来有"以文会友"之说。作家之间互相送上心血结晶之作，那也是彼此相知亦即"关系好"的一个象征。尤其是由此而来的"相

---

① 参见叶子铭《茅盾漫评》，百花文艺出版社1983年版，第169—208页。
② 许广平：《鲁迅回忆录》，北京出版社1999年版，第368页。

知阅读"或"友情阅读",认认真真的,便会给人一种温暖的感觉,再认认真真评论一下,就更可以得到相知的快慰,这也算是文人之间相互帮助和友谊价值的体现。这样的中国文人传统至今仍相当风行。

此等文人雅事也曾在鲁迅与茅盾的交往中发生。据茅盾在《我走过的道路》中介绍,《子夜》出版后,送的第一人就是鲁迅。因为茅盾辞去左联书记职务而专心写《子夜》的过程中,鲁迅曾多次关心地询问其创作的情况。直到茅盾晚年,他还对送书的有关细节记忆犹新:"那时,我赠书还没有在扉页上题字的习惯。鲁迅翻开书页一看,是空白,就郑重提出要我签名留念,并且把我拉到书桌旁,打开砚台,递给我毛笔。我说,这一本是给您随便翻翻的,请提意见。他说,不,这一本我是要保存起来的,不看的,我要看,另外再去买一本。"① 当时鲁迅还引茅盾看了他珍藏的他人赠书的专柜,茅盾看到其中一些书还整整齐齐地包上了书皮。这也是尊重朋友精神劳动成果的一个细节,体现了鲁迅相当高尚而又富有人情味的精神境界。我们注意到,在《子夜》风行时,鲁迅并没有公开发表文章评论,但就在《子夜》出版不久,鲁迅在《致曹靖华(1933.2.9)》中说:"茅盾作一小说曰《子夜》(此书将来寄上),计30余万字,是他们(指反对左翼文学者——引者注)所不能及的。"从这里可以明显看出鲁迅的倾向与态度。据统计,鲁迅在日记、书信和文章中有10多处提到《子夜》,基本都肯定了《子夜》的成就。至于后来鲁迅受茅盾之托,转请胡风为史沫特莱的英译本《子夜》的"前言"提供素材,并为了这份材料,不厌其烦地给茅盾写信,等等,则更是生动地反映了他对茅盾的关怀和帮助。② 而这个细节也很能说明鲁迅对茅盾及其《子夜》的态度。此外鲁迅还有一封信《致吴渤(1933.12.13)》也谈到了《子夜》,说:"《子夜》

---

① 《茅盾全集》第34卷,人民文学出版社1997年版,第508页。
② 详参《鲁迅研究资料》第二辑,文物出版社1977年版。

诚如来信所说。但现在也无更好的长篇作品，这只是作用于智识阶级的作品而已。能够更永久的东西，我也举不出。"显然吴渤给鲁迅的来信（现已不存）是说了《子夜》"坏话"的，大概提出了不能作用于工人阶级之类的批评。所以鲁迅在复信中采取了辩护与解释的口吻。在这里，鲁迅既没有把《子夜》捧得多么高，看成是完美无缺的作品，也明显没有否定它，而是审慎地来表明他对《子夜》的看法。

鲁迅当时没有将他对《子夜》的具体看法写成评论文章发表，但鲁迅引为知己的瞿秋白，在《子夜》一出版就最早公开发表了正式的文学评论。如《子夜和国货年》和《读〈子夜〉》等文，评价很高，多被后人引述。总之他对《子夜》的推重，与朱自清等人的看法有一致之处，即都预感到了《子夜》将会在文学史上占有重要地位。此外"学衡派"代表人物之一吴宓教授，也对《子夜》产生了相当浓厚的兴趣，并不计前嫌地写了肯定性评论文章。茅盾曾这样感慨地说：《子夜》出版后半年内，"评者极多，虽有亦及技巧者，都不如吴宓之能体会作者的匠心"①。显然茅盾很看重别人对《子夜》的看法，但他在回忆录中却没有提到鲁迅对自己作品的看法，这其中也许可以看作是茅盾不想借鲁迅之评以自炫，但也许还由此折射出了鲁迅的某种矜持：他可以对年轻的作家去"提携"，对像茅盾这样虽比自己年轻但"从文"历史却很长的"老作家"，他却不便轻易发表议论。但鲁迅对茅盾及其创作虽非激赏，却是关注的，也是支持的。这里不妨举些例子。一是鲁迅对茅盾当年被迫辞去《小说月报》主编一事很同情，对文学研究会的被批评也时常抱不平。二是鲁迅在向外国友人介绍国内文学时总爱推介茅盾。一次他应日本著名杂志《改造》之请，为其编选中国作家的作品，鲁迅遂约茅盾也写一篇，茅盾欣然命笔，于是便有了他

---

① 茅盾：《我走过的道路》（中），人民文学出版社 1984 年版，第 122 页。

的又一篇名作《水藻行》的诞生。① 三是茅盾的《春蚕》发表后，夏衍很快便将它改编成无声电影，鲁迅在《春蚕》影片即将上映之时就认为，对正在挣扎中的国产影片而言，将《春蚕》改编为电影，"这是进步的"②，这里对茅盾《春蚕》的文本及其影响的肯定是不言而喻的。

不过就现有的材料看，鲁迅与茅盾作为相知甚深的朋友，彼此在走得特别近的时期反而并没有多少相互之间的评论，这其中恐怕也有避嫌的成分。但毕竟他们还是都有一些评论对方的话语流布人间，有些在他们生前就已公之于世（尤其是茅盾评鲁迅的文章相当多）。其中涉及人，也涉及创作。在鲁迅看来，茅盾是务实的人，在创作上能拿出像样的作品来显示作家的价值和"左翼文学"的实绩，如前面介绍的他给曹靖华的信以及许广平的回忆就表明了这点；在茅盾看来，鲁迅是一位勇猛的斗士，是一位在小说和杂文创作上成就非常突出的作家，于文化史和文学史上占有重要的地位。鲁迅逝世以后，当时已成为中国文坛中流砥柱之一的茅盾，在怀念文章中这样写道："鲁迅先生是思想家，同时也是艺术家。在现代中国，没有人能像他这样深刻地理解中国民族性，也没有人能像他这样受到中国人民的热爱与拥戴。……正在成长途上的文艺青年固然从鲁迅的文学遗产中得到教益，即使在一种程度上已经成长的既成作家，也正在从鲁迅的文学遗产中继续得到补益。比他年轻十六岁的我，不消说，是从他那里吸取了精神食粮。"③ 这是茅盾对鲁迅的基本估价，应当说，这种评价是相当高的，并将自己与鲁迅的关系做了谦虚的而又符合实情的交代。

如果说鲁迅评茅盾的话语确实不多，而且相当简约和随意，公开发表的评论文字尤其少，那么茅盾评鲁迅，则繁复一些，较为系统，但前后存

---

① 李继凯：《略说〈水藻行〉与〈大地〉》，《茅盾研究》第4辑，文化艺术出版社1988年版。

② 《鲁迅全集》，人民文学出版社1981年版，第292页。

③ 茅盾：《精神的食粮》，《六十年来鲁迅研究论文选》（上），中国社会科学出版社1982年版，第200页。

在一定的变化（后期曾在特定的历史条件下做过一些官样文章）。他在后期的贡献主要是一些指导性意见和有价值的回忆文字。这也就是说，晚年的茅盾为鲁迅研究提供的资料和研究思路，是有较明显的学术性建设意义的。茅盾对鲁迅的评论很多，曾有学者将其有关文章编成了专书（如《茅盾论鲁迅》等），这些文章从"五四"写到了新时期，并涉论了鲁迅研究的各个方面，有作家综论和小说评论、杂文评论等作品论，也有对鲁迅的思想、人格、文体、文学活动的评论以及对鲁迅研究本身的评论等。学术界对茅盾的鲁迅论多有研究成果问世，于此不再赘述，仅强调以下几点：其一，茅盾基本是鲁迅的同时代人，尽管相对年轻，但也经历了与鲁迅大抵相当的时代风雨，所谓感同身受，也正是能够从事相知型评论的有利条件。所以他能从自己的人生经历和思考中倍感亲切地认识和理解"鲁迅世界"。其二，鲁迅的人格很独特、很复杂，茅盾显然不可能对鲁迅的人格完全了解和认同，但他看清了一些，并郑重其事地指出来，至少是提供了一家之言。其三，茅盾评说鲁迅，总的说是前期水平强于后期，启示也更大些。他曾对高长虹说："我们写的文字太多了，写来写去恐怕还是那么些话。你是深知鲁迅的，你写一点批评鲁迅的文字，也许要客观一些。"①茅盾此话并非全是谦辞，也并非为了拉稿而故意如此措辞，其间确有自知之明的成分。其四，茅盾是很注重作品内容和思想的评论家，但在同时代人中，他还是比较看重文学文体的评论家。他的文学感受力是相当强的，至少较那些不能创作的学者也许还强些。他的《读〈呐喊〉》《鲁迅论》等均可为证。其五，茅盾对鲁迅研究的学科性建设也做出了贡献。他对鲁迅研究之研究的关注，对鲁迅研究的许多建议或指导性意见，也都体现出一位志在新文化建设的长者的一种很高的姿态，而作为鲁迅生前的故交，

---

① 高长虹：《一点回忆——关于鲁迅和我》，《鲁迅回忆录·散篇》，北京出版社1999年版，第178页。

茅盾这样做也确实是很够朋友的。在相当长的时期里，鉴于茅盾的"旗帜"性作用，茅盾的关于鲁迅研究的意见、研究成果以及提供的材料都会格外受到重视。在反对对鲁迅的神化方面，茅盾也始终保持着相当"前卫"的姿态。他的《答〈鲁迅研究年刊〉记者的访问》，堪称是这方面经典性的文献。[①] 朋友之交与神人之交毕竟有着本质的不同。尤其难能可贵的是，茅盾没有"学阀"之气，不仅努力保持着求实求是之心，而且还虚怀若谷，能够听取他人不同的意见，即使在生命最后一段时间里，仍然密切关注和投入鲁迅研究事业，那深层的心理内涵中也当有对相知之情的珍视和报答。

三

交友的选择，有的主要出于感情的需要，有的则主要出于事业上的需要。而出于事业需要所交的朋友，对于有追求的人来说则是绝对不可缺少的，所谓"出门靠朋友"对鲁迅与茅盾也同样适用。如从社团角度来看鲁、茅的交友，即可以领略到更多的人生内容。如鲁迅与《新青年》同人的友谊，与"语丝社"同人的友谊，等等；茅盾与"文学研究会"同人的友谊，与"左联"诸多活跃人物的友谊，等等，都是很值得言说的。不过在这方面人们从"事业"的角度也已经说了不少。笔者在这里却想着重谈谈鲁、茅同异性建立的友谊。笔者觉得这对他们的事业和感情都有着特殊作用，是不可忽视的。

作为现代文化名人，鲁迅与茅盾都能够超越性别限制，在有生之年结交了很好的异性朋友，有的还是他们共同的异性朋友。如他们与萧红的友谊就是突出的一例。再者，他们与史沫特莱的友谊也是一例。对此人们近

---

① 参见钟敬文《永在的温情——文化名人忆鲁迅》，河北教育出版社 2000 年版，第 122 页。

些年来津津乐道，甚至也有人据此想入非非胡说八道。友谊就是友谊，超越性别的友谊是性际关系中一道靓丽的风景。法国作家莫罗阿早就指出："以欲念去衡量男女关系是非常狭隘的思想。男女间智识的交换不但是可能，甚至比男人与男人之间更易成功……即在结婚以外，一个男人和一个女人互相成为可靠的可贵的心腹也绝非不可能。"① 笔者曾在短文《情感金字塔》中也指出，人人拥有的情感金字塔，"仿佛是神秘的天赐之塔，与生俱来，与心同在，永不消失，永具魅力。但它并非一成不变，结构内容与生命历程相契合，适时应运地调整和变化；也并非总是完好无损，风雨侵蚀亦与人生遭遇相一致，用心用情地修复则是必不可少的要事"。"其立体的多面和宽容的心室也为许多朋友包括异性朋友留下了情感交流的适宜位置。"② 显然，鲁迅与茅盾的情感金字塔也非常诱人，他们能够在自由与责任之间努力寻求一种平衡，能够较好地兼顾和包容，将情感与理智统一起来，并使自己的情感金字塔趋于坚固，经受住了风雨考验。笔者向来认为，古往今来，人的性际关系（以性、性别为基础和中心建立的人际关系）是非常复杂非常丰富的，性际关系的现代建构也是非常艰难的过程；笔者最担心的是人们对"极端"的爱好：不是走向男性中心的专制独裁，就是走向女性异化的畸形变态。而鲁迅与茅盾在与异性朋友交往方面无疑为我们做出了人生榜样。这不仅丰富了他们的生活，而且也促进了他们的事业。"她们"的相关回忆文字，也透着人间特有的芬芳，使人不禁心向往之。

鲁迅与萧红的交往史人们多已熟悉，无须缕述。值得注意的是，他们主要的联系方式是经常写信，所谈内容也不仅仅是创作方面的事情。比如

---

① ［法］莫罗阿：《人生的五大问题》，傅雷译，生活·读书·新知三联书店 1986 年版，第 84 页。

② 苏航（笔名）：《情感金字塔》，《婚姻与家庭》1996 年，第 52—53 页。

有一次萧红因为鲁迅在信中称她为"女士"而向鲁迅提出了"抗议"。鲁迅在回信中便指出这是稚气："稚气的话，说说并不要紧，稚气能找到真朋友，但也能上人家的当，受害。"鲁迅在这里简直就像个父亲似的教萧红如何说话，如何交友，如何做人（朋友的亲密无间有时也很像家人那样，也正因此，有人以为鲁、萧似乎出现了某种隐秘的恋意，甚至还扩而大之，认为鲁迅与许羡苏、山本初枝等也有类似的隐秘之恋。其实不然，因为友谊与恋情毕竟有着本质的区别。异性之间的深切友谊诚然也会带有某种性际关系中生成的情感色彩，但却与那种专注而又强烈的灵肉一体的恋情毕竟不同，何况单纯的性爱本能是简单的，心灵的性际想象是丰富的）。当鲁迅去世的消息传到远在异国的萧红那里时，她痛哭失声，并采取了一系列悼念行动，流露出了深厚友谊。茅盾与萧红的交往虽没有鲁迅那样深厚，但他也确是萧红的好朋友。萧红要办《鲁迅》这个刊物，在向许广平约稿的同时也向茅盾约稿就是一个证明。此外，他为萧红的《呼兰河传》写序言，亦可为证。鲁迅曾在《萧红作〈生死场〉序》中称扬和鼓励年轻的萧红，茅盾显然也对萧红的作品给予了关注，他也像鲁迅那样给萧红作品作序，并以自己开放的文学观念提出了自己的独到见解："要点不在《呼兰河传》不像是一部严格意义的小说，而在它于这'不像'之外，还有些别的东西——一些比'像'一部小说更为'诱人'些的东西：它是一篇叙事诗，一幅多彩的风土画，一串凄婉的歌谣。"它"仍然有美，即使这美有点病态，也仍然不能不使你炫惑"①。茅盾的创见，发人深思，使人信服，也扩大了《呼兰河传》在中国新文学史上以及国际上的声誉。如果缺乏对新人新作密切的关注和正确的审视，以及文学相知所带来的情谊，茅盾大概是难以写出《〈呼兰河传〉序》这样带着炽烈情惑的评论文字的。

---

① 萧红：《呼兰河传》，百花文艺出版社 2004 年版，第 10 页。

　　鲁迅与茅盾所结交的异性朋友中，还有一些是外国的"友人"——这不是外交辞令，而是确确实实的真正朋友，比如史沫特莱女士即是。她曾说"茅盾是鲁迅最接近的一个同伴"[①]。在天地之间，友谊原本是可以跨越各种人为"鸿沟"的，比如性别造成的"性沟"，国别造成的"国沟"，阶级造成的"级沟"，辈分造成的"代沟"，语言造成的"言沟"，等等。真正的友情与爱情一样，是可以跨越这些障碍物而达到精神上、情感上的相通的。异性朋友的"互动"影响往往很显著又很深刻。有鉴于此，我们也就不会奇怪鲁迅、茅盾和史沫特莱会结成那样亲密的朋友。早在1929年年底鲁、史就相识了。此后经过较为频繁的交往，增进了友谊。尤其是共同加入中国民权保障同盟，使鲁迅与史沫特莱成了战友。为躲避国民党当局的缉捕和暗杀，史沫特莱准备去欧洲，鲁迅便约请茅盾等人来为她送行。当她重回上海后，鲁迅与茅盾又和她"打得火热"，做了许多事情。当她病了住院疗养时，鲁迅和茅盾一起去疗养院探望她。在史沫特莱与这两位中国朋友的交往史中，"劝鲁迅异地治病"是最感人肺腑的一件事。她曾与茅盾一起带来了一位洋医生为鲁迅诊治。在看病时，用英语对话，必要时茅盾才翻译给鲁迅听。当医生说病很重，必须马上采取措施拯救时，史沫特莱痛苦地流下了热泪。鲁迅也正是从这热泪（鲁迅赢得不少异性真诚的眼泪亦为一种人生之福吧）中，更深切地看到了珍贵的友谊。在他们的交往中，还有一件传播很广泛的事，就是众所周知的鲁迅与茅盾给陕北打电报或致贺信的事，而积极促成这件事的，就是史沫特莱。在鲁迅逝世之后，茅盾与萧红、史沫特莱仍有着友好的来往。比如1941年10月，史沫特莱在香港曾拜会茅盾，告知自己将回美国，除了谈到延安的一些政治、军事情况之外，还特别提到毛泽东身边的那个女人（指江青）不是好

----

　　① 庄钟庆：《茅盾纪实》，四川文艺出版社1986年版，第209页。

人，嫉妒心极重。① 这是史氏以女性的直觉做出的判断，后来自然得到了证明。但在当时的一般场合是不好这样说的，只有对老朋友如茅盾这样的人，她才会说出这种琐碎却很重要的"女人气"十足的话。

四

通常认为，异性朋友的进一步发展便会通向婚姻。其实情形远为复杂。作为现代人的杰出代表，鲁迅与茅盾的婚恋观念都有了相当彻底的更新，不过其中也存在着一定的矛盾。尤其是现代婚恋观与传统家庭观的矛盾，恋爱自由观与实际妥协行为的矛盾等，成为困扰鲁迅与茅盾的重要的现实问题。而显示这种矛盾最为突出的事件，则是他们不得不面对旧式婚姻。他们的婚姻作为典型的旧式婚姻，其过程与结果却有着很大的差异。在鲁迅是婚与恋终于彻底分离，在茅盾则是婚与恋不免不尽如人意。鲁迅因这旧式婚姻而倍受精神与肉体上的折磨，直到 45 岁时才有转机，但那种苦涩到底也难消失，其妻朱安更是在无爱的折磨中走完了苍白的一生；茅盾显然对旧式婚姻的适应性较强，并力图"旧瓶装新酒"，抑或将婚姻和情感相安自处，但忍耐中也有变故。他也曾与鲁迅一样有了婚外之恋，然而鲁迅走向了永生的结合，他却终于还是从"虹"的光影中走出，其回归引起的非议远多于叹息。

朱安作为旧式女人，无论她对鲁迅好也罢坏也罢，都动摇不了他的"铁石心肠"，这就是没有爱情的婚姻悲剧。鲁迅曾与日本友人内山完造和老友许寿裳等人谈起他对这婚姻的强烈不满。自然，鲁迅也是活生生的人，他也希望身边有个可爱可亲的女人，然而生活既然如此，他就宁可刻苦自己，或努力转移注意力，升华自己。但鲁迅仍主张："我们还要叫出

_____

① 参见唐金海《茅盾年谱》，山西高校联合出版社 1996 年版，第 616 页。

没有爱的悲哀，叫出无所可爱的悲哀。"鲁迅的悲哀诚然是深重的，但笔者也还是关心，在鲁迅与朱安朝夕相处而又形同路人的日子里，难道就不曾想过做"沟通"的尝试么？在朱安方面显然是一直做这方面努力的，她对鲁迅的照顾至少也有不少苦劳，即使在说话上，她也是试图接近鲁迅的。但由于差距太大，几乎总是话不投机半句多，甚至适得其反。从一些生活细节中也似乎表明，鲁迅的传统男性中心意识恐怕还是多少有点的。此外，笔者还想到，俗话说"夫妻没有隔夜仇"，如果朱安女士千方百计以尽妇道，充分利用夜的魅力而将鲁迅柔化，也许……但作这样推想的时候，自己也失笑起来：如果这样，那还是自卑的拘谨的传统女性吗？那岂不成了带有现代色彩、具有主动精神的女郎？近期在"网络文学"中见到《嫁给鲁迅》这样的小说，才理解现代或后现代女性与朱安们的差距确实有天壤之别。然而始终拒绝朱安，这对她也并不怎样公平。从鲁迅与朱安如此畸形的性际关系中，笔者强烈感到，在几乎无法启蒙的女人面前，即使是鲁迅不是也无能为力么？……关于鲁迅与朱安的故事是很沉重的，但笔者也分明感受到了他的无奈和自虐，甚至有时还多少有点"残酷"。这样的故事都有个共同的古老的名字：无爱的婚姻。鲁迅"人生"中来自家人间无意识的"互爱互害"，往往也相互交织、相互作用，其中因爱而"害"的现象尤其值得注意。爱的迁就、容忍和妥协等，往往可以成为对家人的不自觉的伤害。如鲁迅之母对其婚姻的"关注"和"操办"，客观上对鲁迅造成的精神伤害非常大，而鲁迅对朱安在情感上的冷淡和拒绝，也在实际上对朱安和鲁母造成了精神上的持久痛苦。

这种因旧式婚姻引发痛苦的现象在茅盾的人生历程中也存在着，但和顺的一面更突出一些。与鲁迅相比较，也许茅盾的旧式婚姻并不显得怎样沉重。他在5岁时就与孔家定亲的原因是很传统的，等到茅盾辍学参加了工作，母亲就在女方的催促下开始为茅盾筹办喜事。这也不像鲁迅所说的是母亲娶媳妇，而是茅盾自己娶媳妇。不过茅盾母亲也曾犹豫，倒是茅盾自己想得很开（在"终身大事"上竟也能如此冷静）。幸好这位孔家姑娘在成为人之妻并正式被沈家命名为"德沚"之后，便获得了"新生"。她居然通过各种方式学了许多知识，等被茅盾接到上海同住并再经锻炼，就很像一位太太和女活动家了，且对茅盾的人生和创作也曾产生了不可忽视的积极影响。茅盾虽然没有经过恋爱过程，但婚后的他似乎感觉不错，好像踏上了先结婚后恋爱的道路。这也影响到他的婚恋观，他在 1919 年发表文章认为："结婚问题不当以恋爱为要素"，结婚是为了"产生超人"。也就是认为这样可以产生非凡的杰出人物（这其实也类似于鲁迅用"完结了四千年的旧账"的追求来超越旧式婚姻的情形，即用"升华法"来努力提升自己）。此时茅盾的观点与其行为模式显然是相同的。但也就是两年左右的工夫，茅盾的婚恋观便发生了明显变化，开始认同"五四"新爱情观："两性结合而以恋爱为基础的，那就是合于道德的行为，反之，就是不合于道德的。"这种认识当然不是一般的"习语"，肯定也出于茅盾自己真切的认识。其中也许还有他的某种希望或期待。后来的事实证明，当茅盾愈是成熟男性的时候，对爱的理解也更加深刻，要求也更加强烈。正是由于有这样的心理铺垫，他后来的"浪漫行为"才不是偶然的"出轨"。

我们理应注意鲁迅与茅盾发自内心的爱恋，这也是一种特殊的"交友"。这种充满活力、充满理解、充满幸福的感情方式，是非常现代的，也是极具魅力的。说来有些奇怪，鲁迅与茅盾深刻地体验这种情感却都是在正式结婚之后。尽管这种能够体现人生质量的感情到来得有些迟缓，但在这方面鲁迅与茅盾无疑领略到了一种人生的丰富：渴望与失望、失意与得意、幸福与痛苦等。由于受中国传统文化长期的熏染，可以说鲁迅与茅盾也都是家庭观念颇重的人，都曾程度不同地忍受着包办婚姻带来的痛苦与失意。因此，他们在已成的婚姻之外，先后都有感情的波动和寄托，并且都实际有了因爱而"同居"的人生经历。鲁迅与许广平的同居，冲破了种种世俗的偏见，上演了一幕现代爱情超越旧式家庭的悲喜剧，但也引发了新的苦恼与无奈。① 还是鲁迅自己概括得好："十年携手共艰危，以沫相濡亦可哀。聊借画图怡倦眼，此中甘苦两相知。"鲁、许之恋毕竟写出了新的人生篇章，或可称为中国的"萨—波之恋"（萨特与波伏娃之恋）！而许广平对鲁迅的知遇更是视为自己一生最重要的事件，她写道："十载恩情，毕生知遇，提携贴体，抚育督注。有如慈母，或肖严父，师长丈夫，融而为一。"② 茅盾与秦德君的同居，则更多地像是传统士子的婚外补偿，一旦意识到现实的诸多义务或责任，便能够放弃爱情，抑或用理性剥落掉浪漫之恋的虚幻性，将实际曾经发生的相当真切的爱恋或对理想之恋的期待深埋在自己的心底。其中也难免会充满悲喜交集的人生况味。

鲁迅在他一生中所遇的异性自然不少，有好感的也当不限一人。尽管传闻（未必属实）鲁迅一生中喜欢过若干异性，但真正获得他持久的深爱并与之缔结实质性婚姻的，亦即从鲁迅真正的感情归属来看却只有许广平一人。因此应该说，鲁迅一生中真正的爱情归属并不在于他那"明媒正娶"来的朱安夫人，而是那位年龄悬殊但却志趣相投的许广平女士。轰动一时的甚至带着一些误解的"师生之恋"，却为现代中国人树立了一种新的爱情范式。他们的爱情在体现现代自由意志方面可以说是具有经典性的，有日月可鉴，堪称神圣而不朽。但也许还会有人问，许广平作为年轻的女大学生为什么要爱鲁迅？难道那时候就流行了中年男人最成熟的说法？要寻求鲁迅与许广平的相恋原因，自然不可以简单理解。不能否认，鲁、许之恋也有一般男女之恋的那些基本因素和条件，尤其是陷入困境的年轻女子和生活失意的中年男人的遇合，也许最容易迸发出爱情的火花，

① 吴俊：《鲁迅个性心理研究》，华东师范大学出版社1992年版，第182—183页。
② 《许广平忆鲁迅》，广东人民出版社1979年版，第34页。

因为这里更多一些相互的需要，更多一些优势的互补。当然，鲁迅与许广平婚恋的发生也有其比较特殊的原因。主要有以下几点：其一，鲁迅作为老师，显示出了过人的知识魅力，对学生产生了深深的吸引，对当时特别爱听鲁迅课的许广平来说更是如此。在这里，认真教与认真学产生了一种深切的契合，这是他们能够战斗在一起、结合在一起而超越年龄界限的潜在原因。其二，特定情境中的遇合是人生的一种缘分。失去恋人（李小辉）而又陷入困境的许广平，感到了人生的令人害怕的孤独；而鲁迅虽然成名成家，但那深深的孤独恰是对鲁迅的最为准确的写照。相似的不幸与孤独，往往也是产生"同是天涯沦落人，相逢何必曾相识"的相知共感的前提，在此深藏着人生的机缘。其三，感情的萌发也许容易，但经得住生死考验才会闪烁出"真爱"的光辉。这也会使人想起古今中外许许多多让人感泣的爱情故事，自然还有那新编新拍的《泰坦尼克号》。鲁迅与许广平的感情也真正经受了非常严峻的考验。这主要是在女师大风潮的斗争中，一作为学生领袖，一作为教师的领头人，相互支持，不畏凶暴，以至取得斗争的最后胜利，这就更加深了他们彼此之间的思想感情。无疑，许广平和鲁迅，是异性间"真正爱情"的执着追求者！

相形之下，茅盾在追求爱情过程中所表现出的顾虑重重和隐然退缩，就使他很难当得起这种称号了。不过他的家庭观念之重，为了慈母、孩子以及妻子，总之是为了已有的家而放弃浪漫之恋，这大概也会使人想起曾经风行一时的《廊桥遗梦》中男女主人公的热烈到极致的四日之恋和女主人公后来的选择。茅盾与秦德君确曾有过这样类似的热恋，而且为时近两年，秦还两次怀上孩子（但都到医院打胎了）。也许茅盾在感情上较之于廊桥侧畔的情人陷得更深一些，但最终还是选择了此前的义务与责任。在他的看上去很像"负心汉"的行为中，到底隐含多少无奈和苦痛，抑或悔恨与绝望，这也许只有他自己才知道。茅盾与鲁迅一样，都有其旧婚，也都有其新恋。只是结局很是不妙，与鲁迅似乎恰成反照，构成了性际关系中别样的一种景观。至于茅盾移情别恋的原因，自然也是很多的，行旅中的孤独，异国的寂寞，作家的敏感，异性的魅力，新鲜的诱惑，志趣的接近，方便的条件，甚至还有男性的弱点，等等，但对茅盾这样修养已深、性格已成的人来说，在这方面总是非常慎重的。之所以发生这样的事，对已有的家庭生活的不满当无疑是重要的原因之一。但他的这种不满没有鲁迅那样强烈，更没有像鲁迅那样溢于言表，茅盾比较善于调节自己的心态，也比较善于掩饰自己的情绪，还很注意爱惜自己的羽毛。但不满就是不满，随着时间的推移，在相宜的机会来临时就会显示出来。在这样说的时候，我们千万不要忘了茅盾是相当理智的人，即使是在恋爱，他也会注意选择适当的时机，即便是在情恋已深时也还是留有自己的"底线"——他不会像鲁迅那样不顾一切地摆脱已有的婚姻。他不是没有这样的机会与可能，但他的千思万虑还是使他难以跨出这大胆的一步，相反是把跨出的脚收了回去；茅盾的理智还表现在，他有着许多接触各种女性的机会，并且他对女性美也有很强的鉴赏能力，但他却能很好地控制自己的言行。他在婚后，在社会活动中认识了许多勇敢浪漫的时代女性，"革命加恋爱"其实在当时是很时髦也很流行的风尚。这些对茅盾不会毫无影响，但作为文学素质深厚和身心健康的男人，茅盾也注意有节制地与异性进行接触，并能注意自己的形象。就茅盾来说，他也确实对他认识的一些异性有着强烈了解与接近（理解）的愿望，不但注意观察且喜欢与之交谈，并时或引起创作的冲动。事实是，这些异性后来有的就被茅盾艺术地引入了小说。如慧女士、孙舞阳、章秋柳们的音容笑貌，就给读者留下了难忘的印象，自然这首先是因为她们（如黄慕兰、范志超等）给茅盾留下了难忘的印象。有了这些或显或隐的原因或铺垫，才会发生似乎"偶然"的茅盾与秦德君的故事，在这里说什么"负心汉"或"狐狸精"之类的话显然是陈腐的，讳莫如深而反对认真的探讨也无疑是愚蠢的。

五

生存环境与创作心境的关系相当密切。具体的生存环境对作家来说，真的是息息相关。固然，能够影响到作家创作心境的各种因素是复杂的，然而影响到作家的喜怒哀乐情感变化的因素，却更多的来自他的身边，包括他的朋友，他的家人或情人。对鲁迅与茅盾而言也是如此。对写作（尤其是创作）活动与过程的影响因素，往往并不是国际政治风云或国内政坛要事，而是生活中自己亲历的具体而微的人事，尤其是那些容易牵动人的哀乐感情、与人的日常生活紧密联系的人事。其中，与作家自己距离最近的那些人也许就是影响其创作心境最为直接也最为重要的人。在这样的人中，作为作家妻子或情人的人，可以说显得就更为突出一些。比如当年川妹子秦德君有缘与茅盾相识、恋爱和同居，直至痛苦地分离，这些都影响到《虹》的写作，其没有继续写下去的原因，茅盾在《虹·跋》中有亦显亦隐的说明，这就是因为"移居"（从日本返回国内）、"人事倥偬"（主要应指自己与情人的情缘已断或已陷入危机），使得这部主要由她提供素材的小说创作失去了原有的创作心境。在写这跋的时候，茅盾的心境正陷入灰暗悲凉之中，但又在"呓语"式的诗化语词中表达了自己难以言传的怀念和期待。遗憾的是，茅盾的"屋后山上"再也没有出现"虹之彩影"，所以他也就终于没有"续成此稿"。由此可以看出创作心境对一个作家来说是多么重要。值得注意的是，鲁迅与茅盾在一个较为长久的时期里，所处的社会大环境是"大致相同"的，有一个时期还共同生活在一城一地，有时还比邻而居，有许多社会方面的经历都很相似。然而他们的具体生活环境，环绕于他们周围的人和事，却毕竟有着许多细微而又重要的不同，这便切切实实地影响到了他们的创作。这也就是说，即使像鲁迅与茅盾这样杰出的作家，其日常的情绪变化也往往并不总是与"重大事件"相联系，而是与其身边的"被围困"的生存体验密切相关。人际关系的牵涉，性际关系的负累，被亲情、友情乃至怨情、冤情缠绕不已的说不清道不明的感受，往往对作家的创作活动产生不可忽视的影响。尽管鲁迅与茅盾通常在努力回避着将个人庸常的生存体验进入笔端，但却无法摆脱这些切切实实的人生对其创作的影响，他们笔下人物形象系列的不同就是明显的例证。

鲁迅与茅盾的婚恋经历实际构成了不同的婚恋模式，对中国当代的婚恋模式的建构也有所启示。比如鲁迅与茅盾所经历的感情风波或爱情洗礼及其悲喜哀乐，现代生活中的人们即使不羡慕、不效仿，有时恐怕也是很难逃避的。因为正常人的情感反应和现代人将"曾经拥有"与"渴望持久"相兼容的情感愿望，不是越来越式微了，而是越来越强烈了。又比如关于自由恋爱，我们也不妨再听听许广平的声音："卑鄙的血液染黑了心/封建的思想盘踞着神经/他们想拿法律/杀害普天下人//在亚当夏娃的心目里/恋爱结合神圣/在将来解放的社会里/恋爱，再——/志同道合，成就婚姻……"这些出自许广平《为了爱》中的句子，也许诗意并不浓，但却显示了与鲁迅一致的婚恋观，也是他们冲破世俗、追求幸福的重要的精神支柱。当年也有那样的人想用"法律"的名义来"杀害普天下人"（包括婚外相爱的鲁迅与许广平），幸而未能得逞，否则像许广平这样的"闯入者"则必然要被"消灭"，她也就不可能与鲁迅"十年携手共艰危"了。事实上，鲁迅与许广平所实践的还只是初步的"现代婚恋观"而已。更充分的"现代婚恋观"则是健康、丰富的"现代情爱多元观"。笔者曾在拙著《伊甸园景观》①中郑重提出要确立现代"性际关系"观念。笔者

---

① 赵凯（化名）：《伊甸园景观》，湖南师范大学出版社 1992 年版。

总觉得"性际关系"这个概念与"两性关系""性关系"和"人际关系"都有重要的不同。"性际关系"包括了"两性关系",但也包括了一部分带有"性"色彩的同性关系;既包括了"性关系",但又不仅仅是那种本能层面的关系;既体现为一种人际关系,却又带有或多或少或显或隐的性色彩。因此,如求简明,可将上述思想列为如下公式:性关系＜两性关系＜性际关系＜人际关系。在这样的以人际关系为背景的"性际关系"的宏阔视野中,可以比较复杂而又灵活地看待人间各种各样的婚恋现象。其实,无论道学家如何规范婚姻,在人间,尤其是现代社会,情爱多元或性际关系的现代建构都客观存在。在现代社会中的性际关系是千姿百态的,强求一律尤其难以做到。鲁迅与茅盾的情感历程足以为证。然而情感的美好与沉重常常如影随形,忧虑每难避免。鲁迅在相当长的时间里就顾虑重重,原因固然很多,其中亦有爱惜羽毛的意思。而茅盾在这方面则表现得更明显,所以他"回归"了,但他的心灵深处也未必没有珍藏着某种记忆。在笔者看来,作为文学大师的鲁迅与茅盾,其情感世界则必然是非常丰富的,对人世间的性际关系也定然有极其敏感细腻的领略和透察。他们的社会性理智使他们在措置性际关系时,也表现出了较多的传统色彩,但在内心深处,鲁迅与茅盾却都珍藏着对美好女性的殷切期待,并在实际的人生经历中,不失时机地与走入自己心灵深处的女性确立了超乎寻常婚姻的情人关系。虽然在二人身上的具体体现有所不同,但皆有情人且对他们的人生与创作影响至深则是相当一致的。

鲁迅与许广平的师生恋是尽人皆知、有口皆碑的,但却有太多的人出于为贤者讳或其他复杂的心理,而将事实进行了歪曲或阉割。其实,用"婚姻"代替"同居",用"夫人"代替"情人",这样的语言转换所包含的一切好意是可以理解的,这似乎是在诚心诚意地保护鲁迅。然而在这保护的动机后面,似乎也有相当陈旧的观念在:仿佛只有合乎"婚姻"之道的性际关系才是唯一名正言顺的，上引的许广平的诗句对此已经做了有力的回答。在这方面，鲁迅也有真正男子汉式的表白："其实呢，异性，我是爱的，但我一向不敢，因为我自己明白各种缺点，深恐辱没了对手，然而一到爱起来，气起来，是什么都不管的。"① 这里表达的与其说是鲁迅自己的经验之谈，不如说表达了他的带有挑战色彩的现代性爱哲学观念，不仅对现代男性有启发的意义，对现代女性来说，也是如此。不过这对那些视"来来往往""进进出出"为稀松平常的滥交的男女来说，则是"小菜一碟"，远不够味的，据说他们都"后现代"到可以乱爱、裸奔甚至群居了。而所谓"新主流青年"的以经济利益为本位为中心的交友和婚恋原则，更成了他们的金科玉律，"铜臭"化为最香的味道了。

相比较，鲁迅、茅盾和胡适等"五四"那一代人，尽管都曾遭受了旧式婚姻的困扰，其结果也各有不同，但也许与当今技术商业主义泛滥得已无多少爱可言的时代中人相比，倒还算是幸福的！因为，他们至少还都深深地领略到了爱情，有的姗姗来迟，如鲁迅；有的是确确实实曾经拥有，如茅盾；有的是爱情在婚外平静地维系了一生，如胡适。他们至少还不至于因妻子或仅仅是名义上妻子的"干扰"，而过分地影响到自己的精神生活和事业追求。他们显然享有较大的自由，而如今呢？却有许多人在承受着不新不旧的异化型"妻子"的折磨。这样的既失传统美德又失西方现代女性之真传的"妻子"，便具有了中外交合生成的双重病态，在折腾他人尤其是自己老公方面，达到了前无古人、后无来者的水平。每想及此，不免令人有一种近乎绝望的感觉。当女人的自私达到极端时，是非常可怕的。张爱玲笔下的曹七巧、老舍笔下的虎妞等便是显例。女人自私透顶（即使是出于爱的自私，如曹禺笔下的繁漪）极易陷入深深的孤僻孤独之

---

① 鲁迅：《致韦素园》，《鲁迅全集》第十一卷，人民文学出版社 1981 年版，第 660 页。

境。而这让人同情的孤僻孤独却也有另一方面，亦即可怕可耻可悲的一面，连自己的父母、丈夫、孩子也会受其伤害（这种报复其实也是自惩），使他们都陷于深深的不幸，或在心理上与其产生距离。女人的自私和小心眼的常备不懈，使人间平添了许多苦涩的滋味。这可以说是人类的一种难以摆脱的不幸。想到这里，笔者倒深为鲁迅与茅盾而感到庆幸了，因为他们的伴侣不是或基本不是这样的女人。

第三节 阿Q尼姑们：性际关系畸变的艺术象征

有人认为，在鲁迅小说中存在着"狂人家族"，这自然是从反封建的斗士及其悲剧意义的角度所做出的理论概括。如果从怎样面对自己与他人的一种生命本能——性——的角度看，亦即从怎样措置性际关系的角度来归纳，那么就可以概括出"阿Q尼姑们"这种畸变的性际现象，对此亦可称为"阿Q尼姑家族"。这一"家族"被鲁迅曝光在他的笔下，显现于他的小说、杂文、散文诗等各种作品中。这里拟以《阿Q正传》这篇名作为重点解读对象，兼及其他篇章，对这种"阿Q尼姑们"的性际畸变现象，试做初步的探析。

一

马克思主义认为，人的本质是社会关系的总和，而社会关系通常主要表现为"人际关系"。因而作为人际关系中最基本的一个方面的"性际关系"也必然表现着人的本质，其正常与畸变的实际情形总体现着"人"的生命真实。所以我们可以说，当人的性意识、性行为发生变态或错位时，势必会导致性际关系的畸变或紊乱，而性际关系的畸变、紊乱也势必反过来作用于人的性心理，促其失常或变态。这种性际关系畸变与心理变态的共生现象，在《阿 Q 正传》中被十分生动地表现了出来。这也就是说——当阿 Q 与同性者王胡、假洋鬼子遭遇时，他是实际上的惨败者、不幸者。在男性中心社会中，阿 Q 在同性的关系中处于极为屈辱而又竭力自释、自慰（精神胜利）的地位，但当他与"第二性"——女性——中的不幸者小尼姑遭遇时，却马上显现出了他的"第一性"的优势。请看鲁迅的生动描述。

对面走来了静修庵里的小尼姑。阿 Q 便在平时，看见伊也一定要唾骂，而况在屈辱之后呢？他于是发生了回忆，又发生了敌忾了。

"我不知道我今天为什么这样晦气，原来就因为见了你！"他想。

他迎上去，大声的吐一口唾沫：

"咳，呸！"

小尼姑全不睬，低了头只是走。阿 Q 走近伊身旁，突然伸出手去摩着伊新剃的头皮，呆笑着说：

"秃儿！快回去，和尚等着你……"

"你怎么动手动脚……"尼姑满脸通红的说，一面赶快走。

酒店里的人大笑了。阿 Q 看见自己的勋业得了赏识，便愈加兴高采烈起来：

"和尚动得，我动不得？"他扭住伊的面颊。

酒店里的人大笑了。阿 Q 更得意，而且为满足那些鉴赏家起见，再用力的一拧，才放手。

在阿 Q 与小尼姑的"遭遇战"中，我们的阿 Q 大获全胜，那小尼姑最大的反击便是可怜兮兮的谴责、奔逃、哭泣及诅咒。经这一战，阿 Q 消解了在男性同胞那里承受的屈辱，畅快得飘然欲飞，笑也笑到了"十分"。

显然，在异性关系中，阿Q终于转嫁了他在同性者那里蒙受的屈辱。如果说阿Q身受赵太爷、假洋鬼子以及王胡等同性者的污辱欺凌，已是一种性际关系的畸变（人际关系中的同性相斥也是非人道、非理性的现象），那么，阿Q对小尼姑的性歧视以及欺侮，则是更令人触目惊心的性际关系畸变的现象（人际关系中的异性相斥更是非人道、非理性的现象）。

于是，这幕阿Q与尼姑的遭遇之镜像，在鲁迅的笔下，成了中国人的性际关系的艺术象征。

于是，以阿Q为中心所表现出的双重性际关系的畸变，体现了鲁迅对中国人生命的悲剧的深刻把握。

于是，我们观照"阿Q尼姑们"的艺术意象时，便发现了一些共通的性变态的征候，同时，也发现了鲁迅对中国人的"男女观"中所蕴含的性科学思想。

二

给我们印象十分突出的是"阿Q尼姑们"的"性过敏"以及鲁迅对此所做的性文化的思考与批判。阿Q是中国禁欲主义文化模塑出来的一个角色。他深明"男女之大防"，居然还有这样"高明"的学说："凡尼姑，一定和和尚私通；一个女人在外面走，一定想引诱野男人；一男一女在那里讲话，一定要有勾当了。"为惩治他们起见，阿Q扮演了卫道者，为禁欲文化增砖添瓦——他有时采取了怒目或污辱的行为与话语，有时则干脆从冷僻处掷出"小石头"。但就是这位执行禁锢策略的"好汉"，既有劣迹在前，更有性变态发作于后。时至而立之年的他，在偶遇小尼姑的时候，便下意识地滑向调戏小尼姑的邪途，既摩她的头皮，又扭、拧她的脸颊，同时还以秽语相向，并自居于"和尚"或比"和尚"还强的优越者以获得"动"小尼姑的权利。其结果是把自己的"春心"搅得一塌糊涂，睡也睡不着，干活也走神，"女……"的想头与那滑腻的指头和"困觉"的跪求连成一片，使人看到了性意识萌动之前后的"阿Q相"，也使人看到从性禁锢到性过敏的内在联系。鲁迅对"阿Q"式的中国人看得极为透彻，他曾指出："一见短袖子，立刻想到白胳膊，立刻想到全裸体，立刻想到生殖器，立刻想到性交，立刻想到杂交，立刻想到私生子，中国人的想象唯在这一层能够如此跃进。"① 阿Q的所谓"学说"与此如出一辙，一见到尼姑，就想到她与和尚私通，就想到自己可以动得……显然鲁迅对"中国人的想象"中的性幻想特征有着深切的了解，这种性幻想在性心理学中也被称为"性爱的白日梦"②，这在"如此跃进"的中国人，特别是阿Q式的中国人身上，已表现为"性过敏"的变态。对此鲁迅给予了辛辣的讽刺，并形象地揭示了阿Q式中国人一方面奉行着禁欲主义，一方面却暗中蠢动着情欲的真相。在《阿Q正传》中，阿Q并不是在见到小尼姑时才突发了性猥亵的冲动的。在此前，他在信奉"男女之大防"这类正统学说的同时，即在自己潜意识的支配下倾心地关注异性对他的态度："他对于以为'一定想引诱野男人'的女人，时常留心看，然而伊并不对他笑，他对于和他讲话的女人，也时常留心看，然而伊又并不提起关于什么勾当的话来。哦，这也是女人可恶之一节：伊们全都要装'假正经'的。"如果说阿Q式的"性过敏"在那些为阿Q调戏尼姑而喝彩的人以及拿着竹杠猛打阿Q的秀才（们）身上也存在着，恐怕并非夸大之词。乃至高老夫子、四铭这些假斯文的"知识者"，都是中国传统文化怪圈塑造出来的性过敏的患者，只不过在他们身上变了点表现方式而已，亦即"变态原型"发生了"置换变形"。

阿Q式的男性患有性过敏，尼姑式的女性也不例外。熟悉中国文化及

---

① 鲁迅：《小杂感》，《鲁迅全集》第三卷，人民文学出版社1981年版，第533页。
② ［英］霭理士：《性心理学》，潘光旦译，生活·读书·新知三联书店1987年版，第125页。

历史的人都知道，有关尼姑"养汉"的故事在民间一直流传较多，连阿 Q 这样的文盲、性盲也颇信这样的说法，并且非常习惯地把"尼姑"与"和尚"这两类禁欲禁得出色的人儿联系起来。也许这联系确有普遍意义，因为性禁锢必然导致性过敏。我们从小尼姑对阿 Q 的摩头皮与拧脸颊的反应情态中，也可以看出她那颗已经变态了的心：满脸的"通红"绝不只是感到自己"人格"（准确的说法应是"尼格"）受了污辱，在奔逃的时候留下的"断子绝孙"的诅咒也还是陷落于"礼教"的网眼中了——其不想想，遁入空门的人不都是宁愿"断子绝孙"的么？除这些之外，小尼姑所表现的"尼姑意识"中还有一种最值得指出的东西，即性恐惧——这是性禁锢导致的性过敏的另一种表现形式。如果是经过禁锢真的"无性感"可言了，小尼姑就绝不会面对阿 Q 的调戏那么恐惧。她恐惧的原因是什么呢？是因为性调戏乃至性行为本身会给她带来生命的伤害么？对此，小尼姑可以说完全是个"性盲"，她所恐惧的，是阿 Q 的这种性调戏行为会有伤她的"尼姑名节"。是的，对她来说，"尼姑名节"是比生命本身还重要的。由此我们想到中国传统文化中的礼教所特别强调的女性"名节"观，也想到了鲁迅的名论《我之节烈观》，亦如一位女性学者论述的那样，"男性不仅贬损着女性的自然体，而且还否定着女性的性权利"，"在现实中用种种方式压抑着女性的性本能，如片面的贞操观就是用来压抑女性性本能的一种典型方式"，而这是"一种极不人道的观念"，"因为性本能是人的生命本能，是人的生命力的源泉，因此，压抑了女性的性本能就压抑了女性的生命本能，就压抑了女性的生存活力"[①]。事实上，名节观念不知戕害了多少女性，尤其当女性把男性强加给她们的片面贞节观念内化成自身的心理因素时，才使得她们一旦被置入"不名誉"的性际关系中时便会显得

———————

① 禹燕：《女性人类学》，东方出版社 1988 年版，第 74 页。

恐惧万分，紧张得要命，甚至以死来守护或证明她的"贞洁"。那"小孤孀"吴妈，兴味浓厚地唠叨着赵府中的婚姻与生育方面的事，其言语背后也许正隐伏着她自己的无意识欲望。然而当阿Q以自己的方式向她"求爱"时，她却愣住了，接着便在"正经"意识的压抑下，导致了她的发抖、呼叫、外逃、哭嚷乃至要寻短见，以此来拼力卫护她那早已失却真正生命活力的"女奴生活"。吴妈以守寡的妇人的身份与也许确是"纯洁"的少女小尼姑，在"性"面前的表现何其相似乃尔！不仅小尼姑与吴妈，就是单四嫂子（《明天》）、祥林嫂（《祝福》）、阿长（《阿长与〈山海经〉》），以及那位寡妇或"拟寡妇"的杨荫榆女士，在"性"面前也可谓都是"尼姑"！君不见当蓝皮阿五伸手从单四嫂子的两乳中间插下手去，抱去了她的孩子，这时的单四嫂子就感到了触电般的"热"的袭击，"一条热"由乳房而上，刹那间直热到脸上和耳根，两人同走，也谨慎地保持了"二尺五寸多地"！君不见祥林嫂为贞洁意识的驱迫，以命相抵，想卫护自己的名节，她对第二次的受人摆布的买卖婚姻的反抗，也绝不是建立在任何"解放"意识基础上的，而是出于对"失节"的恐惧，当这种恐惧加强到了"死"后仍要被酷罚的地步，便最终要了她的性命；至于杨荫榆女士的"拟寡妇"的心理分析（如鲁迅《寡妇主义》），则是杂文中善取类型、透视现实人物性变态心理的典型例证。由此可以说，鲁迅通过对"阿Q尼姑们"命运与灵魂的把握，非常成功地把中国人在性际关系方面存在的畸变，特别是性过敏症及其文化造因，曝光在艺术透视镜面前，并期待着彻底的"疗救"。

三

鲁迅揭示了中国人对因"性"越"礼"之人施加超常惩罚这一普遍而残酷的事实，并给予了痛切的理性批判与深刻的文化反省。以心理分析学派的观点看，性本能作为人格结构中的潜意识而存在着，但是"潜意识并不是可怕的怪物，而是一种自然的东西，在道德律、美感及智慧判断方面，它是全然采取中立立场的。当我们的意识对它采取一种错误的态度时，危险才会发生。而这种危险性是随着我们压抑的程度而加剧"①。在《阿Q正传》中，作者便以生动的艺术形象展示了未庄人（包括阿Q在内）对性、对人的潜意识所采取的错误态度：利用各种形式对"非礼"的涉性行为加以谴责，对有关的人加以严厉的惩罚与排斥。这种命运不期而然地落到了阿Q的头上。尽管阿Q曾对"不洁"的他人腹诽、咒诅、掷过小石头，表现得那样"正统"而又"正经"。曾几何时，他自己就挨了秀才大竹杠的痛打，而自他的"恋爱悲剧"发生之后，他的命运也就发生了关键性的转折：此前无论怎么说，凭他的"真能做"，生计尚未出现危局，大抵总能喂饱肚子，偶或还喝点黄酒，赌他一下。然而一旦他越"礼"出了"风化"问题，居然想攀同"赵家的用人"吴妈睡觉，于是先有秀才的大竹杠与"忘八蛋"的打骂，继有地保的斥骂和敲诈，除赵家的趁机勒索使阿Q更穷落之外，未庄人对阿Q采取了严惩与拒斥的态度；未庄的女人们都似那小尼姑、吴妈一般，视阿Q为灾星祸源，无论老幼见到阿Q便匆忙躲避；酒店老板不赊欠了，管土谷祠的老头要撵他走；最可怕的是再也没人来雇他，与"小D"的"龙虎斗"也改变不了他"失业"的命运，为了充饥竟然去偷静修庵的萝卜了，进城后的"求食"之道也不过是充当了偷窃团伙中的"小脚色"，一时的所谓"中兴"反而更快地把他推向命运的"末路"；连再也别无选择的"革命"也似幻梦一般，只能给阿Q带来刹那间的"精神胜利"的满足，旋即随着假洋鬼子不准他"革命"，"白盔白甲的人"在动作的时候也不喊他，竟使他成了"孤独者"，但却又阴差阳错地使他成了"革命党"与抢劫者的替罪羊，从而迅速地走向"大团

_____

① ［瑞士］荣格：《探索心灵奥秘的现代人》，黄奇铭译，社会科学文献出版社1987年版，第15页。

圆"。对于阿Q的这种死亡，正是这"活"的人间给阿Q最严厉的惩罚，也最终消灭了阿Q的性欲望。

　　纵观阿Q的一生，其命运转折的极重要的关节点便是他与小尼姑的直接接触——尽管仅仅是手的摩、扭、拧，但这实已带上了"施虐淫"的意味了。变态心理学指出："施虐淫的暴力有着不同的程度或范围，即从造成轻微疼痛或无损伤的调戏到极端的残暴行为。"① 当然，阿Q的施虐淫是无意识的、较轻微的，但却唤起了他沉睡或浅睡着的性意识（"他将到'而立'之年，竟被小尼姑害得飘飘然了"）。如果相对地把此前的阿Q称为"无性的阿Q"或"禁欲的阿Q"，那么此后的阿Q则成了"有性的阿Q"，而且在性本能的驱遣下，冲动地去寻求达到其欲望的途径。罗洛·梅曾指出，内心空虚孤寂的人往往会产生一种"魔鬼般的接触癖"，这是"一种以最直接的方式强行接触的疯狂驱力。正因为如此，所以性欲感受与暴力犯罪之间往往有直接的关系。施暴与折磨至少可以证明人能够对他人发生影响。……许多儿童或青年都曾借破坏性行为强迫人们认识到他的存在；尽管他会受到惩罚，但至少人们已注意到他"②。这种"接触癖"在阿Q身上虽未构成严重的性犯罪，但其对小尼姑猥亵已含有了明显的"施暴与折磨"的成分，并且这行为既宣泄了他的潜在欲望，又实际上引起了他人对自己的注意。其后，当他向吴妈"抢上去，对伊跪下"的时候，也是"接触癖"的发作，并增加了"有后"（生殖）的意念。而他在做"革命梦"时幻想的在赵司晨的妹子、邹七嫂的女儿、假洋鬼子的老婆、秀才的老婆以及吴妈等未庄女人中选美，则是典型的性梦或性欲望的替代与流露，即通过性幻想来满足其接触癖。直到阿Q在往刑场的路上重见吴妈时，居然还下意识地"忽然很羞愧自己没志气：竟没有唱几句戏"。这

① 张伯源、陈仲庚：《变态心理学》，北京科学技术出版社1986年版，第177页。
② ［美］罗洛·梅：《爱与意志》，冯川译，国际文化出版公司1987年版，第22页。

"羞愧"的隐在心理是觉得自己在熟识的异性面前不像个男子汉，于是他无师自通地喊出了"过了 20 年又是一个……"的豪语来，并马上在众人喝彩声中"轮转眼睛去看吴妈"。此时此刻，他仍然要运用"精神"的伸张去满足他的接触癖，他对人们加之于他的惩罚居然如此麻木，实在令人惊诧而又无言。然而吴妈，这位同样慑于"风化"的无形压力而外流的劳动者，却对阿 Q 走向死亡之路表现得无动于衷，"只是出神地看着兵们背上的洋炮"，这种冷漠给阿 Q 以心理上的沉重打击，同时这冷漠也来自其他看客，因而当阿 Q 在"刹那"间悟到自己已被吴妈与众人所完全冷落、抛弃的时候，他才真正产生了死的恐惧，并再难"精神胜利"，生命本身也像微尘那样迸散了。从阿 Q 的悲剧与其因"性"而来的惩罚的内在联系中，我们不难看到，中国性文化意识与整个封建文化观念体系保持了"高度的统一"，就是可以在不知不觉中左右人们来对那些因"性"越"礼"的人施行各种形式的严厉惩罚，从而充分地显示其"吃人"的文化本质！

最奇妙的是，由于这种"吃人"的文化的巨大作用，使那些正扮演惩罚者角色的中国人同时成了被惩罚者或被"吃"者。因而就民族劣根性的意义上说，中国人确乎存在着一种"自虐"的倾向。美国学者威廉·莱尔认为，"阿 Q 杰出的地方是在于鲁迅把'受害者和伤害他人者'这两者的特点汇集在同一个人的身上"[①]。这种由阿 Q 代表的中国人的"自虐"乃是民族性的"自虐"，它势必导向生命力的枯萎与衰竭。即使活着，也是"赖"活着。阿 Q 曾是这样，未庄人依然这样，吴妈亦是这样。"这小孤孀"显然在中国封建礼教文化的氛围中不会有任何真正幸福的希望，充其量如祥林嫂一样，经过一番命运的周折与反复的精神折磨，最终还是在从未敢正视自身性权利的非人生活中销蚀掉整个生命。这种命运在中国尤其

---

① 乐黛云编：《国外鲁迅研究论集》，北京大学出版社 1981 年版，第 351 页。

是妇女身上是这样的普遍，以致像爱姑这样具有原始生命力的"悍妇"也在劫难逃。爱姑对自己"合法"妻子身份的捍卫，对小畜生、老畜生的斥骂，其中虽也混杂着一些封建意识（如明媒正娶的资格、等级观念的渗入等），但主要的还是出于对自我生命权利的自卫。其粗暴愚鲁的言语行动的心理根据，与其性权利及其愿望的失落显然有着密切关系。但作为女性的强悍是有违封建礼教规范的，所以爱姑也受到了封建文化体制的整体性的挤压，最终还是把她逼入温驯无欲之途，成为泱泱大国中的一位未剃而然的"尼姑"。小说未写爱姑的后半生，她的归宿也许就像那曾在船上暗中嘲讽她的"两个老女人"一样，靠哼佛号、拨念珠聊度余生，倘如此，可就成了"爱慕尼姑"的爱姑了。从鲁迅笔下可以清楚地看到，尼姑式的中国女性的命运是带悲剧性的，同时又带有荒诞色彩，为宗教而殉道而禁欲的尼姑与为礼教而殉道而禁欲的女性都陷入了同样的"生之挣扎"中，这正如美国学者卡尔·迈宁格指出的那样，其"行为的本质是自毁"，与"慢性自杀"无异，而"慢性自杀的牺牲是贡献于内在需要，不是外在现实，个体以为是求生之道，旁观者，却以为是明显的自毁行为"①。

四

"阿Q尼姑们"的性意向的变态性转移，是他们从人的正常性际关系中逃避的表现。如果说"静修庵"中的小尼姑、老尼姑以宗教的禁欲主义阻断了自己通向健全生活的路，那么阿Q及其喝彩者（亦即认同者）则以无意识中的性意向的变态性转移，表明他们生命意识的不健全。阿Q选择小尼姑作为出气筒，这固然与他从男性中心社会中接受的偏见（如尼姑是

---

① ［美］卡尔·迈宁格：《生之挣扎》，胡海国等译，光明日报出版社1988年版，第103—104页。

晦气祸事的象征，女性是卑弱可欺的等）有关，但更与他性意向的无意识冲动有关。一开始阿Q是有意识的：自己的晦气是因为见到了小尼姑（其实是"晦气"在先，见到尼姑在后！），所以为了泄愤而对小尼姑大声地吐唾沫"咳，呸！"，然而阿Q马上"走近伊的身旁，突然伸出手去摩伊新剃的头皮呆笑着……"愤慨顿时化作了性的猥亵，而这带着病态快感的猥亵又在"酒店的人"的喝彩声中迅速升级，最终达到了"飘飘然的似乎要飞去了"的"十分得意"的程度。飘飘然的"飞"在弗洛伊德的观念中是与性满足或性梦相关的一种感受或象征。① 在此时此际的阿Q身上确乎也体现了这点。但他的这种获取性满足的途径与方式是变态的，不仅把小尼姑当作性对象是有违常情的，而且当着众人面的性猥亵（既动口又动手）更是荒唐之至，非"君子"所为。而"和尚动得，我动不得？"则在无意识中把自己置于了与荒唐和尚同类的地位上，也是自我性角色的一种移变或换位。其后，由这次性猥亵的快感体验固着的性意向，使阿Q由小尼姑而想到要有个"女人"，又由"女人"想到吴妈，并在打吴妈主意的时候，想到她是个"小孤孀"，也许以为因此对她可以贱视而轻取之吧，所以阿Q这次性对象的移换是"理智"的。可惜的是，这种"理智"是单方面的，也是极有限度的，尚带有浓厚的性幻想色彩。因为他并没有想到在"困觉"之先要委婉地试探或征询吴妈的意见，也没有任何"爱"的精神准备而只有生殖的单纯动机。

孙隆基先生在《中国文化的"深层结构"》中，专列"中国文化——无'性'的文化"一章论述中国人的性文化，他指出："在中国人之间，基本上并没有个体化的 Sexuality 的观念，亦即是没有一个成长了的人对自身生命力内容应有的憬悟。对中国人来说，性总是被等同于'繁殖'。"②

----

① ［美］莫达尔：《爱与文学》，郑秋水译，湖南文艺出版社1987年版，第147页。
② 孙隆基：《中国文化的"深层结构"》，《新思维辑刊》1989年第1期。

可以说，在阿Q身上并没有真正成熟的个性化的 Sexuality——性的状态，也根本找不到"现代爱情婚姻观念"的影子，故而在他做"革命"幻梦时，可以在无爱，特别是没有互爱的情况下，随意地把性意向导向这一个或那一个女人。这种性意向的随意性恰恰是非正常的性际关系的表现。最奇特的是，由于阿Q"精神胜利法"的作用，竟使他在被押往刑场的路上，仍做了一次性幻想的转移：竭力想以唱或叫引起人丛中吴妈的注意，以期达到对性际幻想的某种可怜的心理满足。但如前所述，吴妈并没有注意阿Q本人，这也许是她守定自己精神本色所做出的有意识的努力，同她当初拒绝阿Q跪求"困觉"一样。然而她的无意识欲望毕竟是存在的，所以在她以"小孤孀"的身份存活的时候，不得已则以谈论别人的性际生活（"太太两天没吃饭哩，因老爷要买一个小的"）或生殖事件（"我们少奶奶是八月里要生孩子了"）来转移自己的性意向，并从中多少获得一些虚幻的自慰。在她受到阿Q的"性袭击"时，她不仅回避了自己潜隐的性欲望，而且立即以近乎歇斯底里的发作来证明自己的清白，特别是她的哭泣仿佛有洗刷自己的妙用。日本学者服部正曾指出："女性哭泣时，事实上多数是作为社会的弱者来逃避解决现实问题的。"① 吴妈的哭，显然是她慑于贞洁观念的"超我"力量，而对"现实问题"（自我生命欲求与阿Q的求偶等）的逃避。后来，她离开未庄到城里做工，也显然是一种弱者的逃避行为。至于她作为"看客"出现在群集或热闹场合，也未尝不是一种自我排遣孤寂生活的补偿方式。

性心理学认为，在日常生活中，人们在谈论他人生殖、性恋生活时，在骂人话语或评头品足的言论中，往往都含有自身色情的隐在动机。吴妈是这样的，"善女人"柳妈打听祥林嫂的私情也是如此，"浅闺与深闺"中

① ［日］服部正：《女性心理学》，江丽临等译，上海译文出版社1987年版，第185页。

的女人们大抵都会在受压抑的同时下意识地去寻求"嘴巴上的痛快"，连那位手拿大竹杠口骂"忘八蛋"的秀才以及那位敲阿Q竹杠的地保的"国骂"也不例外。而四铭、高老夫子对女乞丐、女学生的窥视与议论，其色情动机更是昭然若揭，且带上了卑鄙可耻的意味。四铭把自己对女乞丐的性幻想悄然地转移到了"肥皂"上，因为"肥皂"既可以使女乞丐洗去脏物以合乎"理想"，又可以随着想象的伸延，率先"咯吱咯支"地直接接触性对象的胴体；而四铭不断重复原是一个光棍说的猥亵话，以及对儿子的指责，对妻子用肥皂后香气的喜欢，对女乞丐"孝道"的夸赞，等等，都含有性的转移或替代的意识。在高老夫子身上也存在着强烈的性幻想及其受抑后的转移现象。这位高老夫子平时乃是放荡之徒，然而偶因一篇文章的发表竟谋得了贤良的女校的聘书，便装出一副正经面孔来了。但他的老牌友是深知他的，如老钵所言，他的动机是要去看女学生。小说一开始便写高老夫子对自己左眉上的瘢痕的焦虑，怕被女学生发现会瞧不起他，所以一个劲儿地照镜子，竭力想让长发遮盖住。但当他真的站到了女学生的面前，去讲他本不熟悉的课程，隐秘的欲望便受到了压抑，尤其是由于紧张，他只听见了讥笑声，瞥眼看到了盯视他的目光和半屋子蓬松的头发，于是他慌忙而拙劣地结束了他的课，但其潜意识的强烈不满足则转化为愤怒地斥责女学生，并仍然逃回他原来的生活中去，依旧在非正常的性际关系（赌博、喝酒、玩女人）中讨生活，这使我们想到，《明天》中的红鼻子老拱、蓝皮阿五的小心思、唱小曲、滥喝酒等，其实也都可以视作是他们难以投入正常性际关系时的一种变态转移。

五

由鲁迅对中国人性关系的畸变及相应的性变态的艺术观照，使我们深切地感到，鲁迅的性科学思想相当丰厚，确实值得深入探讨；他的性文化观和对性文艺的思考也很值得深究。然而由于本节限于选题与篇幅，仅结合《阿Q正传》等创作对鲁迅笔下的一些人物性心理的某些变态方面做了初步的分析。不过，从这粗浅的分析中，仍可以体察到鲁迅作为国民劣根性的"精神医生"的诊断，是多么准确、透彻，体察到他作为新文化战士犀利精锐的批判锋芒，同时也可以看出鲁迅对性文艺关系的深切理解与成功的把握。本节在行将收束时，郑重援引鲁迅写于《坚壁清野主义》中的一段名论，以期人们能够细切品味并真正地实行之。

> 要风化好，是在解放人性，普及教育，尤其是性教育。这正是教育者所当为之事，"收起来"却是管牢监的禁卒哥哥的专门。

> 嗟夫，诚盼"阿Q尼姑们"和"禁卒哥哥"都早日休矣！

第四节　女神再生：郭沫若的生命之歌

从"时代性"着眼，人们给《女神》这部诗集以极高的赞誉，并且也由此对其"局限"加以开脱，这是我们很熟悉的一种评论模式。也许这样"历史"地研究能够还《女神》以本来面目。但笔者觉得，这种以"时代"为本位的研究视野还不够深邃与细密，譬如对郭沫若艺术世界中的"女神"情意综或意象丛的忽视就是非常突出的一例，而忽视了始于《女神》、续存于其后一系列创作中的这种"女神"意象，对我们的"郭沫若观"来说，不能不说是个缺欠。这里拟借鉴原型批评与心理分析的方法，对《女神》等作品加以解读，尽可能恰切地说明郭沫若作为创作主体的"心理真实"及其超时代的价值与意义。

一 "女神"意象

如果把"女神"看作专司爱与美的女神，那么郭沫若很小就与她有了缘分。而这样的女神又最钟情于艺术，如西方神话中的缪斯或维纳斯就是艺术的守护神，东方的神话中虽然缺乏这样直接把爱与美以及艺术综合于一身的女神，但如天照大神（日本神话中的太阳女神）、羲和与女娲（中国神话中的太阳与人的母神）也以神圣母亲的身份，放射着善与美的生命光辉，折映着艺术的心魂。如果联系到诗人郭沫若从生命的诞生之日起就有一位伟大的母亲，并且这位母亲以温馨的爱与美招引着他接近诗神这样的史实①，我们便会感到，是"女神"的媒介作用，才使郭沫若在生命成长的初期，便与他后来所称的"文学姑娘"有了青梅竹马的经历，并为以后的百年之好奠定了坚实的基础。

在人的心目中，"神"往往是理想的象征。而"女神"，往往就是合乎人们审美理想的现实女性。如果说神话传说为文学艺术创设了最初的"原型"，那么在此后的文艺世界中，"女神"便被置换变形为理想的女性。而这样的女性既来自实际的生活，有时也来自诗人（艺术家）神奇的想象。当诗人把"女神"及其变体"理想女性"成功地展示在人们面前的时候，如荣格所说，他便深入所有人都置身其中的"生命模式"里，表露了人类的原始意象或集体无意识，从而深深地打动了我们每一个人。"女神"作为一个艺术原型"影响激动着我们（无论它采取直接经验的形式，还是通过所说的那个词得到表现），因为它唤起一种比我们自己的声音更强的声音"。荣格接着强调说："一个用原始意象说话的人，是在同时用千万个人

---

① 郭沫若在《我的童年》中说，在他的一生中，母亲的"影响最深"。又在《如何研究诗歌和文艺》中说："我之所以倾向于诗歌和文艺，首先给予了我以决定的影响的就是我的母亲。"

的声音说话。他吸引、压倒并且与此同时提升了他正在寻找表现的观念，使这些观念超出了偶然的暂时的意义，进入永恒的王国。他把我们个人的命运转变为人类的命运，他在我们身上唤醒所有那些仁慈的力量，正是这些力量，保证了人类能够随时摆脱危难，度过漫漫的长夜。"①

这些话仿佛是针对郭沫若的诗集《女神》而写下的！

《女神》中有爱国精神，有个性解放，有泛神与爱情，有反抗与破坏，有赞美与诅咒，等等，然而这一切的一切，都是因为有了"女神"！她的"仁慈"之爱具有无限的魅力。这"女神"已如新造的太阳升起在诗人的心中。古老的"女神"被诗人赋予了新的生命，具有了无限的活力。而这又根基于人类生命文化的积淀，从而使《女神》诗集中的优秀之作具有了超时代乃至超民族的人类意义。请看《女神之再生》中传播的"女神"之声。

女神之一

我要去创造些新的光明，

不能再在这壁龛之中做神。

女神之二

我要去创造些新的温热，

好同你新造的光明相结。

女神之三

姊妹们，新造的葡萄酒浆，

---

① ［瑞士］荣格:《心理学与文学》，冯川、苏克译，生活·读书·新知三联书店1987年版，第122页。

不能盛在那旧了的皮囊。

为容受你们的新热、新光

我要去创造不新鲜的太阳！

其他全体

我们要去创造个新鲜的太阳，

不能再在这壁龛之中做甚神像！

在女神们眼看着"共工"与"颛顼"所代表的男权纷争导致了又一次的天破地陷，"到处都是男性的残骸时"，她们不愿再象以往那样为男性而"补天"了："我们尽他破坏不用再补他了！待我们新造的太阳出来，要照彻天内的世界，天外的世界！"显然，在这首被置为《女神》集第一首诗的作品中，郭沫若借古代共工与颛顼混战的神话，控诉了男权中心社会中最大的罪恶（争权夺利的战争），同时对能够补天修坦育人，能够创造新的太阳的女神们给予了最高的赞美。而这一切作为艺术，绝非仅仅象征着中国国内南北军阀的战争和创造一个新中国，就像引诗中歌德的诗句："永恒之女性，引导我们走"那样，具有文化人类与"世界文学"的意义。

"女神"的意象还出现在《女神》集中的《棠棣之花》《湘累》《地球，我的母亲》《炉中煤》《司春的女神》《司健康的女神》《Venus》等一系列作品中，这"女神"作为原型，出现在不同的作品中时发生了置换变形，有时她成了酷爱自由继承"母愿"的姐姐（《棠棣之花》中的聂嫈），有时她成了执着于爱情、能与诗人共鸣的"女神"（《湘累》中的女英、娥皇），有时她成了生育万物的大地（《地球，我的母亲》），有时她对象化为像自己爱人一样的祖国（《炉中煤》中心爱的"女郎"），有时她成为春天的使者、生命的象征（《司春的女神》《司健康的女神》），有时她成为男性永恒的诱惑，促使爱情的成熟（《Venus》）……当"女神"原型与这些"变体"（姐姐、母亲、女郎、湘水女神、司春女神、爱神等）网状般地联系起来的时候，便实际构成了《女神》的以"女神"为原型基点的情意综或意象丛，并有机地表现了反封建、张个性、颂爱情等重要的艺术主题。

"女神"的情意从"内"而"外"地制约了诗人的创作，凡是美好的事物总被投映着"女神"的光辉；凡是丑恶的事物总要笼罩着"女神"的愤怒。女神，女神，在郭沫若的心灵土壤上，已经孕化出一种女性精神或理想，无形中成了他审美创造与评判的尺度。男性化的审美趣味（力之美、英雄崇拜、战斗精神等）也通过生命再生的纽带（如《凤凰涅槃》）或对男权社会秩序的破坏（如《天狗》）统摄到"永恒之女性"的女神旗帜下面。从这种意义上说，诗人当初选取"女神"为他的诗集命名，实在并非是一件偶然的事情。钱潮先生曾回忆说，郭沫若与他共译《茵梦湖》时，有感于书中主题诗的诗句："伊眼睛如金，森林之女神"，遂借用为《女神》集的书名。这也许是实际的情形，但这只是一个触媒，激发了诗人心中早经孕化而存在的"女神"意象，才会形成以"女神"来涵盖全集的灵感冲动。

郭沫若以艺术的赤诚而歌颂"女神"，赞美他心中的理想女性。他说："我素来是赞美自然而且赞美女性的人。"[1] 他还曾在谈论歌德《浮士德》的时候，由诗剧的"上帝→圣母"结构引发出了这样的议论："我们请这样去看它吧。——大体上男性的象征可以认为是独立自主，其流弊是专制独裁。女性的象征是慈爱宽恕，其极致是民主和平。以男性从属于女性，即是以慈爱宽恕为存心的独立自主，反专制独裁的民主和平。这应该是人类幸福的可靠保障吧。"[2] 他也对女性"世界性的败北"，尤其是中国女性

---

① 郭沫若：《孤山的梅花》，《沫若文集》卷7，人民文学出版社1961年版，第415页。
② 郭沫若：《〈浮士德〉简论》，《中国作家》1949年第1期。

的不幸命运有着深切的同情:"女性之受束缚,女忄之受蹂躏,女性之受歧视,像我们中国一样的,在全世界上恐怕是要数一数二的",故而"她们觉醒转来,要要求她们天赋的人权,要求男女的彻底的对等,这是当然而然的道理"。① 特别值得注意的是,郭沫若曾以其文化历史的博识与诗人作家的热忱,代女性写下了一首《女性歌》。

> 女性是文化的渊源
> 文化史中有过母系时代
> 在那时世界是大公无私
> 在那时人们是相亲相爱
> 起来起来
> 我们追念着
> 过去的慈怀
>
> 私有犹如一朵乌云
> 遮蔽了恺悌的月轮光影
> 世界上只见到百鬼夜行
> 女性们成了脂粉奴才
> 起来起来
> 我们毁灭着
> 现在的母胎
>
> 光明在和黑暗猛斗
> 人间世快会要重见天开
> 争取着人类解放的使命

---

① 郭沫若:《写在〈三个叛逆的女性〉后面》,《三个叛逆的女性》,光华书局 1926 年版。

　　我们至少有一半的担载

　　起来起来

　　我们孕育着

　　未来的婴孩①

　　郭沫若的文化与艺术观中的"女神"（理想女性），导致了他——一位男性诗人——的"女性崇拜"的情感意向及相应的作品的完成。这已为现代男性文化与女性文化的消长所证明：女神必将再生！

二　双重"郁积"

　　从心理分析的角度看，郭沫若是从压抑中走向他的"女神"的。

　　郭沫若对生命压抑之于创作的意义有其独特的体认。他曾在《生命底文学》一文中说："创造生命文学的人只有乐观：一切逆己的境遇乃是储集 Energy（能量——引者注）的好运会。Energy 愈充足，精神愈健全，文学愈有生命，愈真，愈善，愈美。"② 生命积储能量的方式之一便是压抑，尽管压抑或"逆己的境遇"皆非人之所愿，但对"创造生命文学的人"来说，却别有积极的意义：压抑往往导致生命冲动，从而成为创作的内在驱力与表现内容。郭沫若曾以"个人的郁积，民族的郁积"之说来概括自我生命所体验的压抑。这双重的"郁积"就具有"积储能量"的正面意义。也许关于"民族的郁积"，人们是了然的，诸如民族衰败、子民遭殃等时代背景与主题分析，我们都是熟悉的。然而"民族的郁积"也应包括民族集体无意识对人的制约，这又分为两个方面，一方面是传统文化惰性对人的习惯性制约，另一方面是原始意象（如"女神"原型）对现代人的巨大

---

　　① 该诗下面原注明"1937 年 1 月 25 日作"，载于 1937 年 2 月 25 日汉口《大光报》。

　　② 《郭沫若论创作》，上海文艺出版社 1983 年版，第 4—6 页。

影响。而这两方面都施加于人的身上，前者促人后退，后者促人前进，如上面所分析的那样，"女神"施加于诗人的影响力便是自由平等的"仁慈"，爱与美的启迪与追求。由此说来，"民族的郁积"对郭沫若并不只是消极的"压抑"，而且也是积极的"压抑"。压抑是创造的动力，不满是向上的车轮，郁积是"升华"的前奏！

郭沫若"个人的郁积"也具有同样的功能，并且经常是与"民族的郁积"交织在一起的，如他所说的"我们在日本留学，读的是西洋书，受的是东洋气，我真背时，真倒霉！"① 便是。但相对独立地说，郭沫若的"个人郁积"主要包括以下三个方面：

第一，少年时期生命躁动的郁积；

第二，青春时期生理缺陷导致的郁积；

第三，个性与性爱导致的情绪的"涨满"。

有着卢梭般坦诚的郭沫若，在其自传中留下了极为丰富的材料，说明了他的"个人郁积"与其生命和文学的密切联系。如他在《批评与梦》等文章中显示出来的那样，郭沫若本身就是一位善于心理分析的高手。

关于自己的少年，郭沫若给我们描绘的是一位生性躁动不安，精力过人，聪明而喜捣乱的少年，特别是他在很小的时候便对"女性美"有了惊人的感受，母亲在他幼小心灵的美好投影自不必说，而三嫂、五嫂与他的亲近，也给他留下了极为深切的印象，内化成了心目中理想爱人的最初的范型。性的早熟从他对两位嫂子和那根游戏用的竹竿的态度上流露了出来，但这一切只能"春江水暖鸭自知"，却不能向他人表述。封建的教育与环境给少年郭沫若带来的是沉重的压抑，于是他就只好暗中去寻《西厢记》《西湖佳话》《花月痕》等书，在其"很葱茏的暗示"与"挑拨"中

① 郭沫若：《三叶集》，上海亚东图书馆1920年版，第165页。

来贪享自娱的快乐了，严重之时竟发展到了同性恋的边缘。多年之后的郭沫若曾对封建文化的性禁忌做过无情的批判，并在创作中以身说法来冲击封建文明的虚伪，其根因便在自我少年的生命体验之中！

刚刚跨入青年阶段的郭沫若，便遭遇了"结婚受难"的人生场面。这就是人所共知的郭沫若父母包办婚姻给他带来的悲剧。本来期望的新娘会像"三嫂"那样漂亮，但谁知道，"隔着口袋买猫儿，交订要白的，拿回家来才是黑的"。作为对这次婚姻的反抗，郭沫若婚后不久便离开了家庭，试图在学业上或其他方面为自己婚姻的不幸寻求一些补偿。终于，他到了日本，并选择了学医，然而心中压抑感不仅没有消逝，反而因了"民族郁积"的加倍刺激和双耳残疾的折磨，使青年郭沫若几次想到了自杀。作为对生活仍然充满热爱之情的郭沫若，虽然不满意于自己的婚姻，但却在潜意识中并未放弃对理想的性爱的期待。可是生理残疾的限制，使郭沫若在学医过程中感到了"很大的苦闷"。他说："我曾经屡次起过自杀的念头，在有一个时期弄得我极端的神经衰弱，差不多成了半狂状态。"① 生理残疾对人的心理影响是很大的，按心理学家阿德勒的分析，这会给人带来严重的"自卑情结"，处于青春期的人还会因此产生严重的"性自卑"心理，在人际交往中，难以投入正常的"性际关系"中，从而产生窒闷的生命压抑感乃至绝望的情绪。当时郭沫若的心理真实便是这种情形，作为青春支柱的"事业"（医学）和爱情都因耳疾而变得暗淡无光。从他当年几乎选择了"死"的情况看，郭沫若的"个人郁积"已达到了几乎不能再增一分的厚度、深度与强度！

有压抑并不一定导致个人生命意识的觉醒，而一旦觉醒的人就会在个性的张力作用下，倍加感到压抑的沉重与难耐。从心理分析的角度看，当

---

① 《郭沫若论创作》，上海文艺出版社1983年版，第152页。

一个人清醒地意识到了压抑的沉重时，就会产生一种情绪的暴涨，并努力去寻求适当的方式去消解这"涨满"了的情绪。郭沫若青年时期的情况正是这样。唯其受到西方进步文化意识的熏陶，唯其生来个性比较强，才更加难以忍受来自生命物外的压抑和那可能降临的不幸未来。如果说郁达夫当时为"生的苦闷与性的苦闷"而"沉沦"，那么，这种极其绝望的沉痛也在郭沫若的心内翻腾。鲁迅在"五四"时期写了知识者"醒后无路可走"的人生悲剧，这种命运也在郭沫若的身上发生过。他的生命意志几遭摧毁便是明证。

就在郭沫若挣扎着徘徊在生与死的边界线的时候，奇迹出现了！我们都不应忽视郭沫若这样的一段经历：在郭沫若于圣路加病院中为一挚友料理后事的时候，郭沫若的悲哀沉痛无形中又受到了挚友之死的影响，尽管勉力振作，也难以掩饰他那悲切绝望的神情，"死的诱惑"更明显了。他的神情被一位当时在此医院中工作的女护士看透了，便以极柔和婉美的声音，劝说着郭沫若节哀，并注意自己的身体，这来自美好女性的温馨话语就像暖流一样，注入了郭沫若的身心。他看到，眼前站立的是这样一位娟美而心善的日本女郎，顿然感到眼前一亮。后来郭沫若回忆说，初见安娜（即佐藤富子）时，他感到"她眉目之间，有一种不可思议的洁光"，令人"肃然生敬"。天使降临了，爱情蓦然来到他那干涸已久的心间。此后不久便是爱情的高潮、同居。但这次爱情的意义绝不仅仅是这些，更重要的是给这位濒临死之边界的"潜伟人"带来了生命的热情与信心，同时给他带来了诗情与灵感，开启了他诗人之脑的枢机。迅速成熟起来的爱情就像瀑流、大河一样，给这位实已具备了诗人素质与情感郁积的青年，以非常有力的推拥，于是艺术女神便顺沿诗人的笔尖翩翩走下，化作了多篇美丽动人的情诗，其中有一些便收入了《女神》集中。情诗是爱情的一种果实，而其根植的生命土壤却是恋人情满而来的郁积情绪。从性生理心理学的观点说，当人的爱情之火燃烧正旺时，便会产生一种心理上的郁积感觉。这也就是性学所说的"涨满效应"——郁积当求疏泄，才能获得身心的满足与平衡。具有诗歌潜能的人便会在情满而不得亲吻的时候，转而求助于诗歌女神的补偿。这一出自霭理士的观点对当时恋爱中的郭沫若来说也似乎很合适。他曾不止一次地谈到与安娜的恋情对其创作生涯的影响。他说："因为在民国五年的夏秋之交有和她的恋爱发生，我的作诗的欲望才认真地发生了出来。《女神》中所收的《新月与白云》《死的诱惑》《别离》《维奴司》，都是先先后后为她而作的。"[①] 诗人既然自己据亲身的生命体验一再说明，我们也就没有必要把郭沫若新诗创作的开端总往"五四"时代上牵连。因为郭沫若从事新诗创作的心理基础是民族郁积与个人郁积，最直接的动因则是爱情的刺激，或其性爱意识的真正觉醒。此后郭沫若的创作，无论是他的"身边小说"，还是"维特式"的小说《落叶》，无论是"惠特曼式"的诗歌，还是"泰戈尔式"的散文小品，也都与他有所更新的生命"郁积"相关。厨川白村说文艺是"苦闷的象征"，或不妨改曰：文艺是"郁积的象征"！

三 "喷火"方式

郁积导致冲动，冲动导致外在的行为发生——艺术创作自然也是人类行为的一种。然而就实际的创作心理而言，诗人兴会的灵感往往要有赖某些看似很偶然的因素的刺激，有时这种因素只不过是一本书，有时它也只是友人的帮助与鼓励。郭沫若曾自述道：

> 当我接近惠特曼的《草叶集》的时候，正是五四运动发动的那一年，个人的郁积，民族的郁积，在这时找出了喷火口，也找出了喷火

---

① 郭沫若：《我的作诗的经过》，《文摘杂志》1937 年第 1 期。

的方式，我在那时差不多是狂了。民七民八之交，将近三四个月的期间差不多每天都有诗兴来猛袭，我抓着也就把它们写在纸上。当时宗白华在主编上海《时事新报》的《学灯》。他每篇都替我发表，给予了我以很大的鼓励，因而我有最初的一本诗集《女神》的集成。①

如前分析，郭沫若的双重郁积最初是在爱情的促动下化作认真的"作诗的欲望"的。但双重郁积的生命在情诗之中未得到全面的展示或实现，故而在惠特曼《草叶集》的招引下，郭沫若终于找到了"喷火口"，也找到了"喷火的方式"。而这"喷火的方式"的主体特征是"狂"，是"最高潮时候的生命感"。以此衡量郭沫若的诗作，的确是《立在地球边上放号》《地球，我的母亲》《匪徒颂》《晨安》《凤凰涅槃》《天狗》等这类"男性的粗暴的诗"更有某些特殊的意味。因为正是这类诗作更充分地宣泄了诗人的双重郁积，把时代的、个人的、历史的、未来的种种人生感悟都尽情地、自由地表现了出来，同时又始终未失去"女神"之魂。女性精神的理想与男性方式的粗暴奇妙地构成了"阴阳谓道"的表现境界。然而，"生命感"毕竟是多种多样的，即使是"最高潮时候的生命感"也不一定就是"男性的粗暴"。郭沫若曾说："自从《女神》以后我已经不再是'诗人'了"，遂自贬《星空》《瓶》等诗集的艺术价值。这自然是不够妥帖的。在我们看来，只要情感充盈，即使是柔情，是感伤，也可以是"最高潮的生命感"，也可以以"喷火的方式"来表现。因为柔情、感伤之类也是人之生命燃烧的火焰，而"喷火的方式"也就是广义的艺术表现方式。

下面我们主要结合《女神》的创作，来谈谈郭沫若的几种"喷火的方式"。

---

① 郭沫若：《序我的诗》，《中外春秋》1944 年第 2 卷第 3—4 期合刊。

其一，宣泄的浪漫。郭沫若《女神》中染有惠特曼色彩的作品，历来被人们视为浪漫主义的典范之作，而从郁积的宣泄或"喷火的方式"来看，这种方式，的确能给人带来"绝端自由，绝端自主"的痛快感或解脱感。惠特曼作为呼唤自由、平等、民主、博爱的诗坛巨子，其对人之生命的全面歌颂确已达到了极致。充分的解放、极端的自由导致"现代艺术"的诞生。我们的郭沫若对此可谓心领神会、身体力行了。他说："我回顾我所走过的半生行路，都是一任我自己的冲动在那里奔驰；我便作起诗来，也任我一己的冲动在那里跳跃。"① 郭沫若在作诗的现代舞蹈！请看《天狗》的"飞跑"。

> 我飞跑
>
> 我飞跑，
>
> 我飞跑，
>
> 我剥我的皮，
>
> 我食我的肉，
>
> 我吸我的血，
>
> 我啮我的心肝，
>
> 我在我神经上飞跑
>
> 我在我脊髓上飞跑，
>
> 我在我脑筋上飞跑。

生命的郁积、内心的火焰在催促着诗人"飞跑"，而"飞跑"的过程就是郁积的宣泄、火焰的喷发过程。这是诗人宣泄的浪漫，浪漫的宣泄，其美妙之处就在这"飞跑"式的宣泄过程本身。在《女神》中，诗人恣意

---

① 郭沫若：《论国内的评坛及我对于创作上的态度》，《时事新报·学灯》1922 年 8 月 4 日。

畅怀地喷出了他的郁积，他心头的火。这里有他的爱人类、爱祖国的至情，有他的酷爱生命与自然的心声，有他的反抗黑暗、诅咒压抑的怒号，也有他的心萦魂系的情爱之火……深潜于心的爱欲与对时代、人民、自然的多重感应中，得到了一股脑儿的自由表现。

　　其二，神奇的象征。打开《女神》，可以说处处皆有神奇的象征：颛顼共工、娥皇女英、女神太阳、梅花天狗、火中凤凰、地球匪徒乃至双乳之坟等，都带有女神的象征色彩。这种艺术特征的形成与诗人信仰泛神论有着极为密切的关系，正因为"我""自然""神"贯通一气，连成一体，所以表现其"一"，便可象征"一切"。诗人的想象被"泛神"之力鼓动着，把自我的生命之爱洒向人间，播向大海，传向飞鸟，投向女神……一位学者曾指出："爱的极致总要与爱的对象融合为一，可以拥抱大海，可以跟溪水一齐流淌，也可以化作一股清风，扑到白帆怀里……总之，爱的对象成为我，我成为爱的对象。这种爱，不但在心理上而且在生理上引起效应——即对被描写的对象产生肉体感。把握世界到这样的程度才是艺术的最高境界，这样创作出来的作品才是真正的艺术品。"[1] 郭沫若的诗与泛神论的契合，恰是艺术的一个福音。在《女神》众多的象征性形象中，"女神"自然是最重要的一个。如果把《女神之再生》与《太阳礼赞》对读，我们就会发现，"女神"与"太阳"在泛神逻辑的作用下，二者成了"一"：走下神龛去创造新太阳的女神与光照寰宇的太阳化成了诗人心目中的"太阳女神"的意象，并与"自我"的生命存在发生了密不可分的联系。

　　　太阳哟！我背立在大海边头紧觑着你。

　　　太阳哟！你不把我照得个通明，我不回去！

---

　　① 吕俊华：《艺术创作与变态心理》，生活·读书·新知三联书店1987年版，第42页。

太阳哟，你请永远照在我的面前，不使退转！

太阳哟！我眼光背开了你时，四面都是黑暗！

诗人的"太阳崇拜"之情是溢于言表的，因为光明与温暖是自我生命的必需。如果联系到郭沫若多次感到女性之光对他生命的重要，也许我们不会把"太阳"仅仅理解为革命的象征；如果把诗人的"自我"再置入泛神的联系中，也许我们就不会把诗人的"太阳礼赞"仅仅归结为"五四"时代的"强音"。神奇的象征总会通向生命的无限绵邈的时空。

其三，升华的创造。人类永远处于本能的需要与升华的创造这两极之间，只有真正觉醒的人才会在这两极之间穿梭往来，以生命的有机的运动来完善这两极性的人生需要。因而可以说，只有植于生命存在的基本需求和改善自我生命样态，提升生存价值的需求，郭沫若才会那样冲动地投入诗歌的创作中去。按心理分析的观点，这也就是源于本能的升华与创造。据此我们就可以把《炉中煤》《凤凰涅槃》《地球，我的母亲》等通常被视为爱国的诗章，做出更完整的富于生命意味的解释。这就是性爱本能与爱国意志的综合性表现，最原始的"性际关系"便是男女关系，最基本的情感需要也源于此。但人类文明的发展，不仅提高了性爱本身的价值，而且更使"性际关系"的爱的形式多样化了。对祖国的眷恋与对可爱的女郎的情感交通，凤与凰的同死同生的生死不渝与祖国命运、个人命运的内在联系，大地母亲与对新生活的期待，等等，在郭沫若的诗中奇妙地组合了起来，遂成为诗人杰出的创造。而这些诗作之所以有持久的艺术魅力，为昨天今天明天的读者所喜爱，最根本的一点便是诗人对人之生命的完整体悟与把握，诗人倡导的"生命的文学"，在他自己的《女神》中便得到了很好的体现。

在郭沫若一生中，凡是他能把自己真切的生命体验诉诸升华的方式来表现，那就会写出艺术的佳作。从他一生主要的四次婚恋经历来说，显然都给他的创作带来了重要的影响。"结婚受难"（与张琼华）的经历使他写出了《黑猫》；"异国恋情"（与安娜、于立忱）的发生使他找到了《女神》与《瓶》；"母国新恋"（与于立群）使他在《屈原》（历史剧）、《神明时代的展开》（诗）、《赴解放区留别立群》等作品中都留下了动人的心声。也许有人会诧异于郭沫若凭空在屈原身边增加了那位美好的女性婵娟，可是当我们明白诗人气质的郭沫若在与"屈原"认同时，绝不会忽略屈诗中的"香草美人"的意象，更何况他自己正有着这方面的深切体验呢！"人是婵娟倍有情"，生命之爱永常青。让我们从《神明时代的展开》一诗中摘引一节，来结束本节文章。

> 在太古时分一切神明曾经是女性，
>
> 后来转变了，
>
> 一切男性都成了神明。
>
> 神明时代在人类的将来须得展开，
>
> 人间世中，
>
> 人即是神，
>
> 一律自由平等。

第五节　守正求变：茅盾的生命追求和精神

人的成长有赖于"文化摇篮"一样的家庭和故乡，其性格、人格乃至思维、语言、行为的习惯，都与这化育无声的"文化摇篮"有着非常密切的关系。茅盾85年的人生轨迹基本可谓"守正求变"，中规中矩，偶有偏失却也会较快地自我纠正，甚至其间会深藏着求变、求索或"实验"的意向。这种人生定力和功夫，当与这里所说的"文化摇篮"有关。

茅盾年少时的家道也许不算显赫，却较为殷实、平顺。茅盾的祖上本是乌镇附近乡下的农民，后来迁到镇上做小买卖，到了后来也就渐渐发迹，开起了商店。再到茅盾曾祖沈焕的时候，还嫌在乌镇限制了自己的发展，独自一人到外地谋生。在汉口等地经商10多年后就捐了个官。这也就是说，他终于"混"成了比较有钱有势的那种人。其实"有钱有势"者并不一定都是坏人，他的经多识广，也使他成为有胆有识之士。这便"泽被后世"，对自己的子女影响至大。连后来沈家长房的住屋也是他留下的基业。他还给子女留下了更多的店面。他去世时茅盾才4岁。但正所谓"前人栽树，后人乘凉"，这祖辈上留下的阴凉对茅盾来说也有非常重要的意义。茅盾的曾祖母是书香门第之女，对后人影响也很大。她去世时茅盾6岁。他们对长房的曾孙也自然是非常重视。茅盾直接地得到他们的关爱也许不能算多，但间接地经过其他人（包括自己的父母）和事（包括物质、学习等条件的提供等），都对茅盾产生了不可忽视的影响。到茅盾祖父沈砚耕，可以说经商与考试皆不理想，但特别喜爱书法和其他民间艺术等，有较多的时间带着茅盾四处走动，见闻的增广以及对诗文、对联的初识等，都有赖于这位祖父。这种早期教育的影响之大自然也不可忽视。及至茅盾父母一辈，自然对茅盾的影响就更明显些。茅盾的父亲沈永锡，为清末秀才，后随岳父习中医，是一位乡间难得的属于维新派的人物。他赞成"西学为用，中学为体"，对西方科学技术知识颇为向往，并自己购了一些这方面的书，自学达到了较高的水平，尤其是数学知识的水平比较突出。他曾有外出学习的大计划，如出国留学或到北京求学，可惜由于时局变化与家庭牵累，未能如愿。但他有点像那种父亲：自己未能实现的愿望都寄托给了自己的孩子。即使他在病重之时，也留下遗嘱，要自己的孩子从事于实业，成为理工人才。尽管颇有点重理轻文的味道，但是他也非常关心国家命运，即使在病床上对茅盾也要说些"大丈夫要以天下为己任"之类的话语。不幸的是，这位父亲仅仅活了34年，不仅辜负了他所学到的医术，而且也未充分展示他在其他方面的才能，特别是没有看到他的两个儿子的未来。他的妻子陈爱珠在其遗像两侧写下了这样一副对联："幼诵孔孟之言，长学声光化电，忧国忧家，斯人斯疾，奈何长才未展，死不瞑目；良人亦即良师，十年互勉互励，鼋碎春红，百身莫赎，从今誓守遗言，管教双雏。"仅仅从这对联，就可看出茅盾的母亲确非一般家庭妇女了。她既知书识礼，又善于治家理财，堪称那个时代的"女强人"。其文史知识来自其家学，也来自婚后与丈夫的共学，更来自她自己的勤奋自学。也正是由于她有这样的文化修养，才使她能够成为茅盾的"第一个启蒙老师"。她教读《字课图识》《天文歌略》《地理歌略》等，还常常讲各种故事以及一些小说的内容，这些都显示了她的能干，她的开明，无疑对茅盾的成长产生了深远的影响。茅盾自己在传记中写到母亲，也是浓墨重彩，直至晚年，茅盾仍时常梦见母亲。他曾说："幼年秉承慈训而养成之谨言慎行，至今未敢怠忽。"[1] "在25岁以前，我过的就是那样的在母亲'训政'下的平稳日子。"[2] 茅盾晚年回顾一生时，也还是不忘母亲给他的影响。自然在茅盾的表述中，这种影响都是积极的肯定性的。即使在"文革"期间的咏赞亡母之作《七律》中，还深情地写道："乡党群称女丈夫，含辛茹苦抚双雏。""平生意气多自许，不教儿曹作陋儒。"也时与家人或亲友谈起母亲，讲她对自己的启蒙和教导、鼓励和帮助。[3] 直至晚年诗作

① 茅盾：《我走过的道路·序》，人民文学出版社1981年版。此序很短，却两次提到"禀承慈训"和"谨言慎行"这八个字，格外引人注目，可谓茅盾一生最为自觉的一个"自我判断"。
② 茅盾：《我的小传》，《文学月报》第一卷一号，《茅盾研究资料》（上），中国社会科学出版社1992年版，第43页。
③ 参见金韵琴《茅盾谈话录》，《新民晚报》1983年4月14日。

《八十自述》，他集中或主要讲述的却不是自己，而是母亲，诗中表达的是感念母亲对自己的养育之恩，特别是母亲对自己性格气质方面的影响。慈母的"训政"模塑了茅盾的谨慎而又勤奋的性格，使他"像湖泊""像灯塔的看守者""像辛勤的老牛"。① 这种谨言慎行、稳重勤勉的性格，决定了茅盾的人生"大局"，虽然自有局限，却也极具特色，使他和同时代很多文化名人区别了开来。

茅盾的家境比较殷实，即使在其父亲去世后的几年时间里，能干而又谨慎的母亲也将家务处理得有条不紊，并不惜动用自己早年出嫁时攒下的"私房钱"，从而确保了茅盾和其弟弟沈泽民的读书学习。茅盾家居生活的相对"平顺"对他性格的形成显然也是起到影响的。他由此显然更领略了谨慎、细心以及精打细算对人生的意义。何况，茅盾从小所经过的家道中衰的变化基本接近"常态"人生：患不治之症多年的父亲去世了，这对于自身行医的茅盾父亲来说自然是自知的，其家人也会有较为充分的心理准备。

提起江浙，人们一般都会认为是经济发展和文化教育最为"先进"的区域，因此，茅盾在家乡所接受的新旧兼具的比较正规的教育，虽然有"封建教育"的弊端，茅盾也在文章中控诉过这样的传统教育，但事实上，茅盾在少年时期却有幸接受了这样的以传统国学为基础的教育。随着时代的发展，还有幸接受了新旧兼具的比较正规化的教育，新文化因素越来越趋于丰富。端肃的教育可以化成有抱负的人才。当年，茅盾小学毕业时家中老人原本想让他到纸店当学徒，长大可做老板以继家业，幸而有深通教育的茅盾母亲表兄卢鉴泉的劝说，才使得茅盾能够继续求学，从中学到北京大学预科，一路学来，渐有所成。其学习的一个最传统也最现代的动力，即为最正宗的人生理念："大丈夫当以天下为己任。"有担当，有使命

---

① 参见林甘泉《文坛史林风雨路》，浙江人民出版社1999年版，第27页。

感，感时忧国，齐家治国平天下，这些正统的却生生不息的教化观念，都可以赋予特定时代的内容。小学毕业之时的茅盾就已经具有了这样"周正"的理念，令卢鉴泉赞叹不已，并在茅盾参与"童生会考"作文《试论富国强兵之道》的文末写下了这样的批语："十二岁小儿，能做此语，莫谓祖国无人也。"要做国家栋梁之材，这样的读书才会依然神圣，依然具有非凡的意义，才会特别"给力"或具有所谓的"正能量"。世间其实总有"小我"与"大我"的区别和纷争，但历史总是一再证明，唯有大气魄、大抱负者，才能懂得历史的重托、民族的希冀、个人的责任以及读书的意义。

古人言说"师道"，妙文佳句甚多。但"学高为师、身正为范"流传极广，衍生了许多类似的格言或校训。以此衡量茅盾，真的是契合符合、当之无愧的。他通过持续学习，特别是通过高度自觉的自学，获得了渊博而又精深的知识，使他的文教活动和文学创作都带上了"师道"的况味。他确实能够胜任教师的传道授业解惑之责，且时或进行教学活动，但更重要的是他能做到"身正为范"。孔子曾说过："其身正，不令而行，其身不正，虽令不从。"以此来看茅盾，他的言行和创作，其实都强烈地传达了一种注重引导的身正为范的意识，他的谨言慎行、自律甚严，无疑也多与此考量相关。

笔者曾执笔参与国家培养教师计划之一即《教育硕士、博士学位基本要求》的起草工作，写下了以下类似"国标"的话语："教育博士是教育、教学和教育管理领域复合型、职业型高级专门人才……教育博士专业学位获得者应对教育事业发展具有强烈的责任感和使命感，具有良好的人文与科学素养、扎实宽广的教育专业知识和较高的教育理论水平和教育政策水平，能有效运用科学方法研究和解决教育实践中的复杂问题，创造性地开展教育、教学和教育管理工作，应是具有较强反思能力的研究型专业实践者。""教育博士应进一步增强获取知识能力、教学实践能力和组织协调能力，尤其要大幅度提高洞察力和实践性的研究能力。教育博士专业学位研究生应自觉加强教育理论和研究方法的学习，注重理论联系实际，加强对教育实践经验的反思，提高研究和解决现实问题的能力。具体而言，即要具有解读、分析和制定教育规章的能力；具有敏锐的问题反思意识和过硬的教育科研能力；具备从事教育实践工作所要求的专业核心技能，如信息搜集分析能力、组织领导能力、科学决策能力、学校公共关系的管理能力等。教育博士专业学位研究生应根据专业方向的培养要求，在理论运用、文献述评、实践研究三方面各完成一篇不少于 8000 字的研究报告。"这是从专业学位教育角度提出的比较具体的要求，较之于古人关于教师的要求即"传道授业解惑"要具体多了。以此"现代"标准衡量茅盾，特别是从文学专业的"教师"标准来衡量茅盾，他也确实是非常优秀的"师者"，达到了"荣誉教育博士"的层级。因为他既有突出的师者之品格，也有很强的师者之能力，还有很显赫的师者之业绩——从事文学引领、文学教育、文学传播的重要成就！

有意趣的是，茅盾最早的职业其实是"教师"，他刚刚离开北大校园所从事的恰恰与教学有关。这自然是从求实求细的角度讲的：茅盾（沈雁冰，21 岁）于 1916 年下半年刚到商务印书馆时所干的工作严格说来并不是编辑，英文部的负责人把他分到下属的英文函授学校，让他担任修改学生课卷的工作。因此从工作性质而言，当时的沈雁冰是位教师而非编辑，更准确地说法则是"函授见习助教"，因为这更合乎实情。这函授学校是商务印书馆为了"创收"而建立的，这种经营模式在当初很新颖，在今天则司空见惯。茅盾对这样的助教工作一开始就能驾轻就熟，而且还有余力关注其他方面的工作，主动给馆方领导建言献策。如果说这次担任改学生作业的助教还只是一次小小的尝试，那么后来，茅盾也确曾间断性地从事过教师职业，如在上海大学从教，在武汉军校（中央军事学校武汉分校）

从教,在新疆学院从教,在延安鲁艺从教,等等,以及在许多场合从事讲座或学术性的报告,这些从教经历也是其人生中可圈可点的亮点,不可忽视。当然,他的从教生涯在其人生中所占比例并不大,但却是他品性、学养和影响力的集中体现。尤其是,他的这种品行、学养都注入他的文学、文化活动之中,凝化、结晶成一种"师化"的品格,具有导引先路、启迪人生的正面作用。他曾如此介绍自己的创作动机:"我是真实地去生活,经验了动乱中国的最复杂的人生的一幕……想要以我的生命力的余烬从别的方面在这迷乱灰色的人生内发一星微光,于是我就开始创作了。"有"光"的文学,无疑有照亮的作用。茅盾,就是这样一位即使在人生低谷里行走,在迷乱人生中探寻,也要努力发出"光"来的作家文人,这在笔者看来,由此体现的正是"师者"最可宝贵的品格!

笔者少年时有幸接触茅盾的作品,是在语文课本上,从学习的角度讲,这就发生了师承的关系。当然这样说似乎有"高攀"之嫌。后来笔者曾承办一次规模不大的全国茅盾研究会,把获得茅盾文学奖的著名作家陈忠实先生请来讲了话。他说在初中时就读了茅盾许多作品,并且受到了相当深切的影响,茅盾是他心目中的文学大师。于是乎笔者想,这"师者"确有广义和狭义之分。狭义的就是人们通常认为的要有直接上课、听课、批改作业、耳提面命的"师生关系",在这个关系中,师者是主体,是实施教育的一方;广义的其实就是有师法对象,有自学经历,有引导作用,有私淑师承,有心摹手追的"师生关系",在这个关系中,"学生"(学习者或读者)是主体,是实施主动学习的一方。本人以为,茅盾的巨大存在,从某种意义上讲,就是这种广义与狭义兼具的"师者"之"在"。"此在"颇不平凡,影响至为深远。茅盾先生所达到的"师者"境界,显然已臻于国家"文化名师"境界:其为人为文,做人做事,都达到了"学为人师,行为世范"的"师者"境界,其影响巨大,堪为师表。他所建构的"茅盾范式"及其文学传统也具有深远的影响。

　　一般而言，正常的人生追求之终极，大致可谓"留因有二"：一为基因（gene），二为影因（meme）。① 基因者乃为人的本能所在，传宗接代，生命赖此绵延进化；影因者乃为人的影响因素，创造创化，精神赖此传播弘扬。很多英雄志士、英雌才女，灿若群星的文化名人、各界名流，概而言之，大都矢志追求生命的赓续和精神的传扬，特别是后者，能够体现为"人之为人"的文化品行及其达到的精神境界。茅盾通过毕生努力，就达到了这种难能可贵的"师者"境界，可堪为人师表处甚多。或可谓，其人格已臻于高尚挺拔之境，有如白杨；其文学达至一代大师水平，有如翘楚。故任何诋毁妄言，都无法泯灭其充满文化活力的影因，在其传播方面也是"给力"的，值得关注的。其文化个性及影因的延宕，确已构成了一片亮丽的文化风景。而那些或因政治、或因人品、或因误解等而恶意攻击茅盾者，自己倒是需要认真"反思"一下的。文化名人大抵都有自己的鲜明个性，并赖此形成不泯的影因和可资比较的话题。笔者曾在拙著《全人视境中的观照·鲁迅与茅盾比较论》② 中指出：恰是各种文化影响因素塑造了鲁迅与茅盾的"人格"和"文格"，二者相比，可以说鲁迅是新型文化的开路派、前卫派，主要以创造者的激情和战斗者的胆识、思想家的智慧和文学家的才华，塑造了自己的形象，谱就了惊心动魄的人生乐章；而茅盾作为新型文化的稳健派、建构派，却主要以政治家的理智、文学家的细腻和活动家的才能以及分析家的明敏，建构了自己的人生世界，谱写了

---

　　① 参见［英］里查德·道金斯《自私的基因》，卢允中等译，吉林人民出版社 1998 年版。道金斯用 meme（谐音译为迷米、米姆等）这个自创的词描述人类头脑中的观念及其传播，并认为可以用达尔文的进化论加以探讨。他的名言："When we die，there are two things can leave behind us：gene and meme."（当我们死去，只有两样东西存留下来：基因和影因。）被广泛传诵。meme 这个词已被牛津英语字典收录并产生了广泛的影响，由英国心理学家苏珊·布莱克尔所著的《迷米机器》，已深化了相关研究。中国则有学者将其译为"文化基因"（陶在朴）或"影因"（冯英明）。

　　② 李继凯：《全人视境中的观照——鲁迅与茅盾比较论》，中国社会科学出版社 2003 年版。

悠远昂扬的人生之歌。他们的文化个性、创作个性都异常鲜明，无论在历史演进过程中，还是面向文化发展的现实和未来，都可以说鲁迅与茅盾都是具有鲜明个性及重大影响的文化巨人。就其有用于世的人生追求而言，则可以说：鲁迅与茅盾都是具有当代性的文学大师，鲁迅是中国 20 世纪最重要的文化巨人，就其总体特色而言，则是伟大的文学家与伟大的思想家的相当完美的结合；茅盾也堪称中国 20 世纪杰出的文化巨匠，就其总体特色而言，则是伟大的文学家与重要的政治家相当完美的结合。他们无疑都是中国历史上难得的"文学大师"，而非"文学小师"，更非"文学劣师"，都有着相当大的世界性影响。即使他们自身存在这样那样的矛盾或不足，也实难遮蔽其应有的光辉，也足可引为今人与后人的镜鉴。而他们的思想文化遗产及其在文化史、文学史、学术史上产生的种种影响，客观上也已形成相当引人注目的文化现象，从主导方面看也已成为后人应予珍惜的思想文化资源。将鲁迅及鲁迅研究、茅盾及茅盾研究视为文化性存在，名之为"鲁迅文化"和"茅盾文化"，在一定意义上讲是成立的。而作为思想文化的重要资源，于文化积累、文化再生及针砭时弊诸方面，"鲁迅文化"和"茅盾文化"的价值与意义也是不宜轻估的。

新时期以来的历史发展实际业已证明了这点。正是这"天赐良机"的"新时期"接续上了自近代以来便萌发的立人立国的现代化之梦。"五四"时代的强音再度响彻云霄，透入人们的心底。由此我们看到了鲁迅、茅盾们的"复活"。值得说明的是，和鲁迅一样，茅盾将如何做人视为第一要务，将勇于担当、为国为民以及忠诚于信仰视为人格建构、文学创作的原则和律令，由此使其人其文具有了现实关切和堂堂正气，故茅盾绝不是如某些人说的那样，是精神上或人格上的奴隶。特别重要的是，茅盾是一位特别执着于人生追求的求真务实的人，他最为关心的是国家民族的命运和被损害者的人生。大抵而言，他的生命样态与鲁迅相仿，也显得特别成熟，甚至神圣，是民族的"脊梁"和时代的"良心"，难能可贵且不可或缺。尽管此类人也都有自己作为人而非神的难以避免的某些局限，但与时代同行的民族"脊梁"式的人物，不仅在日常生活中有其存在的必要，而且在民族危机或其他重要关头，他们总是那种挺身而出的多所奉献的人。这使笔者想起每逢国难当头或灾害袭来，固然会暴露出社会人生的许多问题，但也一定会由"脊梁"们张扬出天地之间难以泯灭的一股清正之气，着实令人感动感奋。对于民族、国家或人类社会而言，如果没有这种"脊梁"式的人们而只有那些私字在胸、玩字当头、损人利己的"顽主"，是否还能存在或者是否有其存在的价值也便成了疑问。显然，鲁迅与茅盾都是富有入世进取精神的中国人的优秀代表，尽管一位是善于医治心病的"医生"，一位是善于导引激励的"老师"，但他们的"职业"对中国人来说，其意义都是非同寻常且十分重要的。

是的，在笔者心目中，茅盾先生就是一位善于引导和激励他人且令人尊敬的老师，是古今中外文化"磨合"而成的独具魅力的"这一个"。尽管他的讲学或担任教师的生涯不像鲁迅、胡适、周作人、朱自清、闻一多等人那样长久或显豁，却仍然建构了卓越的"师者"品格。由此既可以显示出他的人格和文格，也可以显示出他为人为文的特色及影因，在文化界文学界尤其足以为人师表。固然，一个民族要有浪漫不羁的大作家，要有眷恋大自然的山水诗人，甚至也要有现代性爱小说和通俗文学大师，等等，但无可争议的是，也特别需要有自己的思考、关注现实的严肃型作家。茅盾就是这种类型作家的最为优秀的代表之一。茅盾在其一生中都是做事注重"大事"、做人注重"大节"的，他能够密切关注时局政治，对国家命运的紧张思考也清晰地体现在他的作品中，有些思考是相当有特色的，比如其代表作《子夜》对民族资产阶级的悲剧命运，实际是视为民族悲剧来描写的，将资本运作和都市生活的异化形态进行了生动叙述，并不是简单地认同了某种"主义",也没有将生活的复杂进行简单化概念化的演绎。他的《子夜》《腐蚀》《蚀》《霜叶红似二月花》《林家铺子》《春蚕》《创造》《水藻行》《风景谈》《白杨礼赞》等,都是具有经典性的作品。并由这些熠熠闪光的作品,建构了自己的文学世界和可以称之为"茅盾范式"的文学传统①,这个传统对建构国家文学、民族文学意义重大,对建构新型的理性主义、小康社会及当代文化等也均有多方面的启示意义,其影因力量是不可小觑的。

诚然,文学世界本是艺术个性可以自由生长的园地,茅盾的文学实践自然也是在"种自己的园地",何况他的历史影响业已产生,特别是他的史诗品格与艺术范式对当代中国小说创作的影响确实影响显著,而今虽有变化,但仍在延续着,只是方式复杂些、迹象幽微些罢了。比如被誉为新史诗的《白鹿原》作者陈忠实就曾表白,自己在年轻时就读完了茅盾的几乎所有能够找到的作品,在自己的文学创作中,就有着茅盾的重要影响,无论别人怎样看,茅盾先生的大师地位在其心目中都是永存的。② 在陈忠实看来"文学依然神圣",而茅盾也依然是文学大师。这样的话语、这样的口吻听起来不是一种愚顽,而是一种执着的诚实,相当令人感动。即使仅从茅盾的文体创新方面看,他也不是那种甘于亦步亦趋的人,他在努力地超越着,建构着属于他自己的文学个性。众所周知,茅盾在潜心了解社会、注重思想穿透、理性剖析人生等方面显示了文学大师的风范,并成功创造了一系列影响显著的中长篇小说,正是他,彻底改变了"五四"时期中长篇小说的幼稚状态。比较而言,茅盾在长篇小说这方面投入了他最大的精力,其卓越的建树已被《子夜》《虹》《腐蚀》《霜叶红似二月花》等长篇力作所证明了,而他身后设立的"茅盾文学奖"的比较普遍的被承

① 王嘉良:《论"茅盾传统"及其对中国新文学的范式意义》,《浙江学刊》2001 年第 5 期。

② 参见钟海波等《全国茅盾研究学术讨论会综述》,《陕西师范大学学报》2000 年第 2 期。

认，多少也可以说明他对长篇小说文体有着重要的贡献。而从茅盾生前的有关言论和同意设立文学奖来看，其实他对自己长篇小说的成就还是颇为自信的。尤其是《子夜》在文体上的创造，开启和确立了现代小说社会分析派的审美范式。因此完全可以说，茅盾在现代长篇小说方面的创造性贡献是非常明显的，他在小说创作中发挥了他最大的艺术才能，成为文学史上开宗立派的杰出人物和最具影响力的著名作家。那种也许是因为意识原因而非文体原因有意贬低或无视茅盾文体创造的观点，是很难让人赞同的。

"师者"的影因存于有言无言之间。而茅盾的文化个性及影因的延宕，确已构成了一片亮丽的文化风景。不仅在 20 世纪文艺界批评界可以领略到这样的胜景，也可以在新世纪初期的文化实践中领略到茅盾文化追求的价值和意义，更可以便捷地从"茅盾文学奖"等标志性事项及成果中，领略到"茅盾范式"的影因力量。是的，从茅盾文学奖的设立和评选中即可看出茅公的影因所产生持久的重要影响。其中既有其高尚人格（勇于担当、守正求变、谨言慎行等）的积极影响，也有其文格（史诗追求、现实主义、社会分析等审美范式）的重要影响。该奖自 1981 年设立以来，近 40 年间举办了 9 届，共评选出 43 部作品（含荣誉奖《浴血罗霄》《金瓯缺》）[①]。尽管水平有

---

① 第一届茅盾文学奖获奖篇目（1971—1981）：周克芹《许茂和他的女儿们》、魏巍《东方》、莫应丰《将军吟》、姚雪垠《李自成》（第二卷）、古华《芙蓉镇》、李国文《冬天里的春天》。第二届茅盾文学奖获奖篇目（1982—1984）：李準《黄河东流去》、张洁《沉重的翅膀》（修订本）、刘心武《钟鼓楼》。第三届茅盾文学奖获奖篇目（1985—1988）：路遥《平凡的世界》、凌力《少年天子》、孙力和余小惠《都市风流》、刘白羽《第二个太阳》、霍达《穆斯林的葬礼》、（另有荣誉奖二部：肖克《浴血罗霄》、徐兴业《金瓯缺》）。第四届茅盾文学奖获奖篇目（1989—1994）：王火《战争和人》（一、二、三）、陈忠实《白鹿原》（修订本）、刘斯奋《白门柳》（一、二）、刘玉民《骚动之秋》。第五届茅盾文学奖获奖篇目（1995—1998）：张平《抉择》、阿来《尘埃落定》、王安忆《长恨歌》、王旭烽《茶人三部曲》（一、二）。第六届茅盾文学奖获奖篇目（1999—2002）：熊召政《张居正》、张洁《无字》、徐贵祥《历史的天空》、柳建伟《英雄时代》、宗璞《东藏记》。第七届茅盾文学奖获奖篇目（2003—2006）：贾平凹《秦腔》、周大新《湖光山色》、迟子建《额尔古纳河右岸》、麦家《暗算》。第八届茅盾文学奖获奖篇目（2007—2011）：张炜《你在高原》、刘醒龙《天行者》、莫言《蛙》、毕飞宇《推拿》、刘震云《一句顶一万句》。第九届茅盾文学奖获奖篇目（2012—2015）：格非《江南三部曲》、王蒙《这边风景》、李佩甫《生命册》、金宇澄《繁花》及苏童《黄雀记》。

差异，过程存争议，但作为我国持续时间最长的最高文学奖之一，其专项性质（长篇小说）和限项运作（一般四年一次且仅评几本小说等）使其拥有了严肃周正的性质，颇有茅公为人处世的风范，其基本成功的评选实践使之产生了相当广泛的社会影响。这也验证了著名学者严家炎先生20多年前的预言：广义的社会剖析派或"茅盾范式"在今后"也将会有新的来者"①。

事实上，茅盾文学奖如今已经成为我国文学界一个业界品牌，创品牌难，守品牌更难，不仅要正视和警惕那些总要"砸牌子"的言论和行为（往往出于非文学的别一种或多种目的），而且要深切领会茅盾先生的人格和文格，认识和领略其精魂和影因，以此作为获奖作品选择的重要参考；还要将生生不息的"茅盾文化"作为一个重要的"教育资源"进行积极开发，在文学教育方面，将"茅盾文化"与基础教育和高等教育紧密结合起来，从而充分发挥其化育人心、行为世范、砥砺创新的影响作用。

这里，笔者要特别言说一番茅盾的晚年。在他经历的晚年岁月里，没有战争，胜有战争；多有运动，少有平静。加上茅盾进入了晚年，如何避免晚节不保，如何珍摄生命，如何老有所为，对一位文化名人而言，也都是人生追求中的重要环节。其中，也有茅公关于老年心理、心态的自我调节，同样具有益于人生的宝贵启示。

如果细读茅公晚年的书札和日记，就会发现其间多见的是起居、看病和吃药方面的记录，由此也可知茅公的"写实"功夫一直到老都未大变。人如何活着？这其实是一个大问题。如何对待社会，茅公用生命做了诠释；如何对待自己，茅公用生命也做了诠释。人的生命有长有短，不能强求，但珍摄生命，让生命长久、更有意义一些，却是古今中外、各国各族人民共同的心愿。经历了那么多磨难，从艰苦岁月中过来的茅公活到了85

---

① 严家炎：《中国现代小说流派史》，人民文学出版社1989年版，第204页。

岁高龄，无论从文人生命还是自然生命的角度看，都是一个人生的胜利！茅盾是"人生派"大家，在这方面也为世人特别是文人们，树立了一个生活的典范，甚至是一个养病、养生的典范。

人至晚年，诚是自然规律，但又似乎总多少带有悲凉的意味。茅盾的晚年也不例外，关键是如何去面对。茅盾的晚年固然有相当辉煌或热闹的一面，对此已有许多人给予了近乎夸张的描述，抑或做了片面的张扬，但他也有深心的失意、孤独和人事的忧烦及病苦的折磨，这些也是需要去智慧面对、勇于征服的晚年人生主题。

茅盾的晚年确是"漫长的晚年"，至少从史无前例的"文革"开始，他便步入了人生的老年阶段，岁月既难熬又悠闲，寂寞郁闷又无奈无聊，前文化部长、前著名作家的生命在"文革"中的存在变得相当枯寂，有时竟也是"夜耿耿而不寐兮，魂茕茕而至曙"。很多作家文人在"文革"中去世了，有一批还自杀了，各有各的故事和情非得已的理由，但茅公却以一种明智和耐力终于"熬出来了"！并在进入垂暮之年还再次"枯木逢春"，跨越了灾难深重的"文化大革命"阶段，进入了通常所说的"历史新时期"。真的是"阅尽人间沧桑"，让人深为感念，但同时又觉得他算得上是"福寿双全""寿比南山"的，特别是与1936年就去世的鲁迅或为赴约而命丧空难的徐志摩等人相比，茅公的久寿确实隐含了"养生学"的秘密。

名人晚年自然还有许多事，官方民间都会关注并多有期待，这种情况下就要自己把握住节奏，累死了只是亏待了自己而已。茅公在自己晚年最后的岁月做了最好的安排，就是要为自己写书，这就是《我走过的道路》，这很符合老年人爱回忆的心理需求及特点。到了可以不为政务所累，不为沉默而沉默的人生阶段，写了一辈子，到底还是认真回忆一下并为自己留下一本让自己心安的书为好。

真的很幸运，只有到了历史"新时期"，茅公才有可能比较从容地去回忆和书写自己的一生。于是，撰写回忆录成了他晚年全身心投入的重要工作。在他住进医院的最后日子里，他最牵挂的和精心策划的也还是自己的回忆录。不可否认，茅盾晚年沉浸于对往事的回忆中，精心写作《我走过的道路》这部大型的自传，其基本内容的丰富及材料的翔实，已赢得了不少研究专家的称赞。素来崇尚现实主义写作原则的茅盾，在自传的《序》中强调说："所记事物，务求真实。言语对答，或偶添藻饰，但且不因华失真。"① 从主导方面看，通过认真的准备和理性化的抽绎，茅盾在记述自己的理性生活方面可谓有条不紊，眉目十分清晰，内涉大量的历史、政治、文化的尤其是文艺事件，排列陈述，仿佛打开了一扇博物馆的大门。尽管难以"周全"，更不能"全息"摄照经历的一切，但仅就现在问世的茅盾自传（其中也有茅盾家人和友人的相助）而言，已经使得这部传记具有了自己的鲜明特点，堪称是中国现代作家最重要的自传之一。

耐心些，看开些，通达而不焦躁，这是晚年茅盾保持的健康心态。茅盾的性情向来比较平和，遇到极为复杂的局面宁愿停下来观察、思考，也尽量避免冒进、冒险，只做自己力所能及的事情。即使到了很难不激动的时候，他也还是能够比较平静地面对。"文革"刚结束不久，连茅盾家人都希望他能在一些问题上较早表露自己的政治态度，但他告诉家人要学会耐心等待。尽管他认为天安门事件和邓小平被打倒这两件事是非平反不可的，不平反就会失去民心，但在他看来中央是在尽量寻找一个两全之策，既能平反，又不至于损害毛主席的威望。他还认为中国的问题太多，面太广，当时中国的事情是"积重难返"，只能慢慢来。出于这样的理解，茅盾果真耐心地等待着，在粉碎"四人帮"后的一年中，除了政协召开的会

---

① 茅盾：《我走过的道路·序》，人民文学出版社1981年版。

议，他基本上没有参加什么社会活动，也没有写什么文章。茅盾和家人闲谈时，或给友人写信时，也常谈及"四人帮"在文艺界的祸害，讲到他们提倡的"三突出""三陪衬"等荒谬的创作原则。他认为要打破"四人帮"设下的禁区，首先要重新贯彻"百花齐放、百家争鸣"的方针，要多一点文艺民主。不过他还是强调：要慢慢来。他在1976年年底给姚雪垠的一封信中写道："来函论目前文艺评论、文艺创作上一些积重难返的弊病，概乎言之，实有同感。在这方面肃清'四人帮'的流毒，还有许多工作要做，得慢慢来。论《红楼梦》一段话，正是'四人帮'，尤其是江青，歪曲主席原意的又一例证。把曹雪芹当初脑子里一点影子也没有的资产阶级上升期的意识形态和封建地主阶级灭亡期的意识，两者之间的斗争，硬套上大观园的痴嗔爱憎，真是集公式化、概念化之大成，非形而上学为何？"① 等到局势明朗了茅盾也才有了动作，而且每有动作，皆为三思而行。即使在他批判"四人帮"的"文艺黑线专政论"时，也是慎之又慎；同时，他也积极稳妥地为那些因各种政治运动而被迫害的作家、艺术家的平反，尽着自己的心力。为此他写信、游说，终于为许多作家文人的平反和第四次文代会的召开，做出了自己的贡献。

顾家护家，也许是老人晚年最重要的事情之一。茅盾晚年对家庭依然看得很重，工作忙也不忘做些家务活，并在"文革"的失意中，努力尽其作为爷爷的责任。早年他忙于写作和各种各样的活动，很少照顾自己的孩子，现在似乎得到了补偿的机会。比如他最疼爱孙女小钢的一个原因，就与他曾失去爱女（沈霞，小名亚男）的痛苦记忆有关，他似乎想把当年没有来得及在女儿身上倾注的爱，如今弥补在孙女身上。他曾亲自编写教材，教授孙辈国文。在生活中，茅盾是相当典型的中国男人，不仅很看重

---

① 孙中田、周明编：《茅盾书简》，浙江文艺出版社1984年版，第380—381页。

自己的家，而且居家过日子也很注意节约。他自奉甚俭，惜纸惜物，绝不铺张浪费，饭后常是与妻子两人分吃一个苹果或其他水果，多年如一日。

人到晚年，最容易受到疾病的折磨。而疾病对人的损害，也许只有深受疾病折磨的步入晚年的人才能够深切地体察。要积极配合治疗，不讳疾忌医，这对老人是非常重要的。可惜很多老人做不到，便过早结束了自己的生命。茅盾的一生，对疾病有极为痛切、深刻的印象，其父亲的早逝使他产生的刻骨铭心的痛苦，也对他的人生道路产生了非常大的影响。同样，疾病对他自己的身心所产生的影响也绝对不可以忽视。他对待治疗疾病很重视，治病常常可以压倒世俗事务。到了晚年，疾病难以避免，除了积极治疗，他还比较注重"说病"和"养病"，这对缓解疾病对自己身心的损害颇有裨益。比如茅盾在晚年的许多书信中，都谈到自己的病况，几乎成了一种常规的"唠叨"。但从这唠叨中，笔者却分明感到病人的倾诉对疾病带来的痛苦的化解作用。不错，茅盾确曾因为生病或主要由于病的缘故，而耽误了某种大事。比如，茅盾曾往庐山欲由此到南昌参加起义，但不巧犯了来势凶猛的腹泻，一夜间泻了七八次，第二天就躺倒动不了了，也正是由于腹泻甚遽、行动不便，使他滞留下来而未能及时赶到南昌，脱党大致也是由此开始的。还有一次是他在故乡省亲时，却忽然传来了鲁迅在上海去世的消息，本应立即返回上海的他，却因为当时痔疮大痛并出血而未能马上动身（要乘小火轮再转火车等才能到上海），于是为鲁迅送行的队伍中便少了茅盾的身影。① 但是否在病中的茅盾即使"拼命"也无法战胜疾病而参与大事？其实茅盾对待生命本身的理解更实际，呵护生命的理性自觉也更到位一些。茅盾虽是长期患病之人，但他一是身体的

---

① 笔者原来看到这样的介绍文字以及茅盾自己的有关回忆，总是觉得有些好笑，觉得这肯定是托词而已。及至近年集中看了一些关于肠胃病方面的书（家人曾染此病）之后，笔者才知道严重的腹泻和痔疮（包括肛病）是多么缠人，多么会误事情。对茅盾的因为病而影响到大事（因此而招致的误解还真不少，包括像胡风这样的明智之人对此也有一定的误解）才有了感同身受的理解。

底子较好，再就是他很看重治疗，而且还能注意保持良好的生活习惯和及时的休息，加之后来治疗条件较好，所以他的高寿是不奇怪的。据茅盾的家人介绍，茅盾晚年有多种疾病。这从茅盾晚年日记中也可以看出。无论身处顺境逆境，他都没有那种强烈的"赶紧做"的急切和焦虑，"说病"和"养病"成为养生、护生的重要内容，写作的重要性显然已经有所削弱。这也许确实对晚年茅盾的工作尤其是创作产生了消极的影响，即使写回忆录也没有按原计划写完，又像他以前的一些长篇小说那样，成了未完成的雕像。只是后来幸而有家人的全力补救，才少留下了一些遗憾。但说到底，人能较好地生活，安全第一，健康第一，绝对不是虚言。珍摄生命，过好日子，原本就是人们奋斗努力的目标啊！正是由于能够积极养生和治疗，茅盾才能够用生命穿越几乎一个世纪的时光，欣然接受老诗人臧克家写来的祝茅盾 80 大寿的祝寿诗，其诗云："著书岂只为稻粱？遵命前驱笔作枪。携手迅翁张左翼，并肩郭老战文场。光焰炯炯灼子夜，野火星星燎大荒。雨露时时花竞发，清风晚节老梅香。"茅公在接到这首贺寿诗后曾复信，表示深切感谢的同时且愧曰："薄才凉德，何以克当？唯当悬此为奋进之目标耳。"① 接下来就是关切老友们的病况，令人感到老人之间的那种关切和温馨。过了一年，他又接到了新的贺诗："笔阵驰驱六十载，功垂青史仰高岑。平生厚谊兼师友，晚岁书函泛古今。少作虚邀妙鉴赏，暮琴幸获子期心。手浇桃李千行绿，点缀春光满上林。"而这首诗的作者是老作家姚雪垠，为贺茅盾先生 81 岁高寿而作。作者换了，温馨的问候则一。

这种慰藉晚年的温馨也体现在他和异性老友"清阁大姊"之间的交流上。暮岁残年，老伴仙去，孤身面对愈来愈近、来日无多的垂暮，也需要

① 《茅盾全集》第 38 卷，人民文学出版社 1997 年版，第 1 页。

各种各样的心灵慰藉。老年的茅公和赵清阁，多曾互致问候，亦借书画往来以慰藉远念。他在奔走医院的间隙，还用一只眼（另一只已失明）和一支笔给老友写信诉说一切，且叮咛再三："素食大佳，望能坚持……""敢祝阁下老病此次霍然后，不再复发。临颖匆匆，不尽。即颂痊安！"① 字里行间，老者相怜之情，令人动容也。他对臧克家等老友嘱咐"病中望静养，少用脑力"，对清阁大姊则嘱咐"素食大佳，望能坚持"，这都是老年养生、养病的真经，无疑也来自茅公自己的宝贵经验。

---

① 《茅盾全集》第 38 卷，人民文学出版社 1997 年版，第 3 页。

第五章

"沈张郁丁"的人性探寻与心灵叙事

在中国现代文学史上，有许多擅长于进行人性探寻和心灵叙事的作家，沈从文、张爱玲、郁达夫和丁玲四位作家堪称是其中的佼佼者。沈从文潜心于民间原型的重构，张爱玲潜心于女性异化的揭示，郁达夫潜心于忧郁情结的描写，丁玲潜心于女性生命真切体验的发露，都给现代中国文学史留下了不朽的篇章，都建构了重要的叙事范式并对后世文学创作产生了重要的影响。这里将"沈张郁丁"合为一组作家代表，小集为具有独特意义上的"四人帮"，彰显其在人性探寻和心灵叙事上的独特而又突出的贡献。

第一节 民间原型重构：沈从文的原型叙事

中国现当代文学作家中，从民间资源角度寻求文化创造，从事文学创作，可以涉及大批作家作品。事实上，有不少学者业已从民间视角，对20

世纪中国文学进行了相当全面而又深入的研究。对"五四"文学、左翼文学、革命文学、解放区文学、十七年文学、"文革"地下文学和新时期以来文学等，都有相关的研究，取得了许多可喜的研究成果。尤其是陈思和及受其影响的一些中青年学者，在这方面的研究具有突出的代表性。比如陈思和就从民间视角审视整个新文学史和许多重要作家作品，他的博士王光东也从民间角度对许多文学现象进行了具有创意的解读和分析。陈先生的"民间"概念显然含义丰富，是与"庙堂"相对的概念，指涉的范围相当广阔。也正是从这样的民间视角，他透视了老舍《骆驼祥子》的启蒙悲剧。他指出：老舍的创作资源来自20世纪20年代到30年代的民间社会，那时中国的民间社会还没有完全进入知识分子的眼界，他们看重的是西方的文化，所持的价值标准也是来自西方。老舍是五四新文学传统之外的一个另类，他的独特的生活经历使他成为一个写民间世界的高手。老舍的小说里所描写的大都是老北京城里的普通市民，甚至他笔下的人物活动在山东、欧洲、新加坡等地，但人物的语言、生活方式也脱不了北京市民文化的痕迹。他还指出，《骆驼祥子》的主题和故事内容都是非常悲观的。老舍早期的幽默、滑稽为"五四"新文学的"悲情"所替代，他写了一个人的一生从肉体的崩溃到精神的崩溃，写了"个人主义的末路鬼"——个人主义走到了尽头。这个"个人主义"与"五四"所说的"个人主义"不一样，这里就是指一个人力车夫靠自己的体力劳动生活的意思。一开始，祥子认为他有的是力气，可以自食其力，这是农民到城市后的原始理想。从农村到了城市，从农民成为一个人力车夫，就像农民想拥有自己的土地那样，希望攒钱买车，然后越买越多，最后做"人和车厂"刘四爷那样的老板。但是，现实社会没有为他们提供实现这种理想的保障。老舍提供了非常现实的东西：人力车夫的经济能力、社会地位，都不足以予之生活保障，那么，人力车夫年轻时辉煌了一阵子以后，很快就是遭遇可悲的下场。老舍当时看到的就是这样一个现实。在这里，小市民的乐天知命的乐观主义已经被"悲情"的启蒙精神所取代。①

从民间文化角度，诚然可以看到作家对民间生活的深刻把握。对老舍可以进行这样的分析，在笔者看来，对沈从文更可以采取这样的视角进行分析。这里特以沈从文的《边城》为例，着力分析这篇名作中蕴含的民间原型。

一　原型，民间原型与《边城》

原型（archetype），是原型批评的核心概念。在古希腊柏拉图那里用来指事物的理念本源，在两千年后的荣格这里，则经由重新阐释或再造，使之获得了新的理论生命。这一概念的演变历程颇为耐人寻味，不过这里却不便就此展开讨论。这一概念的中译还有"原始模型""民话雏形""原始类型"② 等，显然，有的是直译，有的是意译。作为直译的"原始模型"等看上去没有确指，而作为意译的"民话雏形"倒比较准确地揭示了这一概念的真正含义，并且比较中国化。受此启发，笔者觉得采用"民间原型"这一概念当更顺达一些。不仅可以包括时下流行的"神话原型"，而且可以包括民间其他的文化艺术原型（如仙话原型、传说原型、故事原型、谣谚原型、戏曲原型等），甚至也可以包括民间的生活原型、风俗原型、信仰原型、环境（生态）原型等，这样的理解自然拓展了原型批评的领域，在一定程度上避免了过分强调"神话"而导致的"泛神话主义"及文学批评上的"考古癖"。

---

① 参见陈思和《民间视角下的启蒙悲剧：〈骆驼祥子〉》，《陕西师范大学学报》2004 年第 5 期。

② 参见管东贵、芮逸夫《民话雏型》，《云五社会科学大辞典》第 10 卷《人类学》，台湾商务印书馆 1971 年版，第 98 页；卫姆赛特等《西洋文学批评史》，颜元叔译，中国人民大学出版社 1987 年版，第 353 页。

马克思曾说："希腊神话不只是希腊艺术的宝库，而且是它的土壤。"①这对于民间原型来说，往往更是一座超时空、超民族的巨大的艺术宝库，其中的民间文学艺术也是再造文艺的深厚土壤。综观中外文学史，许多伟大作家都从民间原型中汲取了丰富的营养，从而创作出了感人至深的作品。如荣格指出的，《浮士德》原是流行于 16 世纪德国的民间传说，经过近 300 年的酝酿及种种演变，最后由歌德再造而成不朽的诗碑，在这种意义上，说是"《浮士德》创造了歌德"，却也并非耸人听闻。西班牙民间关于唐璜的故事，也在久经流传之后，进入了莫里哀的剧中和拜伦的诗中，并获得了成功的艺术再造。中国的《西游记》《水浒传》的成书，也经过了从民间原型到作家再造这样的过程。即使是《红楼梦》这样的描写上层贵族的作品，也与民间原型（如女神崇拜神话原型）有着非常深切的关系，并赖此造就了"红楼极境"②。这种情形恰如英国学者墨雷指出的那样，"一个原始的民间故事，本身还相当空泛，缺乏性格特征，但经过不断的创造、再创造，最后却成了一出震撼世界的大悲剧，这真可以说是一件奇事"③。自然，对民间原型的再造并不一定要归结为悲剧，也并不一定都能成功。这在沈从文的笔下，也有相当充分的体现。可是就其代表作之一的《边城》而言，却"真可以说是一件奇事"，格外引人注目。

从民间原型的角度来看《边城》，可以追索评说的东西很多，如其中的民俗事象的神话起源、民歌民谣的置换再造、叙述方式的拟故事体等。对这些自然应予涉论，但笔者在这里却主要就以下三个民间原型——求仙原型、难婚原型、命运原型——进行一些初步的探讨，并由此揭示出作者

① 马克思：《〈政治经济学批判〉导言》，《马克思恩格斯选集》第 2 卷，人民出版社 1972 年版，第 113 页。

② 参见李继凯《红楼极境：女性化的情爱王国》，《明清小说研究》1992 年第 1 期。

③ 叶舒宪选编：《神话—原型批评》，陕西师范大学出版社 1997 年版，第 253、201、214—215 页。

本于民间原型的再造而呈示的故事模式，即拟仙模式、三角模式和循环模式。其中求仙原型及相应的拟仙模式是主导性的原型模式，赖此超越难婚原型模式，并归结于命运原型模式。而这三个民间原型模式的紧密结合及其巧妙的置换变形，便构成了沈从文心目中的"希腊小庙"或"湘西世界"的一幅清晰而又精美的缩影，也是《边城》的深层意蕴的一张透视底片。《边城》，不是对某一具体的民间故事原型的重构再造，而是对诸多民间文化艺术原型的一种综合性的重构再造。

二 求仙原型与拟仙模式

读《边城》会令人不期而然地读出一股"仙"味来，这种味道浃骨入髓，深湛且又缠绵，难以驱除，使人情不自禁地想要捉摸个中的奥妙。自然，《边城》是一个多维的复杂构成，文本结构与意味具有多层次性，体现了对"边城"人生形态的整体性艺术观照，在写实层面上相当逼真地展示了"边城"中的世态人情和不可避免的悲欢离合，洋溢着浓郁的生活气息。其中也确实存在着对现实悲剧人生（如翠翠的父母之死、祖父之死，以及天保之死和爱情悲剧等）的涉写，对此也可以做出不同的解释。然而在深层的本源于原始无意识的艺术象征的层面上，《边城》内蕴的求仙意象却占有重要的地位，并决定了《边城》的艺术意象在主导方面必然是对民间原型的重构。其中贯穿文本首尾的一个核心意象，就是对民族集体无意识中的求仙情结的置换再造而来的拟仙意象。从批评的观点来看，这正是作家在想象世界中成了民族无意识的"代言人"的具体表现。潜抑的求仙意象或情结假作家之手而得以符号化，遂有了文学意义上而非宗教意义上的拟仙模式。"仙"，从本质上说，是介乎"神"与"人"之间的一种精神性存在。它在民间信仰及相应的文化艺术中，能够使"神"向"人"亲近，又能使"人"向"神"亲近，从而使"人"的生命、生态、生活尽可能得到"神"仙化、美化、自由化，它在整体文化艺术效应而非个体生命实证的意义上，体现了普存于民间世界的生命热情和美丽幻想，构成了民间精神的一种不可忽视、轻视、蔑视的重要方面。仅就中国民间源远流长、传播广远的"仙话"而言，较之于"神话"，对后世的影响也更大更明显，对民间文学艺术和作家文学艺术的渗透也更深更普遍。① 神不可及，仙则可求。这从"仙"的象形符号及其寓意（人在山上貌——据《说文》）中便可略见一斑。于是在人间便有了对仙境、仙人、仙事的种种构拟。《边城》的拟仙，也在这几个方面展开，并整合成非常美丽、美好、美妙的境界，逗人向往，甚而迷醉。

其一，仙境构拟。在中国民间，"仙境"成了美的象征，成了自由的乐土，成了令人心驰神往的桃花源。作为中国本土味十足的道教，将仙境"异化"为神仙的居处，"三岛""昆仑""瑶台""十洲"等，尽为仙山琼阁，洞天福地，尽管也多与人间大地相关，却毕竟增多了彼岸性的虚幻。在沈从文的笔下，则描绘出了一幅幅与他的故乡同在的大自然的图画，清新美丽，朴素而又神秘。湘西的自然生态与人文环境，确能孕育历史上楚人的幻想情绪，滋生出动人的诗歌，使这块神奇的土地留存着那么多的神仙故事、民歌民谣和各种各样的娱神迎仙悦己的民俗活动。沈从文心目中的屈原、陶潜，都不过是楚地风情景色的"记录人"。然而这种"记录"却肯定被置入了人对原始风情和自然造化的生命体验。这从沈从文《边城》的有关描写中即可看出，这种生命体验是一种向往和依恋：对精神家园、乡土人情及其所象征的理想归宿的向往和依恋。从原型批评的角度看，这种向往和依恋根源于人类的文化恋母情结，一种深刻的具有再造功能的"文化记忆"。由此衍生的乡情、乡思、乡恋、乡忆等，特别能够造

---

① 参见张磊《论仙话的形成与发展》，《民间文艺季刊》1983 年第 1 期。

就出具有安魂息神奇效的"美丽故乡""精神家园"之类的仙境意象。作为"乡下人"的沈从文，在《边城》中就情不自禁地构拟了这样的仙境。因此，《边城》中的写景便不是一般小说的写景，而是对"仙在山野"的民间信仰的逼真写照，是对潜蕴于中国民间及失意隐逸文人心魂中的"桃源"仙境的追忆和构拟。这也是《边城》的"山水画"表象后隐伏的密码：在"外师造化，中得心源"的艺术创造过程中，沟通了大自然的"造化"与人之自然崇拜的"心源"，从而达至"天人合一"的精神境界。在《边城》中，像这样的写景就会导人进入这种境界："小溪流下去，绕山岨流，约三里便汇入茶峒大河……溪流如弓背，山路如弓弦……""若溯流而上，则三丈五丈的深潭可清澈见底……两岸多高山，山中多可以造纸的细竹，长年作深翠颜色，迫人眼目。近水人家多在桃花里……""细雨依旧落个不止，溪面一片烟。"小说中那座湘西的小小山城，凭水依山，风景秀美，不仅有山竹青翠，鸟语花香，而且有古朴的吊脚楼，耸立的小白塔，更有一脉滑流，竞赛的龙舟，横游的渡船，迷人的水云，动人的歌声，充满了活泼的生机……于是乎山水之间出"仙真"，构成了弗莱所说的那种"天真世界"，"充满了自然原素的精灵"[1]。

其二，仙人构拟。仙境奇丽，其人殊美。在潇湘灵气和楚巫氛围的笼罩下，灵异不俗的人物传说到处流传。其中既有帝王将相的传说，亦有劳动人民的传说。这里既有寻芷访兰、入水净化的屈原的传说，敢爱敢恨、哭倒长城的孟姜女的传说，又有同样奇异动人的傩愿神仙传说、庞氏女传说、龙王女传说、梁祝传说，等等，在人的神化仙化与神的仙化人化的过程中，借助于原始思维的想象和象征，执拗地表达着人对于美和自由的永恒期冀。《边城》亦本源于这种期冀，以浓墨重彩写出了系列的形神俱美

---

① 沈从文：《新废邮存底·美与爱》，《沈从文全集》第 17 卷，北岳文艺出版社 2002 年版，第 359 页。

的人物。长辈们是那么慈祥厚道、善良质朴，小辈们也是那么勤劳朴实、感情真挚。他们祖祖辈辈都在大自然的怀抱和摇篮里，传承着做人的美德，守护着灵魂的天真。无论是勤谨终生、白发如银的翠翠的爷爷，还是有古道热肠、乐于助人的船总顺顺和杨马兵，无论是眸如水晶、情如清流的翠翠，还是英俊健美、正直自尊的傩送和天保，都大抵是"自然之子"，未被耽于物利私欲的所谓"文明"所异化。尽管现实中已经出现了咻咻兽喘的丑恶（如妓女现象，以"碾"争婚的现象等），但沈从文却倾尽心力去淡化丑恶，突出美好，独具慧眼地在"一切有生中发现了'美'，亦即发现了'神'"①。在翠翠身上，尤其能够见出沈从文对"美"和"神"的发现。"翠翠在风日里长养着，把皮肤变得黑黑的，触目为青山绿水，一对眸子清明如水晶，自然既长养她且教育她。为人天真活泼，处处俨然如一只小兽物……"这显然是在用泛神论的眼光来看翠翠的生动描绘，字里行间充溢着一种向往之情，赞美之意。她的天真清纯、聪慧诚挚，她的形美神好、情多意深，是那样的富于魅力！尽管她并没有虚构中的神仙所具有的神功仙法，也没有通常所说的"现代女性"的公关交际的能力，但恰恰是由于有了她的存在，"边城"景观才格外明丽，"边城"人物才有了一个磁铁般的核心——故事的主干情节也由此衍生。一个拟仙（天保称她"观音"）的人物，就这样进入了一个拟仙的故事。

其三，仙事构拟。在构拟仙境及仙人的过程中，势必伴随着对仙事的构拟。仙事大抵可分为两大类，一类是身居凡尘的生活，亦即未被扭曲变态的自然淳朴的常人化的生活，一类是心在仙乡的生活，亦即神与物游的极化自然的神仙般的生活。前者是"自然之子"的平凡生活，后者则是"自然之神"的非凡生活，前者是倾向于物态化的生活，后者是倾向于精

---

① 沈从文：《从文小说习作选·代序》，良友图书印刷公司 1936 年版。

神性的生活。这在中国民间仙话及许多相关的美丽传说中，便具体地呈现为追求自由自在的生存样态和生命不灭尤其是灵魂不死的生存境界。《边城》，显然已经将这两类生活内容浑融地整合到了一个神完气足的文本之中。作为一位自省力很强的作家，沈从文在自我入神地回味起《边城》的创作时，曾说过一段极有概括力的话："我主意不在领导读者去桃源旅行，却想借重桃源上行七百里路西水流域一个小城中几个愚夫俗子，被一件普通人事牵连在一处时，各人应有的一分哀乐，为人类'爱'字作一度恰如其分的说明，文字少，故事又简单，批评它也方便，只看他表现得对不对，合理不合理，若处置题材表现人物一切都无问题，那么这种世界虽消灭了，自然还能够生存在我那故事中，这种世界即或根本没有，也无碍于故事的真实性。"① 联系沈从文一贯的文学思想来看这段话，至少可以看出这样几层意思：一是《边城》不是浮光掠影的猎奇之作，其中虽然写出了桃源中的山水风光，写出了渡人助人、唱歌赛舟等等或忙或闲的生活样态，但目的却在于为了描写一种美好的人生，亦即"一种优美、健康、自然而又不悖乎人性的人生形式"。二是《边城》的故事比较单纯，但其意蕴和艺术表达都是经得住推敲、批评的。三是《边城》的主要情节是"一件普通人生"（即围绕翠翠婚恋而引起的人事），与此相关的人物都显示了对生命之爱的执着（方式或有不同），以及由这种执着而来的人生哀乐。四是《边城》的故事具有深层的真实性，这种"真实"是一种源远流长的心灵真实，是一种起自原始初民而永难泯灭的渴望和平、渴望爱情、渴望美好的心灵真实。这种真实可以归结为一种永恒性的生命崇拜或求仙原型。正是由于《边城》拥有这种深层的真实，才超越了特定时空中的诸多现实表象（如阶级斗争、民族纷争等），具有了与仙同在的挡不住的诱惑和魅力。

---

① 沈从文：《从文小说习作选·代序》，良友图书印刷公司 1936 年版。

三 难婚原型与命运原型

《边城》的主干情节是翠翠与傩送、天保亲兄弟俩的情恋纠葛及议婚之难，构成了小说最惹人注目的情恋三角关系。不仅如此，沈从文还写出了与这个三角关系有直接关联的另一个情恋三角关系，即以傩送为中心的以团总女儿为犄角的婚恋关系。前一个三角由两男一女构成，后一个三角由两女一男构成，前一个三角是"自然"形成的，自发的恋爱自由是其主要的表现形态，后一个三角是"人为"形成的，谋划的代办甚至是包办婚姻是其追求的现实目标。因此前者更接近人类情恋本真的形态，即或亲兄弟同恋一女而有乱伦之嫌，亦能深深地拨动作家和读者的心弦，沈从文对这种自然形态的情恋投入了很深挚的情感，并持有明显的肯定态度。而后者，作为"人为"形成的婚恋关系，沈从文只是把它作为对前者的干扰来描写的，并且写出了代办或包办婚姻者（翠翠的爷爷、船总顺顺和未出面的团总）的共同的失败——不管他们本身的愿望如何，或"代办"或"包办"的程度大小，最终都难以成功。由此显然可以看出作家对"人为"式的婚恋关系的否定态度。也正是由于有后一个三角关系的形成，使第一个三角关系所造成的"难婚"情状更加复杂。难婚，亦即难结良缘、婚恋艰难之谓。这是人类生命体验中最深切也最普遍的一种。在中国的神话中最早显示难婚原型的，当是有关伏羲女娲兄妹婚的神话。在苗、壮、白、瑶等少数民族也广泛流传着这样的神话与传说，并与洪水神话联系在一起。洪水过后，仅余伏羲女娲兄妹，遂议婚以再造人类。然而难题在于兄妹不宜成婚的禁忌。这个难题便在实际上成了"第三者"。为了解决这一难题，常由妹妹出难题——她跑他追，追上可婚——哥哥解难题以求得圆满的结局。此后，在广为流传的民间故事里，难题婚姻的故事很多很多，给出的难题也各种各样，但结局大抵是有权势有金钱的求婚者失败，机智能干、淳朴善良的劳动者胜利。

像这样的难题婚姻①故事大抵比较单纯，沈从文的《边城》借鉴了这样的民间故事但又不限于此。他显然从民间各类爱情故事和实际的民间生活体验中，对广义的难婚现象有更深切的观察和把握。《边城》中的难婚原型的重构，表现在对上述的第一个情恋三角关系的深刻描写上：兄弟同恋翠翠而造成选择上的艰难，天保在"车路""马路"均未成功后气馁懊丧退出，被水淹死。但死后的一切都表明，他的死并没有使难题得到解决，反而使难题更加复杂化。也就是说，他实际仍存在于情恋三角中，加之另一个情恋三角（傩送与翠翠、团总女儿）的存在，难婚的困惑也就更大，更使当事者及他们的亲人感到命运的不测。来自难婚原型的这种重构，使人很容易想到中国四大民间故事，即孟姜女故事、白蛇传故事、牛郎织女故事和梁祝故事。无论是孟姜女寻夫不得哭倒长城，白蛇娘娘婚姻破灭被永镇塔下，还是牛郎织女被银河阻隔离多聚少，梁山伯与祝英台生难聚合死而化蝶，都相当完整而又凄艳地呈示了难婚原型。缔造幸福的婚姻难，维系幸福的婚姻更难。因为事实上总有广义上的"第三者"（或为社会政治的暴力，或为宗教禁忌的肆虐，或为天国中嫉妒者的干涉，或为凡间腐儒礼教的束缚，等等）插足，使婚恋双方总难顺利地发展并维持其爱情。在情场中，"三角形"的稳定性很难存在，它（情恋三角）可以叠加、变动、置换，但很难被取消，不期而然的错综复杂的"多角"关系（如翠翠与傩送、天保、团总女儿以及间接与杨马兵），实质上是"三角"的变式。与难婚原型相应的三角模式诚是普遍存在的把握人类性际关系的基本方式，但庸俗低能的作家必会将情恋三角写成非常低级庸俗的故事，如新老鸳鸯蝴蝶派及张资平的多数作品就是如此。可是那些深刻和熟谙人性的作家，却能从情场三角中，展示出人生中那份扣人心弦、动人肺腑的

---

① 本节的"难婚"概念所涉范围较广，与一般所说的"难题求婚型故事"有一定区别。

情场哀乐，将一种人生方式中蕴含的丰富多样的人情人性及其承受的"生命之重"表现出来，使之真正成为人们审美观照的对象。《边城》，就是这样的一部成功之作。而且在整体审美效应上，超越难婚原型制约下的三角模式，苦尽甘来，唤起对求仙、遇仙、游仙或拟仙的潜在冲动或期待。难婚之"难"，不仅会消解人类对美好爱情和理想异性的向往，相反会更强烈地刺激或唤起这种愿望。历久弥新的白蛇故事、牛郎织女故事、董永七仙女故事等等民间故事，给一代又一代"接受"者的情感教育是如此，《边城》对难婚原型的再造，给人的情感教育也是如此，它诚是一曲动人、迷人、诱人的销魂之歌、希望之歌。其意义又绝不限于爱情，亦如屈原的"求女"或香草美人的意象营构，在艺术象征的张力作用下，其内在意蕴总是繁复多重的。沈从文曾热诚希望读者能够体味到作品背后的"热情"与"悲痛"，而这种深蕴的"热情"和"悲痛"，在很大程度上恰是和上述的求仙原型与难婚原型相对应的。

除此之外，我们还必须注意到《边城》中存在的命运原型及相应的循环模式。

《边城》表达了相当明显也相当深切的命运意象。这种命运意象从小说的情节和语言中，已或明或暗地表达了出来。小说写少女翠翠由无名的"盼"（期盼幸福，独自装扮新娘子等），到具体的"情"（情窦初开，对傩送的情恋渐深渐浓），归于有名的"盼"（盼郎归来，在难婚考验中趋于成熟）。在这个带有循环特征的叙事中，不仅将民间原型中的成人仪式（由幼稚经考验而成熟）进行了生动的置换再造，而且特别明显地置入了在民间极具普遍性的天命难违的命运原型。这既表现在对翠翠与傩送邂逅的描绘上，虽然彼此相貌未见清晰，话语还有误会，但情缘却由此牵定，更表现在对翠翠与傩送的这种情缘所遭遇的种种磨难上，而这种种磨难所导致的爱情悲剧，也与翠翠母亲、父亲那一辈人的爱情悲剧有一致之处。

在老船夫的心灵镜像中，深切地感到"翠翠一切全像那个母亲"，而且隐隐约约便感到这母女二人共同的命运。为了获得爱情的精神生命（或价值）并永久地占有它，都不期而然地要接受生生死死的严峻考验。在这个意义上，翠翠是她母亲的爱情生命的"复活"，也要责无旁贷地担负起爱神的使命。但实际生活中的阻碍和阴差阳错，总是爱与坠入爱河的人们开沉重的玩笑，假以"天意"来捉弄他们。天保，这位"天保佑的"小伙子，却"在人事上或不免有些龃龉处"，就受这"天意"的支配，"泡坏了"；傩送，这位"傩神送来的"小伙子，有"岳云"的美名，不仅当地的人称羡他，重视他，而且他父亲也有些偏爱他——这也是他父亲让他与团总女儿结亲的一个不可忽视的心理因素，尽管如此，却由于误会或不凑巧以及其他现实因素的制约，也还是"爱而不得"。在这种现实命运上，天保与傩送都可以视为翠翠父亲的"变体"。在置换变形的视境里，翠翠爷爷在雷雨之夜的悄然仙逝，却给读者推出了另一幅洪水神话的画面。洪水，在民间叙事中既是一次浩劫，也是一次生命再造的契机。由此也就毫不奇怪，老船夫的生命（特别是他那种呵护孤弱的长辈精神或保护神角色）却在杨马兵以及顺顺身上得到了承续和复活。这种精神也是小说附"希腊小庙"奉送的人性挚爱的一个范本。它犹如生命之光，熠熠照人，如烛如金。而那"白塔"的重建，也就是对重造生命、卫护生命的民间精神的复活与光大。正如王润华先生指出的那样："白塔也是祖父的化身……他是朴实，勤俭，和平，快乐的最后象征，所以众人要尽力捐献，把它重建起来。这表示善良之人性还活着。……这是一座最纯朴的人性之塔，它代表沈从文所说'民族品德的消失与重造'。"[①] 这大抵也就是所谓"礼失而求诸野"的选择，并且带有循环进行的特征。在中国民间，有关

---

① 王润华：《从司空图到沈从文》，学林出版社 1989 年版，第 168—169 页。

社会循环、生命循环的观念相当深固。这与民众的历史性经验的积淀密切相关。这在原始初民的心理经验中就初构了有关命运的循环模式。弗雷泽在《金枝》中曾以许多材料，充分说明了古代的神话、祭祀仪式和春夏秋冬四季的循环变化等自然节律有关，并指出，先民基于这种体验构拟出了生死轮回、死可复活的神的意象和祀神仪式。表达了人类最深潜的生命希冀，即对有限的生命的超越：一方面求得灵魂不死，精神不灭，另一方面契合自然机运，生生不息，赖此两方面的复合，便超越了逼促无常的现实人生，超越了猝然之间即可能发生的种种苦难。《边城》对难婚原型的超越，就有赖这种基于命运原型而生成的生命哲学。沈从文在平平静静、朴朴素素的"边城"故事中，引领我们看到的，不仅是"边城"人受制于时间和造化的现实生活图景，更为重要的，则是"边城'人固守本真意义上的善和美，超绝生死、凌越苦难的理想精神境界，这也就是生命之道周行不殆的生动体现，这也就是与天地同德的"好生之德"的成功表达，这也就是贴近民间大地的文学家对民间生态的艺术观照。在"拯救大地"① 的作家群中，沈从文则无疑是格外引人注目的一个，如果要考察有谁能够出神入化地将天命（自然生命）、人命（人类命运）和文命（文学生命）整合到完美的艺术范式中去，在中国 20 世纪的小说史上，那么沈从文和他的《边城》，则无疑居于首选之列。综观《边城》的文本意象结构，与弗莱所说的"自然循环"非常相似：自然循环在文学中体现为两种基本的叙述运动，即"在自然秩序之内的循环运动和由自然秩序上升到启示世界的辩证运动"。"自然循环的上一半是传奇和天真类比的世界，下一半是'现实主义'和经验类比的世界。……向下是悲剧型运动，命运之轮由天真滚落到判断失误，再由判断失误滚落到大灾难。向上是喜剧型运动，从可怕的混

---

① 参见郜元宝《拯救大地》，学林出版社 1994 年版，第 85、204 页。

乱上升到大团圆，通向那一般认为是非常遥远的天真境界，此后人人都生活幸福。在但丁那里，上升运动是通过炼狱而完成的。"这种自然循环在《边城》女主人公的命运曲线中已经呈现了出来，而含蓄的结尾所昭示的希望，正预示了命运的上升：翠翠接过祖父的长篙，正是为了要将他人和自己都引渡到幸福的彼岸。

四　民间原型与接受美学

原型批评是一种"重认知，轻判断"的批评方法，然而本节在借鉴运用中却希望获得一种平衡：既强调对"民间原型"存在形态的"认知"，也加强适当的"判断"。除了前述的内容之外，这里还想简略地说明这样两点。

其一，从民间原型的角度来分析《边城》，只是许多角度中的一个，因此并不能面面俱到地揭示《边城》（这也许是一部值得像研究《阿Q正传》那样反复发掘的作品，二者对读比较，就是一个有价值的题目）的丰富含义。对求仙原型、难婚原型、命运原型的初步揭示，也只是对作品中隐含的民间原型意象的部分发掘，和对相应的原型模式的粗略分析。因此，还有必要继续深入探索下去。尤其是对沈从文这样的倾心于原始风情和民间原型的作家，很值得从原型批评的角度给予系统全面的探究。不仅如此，还可以将他置入跨越时空限制的文学视野中进行研究。远的不说，如果将《边城》与《白毛女》进行一番原型批评，就对我们"判断"《边城》、"认知"《白毛女》都会有些帮助。《白毛女》在通常的文学视境中，在主题构成、审美基调和体裁样式上与《边城》都有明显的不同。但从民间原型的角度来看，二者却有相通之处，这就是通过对民间原型的再造来实现对理想和艺术的追求。尽管歌剧《白毛女》在民间"白毛仙姑"传说基础上进行的集体性再造的过程中，越来越多地渗入了某种政治话语，在破除"仙姑"迷信时努力于建构"解放"的新型神话，但在作品文本的更深层次，则依然植入了民间原型。求取幸福和自由而屡遭摧残的求仙原型、难婚原型得到了成功的置换再造，尤其是突出了源自民间神话传说和戏曲的"复仇原型"，因此在较大程度上避免了抽象的政治说教。即或在"人而鬼、鬼而人"的解放程式中，也潜入了命运原型，在表达上也大体契合于"自然循环"的原型模式。应该肯定地说，《白毛女》之所以曾经产生巨大影响并且依然具有一定的艺术魅力，民间原型的再造是其不可忽视的一个重要原因。不过，较之于《边城》的深婉有致、含蓄蕴藉，《白毛女》的过于鲜明的政治话语以及大春归来晴了天的浪漫，毕竟对真正的民间精神和原型有所遮蔽，这或多或少地影响了这部名剧的艺术生命。

其二，民间原型及其重构与接受美学有密切的关系。如果从接受美学的角度来看《边城》，正应了沈从文自己的话，俗说凤凰不死，死后又还会复生。它是一只死去活来的"凤凰"。而《白毛女》呢？与当年的轰动相比，于今不免显得过于冷寂，即或不是春去春难回，也是夏去秋凉至了。这种艺术接受上的不同，首先是与创作者对民间原型的接受和再造的不同相关联的。作为"乡下人"的沈从文从自己的原型体验中，找到了返归精神家园的"林中路"①，能够体贴入微地接受、理解和润化民间原型，从而使他的《边城》及"边城"型的作品，获得了超越时空限制的艺术魅力。而《白毛女》的作者却在对民间原型的接受和再造中，力图超升到政治意识形态的层面，基于民间原型的生命意味和象征意义反被削弱了。与此不同，沈从文则耽于"民间诗意"的寻觅，铸就了他的"文化诗学"。尽管他在创作中融汇了一些古代经典文学和外国文学的创作经验，但这些都被他有意无意地统摄到了"民间诗意"为内核的"文化诗学"之中。倘若失去了"民间诗意"这一艺术精魂，则很难想象还会有一个如此值得珍

---

① 参见海德格《林中路》，台湾时报出版公司 1994 年版，第 247 页。

视的沈从文。其次是与读者对民间原型的接受和再造的不同相关联的。时代的不同、境遇的不同、心态的变化等，都会影响到读者的"期待视野"。在政治中心时代或权力社会中，读者（观众）对《白毛女》型的作品反响热烈是毫不奇怪的。然而时过境迁，其接受效应便大有不同。政治革命、阶级斗争之类的惊天地、泣鬼神的重大主题，已与经济中心时代或技术社会中读者的"期待视野"明显错位。比较而言，《边城》型的作品则以其强烈的道德救赎意识和亲近原始自然的审美风貌，在较大的程度上能够与当代读者的"期待视野"融合。海德格尔指出技术时代是"神性"隐失的时代，但同时这也是呼唤"神性"的时代。而对民间原型积极重建的《边城》作品，既可以给当代读者带来精神上的慰藉和审美的享受，同时也可以通过这种审美化的接受，升华困顿的灵魂，再造民族精神。从某种意义上说，沈从文所说的这段话则是对民间原型潜在的形态及意义的恰当说明："《边城》中人物的正直和热情虽然已经成为过去，应当还保留些本质在年轻人的血里和梦里，相宜环境中，即可重新燃起年轻人的自尊心和自信心。"①如此说来，《边城》型作品的魅力不仅会透入接受者的"美梦"，而且还会激活他们生命的潜能，重铸他们渴望新生的精神世界。

第二节　幽微而苍凉：张爱玲小说中的女性异化

女性异化，这是人世间一种无可避讳也无从遮掩的严酷事实。

这自然是女性的悲哀，但又何尝是男性的乐事？在张爱玲的小说文本

---

① 沈从文：《长河·题记》，北京十月文艺出版社 2008 年版，第 228 页。

中，这种人生的悲哀及其意义，似乎早已超越了特定时空的限制。

苍凉而复苍白、安命且又怨命的女性悲运，在张爱玲的笔下得到了淋漓尽致的艺术呈示，并且总以纤毫毕露的显微效果，把女性异化的真相展示了出来，给人以"凉入骨髓"般的审美感受。如是要问张爱玲小说艺术的重心在哪里，笔者会毫不犹豫地回答：不在于她对时代生活的整体反映，不在于她对人性的一般描绘，也不在于对男性心理世界的发掘或纯形式上的追求，而在于她对"闺阁"有着过人的"写实的功夫"①，其中最为重要也最能见出功力的是对女性异化的深湛而独到的刻画。

在女性经由世界性败北而不得不进入被异化的轨道之后，女性即在男性压迫与自我压抑中陷入万劫不复的悲剧命运而无法自拔。在中国，时至20世纪，虽然几经文化的或政治的运动，"女性解放"仍然不是一个过时的话题。因为女性事实上仍然处在或基本处在男权中心社会之中。而通观人类男权中心时代女性异化的主要形态，大致有如下三种类型，即奴化、物化与兽化。

这三种类型在张爱玲小说中都有相当充分的体现。因此，在一定意义上可以说，张爱玲对女性异化做了全面的描写。或易言之，爱玲对女性异化所做的深刻而全面的刻画，确证了她那杰出的艺术才华。她自视为"天才"，人视之为怪才，以此观之，当无足怪。

一

张爱玲在《谈女人》一文中指出："在上古时代，女人因为体力不济，屈服在男人的拳头下，几千年来始终受支配，因为适应环境，养成了所谓

---

① 夏志清：《中国现代小说史》，刘绍铭等译，复旦大学出版社 2005 年版，第 254 页。

妾妇之道。"① 在涉论历史或性文化史这类命题方面，张爱玲抑或没有学者或思想家的精到，但她却擅长以生命的直觉、艺术的笔触透入人生与历史的底蕴，以自己的方式展示出"人的自我异化"（尤其是女性异化）的世俗真相。哲人马克思曾说："人的自我异化的神圣形象被揭穿以后，揭露非神圣形象中的自我异化，就成了为历史服务的哲学的迫切任务。于是对天国的批判就变成对尘世的批判……"② 征诸文学，其实也有类似的"任务"与"批判"。笔者以为，"揭露非神圣形象中的自我异化"，从而在比较自觉的层面上执行"对尘世的批判"，这不仅是以鲁迅为代表的"五四"时期很多作家创作的"大势"，而且也是张爱玲未曾违拗的创作取向。但她将重笔浓彩落在了对女性异化的独具匠心的刻画上。其中对女性"被奴化"与"自奴化"的"妾妇之道"，就有着极为细腻而真实的描绘。早在张爱玲未上大学而尚为女校学生的时候，她就写有《牛》（1936 年）、《霸王别姬》（1937 年）等短篇小说，以现代女性意识为根基，着意传达出女性对生活的痛苦而趋于绝望的真实感受。《牛》中的禄兴娘子，是位"吃辛吃苦为人家把握家产"却终至失去一切的农妇，她在空无所恃的恐惧中，感到自己"前面的生命就是一个漫漫的长夜"。这篇小说在艺术上虽较幼稚，但在创作的兴奋点及内在精神上，却与此后的一系列小说保持着深刻的相关性。这就是对女性的"失去"（自我）与女性的"长夜"的审美注意，并初露了那种唱叹般的悲凉凄丽的审美情调。这在《霸王别姬》中有更加明显的表露。虞姬在重构的"女人是月亮"的故事中，在内心深处已产生了对自我存在价值的怀疑。

　　如果他（项羽）是那炽热的，充满了烨烨的光彩，喷出耀眼欲花

---

① 《张爱玲文集》第四卷，安徽文艺出版社 1992 年版，第 65 页。
② 《马克思恩格斯全集》第 1 卷，人民出版社 1956 年版，第 453 页。

的 ambition 的火焰的太阳，她便是那承受着，反射着他的光和力的月亮。她像影子一般地跟随他……她怀疑她这样生存在世界上的目标究竟是什么。

　　虞姬的怀疑（更是张爱玲的怀疑）引起了她内心的恐惧：项羽成功，她却会因为年老色衰而被"监禁"，"成为被蚀的明月，阴暗，忧愁，郁结，发狂"，终至死亡；项羽失败，她也只有为他殉身，不可能做出别样的选择。正是这种深切的恐惧和绝望，导致了她的自杀。这就改写了既往美化虞姬殉情的英雄美人式的男权话语。在文化人类学学者有关"月亮神话"的研究中，认定"月亮代表女性，太阳代表男性"是一种跨文化的心理现象，并在男性逻各斯的理性范畴，早已用太阳崇拜置换了月亮崇拜。在这样的置换中，"最为重要的变化之一就是以月亮为象征的、组成宗教或精神观念的概念，转变给了太阳，并处在了男性的控制之下"①。作为"月亮"的虞姬，显然无法摆脱这种被"控制"的命运。② 因此，与其说这篇《霸王别姬》写的是"霸王"（男性）的被困，毋宁说写的是"虞姬"（女性）的困境！

　　"为他持家"的禄兴娘子与"为他活着"的虞姬，在张爱玲的"女性视野"中并不显得怎样"崇高"，相反却令人感到可怜可悯、可叹可哀。从爱玲的这两篇"少作"中，我们也感到了这位"才女"的早熟与敏锐。在她经过大学与香港生活的体验之后，她推出了一系列的新作，以更"有意味"的艺术方式，将女性被奴化的严酷现实呈示在世人的面前。

　　从张爱玲正式投发的第一篇小说《沉香屑：第一炉香》（1943 年 4

———————————

① 〔美〕M. 艾瑟·哈婷：《月亮神话》，蒙子等译，上海文艺出版社 1992 年版，第 31 页。
② 张爱玲在小说中最喜用的一个"凉"性意象，就是象征着女性苍凉境遇的"月亮"。

月），一直到她写于1957年的《五四遗事》，都没有放弃对女性悲剧命运的深切关注。特别是善于在多种多样的"性际关系"① 中揭示女性存在的附庸实质，及其广义上的"娼女"的真相。② 《第一炉香》中的梁太太及其侄女葛薇龙，都在性际关系中产生了严重的倒错：她们都经不住贵族男性（即使是没落的）的种种引诱，都将青春甚至整个生命，心甘情愿地舍予自己不爱或不值得爱的男性。于是，自我生命就像"一炉香"，以"梁太太们"的方式，异化为灰烬。而她们在沦为高级"娼妓"之后的反诱与恣纵，则更加速了这一生命异化的过程。在《五四遗事》中，爱玲以自己的方式对"五四"做了反思式的回顾。她透过表象，发现了"五四遗事"中隐含的"男权依旧"的真实。小说写罗某借"五四"的"离婚自由"的成果，离了双妻，纳了新宠。但他又将前离二妻接入家中，拥有三位娇妻的"艳福"。"五四"就这样被男性的"多妻主义"利用、偷换了，"遗事"也便成了封建性的遗事；而那安于一室的三位女性，依然秉承着祖传的"妇德"，即"在一个多妻主义的丈夫之前，愉快地遵行一夫一妻主义"③。

《红玫瑰与白玫瑰》中的"好人"振保，作为典型的男人，他将事业、家庭和情人均纳入一个有序的结构中。女人（娇蕊、烟鹂等）被赋予了两种基本角色：妻子与情人。但都隶属于男人，是男人采撷、把玩和利用的对象。在漫长的男权时代中积淀着关于女性原型的无意识及相应的符码，其中以"白玫瑰"象征圣洁的妻，以"红玫瑰"象征热烈的情妇，即是典型男性化的意象构成，表明女性在男性眼里，不过是美丽的奴隶而已。《桂花蒸，阿小悲秋》中的阿小，作为耽于渔猎女性的男主人的"好的"女仆，但总觉得有"一盆水对准了她浇下来"，使她感到莫名的悲苦；

---

① "性际关系"是一个不同于"性关系"的概念，有着更丰富的内涵。这一概念也是"文艺性学"中的重要概念。
② 参见赵凯《伊甸园景观——性爱与文学创作》，湖南师范大学出版社1992年版，第74页。
③ 《张爱玲散文全编》，浙江文艺出版社1992年版，第73页。

《等》中的诸位等候诊治的太太们，大抵是"猫"一般的女人，莫不依附男人，忍耐着太多的失意；《鸿鸾禧》中的邱玉清，在父母包办下嫁给了暴发户的大公子，痛苦万端而又百般无奈……女性在张爱玲的笔下，似乎总是深陷性压迫的窘境之中，在无论是姓"封"还是姓"资"抑或二者混合的男权文化氛围中，苟延残喘，咀嚼着人生的苦涩，体味着生命的苍凉。

张爱玲对女奴命运的审美观照，也曾透出点亮色。这在她写于解放之初的《小艾》以及她第一部完篇的长篇小说《十八春》中，都有所表现。然而这种"解放"的乐观很快就为张氏所否定，并屡有删改。① 在这些作品的初版文本中，对女性悲剧命运的描写仍占主导地位。而"光明的尾巴"对当时流行的"由鬼而人"这类"解放"模式的袭用，倒显出了生搬硬套的痕迹。总之，诚如有的论者指出的那样，张爱玲成功地"在现代的屏幕上活现了一群女奴的群像"②，她们限于主客观的条件，即或有所挣扎与反抗，但大抵也要陷入变态的迷狂中，很难找到真正的出路。

二

如果说女性的"奴化"主要是女性在"性政治"层面上的异化，是"男权"跋扈的结果，那么女性的"物化"则主要是女性在"性经济"层面上的异化，是"金钱"跋扈的结果——自然这两方面有着相互作用的关系。当男权社会确立的时候，男性便牢牢地攫住了经济大权，并逐渐制造出一个新的"图腾"，即是"金钱"，以与其"利剑"紧密配合。于是在英雄或权力崇拜与金钱崇拜的双重魔圈中，女性失去了独立为"人"的价值。为了起码的生存，便很容易地被"金锁"锁住，从而导致了女性自我

---

① 譬如张爱玲后来删改《十八春》后半部，并将整个作品易名为《半生缘》，又易名为《惘然记》。

② 《张爱玲文集》第四卷，安徽文艺出版社 1992 年版，第 445 页。

的严重异化。因为"钱是从人异化出来的人的劳动和存在的本质；这个外在本质却统治了人，人却向它膜拜"①。这种膜拜势必使人（尤其是女性）的"生命之爱"深受伤害。

金钱对女性的异化，常见于"金钱婚姻"。这可以使女性彻底的物化、俗化和非人化。在张爱玲最享盛誉的中篇小说《金锁记》中，对此便有极为深刻而细致的描绘。正是由于金钱的魔力，使姜公馆的残废二爷"化丑为美"，可以轻而易举地将麻油店的曹大姑娘娶过门来，给她戴上强硬的婚姻之枷，再锁上永固牌的"金锁"。于是，她那姣好而火热的青春被金钱的魔杖击成了碎片，她的天真、温情与梦想也都荡然无存，变得悭吝远胜葛朗台，阴毒更逾蛇蝎精。由原先被金钱异化的不幸者蜕变为害人也更害己的残忍者，由被"锁"者变成"锁"人者，"曹七巧"变成了"曹七毒"。其心理变态已趋于极端，于是，她"用那沉重的枷角劈杀了几个人，没死的也送了半条命，儿子女儿恨毒了她"，连曾与她言过情、道过爱的小叔子，也跟她"仇人似的"。亲情在沦丧，爱情也在沦丧，女性（七巧）被异变为"玻璃匣子里蝴蝶的标本，鲜艳而凄怆"，这就是张爱玲揭示的"金锁"效应。

在另一名作《倾城之恋》中，张爱玲同样写出了金钱对女性生命存在的巨大侵蚀和危害。那位离婚后待在娘家的穷遗老的女儿白流苏，因受不了娘家人对她的刻薄（盘剥与奚落），急于再嫁。于是，对金钱的渴望（谋生）使她在初识华侨富商之子范柳原时，几乎就下定了再嫁的决心。但这并非是一见钟情，而是一见钟"钱"。所以在白、范的"倾城之恋"中，很难谈得上"爱情"与"幸福"，却不乏相互精明的"算计"与"引诱"。在白流苏将残剩的青春当作人生最后的赌注时，她也感到了沦为阔少玩物（不管是"情妇"还是"太太"，实质则一）的危险与悲哀，但她

---

① 《马克思恩格斯全集》第 1 卷，人民出版社 1956 年版，第 448 页。

却无力挣脱。后来，作为人性异化的另一极端形式——侵略战争给她提供了"成全"的机缘，使她获得了婚姻的"保障"。但可以断言，她所陷入的这种"生意经"式的婚姻，只能是她最后的坟墓。张爱玲对这种婚姻，的确熟悉，看得很透。她在《心经》中，就曾借了绫卿的口说："女孩子们急于结婚，大半是因为家庭环境不好，愿意远走高飞。"但在急切之中，唯利是图，人（有钱者）皆可夫，又怎能谈得上真正的爱情和幸福呢？而没有爱的婚姻，对于女性则无异于一种慢性自杀。《茉莉香片》中的冯碧落（聂传庆之母）就是一位在无爱婚姻中压抑而亡的女性。虽然她的去世也许是对尴尬婚姻的解脱，但却给孩子留下了恒久的痛苦，使儿子成了"跑不了"的"精神残废者"。这种对女性的"墓后现象"的艺术观照，恰能表明张爱玲对残缺婚姻的透察入微。

金钱崇拜对女性生命的异化，使她们异变为商品，成了男性最乐于利用和消费的东西。"在将女性商品化的种种形式中，最典型、最肮脏的就是女性肉体的纯粹交易，就是娼妓的出现，就是公开的卖淫。"[1] 虽然张爱玲对生活中的娼妓与文学中的娼妓都有不少了解，但她并不像《海上花》那样专注于妓女题材的文学。她也写那种纯粹的妓女（如《十八春》中的曼璐），也涉写那种出身于"堂子"的姨太太（如《小艾》中的三姨太太），但她写得最多的，则是那种"准型娼妓"，即披有婚姻外衣而实为交易以出卖色相的女性。梁太太（《第一炉香》）、敦凤（《留情》）、霓喜（《连环套》）等，莫不如此。敦凤嫁给老迈的米先生，其心理逻辑是："我还不都是为了钱？我照应他，也是为我自己打算——反正我们大家心里明白。"带着这样清晰的"谋钱"或"谋生"动机的女性，其感情世界怎能不"千疮百孔"呢？又怎能充分领略爱情的真味呢？罗素曾指出：

―――――――――――

① 禹燕：《女性人类学——雅典娜一号》，东方出版社 1988 年版，第 75 页。

"妇女所忍受的不情愿的性关系的总数，在婚姻中比在卖淫中恐怕要大得多。"① 这话绝非无稽之谈。但在张爱玲看来，实有不少女人已从"不情愿"进到了"情愿"忍受无爱的性关系，浑然不觉有什么可耻或悲哀了。她曾带着无奈、调侃而又悲怆的语调说："以美好的身体取悦于人，是世界上最古老的职业，为了谋生而结婚的女人全可以归在这一项下。"② 在一次谈话中她更明确地指出："家庭妇女有些只知道打扮的，跟妓女其实也没有什么不同。"③ 从这种意义上来看张爱玲笔下那些归根结底为了"谋钱"或"谋生"而嫁的女人，在怨愤、愁苦、无奈或变态发泄中打熬着岁月，仿佛她们都接受过了"娼妓化"的洗礼。无论她们是处在怎样的性际关系中，或是一妻一夫、一夫多妻，或是高等调情、嫖卖结合，或是婚居、同居、姘居、寡居、胡乱居，也无论是身为妙龄少女还是半老徐娘，身处深闺还是浅闺，大抵都挡不住"物化"的诱惑或胁迫。这种情形显然不限于中国人，洋人或洋气十足者也不免如此。只不过限于生活体验，张爱玲无法写出像曹七巧那样"彻底"的"洋七巧"，只有《连环套》中的那位入了英国籍的赛姆生太太（霓喜）庶几似之。尽管如此，笔者还是相信，张爱玲从女性视角所揭示的"物化"女性，绝不只存在于当年的沪港洋场，而是存在于整个男权世界之中的。否则，爱玲也就不会有那种浩渺无边的苍凉感、悲凉意了。

三

随着女性异化程度的加深，女性也就不可避免地越来越远离"人道"而趋近"兽道"，其"兽化"的程度也就相应加深。女性的"兽化"不仅

---

① ［英］罗素：《婚姻革命》，靳建国译，东方出版社1988年版，第103页。
② 《张爱玲文集》（第四卷），安徽文艺出版社1992年版，第74页。
③ 同上书，第408页。

表现为几近疯狂的纵欲与凶残，而且也表现为"几乎无事"的庸常生活中的"吃人"。

放纵恣肆、损人利己的生存样态，在男权社会里自然是以男性为代表的——这似乎也是一种权力。可悲的是，饱受种种欺凌、侮辱、玩弄的女性，在异化途中却习得或攫取了这种权力，也以类似男性的放纵与凶暴来对待情欲和弱者。张爱玲对此没有回避。她不是浅薄的女性同情者、赞美者或开脱者。她在《谈女人》一文中即坦然直陈："一个坏女人往往比一个坏男人坏得更彻底""一个女人的恶毒就恶得无孔不入"。在她的小说中，对此便有很"彻底"的描绘。譬如《金锁记》所写的七巧变态后的阴毒与泼悍，《十八春》所写的曼璐对亲妹妹的陷害与虚伪，《第一炉香》所写的林太太为满足私欲而牺牲青年女子（包括侄女）的狡诈与卑鄙，等等，真是在以实际行动印证了"母老虎""蛇蝎精""狐媚子"这类传统语词并非毫无所据。张爱玲对女性的这种描写，确实"彻底"而有深意。不仅写出了年长女性的深切异化，而且写出了这些女性由被动异化进至自动异化之后，又作为外缘异化力量，影响到他人，尤其是年轻的女性。《金锁记》中的七巧对儿媳、女儿的损害，《第一炉香》中林太太对侄女薇龙的毒化，都为人熟知，兹不赘述。这里且以《十八春》中的曼璐之于妹妹曼桢为例，略予分析。这部长篇小说最令人揪心的部分，是写曼璐这位妓女的变态心理及性残害行为所造成的恶果——对妹妹曼桢的严重损害。是她亲自设定计谋，使自己依赖的男人祝鸿才强奸了自己的妹妹，并将妹妹残酷地关押着，以此拴住祝鸿才的兽心，保住自己的"妍位"。这对曼桢的心灵无疑产生了巨大的摧残，爱情也被断送，后来甚至违心地嫁给了那位兽面兽心的"姐夫"。小说不仅写出了曼桢被损害的心灵痛苦，也很真实地写出了曼璐心灵"兽化"过程中的痛苦与异变。当她得知自己依附的祝鸿才对曼桢居心不良时，也曾心含恨怨。可是，长期以来的屈辱生活已剥蚀了她的正常人性，加之她对妹妹的变态嫉恨心理，遂使她难以驱逐心中出现的兽性魔影（即强暴亲妹，满足妍夫）："她竭力把那种荒唐的思想打发走了，然而她知道它还是要回来的，像一个黑影，一只野兽的黑影，它来过一次就认识路了，咻咻地嗅着认着路，又要找到她这里来了。"显然，"野兽的黑影"一旦吞噬了曼璐的心灵，那么她就由娼妓之道踏上了害人之道，从受害者变成了害人者，甚而陷入了性残害的泥淖中而无法自拔。

张爱玲在《心经》中还描写了另一种性残害的现象。即作为女儿的杜小寒居然与父亲发生了"父女恋"，甚至持续了好些年。小寒完全被"恋父情结"所左右了。为了维持自己这种隐秘的恋情，她逃避与其他男性的深入接触以及成婚的可能，而执着于让父亲"知道我的心"，并且认定："我不放弃你，你是不会放弃我的！"但当她父亲找了貌似她的绫卿为外室（补偿其"恋女情结"）的时候，小寒发疯似的要施加破坏，并当面哭着斥责父亲道："你看不起我，因为我爱你！你哪里还有点人心哪——你是个禽兽！"这斥责也许真的有"道理"，但也适用于小寒自己。正是她离间了父母的情爱，使表面安稳的家中隐伏着危机，出现了乱伦之恋。等到她意识到自己犯了罪时则不免太迟了。自然这种恶果的酿成也与其父母自身的异化有着密切的关系。

在日常"几乎无事"的生活中，女性异化也常带有"兽化"的"吃人"性质。如果说张爱玲在后期小说中直接用"吃人社会"之类的概念带有点生硬的话，那么她在《自己的文章》中所表述的，则的确是她对人生（尤其是女性的）的真实感受："人们只是感觉日常的一切都有点不对，不对到恐怖的程度。""总之，生命是残酷的。看到我们缩小又缩小的愿望，我总觉得有无限的惨伤。"爱玲承认自己"只是写些男女间的小事情"，但却着意从中开掘出具有深长的"苍凉"意味的生命悲剧内容。在种种畸形的性际关系中，有那样"动物式的人，不是动物，所以比动物更为可怖"①。在《连环套》这部实可视为较好的中篇小说中，女主人公霓喜的悲剧命运已得到了较完整的刻画。从她被男人所买到被男人抛弃，连再次受"姘"的希望也已失去，她的生命就在男人与时间的拨弄中消逝了。即使在"受姘"期间，"不过只是摭食人家的残羹冷炙，如杜甫诗里说：'残羹与冷炙，到处潜酸辛。'……人吃畜生的饲料，到底是悲怆的"②。在爱玲的笔下，也写出了生命的微温，但它却终必消释、弥散于寒冷的冬夜中。

人之"人文生态环境"对女性生命的异化效应，在张爱玲的笔下，也得到了相当充分的描写。《怨女》（据《金锁记》改写的长篇）中的银娣，承受着类似《金锁记》那样的环境压迫，从"麻油西施"异变成了厉鬼般的"烟婆"，只能在烟灯前的幻觉中，忆起青春时节那火热的异性的调情。但幻觉一消失，"她引以自慰的一切突然都没有了，根本没有这些事，她这辈子还没经过什么事"。在银娣的人生经历中，爱的萌芽被扼杀了，于是剩下了怨恨，放纵了恶毒，也像曹七巧一样由被异化者变成了异化者。由此很容易使人想到，张爱玲在小说中写了一个又一个"消解爱情"的故事，严酷的人文生态环境，将爱情化成了俗世的微尘，使人倍觉"此在"的"荒凉"。爱玲显然在破除爱情神话。不是她不愿信仰，而是吃人的现实使她难以信仰。真正销魂而又永恒的爱情何处寻觅？《倾城之恋》剥去了通常披在"倾城之恋"这一人类绮梦上的轻纱，显示了名副其实的私情、伪情和矫情的真相；《多少恨》中的家庭女教师虞家茵，与主人倾心相爱，真情并未感动天地，却引起了解不开的矛盾和说不清的怨恨；《等》中对那些在诊所中等候诊治的太太们的描写，实际构成了对女人"等待男人"的被动命运的象征，这是因为这些将生命"消磨在等待中"的女性，

---

① 《张爱玲文集》第四卷，安徽文艺出版社1992年版，第176页。
② 同上书，第181页。

早被禁闭在"内面"与"无常"的囚牢里，其生命意义永远操握在他人手中；①《第二炉香》与《第一炉香》一样，都写出了女性的异化及其对生命意义的消解，性放纵与性蒙昧都可以造成对人（尤其是女性自身）的深度伤害，"薇龙"型女性的堕落与"愫细"型女性的幼稚，对己对人往往都会造成灾难性的后果；《金锁记》《怨女》《琉璃瓦》《殷宝滟送花楼会》等，写女性陷身的婚姻，无论是"包办"，还是"自办"，却都不能摆脱悲剧的命运——尽管悲剧的形态各异；《封锁》《年轻的时候》《色·戒》以及《创世纪》等作品中的"爱情"，都是瞬间性的、短命的，甚至是危险的……

爱情的消解，最足以体现出"爱玲"式的"苍凉"意味。但她显然并不局限于此。她也写出了亲情的消解。譬如《花凋》写妙龄少女郑川嫦生命垂危，母亲怕暴露"私房"，父亲宁愿养姨太太，也不予全力救治。但在川嫦死后的墓碑上，却出现了许多"爱"字，道是"知道你的人没有一个不爱你的"，其实"全然不是这回事"。在人们津津乐道的"家庭""婚姻""爱情"抑或"友谊"中，张爱玲总是近于固执地从中发现人的比"动物"还令人恐怖的生命真相。这很能见出她的冷峻，或是一种艺术上的"偏嗜"。

第三节　愁怨与变态：郁达夫的忧郁情结

郁达夫是位天生的情种，是个东方的卢梭。他那篇成名作《沉沦》，发表时即引起文坛巨澜，至今人们每每想起新文学的发轫、新文学的提

---

① ［法］波伏娃：《第二性——女人》，桑竹影、南珊译，湖南文艺出版社 1986 年版，第399 页。

倡,特别是新型的性文学的滥觞,都会马上想起"郁达夫"这个不同凡响的名字,以及他的《沉沦》及"沉沦"型的作品来。

一

这位落魄而又幸运的文人,在其一生的众多追求中,唯有在"性际关系"方面,最能表现出他的落魄与幸运。他曾备尝被异性的冷落、歧视乃至欺骗、抛弃的滋味;他也曾屡屡地蒙受异性的厚爱,浪漫的爱情与暂时的欢会构成了达夫生涯中的一个重要的方面。但在达夫的性格世界里,对因由爱欲而生成的愁怨、忧郁乃至变态的心理,则有着特殊的体验与把握的能力。故而他的创作仍复以《沉沦》及"沉沦"型的作品更具有代表性,甚至屡屡因为性的挫折而想到自杀,哀叹自己整个生命的悲凄,嗟怨自己生不逢时,生而无爱,其悲不自胜、哀哀切切的心绪情波,正合了"问君能有几多愁,恰似一江春水向东流"这句古词。以此之故,先天与后天的诸多生理、心理与社会的因素,使他在心中形成了"忧郁情结",并一再地呈现于他的创作中。"忧郁",既是达夫生命的基调,也是他作品的主色。他曾早在自传《水样的春愁》中,便自我叙述、剖析了少年时代的性心理,着重介绍了自己的"性自卑"以及朦胧初恋中的如水一样的"春愁"。14 岁以前的他,曾在"性"面前非常无知、狙小、羞涩,此后的他,虽对此有明显的改观,但由于各种复杂的原因,他在相当长的时间里还在心灵深处潜藏着"性自卑"的心理。这种心理在实际生活中往往通过性敏感的方式表现出来。因为把"性"看得太重要,把异性看得太神圣,所以才会神魂系此,敏感过度或异常,也才会反过来贬低自身,由此便特别容易导致性挫折及相应的性自卑心理的发生。而自卑心理一旦严重到一定的程度,则又往往出之以变态性的自怨自艾、怨天尤人,连异性也成为怨愤的对象。如此等等的心态,在郁达夫"对象化"的自身表现相当充分的《沉沦》中，就得到了细腻真切、委婉动人的艺术呈示。郁达夫曾结合自己的体验说："艺术是弱者的同情者，是爱情的保护者。"故而他就像众多的"弱者"一样，借艺术（从鉴赏接受到构思创作）活动来补偿、充实自己的心灵。一般说来，大凡有性自卑心理而又具有天资的人都会在文艺中寻求补偿或自慰。有人已指出当今的残疾作家史铁生就具有较突出的性自卑心理，并在创作中有着充分的表现。郁达夫虽非残疾人，但这只是从生理的一般状况而言的。其实在人的生理、心理与社会诸方面，还存在着一种广义的"残疾"——生理上的病、弱、丑，心理上的空虚孤独，社会上的弊端与丑恶，等等，都是与人相伴的"残疾"，都会影响到人的精神状貌及其性爱心理。据郁达夫本人的观点说，人之所以有"性自卑"的心理，明显的原因在于，人们一旦感到"亚当夏娃"式的生命冲动屡受压抑，特别是由于自己的家庭地位、自我相貌或躯体残疾等原因而被异性冷落，就会渐渐地形成这种心理特征。但"望春"的心却不会因此而寂寞，而只能化作无意识潜伏着，时或还是要借机向外冲发的。当正当途径被堵死或变得艰难的时候，就会寻求旁门左道、后门暗沟了。这些在《沉沦》中可以说便得到了最具有真实性与心理学意义上的展示，同时也具有了相当浓厚的"人味"——青春期的生命躁动及其烙有的时代与思潮的印痕，都淋漓酣畅地表现在《沉沦》文本中了。

二

小说一开始便写道：

他近来觉得孤冷得可怜。

他的早熟的性情，竟把他挤到与世人绝不相容的境地去，世人与他中间介在那一道屏障，愈筑愈高了。

怀着自卑心理的人，最易多情感伤，也最易陷入孤苦忧郁的境地中去。"他"有时逃向大自然的怀抱以图排遣这种心境，然而仍复清泪盈目，万千哀愁，横亘胸中，借华兹华斯等人的诗文来浇自己心中的块垒，也不见有什么效果。所以小说在第二部分一开始便说："他的忧郁症愈闹愈甚了。"而这发展的趋势便是朝向变态心理的方向走去。既多疑同学对自己的议论，又特别怕看见而又渴望看到异性。一次路遇两位女生，她们虽然未向"他"打招呼，但"他"却"一见了这两个女子，呼吸就紧缩起来"，而女性刚启娇口，"他"就匆忙跑回住处，自责不已，骂自己是个懦夫（Coward），虽面对异性而不敢通一语；旋即又想到了女学生只把秋波送给日本男生，"唉！唉！他们已经知道了，已经知道我是支那人了，否则她们何以不来看我一眼呢？复仇复仇，我总要复她们的仇"。而在当时的日记中，这位受挫情种或忧郁青年挥泪倾吐了他的心声。

> 知识我也不要，名誉我也不要，我只要一个能安慰我体谅我的"心"。一副白热的心肠！从这一副心肠里生出来的同情！
>
> 从同情而来的爱情！
>
> 我所要求的就是爱情！

对爱情的渴求乃是人类共通的生命现象，在这点上作家与作品中的人物可谓是心心相通的。阿瑞提在论及创作动机时曾说："对新事物的探索——这个新事物是一种可以替代内心幻想或骚动的外在作品——就是最普通、最强大的动机。"[1] 对爱情的追求也是如此。阿瑞提举出但丁及其创作为例证，认为但丁对贝亚德的"爱"是其创作动机中的重要因素。而但丁的爱明显带有浓重的幻想色彩。《沉沦》的作者与人物"他"的"爱"

---

① ［美］阿瑞提：《创造的秘密》，钱岗南译，辽宁人民出版社1987年版，第38页。

则带上了明显的变态特征。小说中的"他",在一腔的渴望无所寄托,并无爱神降临时,在国家灰颓、前途渺茫,阻断了身心通向健康发展的途径时,便转向自我本身,开始自慰自戕起来——性变态心理与行为由此愈加明显起来。著名心理学家阿德勒在分析青春期的青年心理时,曾这样说:"对于爱情和婚姻,他对异性总是忸怩不安,遇到她们时,也会慌乱不知所措。假使异性和他说话,他会面红耳赤,无言以对。他会一天比一天地感到绝望。最后,他对生活的所有问题都觉得厌烦,也没有人能再了解他。他不注意别人,不跟他们说话,也不听他们的话。他不工作,也不读书,只终日幻想,和进行一些粗鄙的性活动。这是称为'早发性痴呆'(dementia praecox)的精神错乱。"① 这种情形也发生在《沉沦》中的"他"身上。"他"的性自卑没有导向具有积极意义的"超越",反而由性孤独滑向了性变态的恶劣循环。一次又一次的"被窝里犯罪"(手淫等)的重复,迅速加重了他的忧郁与焦虑,也使他更加自轻自贱起来,性自卑的心理也日渐严重了:既怕见人面,而"见了妇女的时候,他觉得更加难受"。在他与房东女儿接触时,便非常典型地表现出了他的性变态的情势已到了如何严重的地步——

"他"居然去偷窥房东女儿洗澡了。当这女儿的乳峰、大腿、曲线俱呈现在他的眼前时,他"呼气也不呼,仔仔细细地看了一会,他面上的筋肉都发起痉来,愈看愈颤得厉害,他那发颤的前额部竟同玻璃冲击了一下"。当这响声惊动了女郎,发出询问时,他便急忙地跑回自己的屋中,自家打自己的嘴巴。但这种自我惩罚已经无用,此时的他已被无意识的原始冲动所控制了,故而接下来又有偷听野合与冒进妓院之举,与其偷窥女郎相比,更紧张神往、心身俱颤,也更自恨自怨、悲观绝望了。这使他一

---

① [奥] 阿弗雷德·阿德勒:《自卑与超越》,黄光国译,作家出版社 1986 年版,第 157 页。

步步"沉沦"下去而无法自拔,最后则走上了自戕(蹈海自杀)的末路。"生的恐惧"战胜了"死的恐惧"后的他,便结束了自己的生命。研究自杀心理的学者认为,人的精神苦闷最容易促使人自杀,尤其心中有想不开、解不透的苦闷而产生绝望时,就会萌发自杀之念,在这种情形下,这种陷入绝望中的人已谈不上什么"全面思量"了,只要无旁人监视或保护,就会想方设法告别人世。《沉沦》中"他"在精神上的抑郁经由"妓楼"的重压下而迅速地趋向了极端化。"他"的悲剧虽然表现为"个人"的,但其所外现的"生的苦闷与性的苦闷"却带有普遍的人之生命悲剧的意味,也烙印着不幸民族及其子民们共同的苦难命运的深痕。

就人物描写来看,从人物的性自卑到性变态,从人物的性变态到性命丧,其间的轨迹被郁达夫描写得真切细致、清晰在目。郁达夫曾这样评述过劳伦斯的名作《查泰莱夫人的情人》:"本来是以极端写实著名的劳伦斯,在这一本里,更把他的技巧用尽了。描写性交的场面,一层深似一层,一次细过一次,非但动作对话,写得无微不至,而且在极粗的地方,恰恰和极细的心理描写,能够连接得起来。尤其要使人佩服的,是他用字句的巧妙。所有的俗字,所有的男女人身上各部分的名词,他都写了进去,但能使读者不觉得猥亵,不感到他是在故意挑拨劣情。"[1] 从一定意义上说,这些评语也可移诸郁达夫与他的《沉沦》及"沉沦"型的作品。

三

《沉沦》中所写的一切,都近似作家的"自叙传"。这点是连郁达夫自己也承认的。如果以弗洛伊德的观点来看,那么郁达夫及其创作都是精神

---

① 郁达夫:《读劳伦斯的小说——〈恰特莱夫人的情人〉》,《郁达夫文集》第六卷,花城出版社 1983 年版,第 220—221 页。

分析最好的"案例",则是毋庸怀疑的。但明智的读者又绝不会把作家与作品中的人物完全混同,譬如达夫与"他"就有所不同:对于"他"来说,抑郁悲哀而至蹈海,精神的变态终于酿成了生命的苦果。而郁达夫本人作为作家,则"通过艺术而自救"(尼采语),以文字尽情地把"生的苦闷与性的苦闷"都舒泄出来,从而调节了心理的平衡,避免了祸事(自杀)。"心理医学家认为,积贮的烦闷忧郁就像是一种势能,若不释放出来,就会像感情上的定时炸弹一样埋伏心间,一旦触发就会酿成大难。但若能及时用倾诉或自我倾诉的方式予以宣泄,就可取得内心平衡而免灾祛病。"① 艺术创作可以说是迄今为止人类发明的一种最高级的"倾诉或自我倾诉的方式",而郁达夫便是熟谙此种"文学治疗"方式的一位出色的作家。

《沉沦》的第三部分曾追叙"他"的家世与经历,那段文字仿佛就是达夫的自传,并提示全篇之于作者本人体验的密切关系。事实上连冒进妓院、寻妓遣怀这种行为与心境也是达夫真切体验过的(参见自传《雪夜》及达夫日记等)。尽管他在《〈沉沦〉自序》中曾客观地说:"《沉沦》是描写著一个病的青年的心理,也可以说是青年忧郁病 Hypochondair 的解剖,里边也带叙著现代人的苦闷,——便是性的要求与灵肉的冲突……"甚至在《五六年来创作的回顾》中还说,《沉沦》集子里的作品"完全是游戏笔墨,既无真生命在内,也不曾加以推敲,经过琢磨的"。仿佛《沉沦》所写是纯客观,全无自己的真实生命体验与个性特点在里面似的。然而,这个郁达夫本身是矛盾的,从矛盾的心理冲突及其用语的冲突中仍能见出他的真诚。就在上引的"回顾"一文中,他还郑重说:"我觉得,'文学作品,都是作家的自叙传'这一句话,是千真万真的。……作家的个性,是无论如何,总须在他的作品里头保留着的。作家既有了这一种强的个性,他只要能够修养,就可以

---

① 吕俊华:《艺术创作与变态心理》,生活·读书·新知三联书店 1987 年版,第 8 页。

成功一个有力的作家。修养是什么呢？就是他一己的本验。"因而，郁达夫重视自我体验与表现是有其艺术自觉意义上的思虑的。对写《沉沦》时的心境的追叙，郁达夫曾在《忏余独白》中表白过："眼看到的故国的陆沉，身受到异乡的屈辱，与夫所感所思，所经所历的一切，剔括起来没有一点不是失望，没有一处不是忧伤，同初丧了夫主的少妇一般，毫无气力，毫无勇毅，哀哀切切，悲鸣出来的，就是那一卷当时很惹起了许多非难的《沉沦》。"[1] 这段自叙，已总体概述了特定时空条件制约下的达夫心态——这种心态的一个很大特征是软弱与颓丧。按习惯的思路，软弱是女性化的特征，颓丧是失意者、不幸者的心理特征。可是达夫为何会女性化（以"少妇"而且是"初丧了夫主"的少妇自况），为何会如此颓丧（无处不是"失望"与"忧伤"）呢？"故国的陆沉，异乡的屈辱"固然是重要的原因，但作为多情善感的性格的形成，却是有其"远因"的。

如他童年的丧父、家境的贫寒、己貌的不扬、少年的孤独等，都对他的忧郁多情性格的形成产生重要的影响，也使他较早地养成了专注于谛听自我生命底层的呼唤的习惯，从而带着如水的春愁和性自卑的心绪，踏上了异地求学、辗转追求的道路，同时也就踏上了因"性"而忧、而悔、而恨、而兴奋、而变态、而新生的人生之路。在日本求学期间，正是达夫青春期荡起潮汐的时候，也是他本人性自卑心理很强烈的时候。他曾自陈："感觉得最深切亦最难受的地方，是男女两性正中了爱神毒箭的一刹那。"他对日本女性外表的娟好是非常倾心的，唯其如此，他对当时日本女子对"支那人"的歧视便更加感到失望。他说："支那或支郍人的这个名词，在东邻的日本民族，尤其是妙年少女的口里被说出的时候，听取者的脑里心里，会起怎么样的一种侮辱、悲愤、隐痛的混合作用，是没有到过日本的

---

① 王自立、陈子善：《郁达夫研究资料》（上），天津人民出版社 1982 年版，第 217 页。

中国同胞，绝对也想象不出来的。"（《雪夜》）而这种敏感的性歧视与民族歧视交织在一起，便形成了对青年学生身心两方面的巨大折磨，故而很容易导向变态（包括性变态）甚至器质性的病变与死亡。这样的生命"沉沦"的历程，被郁达夫非常真实地表现出来了。

郁达夫的婚姻生活也与其创作有着非常密切的关系。他一生结过三次婚（婚外恋和曾有性爱关系的当不限于此）。第一次是在封建家庭管束下与素昧平生的孙荃结俪，时间为 1920 年 7 月。当时他的心境如何？在他给其亲兄的长信中说过："结婚事本非文（'文'是其本名——引者注）意，然女家叠次来催，是以不得已提出条件若干条，令其承认。今得孙伊清（孙荃哥哥）来书，谓已允不鸣锣擂鼓作空排仗矣，弟之未婚妻，本非弟择定者，离婚又不能，延宕过去，又不得不被人家来催，是以弟不得已允今年暑假归国简略完婚。"没有真挚爱情的婚姻不仅不能解除人的性苦闷，相反更容易增添失望痛悔的情绪，甚至是促人颓丧沉沦的巨大推力。所以结婚近一年的达夫，身在异国，却产生了《沉沦》所表现的情感意绪，并且在《沉沦》之后又有《南迁》《茫茫夜》《怀乡病者》《秋柳》《空虚》《迷羊》等一系列创作，在这些创作中仿佛回避了直接对其婚姻生活的"自叙"，但就在这回避中以及在其他异性那里的用情，乃至性变态的宣泄等方面，却无不隐在地表现了达夫式的"自我补偿"的生命欲愿。他的《沉沦》及"沉沦"型的创作，对达夫本人来说，都具有生理与精神的"自遣"的作用，但这"自遣"有时需要强刺激才能达到，故而他笔下的人物达到了无度、荒乱的地步，这以达夫的《茫茫夜》《秋柳》《迷羊》《她是一个弱女子》等作品多写性变态这一点上便可以看得出来。如《茫茫夜》中的于质夫（有郁达夫自己的影子），在从异域返国后仍然感到世事茫茫若夜，毫无出路，于是陷入了性变态的昏乱之中：成了搞同性恋的人，并有窥淫癖、恋物癖和受虐狂等变态心理与行为。小说中的主人公于质夫久不近女色了，但"他的性欲，不过变了一个方向，依旧在那里伸张"，即转向女性化的同性者吴迟生身上，只要捏着吴迟生的手便可产生"一种不可名状的快感"；某日，于质夫性欲亢进而无以满足，便跑到一家小店主妇处买一枚她用过的针与手帕，既嗅，又针刺脸颊，然后即用手帕揩擦血迹……"茫茫夜"的社会导人堕落，陷人于自虐自戕的境地，这从《沉沦》中的"他"与《茫茫夜》等作品中的于质夫等人身上都可看得出来。因而于质夫从吴迟生的病躯感到"将亡未亡的中国，将灭未灭的人类，茫茫的长夜，耿耿的秋星，都是伤心的种子"，这与《沉沦》中的"他"蹈海前的感伤与绝叫，皆是借性苦闷以言人生不幸，并杂糅世事暗淡与性变态以示人之生命的"沉沦"。总之，在茫茫夜的背景上展示人"性"的沉沦，这是郁达夫叙事文本结构中的核心内容，是联系《沉沦》及"沉沦"型作品的精神纽带，并成为郁达夫最具特色的叙述模式。而这一切，皆可以视为作家"忧郁情结"的外化产物。

郁达夫的第二次婚姻对他的人生与创作来说多具有积极意义。因为王映霞很合乎他的理想。在《日记九种》及《迷羊》等著述中，都生动表明了浪漫作家郁达夫"自我"的本色，即使是面对自己的"爱神"，情绪波动也剧烈多变，时而感到如初恋般的"心神恍惚"，幸福如登仙界，时而又感到冷漠自卑，如落冰窖，绝望自恨，时而又猜忌嫉妒，责骂实是极爱的心上人，甚至去找"淫卖"的妇女去发泄自己的抑郁，等等。也许正因郁达夫这种性格气质中隐含的变态因素，才导致了夫妻之间的违和，并最终"毁家"——人们常常百思不解郁达夫为何会将《毁家诗纪》公开发表，由此造成夫妻最终的离异，其实这恰是达夫心理变态（自我暴露癖与追求刺激等）的延续与表现，既然本属变态或含有变态因素的行为，当然以常情常理度之，便不可理解了。

郁达夫在"毁家"出走之后，曾于新加坡第三次结婚，时间是1943

年秋，此时的达夫对婚姻的要求本身已不健全，只要是异性，并具有掩护自己的作用就可以了。爱情的消失，哪怕是带有变态的性爱的淡漠，遂使作为文学家的达夫走到了艺术生命的末路，此时的他已很少创作了。没有郁达夫式的性爱冲动及浪漫激情，也就没有郁达夫式的文学诞生。甚至可以说，没有郁达夫的性恋体验乃至性变态，也不会有他那独树一帜的郁达夫式的"沉沦"型作品的诞生！

经过分析，我们还可以看到这两样两点：其一是郁达夫涉写性际关系，故意大胆地"泼"开来写，而且勇敢地把自身摆进去，这显然是意在反对传统的禁欲主义，并对中国的并无真正个性与自觉的"无性文化"（孙隆基语）进行解构与重建，同时也让那些伪道学家们在激烈乃至变态的性心理与行为面前感到作伪的困难；其二是郁达夫在大胆地涉写性际关系时，一方面注意"细部呈示"，真实地写出人物性意识的混沌、扭曲、变态，另一方面也力求写出这些"丑陋"的性心理及行为背后的生命热力和纯情常愿来。这正如陀思妥耶夫斯基能够从丑恶中榨出清白来一样，同样显示了人的"灵魂的深"，是值得我们加以总体的肯定和称扬的。在郁达夫的文学表现世界里，如果说"沉沦"型性际关系的延宕与扩展已具有了相当规模的话，那么，郁达夫由此建构起来的文学楼阁，却以其浓厚的源于"性"的生命光彩，散发着诱人的魅力。

第四节　双性化丁玲："文小姐"与"武将军"

著有《情爱论》的保加利亚学业者瓦西利夫，在指出女人可以具有"双性化"特征之后，随即举出著名的法国女作家乔治·桑为例来说明。

他说："乔治·桑则是具有某些男性特征。这位有才华的女作家在 35 岁以前简直是一个'漂亮的蛮女'。她有一些男人习气,因此人们都不把她看作女人。她常穿男式服装,极力模仿'男子风度'。这一切不仅表明环境的影响,而且表现了个人的癖好。"① 由此我们马上想起了丁玲,觉得丁玲在个人命运、艺术追求和双性特征等方面与乔治·桑都有不少相似之处。然而笔者在此不拟具体展开对这两位女作家的平行比较,只拟结合丁玲创作道路的实际与现代性科学的成果,来探讨一下丁玲身上所表现出来的"双性化"现象。

一本权威性的《妇女心理学》对"双性化"做了这样的解释:"'男女双性化'指同时具有男性气质和女性气质的心理特征。"② 对"双性化"做了具体的分析与证明。而从唯物辩证法的角度看,男女有别而又男女相容——你中有我,我中有你,亦即男女异性各自均能在一定的生理基础上参与社会活动,并在活动中彼此互相影响,互相有所收摄,唯其如此才能为两性之间的相通与理解奠定基础。既然如此,同一个人身上的双性化气质有时并不是并重的,此时女性化气质突出些,彼时男性化气质强盛些,但这并不意味取消了两性之间的任何基本区别。

一

中国现代文学史上的丁玲作为一位杰出的女作家,同时具有"双性化"的特征;就其前后期(即"莎菲"时期与"延安"时期)的发展变化而言,前期以"文小姐"见胜,后期以"武将军"名世,但这两方面的

---

① [保]基·瓦西列夫:《情爱论》,赵永穆译,生活·读书·新知三联书店 1997 年版,第 95 页。

② [美]珍·希·海登等:《妇女心理学》,范志强、周晓虹译,云南人民出版社 1986 年版,第 71 页。

性格气质又是贯穿她的一生及其创作的。

20世纪20年代末，丁玲继冰心女士之后，以女作家的身份一领文坛风骚。1927年，她的处女作《梦珂》发表在当时享有盛名的大刊《小说月报》的头条位置。次年，《莎菲女士的日记》又出现在同样的位置。于是文坛对这位崭露头角的女作家给予了注意。无疑的，在"莎菲"的时期，丁玲主要是显示了她作为"文小姐"的真面目。但是，我们也要注意到丁玲性格中男性化的质素。从性格发生或形成的角度看，丁玲如乔治·桑一样，从小失去了父亲，由此对异性世界的崇慕带来了强烈的模仿的冲动，从而渐渐显露了某些男性化的性格趋向。据丁玲的好友沈从文等人的回忆，早年的丁玲便果敢地走出家门，外出学习，并较早地接受性爱自由的观念。通常情况下，她表现出来的性格特征是刚强、孤僻而又沉静、庄重。也就是说，丁玲在早年就表现出了某种"武将军"（男性竞争者）的风度，所以在她初登文坛时曾直白道："我卖稿子，不卖'女'字。"这事据她自己回忆，说是上海某杂志要出女作家专号，也向丁玲约了稿，但被她用上面的那句话拒绝了。① 这既可以表现出年轻的丁玲（那时尚不过二十三四岁）不迎合世俗，不愿套上"女流"的框框，不愿受到因"女"而来的"特殊"待遇，也初现了她努力超越性别限制、认同整个文坛（其实主要是男性作家的天下）趋向。

这也就是说，在丁玲创作的初始阶段就含有两种趋向：一种是"文小姐"的，一种则是"武将军"的，但以前者为主。

从"莎菲"身上，我们可以看到这样两种趋向的纠结，但其"文小姐"的本色确是她当时最突出的特色，即使她主观上不想以"女"取胜，而实际上却竟是这样。

---

① 参见丁玲《写给女青年作者》，《青春》1980年第11期。

执着于"恋爱"，通常是女性常具有的心理，乔治·桑曾说过："我的恋爱观，也就是我的生活观。"对女性来说往往确是如此，她们甚至怀着"恋爱至上"的理想。这，既植根于女性的天性之中，源于母系社会奠定的"至爱"原则，也来自男权中心社会长期以来对女性的巨大限制，使她们除了祈求真正可靠的"爱情"之外，其他的一切都不再成为可能。莎菲这位烙印着"新女性"特征的主人公，主要是把传统女性通常潜抑的愿望公开化、外表化了，并且由向来的被动、等待转化为主动、进取了。莎菲的个性主要是女性化的，或者说主要是"新女性化"的，这从她对爱情所怀有的那么复杂、纤细的情感中便可看出，从她对苇弟与凌吉士的态度上也可以看出。对苇弟，她好像姐姐与情人的混合，对凌吉士，她好像是妹妹与情人的混合，都未超越"女性"角色。即使在她厌烦苇弟的媚态和不深察女人之心的隔膜时，也隐约表现出她的对"女性化"了的苇弟（柔弱、纤细而乏男性阳刚之气）的排斥。也正因此微妙的性心理，才促使她在性饥渴之际非常容易倾倒于凌吉士的男性"风仪"。唯有在她最后摆脱了虽有"丰仪"却乏真情的凌吉士时，我们才看到了莎菲坚强性格的一面。尽管这是很痛苦的最终选择，小说也未预示病弱的莎菲会有什么可见的光明前途，然而莎菲的这份坚强却令人难忘。有人据莎菲对苇弟、凌吉士的态度，贬她是"玩弄男性"的女人。这显然是其潜意识中的男性中心意识在作梗，一旦女性流露出大胆的追求、选择的坚强意志，就很难为这样的大男子主义者所容忍。莎菲缘何如此"遇人不淑"？就深层心理分析来说，这其中也难悖于"同性相斥"的道理：当女性的莎菲与"女性化"的苇弟在一起时便存在着这种分离的心向，而当莎菲具有了一种"男性"素质时，她的命运（如与凌吉士在一起）也仍未见出有什么好的转机。

二

作为作家的丁玲与作为少小女子的丁玲有着必然的联系。她早年丧父，随母长大，家境尚好，母亲给她带来的是相当充分的女性化的世界，这从她所写的《母亲》这部未竟小说中可以看出（人际关系与大自然的美好在此成了她表现的重心）。但她仍然会感到世界的另一面的存在：由于父亲兄弟的缺乏，这一男性世界与她加大了距离。于是更刺激她的兴趣与勇敢的追求。《梦珂》《莎菲女士的日记》便是这种情感历程的最初艺术的记录并形成了她艺术创作的"原型"。也许她实际体会过女性在情爱追求过程中的种种痛苦，再加上她天才的想象和代女性立言的冲动，使她写出了这些虽带有自我影像而又超逸出这一范围的作品。据有关传记材料，丁玲自己的恋爱、结婚是较早的，也是较顺利的，胡也频在很大程度上给丁玲带来了她所陌生又欣往的男性世界，弥补了她少女时代的情感上的亏缺。所以她应该是满足的。但她曾经体验过的情感危机并未消失，再因她在婚后对另一男性（指冯雪峰）的爱，情感的剧烈振荡潜在地制约着她，使她在初始执笔创作的时候，便自动唤起了这些痛苦的记忆与体验，因而"莎菲"应该是作家之"我"的呈现，并结合了她对异性者命运的观察。丁玲在谈到她最早的创作动机时说："我为什么在那个时候开始写作呢？我想是因为要冲破孤独境遇的缘故，我对社会不满，但仅靠自己的力量又不能找到一条出路，因而便有许多话要说出来，可惜没人听我的。我很想干一番事业，但没有机会，所以既然手中有笔，我何不拿起它来解剖这个社会呢！"也许有人要问，既然作为青春女子的丁玲已经找到了心爱的人，何以又如此孤独呢？并且非要诉诸写作不可呢？

要说明这些就不能回避丁玲本人对情爱或性与爱的深切感受及复杂心理，她与胡也频的爱情真相究竟如何？这爱情能完全充塞丁玲的那颗心吗？

日本学者中岛碧曾在《丁玲论》中说：在丁玲早期创作中"提出了男女之爱（或结婚）中的精神的欲求和肉体的关系，及其乖离与一致的问题，这是毫无疑问的"，"这个时期作家丁玲产生了这种兴趣，捉住了这个主题，绝不是由于一般的时代影响或其他外在的理由，而是作为一个有生命的人，一个实在的女性丁玲本身所具有的。做出这种推断的一个材料就是《不算情书》"。① 从丁玲写的《不算情书》这篇似小说又非小说的作品中，的确可以看出她与胡也频的关系。

> 我不否认，我是爱他的，不过我们开始那时，我们真太小，我们象一切小孩般好像用爱情做游戏，我们造作出一些苦恼，我们非常高兴地就玩在一起了。……我们不想到一切俗事，我们真像是神话中的孩子们一样过了一阵，到后来，大半年过去了，我们才慢慢地落到实际上来，才看出我们是一个男人和一个女人，是被一般人认为夫妻关系的。当然，我们好笑这些，不过我们却更相爱了，一直到后来看到你。使我不能离开他的，也是因为我们过去纯洁无疵的天真……

对胡也频的好感是真实的，但值得注意的是丁玲始终以为他是纯洁无疵的人，把他与她的交往视作"神话中孩子们的爱情游戏"——神圣无瑕的爱情是理想的、精神化的，故而丁玲在 1950 年写的关于胡也频的回忆录中仍然是写：在她与胡也频初识时，觉得他"是少有的'人'，有着最完美的品质的人"，"是一块毫未经过雕琢的璞玉"，因此"我们一下也就有了很深的友谊"（《一个真实人的一生》）。值得注意的是，在结识胡也频之前，丁玲曾与女友王剑虹保持着至为密切的关系，如中岛碧的分析：

---

① 袁良骏编：《丁玲研究资料》，天津人民出版社 1982 年版，第 529—530 页。

"丁玲似乎对这个人带有一种难分离的感情,具有一种姐妹、同志或更亲近的共同感。这是早熟的少女常有的事——尤其是社会的伦理禁止与异性自由接触时更是这样——简言之,她这时对王剑虹'恋爱'了。"显然,丁玲与王剑虹走向新的朋友时,她就像王剑虹一样要寻找一位有志向而又纯洁的人(王剑虹找到的是瞿秋白)。精神恋的惯性仍在支配着丁玲。所以丁玲与胡也频的遇合是并非在清醒的男女意识(包括情欲体认)的情况下"玩在一起"的,所以丁玲对也频的爱在精神层面上是很满足的,但在官能吸引的层面上却出现了问题。据丁玲所说的"一直到后来看到你"——这位"你"究竟是谁?(有丁玲的自述和他人的回忆为证,这个"你"是指冯雪峰)是怎样地诱发了丁玲的情欲?中岛碧分析说:《不算情书》里写出了"我"对于"你"的思念"总不能与激烈的官能欲求分离开来,现实社会道德观肯定要排除'我'的这种观念,但从人的本质来看,不一定'我'的思念就是不对的"[1]。丁玲自己在《不算情书》中也说,在自己的历史中真正的只追求过一个男人,"只有这个男人燃烧过我的心,使我起一些狂炽的欲念"。由此看来,丁玲虽然与也频保持恩爱夫妻的联系,并且也有生育,但更主要的是精神恋在维系着他们,社会的道德舆论在维持着他们,而在丁玲本我的潜意识中实已出现了不满足的生命躁动,甚至出现了追求灵肉结合的更完美的"欲念"。而这,经过种种变形、衍生、想象,便构筑起了莎菲女士的情爱世界,其中充盈着浓烈的情感,充满着渴望、矛盾、冲动与揪心的性变态。从心理分析的角度来看,这可以视作作家潜意识的外化与升华,其结果也是对自我一种"白日梦"式的补偿。日本学者高畠穣认为丁玲所经历的"伟大的罗曼史"使她十分苦恼,"而这种苦恼每当遇到更大的事情时就会发生变化,并升华"[2]。也

---

[1] 袁良骏编:《丁玲研究资料》,天津人民出版社1982年版,第531页。

[2] 孙瑞珍、王中忱编:《丁玲研究在国外》,湖南人民出版社1985年版,第480页。

许正是基于这样的理解，同是日本学者的中岛碧才如此称誉丁玲描写女性心理的深切与重要："敢于如此大胆地从女主人公的立场寻求爱与性的意义，在中国近代文学史上丁玲是第一人。"又说："丁玲是近代中国文学中最早而且尖锐地提出关于'女人'的本质、男女的爱和性的意义问题的作家。"①

胡也频牺牲后，沿着精神恋的方向，丁玲义无反顾地继承起了也频的未竟事业，勇敢地投身"左联"的实际工作中去，把革命事业化作了自己精神恋的实际对象，这种现象许多研究者似乎都看到了，但却忽略了丁玲在"转变"之中的另一种也是很实际的追求：就在胡也频死后不久，沈从文陪送丁玲返回湖南老家，把胡小频送给外婆代养，自己又单独返归上海，并且与原史沫特莱的秘书冯达开始了密切的交往。据沈从文回忆，丁玲是公开与冯达同居的，这从丁玲晚年写的自传《魍魉世界》中也得到了印证。沈从文作为胡也频、丁玲生前共同的挚友，曾带着很不解的口吻询问丁玲，以她的性情何以能与冯达这样的"小白脸"住在一起呢？而丁玲的回答却是：自己是过来人，把这已看淡了。这话表面上看仿佛丁玲已对男女之情无所谓了，其实却主要是她在"官能恋"的层面上所做出的人生选择。这是与上述的"精神恋"具有互补性质的，由此才构成了丁玲当时完整的人生。精神恋使丁玲"左转"，并努力以创作上的与左翼作家的同步来严格约束自己。这样《韦护》《田家冲》《水》等标志她沿着"胡也频方向"前进的作品便相继诞生了。即由原来着意表现"我"的生命躁动进至着意表现"革命与恋爱"的冲突，再进至着意描写工人、农民等原本是很陌生的人们。这样，丁玲的创作便发生了重大的蜕变。

这蜕变是这样明显，人们可以很容易地举出丁玲到延安后在创作上所

---

① 袁良骏编：《丁玲研究资料》，天津人民出版社 1982 年版，第 531 页。

发生的种种变化。仅就创作而言，《一颗未出膛的枪弹》《到前线去》《太阳照在桑干河上》等小说得以标示这种变化，而她的话剧《河内一郎》，散文特写集《一年》《陕北风光》等等便标志着她的"丰富"。这类创作形成了一种新的"丁玲形象"，这也就是被称为"武将军"的根据。而这种"今日武将军"的形象也是我国学术界所十分熟悉的，兹不赘述。然而我们似乎容易忽略这样一点：丁玲是否完全脱胎换骨、"重新作人"了？她是否已把"昨日文小姐"的本色全然抛弃了呢？

还是让创作的实际说话。

丁玲曾说过这样的话："我来陕北已有三年多了，刚来时很有些印象，曾经写了十来篇散文……感情因工作的关系，变得很粗，与那初来时完全两样，也缺乏追述之兴致。"这里所说的感情的"粗"以及缺乏写作兴致说明了什么？

感情之"粗"自然会外化为相应"粗"的形式，为配合宣传，丁玲写下了通讯报告式的作品，但她的真诚天性与女性作家特有的敏锐，使她写下了《我在霞村的时候》《在医院中》《三八节有感》《风雨中忆萧红》等作品，在这些作品中，较大程度上仍然坚持她的"女性观"——从女性的观点来理解其中一些重要生活问题。丁玲真诚地说："我自己是女人，我会比别人更懂得女人的缺点，但我却更懂得女人的痛苦。"中岛碧指出："《三八节》中，丁玲这样说，不管是《在医院中》，还是《霞村》，并不仅仅是女人就是主人公。贯穿这两篇的是对作为具有被歧视、被压迫的'性'的女人苦痛表示深深的哀伤。她问：作为'性'的女人——她具有生理、肉体、生儿育女的能力——有什么意义呢？她又凝视着女人们的情形，就是说，能够爱这种能力本身，对女人来说，有时竟成为痛苦。这虽然不同于《莎菲》那样直接表现的，但还是远远互相连接的。作为一个女人的存在，到怎样的社会才能够不受歧视和压迫，而且让她的人性全面地发展呢？到什么时候人与人之间的关系是真正的自由、平等、解放的呢？我们现在所奋斗争取的社会将来能不能实现这一点？这不正是丁玲所深深探索的问题吗？"① 很显然，丁玲虽然有雄强的意志，有"武将军"的某种性格倾向（如率领西北战地服务团到处跋涉，写下一些充满扩张意识的东西等），然而在根本上毕竟是女性的。所以从"女性学"或"女权主义批评"的角度，更易于解析丁玲创作的底蕴。而后期"武将军"风度的张扬，更多的是来自环境制约的作用。

美国学者梅仪慈在《不断变化的文艺与生活的关系》中指出，丁玲的女权主义是相当重要的，从这一角度来分析丁玲的创作本色，可以看到"丁玲"的基色没有改变，或没有根本的改变。② 而只是在某一时期（如延安时期）在一定程度上有自我分裂（"文小姐"与"武将军"对立）的倾向。

　　三

"莎菲女士在延安"，这是当初对丁玲加以贬抑、批判的话语，而今从中倒可以看出，即使在延安这样的环境之中，丁玲仍然在艺术家本我的层面上保留了自我的"本色"（亦即她的艺术"原型"）。但是，她毕竟也发生了若干的"蜕变"，从昨日以"文小姐"为主的"本色"，蜕变为今日以"武将军"为明显特色的"新人"。不过这"蜕变"显然是不彻底的，唯其不彻底，所以这"蜕变"过程中包含了至今思来不乏悲剧与喜剧意味的东西，这也才是我们意欲表达的基本观点。

在丁玲的"文小姐"与"武将军"的双重角色之中，我们可以看到她

---

① 袁良骏编：《丁玲研究资料》，天津人民出版社1982年版，第549页。
② 同上书，第572—573页。

的心灵在男性中心社会中的艰难历程："莎菲"是痛苦的，"桑干河"也不尽是欢歌的！"魍魉世界"也不仅仅是回忆。如众所知，丁玲通过与"胡也频"的结合而与"政治"有了终生的缘分。但是以男性为中心的政治与军事的角逐一面给她以激励，一面又给她带来深切的"女性化"的痛苦。在延安时期的丁玲尽管以"武将军"而为人称道，但对她的另一面——"文小姐"的落难与孤独却多少被忽视了。正是这种"文小姐"的丁玲本色，使她敏察现实生活中女性的不幸与痛苦，遂有《三八节有感》的出世，遂有贞贞、陆萍等女性形象的诞生。可是，从理智上，丁玲又确有努力顺应环境、认同当时男性权威的心向。尽管在《太阳照在桑干河上》这部作品中仍有她作为"文小姐"的影子在，但其主导方面，却是她顺应、认同战斗环境与主张，把更多的赞美与笔墨给了那些走向权力的男性，给了那些走向解放的民众。

然而丁玲的顺应与认同不可能是彻底的，所以她的悲剧也就在所难免。当年发生于南京狱中的悲剧复以相似的方式重新搬演——这次时间更长，作家的权利更是丧失殆尽，然而丁玲仍然是丁玲，既坚韧顽强，较"冯达"式的男性还要"男性化"；又柔情如水，在孤独中渴盼异性的抚爱。"双性化"的精神气质在她被流放到北大荒的时日里也还是存在着，在她复出之后积极创作，创办《中国》杂志，撰写《魍魉世界》等文艺活动中仍然有明显的呈露："文小姐"的敏感、细腻，忧思如缕，和"武将军"的英勇无畏、铁肩担道义的精神仍然具有奇特的人格魅力。

也许丁玲的作品还不似她的人格气质这般富有光彩！

最后，让我们来重温毛泽东用"军事电报"为媒介发给丁玲的《临江仙》的词境。

纤笔一支谁与似

三千毛瑟精兵

阵图开向陇山东

昨天文小姐

今日武将军

第六章

异域作家笔下的爱与美及其艺术景观

文心雕龙，文心亦可雕人。"雕龙"是中国的古典，其典故有其特定的含义，但人们在接受中已经进行了再创造和发挥，"文心雕龙"足可以体现出文心的万能和神奇；"雕人"则是外国的经典，体现了外国文学特别关注"人本"的一大特征，对中国现当代作家也多有启示。鉴于对中国文学传统的接受和对中国现当代文学的启示早已成为日本作家、印度诗人文学实践的一种"规律"和"业绩"，限于笔者能力，这里仅以异域若干著名作家为例，展示其笔下的爱与美及其艺术景观，对窥探其文心的幽微、动人之处，也会有所帮助。

第一节 《源氏物语》：紫式部情爱的投入与呈现

享有"世界上第一部伟大小说"（赖肖尔语）之誉的《源氏物语》，在我们中国读者看来，酷似曹雪芹的《红楼梦》。但《源氏物语》问世之时尚在 11 世纪初，比《红楼梦》早得多，也比西方任何一部重要的长篇小说先以问世。特别值得指出的是，无论是中国的第一批长篇小说《三国演义》《水浒传》，还是欧洲的长篇小说先驱《十日谈》，不仅在出世时间上晚于《源氏物语》三百余年，而且在"创作主体"的性别上有着明显的不同：《三国演义》《水浒传》或《十日谈》的作者都是男性，而《源氏物语》这部百万余言的长篇作者却是一位女性。

　　然而这位女性的命运却十分不幸。由于在很长历史时期里男权社会对女性（包括女性作家）的轻视，致使我们对紫式部这位杰出的女性了解甚少。据有限的材料可知，她大约生活于 978—1014 年间，真名不知有否，人称紫式部，可能是取其《源氏物语》中女主人公紫姬之"紫"，再加上她父亲和长兄都曾官任"式部丞"，遂合成此名（日本人有"合成"人名之习惯）。当时日本女性地位已很低下，往往没有正式的名字。这情形颇类似中国人对旧时女性的称谓，如"王氏"或"李王氏"。尽管紫式部自幼才思过人，家学深厚，学识渊博，然而作为一个女性，她却无法摆脱同性者共同的悲剧命运。她于长保元年（999）即 21 岁时承父命与山城国司、48 岁的藤原宣孝结婚，但她只是宣孝第四个妻子，故而在多妻的宣孝家中，她不过是小妾而已，虽然年老的宣孝对她也曾施爱，但却难以以对等的爱情观之，特别是在她婚后两年的时候，宣孝便死掉了，撇下年纪轻轻的她和一个幼小的女儿。自此，早寡的她和女儿二人便过着凄凉孤寂的生活，那个中滋味也许只有黄连苦胆能够喻之。由于有这种亲身的经历与体验，故而使她对宫廷与社会上的女性的不幸特别敏感，也特别能够理解与把握。后来，她应召随一条天皇皇后彰子入宫为女官，作为"陪衬人"生活于法规森严的宫中，从而更加深了她对宫廷生活的内幕，尤其是妇女不幸命运的了解与感受，激发了她为日本女性，也为自己谱写一曲"长恨歌"的创作动机。如果说在实际生活中紫式部没有或失去了爱情，那么她却在艺术创作中找到了爱情，把自己的真实情感灌注到小说中的理想人物的身上，把自己的生命投入作品的字里行间。有的研究者已对此做了精细的考证、探索工作，也许实证材料尚欠充分，但像日本学者西乡信纲的这一论断则是完全正确的：空蝉是"紫式部的自画像"①。

那么空蝉是位怎样的女性呢？

空蝉在《源氏物语》这部巨著中是位着墨不多但却引人注目的人物，她既有敏感、细腻、丰富的内心世界，又有终生坎坷、"红颜薄命"的不幸命运。她作为一位姣好而聪慧的女性，却被他人摆布着，阴差阳错地嫁给了一个比自己大几十岁的老丈夫。当她苦捱岁月，以无爱的"平静"打发时光时，丈夫前妻之子却对作为继母的她动了觊觎之心，她只好小心防范。家，不仅成了无爱的牢笼，而且成了恐怖的地狱。故而当她面对"光华公子"源氏的热烈爱情，不能不有所心动，屡在心中自叹："恨不相逢未嫁时。"显然，在她的心中存在着深刻的矛盾：对可爱的异性依违两难。一方面，她有作为女人应有的自尊心，自爱之心使她不愿苟且地交接异性，也深恐遭到男性的玩弄，故而努力压抑约束自己，不愿轻易委身他人；另一方面，她又有一颗渴望得到真正爱情的心，对男女情事敏感而又向往，并害怕被人误解为不懂感情的粗人，故而本我的力量以及日本文化特别强调的女性应解情味、懂风雅的文化驱力，使空蝉终于有那么一次与源氏幽会了。但是，由于上述矛盾的冲突变化，遂使她在一次"越轨"后便戛然而止地中断了与源氏的往来。也许空蝉也深深通解了"发乎情止乎礼义"的中国教条。

尽管空蝉以惊人的理智拒绝着源氏的再度求欢，但这种反抗并未使她摆脱男权文化对自己的制约，并在自觉不自觉之间，接受并内化了男权意

---

① ［日］西乡信纲：《日本文学史》，佩珊译，人民文学出版社 2009 年版，第 74 页。

识，成为男性新造的男权神话的信徒：她认为自己的身份已定，既嫁给老丈夫伊豫介，纵使再厌憎，也不能听凭感情的自动而移爱他人了。并且由于她对自己感情的波动与失贞的自省，更感到了越‘礼’的惶恐与愧疚。接着便只好从“克己”的方向上度其黯淡的一生：在老丈夫死后，因惧于源氏执着的求爱以及继子的纠缠，只好遁入了空门。

紫式部对空蝉投入了自己的真实体验与感情，她由衷地把空蝉的人格当成一种理想人格来予以赞美："原来空蝉这个人的性情，温柔中含有刚强，好似一枝细竹，看似欲折，却终于不断。"通过对女性理想人格的赞美，作为作家的紫式部也就达到了对自身的肯定。而这种理想的“空蝉”式的女性人格是最典型的东方女性，简言之便是“温柔中含有刚强”，多情中含有理智。

在艺术创作中，作家情爱的投入并不限于在自传性人物身上的直接体现，在作品其他人物甚至反面人物身上也都可以看到作家自我人格与意志的显现。中国的曹雪芹在《红楼梦》中的自我显影，就不仅可以从“宝玉”身上看到，而且也可以从“黛玉”及众女子的身上看到。在《源氏物语》中，我们便可以通过其男性主人公“源氏”，来看紫式部本人及其内心世界。

首先，我们看到的是作为一位女性作家对理想的异性的赞美。尽管紫式部对空蝉、紫姬等同性者也给予了赞美，但比较而言，她对那位不无瑕疵的光源氏的赞美则更多更高，甚至在其非常专注的赞美诗般的叙述中，不时地流露出了一种向往乃至依恋之情。

请看小说中的光源氏，从一生下地便得到了这样的赞美："容华如玉，盖世无双"，"异常清秀可爱"；稍长，"见多识广的人见了他都吃惊，对他瞠目注视，叹道：‘这神仙似的人也会降临到尘世间来！’"美到极点，便光华璀璨，"神"起来了。源氏的美貌是直观的，首先得到赞美的东西看来只是"表面"的，但在"性际关系"中，容貌并不是无关紧要的，有时甚至是决定是否"爱"的关键因素。众多的女性环绕在光源氏周围，形成了以性爱为纽带的象征性的男性中心世界。这种世界的现实性同空蝉私心中毕竟恋慕光源氏一样真实。

其次，我们通过紫式部对光源氏灵魂的透视，可以看到她作为女性代言人的"自恋倾向"，即导向对女性的更具根本意义的赞美与肯定。这种更深层的内涵是潜蕴于男性中心世界的现实表象背后的，也更具有文化人类学的初创与归结的意味，它艺术性比地表现在光源氏身上，概括地说便是"恋母情结"——女性崇拜，母爱至上。对此，我们可以通过紫式部在小说中的具体描写来说明。

《源氏物语》的一条重要的情节线索，是写光源氏对其母亲的爱欲及其对"母亲变体"的恋慕，由此显露了光源氏生命意欲中的深潜的"恋母情结"。而这正是男性中心世界通向往昔女性中心世界的韧长的纽带，是男权中心文化压抑下的一种人类恋母的真实情感的自然流露。关于"恋母情结"，弗洛伊德曾做过纯精神分析学意义上的阐述，也曾以莎士比亚的《哈姆莱特》为例做过剖析与论证。但我们觉得还是弗洛姆对"恋母情结"的修正更具有普遍意义。他说："对母亲形象的爱恋和依赖能超过对某位具体母亲的依恋。这是对求得保护和爱，且又不负任何责任的渴求，但要知道并不是只有儿童才具有这种渴望。如果我们说儿童不能自立才需要母亲，那么我们不应该忘记，人类的任何一员在与这整个世界相处时，都是不能自立的。……他在梦中梦到自己又找到一个母亲或者找到了他可以又成为一个小孩子的世界，难道还是值得惊奇吗？"① 这样的"恋母情结"无论在个体身上还是在社会文化的总结构中，显然都是存在的。但既然称之为"恋母情结"，从发生学的意义上说，自然"母爱"以及儿辈对此的依

---

① ［美］弗洛姆：《弗洛伊德思想的贡献与局限》，申荷永译，湖南人民出版社 1986 年版，第 34 页。

恋是形成这种恋母情结的源泉。这种恋母的规模与程度随时代的变迁而有所变化。在原始母系氏族社会即"只识其母"的时代，"恋母"是无须隐晦的，后来随着父系中心社会的确立与发展，则愈益潜隐变形，难以识辨了。但《源氏物语》诞生在平安时代，距日本历史上的母系社会并不遥远，因而表露得还比较清晰，但较精神分析学中典型的恋母范例（如"俄狄浦斯"）则有不少的变化。倘用原型批评的置换变形的术语来说，则是以文化恋母原型的变体形式出现于作品中。大致说来，在《源氏物语》中有如下几种变体。

其一，是源氏对酷似生母的藤壶女御的恋慕。源氏第一个"深深恋慕"的女性是藤壶女御，为何会有这"非分"之恋（对后母）呢？小说这样写道：

　　母亲桐壶更衣去世时，公子年方三岁，当然连面影也记不得了。然而听那典侍说，这位藤壶女御相貌酷似母亲，这幼年公子便深深恋慕，因此常常亲近这位继母。皇上对此二人无限宏爱，常常对藤壶女御说："你不要疏远这孩子。你和他母亲异常肖似。他亲近你，你不要认为无礼，多多地怜爱他吧。他母亲的声音笑貌，和你非常像，他自然也和你非常像。你们两人作为母子，并无不相称之处。"源氏公子听了这话，童心深感喜悦，每逢春花秋月、良辰美景，常常亲近藤壶女御，对她表示恋慕之情。

从这段叙述中，可以看出源氏公子虽然不记得生母的音容笑貌，但一听说有酷似母亲的人，便顿生恋慕之情，这很能说明集体无意识的原型（这里是恋母原型）已遗传于他的血脉之中了。纽曼承袭并发展了荣格的"原型遗传"观点，认为集体无意识的原型是先天的无形的心理成分，在艺术中获得了相应的表现形式；精神分析学虽然注意到儿童的自我与母亲的特殊关系，但却忽略这种关系正是由母亲原型所塑造而成的。因而，源氏的生母逝世后，作为酷似其人的继母自然"继承"了源氏生母的地位，并由母亲原型重塑了源氏与继母之间的"作为母子，并无不相称之处"的关系。但继母毕竟不是生母，所以源氏对藤壶女御的恋慕以及乱伦，可视为源氏恋母情结的第一种变体。

其二，是源氏对酷似藤壶女御的紫上的恋慕。由于源氏深感对继母的乱伦之恋会导致"声名狼藉"，所以他不得不另觅替代的对象。这样就使源氏恋母情结的对象再度置换；紫上（姬）的出现，正合乎源氏潜在的欲求。源氏为何在紫姬尚是稚龄女孩时便喜爱上她了呢？其原因就在于她像藤壶女御。初睹发现紫上颇似藤壶女御，即引发了浓厚的兴趣，当他打听到紫上原系藤壶女御的侄女，是同一血统，故而两貌相像等情况时，他便"觉得更可亲了"。因有此缘，更觉恋恋不舍，便呕心沥血地考虑办法，于是不顾年龄的悬殊而提出欲收养紫上、适时为妻的要求，并费尽心机设法获得紫上。既得之后便把自己对藤壶女御隐秘的爱转注于紫上，渐渐使紫姬替代了藤壶女御原来在他心目中的位置。

其三，是源氏对酷似初恋之人以及难得之人的恋慕。精神分析学认为，男童最初恋慕与最难达成愿望的对象是母亲，因而在经过置换变形之后，"像初恋的人"与"最难得到的人"就可能与母亲原型有着潜在的、类似的关系。如上所论，源氏对藤壶女御、紫姬的爱恋，都与其母的相似极有关系；而空蝉、秋好皇后、胧月夜等女性对源氏来说，都是难以得到的，仅一度的占有也更添相思之情，于是"越是难得，越是渴慕"。

其四，是源氏后代对父辈恋母原型的承袭。如源氏之子夕雾对其继母紫姬的恋慕；源氏妻侄柏木（葵姬之兄头中将之长子）对源氏末妻三公主的乱伦；源氏名誉之子薰大将对浮舟的恋慕……这些均可视为小说表现的恋母原型的又一形态，既表现在源氏身上的恋母原型，又在冥冥中塑造了下一代的人。

　　作为《源氏物语》的男主人公，光源氏本人从相貌（女性化）到内心（恋母崇女）都若隐若现地表达了紫式部本人的审美理想或人生理想。尽管在现实人生中女性中心世界已被男性所取代，但衡量其"美"与否的标准仍然是充分女性化的。小说中源氏的女性化虽表现于外在的脂粉气、修饰化，但紫式部这样描写源氏以及众女性对源氏的爱慕，显然不是为了要揭示生活中的性差或性变态，而是为了表达她作为女性代言人的心声与愿望：作为美的存在，均应是女性化的存在，从男性与女性的美来看如此，从个体与社会的理想化存在看也是如此。从精神分析来看，正是女性"自恋"的一种艺术表现；从文化哲学的角度看，则是女性哲学的精髓——爱与美——的艺术表现。这些意味深长的表现内容，在平安时代以及漫长的男性中心社会里也许只以"理想"或虚幻的乃至变态的方式存在着，而在人类未来则具有很有意义的启示：女性比作为紫式部的最高的审美范畴或理想更具有人类未来学方面的重要意义。有论者说："女性文化的重建将带来人类整体文化格局的改观。没有女性文化的重建就没有人类文化的重建，而且，人类文化还必须走向女性化。"当然，人类未来文化与艺术的女性化都是常态的女性化，而不是源氏及其周围的众女性表现出来的带着病态或变态的女性化，但在紫式部笔下的这些人物身上却存在着女性化的合理内核。"人类历史如果不女性化，世界就不可能存在下去。"[1] 文艺家们的审美理想由此也必然决定是女性化。紫式部以其天赋的女性生命和至诚的艺术良知，以伟大的《源氏物语》向世界宣告并印证了这一真理。这在世界文艺史上可算是个奇迹，在日本文学史上更是奠定口传文学"幽情"风格传统的巨大碑石！

---

　　① 禹燕：《女性人类学》，东方出版社 1988 年版，第 177 页。

第二节　纤细的感触：川端康成笔下的爱与美

　　川端康成是为日本文学赢得荣誉的一位世界性著名作家，他在 1968 年 10 月获得了诺贝尔文学奖，其授奖的主要理由是："以卓越的感受能力，表现了日本人的心灵的精华，叙述富有技巧。"那么，作为一位具有很突出的创作个性和成就的作家，他的"卓越的感受能力"是怎样体现出来的？他所表现的"日本人的心灵的精华"又是指什么？

　　简约地说，川端康成的艺术感觉与思维的最突出的特征，可以用"女性化"这一概念来表述，与此相应，他所表现的日本人的心灵的精华也主要是指将女性美、自然美、古典美熔于一炉的审美理想，并于无意识的深刻层次上，表现了日本文化源远流长的一种民族情感，即对爱与美的一往情深的崇拜，在川端的笔下，则具象化为对女性之情、女性之美的崇拜与礼赞。

　　要说明这些，就必须结合川端的生活经历和具体创作。

　　日本学者加藤周一曾这样评说："川端为了锤炼他对女人的纤细感触，付出了他的毕生精力。"① 事实的确如此，从其童少年时代开始，他就表现出了对女性异乎寻常的崇慕情绪，此后则愈益增强了自己对女性的感受能力。在他的感觉世界里，最优美、细腻、可爱的便是女性所表现出来的一切，与此密切相关的是，借助移情的方式，他把感觉的神经也延伸到了"美丽的日本"的大自然，但在自然之美的陶醉中，总要多少透露出他对

---

　　① ［日］加藤周一：《永别了，川端康成》，梅韬译，《日本文学》1985 年第 1 期。

女性美的留恋或回忆，有时则直接把大自然之美与女性美融合在一起来表现。从其早期的作品《南方之火》《篝火》，到其成名作《伊豆的舞女》，再到他的获奖作《雪国》《古都》《千鹤》，都把对女性美的礼赞置诸最突出的地位，而大自然的美丽恰好构成了一种背景或衬托。

让我们领略一下川端笔下的美景吧。

篝火，随着急流加快地荡近我们明亮的心……

于是，我拥抱着红彤彤的篝火，凝视着道子郑张在火光映照下的忽隐忽现的脸。在道子的一生中，这样艳丽的容颜，恐怕很难再现第二次吧。(《篝火》)①

一个裸体女子突然从昏暗的浴场里跑了出来，站在更衣处伸展出去的地方，做出一副要向河岸下方跳去的姿势。她赤条条的一丝不挂，伸展双臂，喊叫着什么。她，就是那舞女。洁白的裸体，修长的双腿，站在那里宛如一株小梧桐。我看到这幅景象仿佛有一股清泉荡涤着我的心。我深深地呼了一口气，噗嗤一声笑了。她还是个孩子呐。(《伊豆的舞女》)②

黄昏的景色在镜后移动着。也就是说，镜面映现的虚像与镜后的实物好像电影里的叠影一样在晃动。……特别是当山野里的灯火映照在姑娘的脸上时，那种无法形容的美，使岛村的心都几乎为之颤动。(《雪国》)③

如果细细梳理川端笔下女性所呈现出来的各种美，那几乎可以编一部日本女性美的辞典了。即使是瞬间呈现的女性外部的美，上引的《篝火》

① ［日］川端康成：《川端康成小说选》，叶渭渠译，人民文学出版社1985年版，第28页。
② 同上书，第38页。
③ 同上书，第209页。

中道子那映现于篝火之中的难有第二次的"艳丽"，也对川端具有永恒美的意义，激起他创作的灵感，从而在有限的画面上来描绘那刻骨铭心的瞬间美的感觉。为何他会这样神往醉心于女性之美呢？这就要从他沐浴着日本文化而成长起来的生命史中去寻求答案了。

据川端康成写于 1934 年的《文学自传》以及其他材料所说，他还在三四岁时就父母双亡，不久，仅有的一个姐姐和抚养他的祖父也相继离开人间，从幼小的童年起就过着缺乏亲人之爱的孤苦伶仃的生活。最缺乏什么就最渴望得到什么，这是生命发生发展中最基本的规律。川端从小就尤为缺乏爱，特别是来自无边的博大的母爱，当他把对母爱的渴求转注于其他女性时，就形成了一种心理定式或心灵的敏感区，这就是对女性的向往与关注。事实上由于川端自幼即表现出来的文弱、善良、正直、多情，经常性地显示着他那既抑郁又开朗、既沉静又多思的丰富型人格，倒颇具有吸引人的魅力，致使对他怀有好感的姑娘，也不乏其人。在他 23 岁时，他曾与一位年仅 16 岁的少女订婚，可是不久少女单方面毁了婚约，但这次失恋不仅没有给他带来对女性的嫉恨，反而更增添了他对女性的渴慕，在他心目中"女性神圣"的意念仍未动摇。这次初恋的失败，给他留下了终生难忘的回忆。他在《文学自传》中是这样回忆这件往事的。

只是口头订了婚，我连一个指头也没碰过那位姑娘。正像《伊豆的舞女》那位十四岁的少女一样。直到现在，也是如此。林房雄曾对我的《散去也》评论说：作者对女性的身体具有少年般的憧憬，真是不可思议。这些话出乎我意料，反而使我钦佩他那种攻其不备的本事。也许的确是那样子。我虽不像人们所说是个品行端正但带点病态的人。我倒是经常同许多女性交朋友。例如我不像无产阶级作家那样，我没有幸福的理想，没有孩子，也当不上守财奴，只徒有虚名。

恋爱因而便超越一切，成为我的命根子。①

由于川端在深层心理中有着对"母亲"的追忆，及其转型而来的对女性执着的关注和女性神圣的潜隐意识，遂使他在创作上形成了一种创作模式，即"女性化"，用以补偿和宣泄自己对女性所怀有的一切美好的感情。这情形似乎正如某学者所说的那样：女性对于男性的吸引，犹如北极吸引着罗盘的指针，女性的诱惑酿成的琼浆醇酒，使人迷醉，使人疯狂，使人生命力燃烧，使人永不满足，使人用一种新的眼光看待世界，这种女性的诱惑对于艺术家往往具有极强烈的震撼作用，而其震撼的脉冲很容易转化为艺术的灵感，生命得到净化与升华，艺术却得到滋养与诞生。因而也可以说，川端康成创作的"女性化"模式及其相应的艺术成果，就是"女性诱惑"的产物。具体些说，川端文学的女性化特质主要体现在以下三个方面。

其一，从对女性命运的巨大关注中汲取创作灵感。川端的一生都在锤炼自己对女性的感觉，在对世间各种各样的女性进行观察、感觉的过程中，流露出极强烈的同情与赞美的情感，而这就形成了他创作的灵感的源泉，尽管他本人是男性，也经常以"私小说"的形式直接走进小说里去，或设置一些其他的男性，但表现的中心却无疑是女性的命运，尤其是映现于男性眼里或为男性引发出来的女性美。也就是说，对女性命运的极大关注构成了川端艺术创作的关键契机。打开他的小说，我们眼前就会映现出各种各样的日本女性，尤其是处于社会下层的女性，这里有楚楚动人的"浅草"的少女们，有到处流浪献艺的"舞女"，有因矢业或破产而沦落风尘的妓女，有身份卑微、谦恭自伤的女侍者，有寄养人家、渴盼爱情的女郎，有青春已逝却寄希望于下一代的"舞姬"，等等。他在名作《伊豆的

---

① ［日］川端康成：《川端康成小说选》，叶渭渠译，人民文学出版社 1985 年版，第 675 页。

舞女》《雪国》等作品中，就把象伊豆的舞女、冰乡雪国中的艺妓这类下层女性的命运描写得格外动人。在她们身上，有着常人难以忍受的苦难，从事的"职业"是最受人鄙薄的，日常的生活也清苦辛劳之至，但她们却忍受了这一切，在献艺、献身的场合强为欢颜去为他人服务。进入这类作品的男主人公，大抵都有川端自己的影子，却能够对这样的不幸的女性寄予深厚的同情，对她们外表与心灵的美给予最崇高的赞美。其间，自然也描写到性爱的关系，但在川端的笔下，无论是朦胧初发的恋情，还是沉酣已久的同居，都没有腐恶或卑污的痕迹，相反，却表现出了男主人公对女性人格的尊重，能以爱呼唤爱，达到心灵的相通、感情的默契。这与那浮浪浅薄的公子哥儿对下层不幸的女性所进行的玩弄，有着本质的不同。当他以抒情味浓的笔调写二十岁的"我"与那情窦初开的十四岁舞女相识、相别的过程时，所表现出来的男女之情是那样清新、纯真，绝无功利计较，也无门第观念，通篇找不到一笔纯属生理性的、刺激性的描绘，尤其是当"我"旅费告罄只好离去时，舞女默默相送的一节描写，于无声处胜有声，表达了无尽的情味。因而可以说，《伊豆的舞女》是一首优美的而略带感伤情调的青春之歌。出现在《雪国》中的驹子，是位沦落风尘的艺妓，但她渴望着过上正常人的生活，所以她仍具有对真正爱情的渴求，对自己心爱的他表现出来的常常是一片如水的纯情，热烈而又深沉，如她对岛村的爱恋，就带有这样的特征：纯真、坦荡。自然她的艺妓生活有其沉痛的体验，唯其如此，知己难求，她才更珍重她称心如意的情人。这或者带有她强烈的主观幻想的色彩，现实的境遇可能并非全然如此。因而川端就将这种与十四岁的少女或驹子这样的艺妓所发生的爱情，描写得像瞬间的摄影艺术一般，特为那些美好的镜头灌注浓郁的感情，试图把这类"超常"的爱与美凝结在艺术的永恒世界之中。

其二，从对女性之美的赞颂中表现出对女性的崇慕。这种执着入迷的情感在不少作为"正常人"的评论者看来，不仅是病态的，而且是悖德的、堕落的。其实，川端的"女性崇拜"源于他的"文化恋母情结"，有着很为悠久和广大的民族文化背景。下面不妨结合他的获奖作之一《千鹤》，来略做一些分析。

在世界文化中，日本文化有其显著的独特性。而这独特性在其神话中就初露了端倪，如在《古事记》中所记的"天照大神"，就是以女性之身而成为"高天原"（上界）之主和日本神社的主神，从而成了日本人心目中象征着光明与幸福的太阳女神，被当作祖国文化母亲来崇拜着。于是，由这种原始文化铸造的文化特性，对日本民族的深层心理及其文学表现产生了极为深远的影响，以致形成了日本人源于母系社会所形成的对"母亲"（女性）的崇拜、眷恋、赞美的传统心态。从原型批评和精神分析的观点来看，这种传统文化心态可称之为"文化恋母情结"或"文化恋母原型"。但这种情结或原型在漫长的男权中心社会里被深深地压抑下去了，只有在那些仔细谛听心灵的律动和勇于表白的作家笔下，才会无意识或充满感情地成功表现。川端康成正是这样的作家。由于他特殊的个人经历和超常的感受能力，也由于他具有超越世俗的志趣和勇气，使他能够蔑视"超我"的存在，更加切近心灵的无意识领域，从而使他的创作更多地发出民族集体无意识（此处指文化恋母情结）深处的声音。

《千鹤》中便回荡着这种声音。

这是一部较《伊豆的舞女》和《雪国》更加"超常"的作品，因为它直接表现的是乱伦的主题。原型批评理论的缔造者荣格曾说："母亲原型同其他原型一样，几乎可以表现为无限多样的形式。我在这里提出的只是最有特色的几种形式。首先是个人的生母和祖母，继母和岳母，然后是所有同个人有某种关系的女人，如保姆，女教师或一个女祖先。然后是形象意义上的母亲，如女神，特别是神母，玛丽亚和索菲亚。……在形象意义上的母亲象征还可以表现某些代表着我们渴望回归的目标的事物：如天堂、神国、天上的圣城。"① 据此可知，对已逝母亲的追忆中的爱恋，在心态模式上同渴望回归的目标的怀恋是完全一致的。当现实中的某位女性与已逝的母亲（有的还活着）在一些方面相似时，或在"错认"的心态中把母亲与眼前的女性形象认同为一体时，爱恋之心就易于发生。《千鹤》中的男主人公菊治之于已逝父亲的情人太田夫人，就发生了这种心理情感上的变化。他初见太田夫人时，意识层次中并无好感，因为他怀恋已逝的母亲，对于母亲当年的情敌也抱有敌意。这时他的恋母潜意识尚未同母亲的替代者相认同。但由于太田夫人错认他为昔时的情人，其强烈的情感感染了他，遂使他也产生了与太田夫人相类似的错觉："菊治从前同母亲一起对太田未亡人所持的敌意，此刻即使没有消失殆尽，也已所剩无几。精神恍惚时，甚至自己内心仿佛也体验到被这个女人爱过的父亲的心境。似乎自己被诱进了从前一直是和这个女人亲近的这种错觉之中。"② 菊治的这种错觉使他无意识地充当了父亲的角色，追忆式地体验了父亲同情妇的情爱经验。对此，川端以叙述者的身份议论道："为什么和太田夫人做出这种事情来，菊治自己也不大明白，事情就是如此自然。……另外，在精神上菊治也没有任何抵触，夫人同样没有任何抵触，大概可以说没有遮映着什么道德的阴影。"③ 很显然，错觉和移情都只是手段，目的乃是将受时间限制的生命之爱和美递代传留下去。在川端看来，为了保证这种延续，为了使瞬间的美（性爱之美）得以永存，哪怕是以牺牲道德为代价也是值得的。况且这"道德"带有人为的、易变的性质，在日本人的心目中，像菊治与太田夫人这样的乱伦并非如某些人想象得那样严重，同样的性爱，如

---

① 叶舒宪、李继凯：《太阳女神的沉浮》，陕西人民教育出版社1992年版，第116页。
② ［日］川端康成：《千鹤》，郭来舜译，陕西人民出版社1985年版，第18页。
③ 同上书，第22页。

王昭君先嫁大单于，后嫁其子小单于，在汉家眼中自是乱伦，而在胡俗之
中却系正常。而王昭君之美超越了这种道德评价，至今仍以美的象征存在
于人们的心目中。在川端描述他构想的乱伦故事时，实际就并不专注于事
件本身的道德判断，而专注于超时空的爱与美的表现。从艺术的角度来
说，这种把生命的爱与美视为高于一切的永恒存在的观念也可以成立。①
从这种观点来看菊治继太田夫人死后又与其女儿文子相恋，也正是川端着
意表现超时空的生命之爱与美的艺术体现。在这些超乎寻常的描写背后，
潜隐着的正是作家自己对女性美的无限的崇慕，亦即上面所说的"文化恋
母情结"。从文化学与纯文学的意义上，都可以说川端的确表现了日本人
心灵的精华，即往往能够超越意识层次的偏见，着力表现潜抑已久的生命
的爱与美，尤其是处于不幸境遇中的女性之美，使这种美获得了"瞬刻永
恒"的艺术价值。这样的艺术追求与表现，与世界文化中男权文化面临危
机②，而女权文化蓬勃兴起的潮流③，也是相吻合的，从艺术审美来说，也
与重审美体验、重真实感受的美学思潮不谋而合。

　　其三，在审美情调或表现方式上，川端成功地表现了日本文化与文学
传统所特有的"淑女味"或"幽情"。川端康成在《我在美丽的日本》一
文中曾说："少年时期的我，虽不大懂古文，但我觉得我所读的许多平安
朝的古典文学中，《源氏物语》是深深地渗透到我的内心底里的。在《源
氏物语》之后延续几百年，日本的小说都是憧憬或悉心模仿这部名著的。
和歌自不屑说，甚至从工艺美术到造园艺术，无不是深受《源氏物语》的
影响，不断从它那里吸取美的精神食粮。"④川端如此崇拜的文学典范《源
氏物语》有着怎样的审美情调呢？笔者曾经这样论述过："总的来看，《源

----

①　参见李泽厚《中国古代思想史论》，天津社会科学出版社 2003 年版，第 187 页。
②　参见［德］弗洛姆《生命之爱》，罗原译，中国工人出版社 1983 年版，第 32 页。
③　参见［日］富士谷笃子《女性学》，张萍译，中国妇女出版社 1986 年版，第 25 页。
④　［日］川端康成：《川端康成小说选》，叶渭渠译，人民文学出版社 1985 年版，第 707 页。

氏物语》通过人物命运，尤其是对女性悲剧命运的描绘，以及通过源氏这一男性主人公对女性之美的崇拜、迷恋甚至认同，从而抒发了女作家幽婉的情怀、无限的忧思，形成于贯彻全篇的沉郁悠长的咏叹基调。"① 这种由平安朝最杰出的女性紫式部创造的美学风范，也是当时众多女性作家创作的代表，她们一起创造了日本民族自己的文字——假名，并用它来缔造日本文学自己的民族风格。有的日本学者由此认为平安朝文化代表着日本的传统文化，具有浓重的"淑女味"，其幽幽动人之情凝成了特有的抒情格调，对平安朝以降的日本文学具有极为深远的影响。诚然，川端对这日本传统的女性化的古典美是心领神会的，他笔下的众多女性和大自然之美浑融一体的艺术图景，实际正是他在《我在美丽的日本》中所赞叹不绝的"藤花"意象的衍生。他说："我觉得这种珍奇的藤花象征了平安朝的文化，藤花富有日本情调，且具有女性的优雅，试想在低垂的藤蔓上开着的花儿在微风中摇曳的姿态，是多么纤细娇弱，彬彬有礼，脉脉含情啊。它又若隐若现地藏在初夏的郁绿丛中，仿佛懂得多愁善感似的。……灿烂的平安朝文化，形成了日本的美，正像盛开的'珍奇藤花'给人格外奇异的感觉。那个时代，产生了日本古典文学的最高名著……这些作品创造了日本美的传统，影响乃至支配后来八百年间的日本文学。"② 抑或，川端的所论未必十分允当，但至少在其作品中，的确流淌着较多的平安朝"女性文学"的血液，以致在创作上表现出了明显的女性化韵味或倾向。大凡认真读过川端作品的人，都会获得这样的感受，故而不必一一举例了，如若必须以例说明，我们仍想以《伊豆的舞女》与《雪国》《千鹤》为例，因为我们觉得这些作品本身就像最典型的日本女性那样，着实招人喜爱。

---

① 叶舒宪、李继凯：《太阳女神的沉浮》（修订版），陕西人民出版社 2010 年版，第 88 页。
② ［日］川端康成：《川端康成散文选》，叶渭渠译，百花文艺出版社 1988 年版，第 221 页。

第三节　遭遇后现代：村上春树笔下的女性

作为发达国家的畅销书作家，村上春树的诞生可以说相当幸运。他早年毕业于日本早稻田大学戏剧系，修养良好，且深受欧美文化的熏陶。村上本人也曾明确承认其作品深受美国现代文学的影响。甚至有人形容其作品是日式抒情风味的美式小说。从消费文化角度看，他的创作或文学生产可谓量大质优，业已成为国际性文化市场的骄子。评论界也多青睐于他，如在日本，就有评论家推举他为最具都市感受性、最能掌握时代特质与节奏的作家，誉其为日本"八十年代文学旗手"；甚至有人以为，村上春树是一位较大江健三郎还要优秀的日本作家，且很有希望再为日本文学问鼎诺贝尔文学奖。这样的评价和推崇抑或过高，但总体看，村上春树的文学确是更能契合后现代主义的文学，较之于大江健三郎，更具有文化市场号召力，尤其是更能为当今社会青少年所欢迎。笔者在为比较文学与世界文学专业研究生上课时，也曾询问学生是否喜欢村上春树。颇有几位马上表示喜欢，有的还说对其作品有一定研究，认为村上的创作受青少年的欢迎是有理由的：其文笔很美，如诗如画，也如泣如诉，虽似乎得益于林少华等人的上乘翻译，却也必有原文之美；村上春树小说有鲜明的后现代色彩，显得很有意味，尽管他对女性的态度相当矛盾，有男性中心潜在意识的流露，却也有对女性的倾心赞美，比较受女性读者的欢迎；特别是能够异常真实地描写都市青少年人生，呈现出不同的女性形象，其逼人的真气和迷离的困惑颇为诱人，等等。诚然，村上热衷于回归生命的原始，将过去颠倒的东西再颠倒过去，却又与当今社会最时髦的城市生活景观融为一体，构成了"古典主义"与后现代主义的复合，在努力容纳世界多重性、人生丰富性的同时，成功"导向一种后现代古典主义的综合"①，在一定意义上拓展出了更大的自由空间，不仅男性青少年喜爱，都市"美眉"们一般也颇为喜欢，尤其是具有"小资"情思者大多都可以接受村上。所以，在较多国家，业已形成了引人瞩目的"村上春树现象"。在村上这里，纯文学与通俗文学的界限变得模糊起来，纯文学作品的读者层逐渐扩展到一般大众，借助于现代传播媒体迅速成为文化市场的畅销品，特别受到了青少年的普遍欢迎，甚至能够达到喜闻乐见且又喜不自禁的地步。究其根源之一，也与那种依恋女性的原始情结的依旧悠久绵延密切相关，而且"不以人的意志为转移"，尽管表现形式可以有更多的"扭曲"或较大的变化。

一　从大江健三郎到村上春树

大江健三郎是迄今为止日本两位获得诺贝尔文学奖的作者之一，其创作的倾向主要是现代主义的。从其《个人的体验》《万延元年的足球队》《燃烧的绿树》到近期的《空翻》所体现的人生观与文学观都具有鲜明的存在主义倾向。深刻的观察和思考与成功的艺术表现紧密结合使其作品显示出文学的深沉和严肃。这位来自日本的四国森林（大江故乡）并于1994年获得诺贝尔文学奖的著名作家曾介绍说："我出生于森林里，工作在东京。从村子里所产生、所流出的是生命，而回到村子里来的则是死亡。"应该说这里就含有某种深刻的洞察和感慨。英国著名诗人布莱克也有这样的想法。出自森林的是生命，回归森林的则是完成了的死亡。② 但森林在孕育生命的同时能够复活生命，化腐朽为神奇，优化环境生态，同时也能

---

① ［德］彼得·科斯洛夫斯基：《后现代文化》，毛怡红译，中央编译出版社1999年版，第173页。

② 参见裴善明《诺贝尔文学奖获奖者访谈录》，江苏文艺出版社1997年版，第400页。

激发人类关于森林的想象，启迪人们的生存智慧，牵引人心的自然情结。
有学者指出：森林与海洋文化是日本美学生成的土壤。这块土壤更早也更
多地沐浴在欧风美雨之中，但日本文化文学的发展也仍然离不开本土固有
的文化资源。[①] 村上春树文学世界的建构也不例外，他的创作不可能全部
西化，尽管他表白他最多地接受了美国文化和文学的影响，但无疑日本本
土文化资源对他的影响才更根本，更深湛，也构成了他接受外来文学的先
在性认知和心理基础。他笔下频繁出现的"森林"意象，就主要是日本源
远流长的森林文化影响的产物，而非简单地对"挪威的森林"的移植或借
用。"森林"意象作为文学修辞，当具有相当丰富的内涵。既可以是自然
的森林、都市的森林，也可以是心中的森林，那是内宇宙中变化多端而又
很难抵达的地方。比如人们在人生追求中总会面临欲望丛林所带来的各种
各样的困惑，于是"森林"便可以象征环境的复杂与欲望的纷纭，也可以
象征人们那不坚定或不明朗的心灵世界：阴暗、浓密，有时甚至令人感到
窒息。村上春树在《挪威的森林》（1987）中，便非常自然地写出了人在
森林的寻觅，甚至动情地写出人在森林迷雾中的迷失而又浑然不觉，比如
直子姑娘等女性一直寻觅和追求，待到蓦然回首时，却已失去了很多包括
生命再也无从追悔。这部长篇小说的人物在"都市森林"中游乐和失落，
透过书中人物自由人生或随意放荡的表面，读者对于人生的百感交集当会
有所体验，读者还可以领略《挪威的森林》中弥漫的那种淡淡的凄婉或感
伤以及那种凄美入骨的浪漫。村上在《挪威的森林》里集中展示了校园青
春或都市青春的躁动和迷乱，触摸到了青春人生的无奈和痛楚，小说里的
重点人物多有一种奇怪而鲜明的特征：或者感伤而忧郁，或者沉默而冰
冷，他们既随波逐流而又很难为世人所容，外部世界不太能够符合他们的

---

①　邱紫华：《东方美学史》，商务印书馆 2003 年版，第 976 页。

梦幻情绪。所以他们常常在厌倦时做出了逃离的姿态，甚至经常性地选择了自杀。青春女性也不例外，比如直子在陷入深刻的抑郁之后，选择以自杀来结束生命，而永泽的女友初美，同样在一个被认为是必要的时刻割腕自杀了，这类描写使村上小说带上了浓厚的伤逝意味。但同时村上也基本是一个崇尚及时行乐的享乐主义者，他的小说人物大多迷醉于多种形态的情爱，描写这种情爱的非纯粹性，混杂了较多的肉欲和迷乱……

　　与村上春树不同，大江在骨子里还是有一种顽强的理性，这是他从原子弹爆炸的烟云和儿子残疾等实象中升华而来的理性，这种理性与日本另一位诺贝尔文学奖得主川端康成表现的柔美不同，甚至带有"战斗"的意味。① 因此，大江笔下和心中的森林，也有一条与海德格尔相通的"林中路"，他们都仍在为人类寻寻觅觅，寻求一条更符合人道、天道尤其是灵魂的归路或出路。最鲜明的例子是面对巨大灾难性事件如原子弹爆炸，大江给予了严正的申诉和批判，促使他对此类灾难性事件给予"彻底"的反思，旨归则在于竭力拯救，呼唤"新人"诞生。他在小说中对男性世界的"伟大杰作"原子弹给予了非常痛切的控诉，而在随笔《广岛札记》中更是直截了当地声讨美国在日本投下的原子弹。如果有这样的"天问"——请问：谁来审判使用原子弹的美国？谁来清算这个第一次使用原子弹的"世界冠军"？现实中的人们在面对纷乱的世界时必然会陷入困惑中，无论是强权者的霸道，恐怖者的挣扎，还是旁观者的无奈，大江对此类人的生存困境、男性中心社会的困境都有着深刻的喻示，同时也表明他的文学是具有批判性和建设性的文学，是治疗残疾的文学和呼唤新人的文学。大江的文学在自觉和不自觉之间，表达了对暴力型社会亦即男性中心社会的困惑甚至绝望，但仍"想在小说中创造一个构筑'灵魂'的场所"，主张

---

① 叶渭渠：《雪国的诱惑》，东方出版社2003年版，第90页。

"文学应该从人类的暗部去发现光明的一面"，由此依然有"铁肩担道义"的那份沉重和文学神圣感。于是，在深潜的层面上，大江文学也是对"森林"意象文学的积极重构。但遗憾的是，女性形象在大江健三郎笔下基本是模糊的背景，他的男性力度和理性深度较多地遮蔽了女性的存在，对读者来说，也在较大意义上留下了期待视野中的空白。即使在他《性的人》《叫喊》等着力描写"性"的小说中，也使用了心理分析方法，不可或缺的女性形象却仍不够鲜明，因为其着重点也仍是在于"强调性与政治的表里关系"，"巧妙地把握了性与政治统一的创作原理和方法，并大胆地付诸实践而取得了成功"①。但很明显，这并不意味着他对女性描写的成功。

在村上春树的笔下，更多的是关注此在的"森林"景观，在其尽情展示无奈中的人生游戏的同时，作为男性作家的村上充分展示了他对女性的想象，其"森林"意象中就经常晃动着不少楚楚可怜、动人心魄或者自由来去、挥洒人生的女性身影。如村上春树的《挪威的森林》，汉堡机场一曲忧郁的"挪威的森林"，复苏了主人公渡边（即叙述者"我"）青春岁月的感伤记忆：女人的世界对他敞开，各种味道或个性的女人让他难以忘怀。娴静腼腆、多愁善感因而常常百感交集的直子是他动情倾心的女孩，具有女性的阴柔之美。她那缠绵的病况如水的柔情，甚至在她花蚀香销之后仍令他难以忘怀："只要有时间，我总会忆起她的面容。那冷冰冰的小手，那呈流线型泻下的手感爽适的秀发，那圆圆的软软的耳垂以及紧靠其底端的小小的黑痣，那冬日里常穿的格调高雅的驼绒大衣，那总是定定地注视对方眼睛发问的惯常动作，那不时奇妙地发出的微微颤抖的语声（就像在强风中的山冈上说话一样）——随着这些印象的迭涌，她的面庞突然而自然地浮现出来。""我"与直子的同行、对话和交往，以及直子悲伤的

---

① 叶渭渠：《日本文学思潮史》，经济日报出版社 1997 年版，第 552—553 页。

经历和青春的委顿，也都化为"我"的记忆甚至生命的重要部分。而那位神采飞扬、野性未脱而又天真活泼的绿子则是他邂逅的情人，她"简直就像迎着春的晨光蹦跳到世界上来的一头小鹿"，她是个单纯可爱的人，她表里如一、热烈坦诚，当我对身处嘈杂的现实世界感到厌烦时，她就像一阵清风吹来使我心旷神怡。据说绿子的原型就是村上春树的夫人，其情形颇似沈从文《边城》中的翠翠也有沈夫人的影子，于是心中的挚爱化为天真烂漫的女性。绿子的出现使小说和读者都会沐浴在明媚的阳光中。她那迷人的活力，大胆的表白，即使是"我"情系直子之时，也仍觉得难以抗拒绿子的魅力，且力图在情感世界中予以兼容并蓄。绿子对于感情的热烈，对于所爱之人的"浓得化不开"的深情同样让人深感"永恒主题"的魅力是何等巨大。诚然，对于美好异性的记忆、怀念和想象，可以成为非现实的现实财富，对于人类也永远是一种宝贵的精神食粮。即如渡边君从少女初美风韵情态中感悟到的那种"对天真烂漫的憧憬"，以及"我"对女性美"娴静、理智、幽默、善良"的深情眷恋和向往都仍旧是纠缠人之心魂的"情结"。对过去的伤逝之情，总包含原始情结缠绕的"初美"感受，常常令人情不自禁地心旌摇颤，就像老人也难忘曾经沧海的那次刻骨铭心的"初恋"。《挪威的森林》中还有那位才情不凡却异常失意只好避隐的玲子，但她宽厚温馨、善解人意，也可以让"我情不自禁地吻她"……村上小说展示的女性之爱与美确实能够给读者包括女性读者留下深刻印象（又如《遇到百分之百的女孩》），如果没有这些女性形象的丰富性存在，村上的文学世界至少会垮塌一半，甚至也许就根本不会存在。

但对村上小说里的总在途中却又不知走向何处的"我"来说，这一切缘分或艳遇又只是"过程性"的人生景观而已，人生的孤独与无奈并没有因此而有根本的改变。也就是说，村上的都市化的"森林"在终极意义上并没有真正的生机。即使在他与大江一样面对灾难时，他的笔下所一再涉写的灾难性事件如大地震，也通体流贯着一种失落感和空虚感，指归在于及时享乐，或把玩人生、消费人生，这自然契合了流行的人生观。即使是"性"也成为消费和把玩的对象。如他的短篇小说集子《神的孩子全跳舞》便较多地描写了大地震给人们带来的心灵创伤，如《UFO飞落钏路》描写震后失去妻子（妻子离开他回乡间了）的小村前往异地旅游。在情爱旅馆里，有一女性岛尾劝他"痛痛快快换个心情，干干脆脆享受人生"。而其理由就是："不是么？明天没准发生地震……谁都不晓得会发生什么。"面对严酷的现实尤其是灾难性事件的态度，其实正是其灵魂被"拷问"的结果。一方面是欲望泛滥成灾，天灾人祸接连不断；另一方面却又弘扬及时行乐、得过且过的生活态度和方式，对偶合的即兴式性爱关系有着非常巨大的兴趣。当生存的意义被彻底消解之后，各种死亡尤其是自杀就会层出不穷。如果说文学总与各种各样的灾难相关，那么日本文学与各种灾难的关系就尤为密切，所以日本文学中的"文学灾难学"课题则无疑是个非常重要的难题。其中女性与灾难更是密切相关，一方面，女性在灾难面前容易充当心理医生的角色，从而抚平异性心灵深处的创伤。但另一方面，女性似乎承受了更多的灾难，并多是非常态者。如《挪威的森林》中的玲子，就是一个相当典型的精神病患者。难能可贵的是她居然可以抚慰同性的直子和异性的"我"，既是患者又是工作人员。这种双重身份可以说是个颇有意味的隐喻。作家和读者往往也是如此，虽然文学艺术的治疗作用也会因人而异，甚至对有的人来说还会因文学而染病或加重病患，但总体看文学具有精神疗救功能却是无可置疑的。[①] 村上春树的文学世界一方面描述人生病象，另一方面也在为当代青少年把脉和诊疗，但他给出的药方连自己也感到怀疑。《舞！舞！舞！》中的牧村夫妻关系紧张，其婚姻危机

---

① 叶舒宪编：《文学与治疗》，社会科学文献出版社1999年版。

对女儿"雪"带来了灾难性的打击，这位美得动人心魄的 13 岁女孩在迷乱中放弃了学业，百无聊赖，游手好闲，幸有"我"对她真诚关爱，给她精神上的安抚使她不至于彻底沦落。村上春树多以现实主义笔法书写后现代主义意绪和人生景观，尤其是善于在性际关系中设置疏导压抑感的渠道，在酒吧、宾馆、宿舍、桌球室、精神病院及校园等地，让男性在女性之间游移不止，让女性的光辉和欲望也充分展开，并成为永恒的诱惑。

二　村上春树与后现代主义思潮

早在 1974 年，日本就翻译出版了刚刚问世不久的美国学者丹·贝尔的《后工业社会的到来》，并在日本产生了很大影响，人们的观念开始发生新的变化："到了 80 年代，日本人的价值观有了新的转变，在经济起飞中表现出的工作热情和勤奋精神渐渐消退，消费和享乐成了人们追求的对象。"[1] 日本学者也及时推出了《柔软的个人主义的诞生》等著作，为新时代的个人主义和享乐主义推波助澜。于是西方后现代主义思潮普遍登陆日本岛，日本文学出现了多元并存的文学格局。其中，后现代主义曾掀起一股热潮，村上春树便应运而生了。村上在中小学读书期间就酷爱文学，对文学的爱好转而成为专业，每天在文学世界中流连，更增加了对现实社会的强烈不满，当时又正是学潮迭起的年代，血气方刚的村上春树对什么都感到愤愤不平。滋生的反叛情绪使他经常不去学校，在新宿打零工，其余时间则泡在歌舞伎町的爵士乐酒吧里，后来他还经营过七年爵士咖啡厅，这使他与都市流行文化、消费文化结下了深切的缘分，而对都市生活的深切接触和了解，对他的小说创作产生了很大的影响。从题材内容到艺术风格，都与这种人生体验和生活积累紧密结合，并使他的文学创作特别是小

---

① 何培忠：《当代日本人文社会科学》，商务印书馆 2004 年版，第 70 页。

说呈现出以下几个突出的特点：

其一，着力展示后现代日本青少年的孤独人生。村上小说对题材的驾驭和把握，多以后现代主义的视角切入，紧扣躁动难安的时代脉搏，宣泄着纷乱的意欲和情绪，且力图通过感人的故事情节传达时尚性的文化内涵，引发青少年读者情感上的共鸣和理性的思考。同时，作品还描绘出日本青少年在物欲横流中经受的性欲饥渴、性爱困顿或情感困扰，生动地揭示出当代社会中年轻人虽不乏迷失、困惑和孤独，但却仍在挣扎中经受人生的内心世界。从主题意蕴、题材选择到表现手法以及寓意的可能性，村上都在积极向后现代主义靠拢，其中尤其是表现在对流行文化或消费人生有着"亲密无间的接触"，努力体现青少年在后现代社会中的种种境遇，细腻地表现他们难以捉摸的情感世界。村上密切关注着后现代这一特定历史条件下的青年的心理和生命状态以及情感世界，记录了一幅幅现代都市情感图景，在后现代文学方面做出了有益尝试。小说中融入的青春游戏的活跃因素，将把玩孤独化作常态人生，使貌似沉重的主题增添不少日常生活和青春生命的鲜活气息，作家通过准确地把握青少年们的都市情结，通向了探索现代年轻人精神世界的幽径。村上笔下的新潮男女的魅力可以说主要来自"都市浪子"和"多情少女"。而与其笔下的浪子们相比，面目颇为清晰的少女们则显得比较有理想色彩：她们热情诚笃或伤感细腻，更具有若隐若现的精神的或唯美的意味。村上写爱情，孤独而又伤感的悲剧基调贯穿始终，而每一个爱情故事又无不以悲剧告终，其间总带着一丝忧郁和淡淡的哀怨。当玲子用吉他弹《挪威的森林》时，直子便道出了她的孤独感受："一听这曲子，我就时常悲哀得不行。也不知为什么，我总是觉得自己在茂密的森林里迷了路。""一个人孤单单的，里面又冷，又黑，又没有一个人来救我……"森林中的独行者或迷路者，也便成了后现代社会中女性生命体验的象征。又如《斯普特尼克恋人》中沉湎于创作的少女董，在失望于异性的情况下"爱"上了她的音乐同道、同性的年长 17 岁的敏，成了她欧洲之行的旅伴。然而不久她却神秘地失踪了，因为她发现"恋人"原来只是一个躯壳，而灵魂早已在一个惊险之夜消逝了。小说意在表明绝望于异性之爱的少女同样也追求不到同性之爱：爱恋终成幻影，孤独成为永恒。尽管小说有借同性恋象征自我叩寻的意蕴，但同时也隐约表达了对女性同性恋现象的怀疑。"因为任何人都在通过恋爱寻找自己本身欠缺的一部分，所以就恋爱对象加以思考时难免——程度固然有别——悲从中来，觉得就像踏入早已失去的撩人情思的房间。"（《海边的卡夫卡》）

其二，在似乎悲切的故事中，又荡漾着"性福"的气息。我们知道，日本人对西方性解放思潮的接纳和积极实践早已成了突出的社会现象，而西方性观念的变迁最终又导致了性解放背景下享乐主义的泛滥。"Enjoy Yourself"成了流行的口号，也成了人生哲学的要义，甚至诱发了"无限制的性的运动"，这却是很多日本人都始料不及的。显然，发达国家或福利型国家为充分的消费和享乐提供了充分的条件。有作家说，在人的存在样态中，基本是两种形态，一种是"饿出来的"，一种是"撑出来的"。前者的意思是由于物质匮乏，为了生存而苦苦挣扎的人生，一个肚子问题便压倒了一切；后者的意思是饱暖思淫欲，而不幸走向百无聊赖的人生，一个性欲问题便成了生命的核心，人生"幸福"主题遂被篡改为"性福"。相对而言，"发展中国家"的前一个问题比较突出，"发达国家"或"后工业社会"的后一个问题则比较突出。这后一种情形也在日本发生了。村上春树笔下的有关性爱描写，便"真实"地呈现了有关场景，既是"现实主义"的，也是"自然主义"的，更是"后现代主义"的，对很多青少年来说，甚至可以成为他们活生生的性爱指南。村上文学受性解放思潮的影响非常明显，其作品中的性描写相当突出，且呈现为"自由"之态，多能超越家庭伦理甚至法律之外。两性关系的"杯水主义"取得了欢欣鼓舞的胜利，对形而下快乐的专注居然透露出某种程度的天真烂漫，但过度自由导致的日常化也便带来了平庸化，使神秘美好的性爱也成为清汤寡水，人类社会建构的性爱价值被消解了。这种情形不仅在《旋转木马鏖战记》中密集地体现着，在《挪威的森林》中也存在着。那位堪称是"我"的性爱导师、睡过 80 个左右女人的永泽，就曾道出自己典型的后现代性爱观：可以即兴寻找女孩的呀，但和自己睡觉的女孩子越多自己越是麻木越是无感觉，越可以达到清心寡欲的境界。"任凭搞多少都是一个模式"，云雨过后连对方的面目也懒得记下来。而睡过八九个女孩的"我"，也可以坦然自若地与直子、玲子谈睡女孩的感受，居然可以得到她们的理解并且由此进入了三人共享"性"话题及性安慰的自由之境，"性福"就在空前的性宽容之中。"后现代"人生中性际关系的复杂性或混沌性原本是正常的、日常的，后现代文化语境中的文学表达者也很难或不可能是清纯晴朗的。后现代社会提倡的所谓"心动不如行动"表达的就是后现代文化语境中人之存在的基本特征：行动着、存在着，但并没有真正的理想和目标。人类的社会的民族的和个人的美好理想、崇高人性、爱情友谊等，在此都被尽力消解了——即使心动了，其振幅也与日常生活即红尘飞扬的高度格外一致。这也许原本就是期待甚久的解放和自由，当这种解放和自由果然到来时，人类却未必能够适应它。村上笔下的人物似乎莫不如此。积极的后现代主义是为了平等存在而进行解构的策略，试图填平许多人为的沟壑；而消极的后现代主义则是极端破坏欲望的宣泄，引发的是彻底的绝望或混世主义的泛滥。这两种倾向在村上春树的创作中可以说都存在着，村上的世界原本就是矛盾的世界。就积极方面看，如村上对女性既没有有意无意的歧视，也不对女性抱一厢情愿的幻想。较以前日本文学中较多存在的轻视女性的倾向，更能够为日本女性所接受；但就消极方面看，还是过多地认同了流行文化，以俗为美的选择不免过于刺目。酒吧网吧、动漫影视、青春偶像、街机掌机、超级市场、香烟咖啡，还有频繁的花样翻新随心所欲的性交……村上文学所张扬或认同的日本流行文化，也正通过一个又一个领域在慢慢侵蚀渗透亚洲其他国家，这让一些人不免为之担忧和焦虑。

其三，凸显现代拜物倾向中的女性异化。在物质社会，女性社会化的过程很容易落入"金钱化"的境地。一切为了金钱既然成了人间铁的定律，就可以对男性成为"金锁"，将男性异化为"钱奴"，对女性来说也是如此。世界虽大，但由于许多原因却将一些相当活跃的女性基本塑造成了一种自私而又多疑、虚荣而又阴毒的动物。但这样的品质只是在一定的条件下才会铸造出来，而本性与社会却还会赋予女性作为爱神化身的品质，女性异化与女性理想化交织的复杂性就是这样时常让人深感尴尬无奈。有时还会真真切切感到"女性恐怖主义"的泛滥，好像伴随着女性的日趋疯狂，世界变得更加沉重和暗昧。尽管村上对女性美也相当关注，但其小说中也有对女性被金钱异化的真实描写，如《舞！舞！舞！》中的那个影视明星，可以轻松地叫来高级应召女郎；《寻羊冒险记》中的某女校对员在失去职业后为了生存便不时要出卖自己，不仅沦为应召女郎，而且还经常到"我"宿舍同居。村上在小说中还对花钱买性（有时很廉价，甚至只为了一点吃喝）展开了相当率直的讨论，认为也属于社会的一个正常现象。事实上，尽管当代日本女性走向多样化存在之境，但仍然普遍带有被物化异化的特征，在主动与被动之间营造和享受着娱乐文化的盛宴。其中，作为日本重要文化现象的艺妓传统也起到了内在的影响。诚然，艺妓服务是对性际服务的雅化，自 18 世纪中叶以来，成为女性天下的艺妓业更是主要走上了艺术化的道路，艺妓也大多美艳柔情、服饰华丽、知书识礼，尤其擅长歌舞琴瑟，主业是陪客饮酒作乐。通常她们服务的对象也主要是上层社会有钱有势的男人。但在物化程度加深的当代，各种复杂情形都出现了，日本艺妓的服务性业务也出现了一条龙或全方位发展趋向，并对社会风气产生影响。如年轻人普遍的享乐倾向就导致某些女性走向"准型艺妓"。在村上笔下活跃的女性，较多都带有这样的日常化的"艺妓"表征。如村上小说中的青春女性，不仅美丽而且多艺，更善于作陪，还常常点起一支烟卷……村上与都市生活确是非常切近的，而且对都市底层社会生活也非常熟悉。他高中毕业后当过一年浪人（重考生），次年考上了早稻田大学第一文学部的演剧科，为了独立生存他还当过打工仔和经商者，并经常泡在歌舞伎町的爵士乐酒吧里。22 岁时还是学生的他就同商人的女儿阳子结了婚，25 岁时还曾经营爵士乐酒吧。这些生活经历和人生体验为他的市民化青春型小说创作奠定了生活基础，也为他的小说奠定了某种商业化的基调。恰如有人评论的那样，酒吧场景经常性地出现在他的笔下，其中的男女情调也荡漾着物质刺激中的荷尔蒙气息。这从他的处女作《且听风吟》到近期的长篇小说《海边的卡夫卡》都有非常生动的体现，其小说中的女性，也在荡漾着浓郁的春情中不断地摇曳着亮丽登场。

其四，倾心于日常生活的诗意表达或当代社会的"浮世绘"。读村上小说可以获得这样的印象：村上能够非常自然地将颓废、变态乃至自戕化为浓郁的诗意图景并视之为正常和自然，他的妙笔的确可以"化腐朽为神奇"。村上在小说中做到了美化庸常、消泯崇高，将肉麻视为有趣，将爱欲简化为性欲，但又将这一切营造成一种美丽，直把这些琐屑凝练为散发着淡淡芳香的"毒药"，引得世间无数青少年竞折腰，彷徨于爱和死的隧道。这也就是说，村上能够努力将无聊平庸的生活正常化和诗化，并以此努力抚慰沉浮于世的男男女女。一般地说，人生有这样"三界"，即人生现实及日常世界、人生虚拟及想象世界和人生彼岸及异常世界。三者呈现出复杂和多变的交叉关系，总体构成"完整"或"完型"的人生。村上春树笔涉人生"三界"而能并举，尤其是能够努力将无聊平庸的生活正常化和诗化，在消解诗意的时代却能勉力酿造诗意，确实很是难得，满足着读者心中残留的梦幻，其巨大的魅力亦在此。"村上迷"们尤其钟情于村上春树的那种简洁叙述中蕴含的诗意，时或还有一些散文诗般的表达。以下信手录下两个片段，表达着某种守护女性和欣赏女性的意愿。

> 要写和以往不同的小说，淳平心想。天光破晓，一片光明，在那光明中紧紧地拥抱心爱的人们——就写这样的小说，写任何人都在梦中苦苦期待的小说。但此刻必须先在这里守护两个女性。不管对方是谁，都不能允许他把她们投入莫名其妙的箱子——哪怕天空劈头塌落，大地应声炸裂……（《蜂蜜饼》）

> 沐浴着柔和月光的直子的身体，宛似刚刚降生不久的崭新肉体，柔光熠熠，令人不胜怜爱。每当她动下身子——虽然是瞬间的微动——月光照射的部位便微妙地滑行开来，遍布身体的阴影也随之变形。浑圆鼓起的乳房，小小的乳头，小坑般的肚脐……（《挪威的森林》）

村上作品还可谓是当代日本前卫形态的"浮世绘"。语出佛教用语的所谓"浮世"，昭示着浮世绘与"尘世"或"俗世"的贴近。日本浮世绘作为通俗绘画，题材多取自民众的生活习惯与日常景象，并在色彩与创意方面具有鲜明的日本民族风格。秉承"岛国根性"的日本人，其"局促"或"逼促"的生存体验造成了浓缩性的笔墨，而浓缩的笔墨中却又透露出某种夸张的和"物哀"的意味。"物哀"是古代日本文化与文学最根本的美意识特征之一。村上春树作为畅销书作家的世俗气息很浓，他将喧闹的都市和纷纭的男女引入小说，传达着当代浮世绘的光色。他的小说多是围着爱情或性爱展开的，但在若隐若现的欢快或愉悦中却荡漾着来自莫名伤痛所形成的"物哀"情调。其中尤其令人目眩心酸的是作品中彰显出来的女性形象，哀感顽艳，荡气回肠。同时可以感受到日本女性命运的当代"浮世绘"，牵动着读者的神经，挑动着人们的情绪。

三　潜在的消解女性的倾向

积极的文学仍会保有女性化的人性内涵和诗意特征。1995 年诺贝尔文学奖获得者、英国诗人希尼曾说："我认为'万福马利亚'比'上帝'更具诗意。'上帝'是挂在嘴上的，而'万福马利亚'却稍稍带有爱慕的意味。"他还说："带有女性成分的和超验世界的母亲观念的宗教比只有一个父亲、一个男人的宗教好。我也——我想，仅仅出于我的天性和脾气——相信谦恭和服从，相信'我们'而不是'我'。我厌恶自以为是、自我中心、主观臆断、狂妄自大，我在用对母亲的顺从来说明这一点，我唯一的敌人就是傲慢。"① 这种弘扬女性的文化精神与传统的文化原型亦即文化恋母情结有其深刻的相通之处。但我们知道，女性主义也属于后现代主义中的一个部分，体现了某种消解的倾向：为的是消解男权主义造成的严重不公平现象，为女性生存争得更好的环境和条件。这种后现代主义思潮对日本社会也有明显冲击，日本女性尤其是青少年女性在观念和行为层面莫不受到影响开始发生了变化，甚至产生了某些过激行为。而男性作家也在这种潮流中起到了推波助澜的作用，同时也在无意识中继续着玩味女性的修辞与叙事。聪敏的村上春树适应这种状况，其似为浪漫实为写实的写法巧妙地遮蔽着其男性无意识的流露，体现着超性别的亲和，尤其是还得到了女性读者的欢迎。

其实，在村上春树笔下，在无意识中似乎更露骨地强调了"女性"的"慰安"作用。"美好女性"的"慰安"作用固然为村上所关注，但竭力张扬男性的"性"征和魅力，将男性欲望进行细化处理也是村上文学作为青春文学广受欢迎，包括受青少年女性读者欢迎的一个重要原因。村上小

---

① 裴善明：《诺贝尔文学奖获奖者访谈录》，江苏文艺出版社 1997 年版，第 409—410 页。

说可以说正是将诱惑力发挥到极致的文学，从对青少年读者的实际影响看，也确实存在着坦然的教唆而非道德的劝说或说教的倾向。这肯定是村上的一个特长，对此简单从价值层面上判断显然是困难的。其小说虽多以男性为主人公且竭力简化其人际关系，但作家笔下的"他"却颇得女性喜欢，很多故事都因女性而起而止，所以从一定意义上可以说主人公是由女性支撑的，女性作用非同一般。① 其中最实际最日常化的就是对男性的"慰安"作用。这从他的代表作《挪威的森林》中可以清晰地看出，"我"从多位可爱女性那里得到了许多关爱，年纪轻轻也有了多样的性爱体验，可以说"我"成了一个主要学爱的当代大学生，其间男性叙事策略自然也会有相当明显的体现。不仅是《挪威的森林》，还有《国境以南，太阳以西》等小说都着意描写"我"与若干女人的故事，"我"是叙事者，更是被爱的焦点和中心。其适应文化市场或俗文化视角中的故事表达，显然仍难摆脱男性根深蒂固的传统意识。村上既为日本男性作家，似乎也只能如此。在其处女作《且听风吟》中，"我"在孤独中与一少女邂逅并亲密起来，而与少女同在海边的约会使"我"尽情陶醉于海潮的清香、女孩肌体的感触、洗发香波的气味以及夏日的梦境。不过，虽有情意和大海为证，寒假归来，伊人却已不知去向，"我"唯有独坐旧地，怅望大海，希求重逢而已。《一九七三年的弹子球》中的"我"费尽周折终于找到了少年时代为之入迷的弹子球游戏机。然而，"我"又漠然地离开了弹子球机，黯然送走了一对相伴多日的娇憨女郎，返回到无边的孤独之中。而同时，"我"的好友"鼠"也轻轻地撇下了钟情的恋人，悄悄地离开了无聊的城市。在这里，女性成了随时随地可以消失或被离弃的东西，但曾有的慰安作用仍为"我"或"他"所珍视。短篇小说《我们时代的民间传说》中

---

　　① 参见林少华《村上春树的小说世界及其艺术魅力》，《村上春树文集》，上海译文出版社2002年版。

的他，难忘其学生时代交往的一位女友，格外看重和守护自己"处女性"的这位女友成了传统女性的象征，与那种"视性交为体育锻炼的女孩"截然不同，但在"他"感觉中仍深觉遗憾，反不如直接上街买女人来得爽快。这样的"传说"读来自然也会感到沉重。但无论如何，"我"总不缺女人缘，而女人又不过是印证"我"曾经如何活着的一种存在，其最大的作用就是对"我"或"他"的慰安。即使在"我"非常反感惯常伤害他人感情的"美少女"时，也还是难以忘怀曾与她相拥同眠的妙味（《旋转木马鏖战记·献给已故的公主》）。

日本女性主义学者上野千鹤子在研究中发现：在男人的话语世界中，"公共厕所"＝女人＝慰安妇，这使她感到非常吃惊。她认为现代日本仍然存在男性对女性的压迫，主要是社会制度的问题、社会结构的问题，并不纯粹是历史遗留的问题。而在中国女性学者李小江这里却由衷感叹，在中国尚存在很多重大社会问题时怎么可以要求单一的女性权利。在一定的历史环境和条件下，不仅个性主义是奢侈品，女性主义也是奢侈品。① 这是个大题目，可以作为理解中国现当代文学包括西方发达国家汉学中相关部分的一个重要思想背景。与中国的情况有明显不同，日本是个中产阶级业已大众化，整个社会发展水平很高或后现代化程度颇高的国家，由此"生活平台"才能理解村上春树笔下的后现代主义生存样态，对日本青年男女的那般"奢侈"和"无聊"也才能有比较清醒的认识。据记者报道，美国有学者正在努力推广"国民快乐总值"（Gross National Happiness，简称 GNH）概念。这个概念与国民生产总值（GNP）相对应，大体意思是说：一个国家的民众生活水平不能光看物质的发展程度，更要看国民对生活的满意程度和他们的快乐程度。这个概念最初由不丹国王旺楚克提出，

---

① 参见上野千鹤子、李小江《"主义"与性别》，《读书》200﹖ 年第 8 期。

后来迅速在西方世界风行起来。① 的确，"国民快乐总值"这个概念很重要，并且不一定与"国民生产总值"成正比例关系。人们原以为金钱能解决一切问题，事实上却并非总是如此。比如说在性际关系方面尤其是在爱情方面，就往往不是"金钱"所能完全支配的。日本经济很发达，其性爱世界也呈现兴旺发达的气象。一方面日本受到外国性解放思潮的影响，另一方面日本人也会为他们的文化本性和风俗习惯所支配，走上较为浪漫的路。幼儿谈恋爱、学生可做爱、男孩也化妆、性爱讲自由、女性求解放等，共同促进着日本情爱文化及色情文化的繁荣。② 正是由于日本社会的性际关系如此开放，所以村上春树所写与其说是浪漫，毋宁说是写实。对中国人看来业已是淫乱无度的社会现象，并为之大惊失色，在日本人看来却是司空见惯。很多事情其实就是个观念问题，能否"想开"的问题。在如何看待性文化现象方面也不例外，肯定存在着文化上的某些差异。

四 依然难以消解的"恋母情结"

从宏观上看，在日本文学长河中，村上文学中的女神光环更加黯淡，庸凡的气息扑面而来，体现着日本女性命运新的浮沉和变化。尽管女性更加日常化，但她们在拥有更多自由权利的同时，也必然更加关注自我。这必然给男性带来更加复杂、更难把握的印象。但村上文学却在努力认识和把握变化中的女性世界，并且，其心仪女性、守护女性和保卫生活或享受生活的男性心态愈到近些年来愈是明显表露了出来。他在 2000 年出版的短篇小说集《神的孩子全跳舞》中，其男性情结中的文化恋母倾向甚至有时到了溢于言表的地步，表面上的弗洛伊德色彩却更加彰显着"神之子"对

---

① 参见杨海伦《美国人过得挺辛苦》，《环球时报》2004 年 11 月 5 日。
② 参见曾小莹《当今日本人的婚恋与家庭》，《世界文化论坛》2004 年第 10 期。

母亲的渴望——"怀有邪念的不单单是你。作为儿子的我也曾遭受那种不可告人的胡思乱想的折磨……我们的心不是石头。石头也迟早会粉身碎骨、面目全非，但心不会崩毁。对于那种无形的东西——无论善还是恶——我们完全可以互相表达。神的孩子全跳舞。"（《神的孩子全跳舞》）而能够给女性带来欢娱的"青蛙"（《青蛙君救东京》），还成了名副其实的"拯救"或英雄的化身。尤其是村上晚近的长篇小说《海边的卡夫卡》，将恋母情结表达得淋漓尽致。小说讲述了一个日本少年的成人经历。15 岁的田村卡夫卡（捷克语"卡夫卡"意为"乌鸦"）只身逃离东京，在一陌生边远小城高松的私人图书馆栖身。因为他要逃遁命运的诅咒——他将杀父，奸母，与姐姐做爱。但仿佛是运命在冥冥之中的引导，使他与图书馆馆长佐伯女士相识，这是一位 40 多岁气质高雅的美妇，卡夫卡曾疑心她是自己的生母，而佐伯女士对此却不置可否，有一种不可抗拒的亲和力促使他们不断走向对方，田村卡夫卡不久就恋上了佐伯女士并与之发生了肉体关系。于是，村上春树将古希腊悲剧中的"卡桑德拉预言""俄狄浦斯情结"、奥地利作家卡夫卡作品的悖谬和荒诞以及日本《源氏物语》中的怪异情节等融会贯通，将对女性的深切依恋给予了最为大胆和奇异的演绎和渲染。

小说写道：佐伯女士"给我的印象十分强烈而又带有似曾相识的亲切。我想，此人若是自己的母亲该有多好。每次见到美丽的（或感觉好的）中年女性我都不由这样想：此人若是自己的母亲该有多好"。这种寻母心绪使"我"后来在无意识中与佐伯女士交合，遂印证了命运的悲哀，但在文化寻求和融合的象征意义上，却也可以说是一种拯救。村上在《〈海边的卡夫卡〉中文版序言》中说："在这部作品中我想写一个少年的故事。之所以想写少年，是因为他们还是'可变'的存在，他们的灵魂仍处于绵软状态而未固定于一个方向，他们身上类似价值观和生活方式那样的因素尚未牢固确立。然而他们的身体正以迅猛的速度趋向成熟，他们的精神在无边的荒野中摸索自由、困惑和犹豫。我想把如此摇摆、蜕变的灵魂细致入微地描绘在（fiction）小说这一容器之中，借此展现一个人的精神究竟将在怎样的故事性中聚敛成形，由怎样的波涛将其冲往怎样的地带。""于是我们领教了世界是何等凶顽（tough），同时又得知世界也可以变得温存和美好。《海边的卡夫卡》力图通过十五岁少年的眼睛来描绘这样一个世界。恕我重复，田村卡夫卡君是我自身也是您自身。"未成熟的少年通过对母亲的寻觅与遇合而确立自我，这自然是一种文学艺术的象征或隐喻。

然而，肯定会有读者对《海边的卡夫卡》乱伦式的性描写持有严厉的批评态度。我们知道，日本的性文化是颇为发达的，从生活到文学有更多的一致性。日本文学特别是村上文学充分体现出了将性描写自然化日常化的写作方式，似乎也基本达到了"清水出芙蓉，天然去雕饰"的境界。也许，日本人对女性对母亲的寻觅能够在一定程度上化解其暴力倾向。固然，日本人的暴力倾向与环境压力、生存压力有着密切的关系，但更多的耐力和安慰却来自源远流长的日本女性及其文化，否则这个背负沉重生活压力的民族也许会更加凶残和好斗。有学者认为，日本人用几近变态的手法苛刻着自己，一方面是在磨炼自己，另一方面更是为了自强和扩张，于是心态更趋于紧张，也正因此就需要更多的慰安。吃和性在日本的发达，在很大程度上说就具有这方面的特别重要的意义。日本的性文化尤其是"乱伦"文化也是世界少有的。据调查，日本男人普遍存在着恋母情结，日本男人的恋母情结，还有日本的乱伦文化，也是日本民族隐忍意识的一种爆发。日本人在格外坚强的另一面，则是一颗急待慰安的心灵。于是，日本男人会自然而然地投入那些比自己大的女性的怀抱。这是日本人选择逃避压力的一种发泄方式，也是日本人潜意识的一种表达。在村上文学文本（如《挪威的森林》《海边的卡夫卡》等）中有着非常逼真、自然的性爱描写，即与此文化传统密切相关。如前所述，日本社会的现代性际关系非常复杂，日本作家石川达三在小说《洒脱的关系》的章节目录中列举了51 种性际关系，令人眼花缭乱。但在笔者看来，亦可加以简化，比如除了强奸等明显非法的性关系，如果仅仅从能够"相合"的性关系而言，则大致有这样三类"人"和"行为"：一为合法者及合法夫妻的性行为；二是合情者及情人之间的性行为；三是合欲者及人肉市场中的性行为。这三类也存在着彼此交叉的复杂关系，且可以不断衍生出新的形态，但无论怎样千变万化，基本都可以分为以上三大基本类型。村上春树小说对合法的家庭式的性爱描写几乎是个空白，他主要展示的是后两种性关系，将现代性际关系中的"合情"性爱和"合欲"性爱进行了非常充分的描写，且主要以性欲旺盛的青少年为描写对象，将人类原本竭力遮蔽的压抑的世界敞开，从过去的压抑与移情走向宣泄和疏导。在这样的世界中，女性的面貌也发生了新的变化，命运的自由度在明显加大，但命运的曲线却更加虚实相间，起伏变化也更为难以预料。

总之，日本自进入大众消费社会以来，各种后现代主义思潮风起云涌，对文学产生了很大影响，在村上春树创作中便得到了突出的体现。而他的丰富和复杂，包括他对女性的态度和描写的错综复杂，不仅具有某种鲜明的代表性，也足以引起我们的关注和思考。

第四节 自然之恋：泰戈尔的情爱与创作

印度文学大师泰戈尔被印度评论家称为"诞生在歌鸟之巢的孩子"。这位即使白髯飘洒依然童心不泯的东方文坛的巨匠，一生都流连在如新月一般晶莹秀美的儿童心灵世界；同时，他又是一位酷爱大自然的诗人，中国新文学初期的一些"先锋"性人物，如郭沫若、冰心、郑振铎等人，都曾受到他的这种根底为"泛神"崇拜的艺术精神的陶冶与影响。

在泰戈尔看来，世界的本质是爱，有爱才有一切，没有爱也就没有了欢乐和生活的"韵律"。而在世间万物之中，妇女和儿童最是爱之精灵的化身。女性之爱的极致是伟大而圣洁的母爱，儿童之爱的极致则是对母亲自然所怀有的最真诚的爱。他的著名诗集《新月集》便尽情地抒发了儿童的这种对母亲的爱，而这，直可以看作是诗人自我天性的自然流露。在诗人的那颗童心中，充满了关于母亲的新奇活泼的想象，而任何一种想象中的情景都无不浸透了爱的汁液。《天文家》一诗中的妈妈，就是那微笑的圆圆的月亮，慈光柔怀，使孩儿禁不住要伸出手去……《金色花》一诗中的金色花就是孩儿幼化出的象征物，它幽幽地散发着芳香，沁入母亲的心脾，它还要开放在高高的枝头上，让小小的阴影投射在妈妈所读的书页上；在《告别》中孩儿眷恋母亲的心情被充分地展示了出来，他"要变成一股清风""要变成水中的涟漪"，"抚摸""亲吻"着妈妈，还要乘坐月光悄悄来到妈妈的床上，躺进妈妈的怀里，去重温儿时的梦……这些活泼绚丽而又奇异的形象，是孩儿与母亲情爱的见证，从中充分展示了母子这种天然情爱的美。有时，幼稚的孩儿似乎最能体会母亲的心。如《恶邮差》一诗写邮差给镇上几乎每个人都分了信，可偏偏没有爸爸给妈妈的信，致使妈妈一言不发呆坐着，任雨水打湿了衣裳。这位热爱妈妈的孩童竟在埋怨邮差扣押了爸爸的信的同时，想出了代替爸爸给妈妈写信的奇妙主意，于是，孩子的天真可爱使妈妈转忧为笑，仿佛从孩子身上获得了来自丈夫那里的最可心的消息。有时，孩子会把自己想象成伟大的英雄人物，来时时刻刻庇护着自己的母亲。在《英雄》中孩子便想象着也盼望自己能成为英雄，来护卫自己的母亲在"陌生而危险的国土"上旅行，在遇到强盗的时候，他勇敢地冲了上去，浴血奋战，终于杀败了强盗，然后带着浑身的鲜血跑过去跪吻妈妈，而妈妈此时则心疼地把孩子搂在了怀中。从孩子所表现出的这种可爱的自大、天真的勇敢中，便自然而又充满情趣地流露了孩子对母亲的爱。在这里，孩童幼稚的"英雄主义"笼罩着一种沁人心脾的真挚亲切的美。

热爱大自然，与热爱同大自然一样天真烂漫、未加斧凿的儿童，都是人类中的"第二性"——女性的天性，她们本身就是大自然，就是一切自然美的象征。这就是风行世界的名著《自然女性》告诉我们的基本观点。

因而，酷爱大自然、母亲和儿童的艺术家，往往就是天生的艺术女神的宠儿。

许多卓越的男性艺术家都在人类理想的光照之中，膺服于女性精神，从而成为司爱与美的艺术女神的崇拜者。身躯伟岸的美男子泰戈尔，便是"艺术和智慧女神萨尔斯瓦蒂的天生的崇拜者"[1]。他既热爱自然万物，歌颂母亲与儿童，又以博大的爱力与意志，播施过泛神之爱的种子，对进入了自己生活体验范围的可爱的女性尤其如此。当他真挚、热烈地爱着一位女性的时候，他仿佛在爱着整个大自然，整个世界，整个生命！当他的爱情受到阻遏或约束时，他更是借用对艺术女神的迷恋，来找到他心中爱人的情影。他曾经这样自述过：

> 我的人物成了我的伴侣，成了我那颗孤独之心的朋友。在阴霾的雨天里我关在屋内，他们和我一起解闷消愁；在阳光普照的日子里，他们与我一块在明媚的帕德玛河畔徜徉。带着这种遐想，今晨一个名叫吉莉芭拉的任性姑娘进入了我的想象王国里。[2]

---

① 〔印〕圣笈多：《泰戈尔评传》，董红钧译，湖南人民出版社 1984 年版，第 67 页。

② 转引自〔印〕圣笈多《泰戈尔评传》，董红钧译，湖南人民出版社 1984 年版，第 184 页。

作为爱情与自然的诗人，泰戈尔从很小就耽于这种"遐想"，并一直延续到他生命的最后时刻。从童真之爱的天然流露，到泛神之爱的高声歌唱，其间经历了多次爱情的冲击，也许没有艺术女神的青睐与抚慰，泰戈尔早就会堕落下去。唯其如此，当他受到世俗婚姻的束缚时，他更加迷恋艺术女神，进而从自由"遐想"中来获得属于自己的一切，其中也就包括那位名叫"吉莉芭拉"的姑娘。当我们将视线移注于泰戈尔的爱情经历与其创作的关系时，会发现怎样的情形呢？

如果以泰戈尔的婚姻为标志，此前的他浪漫多情，此后的他则平静深沉，而深深的爱恋之情从未中断过，并成为他的艺术创作活动的内在驱力。

泰戈尔的家庭是一个大家庭，父母共生养了十五个孩子，泰戈尔是第十四名。由于弟弟的早夭，他实际是父母最小的孩子。按说，"老小"应为父母最为珍爱，但也许是因为孩子生养得过多的缘故，使泰戈尔从小就没有得到充分的母爱。姐姐和仆人们照管着他，很少见到母亲。他那渴望着温暖与关切的心灵，直到13岁时才得以慰藉。这时，泰戈尔的五哥娶了亲，为泰戈尔带来了一位不同寻常的嫂嫂。这位五嫂只比小叔子大一岁，她叫伽登帕莉，长得十分美丽。叔嫂在最初相见的时候便十分自然地亲热起来。由于有这位可爱的五嫂时常做伴和关怀，在泰戈尔14岁丧失了母亲的时候，也未感到怎样巨大的悲哀。五嫂自从来到他家的时候，便成了小罗宾（即泰戈尔）心目中的女友与女神。她不仅填补了他母亲的空缺，而且还驯顺了他那自由不羁、激情澎湃的个性。由于宗教艺术的影响，刚刚有些懂得生活的罗宾，在心灵上就埋下了爱的"半人半神"的理想，现在五嫂就是他这理想的化身：她既像慈母那样神圣，又像女友那样亲密。

小罗宾同嫂子一起做游戏、吃饭，或者干活，亲爱的嫂子尽管只比他大一岁，但对他来说还真有那么点"权威"。朝夕相见与接触，很快使小罗宾产生了对五嫂的依恋，一时不见便心神不安。为了"教训"嫂子不要疏远他，他在嫂子不在时曾偷走她屋里的贵重东西。嫂子明知是他干的，便直接追问他，而他则反唇相讥道："难道你走了，叫我给你看家？……"这话真实的用意便是引起嫂嫂的注意：你无论什么时候千万别忘记我！

在印度家庭中，嫂子与小叔子的温情是被允许的。小罗宾很喜爱五嫂，而五嫂也很热爱他，这种叔嫂的亲密并没有引起任何非议。嫂子既"管辖"着他，又不断督促激励着已初显才华的他，更好地从事诗歌的写作。她让小叔子记牢一句梵文短诗："乞求平庸诗人荣誉的人，最终会成为嘲笑之箭的牺牲品。"这句短诗成为泰戈尔此后正式踏上艺术之路时常记心头的箴言。

在嫂子与兄长的关怀、帮助下，少年罗宾在 14 岁时便正式发表了第一部叙事长诗《野花》。这部长诗写一位名叫卡姆拉的女孩，就像沙恭达罗一样，仅以自然为伴，是位典型的大自然的女儿。一个年轻的过客偶然发现了她，并为她的绝色所倾倒，意欲带她回家成婚。但成婚之后的她仍旧渴望重返林居的生活，因为她难以习惯世俗的种种制约。不久，她发自内心地爱上了丈夫的一位朋友，这位朋友是位诗人。面对这位自然女儿的爱情表白，这诗人心中十分欢喜，但却又看不惯她的坦率，并意识到了世间礼俗的束缚。于是，诗人提醒自然女儿要对丈夫尽职责。可是自然女儿却说："我不懂结婚是什么意思，我不晓得什么叫夫妻。我只知道，我爱谁就爱谁。"结果，诗人离去，并为产生误解的朋友即自然女儿之夫杀害；自然女儿毅然重返森林，但爱的意识既已觉醒，便使她再也难以像从前那样静处了，只好跳入湍急的河流。"野花"被文明人带离了自己的花丛，便不可避免地枯萎了。这首长诗的技巧并不成熟，其寓意却很深沉。其所以如此，是因为诗中饱含着他自我的真实情感。他与嫂子的亲情已经促使他向"自然"的境界接近，但礼俗的束缚使他理智地压抑了自己的情感，而只有在艺术的畅想中来曲折地陈诉衷情了。

如果说在《野花》中，他尚深深地掩饰着自己实已发生的恋情，那么在他 16 岁时写下的长篇叙事诗《诗人的故事》中，则把自己的故事"诗化"了。诗中的诗人与罗宾一样年轻，刚刚 16 岁，便一方面陶醉在既是母亲又是女伴的"大自然"中，另一方面又感到了一种不断增长的生命自身的躁动。当他意欲用"人心"来"探索人心"时，突然遇上了一位名叫纳莉妮的姑娘，遂一见钟情……在这篇长诗中，诗人的想象力与表现力都增强了，其中最隐秘的，是自己对理想化的爱人的"造型"——她既是母亲，又是情人，她的名字是非常悦耳的，诗人称她为"纳莉妮"（罗宾一生都爱着这个名字）。在写《诗人的故事》的同时，诗人还写了《帕努辛赫诗选》等作品。他假托是一位中世纪诗人，然后才大胆地披露了心头的秘密："甜蜜的笛声抖动着浓密的花丛，抛开畏惧和羞涩，亲爱的来吧。"如果说弗洛伊德的"白日梦"说还有千分之一的合理之处，那么用来解释少年泰戈尔的这些诗作，也是颇为适用的。

由于现实礼俗的限制，罗宾只好去寻找"纳莉妮"的替身，当然准确的说法应该是，罗宾从"五嫂"这里出发，开始寻觅能够补偿他的爱情饥渴的人。

1879 年，罗宾在孟买遇上了这样的女性，她的名字叫爱娜（全名为恩纳希尔娜），是被委托教罗宾英语口语与英国风俗的女教师，但她仅比罗宾大一二岁，是位楚楚动人的少女。她很乐意做罗宾的老师，罗宾也极乐意做她的学生，但究竟在两个来月里他学到了什么无人知晓，而他们之间萌生的恋情却获得了很大的发展。在第一次见面时，罗宾即向美丽的爱娜自我介绍说：我会写诗。此后两人的恋情逐渐发展，给罗宾带来了难以遏制的创作热情。罗宾在晚年曾回忆说："当我告诉她自己有诗歌创作天才时，她没有表示丝毫的怀疑和讥讽，而是轻易地置信了。她要求我给她起个独特的名字。我为她选择了一个，她十分喜欢。我想把这个名字编织在自己诗歌的音乐里，所以我为她写了一首诗，把她的名字塞进诗中，用十分温存的方式表达了由衷赞美。"罗宾为爱娜新取的名字叫"纳莉妮"，正是他心中恋人的名字。这位《诗人的故事》中的女主人公，是来自"五嫂"的"恋人模型"，在罗宾心中新生的变体。"纳莉妮"，即罗宾心中的偶像，把她圣洁化的心理趋向使罗宾一直没有向爱娜明确吐露自己心中的爱情，单纯质朴的亲密关系再次验明了罗宾的那颗童真之心。这颗充满热情而又纯洁素朴的心灵，在此后于伦敦与司各脱太太的女儿们相处时，也闪射出美丽的光芒。特别是在与司各脱太太的三女儿在一起时，他感到了恋情的萌生与升华。他们互相教习异国的语言与文化知识，一起做各种快乐的游戏。正在他们的爱情趋向成熟的时候，来自家中的命令把他催逼了回去。行前，泰戈尔在他的诗歌中倾诉道：

> 那如花似玉的脸容，
>
> 那束蓬松如烟的金发，
>
> 夜夜潜入我的梦乡；
>
> 那双充满智慧和希望的眼睛，
>
> 窥视着我的心，
>
> 一个哽咽的声音在喃喃发出：
>
> "难道你一定要走？一定要走？"
>
> 两天的逗留期限已满，
>
> 秃光叶片的树木没有心思去开花结果，
>
> 皑皑的白雪也没有时间去融化；
>
> 然而两天的时光将永远用她的双臂拥抱我，
>
> 她那温柔的抚触将永远留在我的心中。

然而，令人羞愧和悔恨，

我在这儿只逗留两天，

只是为了撕碎那颗温柔的心。①

　　诗为心声。这首题名为《两天》的诗歌把诗人真挚的恋情尽情地吐露了出来。然而，也许有人会问，罗宾即后来成为伟人的泰戈尔为何不遵循爱的律令来反抗来自家庭的压力呢？为他作传的克拉巴拉尼曾说："生长在堪称理性和道德进步顶峰的维多利亚时代中期的他，自幼在以恪守宗教道德著称的父亲的教育和熏陶下的罗宾德拉纳特，在男女关系上保持缄默和羞涩，是不值得大惊小怪的。他一直到生命的最后时刻，依然保持着这种态度。"② 由于他在文化心理的构成上有这种弱点（有时又被人视为优点），他只有在精神领域珍藏着他的爱，在诗的世界里抒泄因爱而产生的种种情愫。一种显而易见的事实是，从"五嫂"出发后的对爱的寻觅，中经对爱娜、三姑娘的爱恋，最终以一种去而复返的回旋轨迹，使泰戈尔深深感到悲哀。就在他要离开三姑娘时，他在忏悔撕破了她那颗温柔的心的同时，也感到了自己的心被撕破了。于是借诗泄愁，他开始了《破碎的心》的写作。这是一部大型诗剧，意在用歌剧的方式把涌现于自己心中的诗全部唱给世人。在这部巨制中，泰戈尔想为自己的这一回旋的觅爱历程留下一座纪念碑。在这部作品中诗人写到了纳莉妮、莫勒拉等可爱的女性，但都因种种原因而未能实现幸福的结合，却有意无意间伤害了对方的心灵，感到了恋爱失败的撕心裂肺般的痛苦。

　　当泰戈尔返回家中后，仍然得到嫂子的厚爱，他感到依旧如前那样恋慕着嫂子。在嫂子的关怀下，诗人顺利完成了这部大型诗剧，并开始给他

---

① ［印］泰戈尔：《我的童年》，金克木译，人民文学出版社 1954 年版，第 31 页。
② ［印］圣笈多：《泰戈尔评传》，董红钧译，湖南人民出版社 1984 年版，第 105 页。

带来了声名。在他最初把这个抒情诗剧刊登在《婆罗蒂》杂志上时，他题了这样一首献诗（赠给"海……女士"的）：

> 你是我生命的北极星，有了你，我再也不会在茫茫大海上迷失航向。
>
> 你的光芒是滋润我双眼的油膏。你的倩影镂刻在我的心上，像那黑暗的神殿里的女神。
>
> 一旦我陷入迷宫，你将把我引上正确的航道。我把我的《破碎的心》奉献在你的足下，让他的鲜血将你的双足染红！

这里的"你"是谁呢？应该说这里的"你"是活在诗人心中的理想恋人的代称，既有爱娜、三姑娘的倩影，更有罗宾五嫂的身影。据有关考证，那不明具姓名的"海……女士"就是指伽登帕莉，她的爱称是"海伽旦"，是借用希腊一位女神的名字。这益发说明了嫂子在罗宾心目中的神圣地位，同时也使人们看到，这位非同一般的嫂子对诗人的艺术曾施予了多么巨大的影响。这种影响还表现在音乐剧《瓦尔米垦天才》《死神的狩猎》和诗集《晚歌》等许多作品中。

在以上的人生经历中，泰戈尔保持着童真之爱，在他陷入情网时也没有损害这种天然的纯净之美，精神的眷恋是其生命体验的主导特征，并且也成为他的艺术活动的主导特征。

接下来的人生经历是无法逃避的婚姻，这并非出自泰戈尔自己的意愿，父亲为了训练他承担振兴家业的重担，决定为他娶亲，以拴定他的心。寻找妻子的任务也并不由罗宾自己担任。

在1883年秋天，泰戈尔与年仅12岁的帕兹达利妮结了婚。这位少年女郎那样年幼无知，几乎是个文盲，也丝毫不显得漂亮，可是罗宾居然心甘情愿地接受了这种世俗的安排。婚后的生活平淡无光，罗宾为他的新娘改了名字，叫作默勒纳莉妮。巧妙地把心中理想的爱人"纳莉妮"的名字嵌入妻子的名字中，这做法本身便是一种极典型的"移情"作用，并且也似乎就是泰戈尔婚后生活与艺术创作的一种"象征"——实际生活中爱情的匮乏导致他把感情投向更宽广的领域：大自然、人类以及整个艺术世界，遂形成了他婚后，尤其是在妻子死后的一种"泛神之爱"的艺术精神。有人说，这就是把爱推向每一片绿叶，简言之，也就是泛爱或博爱。

很难说得清楚泰戈尔为何会向极不相称的婚姻俯首，是否与他那暗恋嫂子而无望的心理有关？是否因为五嫂也参与了为他寻找媳妇的活动？为何在半年多之后，他挚爱的年仅25岁的五嫂会自杀身亡？为何他要在合法妻子的名字中嵌入理想爱人的名字？为何在而立之年的妻子病逝后，他要独身40多年？难道仅仅是为了不辜负自己的亡妻和几位可爱的孩子？如此等等一系列问题，就像一个个司芬克斯之谜，令人感到困惑难解。

然而有一点是确定无疑的，这便是上面所说的，以婚姻为标志，此后的泰戈尔把一腔爱情尽诉笔端，与整个宇宙、自然、人类融成了一种"泛神之爱"的艺术境界。在这里转移了或升华了他对所有亲近之人的爱，其中既包括对五嫂、爱娜、三姑娘的柔情，也包括对妻子逐渐加深了的理解与体恤。

默勒纳莉妮是位极其典型的"东方女性"，她作为贤妻良母是当之无愧的。也许她不能激发丈夫狂涛般的感情或诗情，但她却给诗人带来了足量的宁静与温馨，使他得以全神贯注地来从事艺术的畅想与实践；而在他妻子去世后，他仿佛渗透了世间悲欢离合的圣徒，只对艺术女神忠诚无比了。移情升华的艺术结晶，如光灿灿的珍珠一般在人们的心田撒开，闪耀着一种具有永恒意义的泛神之爱！

下篇

理论探微

第七章

复杂的性际世界和丰富的文艺思想

人类诞生于"有性别"的世界，发展于复杂的"性际世界"。伴随着人类文明的发展和文化的创造，人类也因时因地逐渐建构了各种各样的"性际关系"，创化了丰富多样的相关学说。并受到这些学说的直接影响，形成了相应的丰富的文艺思想。无论是马克思主义的性哲学及其文艺观，还是多学科交叉语境中的文艺性学建构；无论是探究女性文化与艺术女神的深切关联，还是考察性别差异制约下的文学创作活动，等等，都有许多具体而微的问题值得我们进行严肃细致的深究。

第一节　马克思主义的性哲学与文艺观

马克思主义从它的诞生之日起，就以其高度实事求是的、最关切人之命运的科学精神著称于世。作为它的创始人，马克思与恩格斯皆是知识渊博、兴趣广泛的伟大哲人与学者。在他们浩瀚的著述中，我们不难发现，其中也密切地关注和思考了人类社会的"性现象",对性哲学提出的"何为性?性为何?何为合理之性?"等基本命题,也都有精辟的论述,并经常地与人类的文艺实践结合起来考察和论析,体现出了他们对"性与文艺"的深刻理解与把握。我们这里即拟就马克思主义创始人的性哲学及相应的文艺观,进行一次较为系统的梳理,以期为文艺性学的理论建构及相应的创作实践提供有力的指导和帮助。

马克思主义创始人关注着人及其一切有关的问题,特别是经济政治、社会实践、历史现实对人的巨大制约作用。唯其如此,他们也就不可能回避人类生活中客观存在的"性现象"。但他们绝没有将"性"视为人的根本,也没有像唯性主义者那样将"性"置于"人的问题"之首。他们是在极为宏阔而又深邃的理论视野中,在充分理解"人的本质"这一基本前提下,来看待人之"性"的。

关于人的本质,马克思主义创始人认为,必须从历史唯物主义的角度来考察,不能从静态的、孤立的乃至纯生物学的角度来考察。他们将人的本质纳入人类社会实践的范畴来考察,从而避免了唯心主义者将"人"抽象化、绝对化的玄谈。在他们看来,人的本质决定于主客体统一的社会实践活动,唯有这种实践活动,才"生产"或创造了人,才维护并发展了人。这种实践活动包括物质资料的生产(维系自我生命的生产,即劳动)与人类增殖的生产(创造他人生命的生产,即生育)。只有这两种生产实践的有机结合,亦即使人的自然关系与社会关系相结合,才能使人与动物区别开来。①

这可以视为马克思主义创始人"人的整体观"的基本要义。由此可以认定,"人"的生命系统之"质"异于动物性,但亦含有动物性,或在不

---

① 参见《马克思恩格斯选集》第1卷,人民出版社1972年版,第33—34页。

同层面上、某种情境中存在着动物性。譬如，"任何人类历史的第一个前提无疑是有生命的个人的存在。因此第一个需要确定的具体事实就是这些个人的肉体组织，以及受肉体组织制约的他们与自然界的关系"①。由此也就决定人们首先必须"吃、喝、住、穿"以及从事相应的实践活动，然后才能有更高的精神或社会方面的追求。结果将这"首先"与"然后"视为人类生命活动（即人的生命体系的系统运动）的两个基本而主要的层面，那么，人的"性"就应该贯通这两个层面，充分地体现出人的动物性与社会性的有机统一的"整体"风貌。

同时，马克思主义创始人还有"人的发展观"，即认为，"人"是人类社会实践活动中主客体相互作用、辩证运动的产物，作为"人"之主体的确立，是在人之实践过程中不断建构而成的，是生成的、创造的，而不是天生的、预成的。恩格斯曾针对巴尔先生的抽象的女性观，鲜明地指出，即使是妇女的皮肤与头发也是"历史发展"形成的，是具体的，"如果把她身上一切历史形成的东西同皮肤和头发一起统统去掉，'在我们面前呈现的原来的妇女'还剩下什么呢？干脆地说，这就是雌的类人猿"②。在马克思主义创始人看来，人类自己创造着自己的历史，但他们不是凭空或凭单纯的主观愿望创造的，而是在制约着他们的一定环境中，在既有的现实关系的基础上进行创造的。而这种不断"创造"的结果，也就是人与社会的同步更新，直至共产主义实现。马克思主义创始人树立的共产主义旗帜，之所以闪耀着人类至高理想的光辉，就是因为共产主义使"人以一种全面的方式，也就是说，作为一个完整的人，占有自己的全面的本质"③。这也就明确揭示了"人"没有先验或天然的"本质"，其本质只能是后天

---

①　《马克思恩格斯选集》第1卷，人民出版社1972年版，第24页。
②　《马克思恩格斯全集》第37卷，人民出版社1971年版，第412页。
③　《马克思恩格斯全集》第42卷，人民出版社1985年版，第123页。

实践生成的、逐渐发展完善的。正由于人类是以社会实践为机制的人之历史的产生，所以无论个体还是整体就都与这部人类进化史相关，并且都无可避免地要处在历史与现实所构成的"人之网"中。为此，马克思主义创始人提出了这样的著名观点："人的本质并不是单个人所固有的抽象物。在其现实性上，它是一切社会关系的总和。"①

马克思这里强调的"现实性"，既应包括显在的"现实"，也应包括隐在的"现实"，即历史积淀的人之心灵上的人际关系。所以，人的"一切社会关系的总和"，其内涵十分丰富、复杂，它既应包括外在的、具体的社会关系（阶级、党派、亲友、同事、上下级、邻里等等现实的社会关系），也应包括内在的心灵的生命联系（夫妻情与手足情，人际的非理性与理性的感知觉关联，以大自然为媒介的间接性联系，等等）；既应包括现实性上的一切人际关系（"人同世界的关系是一种人的关系"），自然也应包括人类两性共存形成的"性际关系"（"男女之间的关系是人和人之间最自然的关系"）。因而，在马克思所说的人的"一切社会关系的总和"中，也必然包括人自身的动物性，以及这种已被纳入人之"社会关系总和"从而"人化"之后的本能方面与他人的联系。自然界以及来自大自然的人的"人化"，促成了有异于动物的"人的感觉、感觉的人性"的产生，即使只是人的瞬间感觉或性爱感觉，也已包含了许多只有人才能具有的东西。譬如，在马克思本人的体验与观念中，真正的爱情体现着人性的不可替代的一个重要方面，使人超拔于动物界，而获得真正的爱情，便可以"使一个人成为真正意义上的人"②。总之，本着实事求是的科学原则，马克思主义创始人对人的本质是"一切社会关系的总和"的理论概括，将人的生命体系做了"整体观"与"发展观"，从而将人之"性"置于恰当的

---

① 《马克思恩格斯选集》第 1 卷，人民出版社 1972 年版，第 18 页。
② 《马克思恩格斯全集》第 37 卷，人民出版社 1971 年版，第 515 页。

位置，并把握住了人的社会性与动物性既矛盾又统一的规律，开辟了通向美、创造美、理解美的途径，充分体现了马克思主义哲学的辩证的、历史的唯物主义精神。

马克思主义创始人正是在其科学的人性观基础上，坦诚而恰当地正视人类两性生活的客观历史性与现实性，并进而从唯物辩证的反映论角度，涉评了一些作家作品，提出了对性、性别、性爱、性表现的具有启发性的诸多观点。

在马克思主义创始人看来，人类的性不仅与物质生产与自身生产密切相关，而且也与精神生产有着千丝万缕的联系。马克思曾说："观念的东西不外是移入人的头脑并在人的头脑中改造过的物质的东西而已。"① 据此也可以说，人的性意识及其"精神化"的文艺作品，也正是人之"性"及其社会化的"性际关系"在人头脑中的反映的产物。也正是基于这种理解，马克思主义创始人经常在历史真实中发现文艺中的性表现（广义的性描写），又经常在文艺中发现家庭、婚姻、性爱的历史真实及其对整个社会的影响。恩格斯在关注人类近代的历史变迁时，发现性爱居然成了"一切诗歌必须环绕着的轴心"②；在探究家庭、私有制和国家的起源时，也发现在文艺作品中含有大量的生动的史实材料。众所周知，恩格斯在《家庭、私有制和国家的起源》中，曾对原始社会以降的人类爱情、婚姻、家庭、国家的状况做了系统研究。其中对性与人的历史联系、男女两性生活及其性角色，特别是女性由神话中的"女神"向传说中的"女奴"转化所标明的两性落差等，都给予了生动的论述。当恩格斯兴味颇浓地引征古希腊神话传说、荷马史诗、埃斯库罗斯的剧作等等文艺作品，来阐释人类两性关系及生活图景时，很容易使人想到，在人类的文艺史中，实际正蕴含

---

① 《马克思恩格斯全集》第 23 卷，人民出版社 1972 年版，第 24 页。
② 《马克思恩格斯选集》第 1 卷，人民出版社 1972 年版，第 229 页。

着一部生动形象的人类两性的生活史。不过，恩格斯最重视的并不是这种可以相对独立出来的两性情爱史或婚姻史，而是人类的"两种生产"的社会实践功能及其对两性关系的巨大制约。他深刻地论证了作为人类生命维系的两大生产活动对"人之历史"的影响，其中特别论证了生产力发展所推动的社会现实关系对它们的决定性作用，论证了作为"社会关系总和"之一部分但又是其基础的经济关系的动力作用——它是爱情、婚姻、家庭发展变化的主要根源。尽管恩格斯对撰写《母权论》的巴霍芬颇为钦佩，但还是一针见血地指出了巴霍芬在研究两性社会过程中出现的谬误。他说："照巴霍芬看来，并不是人们的现实生活条件的发展，而是这些条件在这些人们头脑中的宗教反映，引起了男女两性相互的社会地位的历史性的变化。"结合对巴霍芬关于埃斯库罗斯的《奥列斯特》一剧的解释的剖析，鲜明地指出："这种认为宗教具有世界历史的决定性杠杆的作用的观点，归根结底会成为纯粹的神秘主义。"① 恩格斯的文化人类学思想是建立在对人类"现实生活条件"（主要是经济）的考察的基础上的，由此他发现：在采集现成的天然产物为主的蒙昧时期盛行的是群婚制；在学会驯养、种植，靠人的活动增加天然产物的野蛮时期盛行的是对偶婚制；在对天然产物做进一步加工，进行真正的农业和工业生产的文明时代盛行的，是以通奸、卖淫为补充的一夫一妻制。而发展下去的趋势呢？恩格斯据其共产主义的立场推断说：只有在生产资料"转化为社会所有"的社会里，才会有"现代的性爱"，从而使以相互的爱情为唯一条件的一夫一妻制婚恋真正实现。如果将"现代的性爱"视为马克思主义创始人确立的性际关系的理想范型，那么也就产生了相应的道德范型：只有以爱情为基础的婚姻才是合乎道德的，只有继续保持爱情的婚姻才是合乎道德的。因而对性

---

① 《马克思恩格斯选集》第 4 卷，人民出版社 1972 年版，第 6—8 页。

交关系的评价，也产生了一种"新的道德标准"：既要问它是结婚的还是
私通的；又要问是不是由于爱情、由于相互的爱而发生的。① 但只有"理
想范型"，也就是只有在马克思主义者所追求的理想社会里才能充分地实
现，同时也就不能随意地要求现实中的爱情、婚姻都要合于这种理想范
型。在既往的人类社会中，实际存在着不同层次的、各种各样的性关系或
爱情，但就整体观之，或就本质真实的意义上说，毕竟未能达到"现代的
性爱"的水平。所以，马克思主义创始人说："在中世纪以前，是谈不到
个人的性爱的。不言而喻，体态的魅力，亲密的交往，融洽的旨趣，等
等，曾经引起异性间的性交的欲望，因此，同谁发生这种最亲密的关系，
无论对男子还是对女子都不是完全无关紧要的。但是这距离现代的性爱还
很远很远。……对于那位古代的古典爱情诗人老阿那克里翁来说，现代意
义上的性爱竟如此无关紧要，以致被爱者的性别对于他来说也成了无关紧
要的事情。"② 在这里，可以看出马克思主义创始人对性爱的深刻理解：它
既是历史的，又是具有层次的。古代与现代的性爱的不同，在诗人那里
（如古代的阿那克里翁与现代的维尔特）便有突出的体现；而两性由体态
的吸引至精神气质的投合，终至灵与肉的高度统一，就会使性爱闪射出
"人"的光辉。然而在既往的人类社会中，婚姻与性关系却经常被政治化、
扭曲化，马克思主义创始人曾举出《尼贝龙根之歌》中的人物自述为例，
这部作品中的克里姆希尔德说："老爷，您要我嫁给谁，我就乐意和他订
婚。"这完全是女奴的口吻，尽管她心中另有所爱，也心甘情愿地受"老
爷"支配，这真是女性沦丧与性爱扭曲的艺术象征。③ 马克思主义创始人
还曾引述莎士比亚剧作中的话语来谴责"金钱"对生际关系的淆乱：在

---

①　参见《马克思恩格斯全集》第 21 卷，人民出版社 1965 年版，第 90—92 页。

②　同上。

③　同上书，第 90—91 页。

"金钱"社会里，黄灿灿的金钱可以"使鸡皮黄脸的寡妇重做新娘"，可以使"灿烂的奸夫，淫污了纯洁的婚床！"金钱能使鬼推磨，金钱能使丑者"买到最美的女人"。这种美丑混淆、黑白颠倒的性际关系与中世纪将婚姻变成"一种政治行为"，都是人间性际关系扭曲变态的典型表现。因而，在马克思主义创始人看来，婚姻的充分自由或真正的"现代性爱"的实现，只有在消灭私有制之后才能普遍地成为现实。"到那时候，除了相互的爱慕以外，就再也不会有别的动机了。"①

由此看来，在世界现阶段，私有现象与利害得失仍然存在，这就必然要以"现实"的名义，对性爱及婚姻提出相应的要求或规范。当然，人们是渴望着"现代的性爱"能够尽快地充分实现的，并有一些作家以此为审美理想，向一切带有传统色彩的婚恋发难，并开始提倡"性本体"的文学表现，为"唯性爱而性爱"的行为唱赞歌。其中有些作品以其强烈的浪漫主义激情或健康的写实笔调赢得了一定的成功，但也不可否认，在世界文坛（不独中国）确也出现了已被马克思主义创始人批评过的倾向，即貌似超前"浪漫"，实是返祖"回归"的倾向。有这种倾向的作家往往不约而同地打起了"复归大自然"或"享乐哲学"的旗帜。18 世纪上半叶，在德国曾出现的"轻佻的""历史学派"，便认定人应回到大自然中去。在该派代表人物胡果眼中，"只有动物的本性才是一种不可疑的东西"，因而竭力鼓吹不结婚的性生活，反对理性的社会的规范。马克思对这种极端偏颇的理论予以有力的痛斥，认为其是"轻佻而无耻"的，并认为这种理论与那种崩溃前夕的"摄政者的淫乱宫廷"中的情形别无二致。② 历史证明，淫乱往往是衰败社会的征象，没落的人或阶级常在"动物本性"中寻求最后的安慰。而这种情形且往往被一些哲学家与文学家美

---

① 《马克思恩格斯选集》第 4 卷，人民出版社 1972 年版，第 78 页。
② 参见《马克思恩格斯全集》第 1 卷，人民出版社 1972 年版，第 97—101 页。

化为所谓的"返归自然"。

马克思主义创始人对性与人的考察及其在文艺思想上的表现，都突出地体现出了一种"批判哲学"的特征。正如他们站在无产阶级立场上，对"禁欲主义道德或者享乐道德，宣判死刑"①那样，这种"批判"的锋芒相当尖锐、峻厉，旗帜鲜明，当然有时因具体对象的不同，在批判的程度的轻重、直接或间接等方面也有所变化。

马克思主义创始人的"批判"的性哲学，及相应的文艺观主要涉及或包括了以下几个方面。

其一，对"自然派"实即动物派的批判。作为一种哲学思想，"十八世纪流行的一种臆想，认为自然状态是人类本性的真正状态"。基于这种"臆想"，有人在作品中创造了"自然状态的人"——"居然用羽毛去遮盖自己的身体"；有人在作品中表现这种"自然人"的所谓"非凡的才智"——模仿北美土著和印第安人等的歌唱法，"以为用这种圈套就能诱鸟入网"②。这些在马克思主义创始人看来，则是"奇谈怪论"，这也包括对海德的"自然状态的人就是诗人"和胡果的"只有动物的本性才是一种不可疑的东西"等观点的批判。值得注意的是，马克思主义创始人在反对以"自然人"取代"文明人"的返祖现象或学说的时候，又以历史唯物主义为准则，反对随意地用现代的性爱观念或文明人的道德准则去要求古人或原始人。如马克思曾"以最严厉的语调，批评瓦格纳的《尼贝龙根》歌词对原始时代的完全曲解。歌词中说：'谁曾听说哥哥抱着妹妹做新娘？'瓦格纳的这些'色情之神'，完全以现代方式，用一些血亲婚配的事情使自己的风流勾当更加耸人听闻"。马克思对此回答道："在原始时代，姊妹

---

①　《马克思恩格斯全集》第 3 卷，人民出版社 1972 年版，第 490 页。

②　《马克思恩格斯论文学与艺术》（一），陆梅林辑注，人民文学出版社 1982 年版，第 463 页。

曾经是妻子，而这是合乎道德的。"① 甚至"歌德在关于神和舞妓的叙事诗中，说到妇女在寺院献身的宗教义务时，也犯了同样的错误，他过于把这种风俗习惯比作现代的卖淫了"②。

其二，对禁欲主义的批判。如果说"自然派"的"动物"化倾向于"放纵"，那么，"禁欲派"的"神圣"化则倾向于"压抑"，马克思主义创始人对此同样给予了严厉的批判。在马克思与恩格斯首次合作撰写的《神圣家族或对批判的批判所作的批判》一书中，就曾结合欧仁·苏的小说《巴黎的秘密》以及施里加等人的评论，对禁欲主义进行了淋漓尽致的批判。他们指出："牧师说得一针见血：要克制情欲，他首先得克制神经传达和快速的血液循环。——在说到'狭'义的情欲时，施里加先生认为高度的体温是由血管里血液的沸腾而来……只要神经传达一终止，血管里的血液一冷却，这罪恶的肉体，这情欲的栖息之所，就成了一具尸首，而魂灵们也就能顺利无阻地彼此谈论'普遍理性''真正的爱情'和'纯正的道德'。牧师大大地贬低了情欲，竟敢勾销了刺激性爱的那些因素。"③ 很显然，马克思主义创始人对"牧师"式的禁欲主义论调给予了怎样的辛辣讽刺与彻底否定。他们还曾站在维护生命、热爱生命的立场，拟人化地称两性的爱情是"非批判的、非基督教的唯物主义者"，爱情的情欲"不可能被 apviori（先验地）构造出来，因为它的发展是发生于感性世界中和现实的个人当中的现实的发展"④。因而，爱情与情欲的内在联系作为一种必然现象，就绝不会被"禁"掉或"抽象"掉，在文艺中也就必然要给出忠实的反映。

其三，对男性压迫女性的批判。对妇女命运的巨大关切，是马克思主

---

① 《马克思恩格斯论文学与艺术》（一），陆梅林辑注，人民文学出版社 1982 年版，第 475 页。
② 同上。
③ 同上书，第 47 页。
④ 参见《马克思恩格斯全集》第 2 卷，人民出版社 1972 年版，第 23—26 页。

义创始人思维的一个重心所在。在女性"世界性的败北"之后，女性的悲剧命运就开始了。恩格斯在《家庭、私有制和国家的起源》中对此便有详细的论述。他曾举例说："在欧里庇得斯的作品中，妻子被称为 oikurema，即用来照管家务的一种物件（这个词是一个中性名词），所以在雅典人看来，妻子除生育子女以外，不过是一个婢女的头领而已。"① 这种女性的"工具"或"奴隶"的命运只能随着男权社会的解体才会消失，所以马克思主义创始人也把女性的解放视为人类社会解放的一种天然的尺度。唯其如此，他们对女性采取的是平等、珍视的态度，对考茨基随意抛弃与他恋爱八年，跟家庭坚决斗争方得成婚且跟他幸福地度过五年的妻子的行为，大为不满，斥其为傻瓜与下贱胚。因为在他们看来，"拿妇女当作共同淫乐的牺牲品和婢女来对待，这表现了人在对待自身方面的无限的退化"。并且，男女之间的关系如何，能够"表明人的自然的行为在何种程度上成了人的行为"，据此可以判断"人的整个教养程度"。② 可以说，马克思主义的女性解放及相应的性别哲学思想在今天尤其具有强烈的现实意义。

其四，对古代性爱模式的现实批判。在马克思主义创始人看来，"在整个古代，婚姻的缔结都是由父母包办，当事人则安心顺从。古代所仅有的那一点夫妇之爱，并不是主观的爱好，而是客观的义务；不是婚姻的基础，而是婚姻的附加物"，这种"父母包办"式的婚姻多在"官方社会"发生，于是"结婚"不是情投意合的异性爱情的结果，反倒成了政治行为，借婚姻扩大势力的政治需要通过父母包办来加以完成，这种"古代的爱"与"现代的爱"有着根本的不同。尽管在古代关于爱情也于"理论"上"纸面"上得到过承认，但实际上却将家世的利益、政治的需要放到了决定性的地位。这种封建式的婚姻方式酿成了实际上的众多青年男女的命

---

① 《马克思恩格斯选集》第 4 卷，人民出版社 1972 年版，第 60 页。
② 《马克思恩格斯全集》第 42 卷，人民出版社 1985 年版，第 119 页。

运悲剧，只不过他们大都像克里姆希耳德那样，还麻木着不觉悟罢了。①

其五，对资本主义社会两性生活畸态的批判。马克思主义创始人对资本主义的批判是最深透全面的，其中也包括对拜金主义支配下性际关系的畸变现象的深刻批判："初夜权从封建领主手中转到了资产阶级厂主的手中。卖淫增加到了前所未闻的程度。婚姻本身和以前一样仍然是法律承认的卖淫的形式，是卖淫的官方外衣，并且还以不胜枚举的通奸作为补充。总之，和启蒙学者的华美约言比起来，由'理性的胜利'建立起来的社会制度和政治制度竟是一幅令人极度失望的讽刺画。"② 据此，美国学者阿·索伯在《性哲学》中说："卖淫和有偿劳动（到现在为止还是难以区分的）不仅仅使娼妓和有偿劳动者堕落，也使娼妓的代理人和劳动者的雇主变得冷酷无情，毫无人性。"③ 马克思主义创始人在《神圣家族》中，曾就欧仁·苏对妓女玛丽花的美化、基督化的描写给予了讽刺与批判，因为这样的文学表现对资本主义社会的卖淫等丑恶现象缺乏真正的正视与批判的勇气。相比较，"歌德写成了《维特》（指《少年维特之烦恼》——引者注），是建立了一个最伟大的批判的功绩。《维特》绝不像那些'从人的观点'来读歌德的人至今所想的那样，是一部平凡的感动的爱情小说"④。在歌德笔下出现的"妓女现象"是与金钱至上的社会腐败紧密联系在一起的，因而远比欧仁·苏笔下的"妓女现象"描写更具有严正的批判力量。

其六，对小市民的虚伪和所谓"真正的社会主义"的"爱的呓语"的批判。恩格斯在指出维尔特作为德国无产阶级第一个最重要的诗人的时候，曾特别强调了这样一点，即"维尔特所擅长的地方，他超过海涅（因

---

① 参见《马克思恩格斯全集》第21卷，人民出版社1965年版，第90—91页。
② 《马克思恩格斯选集》第3卷，人民出版社1972年版，第298页。
③ 郑卫民等编译：《性哲学》，农村读物出版社1989年版，第101页。
④ 《马克思恩格斯论文学与艺术》（一），陆梅林辑注，人民文学出版社1982年版，第497页。

为他更健康和真诚），并且在德国文学中仅仅被歌德超过的地方，就在于表现自然的、健康的肉感与肉欲"，对这种艺术表现，作为接受者的德国社会主义者也应公开抛掉德国"小市民的虚伪羞怯心"，只有这样才能理解并接受维尔特式的作品；而那种德国小市民的虚伪，"不过是用来掩盖秘密的猥亵言谈而已"，并举例说，如果读弗莱里格拉特的诗，就会使人想到"人们是完全没有生殖器官的"，然而实际上'再也没有谁像这位在诗中道貌岸然的弗莱里格拉特那样喜欢偷听猥亵的小故事了"。马克思主义创始人接着表达了这样一种愿望："最终有一天，至少德国工人们会习惯于从容地谈论他们自己白天或夜间所做的事情，谈论那些自然的、必要的和非常惬意的事情。"① 作为小市民或小资产阶级的代言人，所谓的"真正的社会主义"的代表人物格律恩，就曾竭力鼓吹抽象的全人类的爱或理想。马克思主义创始人在《德意志意识形态》《反克利盖的通告》《"真正的社会主义者"》《共产党宣言》等著作中，对所谓的"真正的社会主义"这一流派的矫情虚伪、滑稽卖弄的面目进行了彻底的揭露。"爱"的靡靡之音充斥这一流派的文学作品和一般著述之中。马克思主义创始人对此不无幽默地讽刺道："这种爱的呓语将会如何使男女两性都变得神经衰弱，将会如何使大批'少女'变得歇斯底里和贫血。"② 并且还严峻地批判道："现今在德国流行的一切所谓社会主义和共产主义的著作，除了极少数的例外，都属于这一类卑鄙龌龊、令人萎靡的文献。"③

批判的哲学必须有批判的武器，批判的性哲学也必须以正确的性科学思想为前提。当我们领受马克思主义创始人的"批判"的性哲学及其具体体现的时候，实际也在领受他们所传达的肯定的、正面的性哲学思想。譬

---

① 《马克思恩格斯全集》第21卷，人民出版社1965年版，第7—9页。
② 《马克思恩格斯选集》第1卷，人民出版社1972年版，第91页。
③ 同上书，第279页。

如，他们从人的本质是"一切社会关系的总和"出发，将"性"作为一种"人化"的本能部分置入了人的生命体系之中，从而批判了"自然派"的动物化倾向，同时又从这批判中进一步肯定了正确的性观念，实际也就回答了"性是什么"这一命题；至于说"性是为了什么？"，马克思主义创始人的回答则是"任何一种解放都是把人的世界和人的关系还给人自己"。①既为了"自身的生产"，也为了"惬意"的幸福与文明的提升，因此也就要对禁欲主义和性际关系的不平等的畸变现象给予批判："什么是合宜的性？"，马克思主义创始人的回答非常鲜明，这就是"现代的性爱"，据此他们对"古代的爱"、金钱制约的"爱"、小市民的虚伪等因"性"而来的人间悲剧、闹剧、喜剧给予了批判性的剖析。

从马克思主义创始人的所有肯定性的意向中，我们感到最重要的是他们对"美"的规律或原则的寻求与确立。因为在人与动物共同具有"性"的地平线上，人类唯有举起"美"的旗帜，才能最终把自己与动物区别开来："动物只是按照它所属的那个种的尺度和需要来建造，而人却懂得按照任何一个种的尺度来进行生产，并且懂得怎样处处都把内在的尺度运用到对象上去；因此，人也按照美的规律来建造。"② 正是从美的原则或规律出发，马克思主义创始人才会那样热忱地肯定维尔特对"自然的、健康的肉感与肉欲"的表现；肯定莎士比亚《温莎的风流娘儿们》的"第一幕就比全部德国文学包含着更多的生活气息和现实性"③；甚至对古丹麦英雄诗歌中的爱情诗和歌颂骑士之爱的"破晓歌"，也在一定程度上表示"喜欢"。可以说，马克思主义创始人基于自身的审美观和明澈的理性，是主张对"性"与"文艺"的关系进行探讨的，并认为联系二者的便是不可或

---

① 马克思：《论犹太人问题》，《马克思恩格斯全集》第 1 卷，人民出版社 1956 年版，第 443 页。
② 《马克思恩格斯全集》第 42 卷，人民出版社 1979 年版，第 97 页。
③ 《马克思恩格斯全集》第 33 卷，人民出版社 1973 年版，第 108 页。

缺的"美"：只有"自然的、健康的"性描写、性表现才具有积极的审美意义，才是值得肯定并可取的"性文艺"或"涉性文艺"。

最后，我们还应指出，自从马克思主义创始人在其哲学的、经济政治思想的基础上，发表了关于性与人及其文艺的诸多观点之后，世界范围的继承者也在运用与发展方面做出了一些新的贡献，他们有的着重结合现实生活来阐发马克思主义的观点，有的着重结合文艺史加以重新阐释，有的着重对"异化"形态的人性与爱欲给予批判性的审视，等等。但总的来说，其情形还不是很理想的，因为总存在将马克思主义创始人的观点"教条化"和"唯心化"（或"资产阶级化"）的干扰。所以现在仍迫切需要恢复、继承马克思主义创始人那种实事求是的科学精神，像他们那样重视、研究有关人之性与爱的问题，并以他们坦诚表现出来的争鸣与批判的学术品格为典范，来切实促进社会主义文化与文艺事业的发展，来积极从事将文艺学与性科学相结合的研究。

第二节　学科交叉语境中的文艺性学建构

纵观人类进入 20 世纪以来的学术领地，人文科学与自然科学浩浩荡荡地汇流起来，"大文化"的宏阔视野似乎可以囊括一切；同时又不断地相互激荡，分化出许多新型的边缘性学科，仿佛新生稚子，虽然一派天真幼稚，却又充盈着生机与力量。

正是在这样的学术背景上，围绕着文艺这一人类精神永不凋谢的花朵，怀着激情与至诚的探索者们，构建了文艺心理学、文艺社会学、文艺美学、文艺鉴赏学、文艺地理学、文艺传播学等不同的分支学科；也正是在这样的学术背景上，我们通过对当代人文科学与文艺世界凸现出来的"性"之现象的考察，萌发了建立一门名为"文艺性学"的构想。笔者曾于1988发表的《"文艺性学"议》的短文中，初步提出了一些想法，在这里将再予申论，并望得到读者的批评指正。

一 "文艺性学"的构想

如众所知，在西方的人文科学与文艺世界中，"性"的凸显已处在极为显豁的"前锋"地位；勃然而兴的性科学，撕裂了性蒙昧、性禁锢的最后屏障；纷纷与延展中的弗洛伊德主义总将"性"置诸重要的地位来看待："半边天"的妇权主义执着地从女性本位出发，一边对男性文化进行批判的解构，一边对女性文化或新型的人类文化加以积极的构建；性解放或性革命的浪潮溢出了传统理性的堤防，影响几乎遍及西方文艺的所有门类；西方的文艺批评也更专注于对文艺表现世界中的感性生命的评判，并相应地形成了以重视生命体验（特别是性爱体验）为标志的体验美学，文化学者亦热衷于性文化的比较研究……在这些纷繁的西方人文景观中，不难发现其所共通的一个理论兴奋点即"性"。

应该说西方人文思潮及其对文艺实践与理论的巨大影响，给我们带来了非常重要的、丰富的启示，但给我们刺激最深的，直接促使我们对性与文艺的关系进行系统思考的，却是中国文坛的历史与现实……带着古老文化传统的中国文坛存在着两种极端化的文艺："无性"文艺与"性滥"文艺。这二者都与中国禁欲主义或禁锢型文化传统有着密切关系，都是不能正确理解"性际生活"与妥善处理"性际生活"的必然结果。前面我们对此已有所论述，要促使我们中国人尽快地向性蒙昧、性盲动告别，摆脱性神秘主义与性欲怪圈的纠缠，从根本上改善国人的性意识，仅就文艺界而言，就必须从理论上、实践上加速展开对"性困惑"或"性问题"的攻坚战，而不是采取简单的禁锢或回避的办法。我们应该积极利用已有的和仍在发展的性科学与文艺学的成果，全面深入地探讨性与文艺的复杂关系，从而使我们对性与文艺关系的研究走向科学，亦即走向文艺与性科学的紧密结合，走向由它结合生成的崭新的学科——文艺性学。

不妨假定，由文艺与性科学的紧密结合从而获得了一种崭新的生命——A，那么，A会发现些什么呢？也许A通过对生命源流的勘察，会发现人类性际生活与文化的必然而永恒的关系。也许A通过对人类常常陷入"性欲"怪圈的透视，会看到既往人们对性与文艺的狭隘理解所导致的种种迷误乃至失足的情景。也许A会看到性差制约下的艺术家在创作中的"对象化"活动。也许A由此还会发现性差的交叉叠合现象（双性化）对文艺创作也有重要影响。也许A会发现"人"的爱情、色情之心与艺术美有着微妙的关系。抑或发现人之性欲与文艺理想（真善美）之间存在的冲突与矛盾。如此等等"假定"性的问题，都有待由文艺学与性科学相结合而形成的文艺性学来回答。

我们认为，文艺性学是由两门既有学科——文艺学与性科学——交叉、结合生成的边缘性学科；作为一门新兴的学科，它的研究对象是性与文艺之间的复杂关系；它总属于"人学"研究的范畴，隶属于发展中的文艺理论体系，与文艺社会学、文艺心理学、文艺管理学等学科是姐妹关系，同时彼此也有一定相通的地方。就其名称而言，"文艺性学"本身清楚地表明，要全面深入地研究文艺与"性"的复杂关系，传统的文艺学必须走向与"性科学"的结合，性科学研究的范畴，特别是性史、性社会学、性伦理学、性心理学、性文化学、性哲学等成果被引入对文艺的研究之中，引入对传统文艺学的重建过程之中，可以促进文艺性学的进一步发展。因而"文艺性学"涉及的研究范围颇为广泛，它应包括一般所说的"性文艺研究""文艺中的性心理学""文艺与性爱意识""文艺与男性学"

等研究范畴，也包括从宏观的如性学等角度对文艺的综合性研究和从微观的如少年性意识等角度对文艺所做的细致研究。下面，我们仅就各个基本方面（理论层面）略加阐述。

其一，是性差与文艺的关系。两性与生俱来的差异及以此为基点建构起来的人的内心世界与性际关系，对文艺活动的各个方面都有极为广泛而深刻的影响。文艺作为表现人生、反映生活的精神产品，不可能回避人本身的外在与内在的性征差异。性科学指出了性器及躯体的两性差异分别构成了第一、第二性征，还指出了第三性征的所指，即"两性行为、性格方面的男性化或女性化"①。除此之外，作为生命有机体的人则以理性与感性的统一超拔于动物界，从而产生对自身与同类的性差意识，制约着自己在性际关系与社会生活中扮演相应的角色。而这些与文艺活动皆有或明或暗的密切关系，不仅会在创作主体层面上表现出来，而且也会从对象主体与接受主体身上表现出来。从性差这一基本层面上透察文艺活劝，会从很多方面来恰切地解释诸如男女作家的差异及其创作个性，异性读者的欣赏趣味，人物性差制约下的言语行为的内在逻辑等一系列实际的问题。如从"女性学"或"女权主义"的角度来研究既往的文艺现象，就会从语言符号直至文本内在结构与意蕴中发现女性独特的审美趣味，以及被男性中心社会的抑压所造成的种种扭曲变态现象，进而对男女不平等观念与行为模式加以消解，为重建人类的性际关系提供科学的基础和感情的动力。笔者曾在《女性化：文学的"理想"》② 一文中指出：针对男权社会发生的种种危机，如核战争、环境污染、人际关系疏远等，特别呼吁要重构新型的文化形态，使男权中心向女性化或中性化过渡，从而求得人类的共同幸福。这既出于女性文化的久抑必发与男权文化的久盛必哀的历史规律，也

---

① 徐纪敏主编：《性科学》，湖南人民出版社 1988 年版，第 111 页。
② 《文艺评论》1990 年第 1 期。

出于现代男性的心灵深处的"文化恋母情结"的被诱发和现代女性的进一步觉醒与追求。由此文化与文学的女性化或中性化势必会增强起来，但这必须以正确对待性差为前提。

其二，是性欲与文艺的关系。一种流行的观点认为，写性是为了暴露"丑"，是"批判"什么的需要，即要有重要的政治意味或社会现实内容，否则就是自然主义的、有毒的，应予取缔的。其实这是把性欲与政治、与社会学划归一路的理性思维的结果，而不是文艺的感性的形象思维结果。就感性范畴而言，文艺与性欲的联系主要表现为"爱情"与"变态"两大方面，但在这两大方面之间又存在一些过渡形态，如没有"爱情"但却又出于生命正常冲动的性感觉性行为，其自然如常的形态便不能以"变态"名之。而在"爱情"与文艺的关系中，其深层的动力因素是离不了性欲的。但有的却是带有相当理智色彩的"柏拉图式"的精神恋，严格地说来，这种爱情也带有"变态"的味道。真正正常的两性爱情是灵肉一致的异性结合所体验到的感情，否则便都是有缺陷的爱情。正如现代性心理学指出的这样：人的情绪反应、感情深度，以及人的认识水平、认知过程都同性欲的激发和满足有关。现代正常、健康的性爱，实际需要依赖两种感情的结合，一种是温柔的、挚爱的情；另一种是肉感的、令人销魂蚀骨的欲。简言之，即需要灵和肉的对立统一。在性欲与文艺的另一个方面则是向来为人们所忌讳而又终于未能完全驱逐的东西，即色情描写。色情描写是有程度差异的。真颓废的、淫滥的描写确实存在，如一些低级下流的手抄本、通欲小说中的噱头、色情录像或图像及煽情说明等，其中就确有诲淫诲盗的成分。一些严肃的文艺家和批评家把这类性描写专事展览人的性欲，尤其是变态的性行为，是视为"非艺术"的。这自然有一定的道理，但是又不能不注意到，性变态、性禁忌这样具有文化或社会特性的行为，都与特定社会的整个机体相关，如果说这类性变态的描写恰是这病态社会之树上的花朵，那一点也不冤屈这社会本身，也一点没有夸张这性变态之花的诱惑力或腐蚀力。硬性地只除其花而不除病灶的做法都只能是徒劳无功的。

其三，是性文化、性哲学、性美学等多种性意识（包括知识）与文艺的关系。这包括对性差、性欲两个基本层面的更进一步的艺术观照。譬如从性文化的角度看，人类文化史亦可分为两个大部分，即女性文化与男性文化，这相对而又互补的两种精神文化表明人类进化历程中男女两性的相关联和共命运。原始的漫长时期，即作为史前的阶段，更主要的表现着原初的母性精神，女性中心氏族社会成为原始文化赖以产生与存在的土壤。彼时已显示出来的母性精神便是博大的母爱，是无等差的均为神圣母亲对儿女的泛爱，由此所生成的女性精神便是和平、协调、亲情、自由等"阴性"文化精神。这时男性的阳刚之气还没有冲发出来，但随着进化、竞争程度与步伐的加大、加速，男性的生理心理能力迅速得到提高，以力的刚性锋刃征服了女性，夺得了世界中心地位，于是女性无可避免地在世界范围内败北了（只有极少数的原始部落尚有留痕），但女性精神并未沦落到风尘之中，而只是被男性拿去作为一种调节社会、补充社会的治世方略，亦即像女性的实际社会地位一样，处于附庸地位，但亦是不可或缺的地位。文艺在漫长的男性中心社会中不可避免地是以表现男性文化为主的，女性文学和女性读者的文艺评价标准也通常被"男性化"了。以男性竞争、决斗的价值尺度来从事或衡量文艺的结果，自然也是女性自身的失落。如从社会行为上说，现代女权主义的一些非常激进的分子发誓要与男性一决雌雄，一比高低，主张在进入社会竞争场上与男性争天下，结果可能并未找到独立的女性精神，相反可能是彻底地失落自身：为了"事业"而反对母道，反对家务操劳，反对一切细腻轻柔，要呼风唤雨，"不爱红装爱武装"，要以巾帼英雄压倒须眉男子，这样就会造成赛"硬汉"式的铁姑娘、钢姑娘的女性变态或异化。当曾热衷过文艺的江青拼命要当女皇的时候，她的女性异化程度也是最高的时候，从传记作品《江青野史》中便可看出这点来。所以要紧的不是投入竞争，而是以母性文化精神来唤醒男性对男权中心文化危机的重视，从而携起手来共建一种新型的更合乎人性人道的文明。这很可能就是以女性文化精神即和平、博爱、民主、自由、平等为主导的新的文明，而不是依旧一味竞争、搏斗。这些对文艺的影响不仅会促使女性文学艺术愈来愈引人注目，而且也会吸引大量的男性作家来"认同"女性文化哲学，并写出趋向于"女性化"或"中性化"的作品。

以上只是对文艺性学研究范畴的三个基本方面加以强调，以此来确证，我们的确有建立这门文艺性学的必要，并且也有这种可能性。但同时我们还应强调：性科学研究的"性"既然是不限于单纯的性欲及其行为，而是包括了两性所有的性生理、心理因素，包括了性际关系的多样形式及其内涵，那么，引入文艺研究的性科学作为一种理论参照系，其所提供的启迪也应是多样丰富的。因而文艺性学所观照的文艺现象也不是单一的，即不仅有所谓的色情文艺、性文艺，也所括所谓"纯文艺""亚文艺"或"雅文艺"与"俗文艺"，因为对这些文艺都可以从文艺性学的角度进行分析，譬如性差对雅文艺的影响，俗文艺中的男女观，女权主义批评对男性中心文艺现象的批判，等等。所以，我们只有沿着广义的"性"与"文艺"的两相交叉的知识通道，才能构建起文艺性学的基本理论框架，并逐渐充实、丰富它，使之与一般的性科学与文艺区别开来，以获得自己的理论特质。

对文艺性学的探讨有许多具体的途径或方法。我们认为，应选择不同的视点或研究方法来深入考察、积累思想成果，同时又不断地联系创作实践来分析、验证已获得的文艺性学思想，这样才能尽快地促使文艺性学这门新学科走向完善与成熟。在此，笔者仅强调如下主要视点或研究方法。

视点之一：创作主体。大量的文艺实践证明，作为文艺作品创作主体的"性"（性别、性心理、性体验等），在其感知生活、把握生活、表现生活时均有重要作用。即是说，从作家创作动机的萌发、艺术个性的形成，都莫不与作家自身的"性"有着千丝万缕的联系。创造了日本自己民族语言符号的日本古代女性也在民族文艺的创作中大显身手："万叶"女性的和歌，尤其是以紫式部为代表的"平安"女性的物语，就奠定了日本文艺内蕴的女性化的审美传统，高扬了东方女性与美学精髓的阴柔之美；美国现代的海明威，沐浴在开疆拓土、激烈角逐的男性文化的光照之中，以名副其实的"硬汉文学"征服了无数的读者；中国新时期女性作家群体的崛起及女性批评家的涌现，无疑也给新时期的文坛带来了异质于男性世界的别样的景观，给溢光流彩的文苑平添了一种诱人的魅力。在世界男性的众多杰作中，作家都真诚而又巧妙地把自己的性感觉、性常识和性体验化入其间，从而增强了作品的真实感，也使作家本人从创作活动中得到相应的宣泄、补偿与调节。曹雪芹之于《红楼梦》，劳伦斯之于《儿子与情人》是这样，托尔斯泰之于《复活》，卢梭之于《忏悔录》，拜伦之于《唐璜》，白朗宁夫人之于她的二十四行诗集也是这样。因而可以说，作家的性心理因素是文学的一种温床或基因，作家生命的情欲往往升华为创造性的人间奇迹。

视点二：对象主体。出现在作品中的人与生活中的人，应该有本质上的相同之处。那种不沾人间烟火，不谙饮食男女的"英雄"，只能属于"文革"那样的荒诞的年代，属于土偶或木乃伊的族类。无疑，阉割了人之"性"的无性文艺，是很难具有活力的，它们的诞生之日往往也就是它们的死亡之日，而大凡那些生命久远的作品，如雨果的《悲惨世界》、歌德的《少年维特之烦恼》、陀思妥耶夫斯基的《罪与罚》等，都成功塑造了性情逼真、爱恨交杂的人物形象。

　　视点三：接受主体。在 20 世纪一些理论探索者的视界里，接受主体（受者）愈来愈受到重视，如接受美学就把受者视为文学生命之有无、强弱的仲裁人。显然，与创作主体一样，"性"的生理心理因素也为接受主体所有，并在艺术鉴赏的接受过程中发挥着作用。譬如，一般来说，男性的欣赏趣味与女性有所不同，勇武、激烈的情事为男性所易于接受，纤柔、雅静的情事易为女性所接受，这情形就与男童喜刀枪、女童喜布娃娃相仿佛；就是同一部《红楼梦》，性别不同的读者的接受心理，常会出现不同的倾向，如男性读者多会认同宝玉或贾政，女性读者则多会同情黛玉或宝钗；有时读者因情感共鸣的缘故，竟会不自觉地接受男女主人公的行为模式，记得当年郭沫若把《少年维特之烦恼》译过来时，就颇有少男少女因失恋而袭维特的做法，走上了自杀之路。特别值得提到的是，受者的性心理需求以及对性文学（包括作品中仅有的部分的性因素或性描写）的接受情况，汇成了系统反馈的信息流，分别对创作主体的再创作和人们的日常生活发生定向性影响，而这种影响，无论从哪方面来说，都是不应该忽视的。我国新时期文学中性描写的猛增（相对"文革"而言），尤其是爱情、婚姻题材作品大量问世，就明显与中国人穿过"性"枯寂的暗道之后的"性"复苏密切相关。接受者的心理需求和对"突破禁区"的作品的热情态度，以反馈的方式对新时期文学创作产生了巨大的调控作用，以致使"文革"式的"无性文艺"再难卷土重来。

　　视点之四：历史回顾。这主要包括两大方面，一是对自神话以降的这类作品的性因素的发掘、思考，一是对亘古至今的前辈关于性与文学关系的思想成果的重估和借鉴。这两个方面显然是建构文艺性学体系不可或缺的思想资料。在文学世界中，东西方创世的神话就鲜明地体现出了初民的性意识。由"亚当—夏娃"所昭示的男女、阴阳之道，是原始社会的一个天然而崇高的法则，禁果的偷食使人类霍然之间发现了异性之美，就像性自由和生殖崇拜在原始绘画、雕塑、舞蹈、音乐中有大量的留痕一样，关于人类性爱的文学母题也早在上古神话传说中诞生了。正是异性美的发现，才形成了民族诞生与发展的源泉。我国古代也相传伏羲、女娲兄妹为夫妇繁衍人类（民族）。这些神话传说都没有回避人的性本能，从而在群婚的原始土壤上以神话的方式揭示了生命的源头。其后，无论东西方任何一个历史阶段，"性"总要向文学"求偶"，文学也总要借"性"感人，即使不能明媒正娶，也要暗通款曲，可谓是男女风情，尽托缪斯之神以传，从《神曲》《关雎》到《春香传》，从日本川端康成的《伊豆的舞女》到中国沈从文的《边城》，从兰陵笑笑生的《金瓶梅》到劳伦斯的"洋金瓶梅"《查泰莱夫人的情人》，概莫能外！

在思想成果方面，历史上也留下了相当丰富的遗产。在西方古希腊哲人和文艺复兴的先驱那里，在性学大师霭理士那里，在弗洛伊德及其追随者那里，在杰出的女思想家、文学家波伏娃那里，都有不少可为文艺性学所吸收的思想营养。在近年大量译介过来的国外人文科学方面的著作中，如本节前面曾介绍的弗洛伊德主义和女权主义批评方面的著作，尤其是前者，数量已经相当可观，对这些学术著作均可以从文艺性学的角度进行综合的研究，剔除其糟粕，吸取其精华。在东方，古代先贤对"性"的论述虽然不多，更欠系统，但其中亦有肯綮之言。以我国为例，譬如先秦哲人就有"饮食男女，人之大欲存焉"（《礼记·礼运》）；"目之于色也，有同美焉"（《孟子》）；"食色，性也"（《孟子·告子上》）等至理名言，无形间构成了中国人生哲学和美学的一个重要方面。据典籍记载，孔子删诗时不删《溱洧》之音，与子夏讨论《卫风·硕人》也承认女性形体美。秦汉以降，中国人也仍然承认性、认可性的存在。连独尊儒术的董仲舒也看到人的自然生命是有规律性的，说："君子治身，不敢违天。是故新牡十日

而一游于房，中年者倍新牡……而上与天地同节矣。"（《循天之道》）

　　封建末世，袁牧出于自己的审美体验而为倡性灵说，曾在给沈德潜的信中批评沈德潜不该拒绝艳诗于《清诗选》之外，并指出《诗经》开卷第一篇就是描写周代的文王思慕一位淑女，并求其为后的爱情诗，他还调侃地写道："以求淑女之故，至于辗转反侧。使文王于今见先生，危矣哉！《易》曰：'一阴一阳之谓道。'又曰：'有夫妇然后有父子'，阴阳夫妇，艳诗之祖也。"此等言论，明显大异于封建正统文化的价值观念，"简直胆大包天"。时至近现代，许多作家、学者对西方兴起的弗洛伊德主义和性学都产生了浓厚兴趣，如潘光旦在译霭理士《性心理学》时，能时时联系我国实际，做了大量的详细注释；谢六逸译松村武雄的《文艺与性爱》一书，也渗入了自己的感悟和理解；鲁迅也曾试图借弗洛伊德的学说来翻新女娲造人的神话，并译介讲评了弗氏学说变体之一的《苦闷的象征》（厨川白村著）。另外像周作人、郁达夫、郭沫若、茅盾、施蛰存、张竞生等人也都曾对性与文学的关系做过积极的探讨，留下了不少真知灼见。笔者以为，如果深入细致地发掘整理历史上有关文艺性学方面的材料，定会发现，即使仅限于中国，也会是相当丰富的；事实也将证明，只有对前人精神遗产的珍视和清理，才会有文艺性学的巩固和充实。

　　视点之五：面向未来。我国文坛自进入新时期以来，伴随着中西文化的交流和生活的变化，有关性的种种禁忌也受到了怀疑与冲击，喧哗与骚动之中爆出了巨大的活力，作家、理论家们以多年来从未有过的热情在进行着创作上的大胆探索和理论上的重新构建，而作为文学及其理念的接受者，他们思想解放的幅度和对文坛回报的热情，无形间也对文艺的创作与理论的建设提出了更高的要求。因而我们绝不能满足现状，要积极地面对未来，对人类性生活的取向、性与文艺的关系进行一番未来学的思考。

　　我们知道，对"性"的认知只是人类自我认识的一个重要方面，性学家、性心理学家、社会学家、文化人类学家与文学家、文学理论家都在探索这一斯芬克司之谜。著名的社会生物学的创立者威尔逊说:"性属于人类生物学的中心问题。变幻莫测的性渗透了我们生存的每一个方面,在生命的不同阶段表现出不同的形式。"他努力从一个基本的层面揭示"性"的庐山真面目,但仍然比不上文艺对"性"的"全息性"的摄照,如果文艺性学能早日成熟起来,那将标志着人类对"性"的更高层次的一种理性自学。我们还知道,对人类未来性文化的天才预设或构想,是与人类充分解放的共产主义思想联系在一起的。恩格斯曾提出:"现代的性爱,同单纯的性欲,同古代的爱,是根本不同的。"之所以不同,就在于两性关系是建立在"相互倾慕"上的,但这点在现代尚难完全实现,还存在着不少"性异化"的现象。只有随着共产主义的到来,人们才能从根本上摆脱性爱的种种赘加条件,达到性爱的至善至纯至美的境界;西方现代马克思主义的代表人物马尔库塞在《爱欲与文明》中也说:"爱欲具有的文化建设力量是非压抑性的升华",只有使爱欲(包括性欲)从压抑中"解放"出来,促使"生物内驱力"转化成为"文化内驱力",个体自由与人类文明、性欲满足的幸福与整个生活的幸福的未来憧憬才能获得统一。著名未来学家托夫勒也在《未来的冲击》一书中预言人类未来的性结合是以至爱为唯一目的:"只有那些相爱的人才会在一起生活。"可以想见,当"性"真正从神秘走向科学,从禁忌走向解放,这一人类生命之流循着"自然之道"灌着文艺园地的时候,这里将会呈现出一片繁花竞放的、超乎单纯的生物原则和理性原则的和谐景象。由此,人们对作为一门新学科不定期建设的文艺性学,也就必然会充满信心和希望。

视点之六:文化系统。如果我们把"性"置于大文化的背景中来考察它对文艺的影响,以及这种影响反作用于生活与文化的内在规律,那么就可以看出上述视点之间的有机联系:显然前三个视点是横向考察,以人为中心来展开对文艺性学的探讨，可略称为"主体性的文学"；另两个视点是纵向考察，以历史发展为线索来发掘文艺性学的既有思想资料和展望文艺性学前景，可略称之为"发展观的文艺性学"；现在所述的"文化系统"这一视点则是综合的考察，即把这纵横两个方向的考察统一整合为一个理论体系，同时又力图在更广泛的范围内来寻求建构文艺性学的途径，这可略称为"系统论的文艺性学"（或"文化观的文艺性学"）。

　　系统的文艺性学必须充分注意这样几个主要方面：其一，"主体—性—文艺"之间的系统而又内在的联系，以期真正树立以"人"为中心的观照性与文艺复杂关系的系统思想，树立"人道"的而非"神道"的文艺性学思想。其二，东西文化系统之中的性文化、性观念对文艺的直接影响。在这方面的深入探索势必导向比较研究（比较文化、比较文学），逐渐就会形成比较观的文艺性学。其三，性文化与政治、经济、科学、道德、教育、民俗等其他文化形态之间的联系对文学的间接影响。性文化绝不是孤立的文化现象，即使是最具动物性的人之性交，也往往渗透着道德、民俗、经济、政治等社会因素，因此"人之性欲的起伏不定，以及性行为方面的差异，更应被置于一种社会关系中去观察，将其视作社会刺激对生物刺激的反应"①，单纯从生物意义上研究性与文学的定向关系，往往会流于狭隘和偏激，从根本上说，这是有碍文艺性学建设的。因而放宽视野，从多学科的成果中吸取营养很有必要。其四，性与文艺结合所产生的反馈效应。从系统论的观点看，固然生活与文化对文艺具有巨大影响作用，但反过来，文艺对生活与文化的影响作用也并非微不足道，尤其是性文学或涉性文学，对生活与文化的反馈相应可能更明显些。因之，有志改造社会和生活的作家与理论家，理应高度重视"性"在文艺与生活中所扮

---

　　① ［奥］迈克尔·米特罗尔：《欧洲家庭史》，赵世玲、赵世瑜等译，华夏出版社1987年版，第106页。

演的重要角色，悉心探索个中奥秘，为构建文艺性学的思想体系，不断做出新的理论发现。

概而言之，文艺性学作为一门新兴的边缘学科，是专门研究性与文艺之关系及其内在规律的学问。它主要以"性"在文艺活动中的存在作为不同类型观照对象，来系统地研讨性与创作主体、作品内涵与接受情况等方面的内在联系。显然，文艺性学具有重要的理论与实践意义，值得我们高度重视、大力提倡和积极建设。

文艺性学既有了自己的"构想"，也必须有自己的"理想"，这"理想"与人类追求的"性、爱、美"三者统一的生命理想是同一的，对此我们下面结合前人的一些观点，从文艺实践出发来加以论述。

二 文艺性学的"理想"

美，在于生命，而人的生命在于追求。只有不断地追求才能满足生命的多方面的需求，才能获得爱与美的赏赐，才能达到人生的幸福和美的境界。而这追求，无论就其动力上说，还是就其目的上说，都与人类的性本能有着非常密切的关系。

许多思想家、美学家、文学家在这方面都有精到透辟的论述。试图有选择地把马克思主义与弗洛伊德主义结合的马尔库塞，便在这方面有很好的论述。他经过多年的潜心研究，提出了人的本质是"爱欲"的哲学思想，并针对长期以来人类生存压抑的状况，相应地提出了"解放爱欲"的著名主张。而解放爱欲的一个重要的途径便是促使"性欲"向"爱欲"转化，因为"爱欲是具有文化建设力量的非压抑性的升华"，爱欲既有要求满足的一面，又有不断努力"工作"使"生物内驱力成了文化内驱力"的一面。这也就是说生命努力的本质将导致肉体与精神的双重"生育"。然而也有人蓄意歪曲利用他的学说，搞一味的、无限的"性解放"。这在当代的西方与东方都存在这种出轨的现象，恰恰与马尔库塞思想背道而驰。因为他所说的"爱欲"与生命本能同义。他是把"爱欲"视作生命机体的整体功能与需求的，包括人的各种本能需求与社会需求（食色、温饱、安全、消遣等），而不仅仅是"性欲"。如前所述，陷入"性欲"怪圈中的人们往往是把"生命体系"人为地"狭隘化"了，也把性际关系的复杂多样单一化了。这种曲解或误解是不足取的。

要纠正人们对"爱欲"解放的误认或偏执，要消解人类"文明"对爱欲的历史积淀的沉重压抑，必须投以性—爱—美三者统一的良方，也就是以"爱"为核心（或中介），以"性"为动力，以"美"为原则构建起崭新的人之生命系统。在这个生命系统中并不排斥理性，相反却促使人的感性需要与理性需要真正统一起来，即如马尔库塞所说："逻各斯与爱洛斯是主观的和客观的合一……逻各斯和爱洛斯，它们是内在的肯定与否定、创造与破坏的统一体，对既定生活方式的破坏性拒斥，在思想的迫切需要中，在爱的狂热中，真理改变思想方式和存在方式，理智与自由合为一体。"① 就人的个体而言，能做到性、爱、美这三者的统一，那么她（他）的生命价值就绝不是单一的或负值的，而是全员实现自我的（包括爱情、友谊、事业和以美为原则的各种形式的创造等）。个体如此，群体亦如此。

凡是具有正常爱欲的人，都会承认在人身上存在着女性美与男性美这样的两种美的形态，并力图在自己的生活中去实现自身的性美和获得异性的性美。所谓"幸福"与"性福"确实具有关联性。即使有残疾或缺陷的人，也不会放弃这种追求，而努力用各种方式来补偿。也许，仅仅是孤立的个体，是无美可言的。当然这种绝对意义上的"孤男"或"孤女"是几

---

① ［美］赫伯特·马尔库塞：《爱欲与文明》，薛民、黄勇译，上海译文出版社1987年版，第155页。

乎不存在的。如若存在，即使各拥其美也没有"实现"的意义，就像孤岛上的鲁滨孙和深山中的喜儿，只有当他们走回人间或通过艺术及中介因素而与人发生直接、间接的联系，才有可能成为审美的对象。换言之，只有在"性际关系"中才有"性魅力"可言，而"爱"作为必不可少的中介环节，是使审美主体与客体相联系的关键。因而，我们下面集中讨论的，便是"性际关系"的爱与美，特别是异性关系的爱与美。

日常生活与文艺作品中都存在着这样的情况：作为"性际关系"中的一种表现形式——同性——的审美，很容易被人们所忽略。实际上，除了性变态导致的畸形同性恋之外，人们仍然会对同性的美、丑做出判断而这种审美经常是很重要的，它可能影响到你的好恶心理活动及外在的聚会选择行为。友谊、敬仰、爱戴之情（这些可归为爱欲的变体形式）往往与你对同性的审美判断紧密相连，鉴于这类感情判断的价值与偶然的"失误"，艺术作品与生活哲理经常以容貌的美丑来表达确定性的情感，但同时又提醒人们："人不可貌相，海水不可斗量。"人们还会看到，艺术作品所展示的男性美与女性美，往往会引起同性者的"认同"心理作用。譬如男女青年常常把电影明星当成自己模仿的对象，男的学高仓健，女的学山口百惠。如果这种模仿更内在些，即人们把作品中展示的典范性男性美与女性美的"质"或"心灵"的方面，学习得更多些，那么这种通过艺术媒介的"内模仿"活动就有了重要的社会意义。而这种美化生活的社会效果又会反过来影响到文学艺术创作活动，创造出更加美好的男女形象来！

自然，人们更加关注的是异性关系的爱与美。特别值得注意的是，涉及两性关系的爱有一个原则条件，就是这两性之间产生的爱必须是平等的，才能达到性、爱、美三方面的统一。两性关系中，包括父女、母子之类的不对等的亲情关系通常是不能导致三方面的真正统一的，而只能突出其中的某一方面或只具有较浅的诸方面的一致，一旦导致像劳伦斯在《儿子与情人》里的"恋母"之类现象的发生，即已属于病态范畴，而不属于常态的性、爱、美的统一体了。这种不对等的现象还特别表现为两性之间的"俯视"与"仰视"的关系，如嫖客之于妓女是"俯视"后者之一极，有"性"而无真正的爱，从而也就没有真正的美可言；另一极的是对神（上帝、菩萨等）的仰视，即使你与她（他）是一种异性关系，也难以唤起真正的性爱感受。"神性的爱"导致人欲的毁灭，道理就在于你在虔诚仰视之时纵使有虔诚的爱，也因为缺乏起码的"平等的爱"的交流而难以达到真正美好的境界。由此可以说："花街"艺术与'宗教'艺术都大多因为缺乏这种"平等的爱"而导致性、爱、美的分裂，要么是有"性"无爱，如日本浮世绘中的"春画"（又叫秘戏图）虽然画着男女水乳交融的情景，也容易让人感到人性的沦丧、善与美的失落；要么是有"爱"无性，对神的敬畏之爱必然也会抑制自然情欲的发生。神殿中的神像以及迎至百姓家中的灶神、财神、祖宗像之类，都具有这种功能。相反，如果天界的神仙进入凡界，能与常人平等相爱，那就会携手共进性、爱、美的佳境。织女下凡，董永以仙女为妻的美好传说便展示了这种境界；希腊雕塑与西方人体艺术中的"神"们，也实际被"人化"之后才进入了人们的审美视野而被愉快地接受。

关于性、爱、美相统一的思想，在许多思想家、艺术家那里都曾有过思考与表述。尽管各自的生命体验与理论思考有许多不尽一致的地方，但多数的观点总倾向强调，在"人"的意义上而非"兽"或"神"的意义上的生命之爱才会使两性进入性、爱、美的至境。事实上，一旦失去了平等的、自由的"人之爱"这个中心或前提，也就失去了性、爱、美的统一，其所表现的也往往是非人化的"性"或"无性"状态，也必然从根本上与"美"的精神体验相悖。但如果确立了"人之爱"这个中心或中介，那么"人之性"便会导向"美之境",并以如下三种基本形态出现在艺术的表现世界中,即"性征美""性爱美"与"性梦美",在此拟结合前人的论述,分别如次介绍。

性征美。素来人们以为只有在谈"性爱"的时候才进入对性征美的审美活动,其实并不尽然。日常生活中,人们不仅会自觉不自觉地对异性的直观美加以观赏,而且会对同性者乃至自身的直观形象加以审美观照。桑塔耶纳在《美感》一书中曾指出:若不是感觉首先被吸引,性之美的感觉便不会产生,两性发展了第二性征,性的感情也同时扩张到各种第二性征上。他断言:这些第二兴趣对象是美的一种显著的因素,应该称为性的因素。如前所说,在这样直观的审美活动中所发现的美有两种基本类型,即男性美与女性美。为明晰起见,我们把这称为人的"性征美"。的确,在造物主与人自己的努力下,人之肉体呈现出了惊人的美。康德曾把两性之美做了类型上的区别,即女性是优美型的,男性是崇高型的,也可称之为柔之美与力之美。女性的曲线美与男性的强壮美是从躯体性征上呈现出来的,而衣饰之物的发明与多样化又强化了人之生命躯体的特征美。自然,衣饰只是附丽之物,人之生命的活体身躯之美才是根本。性科学认为,男女的性别差异产生两性不同的形体特征。男女形体结构的各种数据,例如身高、体重、脂肪量、肺活量、心率、骨盆宽度等的差别,是性别差异的外在表现。这种性别差异恰恰是性的完善化的标志。正由于两性间有了这种差异性,才使得异性之间相互能够把对方作为一种特殊的审美对象来观照。在文艺世界中,这种以异性性征作为审美对象的作品,当以人体艺术(包括人体雕塑、人体绘画、人体摄影等)为典型;在叙事性作品与诗歌中,人体美都得到了极大的赞美,而且审美主体与客体往往是异性,并由此很可能导向爱情的圣殿。除此之外,对同性与自身的性征美,人们其实也是十分关注的。如一位男生,他既可以欣赏米洛的维纳斯的女性美,也可以欣赏雕塑《掷铁饼者》或"宙斯"像的男性之美，并经常在亲友乃至异性目光的影响、暗示下，极为关注自身的美。

也许这种情形在女性身上表现得更为突出，她更注意观察同性者的美（面容美、眼睛美、曲线美、乳房美、体态美、举止美等），并从她们的修饰中得到美化自身的启悟。经常地，她完全可能陶醉在对自我性征美的欣赏中。有时这"特征"是未成熟的，是潜伏的，有时则是成熟的、外露的。新时期小说《五个女子和一条绳子》中写了几个女孩子发现自己趋向成熟的性征出现了，高兴而又神秘地感到了一种生命的新鲜，感到自身在一天天变得美丽起来，同时也仿佛天地万物都焕然一新了；《村女》中写几位村姑在新时期生活的氛围中，发现了自身的美，她们也要买胸罩来戴上，使自己的胸脯挺得高高的，并在心中想：也让城里人都瞄一瞄，看咱村里的女娃娃俊不俊。性征美包括人体的各个部位，有时从头发到脚上都可以给人性征美的强烈感受。日本女作家紫式部在《源氏物语》中总是喜欢描写女性的秀发，其中的插图（浮世绘的画风）也总是突出地描绘了那毫发毕现的瀑布般的长发；日本近现代著名作家谷崎润一郎在其小说《刺青》中，便特别写了刺青师对一位女性的脚的注意，发现那玲珑、白皙的脚具有很大的魅力。当然，也不必回避人们对"娱生器"（即生殖器的当代称谓，既乐于生育，更乐于"性福"）的审美。在人体艺术中，有许多作品并不加以掩饰，而且也确实成了人的审美的一部分。在原始艺术中的生殖器崇拜已经有某种审美的因素，如那高高悬挂在祖殿拱门上的发光的三角形，便是女性生殖器的象征。而古希腊的雕像与当今盛行的裸体艺术都并未以清除人的某些性征为代价。属于两性性征的美还表现在气质、声音、动作等上面，如女性的温雅而活泼、柔和而大方以及声音的清纯甜美等等，都是生活中美的存在，也是文艺所不惮其烦地一再加以表现的对象。

性爱美。这一概念在此特指两性的发情之美，包括爱情主体（恋爱者）体验到彼此之美和旁观者的视觉美。如一对花前月下的恋人或西子湖畔的情人，在他们沉浸在爱河中时自然会唤起审美的欢愉——"情人眼里出西施也出潘安"；而在常人或亲友们看来，情人相逢相爱的情景就体现着一种与天地谐和一体的爱情美：仿佛觉得一对和美的情侣相伴就是一个独立自足的完整的世界。也就是说，性爱主体的爱情往往会波及周围的人或物，与大自然、社会和谐起来。特别是作为恋人往往会自发地要求避开尘世，走向大自然的怀抱去发展，享受他们的恋情之美。在大自然的怀抱中，恋人们找到了最好的爱情摇篮。至于爱情怎样在大自然的摇篮中渐渐成熟，也许只有那些恋爱着的人儿最清楚，只有那些春风拂动下的柳枝绿叶最清楚。恋情美也具有各种各样的表现，青梅竹马式的恋情与罗曼蒂克式的往往不同，一见钟情式的与马拉松式的恋情也有区别，至少在性爱审美的体验上有的是自然过渡，美好的情感是渐性积累的，有的则是暴发式的，而且有较大的变易性，有的充满曲折而痛苦的恋情却可能是更为深沉的爱情，每一种爱情都散发出不同的芳馨与光辉。哲学家罗素一生拥有各种类型的恋情故事，他对爱情美的体验直到八十多岁才停止，而他的创造力（智力）至此也明显衰退。我国现代著名诗人徐志摩以他与陆小曼的自由恋爱，激发了至美的感受，写下了许多脍炙人口的情诗。徐氏把爱情美与生命美完全等同起来，也许是不尽妥当的。但作为审美主体的体验来说，爱情至上在某些情境中却是一种十分普遍的事实。这是值得重视和深入研究的。请看，瓦西列夫也曾用诗的语言把爱情之美进行了歌颂。

爱情总是男女关系的热烈而激动人心的审美化，它的奔腾激昂，它追求幸福的轻盈步伐，就是血液的流动节奏；它的放言就是高尚的诗篇，是美妙的音乐；而爱情的目光就是明媚的光辉。①

性梦美。这里所说的"梦"具有广义性，是想象、理想、幻觉，以及夜梦、昼梦等非现实性的精神活动的概称。而在这些心理的或精神活动中，关涉到性本能的总有相当多的部分，并大都染有迷幻之美的色彩，尽管并非所有的性梦都具有美的特征，但却都有事实上的审美价值，都能进入艺术的表现领域。即使性梦本身是丑恶的（按社会伦理化的审美标准来衡量），艺术家也往往会无意识地把它再现出来，但同时又往往举起善与美的尺度把它衡量一番。如弗洛伊德所发现并分析的一类带有变态性的"白日梦"或"夜梦"，就多属此类的性梦，其本身往往无美可言。这道理也就在于前述的"不平等的性爱"所致，但艺术家在真实地表现了这种"不平等的性爱"（如乱伦与性歧视最明显）的同时，却在更宽广的表现领域提示了造成这种现象的社会与人性弱点方面的原因，特别是力图以移情与象征来释放生命的热能，由此往往会找到通向幸福的道路，如"恋母情结"导致对理想爱人模型的塑造，以此"按图索骥"，往往会得到替代性的理想异性。女性的"恋父情结"亦然。而只要是正常的人，总会在心中精妙地镂刻她（他）的形象，从性征美、性爱美到具体的体尝领略的过程，都会频繁地出现在心灵中。马克思与燕妮的恋爱便是从燕妮符合马克思心中的"偶像"开始的。马克思甚至曾把带在身边的燕妮照片与圣母像相提并论。即使像我国当代的活跃于文艺疆场中的作家、艺术家，有谁能否认他（她）有过美好的梦一般的初恋？其中肯定有不少是像《没有纽扣的红衬衫》中的安然那样，年纪轻轻便产生了"不安然"的性爱的朦胧愿望。这都是再自然不过的生活真实，只有特别容易健忘和屡唱高调的人才

---

① ［保］基·瓦西列夫：《情爱论》，赵永穆、范围恩、陈行慧译，生活·读书·新知三联书店1984年版，第123页。

振振有词地指责少男少女和他们的知音——作家们。

在弗洛伊德看来，幻梦（白日梦）与艺术有着最为密切的关系，所谓艺术想象力也不过是力比多的移情与升华。他认定人的性欲在现实生活中很难得到充分实现，于是就转化为幻想（梦）和自由的艺术创造。这种绝对化的判语给他招来了许多非议，但只要把它还原到相对的或人生一部分心理真实的范围来理解，就是完全可以接受的了。确确实实，对艺术家来说，有许多涉及性爱的"白日梦"或幻觉，把他（她）引向了艺术创作的境界，贝多芬、但丁、达·芬奇、莎士比亚、陀思妥耶夫斯基、曹雪芹等许多艺术家、作家都曾如此。从他们的创作中，也确定在许多情形下印证了性爱与物象（自然）的交融或象征性的联系，印证了现实原则对人之爱欲的限制而逼使人们向虚幻而又美好的性爱艺术寻求补偿的事实。但这绝不是指所有的艺术都如此，或任何一部作品都会如此。要紧的是要从实际出发，对具体作家作品进行科学的分析。当我们徜徉在古今中外那浩瀚的艺术海洋中的时候，只要我们的心灵还算真诚，还算灵敏，就不会对那比比皆是的悲欢离合、曲折幽微、千变万化、牵肠挂肚的性际生活场景视而不见、无动于衷。这些经过艺术家审美加工过的性爱生活，往往以其既虚又实、既实又虚的"梦"一般的情景诱惑着人们，哪怕是对男女角色的扮演，欣赏过后又叹息又落泪，并明知道这是艺术家"编造"的，人们还是甘愿"受骗"。也许，造物主曾下过这样的神谕：人生需要"梦"，尤其需要那种美好的情付之东流的"梦"，唯有它，才能充分地使人感受到爱欲解放的愉悦与满足。西方的体验美学就认定"幻美"的创造同样是人之生命的一种不可或缺的内在需求与自我满足的方式，应该说，这种观点对"性梦美"一类的现实与艺术来说，都是相符合的。

第三节 女性文化与艺术女神的深切关联

对"文艺性学"①的建构，理应从许多方面展开，而从女性文化（包括女性文学）的角度来思考，就是一个不可忽视的重要方面。笔者以为，女性文化的精魂，恰是艺术女神生成和永生的一个极为关键的原因；女性文化或显或隐地贯穿于人类历史并处于不断的建构中，对艺术世界产生了深刻影响并使其得到了不断的充盈和发展。因此，女性文化与艺术女神紧密契合的历史，为文艺性学提供了丰富的思想资料，也为整个人类文化做出了不可或缺的重要贡献。男权中心文化对女性文化的长久贬抑和忽视，以及现代女权主义激进者将历史仅仅视为男权本位话语的历史，都存在着明显的偏颇或局限。

一

在西方古老的神话中，实际创造了一种"二斯整合"的神话境界。"二斯"便是维纳斯（Venus）和缪斯（Muses）。其作为女神的知名度之高，在很大程度上依赖于她们与艺术的密切关系。

维纳斯是罗马神话中代表爱和美的女神，系从古希腊神话中的阿弗洛狄忒（Aphrodte）演变而来。作为古希腊神话中的爱与美的女神，阿佛洛狄忒掌管着人类的爱情、婚姻和生育以至一切动植物的生长繁殖。正因她是生命崇拜的象征，与人之感情和生命有这样密切的关系，一方面为艺

---

① 李继凯：《文艺性学初论》，《社会科学战线》1994 年第 2 期。

术提供了鲜活的生命之源，另一方面也于某种情境中自然而然地充当了艺术的保护神。维纳斯或阿佛洛狄忒所共察的或本质相通的爱与美的女神"神性"，自然是初民理想人性的一种投射或象征，体现了初民将爱与美进行直觉把握的无意识冲动。由此也可以看出初民对爱与美的"女性化"特质的朦胧认定，即女性（神）对性爱和女性美的拥有恰是女性存在价值的基本构成。而在原始思维的象征范畴中，将爱与美无限泛化的同时，作为爱与美的女神也就有了神奇的功能。恰如柏拉图所讴歌的那样："自从爱神降生了，人们就有了美好的爱好，从美的爱好就产生了人神所享受的一切幸福。"① 提到"爱神"，自然还会使人想到那位神奇可爱的射箭手丘比特（Cupid）。这位罗马神话中的小爱神的前身，是希腊神话中的厄罗斯（Eros）。当神话再造者力图将爱神"男性化"的时候，一方面透露出男权文化崛起后要消解爱与美女神的影响力的企图，但另一方面又深受原始女神崇拜的集体无意识的制约，将丘比特化为爱与美的女神的"儿子"，使他成为典型的"维纳斯主义"的传播者。这位手执金箭、腰中长翅的"小娃子"，以其永恒的小爱神形象而被纳入了爱与美的女神所崇奉的爱与美的精神系列。而爱与美，恰是女性文化及女性文学的精魂所在，由此使女性文化既拥有了文化增殖的生长点，也拥有了非比寻常的同化力，对男性世界和整个人类命运，都产生了悠久而深刻的影响。

缪斯，是希腊神话中的九位司艺术的女神的通称。每一位缪斯都各有自己的名字和专司的职责，如欧忒耳珀管音乐和诗歌，塔利亚管喜剧，墨尔波墨涅管悲剧，等等。② 九位姊妹女神中有两位管历史和天文，表明古希腊女性关注的"艺术"内涵很丰富，视野很宽阔，与近现代的"艺术"

---

① ［古希腊］柏拉图：《柏拉图文艺对话集》，朱光潜译，人民文学出版社 1959 年版，第231页。

② 关于缪斯，另一种说法是指墨勒忒（幻想）、谟涅墨（记忆）和阿奥伊德（歌唱）三女神，但不及"艺术九女神"之说传播深广。

概念有别。但是她们主要的精力毕竟是投注在音乐、喜剧、悲剧、舞蹈、抒情诗、颂歌、史诗等纯艺术上的。在这些艺术中，蕴涵的东西自然很多，并且随着时代的发展变化也会有发展变化，品类或样式也会不断增加，但真正属于缪斯主司的艺术，无论是女性创作的，还是男性创作的，都不会失其最根本的特性，这就是对爱与美的执着，亦即总要保有由爱与美的女神所提供的女性原型。

这爱与美的女性原型可以有各种各样的置换变形，如荷马史诗《伊利亚特》在激战或持久战的男性拼杀的表象中，沉潜的却是对"海伦式"的爱与美的向往与追求；在萨福笔下，则比较直接地呈露出爱与美的原型，作为希腊最著名的独唱琴歌的女诗人，她将爱与美的女性精神巧妙地化作了一首首具象化的情歌与婚歌，使柏拉图不无兴奋地赞美她为"第十位缪斯"；但丁在《神曲》中为自己的恋人建了一座不朽的纪念碑，于是，贝亚德便放射出爱与美的女神光辉；巴尔扎克在卷帙浩繁的"人间喜剧"中，一方面写出了金钱与丑恶对爱与美的戕害，另一方面也写出了他对情人兼母亲的少妇型女性所怀有的悠长之梦；歌德笔下的浮士德，正是诗人自身的对象化，他在心爱的玛甘泪的引导下，上天入地去寻找他渴望的东西，充分体现了"永恒的女性，领导我们走"的诗意象征，这就是对女性爱与美原型的情不能自已的重构……

面对文艺世界中由女性原型所显示出的难以抗拒的爱与美的诱惑，我们似乎能够领悟：司管文艺的职责要由女神来担任，并为人类所普遍接受，这不会是一种偶然的巧合；作为爱与美的女神维纳斯与作为艺术女神的缪斯，实际有一种神髓的相通。这就是女性文化精魂——爱与美——的游弋和统摄，使艺术与女神（女性）建立了独特的至密亲情，这也就是维纳斯与缪斯虽非同日生却亦同时现的主要原因，恰如蒙田所说的那样：爱与美之神维纳斯，到处都有缪斯陪伴；莱辛也认为，维纳斯代表了艺术中的最高理想。这只要从西方文艺中大量的有关维纳斯的绘画、雕塑中即可略见一斑。仅仅一尊"米洛的维纳斯",就掀起了堪称是世界性的"维纳斯热"。典范的"米洛的维纳斯"唤起了人类对女性价值的永恒记忆和动情的叩询,不仅在"说不完的米洛维纳斯"中昭示了人类对爱与美的服膺,而且不断有新的"维纳斯"被创造出来。以"维纳斯"命名的绘画出现于波提切利、提香、柯勒乔、丁托列托、普珊、安格尔等众多世界名家的画笔之下。而其他的女性画像与雕塑,大抵都可以视为神话中的维纳斯或米洛的维纳斯的原型变体。① 亦即后人巧妙地利用艺术女神所赋予的灵感,将维纳斯原型置换变形为文学艺术中的众多的女性形象,并以女性的内外皆美的形象为中介,唤起艺术接受者潜蕴于心的对爱与美的渴望。女性文化在这种类似的审美观照中,也得到了赓续和充盈。让人迷醉和震惊的墨西哥女画家弗里达·卡洛的女性主题的绘画,就是一个有力的证明。

二

自然,作为爱与美的女神在西方神话谱系中已经受到了男权中心文化的改造。众神之王宙斯、统御天下的上帝、占取光明的太阳神阿波罗以及射箭手丘比特的出现,就是这种蓄意"改造"的证明。然而这并不能抹去爱与美的女神所应有的光辉,甚至也不能抹去诸多女神诞生的更为久远的根源。恰如有的学者指出的那样,那些被纳入男性中心神话谱系的女神,"从神话起源的角度看,有着古老的渊源。她们本是某些部族单独祀奉的神灵,只是出于编制全希腊一统神系的需要,才被纳入宙斯的家系"②。就爱与美的女神得以产生的"古老的渊源"而言,当与母系社会或母权中心

---

① 参见周平远《维纳斯的历程》,北京十月文艺出版社 1993 年版,第 5 页。
② 谢选骏:《神话与民族精神》,山东文艺出版社 1986 年版,第 154 页。

文化密切相关。恩格斯曾确认母系社会的存在，并指出在这样的社会中，女性不仅居于自由的地位，而且居于受到崇拜的地位，从而成为自由之神和祖宗之神，"母系的这种独特的意义，在父系的身份已经确定或至少已被承认的个体婚制时代还保存了很久"①。法国学者巴丹特尔是不附和母系制之说的，但她对原始性际关系进行考察之后也指出，在原始社会，由于生的价值超过了死的蛊惑，"母亲"成了社会的中心人物，并以母爱衍生的平等互爱原则来"管理"而非"统治"社会。只有到了父系独裁专制的时代，才造成了实际上的性别歧视与阶级压迫的现象。

　　显然，无论是否承认有母权社会的存在，都不能否认女性——母亲在人类文化史上所提供的既是初始也是永恒的文化原则：这就是以母爱为生成基点所演化出来的"爱"的原则。也就是说，女性在孕育生命、维系生命的过程中，实际也孕育了一种绝不可忽视的"女性精神"，亦即源自生命崇拜的"唯爱"的精神。固然彼时的她们是蒙昧的，然而原始思维的直觉能力使她们"懂"得了"爱"的重要，并给出了相应的表达方式；同时在两性生活中，也在朦胧中将"性"与"爱"做了整体把握。也就是说，她们虽然难以从理性的逻辑层面上把握性爱活动与原创性的"母爱"之间的关系，但在感性或生活的层面上对二者进行了有机的整合。这种整合是"人猿揖别"之后的"人化"的体现，并在这种整合过程中逐渐置入了真（自然）善（博爱）美（由自然和博爱升华的理想）的因素，从而初建了女性文化的基型。

　　基于女性文化的原始精神，便构成了女性文化与男权文化的对立或不同。女性文化重视人的自然性和人际关系或性际关系的亲和性，排拒阶级性和性别歧视。这从初民对大地女神（地母）或"大女神"（也叫大母

————————

① 　恩格斯：《家庭、私有制和国家的起源》，张仲实译，人民出版社1966年版，第11页。

神）的信仰与崇拜中即可看出。作为比天父神早出现约二三万年的大地女神，有着化育万物而又承载万物的神功，未审等级与性别为何物。就在这种混沌、蒙昧中，却将"只知有母"的感情种子深深地植入了人性的血脉之中，构成了人类各民族共通的一种集体无意识。因此，无论男性神话构筑得多么完美（如希腊、罗马神话），都无法消泯这种根深蒂固的创始于女性的种族记忆。马尔库塞曾指出："男性诸神一开始是作为伟大的母神身旁的儿子而出现的，但他们逐渐地具有了父亲的特征。"① 于是，父权或男权意识急剧膨胀，在蓄意贬低女性的同时，竭尽全力去构筑一个等级森严的社会，为了维护这样的男权中心的等级社会，不惜采取摧残生命、压迫他人、发起战争等等与女性文化精神背道而驰的治世方略。这在古希腊罗马神话中已经表现得相当充分了。但如前所述，即或如此，作为女性文化精髓之象征而存在的爱与美的女神，其诱人的光辉仍然无法掩饰，并在与艺术女神的深切契合中，在人类的心田不断地播撒着爱与美的种子，使其生根、发芽、开花、结果，潜在地影响着人类的命运。从文化象征的意义上说，"母爱是艺术家的学校，精神上的母爱是永远不毕业的学校"②。而由广义的"母爱"所生发出来的女性精神及相应的女性崇拜的集体无意识倾向，亦可谓是人类命运史或文化史上的潜宗教。在文学艺术的王国里，尤其具有深远的影响。

三

有学者指出："在西洋，存在着一种对于妇女的情绪，虽然由于阶级与文化而有程度上的差别，但却虔敬得像一种宗教的情绪。这是千真万确

---

① ［美］赫伯特·马尔库塞：《爱欲与文明》，薛民、黄勇译，上海译文出版社 1987 年版，第 44 页。

② 关鸿：《诱惑与冲突》，上海人民出版社 1988 年版，第 84 页。

的；不懂得这一点，等于不懂得西洋文学。"① 这种类似的"情绪"，应该说也存在于东方社会与东方艺术中。因为人类实际面临着共同的命运，即使东方封建专制主义的男性中心意识极为强烈，也无法消泯女性文化精神。

事实上，东方文化中渗入的女性文化精神也许较西方更为明显一些。作为古希腊爱与美的女神阿佛洛狄忒，最初即来自东方。"她最初是亚洲的一个神，即腓尼基人的爱丝塔特、亚述人的米丽塔等等。"② 在中国，即使在人类母亲女娲作为大地母神的创世时代之后，女性的文化精神也仍在潜滋暗长，以种种置换变形的方式，比较隐蔽地附着在男性文化的肌体上，并时或给这常常耽于暴力的肌体传输其温馨、清醒的神髓。有学者指出，先秦哲学中的老子的生命哲学、孔子的仁爱哲学，从骨子里都与女性哲学相通，并实际都起到了治世的巨大作用：主要是调节了社会的纷争，构建了以和谐或天人合一为核心的哲学、伦理及美学的体系。③ 也有学者指出，中国人崇拜母亲的程度在世界上是少有的，大凡歌颂的最崇高、最神圣的事物，都喜欢比之为"母亲"；在天子之上，犹有"神圣人母"；玄牝之门，被视为天地之根，等等，都是母性崇拜文化的体现，由此或明或暗地影响到中国历史的进程和文化的面貌。亦即中国"母亲以她全力塑造的儿子为中介，将她的威严、慈爱、性格、情感、心态、趣味灌注到男人世界的'灵魂'里，使之在人格理想、思维方式、人生智慧、性情气质等许多方面都打上了'女性化'的烙印"④。这使中国的艺术及审美，都较多地倾向于阴柔与和谐之境。这种文化与艺术现象足以说明，女性文化的爱与美的精神在男性中心文化的压抑中，不仅没有消亡，而且总是无孔不入

---

① 柳无忌：《西洋文学研究》，中国友谊出版公司1985年版，第15页。
② ［美］沃尔：《性崇拜》，历频译，中国文联出版社1988年版，第280页。
③ 参见程伟礼《〈老子〉与中国"女性哲学"》，《复旦学报》1988年版第2期。
④ 仪平策：《美学与两性文化》，春风文艺出版社1994年版，第232页。

地渗透在人类文明的血脉中。在理性的纲常礼教的挤压、功名利禄的胁迫中，女性文化诚然会沦入附庸、陪衬的牢狱而得不到充分自然、自由的舒展和彰显，但却在扭曲变形之中顽韧地存在着，并且化作滋润人性、增益社会的甘泉，体现出了难以磨灭的生命活力，演示出了以柔克刚的文化奇观。

这在中国的文学艺术中，就有相当突出的体现。在先秦文学中，除了渊源远古的颂赞女神的神话传说之外，以《诗经》为代表的成熟形态的中华文学，开首一篇《关雎》，就定下了"淑女好逑"的审美基调和艺术方向。这"淑女好逑"的核心意象，实为女性文化的爱与美原型的重构，其含义自然并不限于向往爱情或美政，而且更是对女性文化精神指向的深切认同和渴望追求；在屈骚宋赋的表现世界中，以美好女性作为爱与美之象征的"香草美人"意象和"巫山神女"意象，在理性的指涉这一易于把握的层面上，屈原表达的是"政治失恋"的悲凄，宋玉表达的是"玩赏女性"的艳情，二者有明显的区别，但在更为深层的无意识语境中，都依然契合了爱与美女神所象征的女性文化精神，都在运用"女神—女巫"的原型意象说话，因此都有一种不容否认的艺术魅力；两汉魏晋以降，封建性的男权中心社会与文化更趋巩固了，但女性文化的精神依然附着于许多女性形象的身上，从女性作家或男性作家的笔下表现了出来。如形神俱美的采桑女罗敷（《陌上桑》），坚守自己爱与意志的当垆女胡姬（《羽林郎》），以爱与美的化身而与女性异化者（焦母）相对立的刘兰芝（《孔雀东南飞》），出现于贵族"宫体诗"中的虽被"肢解"而美艳犹存的女性，出现于失意文人"同是天涯沦落人"的歌吟中的女性，出现于蔡文姬、李清照诗词中的抒情主人公，虽被冤死而魂犹不散的复仇女性窦娥，以及"西厢""牡丹亭"和"红楼"中的爱意绵绵的青春女性，等等，真是难以尽数。

一位西方思想家曾说，源于生活的艺术中的女性给予西方男性以感情上的教育，遂使生活本身丰富多彩，具有人道、人情的意味。这种现象在东方的性际关系中似乎体现得更为鲜明。作为东方杰出的诗人，泰戈尔就由衷地将女性看成人类美的极致，并由此升华为人类民主理想实现的向导：女性是和谐的诗，代表着韵律、完善、联合与平均的发展，而男人则如不连贯的怪异散文，既不和谐，也不美丽。这种分明带有强烈感情色彩的扬女抑男的话语，也以类似的方式出自东方伟大作家曹雪芹和川端康成的笔下。曹雪芹不仅借宝玉之口说出"女儿是水做的，男人是泥做的"这样看上去荒诞不经的"荒唐言"，而且将其潜在的女性崇拜情结，置入其巨著《红楼梦》中，构建了具有无限魅力的"红楼汲境"①。川端康成有一句广为人知的名言："女性比男性美，这是一个永恒的主题。"这句话不仅有他的《雪国》《千鹤》等一系列作品为证，而且也有整个日本文学史上的女性形象为证。

　　在日本文学中的女性，从天照大神（即太阳女神）以降，形成了一个意味深长的人物谱系。继太阳女神之后，赫映姬、美人贵宫、落洼女、藤壶女御，命运日蹇，从天上跌落了人间；"平家"武士侧畔与"好色"情场中的女性，挣扎在暗无天日的中世纪黑暗中而不可自拔；花袋笔下的芳子与谷崎笔下的文身少女，则预示了女性命运的转机；横光利一《太阳》中的女王卑弥呼，川端康成《千鹤》中的少女文子，则以其奇异的言语与行动复演出女性中心世界的图景；而三岛由纪夫笔下的悦子和森村诚一笔下的八杉恭子，也从不同侧面宣告男权中心文化的破产，等等。亦即日本文学中的女性在经历了从天上到人间、从人间到地狱的落难命运之后，又从近代起步，逐渐走向自身的解放，由奴隶渐次复归为真正的人，甚至在

――――――――――

　　①　李继凯：《"红楼"极境：女性化的情爱王国》，《明清小说硏究》1992 年第 1 期。

某种艺术幻觉的情境中还具有了女神的光彩。这是一个比较明显和完整的螺旋上升的"圆圈"。在这个"圆圈"结构中，深潜着日本人心存的"文化恋母情结"，体现着日本文化与中华文化相仿佛的女性文化素质，并昭示了一种文化建设的方向：扶桑日出的瑰丽美景，把太阳女神（东方女性）的光辉洒向人间，在目前男权中心社会出现世界性危机的时代，日本文学（或东方文学）中的文化恋母原型或女性化素质，将越来越显示出更大的文化建设的意义。①

四

从意在发掘、弘扬历史与人性深层的女性文化的角度，人类可以找到一种价值重建或人性重建，因而也是艺术重建的努力方向。不妨借用一位学者的话说："我们可以有一个新的乌托邦，一个关于人性建设的乌托邦。这个乌托邦就是要设想一种比较好的人性，而情感在其中具有核心地位。这正好与中国强调生命的传统哲学接上头，与强调人与自然和谐这样一种'天人合一'的人文精神接上头。而这也是可以对后现代的世界作出贡献的。"② 作为"西马"代表人物之一的马尔库塞，实际已对这种"新的乌托邦"或人类理想进行过有益的探索。他在汲取对立统一与否定之否定等辩证哲学来分析前技术社会、技术社会、后技术社会之后即指出，前技术社会作为一种充满和谐、同情的文化，在技术社会中显得过时、落后了，也被无情地超越了，只有"美梦与孩童般的返璞归真"才能重新把握它。但这美梦与童真幻想，终会演化为一种后技术文化。由于男子的原则对力量与竞争、理性与统治的偏倚，所以一个自由的社会是对这一原则的某种

---

① 参见叶舒宪、李继凯《太阳女神的沉浮》，陕西人民教育出版社 1992 年版。
② 李泽厚：《世纪新梦》，安徽文艺出版社 1998 年版，第 314 页。

否定，它将是一个女性社会。① 从历史上看，男性与女性自然化的"生"存不同，而以"理智化"的"争"存见长。他们在"力量崇拜"中，创设了以竞争不息为主要机制的男性文化，形成了男忙文化的核心意识——斗争以及相应的审美理想——力之美。正所谓与天斗其乐无穷、与地斗其乐无穷、与人斗其乐亦无穷也。男性的嗜斗讲争，使其赢得了社会主宰的地位，自然也主宰了女性的命运。

然而，男性文化在把人类文明引向发达的同时，又积淀了消解自身的文化因素，其中也包括女性文化的延宕和增长。当女权主义运动向男权文化发起深入持久批判的时候，男权文化的种种弊端和局限也日益暴露了出来：其独崇竞争的社会理性和工具理性竟然导致人类生存的一次又一次的危机，尤其是近现代以来，阶级分化与斗争的加剧，世界性战乱和物欲横流的现实，以及人性的严重异化和生态环境的严重破坏，等等，都已显示了男权本位文化的局限，甚至为它敲响了警钟或丧钟。日本女学者富士谷笃子主编的《女性学入门》，即在指出男性本位文化存在的种种严重问题之后，恳切地告诉我们："如果以为女性进入社会就是在男性本位的男性文化中的社会化，则是危险的。因为这样会使女性更加远离女性的本来面目，得不到一个应有的幸福……"② 应当说这的确是有益的忠告，亦即要竭力避免女性被男权文化继续"异化"的现象发生。不仅如此，还要在汲取历史上女性文化遗产的基础上，努力构建女性文化的独立品格及其现代形态，高张起女性文化的精神旗帜，通过召开世界妇女大会，深化女权运动或女性解放运动和创造更多更好的弘扬女性文化精神本质上的"女性化"文学艺术，等等，来有效地消解男性中心文化，以求在更高的层次上重构属于中国、属于东方，也属于世界的女性文化或两性平等互补文化。

———————————

① 参见［美］马尔库塞《单面人》，左晓斯等译，湖南人民出版社1988年版，第51页。
② ［日］富士谷笃子：《女性学》，张萍译，中国妇女出版社1986年版，第25页。

第四节　性别差异制约下的文学创作活动

　　性科学所说的性差，是指男性与女性之间的差别。马克思曾把男子的心理誉为人类心灵的勇敢的一半，而把妇女心理誉为人类心灵美好的一半；也有学者称妇女心理是人类经验的二分之一，不言而喻，男性心理则是另一个二分之一。对"一半"或"二分之一"之说也许不能做机械的理解，但由此的确可以大致标示出两性的差异。在西方学术界已经有了性心理学以及女性学、男性学等专门学科。东方，一些国家和地区也开始了这些学科的研究。不过迄今为止，人类对性差的研究尚处于创始阶段，对"性差"这一概念本身也有着不同的理解。有些人采用"性差异"（sex differences）来表示男女之间本能的或生物学上的差异；而用"性别差异"（gender differences）来表示由社会角色和学识的不同而引起的男女之间的差异；有的人则用"性别差异"表示男性和女性之间的心理差异。我们这里则以"性差"这一概念包容所有的本能、社会与心理（性格、气质、感觉、情绪、智力、思维等）上的两性差异，但在具体分析中尤其注重两性心理差异给创作活动所带来的深刻影响。

　　在我们看来，承认两性差异的所在，就像承认矛盾的普遍存在一样合乎实际；在两性构成的人类生命史上，正是性差引起了矛盾，矛盾促成了生命的运动，从而演化出丰富多变的生活场景及相应的文化现象。

　　在人们的日常生活中，只要是正常人，都可以体验到两性之间的差异及基于这种差异的文化要求——性角色——的存在。一部权威性的《妇女心理学》中说："妇女的体验和男子的体验在某种程度上有着本质的不同。

只有妇女才经历月经、怀孕、分娩和哺乳。除了这些生物学的因素产生的体验以外，妇女还经历着由于文化因素而产生的独特体验——这些体验是由我们的社会中性别角色的作用而产生的。"① 的确，两性在生物意义上的性差是无法抹杀的事实，基因构成、色素区别、激素分泌、性腺活动，第一性征、第二性征，从内而外，都显然有许多差异。1974 年美国斯坦福大学出版的《性差心理学》，便评述了男女之间存在的五十余种心理特点上的差异。在统计意义上的性差数据也许并不十分科学，但至少可以确证男女有别这一客观存在的性差现象。而人类文化的延展不是削弱而是强化了两性的差异，并广泛地从人们的言谈举止、姿容修饰、精神气质上体现出来，这种浸润着生活汁液的性差现象，也必然会影响到作家们的实际生活与创作活动。

鲁迅曾在《两地书》中谈到性差对写作的影响。他说："我虽然没有细研究过，但大略看来，似乎'女士'的说话的句子排列法，就与'男士'不同，所以写在纸上，一见可辨。"又说："我所谓'女性'的文章，倒不专在'唉，呀，哟……'之多。就是在抒情文，则多用好看字眼，多讲风景，多怀家庭，见秋花而心伤，对明月而泪下之类。一到辩论之文，尤易看出特别。即……只有小毒，而无剧毒，好作长文而不善于短文。"② 后来鲁迅对二萧（萧军、萧红）这对夫妻作家的《八月的乡村》与《生死场》也做过评价，认为二者因作者的不同，即使同是反映"九一八"事变的作品，也显示出了不同的面貌。萧军有武夫之猛，为文粗犷有力，直接描写战争本身及其严酷惨烈的场面；而萧红则有女性的细腻，着意再现北国风光及山河破碎造成的苦难，特别是多从女性（农妇）的不幸这一角

---

① ［美］珍·希·海登等：《妇女心理学》，范志强、周晓虹译，云南人民出版社 1986 年版，第 6 页。

② 鲁迅、景宋：《鲁迅景宋通信集》，湖南人民出版社 1984 年版，第 23、31 页。

度来控诉侵略者的罪行。即使是萧红的粗放也是女性化的粗放,而非萧军的粗犷。这种现象应该归到男女两性各异的生命系统中来理解,而这两种生命系统在与生俱来的差异的基础上的不断建构,必然会呈现出各自体物用事、语言思维上的种种不同。皮亚杰的发生认识论告诉我们,原初认知结构(主体)是同化新信息的基础,其所顺应的认知对象(客体)会因主体认知结构的不同而相应地发生变化,从而被建构到主体新的认知结构中去。萧军一生崇尚强力,倔强刚韧,年轻时尤其如此,因而是典型的男子汉;萧红一生遭遇坎坷,很小的时候便落入女性难以摆脱的婚姻羁绊之中,女性的悲苦从小就在她心中种下了根因,感伤纤细,挣扎反抗,表现出了明显的女性特质。所有这些必然影响到二人对同一事变(如"九一八")的不同的认知与体验,从而才可能会有从内容到风格都有明显差异的《八月的乡村》与《生死场》这样两部作品的问世。由"二萧"我们想到了"二张"(张承志与张洁),他们均堪称同性人中的强者,但将他的《黑骏马》与她的《爱,是不能忘记的》放到一起时,我们便极易发现两者之间的明显差异,这差异的基本内涵便只有从性差的角度解释才较为中肯。

男女性差不仅仅是"个性"意义上的差别,而且也是"类型"上的差别。由于生命体系的不同,使两性同在"愤怒"时也往往有明显的不同——性征的色彩与细部的呈示会向你证明这点,男性会怒发冲冠,铁拳紧握,樊哙、李逵式的暴怒最为典型;女性会薄唇颤抖,秀目含泪,抑或呼天喊地,双手扭结,窦娥、林黛玉式的愤怒伤感最为典型。日本学者服正部在研究男性作家森鸥外与女作家濑户内晴美时也指出:即使是都在描写女性心理,"从男性森鸥外的眼光中反映出来的女性心理",与"的确出自女性的手笔"的女性心理也往往各有不同。他说:"在小说中郑重其事地描写女人怎样、男人怎样的地方,也就是作者强调性差别的部分。"他由这些还结合日本女性与男性的气质类型做了比较研究，认为女性与男性的差异序列为：温柔的女性——热情的女性——恭俭的女性——细腻的女性，这和勇敢、刚毅、积极的男性形象恰成鲜明的对照。男子气概中最后面的四个项目是女性气派中最前面的，女性气派中最次的反而成了男性气概中最优的。① 总之，无论是来自描写对象的性差的客观事实，还是来自观察与写作者的性差的主观事实，都最终要影响到创作活动本身。除了读者对作品中男性与女性的性差有明显的评判之外（如绝不会把男女主人公混为一人），也会对作品的创造者的性别与特征发生兴趣，如鲁迅那样从"男士""女士"的语言上便"一见可辨"，从而做出直觉判断并体味作品所散溢的特殊的精神芳香。

瓦西列夫曾说："性的差别深刻地影响着人性，几乎是影响到人性的各个方面。可以把男人和女人视作生物和社会共同体中的两个互为补充的变体"，而"男性气质和女性气质所表现的乃是人的本质的特定形态，人的本质作为发展了的和社会化了的本性而存在的特定形态。世代袭传的男性气质和女性气质丰富着人的内在本质。它们构成了人的生命力和美"。② 我们以为，这样的理论分析已把性差上升到了哲学的高度，而在原理的归结上显然也就是"阴阳之谓道"或"对立的统一"——两性没有差异，没有各自特殊的美质与局限，没有基于此的矛盾与互补，那才真正是天地间的咄咄怪事！但是我们必须强调：承认"性差"并不等于认同传统的"男性中心"意识或其他两性不平等的理论，更不意味着由差异的双方构成的矛盾关系不可以在一定条件下互相转化；两性在矛盾冲突的过程中趋于统一，但统一是相对的，矛盾却是绝对的。那种希图以"两性人"的理想范

---

① 参见［日］服部正《女性心理学》，江丽临等译，上海译文出版社 1987 年版，第 17 页。

② ［保］基·瓦西列夫：《情爱论》，赵永穆译，生活·读书·新知三联书店 1997 年版，第 103 页。

型来模塑天下男女的构想①，只能是一种美好的幻想或关于人之"性"的"乌托邦"。

瓦西列夫最推崇康德对两性共存导致无与伦比和谐的哲学性分析，他引述了康德这样的一些观点：女性是可以被称为"美"的性别，男性是可以被称为"高尚"的性别；但男女两性又"都是二者兼而有之，只不过女人身上的其他一切品德都是为了衬托其美的特性而组合在一起，而在男子的各种品格中，以作为男性的显著标志的崇高最为突出"，康德的观点具有明显的"性哲学"与"性美学"方面的重要意义。男女两性不仅在共创新生命的过程中因"性差"而互补才能成功，而且在具体体验自己生命的过程中，也因性差而获得彼此有异却又可以互相理解的生命感受。在康德的性差思想中，实际已经把美的两种基型——优美与崇高美赋予了女性与男性，不，是因为女性更合乎优美的范型、男性更合乎崇高美的范型这样的事实才使康德做出了哲学与美学意义上的概括。同时，康德又把"美"与"崇高"还原到"品德"系统组合中去，恰切地论述了男女两性的"品德"系统因素的"兼而有之"却又各有"最为突出"方面的特征。这也就是系统、辩证观念与方法在性差研究中的生动体现。

两性作家作为各有其"性"的人，也必然会受到性差的制约与影响，他（她）们的创作活动往往烙印着自身特有的性征与性体验的印痕。

就女性作家的生理心理的发育发展来说，也与一般女性无异，总要导致对自我性征或性角色的体认。男性的存在就像一面能够随时移动的"活镜"，不断向她提示她是女性，并应该怎样表现自我作为女性的角色，以调适两性之间的关系。而母亲、姊妹、同性朋友以及自身合乎生物规律的成长等等因素，都以无形的"手"在塑造她，就像那月月来红的信使一

———————————

① 参见［美］阿·索伯《性哲学》，农村读物出版社 1989 年版，第 161—182 页。

样，"耳提面命"地告诉她：要知道你是个女人。即使是那些从小好强被人称为"假小子"、长大叫作"铁姑娘"的人，也毕竟是"假"难成真、不乏人情。因而，作为真正的女性作家的生命体验和情绪积累，总要对她的创作活动产生深刻的影响，并形成与男性作家相对有异的一些特征来。

一般来说，女性作家受其性差的制约，特别注重艺术表达上的情感真诚细腻、丰富婉转。在新时期崛起的女作家群中就不乏这方面的例证。戴厚英的名作《人啊，人》，在小说题目中便十足地"女性化"起来；王安忆从其母菇志鹃那里，也承袭了那份女性的柔情，在其成名作《雨，沙沙沙》中也流露出了类乎《百合花》的如水的诗情……即使是女性的幽怨悲伤、多愁善感，也经常是"唯女性而先知"，唯女作家而能道出真味，如蔡琰的《悲愤诗》、李清照的《声声慢·寻寻觅觅》、庐隐的《海滨故人》等，就是这样。

特别喜欢并善于"表现自我"，这也是女作家们的一个重要特征。美国旧金山州立大学教授葛浩文是研究中国女作家萧红的名家，他曾说："我为萧红哭过、爱过、梦过。"是什么这样强烈地打动了他的心呢？这便是萧红的至诚的自我表现所产生的魅力。他说："女性文学最有魅力的便是自传体文学，'五四'时代的庐隐、谢冰莹等人是如此，三十年代的丁铃、萧红也是如此。男人回顾自己一生时重视的是功利，如自己当过什么高官，有过什么名望。女人却不然，她们比较注意自己有过怎样的感情历程。以色列前总理梅厄夫人在下台后写了一本自传，只谈自己作为一个母亲、妻子与教师的经历，只字不提自己曾当过总理，这对于一个男人来说是办不到的。但正因为如此，女性文学才比较真，才别具魅力。"[①] 当然，作为文学创作活动，女作家常常在表现自我的时候，也以薄纱的轻遮、合

---

① 肖晓：《域外学术行踪》，《文学研究参考》1987 年第 2 期。

理的想象,在把"自我"对象化的同时,"艺术化"地表述"自我经历"。熟悉新时期文学的读者,对宗璞、铁凝、张洁、张辛欣、残雪、刘索拉等女作家大概是并不陌生的,这些女作家一个很大的特点便是执着于"自我表现"。也就是说,你从她们作品中主要人物(有时还不一定是女性)身上总会看到实际生活中的"她们"的身影。而这种对自我表现的执着,从性差的根源上说,主要是由于女性的记忆力(特别是关于自我的经历体验)比男性突出,而且女性对"生命发生于内"的原始记忆始终回荡在她的心中,促使她将注意力定向于人(以自我为前提)。同时,女性记忆力还有自己的特点,即不像男性那样善于抽象概括,而在形象记忆、机械记忆上有着明显的优势,特别是自我经历的一切,真可谓"历历在目",永难忘怀,故而在她们把笔向纸的时候,就自觉不自觉地"自我表现"起来。

在创作题材的选取上,女性作家通常特别关注的是婚姻、爱情或妇人、儿童方面的实际人生。被五四新文学运动"震"上文坛的冰心女士所写的第一篇小说便是《两个家庭》,首先展示的便是女性活动的主要舞台——家庭。在"冰心世界"里,我们还领略到了"超人"何彬向"母爱""人类爱"皈依的情感历程,也领略到了这样的天上人间美景:轻波柔浪的"春水",绵长地流向远方;"繁星"闪烁的夜空,悠然地诱人入梦;天真快乐的儿童,在甜蜜的生活中成长……女性的心地能达到"冰心"这般境地也许本身就是一种浪漫,但同时这也是对现实中黑暗面的否定和对人类美好未来的向往。一篇研究新时期女性作家儿童文学创作的文章说,相当一批女作家怀着一颗纯真的童心,进入了儿童文学天地,她们创作的作品就具有"细腻、敏感:一个独特的心灵感应天地","温柔、多情:一片冰清玉洁的爱的世界","温馨、柔婉:一片清新优雅的美学意境"等特点。文章最后说,"世界是由男女两性不同的血肉之躯所组成,文学自然也应当是由男女两性共同的感受所构成。孩子们需要温柔亲切的母爱，优雅细腻的阴柔美的'软化'产品；也需要刚毅、粗犷、深沉的父爱，雄深豪健的阳刚美的'硬化'产品，这样才能陶冶他们阳刚阴柔并济的优秀品格和性情。所以男女作家尽可发挥自己的特长，创造出属于自我风格的作品。"① 的确，女性作家完全有理由来充分表现女性特殊的情感世界，来描摹自己所熟悉的生活领域，如对生命之水（怀胎、分娩、哺乳等）的歌赞，对女神或母性崇拜的诗化，对爱情婚姻的神往，等等。也许相对来说，女性作家应有自己的"女性范型"，但它不是僵化的"女性模式"，不同的女性作家又可以在女性范型的统摄下，找到属于自己创作个性的艺术风格。这女性范型的理论表述便是康德所说的以"美"（优美）为核心构组的精神体系。如果女性作家弃绝这种女性范型而竭力认同男性作家，那恐怕只会弄巧成拙、适得其反的。

女性大可不必菲薄、贬抑自身，男性亦然。尽管男性作家也往往渴求温情与优美，但在主导方面仍受其性差因素的制约，而显示出以崇高为核心特征的男性美。

日本学者国分康孝、国分久子夫妇二人在《男性之谜》一书中，曾就日常生活中的性差现象做过有趣的心理分析。他们认为，人类的第一次大分工，即男人和女人的分工，以及由此衍生出来的社会实践、生产实践活动，给两性文化心理的形成提供了决定性的因素：由于男性的"职责"是在外狩猎，主动地、独立地攻击猎物和维持"家庭生活"等，便由此影响到男性自身的心理形成，使他们倾向于具有独立性、竞争性、犯罪意识、支配性和优越感，重大局而轻细琐，专注于事物与外界动向等等心理特征；而女性的"职责"则主要在家里：操持家务、哺育后代、等待男人归

---

① 周小波：《爱与美的世界》，《文艺评论》1987 年第 5 期。

来等，逐渐形成了女性在心理上的依附性、接受性、羞耻意识、服从性和劣等感，注重细小的事，对人自身或"向内"（心内、家内）的关注等等心理特征。① 这样的分析显然是有道理的。但是，仅仅做这样的理解还是不够的，因为在人类第一次大分工之前就出现了男女有别的事实。这首先是生理上的事实，并由此才逐渐在"活动"中建构或积累男女有别的因素，终于导致男女的大分工；在将来，男女也并不仅仅因"职责"上的分工界限的模糊而失去性差或性征，所以我们更应该从人类发生学与未来学的意义上来探讨男女自我意识的形成。在原始时代之初，男性在生存中已受到本能的制约，及待自己第二性征出现的时候，便会感到食物的"攫取"与性器的"勃起"对于自我生命存在的重要，后人概括的这"食一色"两大本能体现在男性身上，从一开始便有了"个性化"的特征。正是出于这种性差的制约，男性逐渐建构并巩固了"主动"的意念与动作，并在原始直觉的范围内把自我筋骨肉体的坚硬有力与山石、坚木联系起来，内化出"崇高"的意象。换言之，正由于有男性生理解剖上的性差为基础，才在最原始的反复不已的生命活动与体验中逐步促进男性对自我的确认，一旦女性生殖的神话被打破，他们便迅速将原来慑于母权意识之下的男性潜能发挥出来，从而建造起男性中心的神殿。从此，"男子小心翼翼地护卫着自己的这个半神秘的世界，不让妇女染指。这是战车、利剑、盔甲的残酷世界，发明的诱人魔力的世界，流血的战争和科学的奥秘的世界。男子，这是世界的征服者马其顿国王亚历山大，是伟大的诗人荷马，是思想家亚里士多德，是揭开宇宙秘密的布鲁诺，是领导农民战争的闵采尔，是发现美洲的哥伦布，是深知人心的天才莎士比亚"②。男性的性优势

---

① 参见［日］国分康孝、国分久子《男性之谜》，赵建华等译，中国国际广播出版社1988年版，第1—13页。
② ［保］基·瓦西列夫：《情爱论》，赵永穆译，生活·读书·新知三联书店1997年版，第69页。

在男性中心社会里达到了巅峰状态，其创造的伟力反过来又巩固了男性性差的特征，在文艺领域也实际存在着这种现象。简略地说，基于性差的制约，男性作家的创作一般具有如下一些主要特征。

其一，是力的崇拜。由"战车、利剑、盔甲"所象征的男性世界充满了对力的崇拜。而力既得之于他们的肉体，也得之于渐渐巩固的"权力"宝座，并终于把"力"（体力、权力、武力、暴力等）具象化为"上帝"或"宙斯"的形象，君临一切，推动一切，占有一切，支配一切。"他"威风凛凛、高大雄健，头上戴着神圣的桂冠，手中握着闪亮的权杖。这样的上帝或宙斯形象出现在《圣经》与古希腊神话中，并影响到各种艺术的创作。作为"上帝"或"宙斯"的原型变体，在荷马史诗、索福克勒斯的剧作、西方绘画以及海明威的作品中，都不断地再现出来。在中国现当代文学中也震响着男性的声音，回荡着对"火与剑"与"真正的男子汉"的呼唤与歌颂，这从鲁迅对"力之美"的推崇，抗战文艺对"火与剑"的颂赞，新时期文艺对改革者"铁腕"的肯定中，便可略窥一斑。

其二，是主动精神。荷兰心理学家拜登蒂克认为：男女两性不同的肌肉系统，使人们恰好适合两性有异的生命韵律过程——在骨骼和肌肉方面，男性的构造基本是直线形和锐角状的，适合于推进、刺入、冲击以及其他男性角色的肯定性方面；女性的构造则是曲线和弧形，适合于开敞自身，孕育和抚养子女，接受与给予的活动塑造了她们的温柔、慈善的品性。也有人从男性与自然的关系上进行思考，认为远古时男性多从事室外活动，直接与大自然搏斗，遂导致了在自然之中男性气质放射性的扩张——从主动的进取、斗争中来保存自身与族类。在原始岩壁有关狩猎的绘画和杰克·伦敦的《热爱生命》《海狼》等作品中都生动地体现了这种男性的主动精神。这种精神带有冒险性，也带有英雄色彩。如从生命发生、成长的自然过程来考察，男性在儿童期就出现了一种男性潜能与特征

（冒险性的好动调皮、武勇化的舞刀弄枪以及"有势"的自我感觉等）。据心理学家研究表明，男童的心理结构中具有一种"推进机制"，刀枪剑戟、火车警察之类与此内在的心理机制相对应，故而如让男童自由地作画，便会出现这类画面。其后愈长，这种"推进机制"便更明显，让人感到男性仿佛是天生的主动者，在事业、爱情乃至游戏方面都是如此，而男性作家对这种男性的主动精神，则是最热衷于加以渲染或表现的。

其三，是性欲亢进。漫长的男性中心社会赋予男性的一个很大特权便是性放纵。从远古父系氏族的酋长到封建时代的君王，以及达官贵人、上层男士们都拥有这种特权。一般平民男子也叨光，在实际生活中往往享有一夫多妻或婚外性恋的殊遇。而这些势必会激发男性的性欲亢进，并渐渐地塑造了男性直露、大胆、主动的性态度（相对于女性的隐蔽、恐惧、被动而言）。弗洛伊德对男女异性的性态度做过深入的研究，继他而起的研究者也很重视性态度对人生的影响。法国当代精神分析学家拉康把弗氏性力（libido）又做了划分，对男性来说，"菲勒斯"（phallus）是阳物的抽象，同时也是"父亲"的象征，再经置换，也成了男性高大强壮形象的象征，成了男权统治的法与权力的象征，故而德里达称拉康的这种观点为"菲勒斯中心主义"。男性在原始舞蹈、绘画、雕塑中最初显示了阳物崇拜的趋向，此后经由"文明"的压抑，男性把这种"菲勒斯中心主义"转移、扩张到政治生活与经济生活领域，而在实际的阳物征服的"私生活"上覆盖了种种掩饰物。尽管如此，男性对"性欲"的禁忌远较女性为轻。男权社会在很大程度上给男性留有放纵的借口与活动的余地，但却用闺房、贞节牌坊、小脚等等桎梏断绝女性自由的路径。在中国文学的宫体诗中集结了士大夫贵人对女性玩赏的笔墨；在那些叙事性的古代作品中，英雄美人、才子佳人的模式一以贯之，英雄与才子是充分享有女性美的最佳人选。也许正因如此，古代那些十足肉欲化的描写或直露描写性动作的作品，无不出自男性文人之手。而女性作家虽然多写情爱，但却净化纯美得多。

其四，是事业的骄傲。男性格外重视对外的事功上的追求，这是男性最值得夸耀的，同时也往往是招徕异性的事情。东方诗圣泰戈尔在青年时便曾向心爱的人说："我会写诗！"把写诗也当成男性的事业之一，这是古代东方社会赋予男性的特权，至今仍有清晰的留痕。男性主要的功业在官、商、征战、教育等方面，为了表彰这些功业的文艺作品也可被视为"不朽之盛事，千秋之大业"。由此形成了封建主义时代的"文以载道"的文艺特征，使绝大多数男性作家的创作都带上了突出的功利主义的理性色彩。进入新时代的男性虽然常常批判"文以载道"，但却实际上将新的"道"取代故往的"道"。在强调"使命感"、呼唤"时代史诗"之类的艺术疆场上竞争的，常常就是雄心勃勃的男性作家。

其五，是崇高的风格。什么是崇高？康德在《判断力批判》中说："粗犷的、威胁着人的陡峭悬崖，密布苍穹、挟带着闪电惊雷的乌云，带着巨大毁灭力量的火山，席卷一切、摧毁一切的狂飙……我们欣然地把它们称为崇高，那就因为它们把我们灵魂的力量提升到了那样的一种高度，远远地超出了庸俗的平凡，并在我们的内心里面发现了另外一种完全不同的抵抗力量，它使我们有勇气去和自然这种看来好像是全能的力量，进行较量。"① 这样的"崇高"很容易使人想到伟岸的顶天立地的男子汉形象，想到铁骨铮铮、豪气冲天的英雄，想到战死沙场、为民请命的勇士，想到以"硬汉文学"名世的海明威及其类似的作家们。难怪康德要把男性归为"崇高"的性别。正由于男性作家内蕴的"崇高"气质，从而将追求崇高的意向渗透到"硬汉"之类的言行中，对象化到文艺实践的各个环节，相

---

① ［德］康德：《判断力批判》，宗白华译，商务印书馆1965年版．第28页。

应地便形成了艺术上的崇高风格，无形中也创设了男性类的艺术风范。

综上所述，我们认为：男女的性差是永恒的差异，男女的对立是永恒的对立，然而，男女的和谐也是永恒的和谐，男女的幸福也是永恒的幸福，而这一切，又都将在两性作家创作的文艺作品中，得到淋漓酣畅的表现！

第八章

文学比较与心理批评

在文学比较中鉴别和言说，是"文心说"及心理批评的基本思想方法。无论是文学比较还是比较文学，细究之，都与有意识和无意识状态下的"性别意识"有着千丝万缕的牵系。在比较文学或文学比较的视野中，性别意识的介入可以促成特色鲜明的文学创作及性别诗学，对心理批评也会产生深刻的影响。而文学批评的"失血"常常和批评主体的"乏感受"密切相关，对此进行深入讨论，也有助于批评家自觉细读作品文本和结合生命体验，让文学批评书写更具有"文学"的品性。

第一节　文学比较与性别意识

人类的比较意识和性别意识，都有着古老悠久的历史，对人类文化的孕育和发展也都有着深远重大的影响。然而这两股在人类历史上绵长的"意识"之流，在 20 世纪迅速拓展的人文世界的时空中，却像长河流入大海，浪激波涌，海啸龙吟，以海洋般的博大弘深与磅礴气势，猛烈地冲击或消解着民族的壁垒、文化的隔膜、两性的鸿沟以及其他种种人为的阻碍，从而为人类拓展出愈益宽广的崭新的人文视野。与此相应，这两股"意识"之流的汇融和增势，也对人类认识自我、认识男女性际关系，特别是认识女性曾被压抑遮蔽的一切，产生了不可忽视的重要作用。而在文学创作及其理论批评领域中，比较意识和性别意识的崛起和广泛渗透，更有着非同寻常的重建文学世界和批评话语的重要意义。

所谓"比较意识"，是人们关于"比较"的观念或对"比较"的自觉。而"比较"无疑主要属于方法论的范畴，是人类认识事物和自身最常应用的方法或思维方式。人类赖此及相应的思维与实践，才会有鉴别和识见，求同或存异。由此也才能知人论世，发现规律，求得真理。这在文学批评的实践中，就有着相当充分的体现。特别是在跨文化交流日趋广泛和"比较文学"（Comparative Literature）崛起兴盛的时候，"比较"的意识在文学领域得到了前所未有的强化，比较文学及广义的文学比较，成了不少批评家热衷的"事业"，并且自觉或不自觉地结合着自我的性别意识对人类两性生活影响下的文学进行评论。所谓"性别意识"，则是关于"性别"的观念[1]，主要属于社会学和文化学的范围，是人类认识自我、社会和文化的一个重要角度。性别意识的生成源自人类对自我生命的体认，源自人之生命诞生的"第一问"[2]，源自人类文化的演进发展。性别意识的客观存在，已经构成了人类历史及文化存在的一个基本事实，其利弊得失和发展

---

① 为强调两性的根本差异在于它的社会性和文化性，美国女性主义者首先使用了 gender（社会性别）这一概念，以区别于 sex（生理性别）。女性主义者普遍认为，决定两性性别意识、性别特征的主要因素是社会方面而非生理方面。参见鲍晓兰《西方女性主义评价》，生活·读书·新知三联书店 1995 年版，第 217 页。

② 我们在孩子降生时的第一问便是："男孩还是女孩？"而所得到的回答将深深地影响着孩子的未来。此可谓之为人生"第一问"。见吉恩·斯多卡德、米丽姆·M. 约翰逊《社会中的性和性别》，俄勒冈大学出版社 1992 年版，第 3 页。

变化，也自然成了人类无法回避的重要命题。性别意识在文学世界中的渗透十分深广和强劲，这不仅体现在文学创作上，而且体现在批评上，在传统型的男性中心的批评论坛上，女性基本陷入了失语状态。而如今，智慧女神的猫头鹰已经凌空飞翔，来自清醒的性别意识（特别是女性意识）的女性批评的声音已经频频震响人们的耳鼓，并且在与比较意识影响下的比较批评的紧密结合中进行更为缜密和深切的分析，从而带给人们更多的富于智慧的启迪。① 中国文学的研究和批评，格外需要这样的清醒的性别意识和比较意识。换言之，即"带有"（而非"只有"）性别意识的具有深度的比较批评或性别批评，应当成为批评家，尤其是女性批评家的一种重要的选择。

一 跨国文学比较与性别意识

跨国文学比较，亦即学界通称的比较文学，只有在开放变革和张扬人文的时世中才有可能存在和发展。纵观中国比较文学在 20 世纪中行进的历史，大致说来，我们拥有难以忘却的三个"一"：一种难以抑制的激动和这激动中的回忆——"五四"前后比较文学在中西文化碰撞过程中的初兴；一种令人感伤的喟叹——新中国成立后直至"文革"的比较文学的暗淡以及这暗淡中少许的挣扎和努力；一份扬眉吐气的自信和自励——新时期以来的比较文学的复兴及迅速地与国际接轨。其中最为我们珍视的，自然是和我们贴近的这个"一"：随着"复兴"，伴着"自信"，一股浩荡的学术春风，业已吹绿了文学批评的一块好大的领地。② 其中迎风起舞的亦不

---

① 在男权话语中是不必特别提到"性别"或"性别批评"的，而在女权话语中才会格外强调"性别"，因此，"性别"话语实为女性话语，并多用来特指"女性"。同时，中外女性主义研究的比较也是"必要而有益的"。参见李小江、朱虹、董秀玉主编《性别与中国》，生活·读书·新知三联书店 1994 年版。

② 详参李继凯《中国新时期文学比较批评概观》，《湘潭大学学报》1995 年第 5 期。

乏女性学者的身影。她们的积极参与，使比较文学在拓展国际文化视野、促进观念方法更新等方面，更趋"前卫"状态，尤其是在译介西方女性（权）主义及相关的人文学说、文艺理论，比较中外女性作家作品的异同，分析中外文学史的男性中心话语，表达女性文学的探索愿望等等方面，都起到了相当切实而又重要的作用。而她们在比较文学领域的亮相，尤其是对女性学、女性（权）主义文学及批评的关注，本身就是对女性解放或男女平等的切实追求和印证，同时也体现了她们日益增强的女性意识。

这也就是说，正是跨国文化比较的机缘和操作，使中国女性批评家增强了带有明显西化色彩的性别意识①，并且通过她们的译介、阐释、发挥等多方面的努力，使外来女性（权）主义思潮对作家、读者乃至全社会产生了相当广泛的影响，引发了许多关于人类性际关系的思考。这种美雨欧风的东渐所产生的接受或传播效应，从主导方面看是具有积极性的，对重建中国两性文化有较大的参照价值。其情形有似于联合国第四次妇女代表大会在中国的召开，国际性的丰富多样的思想学说和经验教训，都在较大程度上对中国的女性解放和女性事业产生了不可忽视的推动作用。在新时期以来逐渐拓展的跨国文学比较的学术领域，女性文学研究愈益成为一个重要的方面，带有女性（权）主义文学批评特征的学术成果也呈增多之势，特别是在20世纪80年代后期和90年代，在关涉中外女性文学的影响研究、平行研究和综合研究中，已经取得了较为可观的批评成果，并渗透了越来越明显的性别意识，特别是女性意识；体现了越来越深入的分析理性，特别是对中国传统中男尊女卑的观念和行为体系，以及相应的文学表现，进行了较此前任何时期都要彻底的反思和批判。在这些反思和批判中，都凝注了批评家对女性主义的独立思考。如果说在女性作家创作中的

---

① 西方女性意识或性别批评与西方马克思主义、精神分析学说、后现代主义等思潮有密切关系，而这些思潮在中国的传播，客观上也有助于女性主义的东渐。

性别意识或女性主义倾向在近十年来愈益彰显，那么相应的理论批评也以加速度的方式处在积极建设之中，显得愈趋活跃。目不暇接的有关论文和著作都具有外来女性主义思潮的影响，尽管有程度的不同，但承受这种影响并结合中外文学进行比较研究，抑或参照女性（权）主义的种种学说对中国文学进行阐发研究，就仿佛是取来天火以煮自己的灵肉，然后像火中凤凰那样，获得精神上的新生。

有了这种精神上的新生，就会获得一种敏感而锐利的性别眼光。虽然这种眼光不能代替其他各种眼光，但它确能带给人们新的视境和新的思考，譬如用这种眼光看人类的历史文化，就会发现女性其实也拥有自己的文化和文学，而女性文化的精魂亦即对爱与美的执着又正是艺术女神（而非艺术男神）生成和永生的基因；同时也会发现女性文化虽受男权文化的长久贬抑和忽视，却仍然幽邃地贯穿于人类历史并处于不断的建构中，对艺术世界产生了深刻影响，其中也包括对男性艺术家人格的微妙的影响。女性文化对广义的"人道"所执奉的爱与美的一往情深和矢志不渝，正是企望对男权社会充斥的性别歧视、阶级压迫以及战争与破坏的彻底颠覆，从而建构新型的社会文化和性际关系。恰如法国女性主义学者露丝·依利格瑞所说的那样："两性差异应当体现为一种完美的关系，但这种思想却未得到表达与传播。在女性历史的沉默之中，似乎尚有未吐之言；也许，女性世界总有一天将展现它的能量、它的构造，以及它的发展过程或是它繁花似锦的面貌。女性之花使未来向着我们开放。"① 这种来自女性主义学者的呼唤和预言，具有人类学和未来学的性质及价值，并与东方文化隐在的"女性哲学"相通，亦即契合于"一阴一阳之谓道"的和谐观。② 沿着这种女性文化重建的方向，人类也会看到一种幸福的希望，人类所日益感

---

① 张京媛：《当代女性主义文学批评》，北京大学出版社 1992 年版　第 385 页。
② 参见程伟礼《〈老子〉与中国的"女性哲学"》，《复旦学报》1988 年第 2 期。

到紧迫的生存危机和文化危机，也会得到必要的抑制和拯救。① 呵护生命、爱惜生命以及美好生命的肇始于人类母性精神的女性文化，必将在不断的增益中成为人类文化的主体或支柱，并成为拯救人类的重要的精神财富。当今之世，在男权于世界范围内跋扈了数千年之后，其男权本位或"男道"化的"人道"终于清晰地暴露出了其片面"人道"的真相，暴露出了这种"人道"制约下的"科技"所潜藏的巨大危险性。面对这样的危险，西方思想家海德格尔从中国道家思想中汲取灵感，早在半个多世纪前就预见到并向人类发出了警告。惜乎人类忙于争战和掠夺性的生产，对"科技"伟力着魔般地执迷，长时期听不到或听不明海氏的声音，以致老海由衷地发出浩叹："只还有一个上帝能够救渡我们。"但他心目中的这个"上帝"，既非虚幻，而且实与男权神话中的"上帝"也有根本的不同，这就是悄然呼唤着大地女神的力量：海氏曾对诗人荷尔德林倾心赞美的"大地女神"有着知音般的神会，并给予积极的称扬；海氏还曾借希腊雅典女神之口，唤醒人们去寻求超越技术理性的新尺度。② 由此很容易使人想到原型批评所关注的女神原型的置换再造及其拯救心灵的意义，想到歌德心目中的"永恒之女性"、郭沫若心魂中"女神之再生"以及苏珊·格里芬心间的"自然女性"和航鹰笔下的"东方女性"等，从而感悟到注重"女道"和"天道"在拯救人类陷入科技危险中的特殊价值。这用一种诗意的说法，就是在"自然女性的林中路"上去寻寻觅觅。由海氏的思考我们也会想到，男性也完全可以在心灵上体认女性文化，在思想上弘扬女性文化。诚所谓"生理固有别，心灵可相通"。心灵的性别意识的调适较之于生理的性别差异的实存，显然重要得多。

---

① 参见禹燕《女性人类学》，东方出版社 1988 年版，第 172—177 页。又参见李继凯《女性文化与艺术女神》，《文艺研究》1995 年第 6 期。
② 参见宋祖良《拯救地球和人类未来——海德格尔的后期思想》，中国社会科学出版社 1993 年版。

二　本国文学比较与性别意识

拥有了心灵意义上的性别意识，再来观照和反思本国文学，就会在与传统性的男性中心观念及思维模式的对立或比较中，获得较多新的发展和认识。在国内文学的跨民族、跨地域、跨时代及跨性别的比较研究中，清醒的性别意识，特别是渐被确立起来的现代的女性意识，可以将研究者带入许多新的思路中去。

近年来出版了数量可观的女性批评著作，其中大多都能拓展出新的批评视野。比如刘慧英的《走出男权传统的樊篱——文学中男权意识的批判》① 一书，就能够给人们提供一些新观点和新思路。王蒙在该书的序言中坦诚表现了自己受益于这样的新思路："刘慧英的书稿改变了我的许多认识与观念。我惊讶于我在女性问题上的皮相与粗疏，粗读了这份书稿我不禁惭愧于自己的视而不见与麻木不仁。"他还说："正像刘慧英以丰赡的材料与雄辩的论述所表明的，男权价值标准、男权历史意识在生活中、文学作品中的表现真是数不胜数，触目惊心！却原来，作为一种深层次的文化意识，实现男女平等与妇女解放是那么困难，比在法律上制度上社会保障上解决妇女问题难得多！"面对历史悠久的封建男权的汪洋大海及其现代的种种变形，要很好地担起"批判"的重任是相当艰难的。《走出男权传统的樊篱》在一定程度上意味着中国女性学者拥有了更加鲜明而又深刻的女性意识，这种意识与仍在建构中的人类意识相逼。也许该书的"批判"还只是"走到边缘"而非"走出樊篱"的艰难跋涉，但仅此已经难能可贵。这是一部有鲜明的女性主义特征的以中国文学尤其是现当代文学

---

① 刘慧英：《走出男权传统的樊篱——文学中男权意识的批判》，生活·读书·新知三联书店 1995 年版。

为主要论述对象的书，主要寻求和剖析的是男权意识在不同作家不同时代的作品中的普遍存在，而跨国性的文学比较则成了有效的辅助手段，外来女性主义思想则成了犀利的批判武器。

从某种意义上说，中国文学，尤其是古代文学确可视为男权化的文学典型，在许多看似天经地义乃至令人心驰神往的文学情节或情境中，在那些习焉不察、频繁运用的文学模式中，都设有男权文化的樊篱或陷阱。仅就中国古代婚恋性爱文学的情感型而言，也可以清晰地看出这种事实的真相。大致说来，中国古代婚恋性爱文学的情感范型及相应的叙事结构或表达模式主要有这样几种，即超级团圆式、失意补偿式、理性超越式、歧变淫放式和世俗享乐式。在超级团圆式的叙事结构中，通常多见的是英雄美人、才子佳人以及二者复合的完美型男女的形象设计，在这种种设计中都包含一种意图，即无论怎样的女性都必将成为男性的附庸，都是以男性为圆心所画定的圆圈中的尤物，而通常在叙事结局中设计的带有浓厚"瞒和骗"的意味的"大团圆"，其所要"瞒和骗"的主要对象，就是那些在物质和精神上都仰赖男人的女人；在失意补偿式的叙事结构中，失意者自然主要是那些在功名利禄追求中被摔在泥淖中的爷们儿，但他们在"第一性"的"竞技"角逐中的失败和屈辱，却可以相对容易地在"第二性"这里找补一些精神上的慰藉，"忍把浮名，换了浅斟低唱"，抑或构游神恋，向壁虚构，香草美人，托志闺房，女性成了这些失意男性的"心药"或"相逢何必曾相识"的同病相怜者；在理性超越的叙事结构中，礼教意识制约下的文化律令，虽然也对男性有束缚作用，但更多的则是对女性的歧视和压迫，"女祸"说、"三从四德"说、片面贞节观以及父权家族本位的生殖观等，都是套在女性颈项上的枷锁，所谓"礼教吃人"，所吃者，主要便是女人，而在男权社会中的政权、族权、夫权和神权的"四大金刚"的联合统御下，女人便只能陷入万劫不复的命运；在歧变淫放式的叙事结构中，妻妾成群成了男性性特权的标志，同时也成了他们玩弄女性、淫纵变态的明证，而女性在依附中的媚男、性役以及争风吃醋等，也只能毒化她们的心灵、扭曲她们的人格，在古代那些充斥了男性淫荡意欲的色情作品中，势必会制造出投合其脾胃或变态心理的荡妇形象；在世俗享乐式的叙事结构中，市井中的男性同样是享乐的主角，他们在家庭中占有着"家花"也常常到花街柳巷去采撷"野花"，在市井中，人肉市场或准人肉市场的存在，对男性来说是乐园，但对女性来说则是地狱，只要男性中心社会还存在，女性还不得不凭借本能与姿色而媚取男性的喜爱和豢养，那么她们就仍然处在广义的人肉市场上，女性被异化的命运也就难以摆脱。

对中国古代婚恋性爱文学的这些简略的分析，已将处于不同叙事模式中的男女角色进行了某种概括和比较。而在这种"重新阐释这个世界"并旨在"改变这个世界"的带有鲜明"性政治"色彩的性别批评中，既不难看出女性究竟承受着怎样的被侮辱、被损害的苦难命运，又不难看出性别批评的社会性或政治性。[①] 然而这并不意味着女性在历史与文化中一无所有或只有消极作用。如前所说，女性仍然在精神上和实际生活中拥有着自己的文化，尽管这种女性文化被压抑、扭曲和强奸而成为边缘文化或隙缝文化，女性对爱与美的执着，对和谐与平等的向往，甚至对人类艰难历程中自身担承和使命的忠诚以及无畏必将付出的牺牲，等等，对人类来说仍都是值得珍惜的精神财富，并对男性产生了或显或隐的久远的影响。"女神"在男性心中是永生永恒的，"女奴"的奉献也往往能够使男性多少懂得牺牲的价值和生命的美好，从而有异于禽兽，而"女友"的吸引和相伴，则使男性懂得反思自我和历史，抓牢女友的手一起去创造更加美满和幸福的明天。有学者指出："在我们对于中国文学所展示的妇女生存的自

---

① 参见张京媛《当代女性主义文学批评》，北京大学出版社 1992 年版；陈东原《中国妇女生活史》，上海书店 1984 年版。

觉意识的分析和阐释中，一个基本事实已清晰地展露出来：无论是在性别歧视中自强，在婚恋中自主，在家庭中自我独立和自我完善发展，在子女教育中进行人格的建构和个性的开发，还是在压迫中反抗，在沉沦中自救，在浊世中自尊自有，这些妇女都是不满足于现状，进而寻求一种'人之为人'的生存意义，建立文化价值人格，以便改变自己的生存境遇，过一种属人的生活。"而由此正可以表现出中国女性的人文精神。① 尽管这样的评说有对古代女性过分现代化、理想化之嫌，但能够看到古代女性文化价值人格并非空洞无物、一无是处，是值得肯定的。这也就是说，从尊重历史的实事求是的科学态度出发，既不仅要看到中国女性在男权社会中的屈辱和失落，而且也要看到由于具体生存境遇（如不同的民族、地区、阶级和家庭等）的差异，中国古代女性的生活面貌呈现出复杂的样态，比如《诗经》中的女性和历代民间文学中的女性就与《列女传》《金瓶梅》中的女性有明显的不同；创造了"女书"的女性和青楼中的女性也毕竟有较大的不同。

三　性别意识与比较诗学

差别引起比较。如果两性本来毫无二致，彼此彼此，也就没有了性别比较的必要。但进行"比较"容易落入简单的优劣、高低、贵贱等深受男权文化逻辑制约的二元对立的价值判断中去，就仿佛体育比赛，一定要决出个胜败名次。然而依据当今的"对话哲学"来讲，比较也就是对话和沟通，亦即将比较看成平等而有效的对话，在交流中孕育出新意识、新文化。这就仿佛异性结合孕育孩子，如果没有性的差异、吸引和遇合的过程，新生命的诞生就不可能。即使是试管婴儿，也必以异性遗传基因的结

---

① 参见畅广元《中国文学的人文精神》，陕西人民出版社 1990 年版。

合为生命创造的前提。在两性世界中寻求新的创造、新的发现，这是当今
女性主义者特别关心的命题。她们已经意识到在全球意识日益增强的时
代，亟待进行的一个重要而艰巨的工作就是男女之间的真正沟通。这种沟
通意味着架起金桥、凿通障壁、消除歧视，意味着比较中在互认特征而赏
心悦目地互相渴望和倾力合作。这样的性别意识体现在文学方面，便是对
超越男女二元对立的新型文学和诗学的追求和重建。

　　从性别角度来深入分析人类历史和文化，自然是为了重建人类文化，
其中包括重建文学和诗学。而要重建文学和诗学，就要对古今中外的文学
进行跨越国别和跨越性别的多方面的比较研究，积极寻求异国、异时、异
性的文学及诗学的沟通、整合和创新的途径，切实推进文学创作并总结出
更具活力的比较诗学。在中外文学的比较研究中固然会涉及理论层面的比
较而建构比较诗学，在性别意识导引下的古今中外文学及理论的比较辨
析，也能产生积极的思维成果来建构比较诗学。比较诗学不应狭隘化，视
域既可通中西之比，自然也可通男女之比，而所谓女性主义文学理论，从
实质上看就正是一种与男性主义文学理论相比较而产生的比较诗学。中国
学者也理应在这方面给出积极的应答和潜心的探索。破旧和批判固然必
要，但树立和建设更加重要。

　　就目前的情形看，我们首先要更好地奉行"拿来主义"，从建构跨越
两性文化的诗学的实际需要出发，对西方女性（权）主义文学及其理论批
评进行积极的评价和消纳。因为真正契合人类精神需要的东西，是超越了
"西方中心"或"东方中心"的，而在女性（权）主义文学及理论批评方
面，我们起步晚，缺失又多，积极地借鉴西方日趋丰富的女性（权）主
义理论及文学思想，确为当务之急。现在国内已有一些学者（多为女性）
自觉地借鉴西方女性（权）主义文艺理论（包括女性美学、女性写作理
论、女性批评或阅读理论等），来从事创造性的文学研究和批评，甚至已

进入了"重写文学史"的攻坚阶段，即不仅要写出女性文学的通史，而且也要力争尽快写出从女性批评角度出发的中国文学通史，同时活跃当前的文学批评，高扬起女性批评的旗帜。

其次，要努力发掘本民族文艺理论中女性批评的历史遗产，或从女性主义角度来研究中国文艺理论。中国历史上的女作家、女批评家固然不多，思想成果散失严重，但努力发掘和细心研究，以及与西文做比较等，仍有许多工作值得去做。如对李清照《词论》和现当代女作家女批评家思想的女性主义研究，就是有意义的课题。此外对历史上女性同情者的有关言论、作品中人物之口所表达的能够代表作家性别意识的言论，特别是对儒、道诸家学说中的文艺思想，都有必要进行深入细致的性别研究。比如儒家的温柔敦厚、和谐含蓄的诗教，道家的守雌致柔、以静制动的美学，都呈现出某种源自民族集体无意识的文化恋母情结的女性化的精神特征，使中国古代诗学和美学侧重于追求女性化的阴柔之境，从而与西方诗学和美学有了明显的不同。① 这就启示我们，发掘本民族文艺理论遗产中女性主义的思想成果，不仅要到女性那里寻找，而且也要到男性那里去寻找。因为在中国的男性批评中，也往往存在着女性文化的深刻影响。

再次，在两性文化与中古文化的冲突和融通的文化背景上，于多元比较中独立运思，勇于探索，创构带有中国文化特征而又融合了西方学说的文艺性学。所谓"文艺性学"，即是由文学与性科学（Sexology）交叉结合生成的边缘学科，其研究对象便是人类的性、性别、性文化等与文学艺术之间的复杂关系。② 在这种理论追求中，便不仅仅是要走向女性主义诗学，更是走向双性共同向往的性爱美统一的阴阳和谐的诗学。这种诗学注重将人论—文论—性论—女论—男论等有机地整合到诗学的宏观与微观紧密结

---

① 参见仪平策《美学与两性文化》，春风文艺出版社1994年版，第232—235页。
② 参见李继凯《文艺性学初论》，《社会科学战线》1994年第2期，第245—253页。

合的理论视境中去，其理论借鉴亦相当广泛，包括西方多样多元多流派多学科的女性（权）主义。但是，我们着意要建构的文艺性学或新型的诗学，还面临着许多艰难的课题，其中也包括多元化的文学比较，没有充分的学术准备和必要的探索过程，新的诗学便不会得到确立并走向成熟。

第二节　新时期文学心理批评

这里首先以对新时期文学心理批评论的简略考察，来说明中国文学研究者与舶来的心理批评的借鉴和创化的关系。我们的基本看法是：心理批评是以心理为视角，主要运用现代心理学、文艺心理学的理论和方法，对作家作品及读者的心理内涵进行深入探析和评论的文学批评模式；新时期文学心理批评的发生发展，是由时代机遇、创作牵引、理论助推等诸多动因促发促进的批评现象；在批评实践中延展出了三个主要批评范式：以探究个体无意识为主要特征的心理分析式，以探究集体无意识为主要特征的原型批评式，以探究意识与无意识的综合心理现象为主要特征的综合心理分析式。新时期心理批评取得了相当可观的批评成果，同时也存在着一些不足，还有待于进一步探索和改进。

一　心理批评的发生与发展

新时期文学心理批评的发生与发展，首先有赖于时代的机遇。恰是"新时期"而非"文革"，为心理批评的新生和繁盛提供了必要的时代条件。开阔的视野、解放的思想、改革的现实、多彩的生活以及人道的弘扬、文化的重建等，作为新时期逐渐生成的时代特色与时代内涵，都从不同层面上促使人们重视对人自身的探究。当"文革"这一制造假、大、空的荒诞时代终结的时候,人们愈来愈渴望直面一个真实的人类世界,尤其是人的内心世界,而作为"人学"或人文科学中"显学"之一的文学及其批评活动,在关注人、表现人、透视人、理解人方面,无疑具有自身优势。于是在这样的时代与文学及批评的契合中,心理批评获得了萌生和发展的时代机遇。正是由于有了趋近理想的时代的机遇,心理批评的产生也就有可能得到创作上的牵引。在新时期开始的前几年,批评界因受习惯的思维定式及环境或理性压力的限制,常常落在创作的后面,不能发挥出批评界应有的导向作用,相反在较大的程度上要受到创作界的牵引。如当以王蒙的创作为代表的"意识流热"涌现出来的时候,批评界仍未充分意识到这种"内向化"的文学现象对于文学变革的重要意义,每每需要作家自己来表白创作的动机,说明创作的方法,申述作品的多义性。王蒙就曾写过不少创作自述兼评说的文章。正是作家的锐意探索和身兼二任的努力,牵引了批评界开始设法走出困境。一些比较敏感而渴望新知的批评家,开始致力于更新知识结构,调整批评视角和方法,在一定程度上介入了心理批评的论域,谨慎地对当时不断涌发的意识流文学、朦胧诗及探索戏剧,做出"批评的探险"或"心灵的探险"。不过其间的拘谨也颇为明显,笼统地贬抑着创作的直觉性与非理性的态度,在批评界仍很普遍。

要改变这种拘谨的状况,必须有赖理论的推助,这是新时期文学心理批评得以发生发展的又一个动因。理论的推助主要来自三个方面。一是外来的影响。新时期的开放使得外来人文思潮涌入了国门,除了西方20世纪奔涌不息的"心态文学"拍岸而来所造成的影响之外,在大量的理论性的译介著述中,哲学、美学、心理学、文化学等显示了强大的思想魅力,其中就有西方文艺心理学和弗洛伊德主义的直接影响。这里值得说明的是,尽管我们不同意那种将心理批评简单归结为弗氏心理分析的发生学观点①，但我们却认定中国新时期文学的心理批评确与弗氏学说有极其深刻的联系。二是传统的积淀。就弗氏学说来说，早在 20 世纪初期就登陆了，并且通过先驱者（如鲁迅、郭沫若、周作人、汪敬熙、黄秋耘、潘光旦等）及后继的作家、批评家的导引和实践，就已经将心理分析的思想营养吸纳到新文学的传统之中，引发了我国文艺性学的第二次躁动。② 此外，在古代文学传统中，从心理视角评说文学的言论也并非少见，如"诗言志""诗缘情""文心雕龙"诸说中，均包含相当丰富的文艺心理学的内容，无论是古代传统还是现代传统，都会以积淀的方式对后人产生影响。三是切实的探新。在外来影响和传统积淀的作用下，新时期理论批评界逐渐活跃起来。其对文艺心理学、审美心理学的理论探新以及相应的批评实践，对心理批评的促发产生了直接的推动作用。如金开诚在文艺心理学领域中的探新，鲁枢元对创作心理学的研究，滕守尧对审美心理的描述等，都在理论批评界产生了广泛的影响，对相应的心理批评活动给予了理论上的有力支持。而就理论与批评紧密结合的成功范例而言，鲁枢元的《论新时期文学的"向内转"》一文③，似可推为新时期文学心理批评趋于相对成熟的一个代表，标志着新时期文学心理批评初具了自己的独立品格。从局部的有限运用，进至相对自由而全面的运用，从附庸于传统批评模式的地位，转变为一种引人注目的批评模式。

新时期文学心理批评的发生发展的动因，除了前述的时代的孕育、创作的牵引、理论的助推等之外，现代生活的复杂（如心灵解放与精神危机并在）、主体个性的张扬（如批评家自我意识的强化及对批评个性的选择）乃至不同学科的竞争（如文学及批评对自我特性的醒觉，避免沦为政治、

①　参见黄展人主编《文艺批评学》，暨南大学出版社 1990 年版，第 175—177 页。
②　参见李继凯《新文学的心理分析》"综论篇"第 2 节，陕西师范大学出版社 1991 年版。
③　1986 年 10 月 18 日《文艺报》。

历史、哲学的附庸）等，也都是不可忽视的生成之因。由此可见，新时期文学心理批评的发生发展，当是诸多动因的合力所致，并在较大的程度上调整了新时期文学批评的格局，丰富了新时期的人文景观。

　　新时期文学批评格局的大调整发生在 1985 年。这是一个对批评界来说意义非常、值得纪念的"方法年"。在此之前，批评的更新尚处于蓄势阶段；在此之后，则启动了文学批评多元化时代的到来。在此之前，心理批评还只是处在酝酿、初起的阶段；在此之后，心理批评则成为批评新格局中的一种相当活跃的角色，引起了广泛的注意。就在 1985 年，不少批评家在投入"新方法论"与"评论自由"的热烈讨论中的同时，也就文学与心理世界的关系进行了理论的思考与批评的实践。仅据《文学评论》1985 年刊载的文章来看，相当多的论文在这方面，即已显示了可贵的努力和相应的优势。如鲁枢元、冯能保、宋永毅、余凤高、丹晨、张文勋、刘再复等人的论文，就在批评的理论化、理论的批评化的实际努力中，为心理批评做出了舆论的阐扬与实践的示范。尽管他们的论文还不同程度地存在着不足，但在推进心理批评方面，的确起到过不可忽视的作用，显示出了"心理学角度的文学研究的理论与具体学科方向的深化"①。

　　在 20 世纪 80 年代后半叶，心理批评已经成为一个相当突出的批评模式，在当代、现代、古代和外国文学等领域都有批评的实践，并分衍出不同的批评指向，不断深入发展，形成了以心理透视为基点而取法于西方心理分析、原型批评及系统分析或综合研究的若干批评范式。其中突出的即为心理分析式、原型批评式和综合析心式等。这几种批评范式可视为心理批评的子模式，彼此之间亦存在着相对分立而又有所交叉的关系。为行文方便，下面分而述之。

---

　　① 《中国文学研究年鉴（1986）》，中国文联出版社 1987 年版，第 8 页。

二　心理批评的范式与实践

范式之一：心理分析式。这是脱胎于弗洛伊德心理分析学说的批评范式，也是西方心理批评中最具代表性和影响力的批评范式。这一批评范式早在"五四"时期就对中国批评家产生过明显的影响，但后来不久却因众所周知的缘故中辍了近半个世纪，直到20世纪80年代中后期，才于批评界重展异姿，犹给人以新鲜、奇特而又有所怵惕的感觉。一股被人称之为"弗洛伊德热"的鼓涌，使心理分析批评也掀起了一个不大不小的热潮。许多现当代作家作品被置于了心理分析的烛照之下。作家如鲁迅、郭沫若、茅盾、老舍、郁达夫、丁玲、巴金、曹禺、施蛰存、徐訏、沈从文、徐志摩、张贤亮、张洁、王安忆、柯云路、贾平凹、史铁生、莫言、张承志、顾城等，都有一些批评文章对其进行心理分析，并于"灵魂的探险"中，增进了人们对作家复杂的心理世界及人格构成的认识。在这类心理分析中，大都采取了将作家潜意识与创作活动紧密结合的分析方法，在相互参照中侧重揭示作家的深层心理内涵。譬如鲁迅，蓝棣之的《论鲁迅小说创作的无意识趋向》①、李允经的《婚恋生活的投影与折光》②、吴俊的《爱之衷曲——鲁迅性爱心理分析》③等文，均对鲁迅的心理世界进行了深层次的新探索，对鲁迅的生平与创作给予了别样的阐释，尤其是对向来讳莫如深的性爱心理，探幽烛微的揭秘使鲁迅走下了神坛，向世人展示了他那鲜活而又痛苦的生命意识。在这方面，吴俊的评析是比较彻底的。他不仅就鲁迅与女性这一课题做了趋近整体性的观照，而且也不回避对鲁迅于某种情境中性心理变态的揭示。这自然需要相应的胆识。在对当代作家史

---

① 《鲁迅研究动态》1987年第8期。
② 《鲁迅研究月刊》1989年第1—2期。
③ 《鲁迅研究月刊》1991年第1期。

铁生的心理分析中，也体现出了他那体察入微、善析隐意的批评个性。他在《当代西绪福斯神话——史铁生小说的心理透视》① 一文中，即深切地揭示了史铁生小说中"残疾主题"与残疾作家之间的心理关联，其中着意揭示了作者性自卑心理所导致的对性爱的回避现象，从而对作家创伤性的隐秘与作品的密码成功地做了"破译"。作家史铁生一方面说："这些搞心理分析的人太可怕了！"一方面又不得不承认"老窝已给人家掏了去"。②

相比较，侧重于对作品进行心理分析的，远较对作家的为多。有的是宏观与微观结合的整体考察（如余凤高的专著《心理分析与中国现代小说》、宋永毅的论文《当代小说中的性心理学》），有的是精微细致的个案解析（如蒋凡的论文《李商隐诗歌的艺术贡献与心理分析》、李书磊的论文《〈北方的河〉精神分析》），但无论是整体考察还是个案分析，心理分析批评多能提供一些有价值的"新解"，如甫帆在其专著《冲突的文学》③中就对"父与子"的冲突在现当代文学中的体现，进行了相当独到的"新解"，由"俄狄浦斯情结""阉割焦虑"等等弗氏论说引发一系列颇为精到的评论，对"父与子"冲突中隐含的象征意义（如追逐权力、反抗权威、沉重人生等）做了相当透辟的阐发。

在新时期文学批评家的心理分析实践中，虽然表现出了明显的模仿西方、刻意为之的生涩，但更表现出了对弗氏学说或正宗心理分析加以引申和改造的倾向，从而与社会批评、文化批评、审美批评等交叉叠合了起来。这种情形在一些围绕性爱小说或准性爱小说的论争文章中便存在着，在系统研究心理分析与中外文学的论著或文章中更明显地存在着，此似可称之为"超心理分析"。如吴立昌的专著《精神分析与中西文学》，尹鸿的

---

① 《文学评论》1989 年第 1 期。
② 同上，见吴俊文后附登的史铁生信。
③ 甫帆：《冲突的文学》，上海社会科学院出版社 1992 年版。

关于"弗洛伊德主义与中国 20 世纪文学"的系列论文，都将借鉴式的运用、批判式的继承、创造性的发挥作为批评实践的基本要求，从而保持了堪称中国式的心理分析的批评姿态。

范式之二：原型批评式。原型批评，是神话原型派文学批评的简称。就其具体批评方法的差异而言，又分为分析心理学派文学批评、神话仪式学派文学批评等。本节所说的原型批评式的心理批评，则主要指的是分析心理学派文学批评。此种批评主要脱胎于荣格的分析心理学。从原型批评的分析心理学派的基本特征来看，与弗洛伊德开创的心理分析批评依然有着密切的关系。对心理学与文学关系的高度重视和对无意识与文学关系的特别强调等，构成了二者相通的一致性。不过比较而言，原型批评的分析心理学派与心理分析批评注重的个人无意识、作家及性力作用等有所不同，它注重的则是集体无意识、作品及神话思维等。原型批评在新时期文学批评园地里是一位迟到者，直到 20 世纪 80 年代后期才崭露头角。此前零星的相关译介和批评并未引起人们的注意。及至《神话——原型批评》译文集①问世的 1987 年，似乎才在批评界唤起尝试原型批评的较大热情。作为该书编者的叶舒宪在这方面就有较为丰硕的收获，从 1988 年以后，就写出了《探索非理性的世界》《英雄与太阳》《中国神话哲学》《太阳女神的沉浮》（合著）、《高唐神女与维纳斯》等多部著作，在揭示中外文学的原型意象及其置换变形、透察非理性或集体无意识这一人类精神之迹，理解现代人及其文学与古人及其文学的心灵深层联系等许多方面，作出了可贵的努力。不过，叶氏主要是在中国古代文学（文化）与外国文学的研究中进行操作的，直接针对新时期文学或现当代中国新文学的原型批评则较少。而在这方面，方克强、罗强烈等人则恰好给予了充实，并使原型批评

---

① 叶舒宪选编：《神话——原型批评》，陕西师范大学出版社 1987 年版。

的"当代性"与"中国化"有所增强。如方克强《中国梦：新文学的原型和情结》和罗强烈著《原型的意义群》，就着意对中国新文学进行"原型"发掘。前者对"中国梦"这一深层情结的透析，使创作倾向看似不同的一些现当代作家，却显示了心魂上的一种相通，共同表达了民族心理的历程和文化复兴的愿望，透露出未被遗忘并为民族设定疆界的集体无意识，后者集中关注的是那些既能体现历史传承性，又能体现特定时代内容的"社会文化原型"，显示了他对 20 世纪中国文学的原型意义的基本理解。

试图有所变通地运用原型批评来研究某些恒久性的文学现象或文学现象内蕴的恒久性，确是近年来中国原型批评的一种主要倾向。这在季红真、杨琳、赵敏俐、吴光兴、董炳月、王立、郭小东等人的有关论文中，都相当鲜明地体现了出来。原型批评与心理分析一样，在对人类心理世界的无意识领域进行探秘的过程中，时有深刻而新颖的发现。但作为一种批评方法，也存在着不小的局限。对此，中国批评家试图予以弥补或重整。在这方面值得注意的是《文艺争鸣》1990 年第 4 期的"中国文学与原型批评笔谈"专栏，和《文艺研究》《中国比较文学》等刊物近年来编发的有关神话思维、原型象征、意象新探诸方面的论文。

范式之三：综合析心式。这是一种在现代心理学与文艺心理学的理论背景上，对人的意识和无意识综合的心理世界进行探析的批评范式，其借鉴的理论和方法并不局限于某家某派，并程度不同地经过了融汇再造。在具体批评中，既注意从审美心理、人格心理、情绪心理等角度入手，也注意从社会心理、文化心理乃至年龄心理、性别心理等角度入手，由此多角度、多层面地涉入心理批评的语境，并适当地与其他批评方法结合起来，使之呈现出了开放的势态，不过在总体趋于"综合析心"的追求中，又因批评主体兴趣的不同而会出现各有侧重的批评取向。下面择其要者略予评介。

（1）侧重于审美心理的批评。伴随着新时期兴起的"美学热"，审美心理批评引起了批评家的重视。许多文学史上曾长期被贬抑的作家，也因审美心理批评而获得了重新的评价，并引发了一系列积极的文学效应。在新时期的审美批评中，有的着意于审美经验的缕述（如黄子平的《沉思的老树的精灵》），有的着意于对审美心理要素的剖析（如刘纳的《两种灵感状态与两种审美境界》），有的着意于对审美意识的整体把握（如龙泉明的《中国现代作家审美意识论》），等等。新时期的审美心理批评，已经远远超出了对无意识、灵感的关注，从而力求对文学的审美意识、审美理想、审美价值、审美态度及审美风格等给予综合的把握，并由此将理性与非理性纳入辩证统一的评论框架，透现出了较多的哲学色彩。

　　（2）侧重于个性心理的批评。在新时期涌现出的大量作家论中，力图整体、动态地把握作家个性，是其主要的批评倾向。而作家们各自的个性心理奥秘，则成了批评家们最着迷的审视焦点。有的批评家千方百计与作家交朋友，以求从"近观"中把握住作家的个性，有的批评家通过心理调查或多方采访的方式，来努力了解作家独特的内心世界，更多的批评家则主要从作家作品的综合分析入手，并设身处地地来推论作家的个性心理，尽管在认知"这一个"作家的灵魂探险中会有种种阻隔与失误，但新时期批评家们却乐此不疲。在大量的批评文集或研究著作中，即不难发现偏重于作家个性心理的批评，有时甚至构成其整体的批评特色。如王晓明的著作《所罗门的瓶子》《无法直面的人生》，畅广元主编的著作《神秘黑箱的窥视》，吴俊的专著《鲁迅个性心理研究》，等等，就是侧重于个性心理批评的可喜的收获。

　　（3）侧重于文化心理的批评。在新时期"文化热"兴起之后，对文化心理进行钻探便成了许多批评家热衷的批评矢向，于是涌现出了大量的有关论著。论文如《当代小说中知识分子形象隐性文化心理类析》（毛克强)、《西方文学：心灵的历史》（徐葆耕）、《父亲，图腾与幻灭》（赵玫）等；论著如《在东西方文化碰撞中》（陈平原）、《躁动与喧哗》（蔡翔）、《灵魂的探险》（王光明）、《王朔批判》（张德祥、金惠敏）等。由这些论著可以看出，侧重于文化心理的文学批评，是一种包容性很强、自由度很大的批评方式，在探析"文心"结构及其复杂性方面，具有独特的优势，同时也拥有较大的发展潜势。不过也易于向一般的文化学批评泛化，消减了心理批评的色彩。

（4）侧重于批评心理的批评。这是对批评家进行心理批评的批评，也涉及对心理批评的评说。严格说来，这种批评恰恰是新时期心理批评比较薄弱的环节，就已经取得的成果看，除了少量文艺批评学方面的论著涉论了这方面的内容之外，比较值得重视的著作则仅有丁亚平的《一个批评家的心路历程》、王宁的《深层心理学与文学批评》等不多的几部。丁著从心理视角对茅盾文学批评的多方面的心理内涵进行了纵横交叉的多向度的深层发掘，深切入微地展呈了茅盾作为批评家的心路历程；王著汇集了作者研究弗洛伊德与文学关系的论文，从跨学科的理论高度，探讨了深层心理批评的规律，并结合一些实例分析，表达了作者对深层心理学与文学批评关系的观点。

三 心理批评的评估与展望

倘从整个 20 世纪中国文学批评史的历时性角度来看新时期文学心理批评，便不能不承认，它所取得的成就是相当可观的。不仅在整个 20 世纪的批评史格局中占有一席地位，而且在心理批评的历史上，更是达到了前所未有的高峰状态。据前所述，心理批评在 20 世纪的萌生发展，经过了一个相当曲折的历程，在"五四"时期和 20 世纪 30 年代上半叶初显风姿之后，即趋于潜抑、沉寂之境，似乎蹈袭了古国的一个老例，即"红颜薄命"。然而在新时期却枯木逢春，使心理批评重新滋生发展，拥有了复苏与成长的幸运，获得了不少批评家的钟爱。这从此前的评介中即可得到证明，在此不必赘述。但有必要强调一点，即心理批评在20世纪文学批评史上是一个起之虽早却直到20世纪80年代中后期才形成其独立的批评品格和较大规模的批评模式，故从历史发展角度来看，心理批评在整个20世纪文学批评史上理应占有比较重要的地位。

倘从中国新时期业已形成的多元化批评格局的共时性角度来看，心理批评也是多元批评中相当突出的一个批评模式，其所取得的批评成就虽然仍不能与拥有深厚传统和巨大阵容的社会历史批评枉比，也难与拥有鲜明启蒙色彩的人文主义批评等量齐观，但却不输于其他批评模式，并在不长的时间里，积累了丰富的思想成果和批评经验，在方法探索、话语转换以及拓展批评思维、激活批评机制等方面，进行了不少有益的尝试，从而为新时期文学批评做出了重要贡献，也在较大程度上推动了文学创作的深化和发展。并在批评实践中形成了如下几个鲜明的特征：其一，求实求新。心理批评求觅的真实是内在之真，是心理之真，是隐于作家、人物（文本）及读者心灵深处的真实。正由于心理批评带有强烈的破译"人之谜"的求实倾向，才每每给人以新鲜、深切乃至惊奇的感觉，心理批评的求新主要并不表现在对方法的迷恋上，而是表现在它对心灵奥秘的新发现、新探索的目的上。其二，涉及面广。在新时期，尤其是1985年之后，心理批评模式的实践运用相当普遍。在古今中外文学研究的不同领域都有成功的运用；在揭示作家的人生观、艺术思维、创作方法及审美方式和作品的心理内涵、读者的接受心理等方面，都有心理批评的用武之地；在心理批评三个主要批评范式（心理分析式、原型批评式和综合析心式）的相偕并进中，都对许多作家作品、文学现象以及文学史问题给出了新的阐释，各个显示了自身的批评优势。其三，中西结合。心理批评在中国新时期的崛起，是中西文化碰撞、交融的结果。中国批评家已经基本跨越了对外来批评模式的简单模仿阶段，增强了学术性和对话的勇气，从而初步显示出了心理批评的中国化。这种努力方向尤其鲜明地体现在综合析心式的批评实践和理论整合上。在这里既有西方分析理性的影响，又有东方直觉智慧的发挥，从而使心理批评呈现出了新的面貌。

但是也应该承认，新时期文学的心理批评也存在着明显的不足。首先，表现在有一些心理批评过于主观化、随意化，将心理批评往往难以避免的未定性、主观性，更是无限制地扩大为率性而为的"玩批评"，将自我以意为之的想象和近乎信口雌黄的梦呓，代替了对批评对象的精神分析，甚至由此留下了以小人之心度君子之腹的话柄，并导致放弃了对批评价值的追寻；其次，表现在有一些心理批评失之于生硬和浅薄，对外来的心理分析与原型批评生搬硬套、机械操作，致使脱离实际，甚至落于"泛性"窠臼，滑入"泛神"迷谷，耽于"性梦""神话"或"情结"，使本应严肃地破译和说明"人之谜"的心理批评，反而幻化成了煽情、蛊惑乃至纯游戏性的东西；再次，表现在一些批评对心理批评模式的滥用上，即从"唯心理"走向了狭隘，又不自觉地将心理批评化解为批评因素，湮没在其他批评形态之中，于是难以确立自己独立完整的批评范型，造成了心理批评的"困窘"，① 而在近些年的经济大潮中，伴随纯文学的滑坡、人文学科的萎缩，心理批评也在"困窘"中于一定程度上出现了疲软与无奈的现象；最后，新时期的心理批评还存在着一些明显的薄弱环节，如对现实中读者的心理，当代的批评家的心理，散文家与戏剧、影视文学作家的心理以及艺术形式的心理机制等等，都还缺乏研究，甚至留下了心理批评的空白，在预测性的心理批评方面，犹有"缺席"的遗憾。

---

① 参见鲁枢元《心理批评的困窘》，《光明日报》1988 年 9 月 16 日。

就心理批评的现状和前景而言，上述的心理批评呈示的若干特征便映现出了心理批评现状的主导方面，而其不足之处则映现出了心理批评现状的难符人愿的次要方面。由其特征显示了心理批评的优势和继续发展的潜能，也预示了其深入发展、蔚为大观的批评前景；由其不足，则显示了心理批评的局限或发展的障碍，对此不足或障碍，自然要通过批评家们的切实努力去加以弥补或超越，以谋求心理批评的健康发展。就心理批评的三个主要批评范式（心理分析式、原型批评式和综合析心式）而言，各个都会得到进一步的充实和运用，但在中国的人文环境和接受机制的作用下，综合析心式的批评范式将得到更加淋漓尽致的发挥运用（尤其是其中的文化心理批评，将会显示更大的优势），扣合文化转型的时代脉搏，结合生动多变的文学创作，创化出更为多样也更为丰硕的批评成果。

总之，我们认为，心理批评作为一种追求批评深度的模式，在中国文坛上不仅不会再像它曾经罹难的那样趋于消亡，而且必然会于艰难曲折（即使在"平面化"跋扈、"商品化"笼罩的时候）中逐渐推进，一方面不断地构建自我品格，增强自身优势；另一方面寻求新的结合、捕捉新的机遇，从而拥有在多元共存、竞争融合中安身立命、光耀门庭的未来。

从心理批评可以很容易进入文学创作的性别意识的探讨，而女性似乎更易于由此生发出自我的生命感应和批判的灵感悟性。

新时期以来，女性意识空前得以觉醒和张扬。女性（女权）批评也像心理批评那样受到较为普遍的欢迎。这里通过对女性学者刘慧英《走出男权传统的樊篱——文学中男权意识的批判》一书的评论，对一些相关问题提出我们的基本认识。

意欲走出男权传统的樊篱，是女性叛离男权中心家园而要重建新型家园的划时代的文化选择，是娜拉们走出"玩偶之家"后的"继续革命"，对整个人类世界的重构和人类命运的发展来说确乎具有不可小觑的深刻而又重大的影响作用。然而在知行皆难或相对来说知易行难的人类 20 世纪，在全方位推进女性解放特别是女性心灵解放的追求中，其成就或进度并不怎样令人乐观。这在最为活跃多变的文学领域亦不例外。正如有学者指出的那样，男性代码依然浸透了强权意识在现实社会和文学世界里横行。如果说文学批评或研究的主要意义正在于为时代作证，为实践探路，那么刘慧英潜心营构的且被著名作家王蒙推崇有加的《走出男权传统的樊篱——文学中男权意识的批判》①（以下略为《走出》），从主导方面看，就正是一个有理有情、有据有力的佐证，一份精警透辟而又发人深思的启示录。

对文学中男权意识的尖锐而深刻的批判，构成了《走出》最为触目也最具胆识的主体内容。《走出》相当旗帜鲜明地将著者自己理解和增益了的女权思想和批评策略，引入了文学世界（而非限于"文学女界"）的批评实践之中，甚至"放眼于整个男权历史的文化形态和运作"，"对传统男权中心文化和文学观念持一种具有女性立场的批判态度"（《走出》第 15页）。作为受西方后现代主义的解构思路导引的女性（权）主义批评，其首先要予以解构和批判的对象，自然就是经营甚久而迷阵遍布的"祝家庄"式的男权家园，特别是盘踞于此种男权家园的族谱上的精神支柱——男权意识。由此也就势必导向对男权文化及影响下的文学（无论男性作家所作还是女性作家所作）的整体否定。依循这种批判的亦即否定的解构思路，《走出》结合古今中外文学，尤其是中国现当代文学，对文学世界中的男权意识进行了相当全面和深入的清理，将男权文化之弊害在文学世界中的种种表现，给予了透彻入骨的剖析和精辟的批判。其锋芒所向，不仅涉及渗透男权意识的文学主题、故事程式、人物形象类型乃至整部文学史，而且绝不回避对特定历史中男权化的政治及意识形态的反思和批判，

---

① 刘慧英：《走出男权传统的樊篱——文学中男权意识的批判》，生活·读书·新知三联书店 1995 年版。

真可谓痛快淋漓、尖锐犀利而又新意迭出、启人心智。对此，有时爱夸大其词、堆砌其辞然而大抵并非玩弄其辞的王蒙先生，在该书序言中则以相当简约的语言给予了精到的概述，所以这里毋庸赘述。

就笔者个人的感觉而言，与其说《走出》是一部令人拍案惊奇的书，不如说它是一部令人伏案沉思的书，并且这种沉思可以向多方面展开。不仅可以沿着《走出》明确提示的解构男权及相应文学现象（诸如文学中女性形象"自我"的空洞化、爱的种种困惑、无性的爱和无爱的性、女作家地位的低下及对自我的隐匿等）的思路去进行更多更具体的思考，而且也可以从其他侧面乃至反面来思考《走出》提出的种种问题。依循《走出》演示的倾向，于"女权主义批判"的思路，自然会对男权文化的盘根错节及累累恶果提供更多的证词，而由《走出》激活思维的多方面、多向度的思考，则更能说明《走出》是一部发人深思的启示录。如果将作为"证词"的《走出》和作为"启示录"的《走出》进行比较，应该说后者更具价值，也更有值得评说的必要。

《走出》对不同的接受者来说自会有不同的启示，然而对于笔者而言，以下几点启示则是主要的。

启示之一：并非两手空空地"走出"樊篱。《走出》出于痛切而又急切地呼唤人们走出男权传统樊篱的愿望，操持着十分犀利的刀剪，剥离着"男权"普存的真相，尤其着力于断绝女性与男权意识的精神纽带。这与"五四"式唤醒"铁屋"中沉睡者起来打破门窗走出囚笼的新文化选择，有着神髓上的相通之处。无疑，这种以批判和否定为先导的文化选择有其历史的必然性与合理性。但是这并不意味着男权文化传统一无是处，更不意味着既往文化（文学）只具有男权意识的单一性质和内容。要走出男权传统之樊篱的人们（无论男女），显然并不能两手空空地"走出"，他们也势必要有所"批判地继承"。其中不仅要依循人类历史发展的规律对男权文化中有价值的东西给予承继和再造，而且尤其要发掘和弘扬历史上被遮蔽和压抑的女性文化。客观地说，女性及其文化并未真正退出历史舞台，其有如大自然或地火一样的存在，衍生并维系了极富生命韧力的女性文化的真实内容。诸如女性在人类历史进程中生成和积淀的生命意识和阴柔气质，女性对人类赖以生存的生产方式（包括人和物的生产以及精神生产）的独特而不可或缺的贡献。女性对爱与美的执着以及对和平文化、平等文化、生态文化的一往情深，特别是在文学艺术领域，女性的存在（尤其是女性文化内在的光辉）对男女两性的文艺创作都有着极为深远的影响，凡此种种都需要潜心探察和发掘，并给予充分的认识和重估。在相对意义上来看待历史上的男权文化和女性文化，对前者自然应是批判和否弃多于认同和赞肯，对后者则应是重估和弘扬重于贬低和否弃。

启示之二：在上下求索中"走入"新境。"走出"男权传统的樊篱，势必企盼"走入"新的生存境界，这或许就是迥异于"男权传统"的"妇性新统"抑或"双性合统"的家园。基于女性源远流长的"创生意识"而来的创造冲动，《走出》作为女性学者上下求索的精神文本，也势必"走入"了对未来新境的探求者的行列之中。显然，这种旨在创造未来的学术"前沿"较之于目标明确的批判男权的"前沿"，面临着更多未知或知之甚少的问题。对此，《走出》也进行了一些积极的思考，同时也并不掩饰依然存在的种种困惑。这在全书前五章的论述中均有所表露，而在全书最后一章即第六章"女性的终极关怀"中，则更有集中的阐述。在题为"背弃传统，抑或回归传统"的第一节中，于深化解构男权对女性角色的规约的同时，表达了一个深深的困惑："否定了贤妻良母，又否定了做'与男人一样的人'，也否定了重新向自然母性和女性特质回归，那么女性究竟向什么样的准则、何种价值观念认同？女人的现实存在以什么为依傍呢？也就是说，我们在解构了一种又一种的女性生存状态以后，究竟能够确立何种较为完善且可行的女性价值标准呢？答案是没有的！"倘若一味执奉这种解构策略，自然只能得出这种无可奈何的结论并在这种结论面前放弃继续上下求索的努力。然而事实上《走出》还是艰难地"走入"了对女性价值、女性未来的建构之境。《走出》在对更为理性抑或更为成熟的女权主义理论积极吸收的前提下，指出："妇女在争取自身解放的同时应确立起拯救人类整体文化的使命感……争取女性的彻底解放，本质上与消灭阶级压迫、种族歧视、反对专制统治以及呼唤人性复归相一致，它们在本质上都是要唤醒人类的爱心、理性和良知，使文明社会趋于更为人性和人情化。"这自然契合了"女性解放"与"人的解放"归趋一致的思路，不过在当今世纪末的"终极关怀"语境中，似乎还应与"自然解放"的思路结合得更密切一些。女性的解放或崛起，对大自然来说也应是一个福音，而不应以"女性军团"的方式与"男性军团"战天斗地，刺激起更大的贪欲从而发起对大自然更猛烈、更残酷的攻击和掠夺。女性的解放将获得对女性天职的更为崇高的评价，其中也包括女性解放后所形成的浑融而巨大的人性力量对男权社会贪欲膨胀的有效抑制，而不是相反。

启示之三：在比较中建构新型的文学批评和性际关系。《走出》作为一部富于启示性的著作，其启迪作用还表现在建立于鲜明的性别意识基础上的比较批评方面。性别意识（尤其是女性意识）在 20 世纪的文化（文学）演进、发展过程中扮演着愈趋重要的角色，这在西方文化界是如此，在中国文化界（尤其是新时期以来）也是如此。正是在这样的思想文化背景下，《走出》带着与传统男权意识迥然有别的新型性别意识，进入了跨地域、跨民族、跨时代的比较文学（文化）的宏阔视野，并在对中外文学、男女文学的纵横比较中，开辟着重在解构、旨在建构的女权批评的道路。仅从理论批评的借鉴及实践来看，西方女权主义思想及其批评实践的确为《走出》提供了相当便利的比照之镜。正是在所谓"自从女权理论兴，世间一切皆堪疑"的思潮中，《走出》进入了比较文学阐释学派的实际操作中，运用女权批评的独特眼光，破袭中外作家或男女作家及其作品的男权意识。在对抗历史及现实中的大男子批评（Phallic criticism）的男尊女卑的"性别类比的思维习惯"时，显示了女性批评的几乎是所向披靡的批判威力。可以说，《走出》的问世也说明了中国女性学者真正拥有了具有深度和力度的女权批评，真正拥有了比较文学（文化）的世界眼光及不让须眉的思辨能力。不过由于受到该书题旨的限制，著者还不能在建立女性（权）批评方面确立起鲜明的东方特色。女性批评的深入发展，也必然会在多元化的格局中寻求民族的精神特征，尤其是对有着悠久湛深的文化传统和第三世界际遇的中国来说，女性批评会面临与西方发达国家颇不相同的种种问题。比如在对待性际关系的态度上，中国传统中的"和"或"道"的观念究竟起到了怎样的作用？是否也使中国人在性文化和性关系上生成了有价值的思想？即使对待民族集体无意识的现代延续，也肯定不仅仅积淀着男权传统，其中也有女权无意识潜抑的存在所演化的文化恋母情结。就是现在被某些女性批评家所诟病的贾平凹，其文化心理结构中除了男权的"菲勒斯"情结之外，也实际存在着绝不可忽视的文化恋母情结或女性崇拜情结，这就造成了其创作现象的复杂。因此在他近年的作品中也客观上呈现出了对社会现实亦即男性中心世界进行"解构"的意向。这也许可以说是对男性中心世界真相的一种自我暴露式的"解构"或批判，抑或恰好与女权批评的"解构"构成了"里应外合"的关系。倘从男权捍卫者的角度看贾氏，大抵只能将他视为叛徒或泄密者流，至少也是动摇分子，不足以守护"菲勒斯"城堡。在现代性际关系中，似乎尤其需要两性的亲和互助，并确立起"生理固有别，心灵可相通"的观念。女性（权）批评在这方面自应做出越来越大的贡献。由此也就迫切需要充分运用比较鉴别的研究方法，对两性文化在历史和现实中的复杂关系进行全面深入的研究，尤其专注于发掘、发现、发明男女文化各自的特点和价值，俾双美同辉、双性和谐、平等幸福。这在现时看来似乎是一个"乌托邦"，但它对人类来说，却是一个深深揳入心灵的"召唤结构"，具有补偿生命、增益社会和提升艺术的神奇力量。

好的文学作品都拥有深潜的"召唤结构"，好的文学批评也是如此，能够开启读者的创造思维。从这一角度看《走出》，可以说它充满了思想的魅力，尽管它有自身的不足之处。从这样的富于启示性的著作中，我们可以思考许多相关问题。而在笔者看来，文学比较与性别意识就是一个非常值得讨论的话题。

笔者曾就人类的比较意识和性别意识，结合文学实践进行过较为深入的讨论。① 认为这两种人类意识都有着古老悠久的历史，对人类文化的孕育和发展也都有着深远重大的影响。然而这股在人类历史上绵长的"意识"之流，在 20 世纪迅速拓展的人文世界的时空中为人类拓展出了愈益宽广的崭新的人文视野。而在文学创作及理论批评领域，比较意识和性别意识的崛起和广泛渗透，更有着非同寻常的重建文学世界和批评话语的重要意义。

从性别角度来深入分析人类历史和文化，自然是为了重建人类文化，其中包括重建文学和诗学。而要重建文学和诗学，就要对古今中外的文学进行跨越国别和跨越性别的多方面的比较研究，积极寻求异国、异时、异性的文学及诗学的沟通、整合和创新的途径，切实推进文学创作并总结出更具活力的比较诗学。在中外文学的比较研究中固然会涉及理论层面的比较而建构比较学，在性别意识导引下的古今中外文学及理论的比较辨析，也能产生积极的思维成果来建构比较诗学。比较诗学不应狭隘化，视域既

---

① 参见李继凯《文学比较和性别意识》，《人文杂志》1997 年第 6 期。

可通中西之比，自然也可通男女之比，而所谓女性主义文学理论，从实质上看就正是一种与男性主义文学理论相比较而产生的比较诗学。中国学者也理应在这方面给出积极的应答和潜心的探索，破袭和批判固然必要，但树立和建设更加重要。

就目前的情形看，我们首先要更好地奉行"拿来主义"，从建构跨越两性文化的比较学的实际需要出发，对西方女性（权）主义文学及其理论批评进行积极的评价和消化。因为真正契合人类精神需要的东西，是超越了"西方中心"或"东方中心"的，而在女性（权）主义文学及理论批评方面，我们起步既晚，缺失也多，积极地借鉴西方日趋丰富的女性（权）主义理论及文学思想，克为当务之急。现在国内已有一些学者（多为女性）自觉地借鉴西方女性（权）主义文艺理论（包括女性美学、女性写作理论、女性批评或阅读理论等），来从事创造性的文学研究或批评，甚至已经进入了"重写文学史"的攻坚阶段，即不仅要写出女性文学的通史，而且也要力争尽快写出从女性文学批评角度出发的中国文学通史乃至世界文学通史，同时活跃当前的文学批评，高扬起女性批评的旗帜。

其次，要努力发掘本民族文艺理论中女性批评的历史遗产，或从女性主义角度来研究中国文艺理论，中国历史上的女作家、女批评家固然不多，思想成果散佚严重，但努力发掘和细心研究，以及与西方做比较等，仍有许多工作值得去做。如对李清照《词论》和现当代女性作家女性批评家思想的女性主义研究，就是有意义的课题。对历史上女性同情者的相关言论、作品中借人物之口所表达的能够代表作家性别意识的言论，特别是对儒、道诸家学说中的文艺思想，都有必要进行深入细致的性别研究。比如儒家的温柔敦厚、和谐含蓄的诗教，道家的守雌致柔、以静制动的美学，都呈现出某种源自民族集体无意识的文化恋母情结的女性化的精神特征，使中国古代诗学和美学侧重于追求女性化的阴柔之境，从而与西方诗学和美学有了明显的不同。这就启示我们，发掘本民族文艺理论遗产中女性主义的思想成果，不仅要到女性那里寻找，而且也要到男性那里去寻找。因为在中国的男性批评中，也往往存在着女性文化的深刻影响。

再次，在两性文化与中西文化的冲突和融通的文化背景下，于多元比较中独立运思，勇于探索，创构带有中国文化特征而又融合了西方学说的文艺性学。所谓"文艺性学"，即是由文学与性科学（sexology）交叉结合生成的边缘学科，其研究对象便是人类的性、性别、性文化等与文学艺术之间的复杂关系。在这种理论追求中，便不仅仅是要走向女性主义诗学，而是走向双性共同向往的性、爱、美统一，阴阳和谐的诗学。这种诗学注重将人论—文论—性论—女论—男论等，有机地整合到诗学的宏观与微观紧密结合的理论视境中去，其理论借鉴亦相当广泛，包括西方多样、多元、多流派、多学科的女性（权）主义。但是，我们着意要建构的文艺性学或新型的诗学，还面临着许多艰难的课题，其中也包括多元化的文学比较，没有充分的学术准备和必要的探索过程，新的诗学便不会得到确立并走向成熟。

从心理批评和性别诗学的实践，我们可以看出新时期以来现当代文学研究的吉光片羽。回顾过去我们学科发展的经历，自然是为了当今学术文化建设的需要。早在1986年王瑶先生就强调了现代学术史研究的重要性，后辈学者积极响应，北京大学出版社还为此推出了"学术史丛书"，过去的学术史著作也受到了空前的注意。在这些百年学贤的努力中，从康梁，到胡陈（胡适、陈独秀），再到三王（王瑶、王元化、王富仁）和二李一刘（李泽厚、李慎之、刘再复），等等，大量的学者文人投入人文社会学科包括现当代文学研究之中，留下了相当丰厚的现代学术文化遗产，并成为学科及相关专业人才培养的基础。同时，从世纪作家和理论家的共同努力中，我们也确实可以领略到"文化生产者"的辛劳和苦心，尤其是他们矢志不渝的探索精神和无私奉献。

第三节　渴望创造的主体论者

在 20 世纪文学理论批评的现代化追求中，我们无疑经过了非常曲折的道路。"五四"时期的新潮涌动，左翼文学的摧枯拉朽，乡土文学的持续发展，红色经典的旗帜鲜明，人性文学的伤痕累累，阴谋文艺的泛滥成灾，新时期文学的全面复苏，等等，都伴随着相应的理论批评活动。其中，很多向度的理论批评实践都有其或多或少的创造性贡献，包括关于革命文学的一系列思考与探索，都不能简单地予以全面否定。其中，强调文艺主体性的文艺思潮尤其值得关注，其历史性的贡献无疑也更为突出。笔者以为，在现代文学理论批评的实践中，非常注意"主体性"问题的学者文人其实很多。鲁迅和胡风对作家主体性的强调就经常被人们提起。而在中国新时期，"文学理论界有关文学主体性的争论的出现，是被我国 80 年代初哲学中的有关人道主义、人性问题、异化问题的讨论所准备了的，是为外国文论、外国文学的大量介绍、影响所准备了的，更是为我国文学创作中新的突破的酝酿所触动的结果"①。我们却无论如何都不能忽视刘再复的文学理论批评实践。这里即拟在当代理论视域中，重新考察刘再复的文学理论批评，特别是他的主体论文论，对其进行了总结与反思。我们的基本印象是：刘再复是新时期文坛上一位渴望创造的主体论者，其长短优劣皆备于此，其努力的行迹和理论建树有相当重要的价值和自己的特色，但也有不可忽视的局限性及负面影响。

---

① 钱中文等主编：《新时期文艺学建设丛书·总序》，该丛书规模宏大，由华中师范大学出版社、陕西师范大学出版社、辽宁人民出版社等多家出版社联合出版。

一

人的存在，以其是否努力可以辨其价值，而努力的人总希望有所创造，这在文学领域更是普遍的现象。新时期以来的文学创作和理论批评，就走上了一条不断追求有所创造的艰难道路。当我们站在新世纪的门槛回眸这一历程的时候，便可以相当清晰地看到刘再复的身影。无视其存在或将其妖魔化，显然是不明智的。即使对变化中的刘氏有着这样那样的不满，我们也不能忘却起码的历史事实。一个基本事实就是，由于时代的机遇与文化的交汇，特别是刘再复本人的切实努力，使他进入了思想文化的"东方时空"，在 20 世纪 80 年代的文艺理论批评方面取得了重要成就。而作为理论批评家的刘再复，同时是一位名副其实的诗人。深沉的理性和浓挚的激情，在刘再复的"内宇宙"中，融汇交织，既成全了他的理论，也成全了他的诗（创作），使他显示了一位诗人型学者的"存在"特色。

从刘再复探索前行的足迹中，依其主要的求索内容大致可以划分为这样几个阶段。一是作为青年学子的求知阶段。大约从 20 世纪 60 年代初到 70 年代中期，刘再复由大学步入学术机构，在时代动荡中经风雨、见世面也受熬煎，其真切的经验和体验对他后来的"文学的反思"，助益很大。二是作为鲁迅研究新秀名世的学者阶段。大约从 20 世纪 70 年代后期到 80 年代初期，刘再复或与他人合作，或独立撰写，出版和发表了几部有影响的著作和多篇扎实的论文，使他在"鲁学"领域迅速崛起，同时他也从鲁迅这里得到了丰富的思想启迪，影响到此后探索的方向。三是作为文艺理论批评家驰骋文坛的创造阶段。大约从 20 世纪 80 年代中期到末期，刘再复集中关注着文学作为"人学"的奥秘，并给予了深切的探询。他的《性格组合论》和《论文学的主体性》，便是他所取得的重要成果，连同他在此期间所写的其他相关的学术论文或批评文章,以及他与林岗合写的《传统与中国人》这部专著,都在积极建设的意义上,确立了一个有着深刻理性和充沛激情的理论批评家的形象。他既属于文学,又超越了文学,是对文学与人学的双向交叉建构,也是刘再复作为一个理论批评家走向"自我实现"的主要成就,为他在 20 世纪文学理论批评史上,写下了光彩的一页。四是作为漂泊中的文化人阶段。从那个 80 年代最后一个年头的夏日至今,刘再复仍然在文学园地耕耘不止,既是一位行吟诗人,又是一位在更为宏阔的理论领域进行探索的思想者。他在世界华文文学界的评论与活动,积极的作用仍是主导的方面,即使在大陆学界也还是有着一定的影响。不过这里关注的主要是他在 20 世纪 80 年代的理论批评实践,拟从中国 20 世纪文学理论批评史的角度,给予必要的总结和反思。

刘再复在中国 20 世纪 80 年代文坛上的出现,并非出于历史的偶然。作为一种文化现象的刘再复,是新时期文学理论渴望更新和创造的具有代表性的一个重要人物,同时也是中西文化碰撞融汇中促使"人学"崛起和深化的一个不惮于前驱的学者。他承受着开放时代的风云际会,在广阔的文化背景或人文思潮的影响下,选择、裂变、融通和创造,展开他一步一个脚印的理论追求和批评实践。他在质询僵化的文艺理论和创作上的贫瘠这种"文革"综合征时,便强烈地意识到了鲁迅美学思想的重要意义;他在潜心研探鲁迅美学思想时,又强烈地意识到了"性格组合论"这种课题的重大学术价值;而当他刚刚完成《性格组合论》的写作时,又将更为宏大的课题"论文学的主体性"置于了自己的案头。就在这种套环滚动式的加大加快的学术演进中,人们在领略和品鉴这位求索者的辛勤劳姿与思想果实的同时,分明也能看到变革时代的特定氛围对他施加的巨大影响,催他奋进,马不停蹄,但也使他行色匆匆,慌促乃至浮躁,给他留下了不少遗憾。

二

刘再复对文学批评活动持有神圣的信念，执奉的是"有为"的文学批评。他在 1984 年 12 月为《评论选刊》写的祝词中，充满激情地写道："当我意识到评论工作者负有审美再创造和自身再创造的双重使命时，我才深信自己的评论有益于文学；当我超越小生产的眼光而向世界投以开放性眼光时，我才深信自己的工作有益于社会。"① 综观刘再复的批评观念和活动，他所追求的这种"有为"的批评，虽与传统的社会历史批评有千丝万缕的联系，但也与其观念方法的更新、思维及批评空间的拓展，有着密切的关系。

有学者称 20 世纪是科技飞跃、人文张扬而导致的方法纷呈的"方法世纪"。不过这种情形在中国的"五四"时期初显端倪之后便陷入了沉寂。直到姗姗来迟的"新时期"，伴随着思想解放运动的波浪式展开，才终于迎来了方法论的热潮。从实际情形看，新时期的思想解放发展到 1984 年，已经达到了相当活跃的程度，并在方法更新的意识强化方面表现了出来。这时的刘再复，对此亦可谓是既得风气之先又领风气之先。他不仅热情地评介林兴宅运用系统论方法研究阿 Q 的论文，而且自己在探究人物性格的二重组合原理时，也较好地运用了系统分析和结构分析的方法。相应的两篇文章《用系统方法分析文学形象的尝试》《论人物性格的二重组合原理》在发表后产生了相当广泛的影响。刘再复在 1984 年的几个座谈会上，都从方法的更新和思维的拓展的角度做了鼓舞人心、启人心智的发言。他一再强调要改变文艺工作者的异常心态，呼唤心灵的自由，更新方法观念，拓展思维空间，力主培养评论家的开放性的世界眼光和建设性的文化品格。

---

① 《评论选刊》1985 年第 2 期。

这种思想集中体现在他写于 1984 年年底的《文学研究思维空间的拓展》一文中。在综评中，他对 20 世纪 80 年代初以来的文学批评及研究方法的变化趋势做了四点概括，即由外到内，注重对文学内在规律的研究；由一到多，注重从多种角度来观察文学这一有机整体，并用多向多维的思维方法代替单向线性的思维方法；由微观分析到宏观综合，注重从联系的、整体的观点对作家作品或文学现象进行系统的宏观分析；由封闭体系到开放体系，注重吸收外来文论和其他学科的思维方法来考察文学。在 1985 年这个"方法年"里以及此后的"余热"中，刘再复的方法意识更加趋于深化，批评主体的自觉意识显示了更高的追求，这就是在更根本的意义上展开对"文学的反思和自我的超越"，在以"人"为思维中心的理论体系中，积极择取各家各派的能为我用的思想方法，借以获取深层次的思维空间的充分拓展。为此，他在以下三个主要方面，进行了切实的努力。

其一，更加积极地倡导方法的更新，探讨方法更新和实践的规律，寻求拓展思维空间的具体途径。这种努力意向，鲜明地体现在刘再复一系列或长或短的文章中。如《文学的反思和自我的超越》《文学研究应以人为思维中心》《古老题材的新发现》《杂谈精神界的生态平衡》《思维方式与开放性眼光》《研究个性的追求和思维成果的吸收》等，从各种不同的角度或语境，反复阐发和强调了方法更新和思维拓展的必要性、重要性。正是新的文化与理论背景，使他获得了新的方法、新的参照，才能够看到反思文学的必要，看到人的主体性存在，提出重新阐释文学、保持精神生态平衡、开拓思维空间和建构研究个性等一系列重要的文学命题，在激活思维、促进创作方面，产生了积极影响。[①]

---

① 参见刘再复《文学的反思》，人民文学出版社 1986 年版，第 148—149 页。

其二，积极组织和团结文艺理论批评界的同人，为切实推动我国当代文学学科的前进，做出自己的贡献。在人们考察一位理论批评家的业绩时，常常就他的论著本身进行判断，这是有道理的。但对那些同时担任一定领导职务的理论批评家来说，则是不够的甚至是有失于公正的。作为一位理论批评家只知关起门来搞自己的东西，成果或许多些，但较之于那些既搞研究又担当领导职务的"两肩挑"的人来说，实际贡献未必更大。因为后者能够在组织活动方面做出自己的贡献，而这种贡献往往是难以估量的。刘再复的情形正是这样。在他于 20 世纪 80 年代中后期担任中国社会科学院文学所所长期间，脚踏实地地做了不少工作。这对他个人的科研写作有时会产生较大的影响，由于时间紧张，行文匆匆而又时或限于概评的要求，就多少影响到他自我设计的科研进程和成果的质量。但在他担当所长期间对全国文学理论批评界所产生的积极影响作用，却是有目共睹的。尤其在倡导方法的更新和思维的拓展方面，可谓是不遗余力。在各种会议上，他经常热情洋溢地为此"鼓与呼"或做出种种建议和安排。其中最值得称道的一件事，就是由他倡议并主编了《文艺新学科建设丛书》，历史已经和仍在证明，刘再复和他的同人为"文艺新学科"所做出的贡献，确是一件功德无量的事情。

其三，积极从事文学批评，在观念方法的更新、思维方式的变革乃至语言符号的置换等方面，身体力行，致力于自我的超越。刘再复在一些综述、序文之类的文章中，尤其是在一些探讨文学方法、思维规律的文章中，倡导过许多具体的文学批评方法，诸如系统论方法、比较文学方法、心理分析方法、原型批评方法、模糊数学方法、符号学及语言方法，文化人类学方法、文艺美学及接受美学方法、结构主义方法等，他曾经热情地为一些学者运用新方法取得的成果向读者大力推荐，这些都在较大程度上产生了积极的影响。尤其是这些文章中注入的他个人在新方法、新思维引导下产生的新观点、新思路，对读者的启示作用最为明显。如他对庸俗社会学和机械反映论给予了激烈的抨击，这既体现在他 20 世纪 80 年代初期写的《关于"文学任务"的思考》等论文中，也体现在他 80 年代中期写的《文学的反思和自我的超越》等一系列的论文中；既体现在他对老舍、俞平伯、张天翼、何其芳、王蒙、刘心武等作家的评论中，更体现在他那比较精纯的理论探讨的《论文学的主体性》中。就对新方法的化用而言，刘再复对系统分析方法、心理学方法和模糊数学方法等，有着相当成功的实践，尽管是局部性、随机性的化用，但对拓展思维空间和超越自我局限，在当时显示出了某种优势，并起到了一定的表率作用。特别是当他初步建构了以人为思维中心的开放的辩证的方法体系和思维空间的时候，其总体上的人文主义批评特色也就愈益鲜明。这种特色独具、个性张扬的批评实践，在他的深评巴金的《随想录》、概评新时期文学的主潮以及重评五四新文化运动的有关论文中，都有着成功的也是充分的体现。而在他理论建构的代表作《性格组合论》和《论文学的主体性》中，则达到更高的理论境界，进入了更为广阔的理性自由的思维空间。从刘再复的批评实践和理论建构中，人们不难发现他对祖国文学，尤其是新时期文学的巨大关切，进而更可以发现，他的关切早已越出了文学而进入了以思辨和逻辑见长的人学，在深刻的层面上更加关心着人，尤其是中国人的命运。在刘再复这里，所谓方法的更新、思维的开拓，都归本于对人的更新、对人的开拓。这就是对现代文化哺育下的真正现代人的积极设计和热情呼唤。在这里浓浓地凝聚着刘再复的忧患意识和使命意识，使他自然而然地汇入了超文学的 20 世纪末的人文主义思潮。

三

刘再复不是一般意义上的批评家和学者，他还是一位名副其实的创新型的文学理论家。综观其探索文学理论的思想轨迹，便是从性格组合论进至文学主体论。其最有代表性并卓具影响的思想成果，便是专著《性格组合论》和论文《论文学的主体性》，而合著的《传统与中国人》则是前二者潜蕴的超文学意向的延宕和呈露。

《性格组合论》是刘再复由研究鲁迅转向主要探讨文学理论的一个起点，主要写于 20 世纪 80 年代中期。但他对"性格组合"问题的思考则始于撰写《鲁迅美学思想论稿》时期。来自鲁迅思想的启迪，使他的理性和激情再次融汇起来，决心将前贤对人物的直观描述，在深入研究的基础上，构筑相应的理论体系。同时他也强烈地意识到了这一课题的非常重要的现实意义和理论意义，即对反拨多年来中国文学在写人上的单调和苍白，将人置入神本主义或物本主义的模式而造成的"人的失落"现象，具有相当急迫的现实针对性；并且对文学与人的内在联系和人物内在的性格世界，能够在人的本体论的层面上进行理论把握，从而构成对既有文艺理论体系的突破。这样便形成了他相当鲜明的求索意向，他说："我觉得无论从事文学研究还是文学创作，都应当研究人，研究这种世界上最复杂、最瑰丽的现象，可称为'第二宇宙''第二自然'的瑰丽现象。"①

从探究人这一莫大的命题（母题）而言，"性格组合论"只是一个子题。从刘再复萌发探究这一子题的动机来看，固然直接导源于鲁迅对《红楼梦》的一段评论，即说曹雪芹打破了"叙好人完全是好，叙坏人完全是坏"的写人传统。但其动机的形成及其复杂性，却必然会使人们想到更为悠久和宽广的中外文学史的启示，和新时期日趋浓厚的反思理性导引下的时代氛围、时代精神的孕育，同时也不可忽视在"文革"中也曾陷于迷雾的刘再复对自我心灵的自省和理解。要解开"人之谜"的冲动，这是古希

① 刘再复：《性格组合论》，上海文艺出版社 1986 年版，第 608 页。

腊神庙上的神谕，对人类来说更是一个永恒的困惑和诱惑。但就每一个试欲破译"人之谜"的个人来说，却无不与他个人真切的生命体验相关。从人类既有的思想库存来看，意识到人自身的复杂、看到人之性格世界或内宇宙的风云变幻、气象万千，也绝非是从刘再复开始的。但此种可被视为人类原型母题的"人之谜"的凸现，却总会在历史的尤其是文艺的某种情境中，引起有心人的注意，给予重新的思考。刘再复的"性格组合论"，就是这种再思考的产物。这在现实的需要性上，刘再复显然不是在搞什么"纯学术"。他在《关于〈性格组合论〉的总体构思》中便明确指出，既往的文学观念中存在三种片面性：不准讲人的本体论；仅注意人是阶级斗争的工具；不敢涉入人的深层心理世界。正是针对这些严重的偏颇，刘再复踏进了人的本体研究，提出了人物性格二重组合原理，意在"促使我们的文艺创作向人性的深层挺进，更辉煌地表现人的魅力"①。而就"性格组合论"的构成来看，则是以人物性格二重组合原理为理论核心的相对自足的理论体系，具体涉及了六个密切相关的命题：关于文学史上人物性格塑造历史的考察；人物性格的二重组合原理；人物性格二重组合的若干基本结构类型；人物性格二重组合的实现过程；人物性格二重组合的哲学依据；人物性格二重组合的心理基础。这显然是相对完整的性格组合论的系统展开。作为性格组合论的中心命题，"人物性格的二重组合原理"是其来有自、屡试不爽的，并有着相当充分的哲学依据和心理基础。这种原理指出，从性格结构上说，典型不是单一化的，而是具有包含肯定性性格因素（如善良、勇敢等）与否定性性格因素（如残酷、怯弱等）的二极性特征，众多性格元素无限多样的有机统一或对立统一，形成了人物性格世界的张力场，并在一元二重组合的过程中，构成真实而生动的复杂形态或圆

---

① 刘再复：《性格组合论》，上海文艺出版社 1986 年版，第 609 页。

形（或椭圆形）的人物典型性格，从而具有极高的审美价值。刘再复的性格组合论对人物性格世界的新考察，具有哲学、心理学、社会学、美学等多重眼光，尤其是对人物性格的深层精神结构有穿透性的把握，确实在总体上突破了此前深受极"左"思潮影响下的典型论（如阶级典型论和共性个性复合论等）。其论述的细密、深邃和新颖也令人刮目相看，是新时期文学理论领域富于建设性的一次扎扎实实的拓进，具有较大的理论价值和实践意义。

对人的集中关注，势必导向对人的主体性的整体探索；对作品人物主体性的潜心考察，势必诱发出对整个文学主体性的浓厚兴趣。于是，刘再复从性格组合论侧重于对对象主体的研究，扩向整个文学主体性的研究。这种研究方向的确定，除了刘再复本人学术个性方面的"内因"之外，至少还有这样几个"外因"值得注意。一是来自新文化、新文学传统中对人之主体性予以关注的人文思潮的影响。其中，又尤以鲁迅强烈的人道主义精神、"立人"思想以及真善美统一的美学思想，胡风继承鲁迅并结合文学实际而大力提倡的"主观战斗精神"，钱谷融、巴人等对"文学是人学"的初步探索，和李泽厚的主体论哲学、美学思想等，对刘再复的文学主体论影响较大。倘若没有本民族20世纪以来的这条思想史的"长线"，大概也不会有刘再复这位"跳远能手"。有人曾谓写诗是带着枷锁的跳舞，那么，刘再复的主体论则是带着这根"长线"跳舞。其中，由于刘再复与李泽厚是好友并直接受其思想的影响，基本上可谓是与时共舞，舞姿的优劣之处也颇接近。二是来自外来人文思潮的影响。在新时期开放的人文环境中，刘再复对西方关于人的种种学说有着广泛的涉猎，除了对马克思主义原著思想的积极吸取之外，还对当代西马各派的思维成果进行了积极的吸收，并对马斯洛的人本主义心理学、德国的接受美学和萨特存在主义的自由观、费尔巴哈的人本主义哲学、歌德人格论文艺观、韦勒克的文艺内外规律说以及西方现代哲学主体论等，也有程度不同的借鉴和化用。没有这种对西学的"开放眼光"和"整合创造"，也就不会有刘再复的文学主体论。三是新时期兴起的反思文学、重估历史并趋于"内化"的文学思潮的影响。随着思想解放的深入，进入 20 世纪 80 年代中期的文学观念已经明显发生了变化，如从"阶级的文学"观进到"人的文学"观，从文艺"外部规律"的执着进至文艺"内部规律"的探幽，从对文艺"反映论"的皈依进到对"主体论"的热恋，等等，这种渐成气候的新潮对身处新时期文坛旋涡中心的刘再复来说，自然会产生相当大的影响。在这种旨在重估中国文学的历史和现状、探索失败原因和发展途径的文学思潮中，不少人实际已经先后不同程度地注意到了作家主体的作用，对创作论、创作心理、直觉和潜意识、"内向化"等有关问题的讨论，就是一种突出的表现。

正是在各种因素积累、结合的基础上，刘再复形成了自己对人与文学关系的整体性思考，凝缩成《文学研究应以人为思维中心》（1985）一文并发表。文中已明确提出，文学研究以人为思维中心，就是要给人以创造主体性的地位，给人以对象主体性的地位，给人以接受主体性的地位。并对这三个主体的概念及内涵给予了简略的论述。这篇文章仿佛是一个提纲挈领的预告。不久，刘再复的近五万字的长文《论文学的主体性》[1] 问世了。这很快便引起了相当激烈的争论，也在实际上掀起了一次理论批评的探索热潮。

人作为万物之灵长，其所建构而来的主体性是其超生物的生命体系中的硬核，是人之为人的本质。刘再复对此坚信不疑。他说："主体，就是指人，指人类。主体性是指主体当中那些真正属于人的特性。用更科学的语言表述，主体性是指主体自身所拥有的，并且体现于对象世界的人的本质力量。"[2] 当他将这种对主体、主体性的基本理解在文学领域生发开去

---

① 刘再复：《论文学的主体性》，《文学评论》1985 年第 6 期、1986 年第 1 期。

② 刘再复：《谈文学研究与文学论争》，《文汇月刊》1988 年第 2 期。

时，主要从三个方面予以论述。其一，论述了文学主体性的理论前提，认定人的主体性包括实践主体性和精神主体性，而文艺创作的主体性也包括两层基本内涵：一是文艺创作要把人放到历史运动中的实践主体的地位上，把实践的人看作历史运动的轴心，看作历史的主人；二是文艺创作要高度重视人在历史运动中的能动性、自主性和创造性，其中尤其看重主体中情感的创造功能。其二，比较详细地就对象主体、创造主体和接受主体这种"三分天下"的情形及各自的内涵和实现途径，进行了全面的论述。他认为对象主体的实现，是首先要赋予文学对象结构中人的主体地位，其次则要求作家尊重人物的这种主体地位，不以物本主义和神本主义的眼光，把人物变成任人摆布的东西和没有自由的偶像。据此，他提出了一个创作中的"二律背反"公式。创造主体的实现，体现了作家内在精神主体的运动规律。从心理结构角度看，要求作家超越人的低层次需求而升华到自我实现需求的精神境界；从创作实践角度看，则要求创造主体具有超常性、超前性和超我性，由此进入充分自由的状态，并自然而然地获得高度的使命感，包含深广的忧患意识和人道精神。接受主体的实现，表现在人于接受过程中发挥出审美创造的能动性，主要通过两个基本途径：一是通过接受主体的自我实现机制，使欣赏者超越现实关系和现实意识，获得心灵的解放，从而实现人的自由自觉本质；二是通过接受主体的审美心理结构，激发欣赏者审美再创造的能动性。而批评家作为接受者的高级部分，除上述外，还要实现两个超越：在充分理解作家的同时超越作家的意识范围，通过同化和顺应两种机能超越自身的固有意识，实现审美的和自身的再创造，获得接受主体性和创造主体性的双重性质。其三，通过对反映论文学观和现实主义的历史考察和反思，指出其历史的合理性和被凝固化之后的片面性，说明了全面探讨主体性的目的和意义，即摆脱机械反映论的文学观念的束缚，重建我国新时期现代文学理论体系。

从《论文学的主体性》可以看出，刘再复已由方法更新、思维拓展的鼓动提倡，进至更高层次的理论实践；已由《性格组合论》对文学对象主体的集中关注，进至对文学主体的全面多维的主体观照。其探索前行的思想主脉，便是竭力彰显文学主体论。这从中国20世纪文学理论批评史的角度来看，应运适时，文思独运，无论如何都是不可忽视的重要贡献。此前固然有像胡风那样的文艺理论批评家，比较多地涉入了文学主体论，但由于太迁就于当时通行的现实主义而造成了自身理论的不彻底和自相矛盾。相比较，刘再复则要彻底得多、系统得多。虽然他们在遭逢非学术的批判和打击上有些类似，但从理论上看，毕竟刘再复的文学理论更具建设性和当代性。在具体阐述文学主体性的思想时，尽管不及《性格组合论》那样充分和缜密，但许多具体的论述却深刻精当（这连他的论敌有时也基本承认的），对理论的发展和创作的实践有明显的推动作用。其中尤其是对机械反映论文学模式的拆解和颠覆，对文学主体的非自觉性所具有的创造潜能的重视，对情感或心灵感受的审美创造性以及对批评家个性的强调，等等，都相当精彩、独到，具有较大的启发性。此外，我们还必须注意到刘再复文学理论所具有的"超文学"的"人论"倾向及价值。如果说他在《性格组合论》中，以"人"为中心的思维已使他侧重于冷静的观照，着意于透析人之性格世界的真相，说明人是什么，那么在《论文学的主体性》中，则在全面观照人之主体性的同时，相对侧重于在理想图式中阐释人的本质，在说明文学主体应当如何如何之时，在深潜的层面上，更着意于说明人应是什么。这就把"文论"和"人论"紧密地结合了起来，相互生发而成"人文之论"。亦即从"人论"出发，集中关注"文论"，在话语推演中又从"文论"潜回，更加深切地关注"人论"，由此形成了时代感很强并带有浓厚理想主义色彩的"人文之论"。这种"超文学"观的存在，势必会促使他对"人论"本身发生愈来愈浓厚的兴趣。如此说来，他领衔撰著《传统与中国人》等"人论"专著，就不是偶然的了，其使命感导致的参与意识与某种政治的交锋也便毫不奇怪了。从渴望更新文论视野，到希求改造社会人生，刘再复的种种努力，是很难被人们遗忘的。

四

基于上述，我们认为刘再复是一位渴望创造的主体论者，其对创作主体、对象主体与接受主体的相对界定和论述，都维系于渴望创造创新的根本目的。也正是因为有此支点，他才会有那样的胆识和激情。可以说，强烈的创造冲动，包括文学理论批评方面的冲动，恰是刘再复全力投入研究、写作及文学活动的主体性根源。他的理论批评与其诗文一样，都包含他自己的体验与情感，由此他也走上了强化"自我意识"的自我实现之路。

但同时，我们也应该看到，由于刘再复以《论文学的主体性》为代表的文学理论，只是在特定语境中的有限言说，自然难免有不足之处。概而言之，主要有以下几点：其一，理论建构存在不足。刘再复依据的主体论本身带有西方古典哲学色彩，对主体性与客观性的平衡注意不够，同时侧重于一般主体性而忽视特殊主体性和个体主体性，对马克思主义主体论与中国人实际的结合尤其不够①，所以他在强调全方位回归文学自身、回归文学主体的时候，在一般主体性层面将文学主体"三分天下"而各予分说，对"三主体"之间的复杂万状的关系以及任一主体内部运作过程中的自我分化、裂变乃至异化的情形，就明显阐述不够。在强调"内宇宙"的瑰丽神奇（实际并非总是如此）时，却多少忽略了对"外宇宙"与"内宇宙"之间复杂关系的论述，于是对更大的存在系统即"天人合一"的系统缺乏更具说服力的把握，于是在科学人文主义的追求方面留下了遗憾。

_____

① 参见丰子义等《主体论——新时代新体制呼唤的新人学》，北京大学出版社 1994 年版。

如今，当文艺生态学的绿色之思更多地为我们所关注的时候，当我们感到了"人道僭妄"的时候，这种遗憾无疑还要加剧。其二，理论倾向亦有负面影响。对人之主体性的强调具有强烈的现实针对性，当时对人与文再获"解放"的主导作用是积极的。然而物极必反，对"自我""人性"及"自我实现"的持续推崇，将主体一般性遮蔽了主体特殊性，对新时代呼唤的新主体缺乏正确认识，使不少人的"自我"中心意识逐渐膨胀起来，在个性、自由和爱（一般主体性内涵）的话语包装下，暗度陈仓，踏上了极端个人主义的不归路。这实际也从另一方面压抑了人的适应新时代需要的创造性，即使自以为是创造，也不会得到普遍承认。表现在文学上也是如此，因为狭隘的自我实际很难在文学上有重要的创造。其三，激情与理性之间存在着矛盾。由于具有诗人气质，冷静的思考便相对不足，观点上亦容易出现反复，同时伴随对"内宇宙"或人之主体、个性的理想主义信念，刘再复在具体批评实践中有时也出现了过于浪漫的臆想，他对新时期后十年文学的乐观预测，就早被之后新时期文坛事实所证明，基本是一个美丽的梦幻。其四，表达方式存在问题。他在"整合"运用一些新观念新方法时，尚未臻于圆熟之境，一些论述过程的中介环节被忽略，诗意渲染也使一些概念语词欠清晰准确，甚至在具体论述中有时也不自觉地模仿了那种机械反映论文艺观守持者的独断口吻，给他的理性与激情复合的文学理论批评家的形象，添上了复杂的色调。比如他的影响最大、争议也最多的《论文学的主体性》，相对来说，已经是当之无愧的新时期文论方面的力作或"拳头产品"。然而也还是存在着不可忽视的疏漏乃至偏颇之处，可以指谬和商榷的地方可谓不少。不唯如此，它与刘再复自己构想中的《文学主体性导论》这部专著的要求，也明显有着较大的差距。

凡此种种，也表明要批评刘再复，确实并非无话可说。但这种批评理应是学术性的、建设性的，要具有增益性或再造性，而非爆破歼灭式、扫地出门式的，因为"大批判"只能落得个"白茫茫大地真干净"。如果说好的文学作品自应具有一种"召唤结构"而能诱发再创造的话，那么好的文学理论批评也应如此。刘再复的文学理论批评，从主导方面来说，就是如此，对其进行总结、反思，当对 21 世纪文论的重建亦不无裨益。

第四节 "乏"感受的当代文学评论

笔者这里所说的文学评论的"乏"感受，是说中国 20 世纪初以来的文学理论批评领域存在着一种现象，即某些理论建构和批评实践明显缺乏文学感受性，不是从文学感受出发而是从理论概念出发，其先验性实践便留下了不小的教训和缺憾。不可否认，经过几代人的努力，20 世纪初以来的中国文学理论批评确有一定的建树，对外来文学理论的高度重视与借鉴运用成为最突出也最重要的工作，其业绩不可抹杀，古代文论的现代转换也有所收获，而在中外文论结合中的创造冲动更是难能可贵。但我们仍要承认，某些显赫的和流行的文学理论却较多地忽略了对切身文学感受的深思熟虑与抽象概括，经常性地忙于横向移植或纵向继承，从书本到书本，从理论到理论，从文献到文献，尤其是有些人宁愿将自己真实的文学感受遮蔽掉而一味跟在别人身后鹦鹉学舌。固然，作为"拿来主义"的"文化习语"相当重要，笔者亦曾给予了充分的强调①，但与民族需要和个人体验相契合的"文化创语"当更为重要和迫切，而这方面的欠缺或不足实际已经成为学术界较为普遍的共识。

---

① 参见李继凯《文化习语：走向全球化的初阶》，童庆炳等主编《全球化语境与民族文化、文学》，中国社会科学出版社 2002 年版。

尽管我们做出了不少努力，但迄今无论从历史还是从现实看，文学理论批评的"危机"确实仍然存在，并体现在许多方面。而在笔者看来，过去与当前中国文学理论批评界的危机主要来自"四弊"的普遍存在，即西化中少创造；空泛中无创造；自语中乏创造；学舌中难创造。以下分而述之。

一 西化中少创造

在 20 世纪中国文学的发展历程中，文学理论批评的促进作用当然是存在的，有时还是很大的。比如从王国维到钱锺书，可以看出，融合中西文化、文学并努力给予贯通理解与阐释，实际已经成为文论运思最基本的一种范式。即便是处在清末民初的王国维，也恰是有赖于此进入了现代语境。他开始借用西方文艺理论方法来研究中国文学，其理论批评的成就主要来自外来理论对自我的唤醒，以及外来方法与传统方法的有机结合，而能够促成这种唤醒和结合的最重要的一个因素，便是王国维那种带有痛切色彩的生命体验浸润下的文学感受。如在《〈红楼梦〉评论》中，德国的叔本华对激活、凝聚和抒发王国维自己的文学感受，便产生了重要的影响，但王国维并未用叔本华来代替自己的感受和思考。然而，即使是大师王国维，其处于初步"借用"阶段所产生的生搬硬套也还是为后世留下了消极的影响。此后，从"五四"的西化到后来的苏化，又复归于西化，我们的切身感受常常被忽视与遮蔽掉了，眼球和心灵都被"他化"的光华所笼罩，使我们实际经常处在被动和无奈的境地。值得注意的是，尽管我们的许多研究著作包括文学史都在不惜篇幅证明着理论批评的历史作用与意义，但悲哀的是，文学评论的作用通常却很少获得作家的认同，在世界文论界更是"没有我们中国的声音"①。倒是作家与作家之间的沟通交流有着

---

① 参见钱中文等主编《中国古代文论的现代转换》，陕西师范大学出版社 1997 年版，第 5 页。

更为明显的作用，大量作家的回忆录中流露出的情绪，常常是对文学理论与批评的不满，和对前辈作家或同辈作家"相知"的感谢。同时能够为作家认同或部分接受的，大抵是那些既可以搞创作（或翻译）也可以搞批评的"两栖"名家（如鲁迅、胡适、茅盾、沈从文、周作人、郭沫若、李健吾、钱锺书、胡风、傅雷、王蒙等）的评说，即使批评得厉害一些，也能够有较大的说服力或征服力。其原因就是这样的批评有真切的或独特的文学体验为根基，是内行而又到位的批评，多数都比较成功。即使是非常讲求理性的茅盾，在批评活动中，多数情况下也是非常重视原文阅读和实际感受的，他从开始评论作家作品之日始，就很看重文本细读，而且反应迅速，即使不够完备，或合乎所谓学术规范，但也明显带有原创性，在批评史上具有重要的意义。哪怕是在新中国成立后的百忙之中，他也仍然保持着细读作品、随机批注的习惯，留下了数十种眉批本。近些年来，有些理论批评工作者却基本不读原著，即使经典作品也很少耐心光顾，总是美国学者如何说，德国学者如何说，法国学者如何说，日本学者如何说，习惯于用来自西方的理论和研究范式解读本土文学现象，热衷于拉"洋皮"做大旗，通过肤浅地阅读西方文论（多通过拙劣的译本）而选择可资借用的蓝本或话语，俨然学贯东西，却让人总感到有些隔靴搔痒。不过这套办法很灵，足可以成为新时代的"文坛登龙术"。文坛登龙术虽有效但毕竟也有限，食洋不化的性质便决定其很难成就真正的独创性文学和评论，于是准文学和准评论便成为司空见惯的现象，或者亚形态文学与评论居然成为时代的主潮和洪峰。有的国外学者曾批评那些看上去很前卫的作家，实际不过是折旧的波希米亚风流，掺了水的劳伦斯，仿冒的萨特。实际上，这种倾向在"发展中国家"更容易发生，理论批评界也不例外。西方文论的中国化诚为文学理论批评走向文化创造的一个途径，而"中国化"的根基就在于本土历史与现实中的感受和体验。缺少对外来文化积极能动的借鉴，尤其是缺失来自生活与阅读的真切感受和独立思考，要有真正意义上的文学创作和理论创造，则颇有痴人说梦的意味，也容易落入洋人的窠臼。其实很长时期以来，西方对东方的"四化"即西化、分化、丑化和异化都已构成或明或暗的文化运动，在文艺领域似乎更是如此。自然，言必归西化和必欲去西化，都很难走向会通创造之途，也都是我们应予以警惕的。

二　空泛中无创造

从文学评论实践来说，无论采取何种思想方法，都应有个关键词即"文学"或"文学感受"。这对于文学理论批评家来说是非常正当的要求。谢冕曾说："平生常感叹那些做学问的人，往往把活学问做成了死学问。其原因即在于这些文学研究者，其实并不懂文学。他们从面对作品的那一刻起，就把具体、丰富、生动的文学创作抽象化了，把源自作家和诗人内心的充满情感和意趣的精神活动，变成了脱离人生、脱离生命的干枯的纯理念的推理。""面对这一特殊的对象，研究如果缺乏想象力，缺乏与对象的情感认知，便是从事这一工作的人的先天性缺憾。"[1]世间许多问题，大而化之的空谈已然甚多，而文学艺术作为一种话语或符号体系恰恰是从小从细说起的，即要从生活细节和情感基因入手进入人生与社会、历史与现实核心部位的。现在的许多评论往往套上大大的理论框架或帽子，一接触到作品便顾左右而言他，没有认真读过、感受过，仅仅在作品前言后记的"启示"下发一点空泛的议论。文学在无阅读中伴随着细节的隐退尤其是感受的失落而枯萎了，同时也很难见到真正坚实恳切的评论了。这是一种不小的遗憾，更是文学评论陷入困境危机的重要原因之一。文学评论的游

---

① 谢冕：《每一天都平常》，黑龙江人民出版社 2004 年版，第 11—12 页。

离文学（从无阅读到乱发挥），也许是一些人故弄玄虚的障眼法，在格外推崇理论思维的借口下将文学评论"玄学化"。实际上即使是所谓文学学科的"理论史"或学术史，也应该重视学者的文学感受及其多方面的作用，否则是很难使研究成果充实和风韵起来的。所以在文学领域，创作和评论实在都需要以真切的文学感受为基础，否则都不免是空中楼阁，难免"空乏其身"而无缘于文化创造。如果仅仅以学科本身的建设需要来看，从事文学研究自然也不能离开文学，或者从文学说开去，或者说开去后再说回来，至少不能完全脱离文学，否则就没有独立的文学研究及其相关学科了。当然作为具体的个别成果或学者的自我选择，完全可以与文学无关，即使是文学研究专家型学者，也可以由于各种原因临时或者长期进入其他学科领域。这种人生角色的转换原本不应有铁定的限制。但只要是从事文学研究，就要遵循文学研究或者评论的规范。其中最起码的要求就是研究者评论者必须要有相当的文学审美经验，对作为研究对象的文学性存在要有深入的体察和感受。不读文学作品而从事的"文学研究"实在是大可怀疑的。比如在文学史研究中看到的仅仅是历史文献的处理，在文学评论中看到的则是很多大而无当的宏论。正是这种空泛导致对文学本身或者文学感受的背离，甚至引发了人们普遍对文学作为一门学科"合法性"的怀疑。

三　自语中乏创造

较长时期以来，一些批评家在诸如"我评论的就是我"之类的堂皇借口下，望书名而兴叹，见片语而畅谈，或贬或褒，放言无忌，且自以为是，不可一世。这样一来，评论与创作的隔阂日见加重，也便成了司空见惯的"正常"现象。此外，伴随个体意识的空前强化和文人相轻的更趋严重，也促使文坛快速进入自言自语的"独白"时代，许多人认定文学仅仅具有自语功能，因此，与之相关的理论批评也难免狭隘化而难有真正意义上的大的创造。好的文学艺术，应有多维立体动画之形态，有人间精神集成象征之意趣，有人生百味、社会生活全息收摄存储之功能，有积极升华他人与自我之效应，有主动参与文化创生和环境改造之直感。实际在生活中，人们必定会有各种各样的感受，即使麻木不仁也是一种感受形态。如果感受强烈而又有文学修养，也许还为了"难以忘却的纪念"，就会诉诸文学的表达，这种表达方式可以最大限度地保留和生发"感受"，而且其中最重要的便是文学本身还是最富于生命力的一种表达。国内外的一些文学大师与巨擘都对文学特性或文学感受给予了特别的关注和强调。但这个在创作领域成为常识的问题，在理论批评领域却成了经常被忽视的严重问题。如果说文学是对生活中某种特殊感悟的表达，那么文学评论就是对此种表达的感悟后的再表达，在这个过程中，感受是感悟的先导，评论则是感悟的结晶。但仅仅强调感受还是有局限的，还要看是怎样的感受。总是局限于自我个人的体验和感受，无论是怎样真实也是需要突破的、超越的。封闭的自我可以生成狭隘的生命体验，其文学感受也必会趋于单调或偏狭。当然，正常情况下，自言自语式的表达，能够显现出人文研究应当具备的鲜活性，它能够刺激我们对学术著作几近窒息的阅读兴趣，并从学者著述中，同样可以领略到思想与语言的魅力，可以听到著者在场的声音，甚至能够看到他（她）丰富的表情和手势。我们因此能感受到学者学术生命的活性活力，分享到著者文思飞扬的思考快乐。中国的文学研究曾经非常重视兴会，重视心灵的契合，然而20世纪初以来，充满诗性神奇的感受和表达，却遭到了科技理性及方法的持续狙击。如今相当多的文艺学专家业已习惯于科学分析和理性认识，对文学感受和诗性表达却相当"陌生化"了。

四　学舌中难创造

　　较之于一味西化者，学舌者更是等而下之，仅仅对国内他人的言论给予关注与跟进，却还自视甚高，非常自负，将高明的学舌看成了杰出的文化创造。令人感叹的是，理论批评工作者的日常生活只是买书读书写书"一条龙"，对生活感受的体验趋于单调苍白，通常也便弱化了其文学感受的能力，知识加技巧，借鉴和转述，造就了其专业上的优势，但由于缺乏生活体验的根基和文学感受的深切，其学术或教学也渐渐转化为匠人之作为，与社会人生相脱离。一些文学理论教学科研人员甚至基本不买作品不读作品，只是偶尔参考一下国内高校学者的某些言论，或利用克隆型文论教材就可以"教书育人"了，有的居然由此也可以成为名师、博导，但这样的治学与教学由于缺乏生活根基和文学实感，真正成了传播别人之名的"名师"，一驳即倒的"博导"。适逢网络时代，条件优越，学舌自然更加方便，再经过包装就可以被"体制"视为"高层次成果"，封上原创徽号，得到高的奖励。被浸透科技理性的"体制"量化办法所制约的学者教授，要通过高产和学院派文体表达，才能获得体制的认可，否则就算不上权威或核心成果，生存也会出现危机。面对如此严峻的现实，对融合了诗性的感受或感受性很强的自由表达要么不屑为之，要么成为忌讳，在某些人心目中容易沦为通俗读物或危险品，被无情地逐出"学术"沙龙。其实，在文学思考和评论中，一个研究者如果没有真切感受与体验，是很难捕捉到文学真谛的。然而，在今天的文学理论批评活动中，排拒充满个性的体验、感受和评说，业已成为相当普遍的倾向。由于满足于浮夸的学舌，文学活动便逐渐远离了文学感受，这就仿佛是取消了文学的"硬件"，删除了文学的"文件夹"，能够生成文学的资源和机制被破坏，珍贵的想象力也因失却感受基础而归于窒息与式微。我们当下感受到的创造意识和想象力度的过于匮乏，实际已经严重影响了文学创作与理论的生存和发展。

　　但对只重视感受、随着感觉走的人们也应该有所提示：如此也会成为生活的随波逐流者，为俗世所牵，淹没在浮世浊浪中的形象大概也并不美好。我们的理论批评要将根须深扎于文学感受之中，汲取来自生命与文学的共振共生所酿造的精神营养，要在"理而情"的同时"感而思"，寻求感受与理性的有机结合。无论是对待历史上的作家作品，还是对待当代的社团流派，"感受"的获取都是先决性的，如此才可能有历史性的同情了解和现实性的深入理解。学者的感受、体验和评说若是只从某一方面出发，就不免失去学者的真诚和清醒。而好的文学理论批评（无论是文本还是讲演），又可以是多种多样的，不同的流派都可以推出有影响力的优秀理论成果，不同刊物在追求自己的风格时，也会有自己的选择。如"五四"时期和"新时期"的不同流派的文学理论就表现了处于转折时代的多元性，借鉴多多，观点多多；如相对而言，《上海文学》杂志较多的情况下是注重感受的，包括文学评论也是如此，而《人民文学》杂志，则带有更多的意识形态色彩，更加注重理性。人们的文学选择、文学思考固然可以出现种种差异，但真正优秀的理论批评论著，一定都是从感受世界生发出来的具有启示性的著述，有一种"召唤结构"可以诱发很多相关的思考。值得注意的还有，学术界包括文学界长期以来有一种研究趋向，就是将本来简单明了的问题有意识地复杂化或玄学化，结果学问成了非常难以理解也难以置信的东西。作为文学评论和文学教育，作为文化传播和人生教育，这种玄学化很可能起到相反的作用，令人反感而疏远文学研究。因此要有一种越说越近、越说越明、越说越活的研究，而谈论文学理论批评，也便需要这样的学术取向和策略。伴随着综合国力的提升，我们还要在从感受世界升华和创造文论的同时，大力加强交流对话和理论创新，并实行"送去主义"，以期逐渐扩大中国文学理论的影响。

重构文心

自进入新时期以来，我们热衷于"重写文学史"，其实，在整个文艺界，热衷于重构文心的人越来越多。2015 年 8 月笔者曾应中国书法家协会邀请参加"全国第十一届书法篆刻作品展"学术论坛，并在国家图书馆"'国展'·讲座论坛"做了题为"中国书法文化与近现代作家文人的关联性——兼谈当代书家如何重塑文心"的主题演讲。这"重塑文心"的话题就是中国书协领导的命题，让笔者结合近现代作家文人的"双书"（文学书写和书法书写）进行专题阐释，意在提倡书法家重视文学修养、提高书法表现力。这种研究方向也是笔者近些年来的兴趣所在。这类学术探索及相关研究成果对文学家和书法家都有一定的参考价值。历史证明，中国古今文人作家与书法文化的关联非常密切，作家文人和书家文人都是主要以书写为生的社会群体，在文学创作和书法文化创造方面都有重要的贡献。古代的文坛、书坛几乎合二为一，读书者、书写者以及作家具有较大程度的"同一性"。但这一传统进入 20 世纪后有了重要变化，即开始走向各自的"专业化"道路。如今，经过一个世纪的探索和发展，由分到合的"文心"重构趋势业已呈现出来，这就是要通过多元文化的磨合建构具有

"大现代"特征的"大文心"。

这样的"大文心"与现代思想史或知识分子的心路历程亦息息相通。笔者以为，我国自晚清民初以来，中外文化便开始了不断"碰撞"却也不断"磨合"的或痛苦或欢欣或悲欣交集的曲折历程，并在文化思想与实践层面形成了一种具有普遍性、持久性和复杂性的"文化磨合思潮"，对中国的五四新文化运动、民主主义文化运动、社会主义文化运动及相应的文学现象都产生了极为重要的影响。进入 21 世纪以来，伴随着"文化磨合思潮"的深入发展和渐入佳境，更具兼容性和多样性的多元文化，使我国"新世纪文学"呈现出多元多样的文学形态，在体现出有容乃大的文化气度方面呈现出新的气象，但同时也出现了相当严重的悖反倾向或二元对立的文化思潮，这种意在抵御"文化磨合"的思潮不仅妨害"大现代"文化创造，也对"大现代"文学创作产生了消极影响。

近些年来，从文化视野观照文学成了学术界的一个重要范式，从文化思潮以及文艺思潮角度观照文艺的发展变化，也成了一种行之有效的学术途径。然而，人们通常言说文化思潮指的就是"二元对立"的文化激进主义与文化保守主义，言说文艺思潮指的就是"三分天下"的现实主义、浪漫主义和现代主义。其实，在所有这些思潮的深处都涌动着"文化磨合思潮"的潜流，文化人士不论信奉什么"主义"，骨子里都期望通过不同文化的对话、互动、融合、会通或衬托，来实现自己心中的文化愿景。而在文学创作领域，作家们从各自的出发点也都走进了"现代"中国的门户，并将笔触伸进了现代中国人所能感受到的时代生活与现实人生之中。而他们采用的语言、题材及思想资源，都"与古有异"，莫不与时俱进，既与国民同在相关，也为众生忧怀多虑，且都与"古今中外化成现代"的"大现代"特征相契合。虽然他们的文化选择或"配方"存在差异，但他们作为"现代文化人"的文化身份却无法改变，因为他们同处于现代文化生态环境中，在不同向度、不同程度上也都提供了经历"文化磨合"的经验及相关思考。

这种"文化磨合思潮"对中国现代文学的发生发展产生了深切而又重要的影响。从文化哲学层面上看，"文化磨合"折射了理想文化与现实文化的矛盾与冲突、对立与统一。异质文化只有不断地进行广泛的文化交流才能被刺激、激活，才能变则通，通则畅，畅则达，达则显，从而升华到新的文化境界，达到新的文化发展阶段。辩证唯物主义认为，存在的矛盾是事物发展的根本动力。这也就是说，新文化的期待与现实的矛盾恰好是民族文化发展的动力所在，必然会推动本民族文化在原有基础上多方借鉴并不断向前发展。但文化"矛盾"的化解就是文化"磨合"，矛盾运动是过程，磨合融合是目的。尤其在现代文化语境中，强调文化磨合而非强调文化碰撞更为重要，文化磨合堪称"正道"和"大道"，是从"古代文化"转型为"现代文化"的"大势"。顺此大道所至和大势所趋，讲求的就是对文化碰撞、冲突的化解，而在化解方式上则需要坚持多对话、不对抗、不互灭，并由此增进文化共识共存，各美其美，和而不同，切实促进世界各民族文化的发展和复兴。

唯有"大磨合"，才有"大现代"。在中国，时间性的所谓"大现代"是相对于学界通常所说的"小现代"即"现代三十年"（1919—1949 年）而言的。而"大现代"则是指从晚清民初直至当前仍在延续的现代，这是一个历史更长久的中国现代化进程。如众所知，在中国致力于现代化的"大现代"建构是非常困难的，从鸦片战争前后开始，多少有志于此的先驱者成了烈士或叛徒，多少人随波逐流抑或轻叹似水流年而遁入封闭的传统壁垒。致力于"大现代"的建构至今似乎仍是一个远未完成的历史使命。比如最接近意识形态化的民主主义文化和文学的建构，就是迄今仍未完成的且具有最可期待前景的一项任务，与此密切相关的人民本位文化观、文学观的理论建构和创作实践，也都存在着起伏变化。

百余年中国文学在整体上呈现为与古代传统文学判然有别的"新文学"或"大现代文学"，且作为古今中外"化合"亦即在多元文化交汇、融通中生成的文学现象，尤可视为是在中国与世界的"磨合"特别是"文化磨合"中诞生的文化产物。事实上，在笔者看来，百余年以来中国与世界的"磨合"尽管艰难异常，却也已经创造和正在创造着人间奇迹和文化盛景。这也就是说，百余年来中国文学的文化创造是在中西文化的"磨合"中发生的，这种趋势在相应的历史时空中，早已成为非常突出的文化现象。这种"磨合"中的文化创造，也通过"新文学"显示出永恒的魅力，这魅力主要体现为对"文化创造精神"的强烈认同和大力弘扬。在"大现代"的文化视野和文学格局中，必然会出现越来越多的丰富而又复杂的文化现象，比如中外文化的磨合融合，文艺界便出现了各显异彩的众多流派风格，而这些流派的"文化配方"不同或主义不同，也会造就各种不同特色的文化形态，于是从"五四"时期的兼容并包到晚近的多元文化，就体现了历史文化的丰富和发展，唯此，才有了新时期、新世纪的中国文学和文化盛景。

古今中外化成现代，这个现代必然是大现代，这个现代必然是基于"现代文化"立场的多元文化建构。"大现代"也必然是"大包容"，容纳多种多样的文化形态。"中国诗词大会"节目大受世人欢迎，最后成功推出了一位"古典诗词新星"——能够充分满足很多人"对古代才女所有幻想"的高中女生武亦姝登上了冠军宝座。这位武才女确实带有"中国最后一位古典才女"的风姿气质，也令笔者想起了被誉为"中国最后一位士大夫文人"的汪曾祺先生。这位出生于 20 世纪初期的汪才子也确实"带有"而非"只有"古典情怀，能够用生花妙笔经常给人们带来比较浓厚的古典气息，但他确确实实是一位深受大家喜爱的中国现代作家和艺术家。其实，近期出现的这种"武亦姝现象"本身就是很"现代"的——是镜像文化、电视文化乃至消费文化、流行文化的典型案例，这个精心策划的文化节目之所以能够再次引发"现代国人"对中国传统文化的追捧，就是因为现代人有着更为丰富和多元的文化需求。与时俱进的很多网友、微友都表示了对古典诗词的向往之情。其实，喜欢古代的东西，恰恰是"现代人"的一大特点，因为"现代"中有太多的现代事物，却稀见古代的，物以稀为贵，仅从精神补偿角度看，这也是一种现代社会心理的正常现象。

在百余年来中国文化变迁的背景上观照中国文学，就可以坦然地承认它与古今中外文化资源的密切关联。事实上，百余年来中国文学与世界文学通过有机的"磨合"业已建立了不可分割的关系。无论如何，百余年中国文学所创造的文化遗产中既有世界性的东西，也有中国文学独有的东西，并且作为独特的创作整体，构成了百余年中国文学的价值内核。长期以来，我们经常处在"西化"与"国粹"两难的抉择中，忽东忽西，忽左忽右，在新文学作家的心魂与文本中，总想分析哪些是西来的，哪些是本土的东西，结果却往往忽略了蕴藏于众多现当代文学名著文本中"磨合"生成的创造物，这种合金型的创造物是无论哪一个外国作家作品或中国作家作品（包括古代中国最杰出的作家作品）都无法取代的。这种由文化磨合而来的文化创造才是最值得我们珍视的。我们还曾经常性地陷入某种文化自卑中，不是说新文学不及外国文学，就是说新文学不及古代文学，将我们的总体创造行为仅仅看成幼儿式的模仿，致使鄙视自我和哀悼不已的言论在学术界相当流行，这理应引起我们的反思。

在比较文化视野里，我们还特别注意到"文化磨合"中也可能产生负面的东西。如百余年来曾经发生的军事暴力、政治高压导致的文化暴力以及语言暴力，就对各相关文学现象产生了不可忽视的深刻影响，出现了相应的呼唤暴力、崇尚暴力的文学取向，这也在较大程度上"局限"或"规范"了文学图景与文学主题，遂导致真正"反暴反战"的文学杰作相当罕见。还有文化上的颓废病毒，过度物化及欲望化的精神取向等，也都对中国文学产生了一些消极的影响。就百余年来中国的文化实践及文学发展历程而言，人们看到的"文化错综"现象确实非常普遍，但对"文化磨合"的战略意义、策略价值也还认识不足，这就需要唤起一种新的"文化自觉"，倡导充分的"文化交流"，才可能逐渐走向前途光明的充分的"文化磨合"之境界。通过积极的"文化磨合"，可以走向伟大的"文化复兴"。展望未来，这种有着深厚文化心理基础的"文化磨合思潮"仍然会持续地形塑新世纪文人作家的"文心"及其创作面貌，这是无疑的，也是值得期待的。

参考文献

一 中国学者著作

方东美：《生命理想与文化类型》，中国广播电视出版社 1992 年版。

王富仁：《先驱者的形象》，浙江文艺出版社 1987 年版。

王富仁：《历史的沉思》，陕西人民教育出版社 1996 年版。

王晓明：《潜流与旋涡》，中国社会科学出版社 1991 年版。

王兆胜：《文学的命脉》，华东师范大学出版社 2005 年版。

王自立、陈子善：《郁达夫研究资料》，天津人民出版社 1982 年版。

叶舒宪主编：《文学与治疗》，社会科学文献出版社 1999 年版。

叶舒宪：《阉割与狂狷》，上海文艺出版社 1999 年版。

叶舒宪选编：《神话——原型批评》，陕西师范大学出版社 1987 年版。

叶舒宪、李继凯：《太阳女神的沉浮》，陕西人民出版社 2010 年版。

龙泉明：《在历史与现实的交合点上——中国现代作家心理分析》，陕西人民出版社 1992 年版。

乐黛云：《比较文学与中国现代文学》，福建教育出版社 2015 年版。

仪平策：《美学与两性文化》，春风文艺出版社 1994 年版。

关鸿：《诱惑与冲突》，上海人民出版社 1988 年版。

刘再复：《文学的反思》，人民文学出版社 1986 年版。

刘再复：《性格组合论》，上海文艺出版社 1986 年版。

刘再复：《放逐诸神》，（香港）天地图书有限公司 1994 年版。

朱光潜：《朱光潜美学文学论文选集》，湖南人民出版社 1980 年版。

吕俊华：《艺术创作与变态心理》，生活·读书·新知三联书店 1987 年版。

陈传才主编：《文艺学百年》，北京出版社 1999 年版。

李欧梵：《中国现代作家的浪漫一代》，新星出版社 2005 年版。

李泽厚：《中国现代思想史论》，东方出版社 1987 年版。

李继凯：《民族魂与中国人》，陕西人民教育出版社 1996 年版。

李继凯：《秦地小说与"三秦文化"》，湖南教育出版社 1997 年版。

李继凯：《20 世纪中国文学的文化创造》，中国社会科学出版社 2009 年版。

汪凤炎等：《中国文化心理学》，暨南大学出版社 2005 年版。

张宝明：《忧患与风流——世纪先驱的百年心路》，东方出版中心 1999 年版。

张大明等：《中国现代文学思潮史》，北京十月文艺出版社 1995 年版。

张爱玲：《张爱玲文集》，安徽文艺出版社 1992 年版。

陆扬：《精神分析文论》，山东教育出版社 1998 年版。

宗白华：《美学与意境》，人民出版社 1987 年版。

郑振铎：《中国俗文学史》（影印本），上海书店 1984 年版。

茅盾：《茅盾论创作》，上海文艺出版社 1980 年版。

茅盾：《茅盾文艺杂论集》，上海文艺出版社 1981 年版。

金开诚：《文艺心理学论稿》，北京大学出版社 1982 年版。

金开诚主编：《文艺心理学术语详解词典》，北京大学出版社 1992 年版。

杨义：《中国现代小说史》，人民文学出版社 1998 年版。

周义澄：《科学创造与直觉》，人民出版社 1986 年版。

周平远：《维纳斯的历程》，北京十月文艺出版社 1993 年版。

禹燕：《女性人类学》，东方出版社 1988 年版。

祝勇编：《重读大师：激情的归途》，人民文学出版社 1999 年版。

柯庆明：《文学美学综论》，春风文艺出版社 1988 年版。

南帆：《冲突的文学》，上海社会科学院出版社 1992 年版。

胡风：《胡风评论集》（上中下），人民文学出版社 1984—1985 年版。

赵园：《艰难的选择》，上海文艺出版社 1986 年版。

畅广元：《诗创作心理学》，陕西师范大学出版社 1988 年版。

畅广元主编：《神秘黑箱的窥探》，陕西人民教育出版社 1993 年版。

钱谷融、鲁枢元：《文学心理学》，华东师范大学出版社 2003 年版。

徐光兴：《世界文学名著心理案例集》，上海教育出版社 2004 年版。

唐金海等主编：《20 世纪中国文学通史》，东方出版中心 2003 年版。

唐金海：《茅盾年谱》，山西高校联合出版社 1996 年版。

贾平凹：《贾平凹散文精选》，陕西人民出版社 1992 年版。

贾植芳主编：《中国现代文学的主潮》，复旦大学出版社 1990 年版。

袁良骏编：《丁玲研究资料》，天津人民出版社 1982 年版。

夏志清：《新文学的传统》，新星出版社 2005 年版。

夏志清：《中国现代小说史》，复旦大学出版社 2005 年版。

郭沫若：《郭沫若全集·文学编》，人民文学出版社 1990 年版。

郭沫若：《郭沫若论创作》，上海文艺出版社 1983 年版。

黄修己主编：《20 世纪中国文学史》，中山大学出版社 1998 年版。

童庆炳主编：《现代心理美学》，中国社会科学出版社 1993 年版。

鲁枢元：《创作心理研究》，黄河文艺出版社 1985 年版。

鲁迅：《鲁迅全集》第三卷，人民文学出版社 1981 年版。

蓝棣之：《现代文学经典：症候式分析》，清华大学出版社 1998 年版。

滕守尧：《审美心理描述》，中国社会科学出版社 1985 年版。

二　外国学者著作

《马克思恩格斯全集》，中共中央马克思恩格斯列宁斯大林著作编译局编，人民出版社 1985 年版。

《马克思恩格斯选集》，中共中央马克思恩格斯列宁斯大林著作编译局编，人民出版社 1972 年版。

《马克思恩格斯论文学与艺术》，陆梅林辑注，人民文学出版社 1982 年版。

［美］马斯洛等：《人的潜能和价值》，林方编，华夏出版社 1987 年版。

［美］王德威：《被压抑的现代性》，宋伟杰译，北京大学出版社 2005 年版。

［美］王德威：《想象中国的方法》，生活·读书·新知三联书店 1998 年版。

［保］瓦西列夫：《情爱论》，赵永穆译，生活·读书·新知三联书店 1997 年版。

［西］乌纳穆诺：《生命的悲剧意识》，段继承译，北方文艺出版社 1987 年版。

［美］卡尔·S. 霍尔：《荣格心理学纲要》，张月译，黄河文艺出版社 1987 年版。

［印］圣笈多：《泰戈尔评传》，董红钧译，湖南人民出版社 1984年版。

［奥］弗洛伊德：《精神分析引论》，高觉敷译，商务印书馆 1984年版。

［奥］弗洛伊德：《梦的释义》，张燕云译，辽宁人民出版社 1987年版。

［美］弗洛姆：《弗洛伊德思想的贡献与局限》，申荷永译，湖南人民出版社 1986 年版。

［法］西蒙·波伏娃：《第二性》，南珊等译，湖南文艺出版社 1986年版。

［美］沃尔：《性崇拜》，历频译，中国文联出版社 1988 年版。

［奥］阿瑞提：《创造的秘密》，钱岗南译，辽宁人民出版社 1987年版。

［奥］阿弗雷德·阿德勒：《自卑与超越》，黄光国译，作家出版社 1986 年版。

［英］里查德·道金斯：《自私的基因》，卢允中等译，吉林人民出版社 1998 年版。

［美］罗洛·梅：《爱与意志》，冯川译，国际文化出版公司 1987年版。

［日］服部正：《女性心理学》，江丽临等译，上海译文出版社 1987年版。

［瑞士］荣格：《寻求灵魂的现代人》，王义匡译，光明日报出版社 2007 年版。

［瑞士］荣格：《心理学与文学》，冯川、苏克译，生活·读书·新知三联书店 1987年版。

［美］珍·希·海登等：《妇女心理学》，范志强、周晓虹译，云南人民出版社 1986 年版。

［苏］科瓦廖夫：《文学创作心理学》，程正民译，福建人民出版社 1997 年版。

［美］费正清等编：《剑桥中华民国史》，刘敬坤等译，中国社会科学出版社 1993 年版。

［美］莫达尔：《爱与文学》，郑秋水译，湖南文艺出版社 1987 年版。

［波兰］舒尔茨：《现代心理学史》，杨立能译，人民教育出版社 1981 年版。

［英］奥兹本：《弗洛伊德和马克思》，董秋斯译，生活·读书·新知三联书店 1986 年版。

［美］詹姆逊：《快感：文化与政治》，中国社会科学出版社 1998 年版。

［美］赫伯特·马尔库塞：《爱欲与文明》，薛民、黄勇译，上海译文出版社 1987 年版。

［德］霍夫曼：《弗洛伊德主义与文学思想》，王宁译，生活·读书·新知三联书店 1987 年版。

［英］霭理士：《性心理学》，潘光旦译，生活·读书·新知三联书店 1987 年版。

（以上按第一作者姓名笔画排序；本书还参阅了众多书籍和相关论文，谨在此一并致谢！）

后　记

　　文学与文心的关联至为密切，却也神秘难测难解。本书尝试对此进行若干解析，只是基于文学和文心都具有永恒的巨大魅力。这些文字亦即本人深受其诱惑而思之后的部分记录。心理世界浩茫辽阔、复杂万端，笔者也只是一个闯入者和窥探者。

　　本书的前身是小册子《新文学的心理分析》，酝酿于令人怀念的 20 世纪 80 年代，诞生于 90 年代初，在此基础上又经过多年的积累，断断续续地向多方面散点透视和延伸，便转换或"升级"成了今天这般模样，其呈现的"颜值"虽然不高，但确有自己的真切体会和认识"内涵"其中，即使是渗入的 20 世纪 80 年代活跃的学术思索和饱满的学术激情，对当今年轻的学人多少也会有所"刺激"和启发，对此本人还是有点"文化自信"的，也是颇为期待的。

　　在拙稿即将出版之际，我要鞠躬致谢——

　　感谢所有帮助、启发过我的可敬可亲的师长、作者和朋友！

　　感谢任职单位相关部门和中国社会科学出版社的同道同人的大力支持！

　　感谢亲爱的永远相伴的家人和读者的理解和扶助！

也感谢在教学相长过程中启发我、有助我的所有同学！

你们的威名、大名和芳名都深深嵌入了我的心底，成为我内心小世界中的最为宝贵而又幸福的记忆，恕不在此一一直呼其名了，千言万语汇成一句话：永远衷心地感谢和祝福你们！

李继凯

2017 年夏秋之交